Die Wahrheit der letzten Stunde

Jodi Picoult

Die Wahrheit der letzten Stunde

ROMAN

Aus dem Englischen
von Cécile G. Lecaux

WELTBILD

Die englische Originalausgabe erschien unter dem Titel
Keeping Faith

Besuchen Sie uns im Internet:
www.weltbild.de

Genehmigte Lizenzausgabe
für Verlagsgruppe Weltbild GmbH, Augsburg

Übersetzung: Cécile G. Lecaux
Umschlaggestaltung: Tandem Design, Hamburg
Umschlagmotiv: Image Bank, Hamburg
Gesamtherstellung: Clausen & Bosse, Leck
Printed in Germany
ISBN 3-8289-7091-5

2004 2003 2002
Die letzte Jahreszahl gibt die aktuelle Lizenzausgabe an.

Für Laura Gross

Vor zehn Jahren hast du so fest an mich geglaubt, dass es dir gelungen ist, die Verlagswelt davon zu überzeugen, das Risiko einzugehen, mich zu publizieren. Auf weitere vierzig oder fünfzig Jahre geschäftlicher und freundschaftlicher Beziehung! Verstehst du *jetzt,* warum ich dieses Buch nicht Padre Pio widmen konnte?

DANKSAGUNGEN

BEI DEN RECHERCHEN zu diesem Buch wurde ich zum ersten Mal in meinem Leben aus einem Büro hinausgeworfen. Mir wurde bald klar, dass das Thema »Gott« in einer Unterhaltung dazu angetan ist, die Gemüter zu erhitzen. Zusammen mit der Handlung dieser Geschichte wurde ein regelrechter Krieg daraus. Darum möchte ich den folgenden Personen danken, die trotz ihrer starken religiösen Überzeugungen meinen Ideen mit Offenheit und Toleranz begegnet sind: Rabbi Lina Zerbarini, Herman F. Holbrook, Vater Ronald Saunders, Vater Andrew F. Kline. Dank auch an meine Bereitschaftsärzte Dr. James Umlas und Dr. Spencer Greene. Dank an Nancy Veresan und an Kim Keating, die mir nicht nur Rechtsberaterin ist, sondern darüber hinaus manch wertvollen Beitrag zu meinen Büchern geleistet hat. Ich kann nur hoffen, dass sie bereit ist, das nächste mit mir anzugehen. Und Dank an die verschiedenen Psychiater, die meinen

Figuren und meiner Geschichte Leben eingehaucht haben. Ein herzliches Dankeschön an: Dr. Tia Horner, Dr. Burl Daviss und Dr. Doug Fagen. Danke auch an Sarah Gross für die prompten Antworten auf meine per E-Mail übersandten Fragen. Danke an Jane Picoult und Laura Gross für ihre konstruktiven Erstleser-Kommentare, an Beccy Goodhart für ihre überaus sorgfältige redaktionelle Arbeit und ihre Hilfe, mein Meisterwerk noch vor ihrem eigenen fertig zu stellen, an Camille McDuffie, von der ich weiß, dass sie alles nur Erdenkliche tun wird, um die Menschen dazu zu bewegen, dieses Buch zu lesen. Und last but not least meinen Dank an Kyle, Jake und Samantha van Leer sowie ihren Dad Tim, die klaglos bei Bädern und Gutenachtgeschichten auf meine Anwesenheit verzichtet haben, damit ich mich ganz dem Schreiben widmen konnte.

VORWORT

10. August 1999

UNTER NORMALEN UMSTÄNDEN wären Faith und ich gar nicht daheim gewesen, als meine Mutter anrief, um uns aufzufordern, uns ihren brandneuen Sarg anzuschauen.

»Mariah«, sagt meine Mutter hörbar überrascht, als ich ans Telefon gehe. »Was machst du denn zu Hause?«

»Der Laden war geschlossen.« Ich seufze. »Die Sprinkler-Anlage hat alles unter Wasser gesetzt. Und die Reinigung war auch zu, wegen eines Todesfalls in der Familie.«

Ich mag keine Überraschungen. Ich lebe nach einem festen Plan. Tatsächlich stelle ich mir mein Leben oft als einen Ordner vor, in dem alles fein säuberlich abgeheftet und beschriftet ist, alles ordentlich an seinem Platz. Das alles führe ich zurück auf ein Architektur-Diplom und meine grimmige Entschlossenheit, im Alter bloß nicht so zu werden wie meine Mutter. Aus diesem Grund läuft auch jeder Wochentag nach einem ganz bestimmten

Schema ab. Montags arbeite ich an den Gerippen der kleinen Puppenhäuser, die ich baue, dienstags beschäftige ich mich mit den Einrichtungsgegenständen, der Mittwoch ist Erledigungen vorbehalten, der Donnerstag der Hausarbeit, und freitags kümmere ich mich um die dringenden Angelegenheiten, die sich im Laufe der Woche ergeben haben. Heute ist Mittwoch, und normalerweise sieht der Mittwoch so aus, dass ich Colins Hemden aus der Reinigung hole, zur Bank gehe und Einkäufe erledige. Dann bleibt mir gerade noch genug Zeit, um heimzufahren, die Lebensmittel wegzuräumen und Faith um eins zur Ballettstunde zu fahren. Aber heute habe ich aufgrund unvorhersehbarer Umstände viel zu viel freie Zeit übrig.

»Nun«, sagt meine Mutter in ihrem ganz eigenen Tonfall. »Scheint so, als hätte das Schicksal es so gefügt, dass du mich besuchen kannst.«

Plötzlich kommt Faith angesprungen. »Ist das Oma? Hat sie ihn bekommen?«

»Wen bekommen?« Es ist erst zehn Uhr am Vormittag und ich habe bereits Kopfschmerzen.

»Sag ihr, ja«, höre ich meine Mutter am anderen Ende der Leitung sagen.

Ich lasse den Blick durch den Raum schweifen. Der Teppichboden müsste gesaugt werden, aber was tue ich dann am Donnerstag? Ein heftiger Augustregen trommelt gegen die Fenster. Faith legt mir ihre weiche, warme Hand auf das Knie. »Okay«, willige ich ein. »Wir kommen gleich rüber.«

Meine Mutter wohnt zweieinhalb Meilen entfernt, in einem alten Steinhaus, das von allen in New Canaan nur

Gingerbread Cape – Pfefferkuchenhaus – genannt wird. Faith sieht sie fast jeden Tag; sie geht an den Tagen, an denen ich arbeite, nach der Schule zu ihr. Wenn das Wetter nicht so schlecht wäre, könnten wir zu Fuß gehen. Faith und ich sind gerade in den Wagen gestiegen, als mir einfällt, dass ich meine Handtasche auf der Arbeitsfläche in der Küche habe stehen lassen.

»Warte hier, ich bin gleich wieder da«, sage ich, steige wieder aus und haste zwischen den Regentropfen hindurch, als wäre ich aus Zucker.

Als ich reinkomme, läutet das Telefon. »Hallo?«

»Ah, du bist ja zu Hause«, sagt Colin. Mein Herz tut einen Sprung beim Klang seiner Stimme. Mein Mann ist Verkaufsleiter eines kleinen Werks, das beleuchtete Notausgangsschilder herstellt, und er ist zwei Tage in Washington D.C., um einen neuen Vertreter einzuarbeiten. Er ruft mich an, weil das mit uns eben so ist – wir sind so eng miteinander verknüpft wie der Knoten in den Schnürsenkeln eines Stiefels und können es einfach nicht ertragen, getrennt zu sein.

»Bist du am Flughafen?«

»Ja. Ich sitze in Dulles fest.« Ich wickle die Telefonschnur um meinen Arm und höre zwischen den weichen Vokalen seiner Worte heraus, was er sich nicht traut, in der Öffentlichkeit zu sagen: *Ich liebe dich. Ich vermisse dich. Du gehörst mir.* Im Hintergrund verkündet eine blecherne Stimme die Ankunft eines United-Fluges. »Geht Faith heute nicht zum Schwimmen?«

»Sie geht zum Ballett. Um eins.« Nach einer kurzen Pause füge ich hinzu: »Wann kommst du nach Hause?«

»So bald ich kann.« Ich schließe die Augen und denke, dass nichts über eine Umarmung nach einer Trennung geht, nichts schöner ist, als mein Gesicht an die Rundung seiner Schulter zu schmiegen und tief seinen Duft einzuatmen.

Er legt auf, ohne auf Wiedersehen zu sagen, was mich zu einem Lächeln veranlasst. Das ist typisch Colin, kurz und bündig: bereits in Hektik, kann es gar nicht erwarten, zu mir zurückzukehren.

Auf der Fahrt zu meiner Mutter hört es auf zu regnen. Als wir an dem langgezogenen Fußballfeld am Ortsrand vorbeikommen, schieben sich die ersten Fahrzeuge rechts auf den Gehweg. Ein makelloser Regenbogen spannt sich über das satte Gras des Spielfelds. Ich fahre weiter. »Man könnte meinen, sie hätten noch nie einen Regenbogen gesehen«, sage ich und gebe Gas.

Faith kurbelt ihr Fenster herunter und hält ihre Hand nach draußen. Dann hält sie die Finger vor mich hin. »Mami!«, ruft sie. »Ich habe ihn berührt.«

Aus reiner Gewohnheit blicke ich hinunter. Ihre ausgestreckten Finger sind rot, blau und apfelgrün verfärbt. Im ersten Moment stockt mir der Atem. Dann erinnere ich mich wieder daran, dass sie erst vor einer Stunde mit einer Handvoll Filzstifte im Wohnzimmer auf dem Boden gehockt hat.

Das Wohnzimmer meiner Mutter wird beherrscht von einem hässlichen hautfarbenen Kunstledersofa mit einzelnen Sitzkissen. Ich habe damals versucht, sie zu ein oder zwei Ohrensesseln mit Echtlederbezug zu überreden, aber sie hatte nur gelacht. »Leder«, sagte sie, »das ist etwas für *gojim* mit Namen, die auf die ersten Einwanderer von der *Mayflower* zurückgehen.« (Goj = jüdische Bezeichnung für

Nichtjuden; Anm. d. Übers.) Hiernach habe ich es aufgegeben. Erstens besitze ich selbst eine Ledercouch, und zweitens bin ich mit einem *Goj* verheiratet, dessen Vorfahren auf der *Mayflower* in die Neue Welt gereist sind. Wenigstens hat sie darauf verzichtet, das Sofa mit einem Plastik-Schonbezug zu überziehen, so wie meine Großmutter Fanny es getan hat, als ich noch klein war.

Aber als ich an diesem Tag das Wohnzimmer betrete, nehme ich das Sofa gar nicht wahr. »Wow, Oma«, flüstert Faith tief beeindruckt. »Liegt da jemand drin?« Sie lässt sich auf die Knie fallen und klopft mit den Fingerknöcheln gegen die auf Hochglanz polierte Mahagonikiste.

Wenn alles planmäßig verlaufen wäre, würde ich jetzt vermutlich gerade Melonen aussuchen, an ihnen riechen und sie auf ihre Reife hin prüfen, oder ich würde Mr. Li dreizehn Dollar vierzig Cent bezahlen für sieben Hemden von Brooks Brothers, die derart gestärkt waren, dass sie wie Torsos hinten im Wagen lagen. »Mutter«, sage ich. »Warum steht ein Sarg in deinem Wohnzimmer?«

»Das ist kein Sarg, Mariah. Siehst du die Glasplatte oben drauf? Das ist ein Sargtisch.«

»Ein Sargtisch.«

Meine Mutter stellt ihre Kaffeetasse auf der Glasplatte ab, um mir vor Augen zu führen, dass es sich sehr wohl um einen Tisch handelt. »Siehst du?«

»Du hast einen Sarg in deinem Wohnzimmer stehen.« Ich kann es einfach nicht fassen.

Sie setzt sich auf das Sofa und legt die Füße in den zierlichen Sandalen oben auf die Glasplatte. »Das weiß ich, Liebes. Ich habe ihn ja ausgesucht.«

Ich berge das Gesicht in den Händen. »Du warst gerade zur Kontrolluntersuchung bei Dr. Feldman. Du weißt doch, was er gesagt hat: Wenn du regelmäßig die Medikamente gegen deinen Bluthochdruck nimmst, spricht nichts dagegen, dass du uns noch alle überlebst.«

Sie zuckt die Achseln. »Damit habe ich dir wenigstens eins erspart, wenn es soweit ist.«

»Himmelherrgott. Tust du das, weil Colin letztens von betreutem Wohnen gesprochen hat? Ich schwöre dir, er dachte nur, du ...«

»Beruhige dich, Schatz. Ich habe gar nicht vor, in nächster Zeit den Löffel abzugeben. Ich habe nur einen Couchtisch gebraucht. Ich mag die Holzfarbe. Und dann habe ich in *Twenty/Twenty* einen Beitrag gesehen über einen Mann in Kentucky, der diese Tische herstellt.«

Faith streckt sich neben dem Sarg auf dem Boden aus. »Du könntest in ihm schlafen, Oma«, schlägt sie vor. »Wie Dracula.«

»Du musst doch zugeben, dass er wunderbar verarbeitet ist«, meint meine Mutter.

Und das in mehr als nur einer Hinsicht. Das Holz ist exquisit, glatt und glänzend. Die Stöße und Facetten sind sauber und fein gearbeitet, und die Beschläge sind auf Hochglanz poliert.

»Es war ein richtiges Schnäppchen«, fügt meine Mutter hinzu.

»Jetzt sag bitte nicht, du hast ihn gebraucht gekauft.«

Meine Mutter schnaubt und wirft einen Blick auf Faith. »Deine Mutter müsste dringend lernen, nicht alles immer so eng zu sehen.« Das gibt meine Mutter mir nun schon seit Jahren auf die eine oder andere Art zu verstehen. Aber ich kann einfach nicht vergessen, dass ich das letzte Mal, als ich mich habe gehen lassen, beinahe daran kaputtgegangen wäre.

Meine Mutter setzt sich zu Faith auf den Fußboden, und zusammen ziehen sie an den für die Sargträger vorgesehenen Messinggriffen. Sie haben die blonden Köpfe – das Haar meiner Mutter gefärbt, das meiner Tochter fast weiß – so dicht zusammengesteckt, dass ich nicht erkennen kann, wo der eine aufhört und der nächste anfängt. In ihrem Übermut schaffen sie es, den Sarg ein paar Zentimeter weit zu sich heranzuziehen. Ich starre auf den Abdruck, den das schwere Möbel auf dem Teppich hinterlassen hat, und versuche dann, den Teppichflor mit dem Schuh so gut es geht wieder aufzurichten.

Colin und ich haben mehr Glück als die meisten Menschen. Wir haben jung geheiratet, aber wir sind verheiratet geblieben – trotz einiger sehr heftiger Erschütterungen unterwegs.

Die Chemie stimmt einfach. Wenn Colin mich ansieht, weiß ich, dass er weder die zehn Pfund sieht, die ich nach der Schwangerschaft nicht mehr losgeworden bin, noch die feinen grauen Strähnen in meinem Haar. Er stellt sich meine Haut straff und samtig vor, mein Haar, wie es mir offen den Rücken herabfällt, meinen Körper wie den einer College-Studentin. Er sieht mich so, wie ich zu meinen Glanzzeiten ausgesehen habe, weil ich – wie er immer wieder betont – das Beste bin, das ihm in seinem Leben widerfahren ist.

Wenn wir gelegentlich mit seinen Kollegen essen gehen – denjenigen, die Ehefrauen als Trophäen betrachten –, wird mir immer wieder von neuem klar, wie glücklich ich mich schätzen kann, einen Mann wie Colin zu haben. Er legt mir eine Hand auf den Rücken, der nicht so gebräunt oder schlank ist wie der eines der jüngeren Modelle. Er stellt mich stolz und lächelnd als seine Ehefrau vor. Und mehr wollte ich auch nie sein.

»Mami.«

Es hat wieder angefangen zu regnen; die Straße vor mir ist überflutet, und ich bin noch nie eine besonders sichere Fahrerin gewesen. »Psst. Ich muss mich konzentrieren.«

»Aber Mami«, quengelt sie. »Es ist wirklich sehr, sehr wichtig.«

»Wirklich sehr, sehr wichtig ist, dass du heil zum Ballettunterricht kommst.«

Einen wunderbaren Moment lang ist es still. Dann fängt Faith an, von hinten gegen meinen Sitz zu treten. »Aber ich habe mein Trikot nicht dabei«, jammert sie.

Ich fahre rechts ran und drehe mich zu ihr um. »Du hast es nicht dabei?«

»Nein. Ich wusste nicht, dass wir gleich von Oma aus zum Ballettunterricht fahren.«

Ich fühle, wie mir Zornesröte ins Gesicht steigt. Wir sind nur noch knapp zwei Meilen vom Tanzstudio entfernt. »Herrgott, Faith. Warum hast du das denn nicht früher gesagt?«

Ihre Augen füllen sich mit Tränen. »Ich habe eben erst gemerkt, dass du zur Ballettschule fährst.«

Ich schlage mit der flachen Hand auf das Lenkrad. Ich weiß selbst nicht, ob ich wütend auf Faith bin, auf das Wetter, auf meine Mutter oder auf die verfluchte Sprinkleranlage im Supermarkt. Scheinbar hat sich heute alles gegen mich verschworen. »Wir fahren jeden Mittwoch nach dem Mittagessen zum Ballett!«

Ich fahre wieder los, wende und ignoriere den Anflug von schlechtem Gewissen, der mir sagt, dass ich zu streng zu ihr bin, dass sie doch erst sieben ist. Die weinende Faith fängt an zu schreien. »Ich will nicht nach Hause! Ich will zum Ballett!«

»Wir fahren nicht nach Hause«, erwidere ich durch zusammengebissene Zähne. »Wir holen nur dein Trikot und fahren dann zur Tanzschule.« Wir werden zwanzig Minuten zu spät kommen. Ich stelle mir die Blicke der anderen Mütter vor, die beobachten, wie ich mitten während des Unterrichts Faith durch die Tür schiebe. Mütter, die es geschafft haben, trotz des sintflutartigen Regens ihre Kinder pünktlich zum Unterricht zu bringen, Mütter, die sich nicht so anstrengen müssen, damit alles ganz leicht aussieht.

Wir leben in einem hundert Jahre alten Farmhaus mit einem Wald auf der einen und einer langgezogenen Steinmauer auf der anderen Seite. Unser drei Hektar großes Grundstück ist auf der Rückseite zu einem großen Teil bewaldet; das Haus selbst steht aber nah genug an der Straße, dass nachts das Scheinwerferlicht der vorbeifahrenden Autos über unsere Betten hinweggleitet wie das Signallicht eines Leuchtturms. Das Farmhaus selbst ist voller ansprechender Widersprüche: eine durchhängende Veranda und dahinter brandneue Isolierfenster, eine freistehende Badewanne mit modernem Massage-Duschkopf, Colin und ich. Die Zufahrt ist leicht abschüssig und steigt an der Straße ebenso wie kurz vor dem Haus leicht wieder an. Als wir von der Straße abbiegen, schnappt Faith freudig nach Luft. »Papa ist zu Hause! Ich möchte ihn sehen.«

Ich ebenfalls, aber so geht es mir ständig. Offenbar hat er einen früheren Flug erwischt und ist zum Mittagessen heimgekommen, bevor er wieder ins Büro fährt. Ich denke an die anderen Mütter, die bereits auf dem Parkplatz des Ballettstudios sind, und dann denke ich daran, Colin wiederzusehen, und plötzlich sage ich mir, dass zwanzig Minuten Verspätung so schlimm auch wieder nicht sind. »Wir sagen Papa hallo, dann holst du dein Trikot, und wir fahren zum Ballett.«

Faith stürmt durch die Tür wie ein Marathonläufer durch das Zielband. »Papa!«, ruft sie, aber es ist niemand in der Küche und im Wohnzimmer, nur Colins Aktentasche steht mitten auf dem Tisch, als einziger Hinweis darauf, dass er da ist. Ich kann Wasser durch die alten Leitungen fließen hören. »Er ist unter der Dusche«, sage ich, und Faith läuft sogleich nach oben.

»Warte!«, rufe ich, sicher, dass es Colin nicht Recht wäre, von Faith überrascht zu werden, wenn er nackt im Schlafzimmer herumläuft. Ich haste ihr nach und bin noch vor Faith an der verschlossenen Schlafzimmertür. »Lass mich zuerst reingehen.«

Colin steht neben dem Bett und wickelt sich ein Handtuch um die Hüften. Als er mich in der Tür stehen sieht, erstarrt er. »Hi«, sage ich lächelnd und umarme ihn. »Ist das nicht eine schöne Überraschung?«

Den Kopf in seine Halsbeuge geschmiegt und seine Arme lose um meine Taille geschlungen, nicke ich Faith zu. »Du kannst reinkommen. Papa ist angezogen.«

»Papa!«, ruft sie und stürzt geradewegs auf seinen Schritt zu, etwas, worüber wir schon oft gelacht haben und das ihn dazu veranlasst, sich ein wenig zu bücken.

»Hi, Schätzchen«, sagt er, blickt aber über Faith' Kopf hinweg, als würde noch ein anderes Kind im Hintergrund warten. Dampf dringt durch den Spalt unter der geschlossenen Badezimmertür.

»Wir könnten ihr ein Video einlegen«, flüstere ich Colin ins Ohr und schmiege mich noch enger an ihn. »Das heißt, wenn du jemanden brauchst, der dir den Rücken schrubbt.«

Aber anstatt zu antworten, löst Colin linkisch Faith' Arme von seiner Taille. »Liebes, vielleicht solltest du ...«

»Was sagst du?«

Wir alle wenden uns der Stimme aus dem Badezimmer zu. Die Tür schwingt auf, und eine tropfnasse, nur unzureichend von einem Badetuch verhüllte fremde Frau steht vor uns. Offensichtlich hat sie geglaubt, Colin hätte mit ihr gesprochen. »O mein Gott«, ruft sie aus, errötet, zieht sich zurück und schlägt die Tür hinter sich zu.

Ich nehme verschwommen wahr, wie Faith aus dem Schlafzimmer läuft, wie Colin ihr nachgeht, wie das Wasser in der Dusche abgedreht wird. Meine Knie geben nach, und plötzlich sitze ich auf dem Bett, auf dem Quilt mit den Eheringen, den Colin mir in Lancaster, Pennsylvania, gekauft hat, nachdem die Mennonitin, die ihn genäht hatte, ihm erklärt hatte, dass ein geschlossener Kreis das Symbol für eine perfekte Ehe sei.

Ich vergrabe das Gesicht in den Händen und denke: *O Gott, es passiert wieder.*

ERSTES BUCH

Das Alte Testament

KAPITEL 1

Millionen geistiger Wesen
wandern auf der Erde umher,
von uns im Wachen
wie im Schlafen unbemerkt.

John Milton
Paradise Lost

ES GIBT GEWISSE Dinge, über die ich nicht spreche. Beispielsweise darüber, wie ich im Alter von dreizehn Jahren meinen Hund zum Einschläfern bringen musste. Oder wie ich, als ich noch auf der Highschool war, am Abend des Anschlussballs in meinem hübschen Kleid am Fenster gesessen und auf einen Jungen gewartet habe, der nie gekommen ist. Oder was ich empfunden habe, als ich Colin das erste Mal begegnet bin.

Das heißt, darüber rede ich schon ein wenig, aber ich gebe niemals zu, dass ich von Anfang an wusste, dass wir nicht füreinander bestimmt waren. Colin war am College ein Football-Star; sein Coach hatte mich engagiert, um ihm Nachhilfe in Französisch zu geben. Er küsste mich – schüchtern, schlicht, unerfahren –, weil er mit seinen Teamkameraden gewettet hatte, dass er es tun würde, und trotz meiner Verlegenheit fühlte ich mich wie im siebten Himmel.

Mir ist völlig klar, warum ich mich in Colin verliebt habe, aber ich habe nie verstanden, was er an mir gefunden hat.

Er hat mir gesagt, dass er in meiner Gegenwart ein anderer Mensch wird – ein Mensch, den er lieber mag als den oberflächlichen Strahlemann, den lässigen Bruderschafts-Kumpel. Er sagte, ich gäbe ihm das Gefühl, bewundert zu werden für das, was er sei, und nicht für irgendetwas, das er getan habe. Ich widersprach, dass ich nicht gut genug für ihn wäre, weder groß noch schön oder elegant genug. Und als er widersprach, wollte ich ihm glauben.

Ich spreche nicht über das, was fünf Jahre später passierte, als sich herausstellte, dass meine anfänglichen Zweifel begründet waren.

Ich spreche nicht darüber, wie er mir nicht in die Augen sehen konnte, als er dafür sorgte, dass man mich wegsperrte.

Es kostet mich unglaublich viel Kraft, die Augen zu öffnen. Sie fühlen sich geschwollen und kratzig an und wollen viel lieber geschlossen bleiben, um nicht zu riskieren, noch etwas zu sehen, das den Weltuntergang bedeuten könnte. Aber es liegt eine Hand auf meinem Arm, und vielleicht ist es Colin, also zwinge ich mich, sie gerade so weit zu öffnen, dass Licht eindringt, schneidend wie Glassplitter. »Mariah«, sagt meine Mutter mit beruhigender Stimme und streicht mir das Haar aus der Stirn. »Fühlst du dich besser?«

»Nein.« Ich fühle gar nichts. Was immer Dr. Johansen mir telefonisch verschrieben hat, hat eine Art Schaumkissen um mich herum gebildet, eine Hülle, die sich mit mir bewegt, nachgibt und das Schlimmste von mir fern hält.

»Es ist Zeit aufzustehen«, sagt meine Mutter nüchtern. Sie beugt sich vor und versucht, mich aus dem Bett zu ziehen.

»Ich will nicht duschen.« Ich versuche, mich zusammenzurollen.

»Ich auch nicht«, grunzt meine Mutter. Das letzte Mal, als sie das Zimmer betreten hat, hat sie mich ins Bad geschleift und unter die kalte Dusche gestellt. »Du wirst dich jetzt hinsetzen, verdammt noch mal, und wenn mich das vorzeitig ins Grab bringt.«

Das erinnert mich an ihren Couchtisch und an den Ballettunterricht, zu dem Faith und ich vor drei Tagen nicht erschienen sind. Ich reiße mich von ihr los, schlage die Hände vor das Gesicht, und frische Tränen laufen über mein Gesicht, heiß wie Kerzenwachs. »Was ist los mit mir?«

»Überhaupt nichts, ganz egal, was dieser Kretin dir auch einreden will.« Meine Mutter legt die Hände an meine brennenden Wangen. »Das ist nicht deine Schuld, Mariah. Du hättest es nicht verhindern können. Colin ist nicht den Boden unter seinen Füßen wert.« Sie tut, als würde sie auf den Teppich spucken, um ihren Worten Nachdruck zu verleihen. »Und jetzt setz dich hin, damit ich Faith hereinholen kann.«

Das lässt mich aufmerken. »Sie darf mich nicht so sehen.«

»Dann sorg dafür, dass sie dich nicht so sieht.«

»Das ist nicht so einfach ...«

»Doch, das ist es«, beharrt meine Mutter. »Diesmal geht es nicht nur um *dich*, Mariah. Du willst einen Nervenzusammenbruch erleiden? Okay, aber lass dich erst gehen, nachdem du Faith gesehen hast. Du weißt, dass ich Recht habe, sonst hättest du mich nicht vor drei Tagen angerufen, damit ich herkomme, um mich um sie zu kümmern.« Sie mustert mich eindringlich und fährt in milderem Tonfall fort. »Sie hat einen Idioten zum Vater, und sie hat dich. Mach daraus, was du willst.«

Eine Sekunde lang gestatte ich der Hoffnung, durch die Ritzen meiner Rüstung zu dringen. »Hat sie nach mir gefragt?«

Meine Mutter zögert. »Nein ... aber das heißt gar nichts.«

Als sie geht, um Faith zu holen, stopfe ich mir die Kopfkissen in den Rücken und wische mir mit einer Ecke der Tagesdecke die Tränen vom Gesicht. Meine Tochter betritt das Zimmer, von einer Hand meiner Mutter mehr oder weniger hereingeschoben. Einen halben Meter vom Bett entfernt bleibt sie stehen. »Hi«, sage ich und lege dabei so überzeugende gute Laune an den Tag wie eine professionelle Schauspielerin.

Einen Moment lang erfreue ich mich einfach nur an ihrem Anblick – ihr widerspenstiger Haarwirbel, die Lücke, wo bis vor kurzem noch ein Schneidezahn war, der abgeblätterte rosa Lack auf ihren Fingernägeln. Sie verschränkt die Arme vor der Brust, spreizt leicht die überlangen Fohlenbeine und presst die wunderschönen Lippen zu einem schmalen Strich zusammen.

»Möchtest du dich setzen?« Ich klopfe neben mich auf die Matratze.

Sie antwortet nicht; sie atmet kaum. Ein stechender Schmerz durchzuckt mich; ich weiß genau, was sie tut, weil ich es selbst schon getan habe. Man redet sich selbst ein, dass alles um einen herum in die gleiche Starre verfällt und somit gewissermaßen die Zeit stehen bleibt, wenn man sich nur ganz still verhält, wenn man bloß keine hastige Bewegung macht. »Faith ...« Ich strecke die Hand nach ihr aus, aber sie macht kehrt und verlässt das Zimmer.

Ein Teil von mir will ihr nachlaufen, aber ein noch größerer Teil bringt einfach nicht die Kraft auf. »Sie redet nicht. Warum?«

»Du bist ihre Mutter. Finde *du* es heraus.«

Aber ich kann nicht. Wenn mir eins im Leben bewusst geworden ist, dann sind es meine eigenen Grenzen. Ich drehe mich auf die Seite und schließe die Augen. Ich hoffe, dass meine Mutter den Wink versteht und mich in Ruhe lässt.

»Du wirst sehen«, sagt sie leise und legt mir eine Hand auf den Kopf, »Faith wird dir helfen, das durchzustehen.«

Ich stelle mich schlafend. Ich gebe auch nicht nach, als ich sie seufzen höre. Oder als ich durch einen ganz schmalen Spalt hindurch beobachte, wie sie ein Schnitzmesser, eine Nagelfeile und eine Nagelschere aus meinem Nachttisch nimmt.

Als ich vor einigen Jahren Colin mit einer anderen Frau im Bett überraschte, versuchte ich nach drei Nächten, mir das Leben zu nehmen. Colin fand mich und brachte mich ins Krankenhaus. Die Ärzte in der Notaufnahme sagten ihm, dass sie mich hätten retten können, aber das stimmt nicht. Irgendwie verlor ich mich in jener Nacht. Ich wurde ein anderer Mensch, ein Mensch, von dem ich nicht gerne höre, den ich ganz sicher selbst nicht wiedererkennen würde. Ich konnte nicht essen und nicht sprechen, ja ich konnte nicht einmal die Energie aufbringen, die Bettdecke zurückzuschlagen und aufzustehen. Meine Gedanken waren um einen einzigen Gedanken erstarrt: Wenn Colin mich nicht mehr wollte, warum sollte ich mich dann wollen?

Als Colin mir mitteilte, dass er meine Einweisung nach Greenhaven veranlasst habe, weinte er. Er entschuldigte sich. Und doch hielt er nie meine Hand, fragte mich nie, was ich wollte, schaute mir nie tief in die Augen. Er sagte, ich bräuchte professionelle Pflege, jemanden, der sich rund um die Uhr um mich kümmere.

Aber entgegen seiner Annahme war ich nicht allein. Ich war seit einigen Wochen mit Faith schwanger. Ich wusste es, ich wusste, dass es sie gab, bevor die Testergebnisse vorlagen und die Ärzte meine Therapie den Bedürfnissen einer Schwangeren potenziellen Selbstmörderin anpassten. Ich habe in der Klinik niemandem von der Schwangerschaft erzählt, habe einfach gewartet, dass sie selbst dahinterkommen, und es hat Jahre gebraucht, bis ich soweit war, mich der Wahrheit zu stellen: Insgeheim habe ich auf eine Fehlgeburt gehofft. Ich habe mir eingeredet, dass Faith, dieser winzige Zellklumpen in mir, Schuld wäre, dass Colin sich einer anderen Frau zugewandt hat.

Und doch, wenn meine eigene Mutter sagt, dass Faith verhindern wird, dass ich so tief in Depressionen verfalle, dass ich aus dem schwarzen Loch nicht mehr herausfinde, hat sie vielleicht gar nicht so Unrecht. Immerhin hat Faith das schon einmal geschafft. Irgendwie verwandelte sich die Schwangerschaft im Laufe der Monate, die ich in Greenhaven verbrachte, von einem Fluch in einen Segen. Menschen, die mir bei meiner Einweisung nicht hatten zuhören wollen, nahmen sich jetzt Zeit für mich und sprachen mich auf meinen anschwellenden Bauch und meine rosigen Wangen an. Colin erfuhr von dem Baby und kehrte zu mir zurück. Ich nannte sie Faith, ein richtiger *Goj-Name*, wie meine Mutter meinte, weil ich so dringend etwas brauchte, woran ich glauben konnte. (*Faith* bedeutet im Englischen »Glaube«; Anm. d. Übers.)

Ich sitze da, eine Hand auf dem Telefonhörer. Ich rede mir ein, dass Colin jeden Moment anrufen wird, um mir zu erklären, dass es nur ein Ausrutscher gewesen sei, ein Fall vorübergehender geistiger Umnachtung. Er wird mich anflehen, ihm nicht die Schuld zu geben an diesem Anflug von geistiger Umnachtung. Wenn ich kein Verständnis für so etwas habe, wer dann?

Aber das Telefon klingelt nicht, und irgendwann nach zwei Uhr morgens höre ich draußen ein Geräusch. *Das ist Colin,* denke ich. *Er ist gekommen.*

Ich laufe ins Bad und versuche, mein Haar zu entwirren, die Arme ganz steif und schmerzend von der tagelangen Untätigkeit. Ich spüle mir mit Mundwasser den Mund aus. Dann laufe ich mit klopfendem Herzen hinaus auf den Flur.

Es ist dunkel. Unten rührt sich nichts. Ich schleiche die Treppe hinunter und spähe durch die Glasscheibe, die die Haustür rechts und links einrahmt. Ganz vorsichtig öffne ich die Tür – sie knarrt – und trete hinaus auf die Veranda des alten Farmhauses.

Das Geräusch, das ich gehört habe, rührt von zwei Waschbären her, die in den Mülltonnen nach Essbarem stöbern. »Weg!«, zische ich sie an und fuchtle mit den Händen. Colin hat sie immer in Lebendfallen gefangen. Wenn eins der Tiere gefangen war und in seiner Verzweiflung schrie, stand Colin auf und trug es in den Wald hinter dem Haus. Dann kam er mit dem leeren Käfig zurück, und es war, als wären nie Waschbären da gewesen. »Abrakadabra«, sagte er dann. »Eben waren sie noch da, und schon sind sie weg.«

Ich kehre zurück ins Haus, aber anstatt wieder nach oben zu gehen, sehe ich den Widerschein des Mondes auf dem polierten Esszimmertisch. In der Mitte des ovalen Tisches steht ein Miniaturmodell des Farmhauses. Ich habe es angefertigt; damit verdiene ich mein Geld. Ich baue

Traumhäuser – nicht aus Beton, Rigips und Balken, sondern aus Stäbchen, die nicht dicker sind als Zahnstocher, aus Stücken Satin, die nicht größer sind als meine Handfläche, aus Elmer's Leim statt Mörtel. Obgleich manche Kunden eine exakte Replik ihres eigenen Hauses in Auftrag geben, fertige ich auch Häuser aus der Zeit vor dem Bürgerkrieg an, arabische Moscheen und Marmorpaläste.

Mein erstes Puppenhaus habe ich vor sieben Jahren in Greenhaven gebastelt, aus hölzernen Eisstielen und Pappe, während die anderen Patienten sich mit Origami beschäftigten. Schon in diesem allerersten Modell hatte jedes Möbelstück seinen Platz, gab es ein Zimmer für jede Persönlichkeit. Seitdem habe ich fast fünfzig weitere Miniaturen gebaut. Ich wurde berühmt, nachdem Hillary Rodham Clinton zum sechzehnten Geburtstag ihrer Tochter Chelsea ein Modell des Weißen Hauses in Auftrag gab – komplett mit *Oval Room*, Porzellan in den Vitrinen und einer handgenähten Nationalflagge der USA im *Executive Office*. Es haben zwar schon mehrere Kunden danach gefragt, aber Puppen für die Häuser stelle ich nicht her. Ein Klavier, wie winzig es auch sein mag, ist immer noch ein Klavier. Aber eine Puppe mit einem hübschen Gesicht und anmutig geformten Gliedmaßen ist im Herzen immer aus Holz.

Ich ziehe einen Stuhl unter dem Tisch hervor und setze mich. Sachte streiche ich mit den Fingern über das abfallende Dach des Miniatur-Farmhauses, über die Stützbalken der Veranda, die winzigen Seidenbegonien in den Terracotta-Töpfen. Drinnen steht ein Tisch wie jener, auf dem das Modell steht. Und auf diesem Miniatur-Kirschbaumtisch steht ein noch viel kleineres Modell des Modells.

Mit einem Fingerschnippen schließe ich die Haustür des Modells. Ich fahre mit dem Daumen an den briefmarkengroßen Fenstern entlang und schließe auch sie. Ich klappe die Fensterläden zu und sichere sie mit den winzigen Riegeln. Ich schiebe die Begonien unter die schützende kleine Schaukel auf der Veranda. Ich verrammle das Haus, als müsse es einem orkanartigen Sturm standhalten.

Colin ruft an, vier Tage nachdem er gegangen ist. »So sollte es nicht sein.«

Vermutlich meint er damit, dass er nicht damit gerechnet hat, dass Faith und ich in sein Schäferstündchen hineinplatzen würden. Wahrscheinlich haben wir ihn zum Handeln gezwungen. Aber selbstverständlich sage ich nichts von alledem.

»Es wird nicht funktionieren mit uns beiden, Mariah. Das weißt du.«

Ich lege auf, während er noch spricht, und ziehe mir die Bettdecke über den Kopf.

Fünf Tage, nachdem Colin uns verlassen hat, spricht Faith immer noch kein Wort. Sie schleicht durch das Haus, lautlos wie eine Katze, spielt mit ihren Spielsachen oder schaut sich Videos an und beobachtet mich dabei argwöhnisch.

Meine Mutter schafft es, trotz anhaltenden Schweigens zu erahnen, dass Faith Haferflocken zum Frühstück möchte, nicht an ihr Playmobil-Dorf auf dem obersten Regalboden herankommt oder vor dem Schlafengehen noch einen Schluck Wasser braucht. Ich frage mich, ob sie sich vielleicht über eine Geheimsprache miteinander verständigen. Ich verstehe sie nicht; sie verweigert jede Kommunikation, und alles in allem erinnert mich das an Colin.

»Du musst etwas tun«, sagt meine Mutter immer wieder. »Sie ist deine Tochter.«

Biologisch, ja. Aber Faith und ich haben wenig gemeinsam. Tatsächlich scheint es, als hätte sie eine Generation übersprungen und stamme direkt von ihrer Großmutter ab, so nah wie die beiden sich stehen. Sie sind beide gleich launig und so unverwüstlich wie Gummi, von dem alles abprallt. Umso ungewöhnlicher ist es dann auch, sie herumlaufen zu sehen wie ein Schatten ihrer selbst. »Was soll ich denn machen?«

Meine Mutter schüttelt den Kopf. »Spiel ein Spiel mit ihr. Geh mit ihr spazieren. Oder du könntest ihr zumindest sagen, dass du sie liebst.«

Ich wende mich meiner Mutter zu; ich wünschte, es wäre so einfach. Ich liebe Faith seit ihrer Geburt, aber nicht so, wie man annehmen würde. Ich war so erleichtert, als sie da war. Nachdem ich mir erst gewünscht hatte, sie zu verlieren, und anschließend monatelang Antidepressiva geschluckt hatte, war ich sicher gewesen, sie würde mit drei Augen oder einer Hasenscharte geboren. Aber auf die leichte, komplikationsfreie Geburt folgte die Erkenntnis, dass ich jetzt ein Baby hatte, das ich nicht glücklich machen konnte, so als würde die Verbindung zwischen uns unterbrochen, noch bevor sie entstehen konnte, zur Strafe dafür, dass ich das Schlimmste von ihr angenommen hatte. Faith litt häufig unter Koliken; sie hielt mich die ganze Nacht wach und trank so gierig, dass ich bei dem Anblick jedes Mal Bauchkrämpfe bekam. Schlaflos und nervös legte ich sie manchmal auf mein Bett, starrte in ihr altkluges rundes Gesichtchen und dachte: *Was um alles in der Welt soll ich nur mit dir machen?*

Ich hatte gedacht, mütterliche Fähigkeiten würden sich ganz von selbst einstellen, so wie die Milch einschoss, wenn es soweit war – ein wenig schmerzhaft, ein bisschen verunsichernd, aber eben ein Teil von mir, in guten wie in schlechten Zeiten. Ich wartete geduldig. Was machte es schon, dass ich nicht wusste, wie ich bei meiner kleinen Tochter Fieber messen sollte? Was machte es schon, dass ich Probleme mit dem Wickeln hatte? Es konnte nicht mehr lange dauern, dann würde ich aufwachen und wissen, was zu tun war.

Irgendwann nach Faith' drittem Geburtstag gab ich die Hoffnung auf. Aus einem unerfindlichen Grund wird die Mutterrolle mir immer schwerfallen. Ich sehe, wie mehrfache Mütter ihre Kinder mühelos in ihren Sitzen festschnallen, während ich Faith' Gurt dreimal überprüfen muss, um ganz sicher zu gehen, dass er auch wirklich eingerastet ist. Ich höre zu, wenn Mütter sich hinabbeugen und zu ihren Kindern sprechen, und versuche mir einzuprägen, was sie sagen.

Allein bei dem Gedanken, Faith' sturem Schweigen auf den Grund zu gehen, dreht sich mir der Magen um. Was, wenn ich versage? Was bin ich dann für eine Mutter? »Ich bin noch nicht soweit«, rede ich mich raus.

»Um Himmels willen, Mariah, reiß dich zusammen. Zieh dich an, bürste dir das Haar und benimm dich wie eine ganz normale Frau, und ehe du dich versiehst, wirst du wieder du selbst sein.« Meine Mutter schüttelt den Kopf. »Colin hat dir zehn Jahre lang eingeredet, du seist eine Mimose, und du warst dumm genug, ihm zu glauben. Was versteht er schon von Nervenzusammenbrüchen?«

Sie stellt eine Tasse Kaffee vor mich hin; ich weiß, dass sie es als Triumph ansieht, dass ich am Esstisch sitze, anstatt mich weiter im Bett zu verkriechen. Als ich eingewiesen wurde, lebte sie in Scottsdale, Arizona, wo sie sich nach dem Tod meines Vaters niedergelassen hatte. Nach meinem Selbstmordversuch kam sie her, und als sie sicher war, dass die Gefahr vorüber war, flog sie wieder heim. Natürlich hatte sie nicht damit gerechnet, dass Colin mich einweisen lassen würde. Als sie davon erfuhr, verkaufte sie ihre Eigentumswohnung, kehrte hierher zurück und setzte vier Monate lang alle Hebel in Bewegung, um zu erreichen, dass ich auf eigenen Wunsch hin entlassen werden durfte. Sie hat es immer für einen Fehler gehalten, dass Colin mich nach Greenhaven gebracht hat, und sie hat ihm das nie verziehen. Was mich betrifft, weiß ich nicht so recht. Manchmal denke ich wie meine Mutter, dass er nicht darüber hätte entscheiden dürfen, wie *ich* mich fühlte, ganz gleich, wie sehr ich mich damals abkapselte. Dann wieder muss ich daran denken, dass Greenhaven der einzige Ort war, an dem ich mich wirklich wohl fühlte, weil dort niemand von mir erwartete, perfekt zu sein.

»Colin ist ein Fiesling«, sagt meine Mutter abfällig. »Gott sei Dank kommt Faith nach dir.« Sie tätschelt meine Schulter. »Erinnerst du dich noch daran, wie du in der fünften Klasse mit einer Zwei minus in Mathe nach Hause gekommen bist? Und du hast geweint, weil du dachtest, wir würden dich ausschimpfen. Dabei war es uns völlig egal. Du hattest dein Bestes gegeben, und nur das allein zählte. Du hattest es versucht. Und das ist mehr, als ich heute von dir behaupten kann.« Sie blickt durch die offene Tür hinüber ins Wohnzimmer, wo Faith mit Buntstiften auf dem Fußboden sitzt und malt. »Hast du denn immer noch nicht begriffen, dass die Aufgabe, ein Kind zu erziehen, niemals abgeschlossen ist?«

Faith greift nach einem orangefarbenen Stift und kritzelt wüst auf einem Stück Pappe herum. Ich erinnere mich daran, wie sie im vergangenen Jahr das Alphabet gelernt hat. Sie hatte eine lange Folge von Konsonanten gekritzelt und mich gefragt, was sie da geschrieben hätte. »Frzwwlkg« hatte ich vorgelesen, was sie zu meiner eigenen Überraschung zum Lachen gebracht hatte.

»Geh schon.« Meine Mutter schiebt mich in Richtung Wohnzimmer.

Als Erstes stolpere ich über die Buntstiftdose. »Tut mir leid.« Ich sammle die verstreuten Stifte ein und lege sie zurück in die Keksdose, in der wir sie aufbewahren. Als ich fertig bin, hocke ich mich hin und begegne Faith' kaltem Blick.

»Es tut mir leid«, sage ich erneut, wobei ich diesmal nicht die Buntstifte meine.

Als Faith hierauf nicht reagiert, schaue ich auf die Pappe, die sie bemalt hat. Eine Fledermaus und eine Hexe, die um ein Feuer herumtanzen. »Wow ... das ist wirklich gut.« Mir kommt die Erleuchtung, und ich hebe das Bild vom Boden auf, um es genauer zu betrachten. »Darf ich das behalten und unten in meinem Atelier aufhängen?«

Faith legt den Kopf schief, greift nach dem Bild und zerreißt es in der Mitte. Dann läuft sie nach oben auf ihr Zimmer und schlägt die Tür hinter sich zu.

Meine Mutter kommt herein und wischt sich an einem Küchenhandtuch die Hände ab. »Das ist ja großartig gelaufen«, sage ich zynisch.

Sie zuckt die Achseln. »Du kannst nicht über Nacht die Welt verändern.«

Ich greife nach der einen Hälfte von Faith' Kunstwerk und streiche mit den Fingern über das wächserne Relief der Hexe. »Ich glaube, das soll ich sein.«

Meine Mutter wirft mit dem Küchenhandtuch nach mir. Unerwartet kühl landet es an meinem Hals. »Du denkst zu viel«, sagt sie.

An diesem Abend betrachte ich mich beim Zähneputzen im Spiegel. Ich bin nicht unattraktiv, oder wenigstens hat man mir das in Greenhaven versichert. Pfleger, Schwestern und Psychiater sehen durch einen hindurch, wenn man ungepflegt herumläuft und sich beklagt; ein hübsches Gesicht hingegen wird bemerkt, man spricht mit ihm und beantwortet seine Fragen. In Greenhaven habe ich mir das Haar kurz schneiden lassen, sodass es meinen Kopf in honigfarbenen Wellen einrahmte. Ich schminkte mich, um das Grün meiner Augen zu betonen. Ich verwandte in diesen wenigen Monaten mehr Zeit auf mein Äußeres als in meinem ganzen bisherigen Leben.

Seufzend beuge ich mich zum Spiegel vor und wische mir einen Rest Zahnpasta aus dem Mundwinkel. Als Colin und ich hier eingezogen sind, haben wir den Badezimmerspiegel ausgetauscht. Der alte war an einer Ecke gesprungen. Das bringe Unglück, hatte ich gesagt. Wir wussten nicht, wie hoch wir den neuen Spiegel hängen sollten. Bei einer Größe von einem Meter zweiundsechzig entsprach meine Augenhöhe nicht der Colins. Er ist einen Kopf größer als ich, und als ich den Spiegel an die Wand hielt, lachte er. »Rye«, sagte er, »ich kann gerademal meine Brust sehen.«

Also hängten wir den Spiegel stattdessen in der für ihn richtigen Höhe auf. Ich musste mich auf die Zehenspitzen stellen, um mein ganzes Gesicht zu sehen. Ich war nie so ganz auf der Höhe.

Mitten in der Nacht fühle ich, wie die Bettdecke sich bewegt. Ein Luftzug, dann schmiegt sich ein weicher Körper an mich. Ich drehe mich um und lege die Arme um Faith.

»So würde es sein, wenn ...«, flüstere ich in mich hinein, und ein Kloß schnürt mir den Hals zu, bevor ich den Gedanken zu Ende denken kann. Ihre Arme umklammern mich wie die Ranken einer Schlingpflanze. Ihr Haar unter meinem Kinn duftet nach Kindheit.

Meine Mutter hat mir früher oft gesagt, dass man immer weiß, wohin man sich wenden kann, wenn es hart auf hart kommt. Dass eine Familie kein künstliches soziales Gefüge ist, sondern ein Instinkt.

Der Flanellstoff unserer Nachthemden hakt und klebt. Still reibe ich Faith' Rücken. Ich fürchte, etwas zu sagen, das diesen Augenblick zunichte macht, und so warte ich, bis ihr Atem gleichmäßig geht, ehe ich mir gestatte, selbst wieder einzuschlafen. Wenigstens das kann ich.

Die Stadt, in der wir leben, New Canaan, ist groß genug, ihren eigenen Berg zu haben, klein genug, dass Gerüchte sich hartnäckig in den Ecken und Winkeln der verwitterten, mit Holzschindeln verkleideten Ladenfronten halten. Es ist eine Stadt aus Farmen und freiem Feld, eine Stadt einfacher Leute, die Seite an Seite leben mit Berufspendlern aus Hanover und New London, die in Immobilien ein wenig mehr für ihr Geld haben möchten. Wir haben eine Tankstelle, einen alten Spielplatz und eine eigene Bluegrass Band. Außerdem gibt es bei uns einen Rechtsanwalt, J. Evers Standish, an dessen Kanzlei ich auf der Route 4 eine Million Mal vorbeigefahren bin.

Sechs Tage, nachdem Colin uns verlassen hat, steht ein Deputy des Sheriffs vor der Tür und fragt, ob ich Mrs. Mariah White bin. Mein erster Gedanke gilt Colin – hatte er vielleicht einen Autounfall? Der Polizist langt in seine Tasche und holt einen Umschlag hervor. »Tut mir leid, Ma'am«, sagt er und ist fort, bevor ich fragen kann, worum es überhaupt geht.

Der erste konkrete Scheidungsantrag wird als Klageschrift bezeichnet. Hierbei handelt es sich um ein kleines Stück Papier, das, wenn man es in der Hand hält, das ganze Leben verändern kann. Ich erfahre erst Monate später, dass der Staat New Hampshire der einzige ist, der noch den Begriff Klageschrift verwendet, anstatt der moderneren Variante Scheidungsklage oder Scheidungsantrag, so als würde auch bei der einvernehmlichsten Trennung der Charakter des Beklagten infrage gestellt. Der Benachrichtigung liegt ein Dokument bei, auf dem steht, dass gegen mich ein Scheidungsverfahren eingeleitet worden sei.

Eine halbe Stunde später sitze ich im Wartezimmer der Kanzlei von J. Evers Standish, Faith in einer Ecke zusammengerollt mit einem abgenutzten Spielzeugzug. Ich wollte sie eigentlich nicht mitnehmen, aber meine Mutter ist den ganzen Vormittag weg – um eine Überraschung für uns zu besorgen, wie sie sagte. Hinter der Empfangsdame öffnet sich eine Tür, und eine großgewachsene elegante Brünette kommt heraus. Sie reicht mir die Hand. »Ich bin Joan Standish.«

Meine Kinnlade klappt herunter. »Wirklich?« In all den Jahren, in denen ich am Gebäude vorbeigefahren bin, habe ich mir J. Evers Standish als einen älteren Herrn mit Backenbart vorgestellt.

Die Anwältin lacht. »Als ich das letzte Mal nachgesehen habe, war ich es noch.« Sie wirft einen Blick auf Faith, die ganz darin vertieft ist, einen Tunnel für ihren Zug zu bauen. »Nan«, bittet sie ihre Empfangsdame, »wären Sie so nett, ein Auge auf Mrs. Whites Tochter zu haben?« Und wie von einem unsichtbaren Faden gezogen, folge ich der Juristin in ihr Büro.

Das Seltsame ist, dass ich völlig ruhig bin. Nicht annähernd so erschüttert wie an dem Nachmittag, als Colin mich verlassen hat. Etwas an dieser Klageschrift erscheint mir unwirklich, wie ein Witz, bei dem mir die Pointe entgangen ist. Etwas, worüber Colin und ich in ein paar Monaten lachen werden, wenn das Licht aus ist und wir einander in den Armen liegen.

Joan Standish erklärt mir, was die Klageschrift bedeutet. Sie fragt mich, ob ich einen Therapeuten sprechen oder mit einer Selbsthilfegruppe Kontakt aufnehmen möchte. Sie möchte wissen, was passiert ist. Sie spricht von Scheidungsurteilen, Unterhalt und Sorgerecht, während der ganze Raum sich um mich dreht. Es kommt mir unwirklich vor, dass die Planung einer Hochzeit ein ganzes Jahr in Anspruch nehmen kann und eine Scheidung in sechs Wochen vorüber ist – als wären in der Zwischenzeit die Gefühle so stark geschrumpft, dass man sie mit einem einzigen zornigen Atemstoß fortblasen kann.

»Glauben Sie, dass Colin das Sorgerecht für Ihre gemeinsame Tochter beantragen wird?«

Ich starre die Anwältin an. »Ich weiß es nicht.« Ich kann mir nicht vorstellen, dass Colin ohne Faith leben soll. Andererseits kann ich mir mein eigenes Leben ohne Colin ebenso wenig vorstellen.

Joan Standish kneift die Augen zusammen und setzt sich mir gegenüber auf ihren Schreibtisch. »Wenn Sie mir diese Bemerkung gestatten, Mrs. White«, beginnt sie. »Sie machen auf mich den Eindruck, als würde das alles Sie gar nicht betreffen. Das ist eine sehr verbreitete Reaktion, wissen Sie, zu verdrängen, was rechtlich in die Wege geleitet wurde, und sich von der ganzen Sache überrollen zu lassen. Aber ich kann Ihnen versichern, dass Ihr Ehemann wirklich und wahrhaftig die juristische Maschinerie in Gang gesetzt hat mit dem Ziel, Ihre Ehe zu beenden.«

Ich öffne den Mund und schließe ihn gleich wieder.

»Was?«, fragt sie. »Wenn ich Sie vertreten soll, müssen Sie sich mir anvertrauen.«

Ich blicke auf meinen Schoß. »Es ist nur ... also ... Wir haben das so ähnlich schon einmal durchgemacht. Was wird aus ... alledem ... wenn er beschließt, doch zurückzukommen?«

Die Anwältin beugt sich vor und stützt dabei die Ellbogen auf die Knie. »Mrs. White, sehen Sie wirklich keinen Unterschied zwischen damals und heute? Hat er sie das letzte Mal verletzt?« Ich nicke. »Hat er versprochen, sich zu ändern? Ist er zu ihnen zurückgekommen?« Sie lächelt sanft. »Hat er beim letzten Mal die Scheidung eingereicht?«

»Nein«, entgegne ich leise.

»Der Unterschied zwischen damals und heute«, fährt Joan Standish fort, »ist der, dass er Ihnen diesmal einen Gefallen getan hat.«

Unsere Plätze im Zirkus befinden sich ganz vorn in der ersten Reihe. »Ma«, frage ich, »wie bist du an diese Karten so weit vorn gekommen?«

Meine Mutter zuckt die Achseln. »Ich habe mit dem Zirkusdirektor geschlafen«, raunt sie mir zu und lacht dann über ihren eigenen Witz. Ihre Überraschung vom gestrigen Tag war eine Fahrt zur Kartenvorverkaufsstelle in Concord, um für uns alle Karten für den in Boston gastierenden Ringling Brothers Circus zu besorgen. Sie meinte, Faith brauche etwas, das sie wieder zum Reden animiert. Und als sie von der Klageschrift erfuhr, meinte sie, ich solle die Fahrt nach Boston als Feier betrachten.

Meine Mutter winkt einen Mann mit einem Bauchladen

herbei und kauft für Faith eine Eiswaffel. Die Clowns gehen durch die Sitzreihen. Ich erkenne einige von ihnen wieder – kann es sein, dass es nach all den Jahren noch dieselben sind? Einer mit einem weißen Hütchen und einem blauen Lächeln lehnt sich vor uns über die Absperrung. Er zeigt erst auf seine gepunkteten Hosenträger und dann auf Faith' ebenfalls gepunktete Bluse und klatscht in die Hände. Als Faith verlegen errötet, formt er stumm das Wort »Hallo«. Faith' Augen weiten sich, und sie antwortet ihm ebenso lautlos.

Der Clown greift in seine Gesäßtasche und holt einen Fettstift hervor. Er legt Faith eine Hand unter das Kinn und malt ihr mit der anderen ein breites, strahlendes Lächeln über die Lippen. Anschließend malt er Noten auf ihren Hals und zwinkert ihr zu.

Er hopst von der Absperrung weg, um sich einem anderen Kind zuzuwenden, dreht sich aber im letzten Moment noch einmal um. So schnell, dass ich ihm nicht ausweichen kann, greift er nach meinem Gesicht. Seine Hand fühlt sich kühl an auf meiner Wange, als er eine Träne unter mein linkes Auge malt, dunkelblau und prallgefüllt mit Trauer.

Obwohl ich mich nicht daran erinnern kann, wollte ich als Kind zum Zirkus.

Meine Eltern fuhren jedes Jahr mit mir zum Boston Garden, wenn die Ringling Brothers in der Stadt waren, und zu behaupten, ich hätte den Zirkus geliebt, wäre noch untertrieben. In den Wochen vor der Vorstellung wachte ich mitten in der Nacht auf, atemlos von den vielen Saltos, meine Augen geblendet von Pailletten, meine Laken nach Tiger, Ponys und Bären riechend. Während der Vorstellung bemühte ich mich dann, möglichst nicht zu blinzeln, um ja nichts zu verpassen, da mir bewusst war, dass das Schauspiel so schnell vorbei sein würde, wie die Zuckerwatte in meinem Mund schmolz.

In dem Jahr, in dem ich sieben war, war ich ganz fasziniert von dem Elefantenmädchen. Die Tochter des Zirkusdirektors stieg in einem Glitzerkostüm selbstsicher auf den Rüssel des riesigen Elefanten und kletterte ihn hinauf, so wie ich manchmal die Spielplatzrutsche hinaufkletterte. Dann setzte sie sich in sein Genick, die Schenkel um seinen dicken, stoppeligen Nacken gelegt, und starrte mich die ganze Zeit über an, während sie um die Manege herumritt. *Wünschst du dir nicht, du wärst ich?*, schien sie zu fragen.

In diesem Jahr forderte meine Mutter mich wie jedes Jahr zehn Minuten vor der Pause auf, aufzustehen, damit wir auf der Toilette nicht anstehen mussten. Sie schleifte mich zur Damentoilette und zwängte uns zusammen in die Kabine. Dann stand sie vor mir, die Arme vor der Brust verschränkt wie ein Dschinn, während ich mich hinhockte, um Pipi zu machen. Wenn ich fertig war, sagte sie: »Und jetzt warte, bis ich fertig bin.«

Meine Mutter sagt, ich wäre nie über die Straße gegangen, ohne ihre Hand zu nehmen, hätte nie nach dem heißen Herd gegriffen und nicht einmal als Kleinkind irgendwelche kleinen Gegenstände in den Mund gesteckt. Aber an jenem Tag schob ich mich unter der Toilettentür hindurch und lief weg.

Ich kann mich nicht mehr daran erinnern. Ich weiß auch nicht mehr, wie ich an den Sicherheitsleuten in den grünen Mänteln vorbeigekommen und ins Wohnwagenlager gelangt bin. Natürlich weiß ich nicht mehr, dass der Direktor persönlich mich über Mikrophon hat ausrufen lassen, in der Hoffnung, dass ich mich melde, dass sich wie ein Lauffeuer herumsprach, dass ein kleines Mädchen verloren gegangen sei, dass meine Eltern die ganze Vorstellung über nach mir suchten. Ich habe keine Erinnerung mehr an das kreidebleiche Gesicht des Zirkusmitarbeiters, der mich schließlich fand und meinte, es sei ein Wunder, dass ich nicht zertrampelt oder aufgespießt worden sei. Und ich kann auch nicht nachempfinden, was in meinen Eltern vorgegangen sein muss, als sie mich zwischen den Stoßzähnen eines schlafenden Elefanten entdeckten, Stroh und Speichel im Haar, vom Rüssel wie vom Arm eines alten Freundes umschlungen.

Ich weiß nicht, warum ich Ihnen das erzähle, außer vielleicht, um Ihnen vor Augen zu führen, dass Wunder sich ebenso vererben wie Augenfarbe und Statur.

Das Elefantenmädchen ist erwachsen geworden. Natürlich kann ich nicht sicher sagen, ob es noch dieselbe ist, aber die Frau in dem Glitzerkostüm hat das gleiche rotgoldene Haar und den gleichen wissenden Blick wie das Mädchen aus meiner Erinnerung. Sie führt ein Elefantenbaby durch die Manege und wirft ihm einen roten Ball zu; sie verneigt sich mit ausholenden Gesten vor dem Publikum und lässt den Elefanten über ihre Schulter hinweg winken. Dann kommt ein Kind durch den Vorhang am Manegenausgang, ein kleines Mädchen, das jenem aus meiner Vergangenheit so ähnlich ist, dass ich mich frage, ob die Zeit unter der Zirkuskuppel stillsteht. Aber dann sehe ich zu, wie die Elefantenfrau dem Mädchen auf den kleinen Elefanten hilft und diesen um die Manege herumführt, und da weiß ich, dass sie Mutter und Tochter sind.

Sie tauschen einen Blick, der mich veranlasst, zu Faith hinüberzusehen. Ihre Augen sind so glänzend, dass sich die Pailletten des Elefantenmädchen-Kostüms in ihnen spiegeln. Plötzlich ist der Clown von vorhin wieder da und winkt Faith, die nickt und klettert über die Absperrung in seine Arme. Sie winkt uns strahlend, als sie davonstakst, um an der Vorführung unmittelbar vor der Pause mitzuwirken. Meine Mutter rutscht auf Faith' Platz. »Hast du das gesehen? O ich wusste ja, dass ich den Photoapparat hätte mitbringen sollen!«

Dann, begleitet von gleißendem Scheinwerferlicht und dem Klang einer dröhnenden Stimme, marschieren die Artisten und Tiere in einer Parade um die drei Manegen. Ich halte Ausschau nach Faith. »Da drüben!«, ruft meine Mutter. »Huhuuuu! Faith!« Sie zeigt am Zirkusdirektor und dem Käfig mit den Tigern vorbei auf meine Tochter, die vor der Elefantenfrau auf einem riesigen Dickhäuter mit gewaltigen Stoßzähnen reitet.

Ich frage mich, ob andere Mütter auch innerlich ein Zwicken verspüren, wenn sie sehen, dass ihre Kinder sich zu Menschen entwickeln, die sie selbst gern gewesen wären. Die Scheinwerfer gleiten über das Publikum hinweg, und trotz des Jubels und des Fanfarengeschmetters kann ich hören, wie meine Mutter verstohlen in ihrer Handtasche ein Karamellbonbon aus dem Papier wickelt.

Ein dressierter Hund, den irgendetwas erschreckt hat, springt einem Clown in einem Reifrock vom Arm. Der Hund wieselt zwischen den Beinen des Direktors hindurch, über die Satinschleppe eines Trapezkünstlers und vor Faith' Elefanten her, der trompetet und sich auf die Hinterbeine stellt.

Und wenn ich hundert werde, nie werde ich vergessen, wie lang Faith' Sturz in die Sägespäne war, wie die Panik meine Trommelfelle anschwellen ließ und jeden anderen Laut ausblendete, wie der Clown, der sie geholt hatte, zu ihr eilte, dabei aber mit dem Jongleur zusammenstieß, dem die wirbelnden Messer aus der Hand fielen, deren blitzende Klingen meiner Tochter in den Rücken schnitten.

Faith liegt bewusstlos auf dem Bauch in einem Krankenhausbett des Mass General. Sie ist so klein, dass sie kaum die halbe Länge der Matratze einnimmt. Über eine Nadel in ihrem Arm bekommt sie eine Infusion, die eine Infektion verhindern soll, wie der Arzt mir erklärt hat, obwohl er diesbezüglich keine Befürchtungen hegt, weil die Schnittwunden nicht sehr tief sind. Aber immerhin tief genug, um mit zwanzig Stichen genäht werden zu müssen. Mein Kiefer ist so gespannt vom Zähnezusammenbeißen, dass mir ein Schauer über den Rücken läuft. Meine Mutter muss wissen, wie nah ich dran bin, die Fassung zu verlieren, da sie leise ein paar Worte mit der Krankenschwester wechselt, Faith über das Haar streicht und mich dann aus dem Zimmer zieht.

Wir reden kein Wort, bis wir an eine kleine Wäschekammer kommen, die meine Mutter für uns vereinnahmt. Sie drückt mich gegen eine Wand aus Laken und Handtüchern und zwingt mich, ihr in die Augen zu sehen. »Mariah, Faith ist okay. Sie wird wieder ganz gesund.«

Und da, einfach so, breche ich zusammen. »Es ist meine Schuld«, schluchze ich. »Ich konnte es nicht verhindern.« Ich spreche nicht aus, was meine Mutter meiner Meinung nach denken muss: dass ich nicht nur wegen der Messer weine, die Faith verletzt haben, sondern auch weil ich, nachdem Colin uns verlassen hat, in Depressionen verfallen bin, vielleicht sogar, weil ich mir Colin überhaupt erst zum Ehemann ausgesucht habe.

»Wenn überhaupt jemand Schuld hat, dann ich – ich

habe die Eintrittskarten gekauft.« Sie drückt mich ganz fest. »Das ist keine Strafe. Das hat nichts zu tun mit Auge um Auge, Zahn um Zahn, Mariah. Du wirst das durchstehen. Das werdet ihr beide.« Dann hält sie mich auf Armeslänge von sich. »Habe ich dir schon einmal davon erzählt, wie ich dich beinahe getötet hätte? Wir waren Ski laufen, und du warst gerade mal sieben. Du bist aus dem Sessellift gefallen, als ich mit meinen Stöcken hantiert habe. Du hast sechs Meter über dem Boden gehangen, nur noch von meiner Hand gehalten, die ich in den Ärmel deines kleinen Mantels gekrallt hatte. Und das alles, weil ich einen Moment nicht aufgepasst habe.«

»Das ist nicht dasselbe. Das war ein Unfall.«

»Genau wie das hier«, sagt meine Mutter eindringlich.

Wir verlassen die Wäschekammer wieder und kehren zurück in Faith' Zimmer. Worte, mit denen die Psychiater in Greenhaven mich beschrieben haben, wirbeln durch meinen Kopf: *Zwanghaft und idealistisch, reagiert sehr empfindlich auf Zurückweisung, wenig Selbstvertrauen, eine Neigung, zu überkompensieren und zu dramatisieren.* »Sie hätte jemand anders zur Mutter verdient. Jemanden, der sich auf so etwas versteht.«

Meine Mutter lacht. »Sie ist nicht ohne Grund deine Tochter, Liebes. Wart's nur ab.« Dann sagt sie, dass sie Kaffee holen geht, und steuert die Tür an. »Nur weil andere Eltern gelassener sind, heißt das noch lange nicht, dass das richtig ist. Diejenigen, die die größte Angst haben, etwas falsch zu machen, sind diejenigen, die sich genug Gedanken machen, alles perfekt haben zu wollen.«

Seufzend fällt die Tür hinter ihr zu. Ich setze mich auf Faith' Bett und streiche mit der Hand über den Rand der Decke. *Wenn ich schon Colin nicht haben kann*, denke ich, *lass mir wenigstens sie.*

Mir war gar nicht klar, dass ich laut gesprochen habe, bis meine Mutter mit dem Kaffee an meine Seite tritt. »Mit wem redest du?« Ich erröte, verlegen, dabei ertappt worden zu sein, wie ich mit einer höheren Macht verhandle. Es ist ja nicht so, als würde ich an Gott glauben. Ich bin in keiner sehr religiösen Familie aufgewachsen, und als Erwachsener stehe ich dem Glauben mit einer gesunden Dosis Skepsis gegenüber – auch wenn ich offenbar den Drang verspüre, trotz aller Zweifel zu beten, wenn ich wirklich dringend Hilfe brauche. »Zu niemandem. Nur zu Faith.«

Meine Mutter drückt mir den Kaffee in die Hand. Die Tasse ist so heiß, dass sie mir die Handfläche versengt, die noch brennt, lange nachdem ich das dampfende Getränk auf dem Nachttisch abgestellt habe. In diesem Moment blickt Faith blinzelnd zu mir auf. »Mami«, krächzt sie, und mein Herz tut einen Sprung: Ihre ersten Worte seit Wochen, und sie gelten mir.

KAPITEL 2

»Sicher glauben viele Menschen an Gott.
Aber es haben auch viele Menschen
geglaubt, die Erde sei eine Scheibe.«

Ian Fletcher
in *The New York Times*, 14. Juni 1998

17. August 1999

IAN FLETCHER STEHT mitten in der Hölle. Er marschiert in den Kulissen des neuen Sets herum, streicht mit der Hand über die Gasleitungen, aus denen Flammen schießen werden, und über gezackte Felsen. Er kratzt ein wenig mit dem Daumen daran und denkt, dass Schwefel gar nicht so toll ist, wie man immer sagt. »Viel zu gelb. Sieht aus wie ein Druidenkreis der Neuzeit.«

Sein Bühnenbildner wirft einen Blick auf den Koproduzenten. »Ich glaube, Mr. Fletcher, das mit dem Feuer und Schwefel hatte etwas mit Geruch zu tun.«

»Geruch?«, sagt Ian mit finsterer Miene. »Was soll denn das bitte heißen?«

»Schwefel, Sir. Er stinkt, wenn man ihn verbrennt.«

Ian funkelt den Bühnenbildner zornig an. »Verraten Sie mir doch bitte«, sagte er gefährlich leise, »was ein geruchlicher Spezialeffekt in einem visuellen Medium wie dem Fernsehen für einen Sinn machen soll.«

Der Mann windet sich. »Ich weiß nicht, Mr. Fletcher, aber Sie ...«

»Ich was?«

»Du wolltest Feuer und Schwefel haben, Ian.« Die Stimme kommt aus der Richtung des Gewirrs von Kameras und Mikrophonen zu seiner Linken. »Mach nicht andere für deine eigenen Fehler verantwortlich.«

Beim Klang der Stimme des Producers seufzt Ian und fährt sich mit einer Hand durch das dicke schwarze Haar. »Weißt du, James, das Einzige, was mich glauben macht, dass es möglicherweise doch eine höhere Macht gibt, ist der Umstand, dass du immer im denkbar ungeeignetsten Augenblick auftauchst.«

»Das hat nichts mit Gott zu tun, Ian, das ist Murphys Gesetz.« James Wilton tritt in den Schwefelkreis und blickt sich um. »Allerdings, wenn du die Religion für dich entdecktest, würde das sicher die Einschaltquoten in die Höhe schnellen lassen.« Er reicht Ian ein Fax mit den letzten Nielsen-Daten.

»Mist«, brummt Ian. »Ich habe dir ja gleich gesagt, dass CBS nicht der richtige Sender ist. Wir sollten die Verhandlungen mit HBO wieder aufnehmen.«

»HBO wird dich nicht mit der Kneifzange anpacken, solange du im unteren Drittel rangierst.« James bricht ein Stück Schwefel ab und hält es sich unter die Nase. »Das ist also Schwefel, ja? Ich habe ihn mir irgendwie immer als große schwarze Feuerstelle vorgestellt.«

Ian lässt abwesend den Blick über das neue Bühnenbild schweifen. »Ja. Wir werden eine neue Kulisse entwerfen.«

»Ach?«, bemerkt James trocken. »Sollen wir sie von deinem Riesenbonus aus deinem bevorstehenden Kontrakt mit Nike bezahlen. Oder von dem Riesen der Christlichen Koalition?«

Ian kneift die Augen zusammen. »Du kannst dir deinen Zynismus sparen. Du weißt selbst, dass wir vor sechs Monaten mit den Specials einen unglaublichen Marktanteil zur Hauptsendezeit hatten.«

James entfernt sich vom Set und überlässt es Ian, ihm zu folgen. »Das waren Specials. Vielleicht hat das den besonderen Reiz ausgemacht. Vielleicht muss eine Show, die wöchentlich ausgestrahlt wird, irgendwann den Reiz des Neuen verlieren.« Mit ernstem Gesicht wendet er sich Ian zu. »Mir gefällt das, was du machst, wirklich außerordentlich gut, Ian. Aber Programmleiter haben von Natur aus wenig Geduld. Und ich bin dafür zuständig, ihnen einen Gewinner zu präsentieren.« Er nimmt Ian das Fax aus der Hand und zerknüllt es. »Ich weiß, dass es gegen deine Natur geht ... aber jetzt wäre der richtige Augenblick, mit Beten anzufangen.«

Obgleich er schon von zahllosen Journalisten danach gefragt worden war, weigerte Ian Fletcher sich standhaft, über die Ereignisse in seinem Leben zu sprechen, die ihm den Glauben an Gott genommen hatten. Tatsächlich gab er nicht nur zu, als Ungläubiger geboren zu sein, sondern verdiente sogar sein Geld damit, die ganze Welt davon zu überzeugen, dass jeder als Ungläubiger geboren wurde und Glaube etwas war, das einem durch subtile Manipulation eingeimpft wurde – wie Kuhmilch zu trinken oder auf den Topf zu gehen –, weil es in der Gesellschaft zum guten Ton gehörte. Religion, behauptete er, sei ein bequemes Allheilmittel. Ians respektloser Vergleich von frommen Katholiken mit Kleinkindern, die glauben, das Pflaster würde ihre Wunde heilen, wurde auf den Leserseiten der *New York Times*, von *Newsweek* und in *Meet the Press* kontrovers debattiert. Er warf die Frage auf, warum Juden, die sich doch als das auserwählte Volk verstünden, immer noch Opfer religiöser Verfolgung wären. Er fragte, warum die Heilige Jungfrau nur Katholiken an irgendwelchen Quellen und im Morgennebel erschiene. Er fragte, wie es einen Gott geben könne, wenn unschuldige Kinder vergewaltigt, misshandelt und getötet wurden. Und je aggressiver er wurde, desto größer wurde seine Zuhörerschaft. 1997 führte sein Buch *God Who?* zwanzig Wochen lang die Sachbuch-Bestsellerliste der *New York Times* an. Er war zu Gast bei Steven Spielberg und wurde eingeladen, am runden Tisch des Weißen Hauses an Diskussionsrunden zu verschiedenen kulturellen Themen teilzunehmen. Im Juli war das *People-Magazin* mit Ian Fletcher auf der Titelseite innerhalb von nur vierundzwanzig Stunden ausverkauft gewesen. Ein Vortrag im Central Park lockte mehr als hunderttausend Menschen an. Und im September 1998 trat Ian Fletcher dann mit Fernsehsendern in Verhandlungen und wurde zum ersten Fernsehatheisten weltweit.

Er gründete eine Gesellschaft – Pagan Productions –, griff Schlüsselthemen von den Reverends Billy Graham und Jerry Falwell auf und ging auf Sendung. Auf riesigen Bildschirmen hinter ihm wurden Bilder der Massenvernichtung gezeigt – Bomben, Landminen, Bürgerkriege –, während Ians mitreißende Stimme mit dem unverwechselbaren Südstaatenakzent die Existenz eines höheren wohlwollenden Wesens infrage stellte, das so etwas zuließ. Er gewann eine große Anhängerschaft und kultivierte seinen Ruf als Sprachrohr der Millenniums-Generation – jener zynischen Amerikaner, die weder Zeit noch Neigung besaßen, ihre Zukunft in Gottes Hände zu legen. Er war voreingenommen, taktlos und stur, was ihm die Sympathien der

Zuschauer zwischen achtzehn und vierundzwanzig Jahren einbrachte. Er war hochgebildet – er besaß einen Dr. Phil. in Theologie der Universität Harvard –, was die Babyboomer aufmerksam machte. Aber Ian Fletchers zweifellos gewichtigstes Attribut – jenes, das ihn bei Frauen jeden Alters beliebt machte und für den Bildschirm prädestinierte – war sein blendendes Aussehen.

Zwei Stunden später stürmt Ian in das Büro seines Producers. »Ich hab's!«, verkündet er, ohne auf James zu achten, der gerade telefoniert und ihm bedeutet, still zu sein. »Das ist perfekt. Das macht dich zu einem stinkreichen Mann.«

Bei diesen Worten blickt James zu ihm auf. »Ich rufe zurück«, sagt er in den Hörer und legt auf. »Okay. Ich bin ganz Ohr. Wie lautet der große Plan?«

Ians leuchtendblaue Augen strahlen, und seine Hände gestikulieren wild, seinen Enthusiasmus untermalend. Er entspricht ganz dem leidenschaftlichen, geistvollen Redner, der James ursprünglich als Stimme eines spirituell verlorenen Landes so fasziniert hat. »Was machst du, wenn du ein Fernsehprediger bist und deine Quoten sinken?«

James denkt einen Moment darüber nach. »Du schläfst mit deiner Sekretärin oder wirst Erpresser.«

Ian verdreht die Augen. »Falsch. Du gehst mit deiner Show auf Tournee.«

»In einem Wohnmobil oder was?«

»Warum nicht?«, entgegnet Ian. »Denk darüber nach, James. Um die Jahrhundertwende haben Prediger mit ländlichen Veranstaltungen ganze Glaubensgemeinschaften mobilisiert. Sie stellten mitten im Nirgendwo ein Zelt auf und ließen Wunder geschehen.«

James kniff die Augen zusammen. »Ich kann mir dich

schlecht in einem Zelt vorstellen, Ian. Deine Vorstellung von Bodenständigkeit entspricht eher dem Four Seasons als dem Plaza.«

Ian zuckt die Achseln. »Extreme Situationen erfordern extreme Taten. Wir werden uns die Masse krallen, mein Freund. Wir werden die weltweit erste Antiwiederauferstehungsbewegung ins Leben rufen.«

»Wenn die Zuschauer dich nicht zu Hause im Fernsehen sehen wollen, Ian, warum sollten sie dich dann am Arsch der Welt sehen wollen wie beispielsweise irgendwo in Kansas?«

»Begreifst du denn nicht? Genau das ist der Knackpunkt. Anstatt Krüppel gehend und Blinde sehend zu machen, werde ich Betrügereien aufdecken. Ich werde diese ganzen angeblichen Wunder als Betrügereien entlarven. Du weißt schon – ich gehe mit Wissenschaftlern nach Lourdes und erbringe mit ihnen zusammen den Beweis, dass die Statue keine echten Tränen weint, sondern dass es sich um ein Kondensationsphänomen handelt. Oder ich decke den medizinischen Grund dafür auf, weshalb jemand, der achtzehn Jahre lang im Koma gelegen hat, plötzlich so gut wie neu wieder aufwacht.« Er beugt sich vor, grinsend wie ein Honigkuchenpferd. »Die Menschen glauben an Gott, weil sie keine andere Erklärung für diese ›Wunder‹ haben. Das lässt sich ändern.«

Langsam erschien ein Lächeln auf James' Lippen. »Weißt du«, sagt er schließlich anerkennend, »das ist gar keine schlechte Idee.«

Ian greift nach der Zeitung am Rand von James' Schreibtisch. Einen Teil wirft er seinem Produzenten zu, den anderen behält er für sich und breitet die Seiten aus wie die Schwingen eines großen Vogels. »Ruf deine Sekretärin und schick sie zum Zeitungskiosk. Wir brauchen den

Globe, die *Post*, die *L.A. Times*«, befiehlt Ian. »*Irgendjemand* hat gestern beim Abendessen das Antlitz Jesu auf seiner Pizza gesehen. Wir müssen ihn nur noch finden.«

30. August 1999

Colin White sitzt in seinem Anzug auf einer Bank auf dem Spielplatz und beobachtet Mütter und Kindermädchen, die unter dem Klettergerüst Kleinkindern nachjagen. Sein Eiersalat-Sandwich bleibt unberührt in Zellophan eingepackt. Ohne auch nur einen Bissen davon zu essen, stopft er es zurück in die braune Papiertüte vom Delikatessengeschäft.

Das kleine Mädchen auf dem Gerüst zum Rüberhangeln sieht Faith ein wenig ähnlich. Die gleichen Locken, auch wenn das Haar eine Spur dunkler ist. Sie schafft es immer wieder bis zur dritten Sprosse, rutscht dann ab und fällt hin. Colin erinnert sich, dass Faith es seinerzeit genauso gemacht hat: Sie hat es wieder und wieder probiert, bis sie es schließlich bis auf die andere Seite geschafft hat. Er würde gern näher herangehen, hält sich aber zurück. In diesen Zeiten würde er nur den Eindruck erwecken, er sei pädophil und nicht einfach ein Vater, der seine kleine Tochter vermisst.

Er fährt sich mit beiden Händen durch das Haar. Was *zum Teufel* hatte er sich bloß dabei gedacht? Die Antwort lautete, dass er gar nicht nachgedacht hatte, als er an jenem frühen Nachmittag Jessica mit zu sich nach Hause genommen hatte. Ballettunterricht ist keine so bombensichere Sache, er hätte damit rechnen müssen, dass Faith und Mariah möglicherweise früher zurückkamen als erwartet. Obwohl inzwischen drei Wochen vergangen sind, kann er sich noch in allen Einzelheiten an den Ausdruck auf Faith' und Mariahs Gesicht erinnern, als Jessica aus dem Bad kam. Er weiß noch ganz genau, wie Faith durch ihn hindurchgesehen hat, als er sie schließlich in ihrem Zimmer eingeholt hat, so als wäre sie alt genug, um seine Ausreden und Erklärungsversuche zu durchschauen.

Auch Mariah hat er verletzt, andererseits hätte das Zusammenleben mit einer Frau, die sich schlicht weigert zu akzeptieren, dass ihre Ehe in der Krise steckt, auch die Geduld eines Heiligen auf eine harte Probe gestellt. Jedes Mal, wenn er versucht hat, Mariah zu zwingen, den Tatsachen ins Auge zu sehen, hat er beim Verlassen des Hauses am nächsten Tag gezittert, dass sie versuchen könnte, sich das Leben zu nehmen. Ursprünglich ist er nur mit Jessica ausgegangen, um jemanden zu haben, mit dem er reden kann.

Und jetzt liebt er sie.

Colin schließt die Augen. Was für ein Durcheinander.

Das kleine Mädchen auf dem Gerüst schafft es bis zur letzten Strebe und landet nur wenige Schritt von Colin entfernt in einer Staubwolke auf dem Boden. »Oh«, sagt sie und grinst zu ihm auf. »Entschuldigung.«

»Kein Problem.«

»Kannst du mir die Schuhe binden?«

Er lächelt. Eins hat er über kleine Kinder gelernt: Für sie sind Erwachsene austauschbar. Jeder etwa im Alter des Vaters kann undifferenziert gebeten werden, sich solcher Kleinigkeiten anzunehmen. Er beugt sich über die Schnürsenkel ihrer Turnschuhe und erkennt auf die kurze Entfernung, dass das Mädchen jünger ist als Faith, kräftiger, eindeutig anders.

Das Mädchen steigt die kurze Leiter am einen Ende des Hangelgerüstes hinauf.

»Du musst mir zusehen«, ruft sie mit unverhohlenem Stolz. »Diesmal mache ich es richtig.«

Colin ertappt sich dabei, wie er die Luft anhält, als das Kind sich erst am linken und dann am rechten Arm vorwärts schwingt, schwungvoll nach den Riesenstreben greift und entschlossen mit den kleinen Fingern zupackt, dass die Knöchel weiß hervortreten – trotz der Anstrengung, obwohl es wehtun muss. Er sieht ihr weiter zu, bis sie sicher auf der gegenüberliegenden Seite anlangt.

Dafür, dass sie erst sieben ist, weiß sie eine ganze Menge. Sie weiß, dass die Raupe des Chrysippusfalters zwischen den Blättern der Seidenpflanze lebt, dass Strumpfhosen niemals so eng sitzen wie Leggings und dass »mal sehen« immer »nein« heißt. Sie hat genug von der Welt gelernt, um zu wissen, dass sie den Erwachsenen gehört und die einzige Möglichkeit, ihre eigenen Spuren zu hinterlassen, darin besteht, erst dann zu reden, wenn sie ausgesprochen haben, und sich möglichst ähnlich zu verhalten, damit sie aufmerken und einen überhaupt wahrnehmen. Sie weiß, dass in der Sekunde, da sie einschläft, der Teddy seine zugenähten Augen öffnet. Sie weiß, dass die Wahrheit einen stechenden Schmerz hinter den Augen verursachen kann und dass Liebe sich manchmal anfühlt, als würde einem von einer großen Hand die Kehle zugeschnürt.

Und obwohl alle versuchen, es vor ihr zu verheimlichen, weiß sie, dass alle noch darüber reden. Faith ist seit drei Tagen wieder zu Hause, obwohl es noch wehtut, ein Oberteil zu tragen. Jedes Mal, wenn sie etwas überzieht, fühlt sie, wie die Schnitte wieder aufplatzen und bluten. Sie hat Angst, im Winter entweder zu erfrieren oder auszubluten.

Tagsüber kommt ihre Großmutter rüber und spielt mit

ihr. Ihr ist es egal, dass Faith dabei nur Shorts trägt. Ihre Mutter sitzt auf der Couch und starrt auf ihren Rücken, wenn sie glaubt, dass es niemand merkt, als könnte Faith ihre bohrenden Blicke nicht fühlen. Wenn Oma nach dem Abendessen geht, gibt es manchmal Gespräche mit dicken, fetten Lücken, sodass es scheint, als würden Stunden vergehen zwischen den einzelnen Sätzen, die Faith und ihre Mutter wechseln.

An diesem Abend stochert Faith in den Erbsen auf ihrem Teller, als es an der Tür klingelt. Oma zieht fragend die Brauen hoch, und ihre Mutter zuckt die Achseln. So geht das zwischen ihnen; sie können sich ohne Worte verständigen, weil sie sich so gut kennen. Zwischen Faith und ihrer Mutter herrscht jedoch eine andere Art der Stille, eine, die darauf gründet, dass sie einander völlig fremd sind. Faith blickt ihrer Mutter nach, als diese zur Tür geht, und sobald sie außer Sichtweite ist, versteckt Faith eine Gabel voll Erbsen in ihrer Strumpfhose.

»Oh!« Die Stimme ihrer Mutter klingt ganz luftig und leicht. »Du kommst gerade rechtzeitig zum Essen.«

»Ich kann nicht bleiben«, hört Faith ihren Vater antworten. Sie versteift sich, fühlt, wie die Erbsen unter ihrem Oberschenkel zerquetscht werden. Sie hat ihren Vater seit diesem Tag nur einmal gesehen. Er hat sie im Krankenhaus besucht, mit dem hässlichsten Teddy, den man sich nur vorstellen kann, und während er ihre Hand gehalten und mit ihr gesprochen hat, hat sie die ganze Zeit diese Frau vor sich gesehen, die aus dem Badezimmer gekommen ist, als wäre sie bei ihnen zu Hause. Sie weiß nicht, warum die Frau mitten am Tag geduscht oder warum ihre Mutter geweint hat. Sie weiß nur, dass der ganze Zwischenfall eine bestimmte Farbe hatte, wie wildes Gekritzel, das über den Rand des Blattes hinausgegangen ist –

das gleiche Blauschwarz, das sie sich manchmal vorgestellt hat, wenn sie wach im Bett lag und durch die Wand ihre Eltern streiten hören konnte.

Ihr Vater kommt in die Küche und küsst sie auf die Stirn. »Hey, Toffee!« Er versucht, sie nicht so anzusehen, wie ihre Mutter es tut. »Wie geht es meinem Karamellbonbon?« Faith starrt ihn an und fragt sich, warum er ihr immer Spitznamen gibt, die etwas mit Essen zu tun haben.

»Meine Güte, Mariah!« Ihre Großmutter steht auf. »Wie konntest du ihn nur reinlassen?«

»Wegen Faith. Ich konnte nicht anders.«

Großmutter schnaubt. »Wegen Faith. Natürlich.« Sie tritt ganz dicht vor Faith' Vater, und einen Moment fragt sich Faith, ob ihre Oma ihm hier und jetzt eine scheuern wird. Aber sie piekst ihn nur mit dem Finger in die Seite. »Auf Wiedersehen, Colin. Du bist hier überflüssig.«

»Lass gut sein, Millie, ja?«

Ihre Mutter kommt mit einem Teller zurück. »Hier«, zwitschert sie. »Das macht überhaupt keine Mühe.«

»Mariah, ich sagte dir doch, dass ich nicht bleiben kann.«

»Es ist doch nur ein Abendessen ...«

»Ich habe andere Pläne.«

»Du könntest sie ändern. Es wäre schön für Fai ...«

»Jessica wartet im Wagen«, sagt ihr Vater angespannt. »Alles klar?«

Faith rennt vor der Stimme ihres Vaters davon und verkriecht sich schutzsuchend unter dem Arm ihrer Großmutter. Ihre Mutter lässt sich kraftlos auf einen Stuhl fallen, und der Teller landet so unsanft auf dem Tisch, dass Erbsen über den Tellerrand hüpfen. Die Kiefer ihres Vater mahlen sonderbar, und er bringt keinen Ton hervor.

Schließlich sagt er: »Ich wollte nur meine Tochter sehen. Tut mir leid.« Dann berührt er Faith' Schulter und geht.

»Mein Gott, Ma! Musstest du das sagen?«

»Ja! Da du dazu offensichtlich nicht in der Lage warst!«

»Ich brauche deine Hilfe nicht.« Faith' Mutter drückt die Hände an den Kopf. »Geh einfach.«

Faith gerät in Panik. Sie wollte ihren Vater auch nicht da haben, aber nur, weil sie wusste, dass es zu einer solchen Szene führen würde. Einmal hat ihre Lehrerin in der Schule eine Schüssel mit Wasser gefüllt und Pfefferpulver oben drauf gestreut. Dann hat sie auf einer Seite Spülmittel ins Wasser tropfen lassen, woraufhin der Pfeffer wie von Geisterhand auf die gegenüberliegende Seite der Schüssel geschossen ist. Aus irgendeinem Grund muss Faith, immer wenn sie an ihre Mutter und ihren Vater denkt, auch an dieses kleine Experiment denken.

»Faith«, sagt ihre Großmutter, »vielleicht solltest du heute Nacht besser bei mir schlafen.«

Ihre Mutter schüttelt den Kopf. »Auf gar keinen Fall. Sie bleibt hier.«

»Großartig!«

Faith versucht zu begreifen, was daran so großartig sein soll. Sie würde gern bei ihrer Großmutter übernachten. Ihre Mutter wird doch nur mit Leidensmiene herumsitzen und ihr ein Video einlegen. Bei ihrer Großmutter darf sie im Gästezimmer übernachten mit der großen schwarzen Nähmaschine in einer Ecke, der Kiste mit den Knöpfen und der kleinen Schale mit Zuckerwürfeln auf dem Nachttisch.

Aber dann verabschiedet sich ihre Großmutter, und ihre Mutter murmelt etwas von Negativ-Psychologie, dann sind sie allein mit dem Geschirr vom Abendessen auf dem Tisch. Faith betrachtet ihre Mutter lange schweigend. Sie sitzt ganz still da, das Gesicht in den Händen verborgen, sodass Faith bereits denkt, sie wäre eingeschlafen. Unsicher, was sie tun oder sagen soll, piekt Faith sie in die Seite. »Hast du Lust, etwas zu spielen?«

Als ihre Mutter aufblickt, sagt sich Faith, dass sie in ihrem ganzen Leben noch nie etwas so Trauriges gesehen hat. Außer vielleicht die Schildkröte im Zoo von San Diego im vorletzten Sommer, die den großen Kopf gehoben und Faith mit Blicken angefleht hatte, sie dorthin zurückzubringen, wo man sie weggeholt hatte.

Die Stimme ihrer Mutter ist dünn und brüchig. »Ich kann nicht.« Sie geht aus dem Zimmer. Faith bleibt zurück und fragt sich wieder einmal, welche die magischen Worte sein mögen, um zu erreichen, dass ihre Mutter bei ihr bleibt.

Mariah war schon immer der Meinung, es müsste für Liebeskranke eine Hilfsorganisation geben nach dem Schema der Anonymen Alkoholiker, um jene zu unterstützen, die an gebrochenem Herzen leiden. *Ganz bestimmt gibt es genug von uns, denkt sie, die vom Zusammenhalt der Gruppe profitieren würden, wenn sie ihren Liebsten mit einer anderen Frau in den Armen erwischen oder wenn sie in seinen Augen lesen, dass er bereits angefangen hat, sie zu vergessen.* Sie stellt sich jemanden mit dem Namen eines guten Samariters vor, der am Telefon mit ihr spricht wie eine Freundin aus der siebten Klasse, der ihr eine Dartscheibe mit seinem Gesicht darauf malt, den Schmerz lindert.

Aber stattdessen starrt sie auf die Visitenkarte mit der Pieper-Nummer ihres Psychiaters. Sie soll nur in dringenden Notfällen anrufen, womit in ihrem persönlichen Fall vermutlich eine Situation gemeint ist, in der sie kurz davorsteht, sich die Pulsadern aufzuschneiden oder an der Kleiderstange des Schlafzimmerschranks aufzuhängen. Sie möchte mit jemandem reden, weiß aber nicht, mit wem. Ihre Mutter ist ihre beste Freundin, aber Millie hat sie gerade fortgeschickt. Sie hat Bekannte, deren Ehemänner Arbeitskollegen von Colin sind; es gibt Paare, die bestimmt mit ihm und Jessica zusammen zum Abendessen gehen werden. Sie fühlt bittere Galle in ihrer Kehle aufsteigen. Es erscheint ihr einfach nicht richtig, dass diese Frau ihren Mann, ihre Freunde, ja ihr ganzes bisheriges Leben bekommen soll.

Es gibt vieles, was sie tun sollte. Sie sollte nach Faith sehen, ihr ihre Antibiotika-Tabletten geben und den Verband auf ihrem Rücken wechseln, bevor sie sie zu Bett bringt. Sie sollte ihre Mutter anrufen und sich bei ihr entschuldigen. Wenigstens aber sollte sie den Tisch abräumen.

Stattdessen ertappt sie sich dabei, wie sie auf das Bett starrt. Die ganze Nacht stellt sie sich vor, sie würde in Ausbuchtungen und Mulden der Matratze rollen, als hätten Colin und Jessica dort spürbare Abdrücke hinterlassen. Sie zieht die Tagesdecke vom Bett und baut sich ein Nest auf dem Fußboden. Sie häuft die Laken obenauf und stellt sich Colins Gesicht vor, so wie sie es früher in ihrem schmalen Bett im College-Schlafsaal getan hat. Sie liegt völlig still da, ohne die Tränen zu beachten, die ihr ohne Vorwarnung aus den Augen schießen wie Geysire, wie heiße Quellen mit wundersamen Heilkräften.

Faith weiß, dass ihre Mutter weint, so sehr weint, dass sie kaum noch Luft bekommt. Es ist ein erstickter Laut, aber mit dem Kopfkissen ebenso schwer auszublenden wie früher die Ehestreitigkeiten. Ihr ist auch nach Weinen zumute. Faith überlegt, ob sie ihre Großmutter anrufen soll, aber dann fällt ihr ein, dass ihre Großmutter ab sieben Uhr den Hörer aushängt, um nicht von Telefonwerbern belästigt zu werden. Also rollt sie sich mit nacktem Oberkörper im Bett zusammen, den alten Teddy an sich gedrückt, der nach Johnson's Babyshampoo riecht.

So bleibt sie lange liegen, dann träumt sie, dass eine Frau in einem langen weißen Nachthemd vor ihr sitzt. Da man sie eindringlich vor Fremden gewarnt hat, zuckt sie zurück.

»Faith«, sagt die Frau. »Du brauchst dich vor mir nicht zu fürchten.«

Langes dunkles Haar, traurige dunkle Augen. »Kenne ich Sie?«

»Möchtest du das denn?«

»Ich weiß nicht.« Faith würde furchtbar gern das Nachthemd der Fremden berühren. Sie hat noch nie etwas Vergleichbares gesehen. Es sieht so weich aus, als könnte man so tief darin versinken, dass man nicht mehr herausfindet. »Sind Sie eine Freundin meiner Mutter?«

»Ich bin deine Beschützerin.«

Sie denkt einen Moment darüber nach und überlegt, ob eine Person, die sie noch nie gesehen hat, so ohne Vorankündigung in ihr Leben treten kann.

»Mit wem sprichst du?« Plötzlich steht Faith' Mutter in der Tür, die Augen rot und verquollen, eine Tube Bacitracin in den Händen.

Erschrocken schaut Faith sich im Zimmer um, aber die Fremde – und der Traum – sind verflogen. »Mit niemandem«, antwortet sie und dreht sich um, damit ihre Mutter die Nähte auf ihrem Rücken versorgen kann.

Zwei Tage später schreckt Mariah nachts aus dem Schlaf hoch. Sie geht barfuß den Flur hinunter und spürt, noch bevor sie das Zimmer ihrer Tochter erreicht hat, dass Faith nicht da ist.

»Faith?«, flüstert sie. »Faith!« Sie reißt die Tagesdecke von dem verlassenen Bett und sieht dann im Schrank nach. Sie steckt den Kopf durch die Badezimmertür und rennt nach unten, um im Spielzimmer und in der Küche nachzusehen. Inzwischen hat sie pochende Kopfschmerzen, und ihre Hände sind ganz feucht. »Faith«, ruft sie. »Wo bist du?«

Mariah denkt an die Geschichten, von denen sie in der Zeitung gelesen hat, von Kindern, die mitten in der Nacht aus ihrem Elternhaus entführt wurden. Sie stellt sich die tausend Gefahren vor, die überall am Wegrand lauern. Dann sieht sie durch das Fenster etwas Silbernes aufblitzen.

Faith ist draußen im Garten und kriecht vorsichtig in drei Metern Höhe über den kesseldruckimprägnierten oberen Querbalken der Schaukel. Das hat sie schon öfter gemacht, geschmeidig wie eine Katze, während Mariah in Panik fürchtete, sie würde abstürzen. »Würdest du mir sagen, was du mitten in der Nacht hier draußen machst?«, fragt Mariah, leise, um sie nicht zu erschrecken.

Faith blickt auf sie herab, nicht im Mindesten überrascht, entdeckt worden zu sein. »Meine Beschützerin hat mir gesagt, ich soll herkommen.«

Mariah hat mit verschiedenen Erklärungen gerechnet, aber ganz sicher nicht mit dieser. »Deine was?«

»Meine Beschützerin.«

»Was für eine Beschützerin?«

»Meine Freundin.« Faith strahlt, ganz euphorisch von dieser neuen Wirklichkeit. »Sie ist meine Freundin.«

Mariah versucht, sich die Gesichter von Faith' kleinen Spielkameradinnen ins Gedächtnis zu rufen, aber keine von ihnen war zu Besuch, seit Colin gegangen ist, da ihre Familien es der neuenglischen Tradition gemäß vorziehen, sich aus anderer Leute Angelegenheiten herauszuhalten, um sich ja nicht anzustecken. »Wohnt sie in der Nähe?«

»Ich weiß nicht«, antwortet Faith. »Frag sie doch.«

Mariah verspürt plötzlich einen Stich in der Herzgegend. Seit Greenhaven stellt sie sich ihren Verstand in Gestalt verschiedener Dominosteine aus Glas vor, die schon durch den leisesten Lufthauch aus der richtigen Richtung umgepustet werden können. Sie fragt sich, ob Realitätsverlust genetisch veranlagt ist wie die Haarfarbe oder die Neigung zu Gewichtsproblemen. »Ist ... ist deine Freundin jetzt hier?«

Faith schnaubt verächtlich. »Was meinst du denn?«

Eine Fangfrage. »Ja?«

Faith lacht, setzt sich rittlings auf den Balken und lässt die Beine recht und links herunterbaumeln. »Komm runter, bevor du dir wehtust«, schimpft Mariah.

»Ich werde mir nicht wehtun. Meine Beschützerin hat es mir gesagt.«

»Na toll«, brummt Mariah und steigt auf eine der Schaukeln, um nach ihrer Tochter greifen zu können. Da hört sie, dass Faith ganz leise zur Melodie von »Pop Goes the Weasel« vor sich hin singt: »Aber die Fru-ucht des Baumes ... in der Mi-itte des Gartens ...«

»Du kommst ins Haus«, sagt Mariah streng. »Sofort.«

Erst als ihre Tochter wohlbehalten im Bett liegt, realisiert Mariah, dass Faith' Rücken nach dem Zirkusunfall endlich soweit verheilt ist, dass sie zum ersten Mal wieder ein Nachthemd tragen kann.

Abgesehen davon, dass Dr. Kellers Barbie keine Haare mehr hat, spielt Faith gern mit den Spielsachen. Es gibt ein Puppenhaus und Malstifte in Form von Enten, Schweinen und Sternen. Die Barbie ist ihr allerdings unheimlich. Sie hat winzige Löcher im Kopf, dort, wo einmal die Haare steckten, und sieht irgendwie wie ein Monster aus. Sie erinnert Faith daran, wie sie einmal eine Puppe fallen gelassen hat, die weinen und Pipi machen konnte. Der Brustkorb brach auf, und darunter kamen eine Pumpe und Batterien zum Vorschein anstelle des Herzens, das sie sich vorgestellt hatte.

Am liebsten kommt Faith aber wegen Dr. Keller. Erst dachte sie, sie würde eine Spritze bekommen oder man würde einen dieser Tests mit ihr machen, bei denen der Doktor einem ein ganz langes Wattestäbchen in den Hals steckt. Aber Dr. Keller sieht ihr nur beim Spielen zu und stellt ihr hin und wieder ein paar Fragen. Dann geht sie rüber in das Zimmer, in dem Faith' Mutter wartet, und Faith darf noch länger ganz für sich allein spielen.

Heute sitzt Dr. Keller auf einem Stuhl und schreibt in ein Notizbuch. Faith nimmt sich eine Plastikfigur mit der Krone einer Königin und lässt sie dann von ihrer Hand rutschen. Sie vergräbt die Hand in der Tonne voller Buntstifte und lässt die Farben durch ihre Finger gleiten. Dann durchquert sie den Raum und starrt hinab auf die kahlköpfige Barbie. Sie hebt sie auf und trägt sie rüber zum Puppenhaus.

Es ist kein besonders schönes Puppenhaus, nicht so wie die von ihrer Mami, aber das ist gar nicht so schlecht. Immer wenn Faith einem Puppenhaus ihrer Mutter zu nahe kommt, wird sie angeschrien, und wenn sie es doch einmal schafft, bei einem älteren Modell – in den neuen ist das Mobiliar festgeklebt – einen winzigen Stuhl oder einen Miniaturwebteppich herauszufingern, fürchtet sie, es könnte etwas beim leisesten *Atemhauch* kaputtgehen. Das Plastik-Puppenhaus bei Dr. Keller hingegen ist eindeutig für Kinder und zum Spielen bestimmt, nicht nur zum Ansehen.

Ken und eine weitere Barbie, diese mit Haaren, drängen sich bereits in dem kleinen Badezimmer des Puppenhauses. Ken liegt bäuchlings da, das Gesicht in der Toilette. Faith nimmt ihn und lässt ihn ins Schlafzimmer gehen. Sie drückt ihn gegen die Barbie mit den Haaren und hält diese beiden Puppen mit einer Hand fest. Dann nimmt sie mit der anderen Hand die kahlköpfige Barbie und lehnt sie gegen die Schlafzimmerwand, sodass sie den beiden anderen zusieht.

Dr. Keller rückt ihren Stuhl näher an das Puppenhaus heran. »Es sind aber viele Leute in dem Zimmer.«

Faith blickt auf. »Ein Vater und eine Mutter und noch eine Mutter.«

»Zwei Mütter?«

»Ja. Die hier ...«, sie tippt die Barbie in Kens Armen an, »... übernimmt das Küssen.«

»Und was ist mit der anderen?«

Faith streicht sacht über den kahlen Schädel der zweiten Puppe. »Diese hier das Weinen.«

»Du bist was?«

Jessica starrt ihn entgeistert an, und da weiß Colin, dass er wieder einen Fehler gemacht hat. »Ich dachte, du würdest dich freuen«, sagt sie und bricht in Tränen aus.

Colin weiß einfach nicht, was er tun soll. Er ist sicher, dass Jessica von ihm erwartet, etwas Angemessenes zu tun oder zu sagen, aber er kann nur an den Augenblick vor

Jahren denken, als die Ärzte in Greenhaven ihm eröffneten, dass ein Schwangerschaftstest bei Mariah positiv ausgefallen sei. Nach einer Weile legt er die Arme um Jessica. »Tut mir leid. Ich freue mich ja auch.«

Jessica blickt zu ihm auf. »Wirklich?«, fragt sie mit bebender Stimme.

Colin nickt. »Ich schwöre.«

Sie dreht sich zu ihm um und schlingt sich um ihn wie eine Urwaldrankpflanze. »Ich wusste, dass du das sagen würdest. Ich wusste, dass du das als zweite Chance sehen würdest.«

Zweite Chance wofür?, denkt er, dann erkennt er, dass sie von einer Familie spricht. Er lächelt sie an, an dem Kloß vorbei, der plötzlich in seinem Hals feststeckt. Jessicas Augen leuchten, als sie seine Hand nimmt und auf ihren flachen Bauch legt. »Ich frage mich, wem von uns beiden es ähnlicher sehen wird«, sagt sie leise.

Colin versucht, sich das Gesicht des Kindes vorzustellen, das sie möglicherweise gezeugt haben. Er schließt die Augen, aber alles, was er sieht, ist Faith.

Mariah richtet sich ächzend auf, nachdem sie Faith' Turnschuhe mit Doppelknoten geschnürt hat. Heute ist Donnerstag; heute wird sie wie gewöhnlich Staub saugen, die Leihbücher aus der Bibliothek zurückbringen und auf dem Markt frischen Mais besorgen. Und seit einiger Zeit stehen auch Termine bei Dr. Keller mit auf dem Donnerstagsplan. »Okay. Gehen wir.«

»Mami, du musst auch ihre Schuhe binden.« Seufzend hockt Mariah sich wieder hin und tut so, als würde sie Faith' eingebildeter Freundin die Schuhe binden. »Mami ..., sie trägt Schuhe mit *Schnallen*.«

Nach einer Weile steht Mariah wieder auf. »Sind wir jetzt soweit?« Sie geht an ihrer Tochter vorbei, schnappt sich ihre Handtasche und öffnet die Haustür. Nachdem Faith hindurchgegangen ist, wartet Mariah noch einen Augenblick, sodass auch die Freundin ihrer Tochter hinausgehen kann.

Ein Lächeln erhellt Faith' Züge, und auf dem Weg zum Wagen nimmt sie Mariahs Hand. »Sie sagt *danke*.«

Mariah hätte sich Dr. Keller niemals als ihre eigene Psychiaterin ausgewählt. Zum einen ist sie derart gut organisiert, dass Mariah sich immer wieder dabei ertappt, wie sie noch einmal überprüft, ob sie auch nichts im Wagen vergessen hat – ihre Schlüssel, ihr Taschenbuch, ihr Selbstvertrauen –, bevor sie mit Faith nach oben geht. Außerdem ist Dr. Keller ausgesprochen hübsch – jung, mit Haar von der satten Farbe eines Rotfuchses, und Beinen, die sie nie übereinander zu schlagen vergisst. Mariah hat vor Jahren erkannt, dass sie nicht mit so jemandem sprechen möchte. Dr. Johansen war da schon eher ihre Kragenweite – untersetzt, mit einem müden Ausdruck im Gesicht und menschlich genug, dass es Mariah nichts ausmachte, vor ihm ihre Niederlagen auszubreiten. Aber Dr. Johansen war es gewesen, der ihr empfohlen hatte, mit Faith jemanden aufzusuchen, der ihr helfen würde, die Scheidung zu begreifen und zu verarbeiten. Mariah wollte, dass Faith ebenfalls von Dr. Johansen therapiert wurde, aber der behandelte keine Kinder. Er hatte Dr. Keller empfohlen und sogar persönlich ihre Praxis angerufen, um Mariah zu einem kurzfristigen Termin zu verhelfen.

Mariah möchte nicht einmal sich selbst eingestehen, dass sie der Ursprung von Faith' Halluzinationen ist. Immerhin haben die Ärzte in Greenhaven seinerzeit gesagt, sie könnten nicht ausschließen, dass ihr ungeborenes Baby durch das Antidepressivum geschädigt würde. Und sie konnten auch nicht sagen, *in welcher Weise*.

Mariah zwingt sich, Dr. Kellers Blick zu erwidern. »Ich mache mir Sorgen wegen dieser imaginären Freundin.«

»Das sollten Sie nicht. Das ist völlig normal. Sogar gesund.«

Mariah wölbt die Brauen. »Es ist gesund und normal, mit jemandem zu sprechen, den es gar nicht gibt?«

»Absolut. Faith hat sich jemanden ausgedacht, der ihr vierundzwanzig Stunden am Tag eine emotionale Stütze ist.« Dr. Keller zieht ein Blatt Zeichenpapier aus Faith' Akte. »Sie bezeichnet diese Freundin als ihre Beschützerin, was sie noch in ihrem Verhalten bestärkt – jetzt hat sie jemanden, der sie beschützt, sie braucht nicht mehr zu fürchten, dass sich das, was geschehen ist, wiederholt.«

Mariah nimmt das Blatt entgegen und lächelt über die einfache Zeichnung eines kleinen blonden Mädchens. Es ist Faith – das erkennt sie an dem roten Kleid mit den gelben Blumen, das Faith am liebsten jeden Tag tragen würde. Sie hat sich zwei geflochtene Zöpfe gemalt, die aussehen wie helle Schlangen, und sie hält die Hand einer Frau. »Das ist ihre Freundin«, erklärt Dr. Keller.

Mariah starrt die Figur an. »Sieht aus wie Casper, das freundliche Gespenst.«

»Könnte sein. Faith beschwört ein mentales Bild dieser Person herauf, also handelt es sich vermutlich um etwas, das sie irgendwo schon einmal gesehen hat.«

»Casper mit Haaren«, fügt Mariah hinzu und fährt mit dem Finger über den schwebenden weißen Leib und den braunen Helm um das Gesicht. »Was für eine Beschützerin.«

»Wichtig ist nur, dass sie für Faith ihren Zweck erfüllt.«

Mariah holt tief Luft und wagt den Sprung ins kalte Wasser. »Woher wissen Sie das?«, fragt sie leise. »Woher wollen Sie wissen, dass diese Freundin keine innere Stimme ist?«

Dr. Keller antwortet nicht gleich. Mariah fragt sich, wie viel sie über ihren eigenen Klinikaufenthalt weiß, wie viel Dr. Johansen ihr im Vertrauen erzählt hatte. »Also, zum einen würde ich es nicht als Halluzination bezeichnen. Das würde bedeuten, dass Ihre Tochter psychotische Phasen hat, und Sie haben keinerlei Verhaltensveränderungen erwähnt, die mich zu dieser Annahme veranlassen würden.«

»Was für Veränderungen?«, fragt Mariah, obwohl sie sehr wohl weiß, was die Psychiaterin meint.

»Sehr drastischer Art. Schlafstörungen. Phasen, in denen sie völlig geistesabwesend vor sich hin starrt. Aggression. Veränderungen ihrer Essgewohnheiten. Um drei Uhr nachts herumlaufen und behaupten, ihre Freundin hätte ihr gesagt, sie solle aufs Dach klettern.«

Mariah denkt daran, wie Faith mitten in der Nacht über den Balken der Schaukel gekrochen ist. »Nein«, lügt Mariah. »Nichts dergleichen.«

Dr. Keller zuckt die Achseln. »Dann seien Sie unbesorgt.«

»Was ist, wenn sie möchte, dass ihre Freundin mit in ihrem Bett schläft oder mit am Tisch isst?«

»Spielen Sie mit. Machen Sie kein großes Aufhebens darum. Irgendwann wird Faith sich wieder ohne die mentale Stütze sicher fühlen und sie aufgeben.«

Sei nett zu der Beschützerin, denkt Mariah und lächelt beinahe.

»Ich werde noch einmal mit ihr über diese Freundin

sprechen, Mrs. White. Aber ich habe wirklich schon Hunderte solcher Fälle erlebt. Neunundneunzig dieser Kinder haben sich ganz wunderbar gemacht.«

Mariah nickt, kann aber nicht anders, als sich zu fragen, was aus dem einen wird, das übrig bleibt.

Colin lächelt den Leiter der Pflegeheimkette an. »Das dauert nur eine Minute«, sagt er und verlässt lässig das Büro, um im Kofferraum seines Wagens zu kramen. Gar nicht so leicht, die Vorzüge eines verdammten beleuchteten Notausgang-Schilds zu preisen, nachdem dieses Mistding Funken gesprüht hat, sobald es angeschlossen wurde. Gott sei Dank hat Colin noch ein anderes im Kofferraum; den Defekt des anderen kann er auf fehlerhafte Verdrahtung in der Fabrik in Taiwan schieben.

Das Musterstück ist in einer Kiste vergraben. Colin beißt die Zähne zusammen und tastet an den Rändern entlang nach einem verräterischen Draht. Dann packt er zu und zieht etwas heraus, das sich als kleine Haarspange entpuppt.

Wie die in die Kiste mit den Mustern gekommen ist, ist ihm ein Rätsel. Er kann sich noch erinnern, wann er Faith das letzte Mal mit dieser Spange im Haar gesehen hat, die silbern im Wasserfall ihres hellen Haares schimmerte. Sie bewahrt ihre Spangen und Klammern in einer alten Zigarrenkiste auf, die Colin früher einmal von seinem Vater geschenkt bekommen hat.

Colin vergisst den Verwalter des Pflegeheims, vergisst das Notausgang-Schild, das aus der Kiste hängt wie ein defekter Droid. Gedankenverloren fährt er mit dem Daumen über den Rand der Haarspange.

Er war mit Jessica beim Frauenarzt. Er hat den Herzschlag des neuen Babys gehört. Aber es fällt ihm sehr schwer, Begeisterung für das Ungeborene vorzutäuschen, nachdem er es bei dem einen Kind, das er schon hat, dermaßen vermasselt hat.

Er hat versucht, sie anzurufen, und einmal ist er sogar zu ihrer Schule gefahren, um aus einiger Entfernung den Spielplatz zu beobachten, aber er wagt es nicht, den Kontakt herzustellen. Das Problem ist, dass er nicht weiß, was er sagen soll. Jedes Mal, wenn er denkt, er hätte sich eine brauchbare Entschuldigung zurechtgelegt, erinnert er sich daran, wie Faith ihn angestarrt hat, als er sie nach dem Zirkusunfall im Krankenhaus besuchte – stumm und strafend, als wüsste sie trotz ihrer Jugend um seine Unzulänglichkeit. Colin weiß sehr wohl, dass Vater zu sein keine leichte Übung ist, da geht es um mehr als nur darum, im Garten Ball zu spielen oder einen Zopf zu flechten. Vater sein bedeutet, »Gute Nacht, Mond« auswendig zu kennen. Es heißt, mitten in der Nacht schon auf dem Weg zu sein, den Bruchteil einer Sekunde, bevor man sie aus dem Bett fallen hört. Es bedeutet, sie in einem Tütü herumwirbeln zu sehen und sich zu fragen, wie es wohl sein wird, auf ihrer Hochzeit zu tanzen.

Es heißt, die Illusion zu erhalten, man habe die Oberhand, auch wenn man ihr völlig ausgeliefert ist, seit dem Moment, da sie einem das erste zahnlose Lächeln geschenkt hat.

Er denkt in der letzten Zeit so viel an Faith, dass er nicht mehr begreifen kann, wie er sie lange genug aus seinen Gedanken verdrängen konnte, um den monumentalen Fehler zu machen, bei sich zu Hause mit Jessica zu schlafen.

Colin stößt einen tiefen Seufzer aus. Er liebt Jessica, und sie hat Recht – es ist Zeit für einen neuen Anfang.

Und so leistet er stumm ein Versprechen: Diesmal wird er ein besserer Vater sein, und er wird dafür sorgen, dass auch Faith von dem neuen Kapitel in seinem Leben profitiert. Er sagt sich, dass er, sobald wieder Ruhe in sein Leben eingekehrt ist, zu Faith zurückkehren wird. Er wird alles wieder gutmachen.

»Mr. White«, sagt der Mann vom Pflegeheim ungeduldig aus Richtung der Tür. »Könnten wir bitte weitermachen?«

Colin dreht sich um und steckt die Haarspange in die Tasche. Dann greift er nach dem Muster aus der Kiste und stürzt sich in eine Litanei über die Energie- und Geldersparnis dieses Modells, während er sich im Stillen die ganze Zeit fragt, wie es kommt, dass jemand, der sein Leben damit verdient, Menschen im Notfall den sicheren Weg ins Freie zu weisen, den Ausweg aus seinem eigenen Dilemma einfach nicht finden kann.

6. September 1999

Millie Epstein greift nach ihrer Diät-Cola und setzt sich zu ihrer Tochter auf die Wohnzimmercouch. »Sei froh. Sie hätte sich auch einen britischen Soldaten mit Bärenfellmütze als Beschützer ausdenken und sich darüber beklagen können, dass er nicht hinten in den Wagen passt.«

Mariah fährt sich mit der eigenen Getränkedose über die Stirn. »Sie kommt nächste Woche in die Schule. Was, wenn die anderen Kinder sie verspotten?«

»Ist es das, was dir solche Sorgen macht? Wirklich, Mariah. Sie ist sieben. Nächste Woche hat sie das alles längst vergessen.«

Mariahs Lippe gleitet am scharfen Rand der Getränkedose entlang. »*Ich* habe es nicht vergessen«, sagt sie leise.

Ihre Mutter schüttelt den Kopf. »Es war alles in Ordnung mit dir. Colin hat dir nur eingeredet, du wärst *meschugge,* während du tatsächlich nur ein wenig durcheinander warst.«

»Es war eine klinische Depression, Ma.«

»Was nicht dasselbe ist wie zu glauben, dass ein Alien einem über Radiowellen Botschaften ins Gehirn beamt.«

Mariah dreht sich ihr zu. »Ich habe nie behauptet, ich wäre schizophren.«

»Liebes.« Millie berührt ihre Tochter sanft an der Schulter. »Du hattest auch einen imaginären Freund, als du fünf warst. Es war ein Junge namens Wolf, von dem du behauptet hast, er würde am Fußende deines Bettes schlafen und hätte dich eindringlich vor dem Verzehr von Gemüse gewarnt.«

»Soll mich das etwa trösten?« Mariahs Kopf fängt an zu pochen. Sie nimmt die Fernbedienung vom Tisch und schaltet den Fernseher ihrer Mutter ein. Auf den Hauptkanälen laufen nur Seifenopern, die sie nicht ausstehen kann, dann ein Info-Magazin und die Sendung von Martha Stewart. Sie zappt durch die weniger oft eingeschalteten Satelliten-Programme und entscheidet sich schließlich für eine Sitcom.

»Nein, schalte zurück.« Millie nimmt ihr die Fernbedienung aus der Hand. »Ich mag seinen Akzent.«

Mariah runzelt unwillig die Stirn, als ihre Mutter Ian Fletchers Anti-Evangelisten-Show einschaltet. Der Mann stolziert herum, als hielte er sich für den Größten. Akzent, hah. Wahrscheinlich hat er ihn von einem Sprachtrainer erlernt. Sie hat nie verstanden, warum dieser Mann bei der breiten Masse so gut ankommt. Andererseits hat sie sich nie genug für Religion interessiert, um sich näher mit ihrem Gegenpol zu befassen. »Ich glaube, die Leute sehen seine Show deshalb, weil sie denken, dass Gott, wenn er weiter das Maul so weit aufreißt, während einer Live-Übertragung einen Blitz entsenden und ihn vor aller Augen rösten wird.«

»Das ist sehr alttestamentarisch von dir.« Millie stellt den Ton ab. »Vielleicht hast du ja umfassendere Erinnerungen an die hebräische Schule, als ich dachte.«

Mariah blinzelt. »Ich war auf der hebräischen Schule?«

»Einen Tag, um genau zu sein. Dein Vater und ich dachten, wir sollten den Konventionen entsprechen. Ein paar von deinen Freunden besuchten die Sonntagsschule, also ...« Sie lacht. »Als du hinterher nach Hause kamst, sagtest du, du würdest lieber Ballettunterricht nehmen.«

Das überrascht Mariah nicht. Als sie klein war, beschränkten sich ihre religiösen Aktivitäten auf rein gesellschaftliche Ereignisse – eine Jüdin, deren Familie nur an den hochheiligen Tagen in den Tempel ging und auch dann nur, um zu sehen und gesehen zu werden. Mariah erinnert sich noch gut daran, wie sie den Weihnachtsmann in der Mall gesehen und sich gewünscht hatte, sie könnte auf seinen Schoß klettern wie die anderen Kinder. Sie weiß noch, wie ihre Familie an Weihnachten, wenn der Rest der Welt feierte, zum Chinesen essen ging und anschließend ins Kino, wo sie den Saal ganz für sich allein hatten.

Es überraschte niemanden, als Mariah ein Mitglied der Episkopalkirche heiratete.

Mariah kann sich nicht mehr an den Ballettunterricht erinnern, aber ihr ist bewusst, dass es ihr, während sie mit den Füßen noch die fünf Grundpositionen einnehmen kann, schwerfallen würde, alle Zehn Gebote aufzusagen. »Ich wusste gar nicht ...«

»Oh!«, ruft Millie aus. »Er ist auf großer Tournee! Durch ganz Amerika! Dienstag war er in New Paltz.«

Mariah lacht. »New Paltz hat einen hohen Atheisten-Anteil?«

»Ganz im Gegenteil. Er ist dort, weil irgendeine Kirche dort angeblich eine Statue besitzt, die blutige Tränen weint. Wie sich herausstellte, lag dem Phänomen eine Schwefelablagerung zugrunde oder so etwas.« Eine Texteinblendung erscheint am unteren Bildschirmrand: HOULTON, MAINE, LIVE! Die Kamera schwenkt und fängt T-Shirts ein mit der Aufschrift DAS SYMBOL DES LEBENS: DER JESUS-BAUM. Dann folgt eine Nahaufnahme von Ian Fletcher in der Tür eines Wohnmobils. »Ein Bild von einem Mann.« Millie seufzt. »Sieh dir nur dieses Lächeln an.«

Mariah blickt gar nicht erst von der Fernsehzeitschrift auf, in der sie blättert. »Klar«, sagt sie. »Ich wette, er amüsiert sich königlich.«

Ian hat sich noch nie in seinem ganzen Leben so elend gefühlt. Ihm ist heiß, er ist schweißgebadet, hat mörderische Kopfschmerzen und entwickelt langsam, aber sicher einen Hass auf Maine, wenn nicht sogar auf ganz Neuengland. Schlimmer noch, er kann sich nach der Sendung nicht einmal auf Erholung freuen. Sein Produzent hat sich geweigert, für ihn ordentliche Hotels zu buchen. Er meinte, dass jemand, der durch das ländliche Amerika tingele, mit beiden italienisch beschuhten Füßen auf dem Boden bleiben sollte. Und so wohnt – des guten Tons halber – Ians Produktionsteam im Houlton Holiday Inn, während er selbst in einer mickrigen Blechbüchse haust.

Er hat darauf verzichtet, zu erwähnen, wie wichtig die Unterbringung für jemanden ist, der trotz aller Erschöpfung keinen Schlaf findet und ruhelos umherwandert. Seine Schlaflosigkeit geht nur ihn allein etwas an. Und doch kann Ian es kaum erwarten, diese kleinen christlichen Wunder zu entlarven. Und welche Betrügerei sie auch als nächstes unter die Lupe nehmen, es wird verdammt noch mal ein Ritz-Carlton ganz in der Nähe sein.

Auf ein Zeichen von James hin tritt er aus dem gottverfluchten Winnebago und wird sofort von mehreren Reportern umringt. Er bahnt sich einen Weg durch die Journalisten und steigt auf eine Milchkiste, die irgendjemand zurückgelassen hat. »Wie Sie vermutlich alle wissen«, sagt Ian und deutet dabei auf die kleine ergebene Gruppe von Menschen, die sich vor dem ausladenden Apfelbaum der McKinneys versammelt haben, »stellt sich seit einiger Zeit die Frage, ob Houlton, Maine, tatsächlich Schauplatz eines religiösen Wunders ist. William und Bootsie McKinney behaupten, am Morgen des zwanzigsten August sei ihnen nach einem heftigen Gewitter Jesus in einem vom Blitz gespaltenen Ast dieses Macintosh-Baumes erschienen.«

Ian wendet sich dem Baum zu. Tatsächlich ähneln die Wachstumsringe des Baumes mit den feinen Linien getrockneten Harzes vage einem Gesicht mit länglichem Kinn und dunklen Augen. Ähnlich den konventionellen Gesichtern von Jesus, sofern man an dergleichen glaubt. Ian lässt bewusst die flache Hand auf das Bild klatschen und verdeckt es. »Gibt es hier ein Gesicht? Vielleicht. Aber wenn die McKinneys keine frommen Katholiken wären, die regelmäßig die Kirche besuchen, hätten sie dann auch Jesus gesehen? Oder hätten sie dann vielleicht gemeint, das Gesicht sähe aus wie Orville Redenbacher oder Großonkel Samuel?« Er lässt seine Worte einen Moment wirken, ehe er hinzufügt: »Ist ein religiöses Wunder wirklich unerklärlich und göttlich? Oder handelt es sich vielmehr um eine Verknüpfung dessen, was zu glauben uns eingeimpft wurde, und dem, was wir sehen wollen?«

Als eine der Nonnen unter dem Baum bei diesen Worten nach Luft schnappt, tritt der Gemeindepriester von Houlton vor. »Mr. Fletcher«, sagt Vater Reynolds. »Es gibt dokumentierte Fälle religiöser Wunder, die sogar vom Heiligen Stuhl als solche anerkannt wurden.«

»Wie die Erscheinung der Jungfrau Maria in einer Pfütze in einer mexikanischen U-Bahn-Station vor ein paar Jahren?«

»Dieses wurde meines Wissens noch nicht offiziell anerkannt.«

Ian schnaubt. »Kommen Sie, Vater – wenn Sie die Jungfrau Maria wären und jemandem erscheinen wollten, würden Sie sich dann ausgerechnet einen Ölfilm auf einem Bahnsteig aussuchen? Können Sie denn nicht die Möglichkeit in Betracht ziehen, dass der Schein trügen könnte?«

Der Priester tippt sich mit einem Finger ans Kinn. »Ich schon«, entgegnet er bedächtig. »Und Sie?«

Als ein Kichern durch die Reihen der Umstehenden geht, erkennt Ian, dass der Vater einen Punkt für sich verbucht hat. Gottverdammtes Live-Fernsehen. »Meine Damen und Herren, ich möchte Sie mit Dr. Irwin Nagel von der Fachschaft Forsten der Universität Princeton bekannt machen. Doktor?«

»Holz«, sagt der Professor, »besteht aus verschiedenen Typen von Xylem-Zellen. Durch das Holz ziehen sich Gefäße, die Stoffe leiten und den Baumstamm kräftigen. Das angebliche Bild an dieser Bruchstelle ist nur dem natürlichen Xylem-Prozess zu verdanken. Wenn der Baum älter wird, hören die innersten Lagen auf, Nahrung weiterzuleiten, und verkleben durch Harz, Gummiharz und Tannin, die aushärten und sich dunkler färben. Bei dem Gesicht, das die McKinneys zu erkennen geglaubt haben, handelt es sich nur um Ablagerungen im Kernholz des Baumes.«

Ian nickt, und sein Producer tritt zu ihm. »Was meinst du?«

»Ich weiß nicht, ob sie es dir abkaufen«, antwortet James leise. »Aber das mit der U-Bahn hat mir gefallen.«

Dr. Nagel hebt plötzlich eine große, gefährlich aussehende Astschere. »Das folgende Experiment wird mit Erlaubnis der McKinneys durchgeführt«, sagt er und knipst wahllos einen Ast ab. Das blasse Holz scheint zu erröten, und innerhalb weniger Augenblicke werden die Altersringe des Baumes deutlich sichtbar. »Also. Hat das nicht eine gewisse Ähnlichkeit mit Micky Maus?«

Ian tritt vor. »Der Professor meint, dass das Antlitz Christi buchstäblich eine Laune der Natur ist und nichts Ungewöhnliches für einen Baum dieser Größe und dieses Alters.« Impulsiv fischt Ian einen schwarzen Filzstift aus der Hosentasche und zeichnet eine Form auf die abgetrennte Holzfläche. »Roddy«, ruft er einem ihm bekannten Reporter zu. »Was ist das?«

Der Mann betrachtet die Form mit zusammengekniffenen Augen. »Der Mond.«

Ian zeigt auf Vater Reynolds. »Eine Schale.«

»Ein Halbkreis«, meint Professor Nagel.

Ian steckt mit einem vernehmlichen Klicken den Deckel zurück auf den Stift. »Wahrnehmung ist etwas sehr Subjektives. Ich sage, das ist nicht das Antlitz Jesu. Das ist meine Meinung. Ich mag Recht haben oder auch nicht, ich kann es nicht beweisen, und es ist Ihr gutes Recht, meine Worte in Zweifel zu ziehen. Aber das Gleiche gilt für Bill McKinney und Vater Reynolds, wenn diese sagen ›Ja, das ist das Antlitz Jesu‹. Auch das ist nur eine subjektive

Meinung – eine Ansicht, die sich nicht beweisen lässt. Es ist unerheblich, ob der Papst ihnen beipflichtet, oder der Präsident oder die Mehrheit der ganzen verdammten Welt. Auch wenn sie alle ein Gesicht darin sehen, mag dies so sein oder auch nicht. Und wenn Sie mir nicht glauben, wie *können* Sie dann ihnen glauben?«

»Weißt du, die meiste Zeit verstehe ich nicht einmal, was er sagt, aber ich finde ihn trotzdem großartig«, erklärt Millie. »Sieh dir diesen Priester an. Der sieht aus, als würde er gleich platzen.«

Mariah lacht. »Können wir das abschalten, Ma? Oder kommt als nächstes Jerry Springer?«

»Sehr komisch. Er ist ein Poet, Mariah. Hör ihn doch nur an.«

»Er agiert nach dem Skript eines anderen«, entgegnete Mariah, als Ian Fletcher eine Bibel aufschlug und mit vor Sarkasmus triefender Stimme zu lesen begann.

»›Nur von den Früchten des Baumes, der mitten im Garten steht, hat Gott gesagt: Ihr sollt nicht davon essen und nicht daran rühren, damit ihr nicht sterbet.‹« Faith kommt herein und klettert auf das Sofa. »Das Gedicht kenne ich.«

Das Komische ist, dass der Bibelvers auch Mariah bekannt vorkommt, wenn sie auch nicht versteht, warum. Es ist Jahre her, dass Mariah einen Blick in die Bibel geworfen hat, und ihres Wissens hat Faith noch nie auch nur eine *gesehen*. Colin und sie haben die religiöse Erziehung ihrer Tochter immer wieder hinausgeschoben, da sie sich beide dabei wie Heuchler vorgekommen wären.

»›Die Schlange sprach zu dem Weibe …‹«

Faith murmelt leise etwas vor sich hin. Auf das

Schlimmste gefasst, verschränkt Mariah die Arme vor der Brust. »Was hast du da gesagt, junge Dame?«

»›Keineswegs, ihr werdet nicht sterben.‹«

In dem Moment, da Faith die Worte sagt, sagt auch Ian Fletcher sie im Fernsehen, woraufhin er einen Apfel vom Baum der McKinneys pflückt und provokativ hineinbeißt. Und da fällt Mariah wieder ein, wo sie Fletchers Vers schon einmal gehört hat, nämlich erst vor wenigen Tagen, als Faith mitten in der Nacht auf der Schaukel gespielt und sie leise vor sich hin gesummt hat. Erst wenige Tage zuvor, als Faith – die in ihrem jungen Leben noch nie in der Kirche oder im Tempel war, ja nicht einmal in der Sonntagsschule oder in der hebräischen Schule – aus dem Buch der Genesis zitiert hat, als handle es sich um einen Seilhüpf-Reim.

Die Mitarbeiter von Pagan Productions in L.A. halten sich wohlweislich fern von Ian Fletcher, eingeschüchtert von seinen Wutausbrüchen, seiner Fähigkeit, ihre eigenen Worte gegen sie zu verwenden, sowie aus reinem Selbsterhaltungstrieb heraus – nur für den Fall, dass Mr. Fletcher in Bezug auf Gott irrt, möchten sie nicht am Tag des Jüngsten Gerichts mit ihm zusammen ins Höllenfeuer gestoßen werden. Sie werden gut bezahlt dafür, dass sie die Privatsphäre ihres Arbeitgebers wahren und sämtliche Interviewanfragen unnachgiebig abblocken. Aus diesem Grund weiß auch außerhalb von Pagan Productions niemand, dass Ian jeden Dienstagmorgen die Firma verlässt und keine Menschenseele auch nur ahnt, wohin er sich begibt.

Natürlich wird unter Ians Angestellten wild spekuliert: Er trifft sich mit seiner Geliebten. Er nimmt an einem Hexensabbat teil. Er ruft den Papst an, der insgeheim ein stiller Teilhaber von Pagan Productions ist. Schon mehrmals haben die mutigsten unter den Angestellten im Rahmen irgendwelcher Wetten versucht, Ian zu beschatten, als er in seinem schwarzen Jeep davonfuhr. Aber er hat noch jeden auf dem Los Angeles Freeway abgehängt. Einer schwört, er habe Ian bis zum Flughafen verfolgt, aber niemand glaubt ihm. Wo kann man schon hinfliegen, um pünktlich zur Aufzeichnung am selben Abend zurück zu sein?

An dem Dienstagmorgen jener Woche, in der Ian seine Aufklärungssendung vom Jesus-Baum sendet, hält eine schwarze Stretch-Limousine neben dem Winnebago. Ian bespricht gerade mit James und einigen Koproduzenten die Pressekommentare auf seine letzten Äußerungen. »Ich muss gehen«, sagt Ian erleichtert, als er den Wagen heranfahren sieht. Er hat etwas mit der Zeit jonglieren und Zugeständnisse machen müssen, da er in dieser Woche von Maine aus startet anstatt von L.A.

»Du musst gehen?«, fragt James perplex. »Wohin?«

Ian zuckt die Achseln. »Irgendwohin. Tut mir leid, ich dachte, ich hätte erwähnt, dass ich heute früher gehen würde.«

»Hast du nicht.«

»Ich bin heute Abend zurück, dann können wir weitermachen.« Er schnappt sich Aktentasche und Lederjacke und schlägt die Tür hinter sich zu.

Exakt zweieinhalb Stunden später geht er entschlossenen Schrittes die Flure hinunter, mit der Selbstverständlichkeit von jemandem, der nicht zum ersten Mal da war. Einige der Leute, an denen er vorbeikommt, nicken ihm zu, als er die Ruhezone ansteuert mit den Eichentischen, Fernsehern und Chintz-Sofas. Ian geht auf einen Ecktisch zu, an dem ein Mann sitzt. Obgleich es warm ist in dem

Raum, trägt Michael einen Troyer mit einem Button-down-Hemd darunter. Seine Hände gleiten über ein Kartenspiel, von dem er eine Karte nach der anderen abhebt und umdreht. »Karodame«, murmelt er. »Piksechs.«

Ian lässt sich auf einen Stuhl an seiner Seite sinken. »Hallo«, sagt er sanft.

»Herzkönig. Kreuzzwei. Herzsieben.«

»Wie war deine Woche, Michael?« Ian rückt näher.

Die Schultern des Mannes wiegen sich von einer Seite auf die andere. »Kreuzsechs!«, sagt er fest.

Ian seufzt und nickt. »Kreuzsechs, Kumpel.« Er geht wieder ein wenig auf Distanz. Er sieht zu, wie der Mann an seiner Seite die Karten umdreht: rot, schwarz, rot, schwarz. Michael dreht ein As um. »O nein«, stöhnt er. »As und ...«

»Trumpf ...«, beendet Ian den Satz.

Zum ersten Mal wirft Michael ihm einen flüchtigen Blick zu. »As und Trumpf«, wiederholt er und fährt dann fort, Karten zu zählen.

Ian sitzt ganz still da, bis exakt eine Stunde seit seiner Ankunft vergangen ist – nicht, weil Michael seine Anwesenheit wahrnähme, sondern weil Michael jede noch so geringfügige Abweichung der Routine registrieren würde. »Wir sehen uns in einer Woche, Kumpel«, murmelt Ian.

»Kreuzdame. Herzacht.«

»Also dann ...«, sagt Ian und schluckt hart. Er verlässt das Gebäude und kehrt zurück nach Maine.

Faith hat kürzlich entdeckt, dass man, wenn man die Augen ganz fest zukneift und ganz fest mit den Daumen über die Lider reibt, Dinge sieht: kleine Sterne und grünblaue Kreise, von denen sie denkt, dass es sich um ihre Iris handelt, als gäbe es eine Art Spiegel auf der Innenseite ihrer Augenlider. Sie zieht an den Rändern der Lider und sieht einen Wirbel von Rot, die Farbe des Zorns, wie sie meint. Sie hat diesen neuen Trick in letzter Zeit häufig angewandt, auch wenn er gestern zu Schulbeginn nicht so gut funktioniert hat. Willie Mercer hat gesagt, dass nur Babys Butterbrotdosen mit der kleinen Meerjungfrau hätten, und als sie versuchte, ihn zu ignorieren, und stattdessen im Flüsterton mit ihrer Beschützerin sprach, lachte Willie und sagte, sie hätte nicht alle Tassen im Schrank. Also kniff sie die Augen zu, um ihn auszublenden, und eins führte zum anderen, und ehe sie sich versah, rief die Schulkrankenschwester bei ihr zu Hause an und berichtete ihrer Mutter, dass Faith sich ständig die Augen reibe; bestimmt habe sie eine Bindehautentzündung.

»Tun deine Augen weh, Faith?«, fragt Dr. Keller jetzt.

»Nein, es glaubt nur jeder, sie würden wehtun.«

»Das stimmt. Deine Mutter hat mir von deinem ersten Schultag erzählt.«

Faith blinzelt ins fluoreszierende Lampenlicht. »Ich war nicht krank.«

»Nein.«

»Ich tue es einfach gern. Ich sehe dann Sachen.« Sie hebt herausfordernd das Kinn. »Versuchen Sie's.«

Zu ihrer Überraschung nimmt Dr. Keller die Brille ab und reibt sich die Augen, so wie Faith es gemacht hat. »Ich sehe etwas Weißes, das aussieht wie der Mond.«

»Das ist das Innere Ihres Auges.«

»Wirklich?« Dr. Keller setzt die Brille wieder auf. »Weißt du das ganz bestimmt?«

»Nein, nicht wirklich«, gibt Faith zu. »Aber glauben Sie nicht auch, dass Ihre Augen auch dann noch sehen, wenn die Lider geschlossen sind?«

»Ich wüsste keinen Grund, weshalb sie das nicht tun sollten. Siehst du deine Freundin, wenn du die Augen auf diese Weise geschlossen hast?«

Faith spricht nicht gerne von ihrer Beschützerin. Andererseits hat Dr. Keller ihre Brille abgesetzt und sich die Augen gerieben, etwas, das Faith sich nie hätte vorstellen können. »Manchmal«, entgegnet Faith mit möglichst dünner Stimme.

Dr. Keller mustert sie aufmerksam, eine Mühe, die sich sonst kaum jemand macht. Ihre Mutter reagiert auf das, was Faith ihr erzählt, gewöhnlich mit »Aha« oder »Wirklich?«, aber tatsächlich gehen ihr Billionen anderer Dinge durch den Kopf, während Faith versucht, ihr etwas zu sagen. Und Mrs. Grenaldi, ihre Lehrerin, sieht niemandem in die Augen. Sie blickt immer über die Köpfe der Kinder hinweg, als würden ihnen Käfer durch das Haar kriechen.

»Hast du deine Freundin schon lange?«

»Welche Freundin?«, fragt Faith, obwohl sie weiß, dass sie Dr. Keller nichts vormachen kann.

Die Psychiaterin beugt sich vor. »Hast du noch andere Freunde, Faith?«

»Klar. Ich spiele mit Elsa, Sarah und Gary, wenn meine Mutter es möchte, aber Gary wischt sich die Nase an meinen Kleidern ab, wenn er glaubt, dass ich nicht hinsehe.«

»Ich meine, noch andere Freunde wie deine Beschützerin.«

»Nein.« Faith denkt nach. »Nein, ich kenne sonst niemanden wie sie.«

»Ist sie jetzt hier bei uns?«

Faith blickt sich unbehaglich um. »Nein.«

»Spricht deine Beschützerin mit dir?«

»Ja.«

»Sagt sie Dinge, die dir Angst machen?«

Faith schüttelt den Kopf. »Sie tröstet mich, macht mir Mut.«

»Berührt sie dich?«

»Manchmal.« Faith schließt die Augen und drückt die Daumen auf die Augäpfel. »Sie schüttelt mich nachts wach. Und sie umarmt mich oft.«

»Das klingt nett«, meint Dr. Keller. »Ich wette, das gefällt dir.«

Verlegen nickt Faith. »Sie sagt, mich hat sie am meisten lieb.«

»Dann ist sie nur *deine* Freundin und niemandes sonst?«

»O nein«, widerspricht Faith. »Sie hat noch andere Freunde. Die trifft sie nur nicht mehr so oft. Es ist wie bei mir. Früher bin ich ständig rüber zu Brianna gegangen, aber jetzt geht sie auf eine andere Schule, sodass wir nicht mehr oft miteinander spielen.«

»Erzählt deine Beschützerin dir von ihren anderen Freunden?«

Faith nennt verschiedene Namen. »Sie hat vor langer Zeit mit ihnen gespielt, aber heute nicht mehr.«

Dr. Keller ist sehr still geworden. Das ist sonderbar; gewöhnlich stellt sie Faith Fragen über Fragen, bis Faith sich am liebsten die Ohren zuhalten würde. Faith beobachtet die Hände der Ärztin, die ein ganz klein wenig zittern, so wie die ihrer Mutter, als sie noch die Tabletten nahm.

»Faith«, sagt Dr. Keller schließlich. »Sag mal ...« Sie holt tief Luft, ehe sie fortfährt. »Hast du je um eine Freundin wie diese gebetet?«

Faith zieht die Nase kraus. »Was ist beten?«

Der unnatürliche Glanz in ihren Augen verrät Dr. Keller, dass Mariah kurz vor einem Nervenzusammenbruch steht. Vielleicht ist es auch bereits passiert, das ist schwer zu sagen, da Faith so nett jenseits des Beobachtungsfensters spielt. Dr. Keller nimmt an ihrem Schreibtisch Platz und bedeutet Mariah, sich ebenfalls zu setzen. »Faith hat heute mir gegenüber ein paar Namen erwähnt: Hermann Joseph aus Steinfeld. Elisabeth aus Schönau. Juliana Falconieri.« Dr. Keller blickt auf.

Mariah zuckt die Achseln. »Ich glaube nicht, dass wir jemanden kennen, der Hermann heißt. Und liegt Schönau irgendwo in der Nähe?«

»Nein. Mrs. White«, erwidert Dr. Keller leise. »Das tut es nicht.«

Mariah lacht nervös. »Nun, vielleicht hat sie sich diese Namen ausgedacht. Ich meine, wenn sie sich schon eine imaginäre Freundin ausgedacht hat ...?« Sie verstummt und fühlt, wie ihre Handflächen feucht werden, obwohl sie selbst nicht sagen kann, warum sie eigentlich so nervös ist.

Dr. Keller massiert sich die Schläfen. »Das sind sehr komplizierte Namen, zu kompliziert, als dass eine Siebenjährige sie sich spontan ausdenken würde. Im übrigen sind es keine Phantasienamen. Es handelt sich um Menschen, die tatsächlich existieren oder besser existiert haben.«

Noch verwirrter nickt Mariah. »Vielleicht handelt es sich um etwas, das sie in der Schule gelernt hat. Im vergangenen Jahr war Faith Expertin in Sachen Regenwald.«

»Besucht sie die Gemeindeschule?«

»O nein. Wir sind nicht katholisch.« Mariah lächelt zögernd. »Warum?«

Dr. Keller hat sich ihr gegenüber auf einer Ecke ihres

Schreibtischs niedergelassen. »Bevor ich heiratete und Psychiaterin wurde, war ich Mary Margaret O'Sullivan aus Evanston in Illinois. Ich bekam jeden Sonntag die Kommunion, und anlässlich meiner Konfirmation gab es eine große Feier. Ich besuchte bis zu meinem Abschluss und bevor ich mein Studium in Yale antrat die Gemeindeschule. Auf meiner Schule habe ich gelernt, wer Herman Joseph ist. Und Elisabeth und Juliana. Sie sind katholische Heilige, Mrs. White.«

Mariah ist sprachlos. »Na ja«, sagt sie, weil sie nicht weiß, was von ihr erwartet wird.

Dr. Keller beginnt, auf und ab zu gehen. »Ich glaube, wir haben Faith nicht richtig zugehört, was ihre Beschützerin betrifft ...«

»Was meinen Sie damit.«

»Ihre Tochter«, entgegnet Dr. Keller ausdruckslos. »Ich glaube, sie sieht Gott.«

KAPITEL 3

Der Geist ist sein eigenes Zuhause,
und in sich selbst kann er
aus einem Paradies eine Hölle machen
und aus einer Hölle ein Paradies.

John Milton
Paradise Lost

20. September 1999

IN GREENHAVEN GAB es eine Frau, die glaubte, die Jungfrau Maria wohne in ihrer Ohrmuschel. »Damit sie mir besser Prophezeiungen zuflüstern kann«, erklärte sie. Hin und wieder forderte sie Krankenschwestern, Ärzte und Mitpatienten auf, nachzusehen. Als ich an der Reihe war, ging ich so nah ran, dass ich einen flüchtigen Moment ein Pulsieren in einer inneren rosigen Membran wahrnahm. »Hast du sie gesehen?«, fragte sie, und ich nickte, nicht sicher, wer von uns beiden jetzt verrückter wirkte.

Faith ist in der letzten Zeit ebenso oft in der Schule gewesen wie daheim geblieben und ich habe seit zwei Wochen an keinem meiner Puppenhäuser mehr gearbeitet. Wir verbringen mehr Zeit im Krankenhaus als zu Hause. Inzwischen wissen wir dank eines MRIs, eines CTs und umfangreicher Bluttests, dass sie weder an einem Hirntumor noch an einer Schilddrüsenerkrankung leidet. Dr.

Keller hat sich im Hinblick auf Faith' Verhalten mit Kollegen beraten. »Auf der einen Seite«, sagt sie zu mir, »beziehen sich fast alle psychotischen Halluzinationen bei Erwachsenen auf Religion, die Regierung oder den Teufel. Andererseits zeigt Faith keinerlei andere Symptome einer Psychose.« Sie möchte Faith Risperdal verabreichen, ein Antipsychotikum. Wenn die imaginäre Freundin hiernach verschwindet, war es das. Und wenn nicht ... Nun, damit werde ich mich befassen, wenn es soweit ist.

Faith kann nicht mit Gott sprechen, soviel weiß ich. Aber gleich darauf frage ich mich: *Warum eigentlich nicht?* Es wäre nicht das erste Mal, dass sich etwas physikalisch Unerklärliches ereignet. Und eine gute Mutter steht zu ihrem Kind, ganz gleich, wie bizarr die Geschichten sind, die es erzählt. Andererseits, wenn ich dazu stehe, dass Faith tatsächlich Gott sieht, und leugne, dass sie verrückt ist ... Nun, dann werden alle denken, *ich* sei wahnsinnig. Schon wieder.

Damit Faith das Risperdal einnimmt, muss ich die Tablette im Mörser zerdrücken und in Schokoladenpudding einrühren, um den Geschmack zu überdecken. Dr. Keller sagt, dass Antipsychotika schnell wirken, anders als Antidepressiva, bei denen man acht Wochen abwarten muss, ehe sich eine Wirkung bemerkbar macht. Bis dahin heißt es abwarten.

Faith schläft gerade zusammengerollt auf ihrer Tagesdecke mit der kleinen Meerjungfrau. Sie sieht aus wie ein ganz gewöhnliches Kind. Sie muss wissen, dass ich hier bin, denn sie streckt sich, rollt sich herüber und schlägt die Augen auf. Sie sind glasig, mit einem abwesenden Ausdruck vom Risperdal. Sie hat immer Colin ähnlich gesehen, aber in diesem Moment sieht sie aus wie ich.

Einen Moment denke ich zurück an die Monate, die ich

in Greenhaven verbracht habe: wie die Tür hinter mir ins Schloss fiel, wie der Schlüssel sich im Schloss drehte, das Stechen der Beruhigungsspritze an meinem Arm. Ich frage mich, warum Colin, der Krankenhauspsychiater und der Richter für mich gesprochen haben, wo ich doch selbst so viel zu sagen hatte.

Ich weiß ehrlich nicht, was schlimmer wäre: wenn sich herausstellte, dass Faith geisteskrank ist, oder dass sie es nicht ist.

»Schlafen«, spricht Faith mir nach. »S-C-H-L-A-F-E-N.«

»Perfekt.« Faith besucht jetzt die zweite Klasse und das heißt, wir müssen buchstabieren üben. »Halten.«

»H-A-L-T-E-N.«

Ich lege die Liste auf den Küchentisch. »Alle richtig. Vielleicht solltest du die Klasse unterrichten.«

»Schon möglich«, entgegnet sie selbstbewusst. »Meine Beschützerin sagt, dass jeder anderen etwas beizubringen hat.«

Bei diesen Worten erstarre ich förmlich. Faith hat ihren imaginären Spielkameraden seit zwei Tagen nicht mehr erwähnt, und ich dachte schon, das wäre auf das Antipsychotikum zurückzuführen. »Ach ja?« Ich überlege, ob ich vielleicht Dr. Keller über den Pieper erreichen kann. Ob sie aufgrund meiner aussagekräftigen Beobachtungen das Medikament absetzen wird? »Deine Freundin ist also noch da?«

Faith' Augen verengen sich, und ich erkenne, dass sie aus einem bestimmten Grund nicht mehr von ihrer Beschützerin gesprochen hat: Sie weiß, dass die sie überhaupt erst in Schwierigkeiten gebracht hat. »Warum willst du das wissen?«

Ich denke an die Antwort, die Dr. Keller ihr hierauf geben würde: Weil ich dir helfen möchte. Ich denke an das, was meine Mutter antworten würde: Weil ich sie kennen lernen möchte, wenn sie dir so viel bedeutet. Aber zu meiner eigenen Überraschung sind die Worte, die aus meinem Mund kommen meine ureigensten: »Weil ich dich liebe.«

Es scheint, als wäre Faith von meiner Antwort ebenso geschockt wie ich selbst. »O ... Okay.«

Ich nehme ihre Hände. »Faith, es gibt da etwas, das ich dir sagen möchte.« Ihre Augen weiten sich erwartungsvoll. »Vor sehr langer Zeit, noch vor deiner Geburt, war ich sehr traurig wegen etwas. Anstatt darüber zu sprechen, wie ich mich fühlte, fing ich an, mich anders zu verhalten. Verrückt. Ich habe etwas getan, das vielen Menschen Angst gemacht hat, und darum brachte man mich an einen Ort, an dem ich nicht sein wollte.«

»Du meinst, so etwas wie ein ... Gefängnis?«

»So etwas in der Art. Das spielt jetzt keine Rolle. Ich wollte nur, dass du weißt, dass es völlig in Ordnung ist, traurig zu sein. Ich verstehe das. Du brauchst dich nicht anders zu benehmen, damit ich sehe, dass dich etwas bedrückt.«

Faith' Kinn bebt. »Ich bin nicht bedrückt. Und ich benehme mich auch nicht anders.«

»Nun ja, du hattest nicht immer eine Beschützerin.«

Die Tränen, die sich in ihren Augen gesammelt haben, quellen über. »Du glaubst, ich hätte sie erfunden, habe ich Recht? So wie Dr. Keller, die anderen Kinder in der Schule und Mrs. Grenaldi. Ihr glaubt, ich würde das nur tun, um mich wichtig zu machen.« Plötzlich holt sie scharf Luft. »Muss ich jetzt an diesen Ort, der wie ein Gefängnis ist?«

»Nein«, versichere ich ihr und drücke sie ganz fest. »Du gehst nirgendwohin. Und ich habe auch nicht gesagt, du hättest es erfunden, Faith, wirklich nicht. Es ist nur, dass ich einmal so traurig war, dass mein Verstand mir etwas vorgegaukelt hat, das nicht wirklich war. Das ist alles, was ich sagen wollte.«

Faith vergräbt das Gesicht an meiner Schulter und schüttelt den Kopf. »Sie ist real. Wirklich!«

Ich schließe die Augen und massiere mir den Nasenrücken gegen die aufsteigenden Kopfschmerzen. Nun, Rom wurde auch nicht an einem Tag erbaut. Ich stehe auf und nehme den leeren Teller vom Tisch, auf dem die Nachmittagsplätzchen gelegen haben. Auf halbem Weg in die Küche zupft Faith an meinem Shirt. »Sie will dir etwas sagen.«

»Ach ja?«

»Sie weiß über Priscilla Bescheid. Und sie verzeiht dir.«

Der Teller fällt mir aus der Hand.

Als ich acht Jahre alt war, wünschte ich mir so sehr ein Haustier, dass ich anfing, allerlei Kleintiere, die ich fand – Frösche, Schildkröten und einmal auch ein Eichhörnchen –, ins Haus zu schmuggeln. Die Schildkröte, die irgendwann über die Arbeitsplatte in der Küche krabbelte, gab schließlich den Ausschlag. Um keine Salmonellenvergiftung zu riskieren, brachte meine Mutter eines Tages ein Kätzchen mit nach Hause und nahm mir das Versprechen ab, dafür keine weiteren Tiere mehr von draußen ins Haus zu holen.

Ich nannte das Kätzchen Priscilla nach der Prinzessin in dem Büchereibuch, das mir in dieser Woche am besten gefiel. Sie schlief auf meinem Kopfkissen, den Schwanz über meiner Stirn zusammengerollt wie eine Bibermütze. Ich gab ihr Milch aus meinen Corn Flakes zu trinken und steckte sie in Puppenkleider mit Mütze und Baumwollsöckchen.

Eines Tages beschloss ich, sie zu baden. Meine Mutter erklärte mir, dass Katzen Wasser nicht leiden könnten, sich lieber sauberleckten und einen großen Bogen um Wasser machten. Aber sie hatte auch behauptet, Priscilla würde es nicht gefallen, verkleidet und im Puppenwagen herumgefahren zu werden, und in diesem Punkt hatte sie sich auch geirrt. Also füllte ich eines Nachmittags, als ich im Garten spielte, einen Eimer mit Wasser und rief die Katze. Ich wartete, bis meine Mutter außer Sichtweite war, und tauchte Priscilla dann ins Wasser.

Sie wehrte sich. Sie kratzte und wand sich, aber es gelang mir dennoch, sie im Wasser zu halten, überzeugt, dass ich es besser wusste. Ich wusch ihr Fell mit einem Stück Parfumseife, das ich aus dem Badezimmer meiner Eltern stibitzt hatte. Ich achtete sorgfältig darauf, all die Stellen zu schrubben, die meine Mutter mich immer ermahnte, ordentlich zu waschen. Tatsächlich war ich so konzentriert bei der Sache, dass ich vergaß, Priscilla zum Atmen wieder an die Oberfläche zu lassen.

Ich log meiner Mutter vor, sie müsse in den Eimer gefallen sein, und sie glaubte mir, weil ich so furchtbar weinte. Aber noch Jahre später konnte ich die Knochen unter dem schlaffen Fell fühlen. Manchmal spüre ich heute noch ein leichtes Gewicht in der Hand, um das ich im Schlaf die Finger schließe.

Ich habe nie wieder eine Katze gehabt. Und ich habe nie einer Menschenseele davon erzählt.

»Mariah«, sagt meine Mutter und starrt mich verblüfft an. »Warum erzählst du mir das ausgerechnet jetzt?«

Ich werfe einen Blick in Richtung ihres Gästezimmers, wohin Faith sich zurückgezogen hat, um mit einer Dose voll Knöpfe zu spielen. »Hast du das gewusst?«

»Was gewusst?«

»Das von Priscilla. Dass ich sie ertränkt habe.«

Meine Mutter verdreht die Augen. »Natürlich nicht. Ich habe erst vor fünf Minuten davon erfahren.«

»Hat Daddy es gewusst?« Ich rechne in Gedanken zurück. Faith war erst zwei, als mein Vater starb; an wie viel konnte sie sich aus dieser Zeit überhaupt erinnern?

Meine Mutter legt mir eine Hand auf den Arm. »Mariah, geht es dir gut?«

»Nein, Ma. Mir geht es nicht gut. Ich versuche, dahinterzukommen, wie meine Tochter von einem Geheimnis wissen kann, das ich nie irgendjemandem anvertraut habe. Ich versuche, mir darüber klar zu werden, ob ich einen Rückfall habe, ob Faith den Verstand verliert oder ob ...« Ich verstumme abrupt. Ich schäme mich dessen, was ich inzwischen ernsthaft in Betracht ziehe.

»Was?«

Ich blicke von meiner Mutter auf den Flur, über den Faith' Stimme zu mir dringt. Es ist nicht etwas, das ich einfach so aussprechen kann wie eine Mutter, die mit dem mathematischen Talent oder der Rückhand ihres Sprösslings prahlt. Nein, das, was ich zu sagen habe, zieht eine Linie und zwingt mein Gegenüber, sich mit dieser Möglichkeit auseinander zu setzen. »Oder ob Faith vielleicht die Wahrheit sagt«, beende ich den Satz leise.

»Um Himmels willen!«, ruft meine Mutter ärgerlich aus. »Du hast tatsächlich einen Rückfall.«

»Warum? Warum ist es so schwer zu akzeptieren, dass Faith möglicherweise mit Gott spricht?«

»Frag das Moses' Mutter.«

Und da geht mir ein Licht auf. »Du glaubst ihr nicht! Deiner eigenen Enkelin!«

Meine Mutter wirft einen vorsichtigen Blick den Flur hinunter, um sicher zu gehen, dass Faith noch beschäftigt ist. »Würdest du bitte leiser sprechen!«, zischt sie. »Ich habe nicht gesagt, dass ich Faith nicht glaube. Ich erlaube mir nur kein Urteil.«

»Du hast an mich geglaubt. Sogar, als ich versucht habe, mir das Leben zu nehmen, als Colin und ein Richter und der gesamte Stab von Greenhaven sagten, ich müsse stationär behandelt werden, hast du zu mir gehalten.«

»Das war etwas anderes. Das war ein einzelner Zwischenfall, und ich wollte um jeden Preis das Gegenteil dessen tun, was Colin für das Richtige hielt.« Sie hebt in einer resignierten Geste die Hände. »Es werden heute noch Menschen im Namen der Religion getötet, Mariah.«

»Dann wäre es also etwas anderes, wenn sie Abraham Lincoln oder Kleopatra sehen würde, ja? Gott ist kein Schimpfwort, Ma.«

»Trotzdem«, entgegnet meine Mutter. »Es könnte ebenso gut eins sein.«

23. September 1999

Am Nachmittag kommt die Post: die Telefonrechnung, die Stromrechnung und das Scheidungsurteil.

Der Umschlag sieht hochoffiziell aus, er enthält sichtbar einen dicken Packen Unterlagen und trägt den Stempel des Gerichts von Grafton County. Ich schlitze ihn mit dem Daumen auf und schneide mir an dem scharfkantigen Papier im Inneren die Fingerkuppe auf. Einfach so, innerhalb von nur sechs Wochen, ist meine Ehe vorbei. Ich denke an Traditionen anderer Länder, von denen ich gehört habe: Indianer lassen einen Männerschuh draußen vor dem Tipi stehen, Araber wiederholen dreimal »Ich sage mich von dir los«, und plötzlich kommen diese Bräuche mir gar nicht mehr so albern vor. Ich versuche, mir Colin und seinen Anwalt vorzustellen, die vor einem Richter stehen bei einem Termin, von dem ich nicht einmal etwas wusste. Ich frage mich, ob ich die Unterlagen in meinem Safe aufbewahren soll, neben der Heiratsurkunde und meinem Pass, aber es ist schwer vorstellbar, dass so viele Jahre in einem so kleinen Fach Platz haben sollen.

Plötzlich kommt es mir vor, als wäre mein Herz viel zu groß für meine Brust. Jahrelang habe ich das getan, was Colin von mir erwartete. Ich habe mich benommen wie Frauen, die ich aus der Ferne beobachtet hatte: Ich trug Wollblazer und bedruckte Blusen von Lilly Pulitzer, lud die Kinder seiner Kollegen zu Teepartys ein, schmückte an Weihnachten den Kaminsims mit Girlanden. Ich verwandelte mich in eine Hülle, auf die er stolz sein konnte. Ich war seine Ehefrau, und wenn ich das nicht mehr bin, weiß ich nicht, was ich sonst sein soll.

Ich versuche, mir Colin in seinem College-Footballtrikot vorzustellen. Ich versuche, die Erinnerung daran hervorzukramen, wie er bei unserer Hochzeit meine Hand genommen hat. Ich gebe mir wirklich Mühe, aber es will mir einfach nicht gelingen; die Bilder sind zu verschwommen und zu fern, um der Erinnerung gerecht zu werden. Vielleicht ist das immer so bei einem Versagen in Herzensangelegenheiten. Vielleicht überarbeitet man die eigene Geschichte so lange, bis die Geschichten, die man erzählt, Legenden werden, in denen das Negative nie stattgefunden hat. Andererseits brauche ich nur Faith anzusehen, um zu wissen, dass ich mir etwas vormache.

Ich werfe die Post auf den Küchentisch wie einen Fehdehandschuh. Das Schlimmste an einem solchen Ende ist das Bewusstsein, dass vor einem die kaum zu bewältigende Aufgabe des Neuanfangs liegt.

»Gott steh mir bei«, sage ich, schlage die Hände vor das Gesicht und weine.

»Mami«, ruft Faith und kommt in die Küche gelaufen. »Es gibt ein Buch über mich!« Sie tanzt um mich herum, während ich Möhren für das Abendessen klein schneide. »Können wir es kaufen? Ja, können wir?«

Ich blicke auf sie hinab, weil ich sie lange nicht mehr so lebhaft gesehen habe. Das Risperdal hat sie anfangs müde und benommen gemacht. Erst in den letzten Tagen scheint es, als hätte der Körper diese Nebenwirkungen überwunden. »Ich weiß nicht. Wo hast du denn davon gehört?«

»Meine Beschützerin hat mir davon erzählt«, antwortet sie, und ich verspüre wieder das inzwischen vertraute Ziehen in den Eingeweiden. Faith schiebt einen Schemel unter die Memo-Tafel und kritzelt sehr konzentriert darauf *I. I. Häreber*. »Das ist der Mann, der es geschrieben hat. Bitte?«

Ich blicke auf die Möhrenstifte, die wie Mikadostäbchen auf dem Hackblock liegen. Dann auf das Hähnchen, nackt und rot von Paprikapulver oben auf dem Herd. Zur Bücherei in der Stadt sind es mit dem Wagen nur zehn Minuten. »Okay. Hol deinen Büchereiausweis.«

Faith ist so aufgeregt, dass ich ein schlechtes Gewissen habe, da ich vorhabe, dies als Beweis dafür zu benutzen, dass ihr Verstand ihr einen Streich spielt. Wenn sich herausstellt, dass es keinen I.I. Häreber gibt, wird sie mir vielleicht endlich glauben, dass es auch keine Beschützerin gibt.

Und tatsächlich findet sich weder im Computer noch in dem alten verstaubten Bibliotheksregister ein Hinweis auf einen Autor dieses Namens. »Ich weiß nicht, Faith. Das sieht nicht gut aus.«

»Die Bibliothekarin in der Schule hat gesagt, dass weil unsere Stadt so klein ist, wir oft Bücher aus Bibliotheken anderer Schulen ausleihen müssen. Dazu muss man nur eine Karte ausfüllen. Vielleicht sollten wir die Bibliothekarin fragen.«

Bitte sehr, denke ich. Ich nehme Faith' Hand und steuere die Kinderabteilung an. »Wir suchen ein Buch von einem gewissen I.I. Häreber.«

»Ein Kinderbuch?«

Faith nickt. »Es handelt von mir.«

Die Bibliothekarin lächelt. »Ich nehme an, Sie haben schon im Register nachgesehen. Der Name sagt mir nichts.« Plötzlich hält sie inne und tippt sich mit dem Finger ans Kinn. »Wie alt bist du?«

»Ich werde in zehneinhalb Monaten acht.«

Die Bibliothekarin hockt sich vor sie. »Woher weißt du von diesem Buch?«

Faith wirft mir einen Blick zu. »Jemand hat mir den Namen gezeigt. Ihn mir aufgeschrieben.«

»Aha.« Die Bibliothekarin nimmt ein Stück Papier von ihrem Schreibtisch. »Ich habe mal Grundschüler der ersten Klasse unterrichtet. Es ist ganz normal in dem Alter, dass Kinder Buchstaben verdrehen.« Sie setzt die Buchstaben aus dem Namen des Autors anders zusammen. »Siehst du. Das ergibt schon mehr Sinn.«

Faith betrachtet das Wort stirnrunzelnd und liest es laut vor. »Was ist ein HEBRÄER?«

»Ich glaube, das Buch, das du suchst, ist gleich hier drüben«, sagt die Bibliothekarin und nimmt eine Bibel aus dem Regal mit den Nachschlagewerken. Sie schlägt den Brief an die Hebräer auf, Kapitel 11, und zwinkert ihr zu.

»Das ist es!«, ruft Faith strahlend, als sie das Wort »Glaube« entziffert, von dem sie weiß, dass es für die Bedeutung ihres Vornamen steht. »Es handelt von mir!«

Ich starre auf die Seite, vierzig Verse darüber, was der Glaube schon alles bewirkt hat.

Faith beginnt zu lesen und stolpert immer wieder über einzelne Wörter. »Es ist aber der Glaube, das ... feste Vertrauen auf das Er...«

»Erhoffte.«

»›Erhoffte‹«, fährt sie fort. »›Ein Überzeugtsein von dem, was man nicht sieht.‹« Während sie weiterliest, schließe ich die Augen und versuche, eine plausible Erklärung für das zu finden, was gerade geschehen ist. Faith könnte diesen Abschnitt schon einmal irgendwo gesehen und erkannt haben, das es um Glauben geht, das Wort, das für ihren Namen steht, eingezwängt zwischen ihr unbekannten Begriffen. Aber wir besitzen nicht einmal eine Bibel.

Ich habe immer schon Menschen mit starkem religiösen Glauben bewundert, Menschen, die sich betend einer Tragödie stellen können, in dem Bewusstsein, dass alles wieder gut wird. So unwissenschaftlich das auch klingen mag, wäre es doch schön, die ganze Verantwortung und den Schmerz einem anderen auf die starken Schultern zu laden.

Wenn Sie mich noch vor einem Monat gefragt hätten, ob ich an Gott glaube, hätte ich dies bejaht. Hätten Sie mich gefragt, ob ich wolle, dass mein Kind im gleichen Glauben aufwächst, hätte ich auch das bejaht. Ich war nur nicht gewillt, sie persönlich dahingehend zu unterrichten.

Ich hatte ihr nichts dergleichen beigebracht.

»Sag deinem Gott, dass ich an ihn glaube«, sage ich ganz leise.

Soweit ich mich erinnern kann, hat Faith mich, bevor das alles geschah, nur ein einziges Mal nach Gott gefragt. Sie war fünf und hatte in der Vorschule gerade vom Treueeid gehört. »›Bei Gott‹«, hatte sie zitiert und gleich darauf gefragt: »Was ist Gott?« Ich hatte einen Moment nachdenken müssen, wie ich es ihr erklären sollte, ohne auf religiöse Unterschiede eingehen zu müssen oder Jesus zu erwähnen.

»Also«, begann ich, bemüht, mich in einfachen Worten auszudrücken. »Gott ist so etwas wie der größte Engel von allen. Er lebt oben im Himmel an einem Ort, den man als Paradies bezeichnet. Und seine Aufgabe ist es, über uns zu wachen und dafür zu sorgen, dass es uns gut geht.«

Faith dachte eine Weile darüber nach. »Dann ist er so etwas wie ein großer Babysitter.«

Ich entspannte mich. »Genau.«

»Aber du sprichst von einem Er«, gab Faith dann zu bedenken. »Meine Babysitter sind alle Mädchen.«

So hart es auch sein mag, Dr. Keller sagen zu hören, dass Faith psychotische Halluzinationen hat, noch schwerer ist es, die Alternative in Betracht zu ziehen. Solche Dinge widerfahren kleinen Mädchen nicht, rede ich mir im Laufe der schlaflosen Nacht ein, bis ich einsehen muss, dass mir ein solches Urteil nicht zusteht. Vielleicht ist es eine typische Phase für Siebenjährige, wie unter dem Bett nachsehen, ob dort auch keine Ungeheuer lauern, oder sich in Hanson verknallen. Am nächsten Morgen lasse ich Faith bei meiner Mutter und fahre zur Dartmouth College's Baker Library. Dort stelle ich der Bibliothekarin einige Fragen darüber, wie Kinder Gott sehen, und wandere anschließend durch das dunkle Labyrinth von Bücherregalen, bis ich das Buch finde, das sie mir empfohlen hat. Ich habe mit so etwas wie Dr. Spock, einer Abhandlung über Kindeserziehung gerechnet, aber stattdessen hat sie mir »Das Leben der Heiligen« von Butler empfohlen.

Nur so schlage ich das alte Buch auf und sage mir, dass ich mich ebenso gut halbtot lachen kann, bevor ich zu Dr. Spock übergehe. Aber ehe ich mich versehe, habe ich den ganzen Tag damit verbracht, von der jungen Bernadette Soubirous aus Lourdes in Frankreich zu lesen, die 1858 mehrmals mit der Jungfrau Maria sprach. Über die kleine Juliana Falconieri aus dem 14. Jahrhundert, die Christus sah und von ihm Blumengirlanden entgegennahm. Über andere Kinder, die göttliche Erscheinungen in Fatima gesehen haben. Über all diese Kinder, darunter einige so jung wie Faith und unreligiös, die dennoch auserwählt wurden.

Ich fange an, mir auf einem Block, den ich in meinem Taschenbuch aufbewahre, Notizen zu machen. Ich notiere mir jene Visionäre aus dem 13., 14. und sogar 19. Jahrhundert, die eine Dame gesehen haben, die sie als die in einen blauen Umhang gehüllte Jungfrau Maria bezeichneten. Jene, die eine Erscheinung in einem weißen Kleid sahen, mit Sandalen und langem dunklen Haar – jene, die diese Erscheinung Gott nannten, sprachen alle von einem Mann.

Alle außer Faith.

»Und?«, frage ich, als ich wieder bei meiner Mutter bin. »Was macht sie?«

»Es geht ihr gut«, entgegnete meine Mutter laut. »Sie schläft noch nicht.«

»Ich meinte, ob sie ... du weißt schon. Ob sie etwas gesehen hat.«

»Ach so, ja. Du meinst Gott.«

Ich schiebe mich an ihr vorbei und gehe in die Küche, wo ich eine Banane von einer kleinen Staude abreiße und anfange, sie zu schälen. »Ja. Genau.«

Meine Mutter zuckt die Achseln. »Das ist nur eine Phase, du wirst sehen.«

Ich beiße ein Stück der Frucht ab, das mir im Hals stecken bleibt. »Was, wenn es das nicht ist, Ma?«, frage ich und schlucke hart. »Was, wenn es gar nicht mehr aufhört?«

Meine Mutter lächelt sanft. »Dr. Keller wird eine andere Medizin finden, die anschlägt.«

»Nein, das meine ich nicht. Ich meine ... was, wenn es real ist?«

Meine Mutter hört auf, die Arbeitsplatte abzuwischen. »Mariah, was redest du da?«

»Es ist schon früher passiert. Es hat andere Kinder gegeben, die ... Dinge gesehen haben. Und katholische Priester, der Papst oder sonst irgendwer haben diese Fälle für authentisch erklärt.«

»Faith ist nicht katholisch.«

»Das weiß ich. Ich weiß auch, dass wir nie religiös gewesen sind. Aber ich frage mich, ob man in dieser Sache überhaupt eine Wahl hat.« Ich hole tief Luft. »Ich bin einfach nicht sicher, ob du, die Psychiaterin und ich die Richtigen sind, darüber zu urteilen.«

»Wer sollte es sonst tun?«, möchte meine Mutter wissen

und verdreht die Augen. »O Mariah. Du willst doch nicht mit ihr zu einem Priester gehen.«

»Warum nicht? Immerhin haben diese Leute Erfahrung mit Erscheinungen.«

»Sie werden Beweise verlangen. Eine Statue, die Tränen weint, oder einen Gelähmten, der plötzlich wieder gehen kann.«

»Das stimmt nicht. Manchmal genügt ihnen das Wort eines Kindes.«

Meine Mutter verzieht verächtlich das Gesicht. »Und seit wann bist du eine solche Expertin in diesen *Goj-Fragen*?«

»Das hat nichts mit Religion zu tun!«

»Ach nein? Und womit dann?«

»Mit meiner Tochter«, entgegne ich mit belegter Stimme, während mir Tränen in die Augen schießen. »Sie ist anders, Ma. Und irgendwann werden die Leute anfangen, hinter vorgehaltener Hand zu tuscheln und mit Fingern auf sie zu zeigen. Es ist nicht so, als hätte sie ein Feuermal, das ich unter einem hohen Kragen verbergen und wegdenken kann.«

»Und was soll es bringen, mit einem Geistlichen zu sprechen?«

Ich weiß es nicht. Ich habe keine Ahnung, was ich mir davon erhoffe – eine Art Exorzismus vielleicht? Eine Art Rache? Plötzlich kann ich mich wieder glasklar daran erinnern, wie ich vor Jahren an einer Kreuzung an einer roten Ampel stand, überzeugt davon, dass jeder die Narben unter meinen Ärmeln sehen konnte. Dass alle wussten, dass ich irgendwie und unwiderruflich anders war. Ich wollte nicht, dass meine Tochter so empfand. »Ich möchte nur, dass Faith wieder normal ist«, sage ich.

Meine Mutter mustert mich abschätzig. »Also gut. Tu,

was du tun musst. Aber vielleicht solltest du nicht in einer Kirche damit anfangen.« Sie sucht in ihrer alten, vollgekritzelten Rollkartei und nimmt eine Visitenkarte heraus. Sie ist vergilbt, die Ecken sind umgeknickt – entweder viel benutzt oder lange vergessen. »Das ist der Name des hiesigen Rabbi. Ob du es nun wahrhaben willst oder nicht, deine Tochter ist Jüdin.«

Rabbi Marvin Weissman. »Ich wusste gar nicht, dass du in den Tempel gehst.«

»Gehe ich auch nicht«, entgegnet sie achselzuckend. »Sie wurde irgendwann an mich weitergegeben.«

Ich stecke die Karte ein. »Gut, ich werde zuerst ihn anrufen. Nicht, dass er mir glauben wird. Ich habe in all den Büchern, die ich heute gelesen habe, keinen einzigen Juden gefunden, der eine religiöse Vision gehabt hätte.«

Meine Mutter kratzt mit dem Daumennagel über den Rand der Arbeitsplatte. »Und was sagt dir das?«

Obwohl ich schon viele Male an den Tempel in New Canaan vorbeigekommen bin, habe ich ihn nie betreten. Im Inneren ist es düster und riecht modrig. Lange, schmale Buntglasfenster flankieren die Wände in regelmäßigen Abständen, und der Terminplan für die Hebräisch-Schule am Schwarzen Brett ist bunt dekoriert mit den Namen der Schüler. Faith drängt sich an mich. »Hier gefällt es mir nicht. Es ist unheimlich.«

Insgeheim stimme ich ihr zu, aber ich drücke ihre Hand. »Es ist nicht unheimlich. Sieh dir nur die hübschen Fenster an.«

Faith betrachtet die bunten Fenster und sieht dann wieder mich an. »Ich finde es trotzdem unheimlich.«

Auf dem Flur nähern sich Schritte. Ein Mann und eine

Frau erscheinen auf der Schwelle. Sie streiten. »Kannst du vielleicht auch mal etwas Nettes sagen?«, schimpft die Frau. »Oder unternimmst du bewusst alles in deiner Macht Stehende, um mich dastehen zu lassen wie eine Idiotin?«

»Sehe ich so aus, als wollte ich dich absichtlich aufregen?«, kontert der Mann mit dröhnender Stimme. »Sehe ich so aus?« Ohne Faith und mich zu bemerken, reißen sie ihre Jacken von den Haken im Garderobenraum. Faith kann den Blick nicht von den beiden losreißen. »Nicht«, ermahne ich sie. »Es ist unhöflich, Leute anzustarren.«

Aber sie fährt fort, sie unverwandt anzusehen, mit geweiteten Augen, traurig und fast wie in Trance. Ich frage mich, ob das Ehepaar sie an Colin und mich erinnert, ob die Auseinandersetzungen, die wir versucht haben, hinter verschlossenen Türen zu verbergen, bis zu ihr durchgedrungen sind. Die beiden gehen hinaus, durch ein greifbares Band des Zorns verbunden, fast so, als würden sie die Hände ihres einzigen Kindes fest umschlossen halten.

Plötzlich taucht Rabbi Weissman auf, in einem karierten Hemd und Jeans. Er ist nicht älter als ich. »Mrs. White. Faith. Es tut mir leid, dass ich mich etwas verspätet habe, ich hatte noch einen anderen Termin.« Das wütende Ehepaar. Waren sie zu einer Art Eheberatung gekommen? Gehörte das zur Vorgehensweise anderer Leute, wenn ihre Ehe auseinanderbrach?

Als ich nichts sage, lächelt er seltsam. »Stimmt etwas nicht?«

»Nein«, sage ich kopfschüttelnd. Er hat mich kalt erwischt. »Es ist nur, dass ich mir Rabbis immer mit langem grauem Bart vorgestellt habe.«

Er tätschelt seine glattrasierten Wangen. »Sie haben zu viel *Fiddler on the Roof* gesehen. Bedaure, wenn ich dem

Klischee nicht entspreche.« Er drückt Faith etwas Süßes in die Hand und zwinkert ihr zu. »Warum gehen wir nicht alle ins Sanktuarium?«

Ein Sanktuarium. Ja, bitte.

Der Hauptraum des Tempels hat eine hohe, spitz zulaufende Decke mit offenem Gebälk, die Gebetsbänke sind ordentlich aneinandergereiht wie Zähne, und über der *Bema* liegt ein Rechteck aus blauem Samt. Der Rabbi nimmt eine kleine Packung Buntstifte aus der Hemdtasche und reicht sie Faith zusammen mit einigen Blatt Papier. »Ich möchte deiner Mami gern etwas zeigen. Geht das in Ordnung?«

Faith, die bereits die Stifte aus dem Karton fischt, nickt. Der Rabbi führt mich weiter hinten ins Zimmer, von wo aus wir Faith gut im Blick haben und uns trotzdem ungestört unterhalten können. »Ihre Tochter spricht also mit Gott.«

So unverblümt ausgesprochen, lässt mich die Feststellung erröten. »Ich glaube ja.«

»Und warum wollten Sie mich sprechen?«

Ist das nicht offensichtlich? »Also, ich war mal Jüdin. Ich meine, ich wurde in diesem Glauben erzogen.«

»Dann haben Sie konvertiert.«

»Nein, ich habe mich eher aus der Religion zurückgezogen und dann ein Mitglied der Episkopalkirche geheiratet.«

»Dann sind Sie immer noch Jüdin«, stellt der Rabbi fest. »Sie mögen eine agnostische, nichtpraktizierende Jüdin sein, aber Sie sind trotzdem noch Jüdin. Das ist wie Teil einer großen Familie zu sein. Man muss sich schon etwas sehr Schlimmes zuschulden kommen lassen, um verstoßen zu werden.«

»Meine Mutter sagt, Faith wäre ebenfalls Jüdin. Rein technisch gesehen. Darum bin ich hier.«

»Und Faith spricht mit Gott.« Es ist kaum mehr, als eine angedeutete Bewegung, aber ich nicke. »Mrs. White«, sagt der Rabbi, »das ist nichts Besonderes.«

»Nichts Besonderes?«

»Viele Juden sprechen mit Gott. Der Judaismus geht von einer direkten Beziehung zu Ihm aus. Der Punkt ist also weniger, ob Faith zu Gott spricht, sondern vielmehr, ob Gott zu *ihr* spricht.«

Ich berichte ihm von dem Zitat aus der Genesis, das Faith rezitiert hat wie ein Kinderlied, von dem Kapitel aus der Bibel. Ich erzähle ihm von meinem ertränkten Kätzchen, der Geschichte, von der niemand außer mir etwas wusste. Als ich fertig bin, fragt Rabbi Weissman: »Hat Gott Ihrer Tochter irgendwelche Botschaften mitgeteilt? Irgendwelche Hinweise darauf, wie sich das Böse auf der Welt bekämpfen ließe?«

»Nein, das hat sie nicht.«

Der Rabbi stutzt. »*Sie*?«

»Das behauptet zumindest Faith.«

»Ich würde gern mit ihr sprechen.«

Eine halbe Stunde, nachdem ich den Rabbi und Faith im Sanktuarium zurückgelassen habe, kommt er zu mir in die Eingangshalle des Tempels. »Maimonides«, sagt er, als befänden wir uns mitten in einer Unterhaltung, »hat versucht, das ›Antlitz‹ Gottes zu beschreiben. Es ist kein richtiges Gesicht, weil das Gott nicht besser machen würde als einen Menschen. Es ist vielmehr eine Präsenz, ein Gefühl von Gottes Gegenwart. Ganz so wie Gott uns nach seinem Vorbild erschaffen hat, stellen auch wir ihn uns nach unserem eigenen Erscheinungsbild vor – damit es in unseren eigenen Köpfen Sinn macht. Midrasch zufolge gab es verschiedene Zwischenfälle, als Gottes Form sich offenbarte. Bei einer dieser Erscheinungen, bei der Durchquerung des Roten Meeres, tauchte Gott in der Gestalt eines jungen Kriegers und Helden auf. Auf dem Berge Sinai als älterer Richter. Warum sah Gott auf dem Berge Sinai aus wie ein Richter, nicht aber am Roten Meer? Weil die Menschen am Roten Meer einen Helden brauchten. Ein alter Mann hätte diese Rolle nicht ausfüllen können.« Er wendet sich mir zu. »Aber natürlich ist Ihnen das alles bekannt.«

»Nein. Ich habe noch nie davon gehört.«

»Wirklich nicht?« Rabbi Weissmann mustert mich sehr eindringlich. »Ich habe Faith gefragt, ob sie ein Bild des Gottes zeichnen könne, den sie sieht.« Er zeigt mir ein Blatt Papier, das auf der einen Seite bemalt ist. Ich erwarte nichts Besonderes, immerhin habe ich schon mehrere Zeichnungen gesehen, die Faith von ihrer imaginären Freundin gemalt hat. Aber dieses Bild ist anders. Eine Frau ganz in Weiß sitzt auf einem Stuhl und hält zehn Säuglinge in den Armen, schwarze, weiße, rote und gelbe. Und obgleich das Bild nicht sehr kunstvoll ist, ähnelt das Gesicht dem meinen.

»Wollen Sie damit sagen, dass Gott in ihren Augen so aussieht wie ich?«, frage ich schließlich.

Rabbi Weissmann zuckt die Achseln. »Ich sage gar nichts. Aber es könnte sein, dass andere das tun.«

In seinem topmodischen italienischen Anzug, mit dem ordentlich gekämmten Haar und seinen geschliffenen Manieren sieht Dr. Grady de Vries, Experte für Schizophrenie bei Kindern, nicht so aus wie jemand, dem man zutrauen würde, dass er sich drei Stunden zu Faith auf den Fußboden setzt, die mit der kahlköpfigen Barbie spielt. Und doch habe ich ihn durch das Beobachtungsfenster genau das tun sehen. Nach einiger Zeit betreten er und Dr. Keller durch die Verbindungstür das Büro der Psychiaterin. »Mrs. White«, sagt Dr. Keller, »Dr. de Vries möchte Sie gerne sprechen.«

Er setzt sich mir gegenüber auf einen Stuhl. »Die gute oder die schlechte Nachricht zuerst?«

»Die gute.«

»Wir setzen das Risperdal bei Faith ab. Ihre Tochter leidet an keiner Psychose. Ich arbeite seit über zwanzig Jahren mit psychotischen Kindern. Ich habe Bücher und Artikel in der Fachpresse zu diesem Thema veröffentlicht, und ich wurde schon als Gutachter vor Gericht gehört. Ich erwähne das nur, damit Sie verstehen, dass ich weiß, wovon ich rede. Faith ist bis auf eine Ausnahme in jeder Hinsicht eine geistig gesunde und einigermaßen zufriedene Siebenjährige.«

»Und die schlechte Nachricht?«

Dr. de Vries reibt sich mit Daumen und Zeigefinger die Augen. »Dass Faith tatsächlich etwas hört und mit jemandem spricht. Es gibt da zu viel Wissen, das weder zu ihrem Alter noch zu ihrem Umfeld passt, um es als Phantasien abzutun. Aber es ist keine physische Krankheit und scheint sich auch um keine geistige zu handeln.« Er wirft einen Blick auf Dr. Keller. »Mit Ihrer Erlaubnis würde ich gern Dr. Keller bitten, diesen Fall auf einem Psychiatrie-Symposium in der nächsten Woche vorzustellen, um zu hören, ob vielleicht ein Kollege uns weiterhelfen kann.«

Durch die Scheibe hindurch sehe ich, wie Faith Sky Dancer in die Luft wirft. Als er in das fluoreszierende Licht gerät, lacht sie und versucht es noch einmal. »Ich weiß nicht ... Ich möchte nicht, dass man aus ihr eine Art Kuriosum macht.«

»Sie wird nicht dabei sein, Mrs. White. Und der Fall wird anonym besprochen werden.«

»Würde das denn helfen, herauszufinden, wo genau das Problem liegt?«

Dr. de Vries und Dr. Keller tauschen einen Blick. »Wir hoffen es, Mrs. White«, entgegnet er wahrheitsgemäß. »Aber möglicherweise handelt es sich um etwas, wogegen wir machtlos sind.«

KAPITEL 4

Vertrauen Sie mir,
ehrlicher Zweifel birgt mehr Glaube
als die Hälfte der Glaubensbekenntnisse.

Alfred Lord Tennyson

27. September 1999

WENN ALLEN MCMANUS den Auftrag erhält, über einen Kongress zu berichten, betrachtet er dies als eine Gelegenheit, sich sechs Stunden zusätzlichen Schlaf zu gönnen. Hin und wieder kommen genug hochwohlgeborene Doktoren im Boston Harbor Hotel zusammen, um einen Schreiberling des *The Boston Globe* hinzuschicken. Und auch wenn Allen McManus die meiste Zeit Nachrufe verfasst, wird unweigerlich er damit betraut. Offensichtlich ist seinem Chefredakteur der Bezug bewusst: Die meisten dieser fürchterlichen Kongresse können einen zu Tode langweilen.

Allen macht es sich ganz hinten im Konferenzsaal bequem. Er hat bereits den Titel des Symposiums notiert, was fast schon genug sein dürfte für die zwei Zeilen, die die Veranstaltung verdient. Wenn es losgeht, wird er sich den Hut tief ins Gesicht ziehen und ein Nickerchen machen. Aber dann betritt eine attraktive Frau das Podium.

Das weckt Allens Neugier. Immerhin ist er seiner Beschäftigung zum Trotz noch nicht tot. Die meisten Redner auf solchen Veranstaltungen sind vertrocknete alte Knacker, die ihn abwechselnd an seinen Vater und den Priester aus seiner Kindheit in Southie erinnern, der ihm auf die Finger schlug, wenn er als Messdiener nicht alles hundertprozentig richtig machte. Er setzt sich auf; zum ersten Mal an diesem Tag ist Interesse in ihm aufgekeimt.

Die Frau ist schlank und zierlich gebaut und hat sich das Haar schlicht hinter die Ohren gesteckt. Sie breitet ihre Notizen auf dem Rednerpult aus. »Guten Morgen, mein Name ist Dr. Mary Keller.« Allen beobachtet, wie ihr Blick über ihre Notizen huscht und sie zögert. »Meine Damen und Herren«, sagt sie, »in Anbetracht des unorthodoxen Themas, das ich Ihnen gleich darlegen möchte, werde ich nicht von meinem vorbereiteten Text ablesen. Stattdessen würde ich Ihnen gerne von zwei Fallstudien berichten. Im ersten Fall handelt es sich um eine aktuelle Patientin, eine Siebenjährige, die von ihrer Mutter zur Behandlung zu mir gebracht wurde. Die Patientin hat sich eine imaginäre Freundin ausgedacht, die sie als ihren Gott bezeichnet. Beim zweiten Beispiel handelt es sich um einen Fall, der dreißig Jahre zurückliegt.« Dr. Keller erzählt von einem Kind in einer Gemeindeschule, das gezwungen wurde, zur Buße über längere Zeit hinweg kniend zu verharren. Eines Tages fühlte die Fünfjährige, wie sich neben ihr etwas bewegte, etwas Warmes und Festes, aber als sie hinübersah, war dort nichts zu sehen.

»Die Frage, die ich heute aufwerfen möchte, lautet: Wenn es keine physische Komponente für eine Täuschung gibt, wenn ein bestimmtes Verhalten in keinerlei diagnostisches Raster passt, zu keinem Verhaltensschema passt, das allgemein anerkannt ist als Indikator für eine Geisteskrankheit, was bleibt uns dann als Diagnose noch offen?«

Allen fühlt, wie die Doktoren in der Reihe vor ihm unmerklich ihre Haltung verändern. *Heiliger Bimbam*, denkt er, bereits erahnend, worauf sie hinaus will. *Diese Frau begeht professionellen Selbstmord.*

»Wenn eine physische und psychische Krankheit auszuschließen ist, steht es dann einem Psychiater zu, das Verhalten zu authentifizieren? Zu sagen, dass es sich möglicherweise bei einer Täuschung um eine echte Vision handelt?« Langsam lässt sie den Blick über das ungläubige Publikum schweifen. »Der Grund, weshalb ich Sie das frage, ist der, dass ich mit absoluter Gewissheit weiß, dass eins dieser Kinder die Wahrheit sagt – möglicherweise sogar beide. Ich weiß das deshalb, weil das Kind, das in der Kapelle kniete und dieses ... undefinierbare Etwas fühlte ... ich selbst war. Und weil ich es dreißig Jahre später in meiner eigenen Praxis bei einer kleinen Patientin wieder gefühlt habe.«

Allen McManus reißt den Blick von Dr. Keller los, verlässt unauffällig den Raum und ruft seinen Redakteur an.

Am Abflug-Gate sieht Colin zu, wie Jessica zum hundertsten Mal ihre Tickets überprüft. Sie sieht in ihrem maßgeschneiderten Kostüm und mit dem Laptopkoffer in der Hand aus wie eine ganz gewöhnliche Geschäftsreisende. Sie sieht genauso geschäftsmäßig aus wie Colin selbst. Wenn man sie so sieht, würde keiner auf die Idee kommen, dass sie am Ende des zehntägigen Vertreterkonferenz in Las Vegas in einer Drive-through-Kirche heiraten und sich die eine Woche Hochzeitsreise mit Glücksspiel vertreiben werden.

»Bist du aufgeregt?«, schnurrt sie und schmiegt sich an ihn. »Ich ja. Sehr sogar.«

»Ich, äh, ich muss mal wohin.« Colin schenkt ihr ein Lächeln und steuert zielstrebig die Herrentoilette an. Er weiß nicht recht, wie er zu dieser Heirat in Las Vegas steht. Mit irgendeinem Friedensrichter, einem Elvis-Imitator, der ihnen ein Ständchen bringt, und einem Brautstrauß für fünf Dollar aus dem Automaten wird sich diese Heirat jedenfalls deutlich von jener mit Mariah unterscheiden.

Es war Jessicas Idee. Sie mussten sowieso wegen der Konferenz nach Las Vegas. »Außerdem«, hatte sie lachend hinzugefügt und ihren Bauch gerieben, »stell dir nur vor, was wir ihm später einmal alles erzählen können.«

Jetzt fragt er sich, ob seine Ehe mit Mariah vielleicht von Dauer gewesen wäre, wenn er sie in der Light of the Moon-Kapelle in Vegas geheiratet hätte anstatt in St. Thomas in Virginia, mit mehr Prunk und Pomp als auf einer königlichen Hochzeit. Wenn er bereit gewesen wäre zur – wie nannte man das noch gleich? Die *Hora!* – oder ein Glas mit dem Fuß zu zerbrechen. Wenn er nicht einfach davon ausgegangen wäre, dass das der richtige Weg war, wären die Unterschiede zwischen ihnen möglicherweise nicht so deutlich hervorgetreten. So wie es gelaufen ist, gibt Colin sich die Schuld an dem, was seiner Ex-Frau widerfahren ist. Er hat von ihr verlangt, sich seinen Wünschen zu beugen, bis sie schließlich daran zerbrochen ist.

Anstatt die Herrentoilette zu betreten, setzt Colin sich in eine schmale Telefonzelle und ruft in seinem früheren Zuhause an. »Mariah«, sagt er, als sie sich meldet.

Hierauf folgt eine Pause. »Colin.« Obwohl er versucht, es zu überhören, entgeht ihm die Freude in ihrer Stimme nicht. Sie bereitet ihm Unbehagen; das war schon immer so. Welcher Mensch, der noch ganz bei Trost ist, möchte schon für einen anderen den Erlöser spielen?

Colin drückt die Stirn gegen die Metallwand der Kabine und versucht, die richtigen Worte zu finden für das, was er ihr mitteilen muss. »Was macht Faith' Rücken?«, fragt er stattdessen.

»Dem geht es schon viel besser. Sie trägt jetzt wieder T-Shirts.«

»Gut.«

In der folgenden Stille fällt Colin wieder ein, wie unbehaglich Mariah sich bei Gesprächspausen immer gefühlt hat. Um die Stille zu vertreiben, stürzte sie sich kopflos in sinnlose Sätze und plapperte überflüssiges Zeug, anstatt das Ende der Stille abzuwarten. Aber jetzt ist sie ebenso wortkarg wie er, so als versuche sie ebenso wie er, ein Geheimnis für sich zu behalten.

»Alles in Ordnung mit dir?«, fragt sie schließlich.

»Ja. Ich bin auf dem Weg nach Las Vegas zu einer Konferenz.«

»Oh«, entgegnet sie leise, ausdruckslos, und er weiß, was sie mit diesem einen Wort meint: *Wie kommt es, dass dein Leben weitergeht, als wäre nichts geschehen?* »Dann hast du wohl nur wegen Faith angerufen.«

»Ist das ... hättest du etwas dagegen?«

»Du bist ihr Vater, Colin. Natürlich ist es okay, wenn du sie anrufst.«

Es folgt ein statisches Knistern, und noch bevor Colin noch etwas zu Mariah sagen kann, ist Faith am Apparat. »Hi, Papa.«

»Hallo, Schnittchen.« Er wickelt sich die Metallschlange des Hörerkabels um den Arm. »Ich wollte dir nur sagen, dass ich ein paar Wochen weg sein werde.«

»Immer gehst du weg.«

Colin wird bewusst, dass sie Recht hat. Bei den vielen Reisen, die der Job von ihm verlangt, enthalten seine Erinnerungen an Faith – und wohl auch ihre an ihn – fast alle einen Abschied oder ein Wiedersehen. »Aber ich vermisse dich jedes Mal.«

»Ich vermisse dich auch.« Faith schnieft und reicht den Hörer zurück an Mariah.

»Tut mir leid«, sagt diese. »Sie ist in letzter Zeit etwas sprunghaft.«

»Das ist ja nur verständlich.«

»Sicher.«

»Sie ist noch ein Kind.«

»Ich weiß. Ich bin sicher, sie hat sich sehr über deinen Anruf gefreut.«

Colin staunt darüber, wie fremd sie beide klingen: Mariahs Worte sind früher über ihn hinweg gedonnert wie eine Brandung, anhaltendes Gequake über Abholscheine für die Reinigung, Elternsprechtage in der Schule und Sonderangebote im Supermarkt. Gequassel, dem er nie zugehört, ja, das er nie registrierte, bis es aufgehört hat und er plötzlich überrascht feststellt, dass er bis zum Hals im Sand dieser Ehe feststeckt. Er fragt sich, wie man so plötzlich von Worten, die so gedankenlos fallen gelassen werden wie Kleingeld, übergehen kann zu dem hier, da das banalste Gespräch einen völlig auslaugen kann.

»War das alles?« Mariah zögert kaum merklich, ehe sie hinzufügt: »Oder wolltest du auch mich sprechen?«

Es gibt so vieles zu besprechen: die Hochzeit, wie Mariah zurechtkommt, wie seltsam es ihm vorkommt, Meilen von ihr getrennt zu sein und immer noch das Gefühl zu haben, einen Blick um eine hohe und dicke Mauer herum zu wagen. »Das war alles«, sagt Colin.

29. September 1999

Ian bezahlt drei Personen dafür, dass sie die Zeitungen aller größeren Städte der Vereinigten Staaten und Europas lesen. Jeden Morgen um acht haben diese Assistenten ihm zwei zweifelhafte mystische Ereignisse zu melden. An einem Morgen, zwei Wochen nach Beginn seiner Aufklärungs-Kampagne, nehmen sie in der engen Sitzecke des Winnebago Platz. »Also dann.« Ian wendet sich David zu, seinem jüngsten Mitarbeiter. »Was hast du ausgegraben?«

»Ein Huhn mit zwei Köpfen und eine Fünfundsiebzigjährige, die ein Kind geboren hat.«

»Hör doch auf«, meint Yvonne verächtlich. »Der Rekord liegt bei dieser Frau aus Florida.«

Ian ist auch nicht besonders begeistert von der Geschichte. »Hast du was Besseres?«

»Kreise in Weizenfeldern in Iowa.«

»Mit so etwas will ich nichts zu tun haben. Es ist etwas völlig anderes, an Gott zu glauben oder an Außerirdische. Wanda?«

»Es wurde eine sonderbare Lichtquelle auf dem Grund eines Brunnens in Montana entdeckt.«

»Klingt nach radioaktivem Müll. Sonst noch was?«

»Ja, da ist tatsächlich noch was. In Boston hat es einige Aufregung gegeben auf einem Psychiater-Kongress.«

Ian grinst. »Aufregung und Psychiater-Kongress ... Ich dachte, diese beiden Begriffe würden sich per se ausschließen.«

»Ja, ich weiß. Offenbar hat eine Ärztin die These aufgeworfen, dass eine Halluzination, wenn sie nicht widerlegt werden kann, möglicherweise real sein könnte.«

»Ein Seelenklempner ganz nach meinem Geschmack. Um was für Halluzinationen geht es denn genau?«

»Die Psychiaterin hat eine Patientin – ein kleines Mädchen –, von der sie glaubt, sie würde möglicherweise Gott sehen.«

Ians Körper beginnt zu vibrieren wie eine Hochspannungsleitung. »Tatsächlich? Wer ist das Mädchen?«

»Das weiß ich nicht. Psychiater nennen auf diesen Symposien keine Namen. Sie sprechen nur von anonymen Patienten.« Wanda kramt in ihrer Jeanstasche. »Ich habe mir den Namen der Psychiaterin aufgeschrieben«, sagt sie und reicht Ian einen Zettel.

»Miss Mary Margaret Keller«, liest Ian. »Konnte eine Halluzination nicht widerlegen, ja? Wahrscheinlich hat sie das Mädchen von fünfzig anderen ihres Schlages untersuchen lassen. Was sie braucht, ist jemand wie ich.«

Als es an der Tür klopft, blickt Rabbi Weissman von seinen Büchern auf. Stöhnend sieht er, dass es schon zehn Uhr ist. Zeit für eine weitere Eheberatungssitzung mit den Rothmans.

Einen flüchtigen Moment lang erwägt er, so zu tun, als wäre er nicht da. Nichts ist ihm so verhasst, wie dazusitzen und mit anzuhören, wie die Rothmans sich ein so explosives Wortgefecht liefern, dass er fürchten muss, ins Kreuzfeuer zu geraten. Ihm ist die Aufgabe des Rabbi wohl bewusst, Mitgliedern seiner Gemeinde in jeder Lebenslage helfend zur Seite zu stehen, aber das? Eheberatung? Der Rabbi schüttelt den Kopf. Bei den Rothmans erinnert das Ganze mehr an Schießübungen.

Mit einem Seufzer setzt Rabbi Weissman ein starres Lächeln auf und öffnet die Tür zu seinem Büro. Seine Augen weiten sich; der Anblick von Eve und Herb Rothman, die sich draußen auf dem Flur zärtlich küssen, verschlägt ihm die Sprache.

Mit einem Schwall verlegener Entschuldigungen lösen sie sich voneinander. Ungläubig sieht Rabbi Weissman zu, wie das Paar zwei Stühle näher zusammenrückt, bevor es Platz nimmt. Das kann doch unmöglich derselbe Mann sein, der erst in der vergangenen Woche seine Frau als berechnende Kuh beschimpft hat, deren einziger Lebensinhalt darin bestehe, sein hartverdientes Geld aus dem Fenster zu werfen. Und das kann nicht die Frau sein, die noch in der vergangenen Woche erklärt hat, dass sie ihrem Mann, wenn er das nächste Mal wie ein ganzer Harem stinkend nach Hause käme, mitten in der Nacht den *Bajtsim* abschneiden würde. »Nun?«, sagt er, eine Braue fragend hochgezogen.

Eves Finger drücken jene ihres Mannes. »Ich weiß«, sagt sie schüchtern. »Ist es nicht wunderbar?«

»Es ist mehr als wunderbar«, bekräftigt Herb. »Es ist ja nicht so, dass wir Sie nicht gern hätten, Rabbi, aber Evie und ich werden Ihre Hilfe künftig nicht mehr brauchen.«

Rabbi Weissman lächelt. »Diese Art von Zurückweisung gefällt mir. Was hat denn diesen Sinneswandel bewirkt?«

»Nichts Bestimmtes«, gibt Eve zu. »Ich habe nur plötzlich angefangen, anders zu empfinden.«

»Und ich ebenfalls«, meint Herb.

Soweit der Rabbi sich erinnert, musste er die Ehegatten bei ihrem letzten Besuch trennen wie zwei Preisboxer, um zu verhindern, dass sie sich Gewalt antaten. Die Rothmans plaudern noch ein paar Minuten, wünschen dann dem Rabbi alles Gute und verlassen das Büro. Rabbi Weissman blickt ihnen kopfschüttelnd nach. Da hatte zweifellos Gott seine Hand im Spiel. Er hätte gewettet, dass der Bruch in der Ehe der Rothmans nicht mehr zu kitten war.

Ganz sicher hatte nichts, was er gesagt hatte, diese unerwartete Wende herbeigeführt – ein Durchbruch in diesem Fall wäre ihm sicher nicht entgangen. Er hätte ihn sich notiert, rot im Kalender eingetragen. Aber es gibt in seinem Kalender keinen Eintrag aus der vergangenen Woche. Nichts.

Nur die Uhrzeit, und darunter, um 11:00 Uhr, der Name der kleinen Faith White.

Mitten in der Nacht wacht Faith auf und ballt die Hände zu Fäusten. Es tut so weh, dass ihr ein Wimmern entfährt, so wie damals, als Betsy Corcoran sie am kältesten Tag im letzten Winter herausgefordert hat, die Fahnenstange anzufassen, woraufhin ihre Haut beinahe am Metall festgefroren war. Sie rollt sich herum und vergräbt die Hände unter dem Kissen, wo das Laken noch kühl ist.

Aber das hilft auch nicht. Sie wälzt sich eine Weile herum und fragt sich, ob sie auf die Toilette gehen soll, jetzt, wo sie sowieso wach ist, oder ob sie im Bett bleiben und abwarten soll, dass der Schmerz in den Händen nachlässt. Noch will sie nicht zu ihrer Mutter gehen. Einmal war sie mitten in der Nacht aufgewacht, und ihr Fuß hatte geprickelt und sich angefühlt wie eine Wassermelone. Aber ihre Mutter hatte gesagt, der Fuß wäre nur eingeschlafen, und sie solle sich wieder hinlegen. Faith hatte nicht verstanden, wie ihr Fuß schlafen sollte, wo sie selbst doch wach war.

Sie rollt sich erneut herum, und da sieht sie ihre Beschützerin auf der Bettkante sitzen. »Meine Hände tun weh«, jammert sie und zeigt sie ihr.

Ihre Beschützerin beugt sich vor, um sie zu begutachten. »Es wird nur eine Weile wehtun.«

Das tröstet Faith. Es ist, wie wenn sie Fieber hat und krank ist und ihre Mutter ihr Tabletten gibt, von denen sie weiß, dass sie die Kopfschmerzen vertreiben werden. Faith sieht zu, wie ihre Beschützerin erst ihre linke und dann ihre rechte Hand hebt und die Handflächen küsst. Ihre Lippen sind so heiß, dass Faith im ersten Moment zusammenzuckt und die Hände zurückzieht. Als sie hinabschaut, sieht sie, dass der Kuss ihrer Beschützerin einen roten Abdruck auf der Haut hinterlassen hat. Faith denkt, es wäre Lippenstift, und reibt mit dem Daumen an dem Abdruck, aber er lässt sich nicht abwischen.

Ihre Beschützerin schließt bedächtig Faith' Finger, sodass ihre Hände wieder Fäuste bilden. Faith kichert; ihr gefällt die Vorstellung, einen Kuss festzuhalten. »Siehst du, wie lieb ich dich habe?«, fragt die Beschützerin, und Faith schläft mit einem Lächeln auf den Lippen wieder ein.

30. September 1999

Es wäre schön, wenn Ian behaupten könnte, dass sein sechster Sinn für die Aufdeckung von Betrug ihn auf direktem Wege zu Faith White führen würde, aber das stimmt nicht. Wie jeder Meisterplaner weiß er, dass der beste Weg, immer auf dem Laufenden zu bleiben, der ist, die Antennen nach allen Seiten ausgerichtet zu halten. Und so setzt er, als Dr. Keller sich kategorisch weigert, ihn zu sprechen, Plan B in Gang.

Es dauert eine halbe Stunde, um im örtlichen Krankenhaus einen Wäscheschrank und frischen OP-Kittel zu finden. Zehn Minuten, um Yvonne mit sachdienlichen Informationen zu füttern, dann tritt sie in unauffälliger Krankenhauskleidung durch die Glastüren.

Eine Viertelstunde später kehrt sie mit strahlendem Gesicht zurück. »Ich bin direkt zu der Schwester gegangen, die die Kernspin-Termine vergibt, und habe ihr gesagt, Dr. Keller habe die Untersuchungsergebnisse einer siebenjährigen Patientin nicht bekommen. ›Faith White, sagen Sie?‹, fragt sie, sieht im Computer nach und meint, sie wären schon vor einer Woche rausgegangen. Faith White, hat sie gesagt. Einfach so.«

Aber Ian hat sich bereits in Bewegung gesetzt. Er fährt bereits mit dem Finger über eine lange Liste von Whites im Telefonbuch. Dann nimmt er sein Handy aus der Tasche und wählt die Nummer neben dem ersten Eintrag unter diesem Namen. »Hallo. Ich suche die Mutter von Faith White. Oh. Entschuldigen Sie die Störung.«

Noch zwei vergebliche Anrufe, dann meldet sich ein Anrufbeantworter: »Dies ist der Anschluss von Colin, Mariah und Faith. Bitte hinterlassen Sie eine Nachricht.«

Ian zieht einen Kreis um die Adresse und blickt triumphierend in die Runde seiner Mitarbeiter. »Volltreffer.«

Es ist nicht leicht, sich in New Canaan zurechtzufinden. Abgesehen von der Main Street, die an beiden Enden in die breitere und besser ausgebaute Route 4 übergeht, gibt es dort nicht viele Orientierungspunkte. Schule, Polizeirevier, Frisörsalon, Arbeitsamt und Donut King markieren die Ortsdurchfahrt. Aber wenn man sich nicht auskennt im Gewirr der Landstraßen, die sich zwischen Maisfeldern hindurch oder über den Bear Mountain winden, ist einem gar nicht bewusst, dass man die Farmen und alten Häuser, in denen die Bürger von New Canaan leben, verpasst.

Die Mitglieder des Ordens der Großen Passion belagern

förmlich das Donut King. Erschöpft und gereizt nach ihrem Querfeldeinmarsch aus Sedona, scheinen sie sich mehr für die nächste Toilette zu interessieren als für einen neuen Messias – das ursprüngliche Ziel, das sie nach New Canaan geführt hat. Bruder Heywood, ihr Anführer, überquert die Main Street und blickt über die Wiesen eines eingetragenen Holsteiner-Zuchtbetriebes. New Canaan, denkt er. Das Land, in dem Milch und Honig fließen. Aber ehrlich gesagt hat er keine Ahnung, ob er seine Schäfchen an den richtigen Ort geführt hat. Der Messias könnte ebenso gut in New England, New York oder New Brunswick sein. Er fischt ein paar Runen aus seiner Tasche und wirft sie vor sich auf den Boden. Er reibt gerade einen der gravierten Steine mit dem Daumen, als eine Staub- und Dreckwolke ihm fast den Atem raubt.

Der Winnebago, der viel zu schnell um die Ecke schießt, lässt Bruder Heywood zurücktaumeln. Er richtet sich auf, legt schützend eine Hand über die Augen und versucht, das Nummernschild zu lesen – nicht, dass er vor hätte, den Fahrer anzuschwärzen, nachdem er sich vor einigen Jahren einer Philosophie der Nicht-Intervention verschrieben hat, aber alte Gewohnheiten lassen sich eben nur schwer ablegen. Sein Blick wird bald von dem blauen Nummernschild abgelenkt und richtet sich auf den leuchtenden Feuerball auf der Hecktür des Wohnmobils.

Bruder Heywood stopft die Runensteine wieder in die Tasche seines Gewandes und holt stattdessen aus einer anderen Tasche ein kleines Fernglas.

IAN FLETCHER, liest er. AUF DER SUCHE NACH WAHRHEIT.

Man musste schon hinter dem Mond leben, um den Namen Ian Fletcher nicht zu kennen. Sein Gesicht prangte auf einer Werbetafel gleich außerhalb von Sedona, und seine Sendung war allseits bekannt. In gewisser Weise hatte Heywood Parallelen zwischen sich selbst und dem Fernseh-Atheisten gezogen – er war ebenso bereit, sich gegen das System zu stellen und sich in der Öffentlichkeit der Lächerlichkeit preiszugeben im Namen der Religion. Nur dass Bruder Heywoods Erwartungen das Ende betreffend sich erheblich von jenen Ian Fletchers unterschieden.

Und doch weiß er, womit Fletcher sich seinen Lebensunterhalt verdient, und er hat auch von der Tournee des Mannes durch das ländliche Amerika gehört, mit dem Ziel, angebliche Wunder zu entmystifizieren. Er kann sich nur einen einzigen Grund vorstellen, weshalb Ian Fletcher nach New Canaan in New Hampshire kommen sollte, und das heißt, dass der Ausflug des Ordens nicht vergebens war. Nachdem er sich davon überzeugt hat, dass er unbeobachtet ist, hebt Bruder Heywood das Fernglas vor die Augen und folgt dem Winnebago auf seinem Weg zu einem weißen Farmhaus in der Ferne, vor dem das Wohnmobil zum Stehen kommt.

Am Donnerstagvormittag sieht Mariah sich das Video *Agnes of God* an und bricht somit später als sonst zum Einkaufen auf. Als sie vor der Grundschule hält, um Faith abzuholen, ist der Kofferraum voll mit Einkaufstüten. Die Schulglocke läutet, und Mariah begibt sich wie gewöhnlich zu einem ausladenden Ahornbaum am Rand des Pausenhofes, aber Faith taucht nicht auf. Sie wartet, bis die letzten Kinder die Schule verlassen haben, und betritt dann das Sekretariat.

Faith sitzt zusammengesunken auf dem dick gepolsterten tiefroten Sofa neben dem Schreibtisch der Schulsekretärin und weint. Ihre Leggings sind am Knie zerrissen, und aus den geflochtenen Zöpfen haben sich einzelne Strähnen gelöst, die an ihren feuchten Wangen kleben. Sie hat die Ärmel bis über die zu Fäusten geballten Hände gezogen. Sie wischt sich die laufende Nase an ihrem Oberteil ab. »Mami, erlaubst du mir, dass ich nicht mehr in die Schule gehen muss?«

Mariah fühlt, wie ihr Herz sich zusammenzieht. »Aber du liebst doch die Schule«, sagt sie und lässt sich auf die Knie sinken, ebenso um Faith zu trösten wie um die neugierigen Blicke der Sekretärin abzublocken. »Was ist passiert?«

»Sie machen sich über mich lustig. Sie sagen, ich wäre verrückt.«

Verrückt. Erfüllt von selbstgerechtem Zorn legt Mariah einen Arm um ihre Tochter. »Wie kommen sie denn darauf, so etwas zu behaupten?«

Faith zieht die Schultern hoch. »Weil sie gehört haben, wie ich mit ... ihr ... gesprochen habe.«

Mariah schließt die Augen und sendet ein Stoßgebet an – an wen?, damit er/sie diese Angelegenheit lösen möge, und zwar schnell. Sie zieht Faith auf die Füße, nimmt ihre Hand, die bereits in einem Fäustling steckt, und führt sie aus dem Büro. »Weißt du was? Vielleicht kannst du morgen einmal zu Hause bleiben. Wir könnten etwas zusammen unternehmen, du und ich, den ganzen Tag.«

Faith blickt zu ihrer Mutter auf. »Ehrlich?«

Mariah nickt. »Ich habe auch manchmal zusammen mit Großmama einen Tag blau gemacht.« Sie beißt die Zähne zusammen bei der Erinnerung daran, wie ihre Mutter diese Tage genannt hatte: Normalitätstage.

Sie fahren durch die gewundenen Straßen von New Canaan, und langsam, nach und nach, beginnt Faith, Mariah zu erzählen, was sich in der Schule zugetragen hat. Als sie in ihre Zufahrt einbiegt, macht sie kurz Halt, kurbelt ihre Fensterscheibe herunter und nimmt die Post aus dem Briefkasten. Erst da bemerkt sie die vielen Autos am Straßenrand. Wanderer oder Vogelkundler, die über die Felder entlang der Straße marschieren. Es kommt öfter vor, dass sie sich hier einfinden. Sie fährt weiter, und dann sieht sie die Menschen, die ihr Haus umringen.

Vor dem Haus stehen Lieferwagen und Autos und sogar ein großes, grell bemaltes Wohnmobil.

»Wow«, haucht Faith. »Was ist denn hier los?«

»Keine Ahnung«, antwortet Mariah angespannt. Sie stellt den Motor ab, steigt aus und ist sofort von einer Gruppe von fast zwanzig Personen umringt. Sofort flammen Blitzlichter auf, und Fragen werden auf sie abgeschossen wie Speere. »Ist das Ihre Tochter im Wagen?« – »Ist Gott bei ihr?« – »Können Sie Gott auch sehen?«

Als Faith' Tür sich einen Spalt breit öffnet, verstummen die Fragen. Mariah sieht zu, wie ihre Tochter aus dem Wagen steigt und dann nervös auf dem gepflasterten Weg stehen bleibt, der zum Haus führt. Der Weg wird von einem Dutzend Männer und Frauen in wallenden Gewändern gesäumt, die den Kopf neigen, als Faith sie ansieht. Dahinter und etwas abseits steht ein Mann, der einen Zigarillo raucht. Das Gesicht kommt Mariah bekannt vor. Plötzlich fällt ihr ein, woher sie ihn kennt: aus dem Fernsehen. An ihrem Holzapfelbaum lehnt Ian Fletcher persönlich.

Und da weiß Mairah plötzlich, was vor sich geht. Irgendwie, auf verschlungenen Wegen, haben diese Menschen von Faith gehört. Mit einem flauen Gefühl in der Magengegend legt sie einen Arm um ihre Tochter und führt sie zur Veranda. Sie schiebt Faith ins Haus und schließt die Tür hinter ihnen ab.

»Was machen diese Leute hier?« Faith wirft einen Blick durch die schmale Glasscheibe neben der Tür und wird von ihrer Mutter dort weggezogen, bevor jemand sie sehen kann.

Mariah massiert sich die Schläfen. »Geh auf dein Zimmer. Mach deine Hausaufgaben.«

»Ich habe keine.«

»Dann denk dir welche aus!«, erwidert Mariah schroff. Sie geht in die Küche und nimmt den Telefonhörer ab, ihre Kehle ist bereits verengt von aufsteigenden Tränen. Sie muss die Polizei rufen, aber zuerst wählt sie eine andere Nummer. Als ihre Mutter beim zweiten Klingeln abnimmt, entfährt Mariah das erste Schluchzen. »Bitte komm sofort her«, sagt sie und legt auf.

Sie setzt sich, die Hände flach auf der Resopaloberfläche, an den Küchentisch. Sie zählt bis zehn. Sie denkt an die Milch, die Pfirsiche und den Broccoli hinten im Wagen, die bereits anfangen zu verderben.

Ian Fletcher ist sehr gut in seinem Job. Er ist skrupellos, er ist engagiert, er ist engstirnig. Also heftet er den Blick auf das kleine Mädchen, Gegenstand seiner nächsten Sendung, und beobachtet, wie es aus dem Wagen steigt.

Aber dann erregt die Frau an der Seite von Faith White seine Aufmerksamkeit. Die Angst auf ihrem Gesicht, ihre unbewusste Anmut, die instinktive schützende Geste, als sie den Arm um ihre Tochter legt – das alles zieht Ians Blicke auf sich. Sie ist klein und zierlich, und ihr Haar hat einen satten Goldton. Es ist aus dem Gesicht zurückgekämmt, das blass und ungeschminkt ist und möglicherweise das natürlichste und hübscheste, das Ian gesehen hat seit den Wasserfällen in Südamerika. Sie ist nicht im klassischen Sinne schön, nicht perfekt, aber irgendwie macht sie das nur umso interessanter. Ian schüttelt den Kopf, um seine Gedanken zu klären. Er verkehrt mit Models und Filmstars – er sollte sich nicht beeindrucken lassen von einer Frau mit dem Gesicht eines Engels.

Eines *Engels?* Allein der Gedanke ist verräterisch, lächerlich. *Das macht der verdammte Winnebago*, sagt er sich. Dass er die Nächte auf einer Schaumstoffmatratze verbringen muss anstatt im Bett eines Luxushotels, verschlimmert seine Schlafprobleme, sodass er nicht mehr klar denken kann und ihm jeder mit zwei X-Chromosomen attraktiv erscheint.

Ian konzentriert sich wieder auf Faith White, die halb verborgen unter dem Arm ihrer Mutter vorbeigeht. Aber dann macht er den Fehler aufzublicken – und begegnet dem Blick von Mariah White. Kalt, grün, zornig. Die Schlacht beginnt, denkt Ian unwillig und unfähig, den Blick abzuwenden, bis sie entschlossen die Tür hinter ihnen schließt.

»Nennen Sie mir nur ein Beispiel – außer Gott – für etwas, woran wir blind glauben«, fordert Ian in einem Tonfall, der klingt wie ein Ruf zu den Waffen, die kleine Menschengruppe auf, die sich um ihn versammelt hat. Die Neuigkeit von Ians Anwesenheit hat inzwischen eine gewisse Anzahl von Schaulustigen angelockt sowie mehrere Pressevertreter. »So etwas gibt es nicht! Nichts würden wir unbesehen glauben. Nicht einmal, dass die Sonne jeden Tag von neuem aufgeht. Ich weiß, dass sie morgen wieder da sein wird, aber das ist etwas, das ich wissenschaftlich belegen kann.«

Er lehnt sich an das Geländer der hölzernen Plattform,

die für medienwirksame Momente wie diesen eilig neben dem Winnebago errichtet wurde. »Kann ich die Existenz Gottes beweisen? Nein.«

Er beobachtet die Menschen aus den Augenwinkeln; sie tuscheln, überlegen, was sie überhaupt bewogen hat, sich diese wundersame Faith White anzusehen. »Sie wissen, was Glaube, was Religion ist?« Er schaut vielsagend auf die grimmig dreinblickenden Mitglieder des Ordens der Großen Passion in ihren tiefroten Roben. »Es ist ein *Kult.* Wer gibt uns Religion? Unsere Eltern unterziehen uns einer Gehirnwäsche, wenn wir vier oder fünf Jahre alt sind und am empfänglichsten für phantastische Ideen. Man redet uns ein, dass wir an Gott zu glauben haben, also tun wir das auch brav.«

Ian zeigt in Richtung der White-Farm. »Und jetzt genügt das Wort eines kleinen Mädchens, das, wie ich anmerken möchte, genau im richtigen Alter ist, um an Märchen, Kobolde und den Osterhasen zu glauben, um Sie zu überzeugen?« Er mustert die Menge mit geübtem Blick. »Ich frage Sie noch einmal: Woran sonst glauben wir blind?«

Ian grinst über die anhaltende Stille. »Lassen Sie mich Ihnen helfen. Das Letzte, woran Sie mit absoluter und unerschütterlicher Gewissheit geglaubt haben, war ... der Weihnachtsmann.« Er wölbt die Brauen. »Ganz egal, wie unmöglich es schien, wie viele Gegenbeweise zu seiner Existenz es gab, als Kind wollten Sie an ihn glauben, und deshalb haben Sie auch an ihn geglaubt. Und so respektlos der Vergleich klingen mag, dieser Glaube unterschied sich nur unerheblich von jenem an Gott. Beide gewähren eine Belohnung für anständiges Benehmen. Beide agieren, ohne je sichtbar in Erscheinung zu treten. Sie stützen sich massiv auf die Hilfe mystischer Wesen – Elfen im einen und Engel im anderen Fall.«

Ian blickt nacheinander auf eins der Ordensmitglieder, auf einen Lokalreporter und eine Mutter mit einem Kleinkind auf dem Arm. »Wie kommt es, dass keiner von Ihnen heute noch an den Weihnachtsmann glaubt? Sie sind erwachsen geworden und haben erkannt, wie unmöglich das Ganze wäre. Aus einer Tatsache wurde ein schönes Märchen, das man an seine Kinder weitergibt. Genau so wie Ihre Eltern Ihnen von Gott erzählt haben, als Sie noch klein waren.« Er legt eine kurze Pause ein und lässt die Stille auf die Anwesenden wirken. »Sehen Sie denn nicht, das auch Gott nur ein Mythos ist?«

Millie Epstein schlägt schwungvoll die Wagentür zu. Mariahs wunderschönes Farmhaus ist, soweit sie sehen kann, von Spinnern umlagert. Mindestens zwanzig Personen drängen sich auf der langen Zufahrt, von denen einige sogar so dreist sind, das Gras entlang der vorderen Veranda niederzutrampeln. Dazu gehören auch eine Hand voll Leute in seltsamen roten Nachthemden, einige neugierige Ortsansässige und zwei Fernseh-Übertragungswagen mitsamt der Reporter. Millie schiebt sie unsanft aus dem Weg, bis sie die Veranda erreicht, wo sie auf den Polizeichef trifft. »Thomas«, sagt sie, »was soll dieses Affentheater?«

Der Polizeichef zuckt die Achseln. »Ich bin selbst gerade erst gekommen, Mrs. Epstein. Einer der Reporter da drüben sagt, es gäbe wohl ein paar Leute, die behaupten, ihre Enkelin sei Jesus oder so etwas. Und ein anderer Kerl behauptet, Faith sei nicht nur nicht Jesus, sondern Jesus existiere gar nicht.«

»Können wir sie nicht zwingen, Mariahs Rasen zu verlassen?«

»Das wollte ich gerade veranlassen«, meint er. »Natürlich kann ich ihnen nur befehlen, sich bis zur Straße zurückzuziehen. Immerhin ist die öffentlich.«

Millie lässt den Blick über die Menge schweifen. »Können wir mit Faith sprechen?«, ruft einer der Reporter. »Holen Sie sie her!«

»Genau!«

»Und die Mutter soll auch rauskommen!«

Die Stimmen steigern sich zum Crescendo, und die entsetzte Millie kann nur sprachlos zuhören. Dann verschränkt sie die Arme vor der Brust und mustert die Menschen vor dem Haus mit strengem Blick. »Sie befinden sich auf Privatbesitz; Sie haben hier nichts zu suchen. Und Sie sprechen von einem Kind. Einem *Kind.* Würden Sie wahrhaftig den Worten einer Siebenjährigen Glauben schenken?«

Ganz vorn in der ersten Reihe klatscht jemand sehr langsam und nachdrücklich. »Gratuliere, Ma'am«, sagt Ian Fletcher in seinem unvergleichlichen Südstaatenakzent. »Ein rationales Statement inmitten eines Mahlstroms. Man stelle sich das vor.«

Er tritt in Millies Blickwinkel, und sie sieht, dass es sich um Ian Fletcher aus der Fernsehsendung handelt. Und so gut er auch aussehen und so verführerisch seine Stimme klingen mag, weiß sie, dass es ein furchtbarer Fehler von ihr war, ihn jemals attraktiv zu finden. Millie hat der Menge einen Krumen Zweifel vorgeworfen, damit sie etwas haben, um sie von ihrer Enkeltochter abzulenken. Aber dieser Mann ... dieser Mann sät Zweifel, damit ihm alle aus der Hand fressen.

»Ich schlage vor, dass Sie alle jetzt von hier verschwinden«, sagt Millie angespannt. »Meine Enkelin ist für Sie nicht von Interesse.«

Ian Fletcher lächelt sie strahlend an. »Tatsächlich? Sie

schenken also Ihrer eigenen Enkelin keinen Glauben? Ich schätze, Ihnen ist klar, dass ein Kind, das behauptet, mit Gott zu sprechen, genau das ist ... ein Kind, das behauptet mit Gott zu sprechen. Keine Glocken, keine Pfiffe, nicht einmal ein Wunder. Nur eine Gruppe irregeleiteter Kultmitglieder, die bereits das Stadium der Respektabilität überschritten haben, aber sicher nichts, was eine Hysterie rechtfertigen würde, oder?«

Seine Worte klingen honigsüß; sie fließen über Millie und nageln sie auf der Veranda fest. »Ma'am, Sie sind eine Frau ganz nach meinem Geschmack.«

Millie kneift die Augen zusammen, öffnet den Mund, greift sich dann an die Brust und sinkt vor Ian zu Boden.

Mariah reißt die Haustür auf und kniet sich neben ihre Mutter. »Ma!«, ruft sie und schüttelt Millie bei den erschlafften Schultern. »Rufen Sie einen Rettungswagen!«

Einige vereinzelte Blitzlichter flammen auf. Sie ignorierend, beugt Mariah sich über Millie und hält das Ohr dicht über ihren Mund. Aber sie kann keinen Atem spüren, kein Härchen bewegt sich. Es ist ihr Herz, ihr Herz, sie weiß es. Sie drückt die Hand ihrer Mutter, sicher, dass sie sie verlieren wird, wenn sie auch nur ein winziges bisschen locker lässt.

Gleich darauf rast ein Krankenwagen die Zufahrt herauf, und Kies spritzt auf, als er schlitternd vor dem Haus zum Stehen kommt – oder genauer, so nah wie möglich in Anbetracht der Lieferwagen, Ü-Wagen und des Winnebagos, die den Weg versperren. Die Sanitäter laufen die Verandatreppe herauf. Einer zieht Mariah sanft von ihrer Mutter weg, während der andere mit Wiederbelebungsmaßnahmen beginnt.

»O Gott«, flüstert Mariah kaum hörbar. »O Gott. Gott. O mein Gott.«

O Beschützerin. Beschützerin. O meine Beschützerin. In dem Versteck, in das sie sich verkrochen hat, seit sie aus dem Haus geschlichen ist, hebt Faith den Kopf. Die Intensität ihres Flehens deckt sich so sehr mit dem ihrer Mutter, dass ihr erst jetzt bewusst wird, wer ihre Beschützerin ist.

Ian beobachtet, wie Mariah White unter Tränen mit den Sanitätern streitet, die sich weigern, Faith im Krankenwagen mitfahren zu lassen. Der Polizeichef mischt sich ein und verspricht, ihre Tochter ins Krankenhaus zu fahren, sobald die Verstärkung eingetroffen ist, die das Grundstück räumen soll. Die Hände in den Hosentaschen vergraben, blickt er dem Krankenwagen hinterher, der die Zufahrt hinunterrast.

»Gute Arbeit.«

Ian zuckt beim Klang der Stimme zusammen. Sein Producer hält ihm einen Wagenschlüssel hin. »Hier. Heute Abend bist du garantiert in den Nachrichten.«

Dafür, dass er bei einer alten Frau einen Herzstillstand provoziert hat. »Wer sagt's denn«, bemerkt Ian sarkastisch. »Mehr kann man nicht verlangen, nicht wahr?«

»Worauf wartest du noch?«

Ian nimmt die Schlüssel entgegen. »Schon gut«, sagt er und sieht sich nach dem BMW des Producers um. Er macht sich nicht einmal die Mühe, nach einem Kameramann zu rufen, wohl wissend, dass man ihm doch den Zutritt zum Krankenhaus verwehren würde. »Keine Rennen mit meinem Winnebago«, ruft er noch, dann fährt er davon.

Im Wartezimmer der Notaufnahme schaut er fern; der Empfang ist schlecht, und es läuft gerade ein Kinder-Cartoon. Weit und breit nichts von Mariah White zu sehen. Faith trifft zehn Minuten später ein, in Begleitung eines jungen Polizisten. Sie setzen sich ein paar Reihen weiter, und in Abständen dreht sie sich auf ihrem Stuhl um und starrt Ian an.

Das macht diesen richtig nervös. Ian hat kein sehr ausgeprägtes Gewissen, sodass seine Arbeit ihn selten nachdenklich stimmt. Immerhin sind die Menschen, die er gewöhnlich am meisten aufregt, gottverfluchte Baptisten aus dem Süden, zu denen er selbst früher gehört hat und die in Ians Augen so sehr damit beschäftigt sind, tagtäglich ihre Dosis Jesus zu schlucken, dass sie es dringend nötig haben und es nicht schaden kann, sie hin und wieder an ihrer Selbstgerechtigkeit zu kratzen. Einmal wurde eine Frau bei einer seiner Ansprachen im Central Park ohnmächtig, aber das hier ist etwas völlig anderes. Faith Whites Großmutter – Ian kennt nicht einmal ihren Namen – nun, das, was geschehen ist, ist teilweise auf etwas zurückzuführen, das er gesagt oder getan hat.

Es ist eine Story, sagt er sich. *Du kennst sie nicht einmal, und es ist deine Story.*

Der Pieper des Polizisten ertönt. Er wirft einen Blick auf das Display, wendet sich dann Faith zu und sagt ihr, sie solle sich nicht von der Stelle rühren. Auf dem Weg zu einer Reihe öffentlicher Fernsprecher macht der Polizist am Schwesterntisch Halt und bittet offenbar die dort sitzende Frau, das Mädchen einen Moment im Auge zu behalten.

Als Faith sich wieder zu ihm umdreht und ihn anstarrt, schließt Ian die Augen. Dann hört er ihre leise, dünne Stimme. »Mister?«

Plötzlich sitzt sie neben ihm. »Hallo«, sagt er nach einem Moment.

»Ist meine Oma tot?«

»Ich weiß es nicht«, antwortet Ian wahrheitsgemäß. Darauf sagt sie nichts mehr, und neugierig geworden blickt Ian auf sie hinab. Faith hat sich brütend an die Armlehne ihres Stuhls gekuschelt. Er sieht nicht jemanden, der von Gott auserwählt wurde, sondern ein verängstigtes kleines Mädchen.

»Ich wette, du magst die Spice Girls«, sagt er in dem ungeschickten Versuch, sie abzulenken. »Ich bin den Spice Girls schon begegnet.«

Faith blickt blinzelnd zu ihm auf. »Sind Sie schuld, dass meine Oma gefallen ist?«

Ian fühlt, wie sein Magen sich verkrampft. »Ich glaube, ja, Faith. Und es tut mir furchtbar leid.«

Sie wendet sich von ihm ab. »Ich mag Sie nicht.«

»Da bist du in guter Gesellschaft.« Er wartet, dass sie geht oder dass der Polizist sie holen kommt, aber noch ehe es soweit ist, kommt Mariah White aus der Notaufnahme und sieht sich mit verweinten Augen um. Ihr Blick fällt auf Faith, und das Mädchen springt auf und wirft sich in die Arme seiner Mutter. Mariah mustert Ian kalt. »Der Polizist ... er musste ...«, stammelt Ian und zeigt den Flur hinunter.

»Halten Sie sich fern von meiner Tochter«, sagt sie steif, legt Faith den Arm um die Schultern und führt sie zurück durch die Schwingtüren der Notaufnahme.

Ian blickt ihnen nach und wendet sich dann an eine Schwester. »Gehe ich recht in der Annahme, dass Mrs. Whites Mutter es nicht geschafft hat?«

Die Schwester sieht nicht einmal von ihrer Arbeit auf. »Sie gehen recht.«

Das Fatale an einer Tragödie ist, dass sie unvermittelt eintritt, mit der ganzen Kraft und Urgewalt eines Orkans. Mariah hält Faith' Hand ganz fest, als sie neben dem Leichnam ihrer eigenen Mutter stehen. Im Augenblick ist niemand vom Personal da, und eine freundliche Schwester hat die Schläuche und Infusionsnadeln entfernt, bevor Faith gekommen ist, um von ihrer Großmutter Abschied zu nehmen. Es war Mariahs Entscheidung, Faith hereinzulassen. Sie hätte es zwar lieber nicht getan, aber sie weiß, dass Faith ihr sonst nicht glauben wird, dass ihre Großmutter tatsächlich gestorben ist.

»Weißt du, was es heißt, dass Oma tot ist?«, fragt Mariah mit belegter Stimme.

Bevor Faith darauf antworten kann, bricht Mariah in Tränen aus. Sie lässt sich auf einen Stuhl neben Millies Leichnam sinken und vergräbt das Gesicht in den Händen. Zuerst schenkt sie dem schabenden Geräusch von jenseits der Bahre keine Beachtung. Als sie schließlich aufblickt, ist es Faith gelungen, den anderen Klappstuhl ans Bett zu ziehen. Sie stellt sich auf den Sitz, presst die Wange an Millies Brust und legt linkisch die Arme um ihre Großmutter.

Einen Moment lang sträuben sich Mariah die Nackenhaare, und sie streicht sie mit einer Hand wieder glatt. Aber sie nimmt in keiner Sekunde den Blick von Faith – beobachtet, wie Faith sich auf die Ellbogen stützt, Millies Gesicht mit beiden Händen umfasst und sie auf den Mund küsst, woraufhin Millie ganz langsam die Arme hebt und sich an ihre Enkeltochter klammert wie eine Ertrinkende.

KAPITEL 5

Was sollte ein einfaches Kind,
das unbeschwert Luft holt
und das Leben im ganzen Körper spürt,
vom Tod wissen?

William Wordsworth

30. September 1999

NOCH VIELE STUNDEN, nachdem meine Mutter ins Leben zurückgeholt wurde, zittere ich am ganzen Leib. Ich sitze in der Notaufnahme, während derselbe Arzt, der zuvor den Totenschein ausgestellt hat, sie eingehend untersucht und abschließend für gesund befindet. Ich klemme die Hände unter die Oberschenkel und tue, als wäre es etwas ganz Alltägliches, dass eine Frau, die für klinisch tot befunden wurde, jetzt wieder durch die Krankenhausflure läuft.

Der Arzt möchte meine Mutter zur Beobachtung dabehalten. »Auf keinen Fall«, sagt sie entschieden. »Ich laufe, ich bin quietschfidel, und ich schwitze nicht einmal. Ich wünschte, es würde mir immer so gut gehen wie jetzt.«

»Ma, es ist wahrscheinlich keine so gute Idee, heute schon nach Hause zu gehen. Immerhin hattest du einen Herzstillstand.«

»Sie waren tot«, bekräftigt der Arzt. »Auf der medizinischen Hochschule gab es Typen, die Geschichten zu erzählen hatten von Leichen, die sich plötzlich in der Pathologie aufsetzten, gerade als der Leichensack geschlossen wurde. Ich wollte auch immer eine solche Geschichte erzählen können.« Als meine Mutter und ich darauf einen Blick tauschen, räuspert er sich. »Jedenfalls möchten wir ein EKG machen, ein CT und noch ein paar weitere Tests. Und wir möchten Ihre Herzmedikation überprüfen.«

Meine Mutter schnaubt verächtlich. »Sie meinen, Sie wollen ganz sicher gehen, dass ich kein Gemüse bin.«

»Wir wollen sichergehen, dass Sie keinen Rückfall erleiden«, widerspricht der Doktor. »Lassen Sie mich eine Schwester holen, die Sie nach oben in ein Patientenzimmer bringt.«

»Herzlichen Dank, aber ich bin sehr wohl in der Lage, eigenständig dorthin zu gehen«, sagt sie und hüpft vom Untersuchungstisch.

Der Arzt wendet sich immer noch kopfschüttelnd zum Gehen. Ich laufe hinüber, zupfe an seinem Ärmel und halte ihn unmittelbar hinter dem Trennvorhang auf. »Ist sie wirklich in Ordnung? Oder ist das nur eine Störung des Nervensystems, und in einer Stunde liegt sie im Koma?«

Der Arzt mustert mich nachdenklich. »Das kann ich nicht sagen«, gibt er schließlich zu. »Ich habe schon erlebt, dass Patienten mit Herzstillstand im OP nach einiger Zeit wieder zu sich gekommen sind. Ich habe auch erlebt, dass Menschen, die Monate im Koma lagen, plötzlich aufwachten und sich unterhalten konnten, als wäre nichts geschehen. Ich kann nur sagen, dass Ihre Mutter klinisch tot war, Mrs. White. Das steht auch im Bericht der Sanitäter ... Teufel, es steht sogar in meinem eigenen Bericht. Ob es sich nur um eine vorübergehende Besserung handelt? Ich weiß es nicht. So etwas wie das habe ich noch nie erlebt.«

»Ich verstehe«, sage ich, obwohl das nicht stimmt.

»An ihrem Herzen sind keinerlei Läsionen festzustellen. Natürlich müssen wir erst noch weitere Untersuchungen durchführen, aber im Augenblick scheint es so stark zu sein wie das eines Teenagers.« Er tätschelt meinen Unterarm. »Ich kann es nicht erklären, Mrs. White, also werde ich es gar nicht erst versuchen.«

»Würdest du bitte damit aufhören?« Meine Mutter schüttelt meinen stützenden Arm ab. »Es geht mir gut.«

Mit mir und Faith voran verlässt sie die Notaufnahme. Die Schwester am Tresen bekreuzigt sich. Der Sanitäter, der den Krankenwagen gefahren hat und bei einem Blätterteiggebäck mit der Schwester geplaudert hat, lässt seine Styroportasse Kaffee fallen.

»Entschuldigen Sie«, sagt meine Mutter zu einer Assistenzärztin. »Wo geht es bitte zu den Fahrstühlen?« Die Frau zeigt es ihr, und meine Mutter wirft einen Blick zurück, auf mich. »Was ist? Willst du da Wurzeln schlagen?«

Sie marschiert den Flur hinunter, vorbei an Ian Fletcher, der uns so ungläubig anstarrt, dass mir zum ersten Mal seit Stunden zum Lachen zumute ist.

Während der Gefäßspezialist meine Mutter gründlich untersucht, sitzen Faith und ich im Wartezimmer oben auf der Station. Sie sieht blass und müde aus; unter den Augen hat sie lila Ringe, so groß wie Daumenabdrücke.

Mir wird erst bewusst, dass ich laut gesprochen habe, als Faith das schmale Gesichtchen hebt. »Ich habe getan, was du dir gewünscht hast«, sagt sie leise.

Ich schlucke hart. »Du hattest nichts damit zu tun, dass Oma sich erholt hat. Hast du mich verstanden?«

»Du hast sie darum gebeten«, murmelt Faith. »Ich habe dich gehört.«

»Wen habe ich gebeten?«

»Gott. Du hast gesagt: ›O Gott. Gott. O mein Gott.‹« Faith reibt sich die Nase an der Schulter. »Und sie hat dich gehört. Sie hat mir gesagt, was ich tun soll, damit du dich besser fühlst.«

Ich neige den Kopf und starre auf die Turnschuhe meiner Tochter. Bei einem der Schuhe hat sich die Schleife gelöst, und der Schnürsenkel hängt auf den Linoleumboden hinunter wie bei einem ganz normalen Kind. Aber mein Kind hat mit Gott gesprochen. Mein Kind hat offenbar gerade ein Wunder vollbracht.

Ich kämpfe gegen die aufsteigenden Tränen an. Das Ganze ist ein nicht enden wollender Albtraum, und ganz sicher wird Colin mich gleich wachrütteln und mir sagen, ich solle mich auf die andere Seite drehen und weiterschlafen. Kinder gehen zur Schule, schaukeln, schlagen sich die Knie auf. Das hier ist Stoff für einen Film oder einen Roman, aber nicht für ein gewöhnliches, alltägliches Leben.

Meine Daumen reiben unbewusst an einer Schwiele an Faith' Hand. »Was ist das?«

Faith verbirgt die Hände zwischen den Knien. »Das ist vom Klettergerüst.«

»Nicht von ...« Wie soll ich es ausdrücken? »Nicht davon, wie du Oma berührt hast? Es hat ... dich nicht verletzt?«

Faith schüttelt den Kopf. »Ich habe mich gefühlt wie oben auf einem Hügel einer Achterbahn, kurz bevor sie abwärts schießt.« Verwirrt sieht sie mich an. »Mami, wolltest du denn nicht, dass Oma wieder gesund ist?«

Ich schließe sie in die Arme und wünsche, ich könnte sie wieder in mich hinein nehmen und vor dem beschützen, was unweigerlich noch kommen muss. »O Faith. Natürlich habe ich mir das gewünscht. Wünsche es mir noch. Es macht mir nur ein wenig Angst, dass möglicherweise du sie gesund gemacht hast.« Ich streiche ihr über das Haar und über die Schultern.

»Mir macht es auch ein wenig Angst«, gesteht sie leise.

Frau gestorben und ins Leben zurückgekehrt

---

1. Oktober 1999; New Canaan, New Hampshire – Gestern gegen 15:34 Uhr verstarb Mildred Epstein. Um 16:45 Uhr setzte sie sich plötzlich auf und fragte, weshalb sie sich im Krankenhaus befinde.

Epstein, 56 Jahre alt, besuchte ihre Tochter in New Canaan, als sie sich Zeugen zufolge plötzlich an die Brust fasste und zusammenbrach. Sanitäter bemühten sich 20 Minuten lang, sie vor Ort wiederzubeleben, was jedoch nicht gelang. Sie wurde bei ihrer Einlieferung ins Connecticut Valley Medical Center von Dr. Peter Weaver für tot erklärt. »So etwas habe ich noch nicht erlebt«, äußerte Weaver am gestrigen Abend Reportern gegenüber. »Trotz der übereinstimmenden Aussagen zahlreicher Zeugen und Experten der Notfallmedizin haben Tests ergeben, dass Mrs. Epsteins Herz keinerlei Spuren eines Infarktes aufweist und schon gar nicht eines Herzstillstands von über einer Stunde.

Augenzeugenberichten zufolge erlitt Epstein einen Herzstillstand, nachdem sie sich ein Wortgefecht mit Ian Fletcher geliefert hatte, dem Fernseh-Atheisten, der dadurch berühmt geworden ist, dass er die Existenz Gottes negiert. Fletcher bereitete gerade eine Sendung über Epsteins

Enkelin vor wegen kontroverser Behauptungen, denen zufolge das Kind mit Gott in Verbindung stehe. Weder Mrs. Epstein noch Mr. Fletcher wollten sich zur Sache äußern.

»Weißt du, das zählt nicht«, sagt Ian und lehnt sich in seinem Stuhl zurück. »Als ich sagte, frischen Fisch, meinte ich keine Thunfischkasserolle.«

»Das oder Donut King«, entgegnet James grinsend. »Krapfen oder Meereshühnchen.«

Ian schüttelt sich. »Weißt du eigentlich, wie viel ich bereit wäre, für ein ordentliches Angussteak zu bezahlen?«

»Wahrscheinlich könntest du von der Molkerei gegenüber eine ganze Kuh stibitzen. Es gibt hier so verdammt viele von den Biestern, dass bestimmt keiner nachzählt.« James tupft sich mit einer Serviette den Mund ab. »Wenigstens bist du in einem Restaurant.«

»Das ist das Gleiche, wie eine Reise im Wohnmobil übers Land mit einer Safari zu vergleichen.«

»Nein – mit einer Aufklärungskampagne zur Wahrheitsfindung. Oder zumindest hast du dich vor ein paar Wochen so ausgedrückt.« Der Producer beugt sich vor. »Komm schon, Ian, es fängt gerade an, gut zu laufen. In den Abendnachrichten der NBC wurde der Abschnitt mit der Großmutter gezeigt, die tot umfällt. Der Ausschnitt wurde seitdem stündlich in den Spätnachrichten gezeigt.« James hebt seine Kaffeetasse. »Ich habe ein gutes Gefühl bei dieser Geschichte. Das Kind ist der Knackpunkt, die Leute glauben einfach nicht, dass es sich das alles nur ausdenkt. Und das macht es umso spektakulärer, wenn wir schließlich das Geheimnis lüften.«

Ian lächelt schwach. »Das ist zumindest eine Anpassung der Unterbringung wert.«

»Betrachte es mal von dieser Seite: Wenn diese Geschichte dir zurück in den Sattel verhilft, brauchst du dein Lebtag keinen Fuß mehr in ein Wohnmobil zu setzen.« James greift nach der Rechnung, lacht und zückt seine Kreditkarte. »Als Kind war ich gerne campen. Hast du nie gezeltet?«

Ian antwortet nicht. James' Kindheit deckt sich vermutlich nicht mit seinen eigenen Erinnerungen. »Ach ja, richtig. Du warst ja nie ein Kind.«

»Nein.« Ian lächelt. »Ich bin als fertiges Produkt dem Kopf meines Producers entsprungen.«

»Wirklich, Ian. Ich meine, wir kennen uns jetzt seit – wie lange? – sieben Jahren? Und alles, was ich über dein Leben vor dem Radio weiß, ist, dass du an einer unbekannten Schule in Boston einen Dr. phil gemacht hast.«

»Diese unbekannte Schule in Boston war so schlau, Leuten wie dir Schulen wie Yale zu überlassen«, entgegnet Ian. Als er ein leises Unbehagen verspürt, gibt er vor zu gähnen. »Ich bin erledigt, James. Ich mache mich besser auf den Heimweg.«

James wölbt skeptisch eine Braue. »Du? Müde? Niemals.«

Einen Moment spannt sich Ians Körper an. Woher weiß James von seiner Schlaflosigkeit? Woher weiß er, dass es schon Jahre her ist, dass er, Ian, das letzte Mal mehr als ein paar Stunden am Stück geschlafen hat? Hat James beobachtet, wie er nachts den Winnebago verlassen hat, um in den Wäldern, Tälern oder der Prärie herumzuwandern, je nachdem, in welcher Hölle er gerade festsitzt?

»Du fühlst dich nur in die Ecke gedrängt«, schlussfolgert James, »und darum versuchst du, das Thema zu wechseln.« Ian entspannt sich wieder, fühlt sich wieder sicher in seiner Privatsphäre. »Ich meine es ernst, Ian. Ich frage dich als Freund. Was waren deine Eltern für Menschen? Wie bist du zum Mann geworden?«

Über Nacht, denkt Ian, spricht den Gedanken aber nicht aus. Er schiebt seinen Stuhl zurück. »Ich habe gerade Heißhunger auf einen Krapfen«, entgegnet er und rückt mit einem Lächeln die Fassade wieder zurecht. »Was ist mit dir?«

3. Oktober 1999

Glücklicherweise hat die Polizei Ian Fletcher und die Mitglieder dieser sonderbaren Sekte zusammen mit den an die fünfzig Schaulustigen gezwungen, sich vom Haus fern zu halten. Leider ist das noch nicht fern genug. Die Straße – öffentliches Gelände – liegt nur einen halben Acre vom Haus weg, sodass wir sie durch die Fenster sehen können. Und das heißt, dass auch sie uns sehen können.

Ich habe Faith nicht erlaubt, draußen zu spielen, obwohl sie unruhig ist und mir die Ohren volljammert. Sie bedrängen mich schon, sobald ich das Haus verlasse; was würden sie erst tun, wenn sie hinaus käme? Ich warte sogar bis nach Mitternacht, um mich mit dem Abfall aus dem Haus zu schleichen und ihn an der Straße zu deponieren, ohne von Reportern belagert zu werden. Ich stehle mich an der Schaukel vorbei und an den schützenden Eichen.

»Einen Penny für Ihre Gedanken.«

Ich zucke zusammen. Ein Streichholz wird angerissen, und im hellen Schein der flackernden Flamme erkenne ich Ian Fletcher. Er zündet sich einen Zigarillo an, klemmt ihn sich zwischen die Zähne und inhaliert.

»Ich könnte Sie verhaften lassen«, sage ich. »Sie haben unbefugt meinen Grund und Boden betreten.«

»Ich weiß. Aber ich glaube nicht, dass Sie das tun werden.«

»Sie irren sich.« Ich mache kehrt und gehe zurück in Richtung Haus, um die Polizei anzurufen.

»Tun Sie das nicht«, sagt er leise. »Ich habe beobachtet, wie Sie sich darauf vorbereitet haben, das Haus zu verlassen, und ich wollte mich nur nach Ihrer Mutter erkundigen.« Er deutet auf Fahrzeuge am Straßenrand. »Ohne die ganze Meute.«

»Was ist mit ihr?«

»Geht es ihr gut?«

Ich nicke, ohne ihn aus den Augen zu lassen. »Was allerdings nicht Ihr Verdienst ist.«

Bilde ich es mir nur ein, oder errötet Ian Fletcher tatsächlich? »Ja, ich weiß, und es tut mir sehr leid. Ich hätte nicht ...« Er zögert und schüttelt dann den Kopf.

»Hätten *was* nicht?«

In seinen Augen liegt ein seltsamer Glanz. »Ich hätte es nicht tun sollen, sonst nichts.«

»Eine Entschuldigung von Ian Fletcher? Das sollte ich auf Band aufnehmen.« Aber in der nächsten Sekunde ist er fort, und der einzige Beweis, dass ich die Begegnung nicht geträumt habe, ist die rote Glut seines Zigarillos vor meinen Füßen.

4. Oktober 1999

Am nächsten Tag fahre ich ins Krankenhaus, wo Dr. Weaver noch einmal das Herz meiner Mutter untersuchen möchte. Ich bin schockiert, als ich sie im Aufenthaltsraum der Station in Gesellschaft Ian Fletchers antreffe. »Mariah«, sagt sie, als wären wir alle zum Tee verabredet. »Das ist Mr. Fletcher.«

Ich drücke Faith' Hand so fest, dass sie aufschreit. »Wir kennen uns bereits. Würden Sie uns einen Moment entschuldigen?« Ich nehme meine Mutter beiseite, Faith im Schlepptau. »Würdest du mir mal verraten, was er hier zu suchen hat?«

»Beruhige dich, Mariah. Ich schwöre, dass du noch einen Infarkt bekommst, wenn du dich so aufregst. Ich habe Mr. Fletcher hergebeten.« Sie verstummt und nickt ihm lächelnd zu. »Damit er seine Story bekommt und wieder aus unserem Leben verschwindet. Soll er doch filmen, was er will; ich habe nichts zu verbergen.«

Ich kneife mir in den Nasenrücken. »Wie willst du sicher sein, dass er dich nicht als eine Art Zombie oder Vampir hinstellt und trotzdem hierbleibt?«

»Ich weiß es eben.«

»Na großartig, da bin ich aber beruhigt.« Wieder packe ich die Hand meiner Tochter fester. »Faith will ihn auch nicht hier haben.«

»Sie reagiert nur auf deine Schwingungen, Liebes.«

»Ich habe keine Schwingungen. So etwas wie Schwingungen gibt es gar nicht.«

»Und so etwas wie Gott auch nicht, richtig?« Meine Mutter lächelt unschuldig.

»Schon gut.« Ich gebe mich geschlagen. »Das ist deine Show. Wenn du Ian Fletcher hierhaben willst, ist das allein deine Angelegenheit. Aber er wird weder mit mir noch mit Faith sprechen, und ich werde keinen Fuß in dieses Untersuchungszimmer setzen, ehe du ihm das nicht unmissverständlich klar gemacht hast.«

Ian Fletcher bezieht zusammen mit seinem Kamerateam und seinem Producer in einer Ecke des Untersuchungszimmers Stellung. Er verspricht, seine Untersuchungen auf meine Mutter zu beschränken und zückt triumphierend eine von ihr unterschriebene Einverständniserklärung sowie eine Drehgenehmigung der Klinik, als ich ihn darauf anspreche. Er gibt Anweisungen, Tragen wegzuräumen, die Beleuchtung wird angepasst, und er macht ein ärgerliches Gesicht, als ich Faith aus dem Radius der Kamera entferne. Ich geselle mich zum Krankenhausverwalter, der gekommen ist, um die Dreharbeiten zu überwachen, und wir spielen beide Wachhund. Als Fletcher seinen Kameramann anweist, sich über die Schulter des Arztes zu beugen, um eine Nahaufnahme der Krankenakte zu filmen, unterbreche ich. »Das ist ein vertrauliches Dokument.«

»So wie die ganze Prozedur, Miss White. Ihre Mutter hat einen Vertrag unterschrieben, in dem steht, dass wir mit einer Handkamera filmen dürfen, was immer wir wollen.«

»Es interessiert mich nicht, was Sie wollen.«

Ian Fletcher sieht mich an und lächelt dann langsam. »Schade«, sagt er.

Ich gehe weg und frage mich, was aus dem Mann geworden ist, der in der vergangenen Nacht so ehrlich mitfühlend war. Ist das seine Fernsehpersönlichkeit, das genaue Gegenteil seines privaten Ichs?

Mit verschränkten Armen sehe ich zu, wie Ian Fletchers Kameramann das Elektrokardiogramm und den Stressbelastungstest meiner Mutter filmt. »Mrs. Epstein«, stellt Dr. Weaver abschließend fest, »Sie haben die Konstitution einer Achtzehnjährigen. Es könnte gut sein, dass Sie mich überleben.« Er wendet sich Ian zu, seine fünfzehn Minuten des Ruhmes sichtlich genießend. »Wissen Sie, ich bin ein Mann der Wissenschaft, Mr. Fletcher. Aber abgesehen von einer Herztransplantation gibt es keine wissenschaftliche Erklärung für die drastische Veränderung zwischen den Bluthochdruckmessungen und Belastungs-EKGs von vor einem Monat und den heutigen. Ganz zu schweigen von dem Phänomen ihrer ... Wiederauferstehung.«

Dankbarkeit durchströmt mich, teils, weil die Gesundheit meiner Mutter noch einmal bestätigt wurde, teils, weil es mir eine Genugtuung ist, Ian Fletcher eins auszuwischen. Ich werfe ihm einen triumphierenden Blick zu, gerade rechtzeitig, um zu sehen, wie er dem Kameramann etwas zuflüstert, der sich daraufhin umdreht, sodass die Kamera nicht mehr auf meine Mutter ausgerichtet ist, sondern auf einen Punkt hinter ihr – auf Faith.

Sie sitzt in einer Ecke des Raumes und malt auf einen Rezeptblock. »Nein«, sage ich leise und trete gleich darauf in Aktion. »Sie ist nicht Gegenstand Ihrer Aufnahmen!«, rufe ich und stelle mich zwischen Kamera und meine Tochter, wodurch ich so abrupt sein Sichtfeld verstelle, dass er zurücktaumelt. »Sie werden mir dieses Band aushändigen! Sofort!«

Ich greife nach der Kamera, aber der Mann hält sie über seinen Kopf. »Jesus, Mr. Fletcher«, ruft er seinen Arbeitgeber zu Hilfe. »Halten Sie sie mir vom Leib!«

Ian Fletcher tritt vor, die Hände beschwichtigend erhoben. »Miss White.« Wieder dieser Südstaatenakzent. »Beruhigen Sie sich.«

Ich wende mich ihm zu. »Sagen Sie mir nicht, was ich zu tun und zu lassen habe.« Aus den Augenwinkeln sehe ich, dass der Kameramann weiterfilmt. »Sagen Sie ihm, er soll das verdammte Ding abstellen!«

Ian nickt, und der Kameramann lässt die Kamera sinken. Die Anspannung weicht aus meinem Körper, und ich fühle mich, als hätte ich Pudding in den Beinen. Zitternd entferne ich mich von Faith und blicke auf. Meine Mutter, Ian Fletcher, der Krankenhausverwalter und der Doktor starren mich sprachlos an. »Nein«, sage ich gepresst und räuspere mich dann. »Ich sagte nein.«

Nachdem Fletcher gegangen ist, nimmt eine Krankenschwester Faith mit, um mit ihr einen Sticker zu holen, und ich bleibe allein bei meiner Mutter zurück, die sich wieder ankleidet. »Es ist meine Schuld«, sagt sie. »Ich dachte, wenn ich Fletcher einladen würde, würden wir ihn umso schneller loswerden.«

»Das war eine klassische Fehleinschätzung«, entgegne ich leise.

Wir warten schweigend, bis Faith zurückkommt, und Gedanken verstärken unsere jeweiligen Schuldgefühle. »Mariah, weißt du, was man über das Sterben sagt?«

Ich sehe sie an. »Was denn?«

»Ich meine das mit dem hellen Licht und alles. Der Tunnel.« Sie knabbert an einem Häutchen an ihrem Daumen und kann mir mit einem Mal nicht mehr in die Augen sehen. »So ist es nicht.«

Ich schlucke, mein Mund staubtrocken. »Nicht?«

»Ich habe kein Licht gesehen. Und ich habe auch keine Engel gesehen. Ich habe meine Mutter gesehen.« Sie wendet sich mir mit glänzenden Augen zu. »O Mariah. Weißt du, wie lange es her ist, seit ich sie das letzte Mal gesehen habe? Siebenundzwanzig Jahre. Es war ein Geschenk, weißt du, all das zu sehen, das ich bereits vergessen hatte – ihre abgekauten Fingernägel und die Farbe des nachgewachsenen Ansatzes der gefärbten Haare, ja sogar die Falten in ihrem Gesicht. Sie hat mich angelächelt und mir gesagt, ich könne noch nicht zu ihr kommen.«

Unvermittelt ergreift meine Mutter meine Hand. Je älter wir geworden sind, desto weniger haben wir uns angefasst. Als Kind bin ich oft auf ihren Schoß geklettert; als Teenager scheute ich vor ihrer Hand zurück, wenn sie meinen Kragen richten oder mein Haar glatt streichen wollte, und dann, als Erwachsene, fand ich sogar eine flüchtige Umarmung zum Abschied zu gefühlsduselig, zu voll von Dingen, die wir noch nicht aussprechen wollten. »Ich habe mich immer gefragt, warum Gott ein Vater sein soll«, flüstert sie. »Väter erwarten immer von einem, dass man irgendwelchen Maßstäben entspricht. Mütter sind es, die einen bedingungslos lieben, findest du nicht auch?« Faith kehrt mit vier Stickern auf ihrem T-Shirt zurück. Wir vereinbaren, dass sie mit meiner Mutter in der Eingangshalle warten soll, während ich den Wagen vom Langzeitparker-Parkplatz hole.

Ich habe gerade den Rand des Parkplatzes erreicht, als ich Schritte höre. »Ständig entschuldige ich mich bei Ihnen«, sagt Ian Fletcher und tritt neben mich.

»Das liegt daran, das Sie ständig verwerfliche Dinge tun«, antworte ich lapidar. »Ich will dieses Band haben.«

»Sie wissen, dass ich es Ihnen nicht geben kann. Aber ich gebe Ihnen mein Wort, dass ich keine Aufnahmen verwenden werde, auf denen Faith zu sehen ist.«

»Ihr Wort.« Ich schnaube verächtlich. »So wie Sie mir Ihr Wort gegeben haben, sie gar nicht erst zu filmen.«

»Hören Sie, ich hätte sie nicht ohne Ihre Erlaubnis filmen dürfen. Das habe ich ja bereits zugegeben.«

Ich gehe weiter.

»He. He!« Er packt meinen Arm, als ich einen Schritt von ihm weg mache. »Könnten Sie mir nicht noch eine Sekunde opfern?« Er lässt mich hastig wieder los, als hätte er sich verbrannt, und vergräbt die Hände in den Taschen seiner Jeans. »Ich möchte Ihnen etwas sagen. Ich glaube nicht an die angeblichen Fähigkeiten Ihrer Tochter – die angebliche Wiederauferstehung eingeschlossen –, und ich bin immer noch entschlossen, zu beweisen, dass das Ganze Humbug ist. Aber ich respektiere, was Sie da drin getan haben.« Er räuspert sich. »Sie sind eine gute Mutter.«

Meine Kinnlade klappt herunter. Mir wird bewusst, dass ich in letzter Zeit so sehr damit beschäftigt war, zu handeln und Faith zu beschützen, dass ich gar keine Zeit hatte, mich zu fragen, ob ich auch alles richtig mache. Dieser Mann, dieser schreckliche Mann, der – ungebeten – in unser Leben geplatzt ist, dieser Mann, für den ich eine Fremde bin, hat in mir die Frau gesehen, die ich immer sein wollte – eine wilde, loyale Löwin, eine geborene Mutter.

Ich weiß nicht, ob ich weinen oder lachen soll. Sicher weiß ich besser als die meisten anderen Menschen, dass die Umstände einen in jemanden verwandeln können, der man noch nie gewesen ist. Ich denke an gewöhnliche Frauen, die zwei Tonnen schwere Autos angehoben haben, um eingeklemmte Kleinkinder zu retten, an Mütter, die sich ganz selbstverständlich schützend vor ihr Kind werfen, um eine tödliche Kugel abzufangen. Vielleicht gehöre ich jetzt auch dazu. Andererseits würde ich mich selbst liebend gern wieder infrage stellen, wenn Faith dafür wieder so würde wie früher.

»Mr. Fletcher?« Ich warte, bis er mir direkt in die Augen sieht, mit einem Dankeschön rechnend, und dann ohrfeige ich ihn mit aller Kraft, die ich aufbringen kann.

KAPITEL 6

Wer nicht mit mir, der ist gegen mich.

Lukas 11,23

6. Oktober 1999

IANS GROSSMUTTER WAR durch und durch eine Südstaaten-Dame gewesen, die ihre Religion trug wie eine Kevlar-Weste. »Gott sei Dank bin ich Christin«, sagte sie, ihre Litanei wiederholend, als sie erfuhr, dass ihr Mann sie wegen der Kellnerin des Jolly Donut verlassen hatte, oder als ihr mitgeteilt wurde, dass man ihr den Grund und Boden unter den Füßen weg verkauft hatte, damit darauf ein J.C.Penney-Laden entstand. Und dann, wenn Gott nicht ganz ausreichte, um ihr Trost zu spenden, hatte sie die Flasche Bourbon hervorgeholt, die sie im Spülkasten der Toilette im Erdgeschoss versteckte, und sich einen genehmigt.

Der Sumpf des Südstaaten-Baptistentums, in dem Ian aufgewachsen war, war weit entfernt von der Skepsis der Yankees. Unten im Süden wurden Gemeinden um ihre Kirche herum gebaut. Es gab immer noch Orte, wo die Religion die Menschen regierte, und das Wort eines Mannes wurde danach beurteilt, welches Gotteshaus er frequentierte. Ehrlich gesagt, fühlt Ian sich um vieles wohler bei den Yankees, für die Religion nur ein Randgedanke ist und nicht gleich eine ganze Lebensart. Im Norden ist Raum für Zweifel ... oder zumindest hat Ian das geglaubt, bis er die Reaktionen auf Millie Epsteins Ableben und ihre anschließende Wiederauferstehung gesehen hat.

Über einen Insider ist es ihm gelungen, die Krankenakte von Millie Epstein einzusehen. Drei verschiedene Ärzte haben die Frau für tot erklärt. Und doch hat Ian sie selbst noch vor wenigen Tagen putzmunter herumlaufen sehen.

Seine Einschaltquoten steigen wieder, ein Phänomen, das in etwa so lange anhalten wird wie ein Eiswürfel im Juli aushält, es sei denn, es gelingt ihm irgendwie, Öl ins Feuer zu gießen. Öl, das allem Anschein nach nicht aus Millie Epsteins Lager kommen wird. Er birgt das Gesicht in den Händen und überlegt, was er als nächstes tun soll. Zu den Dingen, die er in diesem Geschäft gelernt hat, gehört, dass jeder eine Leiche im Keller hat, Geheimnisse, die er unbedingt wahren möchte. Wer wüsste das besser als er selbst.

Allen McManus hat gerade seinen Twinkie ausgepackt, als sein privater Telefonanschluss läutet. »Ja?«, knurrt er, nachdem er abgenommen hat. Er hat seiner Frau gesagt, sie solle ihn nicht im Büro anrufen. Himmel, das ist der einzige Ort auf der Welt, an dem er ein wenig Frieden findet.

»Kennen Sie die Geschichte von Lazarus?«

Die Stimme ist leise, verstellt. Zweifellos handelt es sich nicht um seine Frau. »Wer zum Teufel ist da?«

»Kennen Sie die Geschichte von Lazarus?«, wiederholt

die Stimme noch einmal. »Wer sonst hat von der Sache profitiert?«

»Hören Sie, mein Freund, ich weiß nicht, was ...« Ein lautes Klicken und das Freizeichen. »Lazarus. Was zum Teufel ...«

Das musste ein Halloween-Scherz sein; Halloween stand vor der Tür, und jeder wusste, dass er die Nachrufe schrieb. Natürlich würde der Anruf eines Spinners, der eine Wiederauferstehung zu vermelden hatte, zu Allen durchgestellt werden. Er hat den Zwischenfall bereits wieder vergessen, als auf der Leitung der Nachruf-Redaktion eine Meldung eingeht. Seufzend geht er rüber – vermutlich ein Prominenter, dessen Ableben auf der Associated-Press-Leitung eingegangen war – und blickt auf das körnige Photo einer Frau unter dem Titel des *New Canaan Chronicle*, wo immer das sein mochte.

Frau gestorben und ins Leben zurückgekehrt.

Lazarus.

Allen setzt sich wieder an seinen Schreibtisch. Er wünscht, er könnte sich erinnern, was genau in der Bibel über Lazarus steht. Andererseits weiß er gar nicht, ob er diese Geschichte überhaupt jemals in der Bibel gelesen hat. Er lehnt sich über den Gang des Großraumbüros zu einer Kollegin hinüber. »Barb, hast du eine Bibel?«

Sie lacht. »Ja klar, gleich neben meinem Tipp-Ex. Warum? Hast du Gott gesehen?«

»Vergiss es«, knurrt Allen. *New Canaan Chronicle*. Ein Käseblatt, wie es unbedeutender nicht sein könnte. Und doch ist da diese Geschichte über eine Frau, die ausgerechnet in diesem Kuhdorf von den Toten auferstanden ist.

Und diese Psychiaterin war aus demselben Ort gewesen.

Allen überfliegt den Artikel noch einmal. Im vierten Absatz wird er fündig. Da steht es: Epsteins Enkelin ... spricht seit einiger Zeit mit Gott.

Das muss es sein. Wie viele Kinder kann es in dem Ort schon geben, die Dr. Kellers Beschreibung entsprechen? Allen denkt darüber nach: Ein kleines Mädchen, das Gott sieht und mit ihm spricht und plötzlich Wunder bewirken kann. Das bringt ganz sicher die Titelseite der New Hampshire Ausgabe.

Wer sonst hat von der Sache profitiert?

Das waren die Worte des Anrufers gewesen. Die Wiederauferstehung war ganz sicher zu Millie Epsteins Vorteil ... es sei denn, es war gar keine richtige Wiederauferstehung. Allen wirft erneut einen Blick auf den Artikel. Dieser Ian Fletcher hängt auch dort herum, was bedeuten muss, es ist so ein Gefühl, dass an der Sache etwas faul ist. Wer aber würde von einem falschen Wunder profitieren? Zum einen die Kleine. Aber Kinder in dem Alter haben immer Manager, die ihre Interessen vertreten.

Im vorliegenden Fall wäre das vermutlich die Mutter.

7. Oktober 1999

Kurz nach fünf am Morgen hört Mariah, wie die Haustür geöffnet wird. Sie springt aus dem Bett und rennt die Treppe hinunter. Sie schnappt sich einen Schirm aus dem Ständer im Salon, greift ihn wie einen Baseballschläger und hält in der Dunkelheit Ausschau nach einem Eindringling. »Kommen Sie raus!«, ruft sie mit klopfendem Herzen. »Wollen Sie Photos? Wollen Sie ein Exklusivinterview? Zeigen Sie sich, Sie Mistkerl!«

Aber nichts bewegt sich, nichts rührt sich. Fluchend

wirft sie den Schirm weg und erhascht durch die Glasscheibe neben der Haustür einen Blick auf Faith, die barfuß und im Nachthemd einen Puppenwagen über den Rasen schiebt.

Mariah wirft einen Blick auf die kleine Versammlung am Straßenrand. Die Sektenmitglieder aus Arizona jenseits der Steinmauer schlafen glücklicherweise; die Reporter, die den ganzen Tag darauf gewartet haben, dass Faith sich zeigt, sind scheinbar abgezogen. Und so ist der Einzige, der Faith beobachtet, Ian Fletcher, der übernächtigt und mit grimmigem Gesicht in der Tür des Winnebagos steht.

»Hi, Mami.« Faith winkt ihr. »Möchtest du mit mir spielen?«

Mariah schluckt den Protest hinunter, der ihr auf der Zunge liegt. »Deine Füße ... ist dir nicht kalt?«

»Nein, es ist schön hier draußen.« Faith beugt sich über den Puppenwagen. »Findest du nicht auch?«, murmelt sie, über ihre Puppe gebeugt.

Nur dass die Puppe sich bewegt. Ihre winzigen braunen Fäuste boxen in den Morgennebel, und unter dem lockigen Haar ist ein großes kreisförmiges Ekzem zu sehen. Faith hebt das Baby aus dem Puppenwagen und hält es schmusend an ihre Wange. »Was für ein lieber Junge.«

In diesem Moment bemerkt Mariah eine schlanke Frau hinter einer Esche am Rand der Auffahrt. Sie hat sich einen Schal um den Kopf gewickelt und hält den Blick unverwandt auf den Säugling gerichtet, unternimmt jedoch keinen Versuch, Faith das Baby wegzunehmen.

Faith legt das Kind zurück in ihren Puppenwagen und schiebt ihn zu dem Puppenstühlchen, das sie auf den Rasen vor dem Haus geschleppt hat. Sie setzt das Baby hinein und tut so, als würde sie es mit Stückchen Spielzeugobst füttern. Das Baby lächelt und tritt mit den Füßen gegen die Stuhlbeine. Der Kleine lacht so laut, dass ein Photograph aufwacht, die Kamera auf Faith richtet und mit beunruhigender Geschwindigkeit ein Photo nach dem anderen schießt.

Mariah erwacht aus ihrer Starre, verlässt die Veranda und geht zu ihrer Tochter hinüber. »Schätzchen, ich glaube, wir sollten jetzt wieder reingehen.«

Faith blinzelt in die Sonne, die sich langsam über den Horizont schiebt. »Schade. Es macht gerade solchen Spaß.«

Mariah fährt ihr mit einer Hand über das Haar. »Ich weiß. Vielleicht gehen wir später wieder her.« Während sie spricht, lässt sie den Blick über die wenigen Schaulustigen schweifen und macht bei Ian Fletchers ausdruckslosem Gesicht Halt. Er hat sich, seit sie das Haus verlassen hat, nicht gerührt, hat nichts anderes getan, als zu beobachten. Mariah zwingt sich, wieder Faith anzusehen. »Ich denke, du solltest ihn jetzt besser seiner Mutter zurückbringen.«

Faith hebt das Baby vorsichtig aus dem Stühlchen und drückt die Lippen auf die Wunde an seiner Stirn. Dann geht sie zur Esche hinüber und übergibt das Kind seiner schluchzenden Mutter. Die Frau möchte ganz offensichtlich etwas zu Faith sagen, vermag es vor lauter Weinen jedoch nicht. Faith berührt ganz sacht ihre Hand, dort wo ihre Finger den Kopf des Babys stützen. »Bringen Sie ihn wieder zum Spielen vorbei, ja?«

Die Frau nickt und wischt sich die Tränen aus den Augen. Faith ergreift die Hand ihrer Mutter, und Mariah hat plötzlich ganz deutlich das Gefühl, jemanden an der Hand zu halten, der ihr völlig fremd ist. Wie ist es möglich, dass Faith in ihr herangewachsen war, dass sie gefühlt hatte, wie sie sich einen Weg hinaus in die Welt bahnte, dass sie ihr sieben Jahre ein Zuhause gegeben hatte, ohne zu ahnen, dass es hierzu kommen würde?

Sie will gerade mit ihrer Tochter die Verandatreppe hochsteigen, als sie Ian Fletcher zügig die Auffahrt heraufkommen sieht. Er hat den kleinen Plastik-Puppenwagen und den kleinen Hochstuhl bei sich sowie das Körbchen mit dem Spielzeugobst und -gemüse. Mariah nimmt ihm die Spielsachen ab. »Lassen Sie uns«, sagt sie steif.

Er weicht zurück, den Blick auf Faith gerichtet. »Ich wünschte, ich könnte es.«

Nach dem unerwarteten Auftauchen Faith' Whites kehrt Ian zurück zum Winnebago. Er ist sich seiner Sache sicherer denn je, nachdem er sie wie eine ganz gewöhnliche Siebenjährige hat spielen sehen. Ganz offensichtlich ist die Mutter die treibende Kraft hinter der ganzen Sache. In dem Moment, da sie aufgetaucht ist, hat das Kind aufgehört. Aus welchem Grund auch immer zieht Mariah White im Hintergrund die Fäden bei dieser Schau.

Er hat schon andere Scharlatane gesehen, Männer und Frauen, die überaus geschickt darin waren, einen Schwindel über längere Zeit aufrechtzuerhalten. Gewöhnlich geht es ihnen um Geld oder Ruhm. Und das ist das Einzige, was für Ian bislang nicht ins Bild passt. Etwas in Mariahs Augen lässt sie für ihn eher wie ein Opfer erscheinen denn wie eine Betrügerin. Als wäre es ihr tatsächlich lieber, wenn nichts von alledem geschähe.

Nun, sie war eben eine gute Schauspielerin. Schönheit kann eine großartige Maske sein wegen ihrer Macht, vom Wesentlichen abzulenken. Die Reinheit ihrer Züge, auch wenn sie noch von Schlaf gezeichnet waren – diese umwerfenden Beine, die mühelos und federnd die Entfernung bis zu ihrer Tochter überwanden: das alles war nur ein Köder. Mehr Rauch und Spiegeltricks wie die Wunder der Kleinen. Faith White konnte ebenso wenig Gott sehen und Tote erwecken wie Ian selbst.

8. Oktober 1999

»Das ist Rabbi Daniel Solomon«, sagt Rabbi Weissman zu Mariah.

Der Mann in dem Batikshirt reicht ihr lächelnd die Hand. »Ich bilde mir gerne ein, ich trage den Namen dieses weisen Königs nicht umsonst.« Mariah verzieht keine Miene. Sie greift hinter sich, wo Faith sich an ihrer Hüfte versteckt und verstohlen zu dem Fremden aufblickt.

»Ich bin der geistige Führer der Gemeinde Boulder's Beit Am Hadash«, fährt Solomon fort.

Mariah blickt noch einmal auf sein Shirt und das lange Haar, das er zu einem Pferdeschwanz gebunden hat. Natürlich, denkt sie. Wenn du ein Rabbi bist, bin ich die Königin von England.

»Beit Am Hadash«, erklärt der Rabbi, »heißt ›Haus eines neuen Volkes‹. Meine Gemeinde ist Teil der jüdischen Reformationsbewegung. Wir ziehen unsere Lehren ebenso aus der Kabbala wie aus dem Buddhismus, Sufismus und den indianischen Traditionen.« Er wirf einen Blick auf Rabbi Weissman. »Ich würde gern mehr über Faith wissen.«

»Hören sie«, entgegnet Mariah, »ich glaube nicht, dass ich Ihnen etwas zu sagen habe.« Sie hätte die Rabbis gar nicht erst hereingelassen, wenn es ihr nicht unmenschlich erschienen wäre, sie draußen vor der Tür abzufertigen.

Mariah schickt Faith ins Spielzimmer, damit sie das Gespräch nicht mithören kann. »Bei meinem letzten Besuch bei Ihnen hatte ich nicht den Eindruck, Sie wären sonderlich beeindruckt von Faith, Rabbi Weissman. Sie dachten, das Ganze wäre Theater, das ich meiner Tochter abverlange.«

»Ja, ich weiß«, gibt Weissman zu. »Und ich bin immer noch nicht überzeugt. Aber ich habe trotzdem Rabbi Solomon angerufen. Sehen Sie, Mrs. White, nachdem Sie die Synagoge verlassen haben, hat sich etwas sehr Sonderbares ereignet: Ein Ehepaar in einer schlimmen Ehekrise hat sich versöhnt.«

»Was ist daran sonderbar«, entgegnet Mariah und verspürt einen vertrauten Stich in der Herzgegend beim Gedanken an Colin.

»Glauben Sie mir«, sagt Weissman, »sie waren unversöhnlich bis zu jenem Tag, an dem Sie mit Ihrer Tochter bei mir waren.« Er breitet in einer beschwichtigenden Geste beide Hände aus. »Ich drücke mich nicht sehr klar aus. Als ich in der Zeitung den Artikel über Ihre Mutter las, kam mir der Gedanke, dass mancher vielleicht einen Zusammenhang zwischen dieser Versöhnung und Faith vermuten würde. Das hat mich an etwas erinnert, das Rabbi Solomon auf einem Rabbiner-Konzil vor einigen Jahren gesagt hat. Wir hatten die Frage aufgeworfen, was Gott wohl zu einem Propheten unserer Zeit sagen würde. Ich meinte, Gottes Wort müsse eine Botschaft enthalten – Sie wissen schon, dass Israel Frieden finden wird oder auch eine Anleitung, wie wir endlich die Palästinenser besiegen können –, aber von diesen Dingen ist nicht die Rede in den Gesprächen Ihrer Tochter mit Gott. Rabbi Solomon aber meinte, eine göttliche Botschaft würde nicht davon handeln, das Böse aufzuspüren, sondern vielmehr davon, wie Menschen mit anderen Menschen umgehen. Scheidung, Kindesmissbrauch, Alkoholismus, gesellschaftliche Übel. Das wären die Dinge, gegen die er würde angehen wollen.«

Mariah starrt ihn nur ausdruckslos an. Rabbi Solomon räuspert sich. »Mrs. White, darf ich mit Faith sprechen?«

Sie mustert den Mann abschätzig. »Ein paar Minuten«, gestattet Mariah schließlich widerstrebend. »Aber regen Sie sie nicht auf.«

Sie begeben sich alle ins Spielzimmer. Rabbi Solomon kniet sich hin, um mit Faith auf einer Höhe zu sein. »Mein Name ist Daniel. Darf ich dir eine Geschichte erzählen?«

Faith schleicht um Mariahs Hüfte herum und nickt schüchtern. »Die Menschen, die in meinen Tempel kommen, glauben, dass, bevor es sonst irgendetwas gab, Gott da war. Und Gott war so ... wie soll ich sagen ... *umfangreich*, dass er, als er die Welt erschuf, selbst ein wenig schrumpfen musste, um Raum für sie zu schaffen.«

»Gott hat die Welt nicht gemacht«, entgegnet Faith. »Das war eine große Explosion. Das habe ich in der Schule gelernt.«

Rabbi Solomon lächelt. »Das habe ich auch gelernt. Und doch denke ich, dass Gott vielleicht diese Explosion bewirkt hat, dass Gott sich alles aus der Ferne angeschaut hat. Meinst du, so könnte es gewesen sein?«

»Vielleicht.«

»Also, wie ich schon sagte. Da war Gott, der sich etwas kleiner machte, um Raum zu schaffen für die Welt. Er füllte Gefäße mit Energie und Licht und setzte sie in diesem neuen Raum aus. Aber im Laufe der Schöpfung konnten diese Gefäße dieser ganzen Energie nicht standhalten, und sie brachen auseinander. Und die Funken göttlichen

Lichts aus diesen Gefäßen wurden im Universum verstreut. Auch Bruchstücke der Gefäße fielen herab, und aus ihnen wurden die negativen Dinge in der Welt – die nennen wir *Clipot*. Meine Freunde und ich glauben, dass es unsere Aufgabe ist, die Welt von *Clipot* zu säubern und die ganzen Lichtpartikel wieder einzusammeln, um sie Gott zurückzugeben. Es kann also sein, dass wenn man einen Segen spricht und am Sabbat ein koscheres Hühnchen isst, die heiligen Funken in diesem Huhn freigesetzt werden. Wenn man eine *Mizwa* für jemand anders abhält – ihm ein wenig unter die Arme greift –, werden weitere Funken freigesetzt.«

»Wir essen nicht koscher«, sagt Mariah zu Rabbi Solomon. »Wir sind keine praktizierenden Juden.«

Er zupft an seinem T-Shirt und lächelt schief. »Ich auch nicht, Mrs. White. Aber die Kabbala – der jüdische Mystizismus – kann sogar erklären, warum ein kleines Mädchen, das noch nie im Tempel war oder ein Gebet gesprochen hat, Gott näher sein kann als jemand anders. Niemand kann all diese Funken ganz allein freisetzen. Tatsächlich kann die Fähigkeit, Funken aufzuspüren, so tief in einem selbst vergraben sein, dass man nicht einmal mehr an die Existenz Gottes glaubt. Bis man einem Menschen begegnet, der so viel Licht in sich trägt, dass man gar nicht mehr umhin kann, jenes in sich selbst zu sehen, und wenn diese beiden Menschen zusammen sind, dann wird dieses Licht sogar noch strahlender.« Er berührt Faith am Kopf. »Vielleicht spricht Gott mit Faith, weil sie so viele Menschen erreichen kann.«

»Glauben Sie?«, flüstert Mariah, die sich beinahe fürchtet, es laut auszusprechen. »Sie haben noch nicht einmal mit ihr gesprochen und glauben doch, dass sie die Wahrheit sagt?«

»Ich bin ein wenig weltoffener als Rabbi Weissman. Dieses Ehepaar, das er beraten hat ... dass die Versöhnung mit dem Besuch Ihrer Tochter zusammengefallen ist, könnte ein Zufall sein. Andererseits war es vielleicht auch keiner, und Faith könnte die Antwort hierauf wissen. Wenn Gott im Jahre neunzehnhundertneunundneunzig in Erscheinung treten wollte, glaube ich nicht, dass er auf Effekthascherei aus wäre oder predigen würde. Ich denke, er würde sich genauso zurückhaltend verhalten, wie ihre Tochter es angedeutet hat.«

Faith zupft am Ärmel des Rabbi. »Er ist eine Sie. Gott ist eine Sie.«

»Eine Sie«, wiederholt Solomon zögernd.

Mariah verschränkt die Arme vor der Brust. »Ja, Faith sagt, Gott ist eine Frau. Hat der jüdische Mystizismus auch *dafür* eine Erklärung?«

»Tatsächlich geht die Kabbala davon aus, dass Gott männlich und weiblich ist. Der weibliche Part, die *Schekhina*, ist die Präsenz Gottes. Sie wurde zerbrochen, als all diese Gefäße barsten. Wenn Faith eine Frau sieht, macht das sehr wohl Sinn. Die Präsenz Gottes wäre nämlich genau das, was ihr die Fähigkeit verleihen würde, zu heilen und Menschen um sich zu scharen. Möglicherweise ist das, was sie sieht, ein Spiegelbild ihrer selbst.«

Mariah sieht, wie Faith sich desinteressiert am Knie kratzt, dann stellt sie die Frage, die sie bis jetzt zurückgehalten hat. »Boulder's ist weit weg von hier, Rabbi Solomon. Warum sind Sie hier?«

»Ich würde Faith gerne mit nach Colorado nehmen, um mehr über ihre Visionen zu erfahren.«

»Auf gar keinen Fall. Meine Tochter ist keine Kuriosität.«

Der Rabbi wirft einen Blick aus den Fenstern auf der Frontseite des Hauses. »Ach nein?«

»Ich habe sie nicht hergebeten.« Sie ballt die Hände seitlich am Körper zu Fäusten und blickt auf Faith. »Ich habe nicht darum gebeten, dass das alles passiert.«

»Dass was alles passiert, Mrs. White? Gott?« Er schüttelt den Kopf. »Die *Schekhina* geht nicht dorthin, wo sie unerwünscht ist. Man muss offen sein für die Präsenz Gottes, ehe diese sich einfinden kann. Möglicherweise ist genau das der Grund, warum Sie sich damit überhaupt so schwer tun.« Seine Augen sind wie Bernsteine, die die Vergangenheit in sich verwahren. »Was ist Ihnen widerfahren, Mariah«, fragt er leise, »dass Sie sich so sehr dagegen sträuben, Jüdin zu sein?«

Sie erinnert sich an das eine Mal, als sie als kleines Mädchen in der Kirche war, zusammen mit einer Freundin. Wie überrascht sie gewesen war, dass dort alle davon ausgingen, dass Jesus jeden Menschen liebte, sogar jene, die Fehler machten. Der jüdische Gott hingegen verlangte, dass man sich seiner würdig erwies. Mariah fragt sich nicht zum ersten Mal, warum eine Religion, die sich der Weltoffenheit rühmt, einem so zahlreiche Prüfungen auferlegt.

Plötzlich fühlt sie sich erdrückt von der Anwesenheit zweier Rabbis in ihrem Haus. »Ich bin keine Jüdin. Ich bin gar nichts.« Sie blickt auf Faith. »Wir sind nichts. Ich denke, Sie sollten jetzt gehen.«

Rabbi Solomon reicht ihr zum Abschied die Hand. »Würden Sie über das nachdenken, was ich sagte?«

Mariah zuckt die Achseln. »Ich weiß nicht. Wenn ich meine Tochter anschaue, sehe ich nicht die Präsenz Gottes, Rabbi Solomon. Wenn ich sie anschaue, denke ich nicht, dass sie erfüllt ist von göttlichem Licht. Ich sehe nur ein Kind, das in immer größere Verwirrung gestürzt wird von allem, was um es herum vorgeht.«

Rabbi Solomon strafft die Schultern. »Seltsam. Genau das haben vor zweitausend Jahren viele Juden über Jesus gesagt.«

10. Oktober 1999

Das Letzte, was Vater Joseph MacReady tut, bevor er sein Messgewand anlegt, ist, die abgewetzten Cowboystiefel gegen schwarze Priesterschuhe mit weichen Sohlen zu tauschen.

Er rechnet mit einem vollen Haus. Zur sonntäglichen Frühmesse in New Canaan ist die Kirche regelmäßig voll besetzt. Die meisten Katholiken in der Stadt ziehen es vor, auf ein paar Stunden Schlaf zu verzichten und dafür den Rest des Tages im Garten oder auf den Golfplätzen der Nachbarstädte entspannen zu können. *Heute,* sagt er sich, *könnte der große Tag sein*. Er stützt die flachen Hände auf den verkratzten Tisch und hebt den Blick zum Kreuzigungs-Fries. Er denkt zurück an diesen Augenblick vor einigen Jahren, als er ziellos über Land gefahren ist und plötzlich erkannt hat, dass er ebenso gut mit seiner Harley in den Pazifik fahren konnte, ohne irgendwohin zu gelangen.

Heute, nach Jahrzehnten der Gottesdienste, betet er immer noch vor jeder Messe und bittet um ein Zeichen, dass er die richtige Entscheidung getroffen hat, um ein Zeichen, dass Gott mit ihm ist. Hoffnungsvoll starrt er noch einen Moment auf das Kreuz. Aber so wie in den vergangenen zwanzig Jahren passiert auch an diesem Morgen nichts.

Vater MacReady schließt die Augen und versucht, den

Heiligen Geist einzufangen, bevor er sich zu seinen Schäfchen in die Kirche begibt.

Es sind ganze acht Personen dort.

Verblüfft beginnt er mit der Messe. Seine Gedanken überschlagen sich. Ihm fällt kein einziger Grund ein, weshalb seine Gemeinde im Laufe von nur einer Woche von achtzig auf acht Personen schrumpfen sollte. Ungewöhnlich schnell führt er durch die Heilige Eucharistie und die Predigt, womit er den Messdiener regelrecht schockt, der sonst schon knapp zehn Minuten nach Beginn der Messe ungeduldig wird. Nach dem letzten »Amen« eilt er in die Sakristei, um das Messgewand abzulegen, und wartet dann an der Hintertür, um die wenigen Kirchgänger zu verabschieden. Aber als er dort angelangt, ist die Hälfte von ihnen bereits auf dem Parkplatz.

»Marjorie«, ruft er einer älteren Frau zu, die im vergangenen Jahr verwitwet ist. »Was habt ihr es denn heute morgen so eilig? Wo wollt ihr denn hin?«

»O Vater«, entgegnet sie mit Grübchen in den Wangen. »Zum White-Haus.«

Das verwirrt ihn nur noch mehr. »Zum Weißen Haus? Sie fahren nach Washington?«

»Nein, nein. Zu dem kleinen Mädchen. Faith White. Sie sieht Gott, wissen Sie. Wenngleich ich persönlich nicht der Ansicht war, dass es rechtfertige, die Messe ausfallen zu lassen.«

»Was ist mit dem kleinen Mädchen?«

»Haben Sie denn diese Woche den Chronicle nicht gelesen? Man sagt, Gott würde zu ihr sprechen. Es hat sogar ein paar Wunder gegeben. Soweit ich weiß, hat sie eine Frau, die schon tot war, wieder zum Leben erweckt.«

»Wissen Sie, was?« sagt Vater Joseph nachdenklich. »Vielleicht schaue ich auch mal vorbei.«

Mariah dreht den Kirschholzstab in der Drechselbank und sieht zu, wie die Holzspäne durch die Luft fliegen, als sie den Beitel an das Holz hält. Aus dem Zylinder soll das vierte Bein eines Esszimmertisches im Queen-Anne-Stil werden für das Puppenhaus, an dem sie gerade arbeitet. Ihr Blick gleitet zu ihrer Werkbank, wo die drei anderen sorgfältig gedrechselten Beine neben der kleinen ovalen Tischplatte liegen.

Heute ist eigentlich nicht der richtige Tag für die Möbelherstellung. Eigentlich sollte sie gar nicht arbeiten, zumindest nicht nach dem von ihr selbst erstellten Terminplan. Aber in letzter Zeit ist nichts mehr so gelaufen wie geplant. Den gestrigen Tag hat sie darauf verwandt, die Entlassung ihrer Mutter aus dem Krankenhaus durchzusetzen, nachdem Kardiologen sie über eine Woche den verschiedensten Untersuchungen und Tests unterzogen haben. Mariah hätte ihre Mutter gern zu sich geholt, aber Millie wollte nichts davon hören. »Zu dir sind es nur fünf Minuten«, hatte sie Mariah erklärt. »Was soll schon passieren?« Letztlich hatte Mariah nachgegeben, wohl wissend, dass sie ihre Mutter dazu bewegen konnte, wenigstens die Tage auf der Farm zu verbringen, indem sie ihr einfach sagte, Faith brauche Gesellschaft. Sie war ihrer Mutter behilflich gewesen, sich daheim wieder einzurichten, und es hatte nur einen unbehaglichen Moment gegeben, als sie beide beim Anblick des Sarg-Tisches gestutzt hatten. Ihre Mutter hatte kein Wort des Protestes verlauten lassen, als Mariah das Möbelstück in die Garage verfrachtet hatte. Aus den Augen, aus dem Sinn.

Heute möchte Mariah verlorene Zeit wieder gutmachen. Sie zieht ein Lineal aus der Brusttasche und misst die Länge an der Drehbank nach. Es fehlen zwei Millimeter. Sie wird noch einmal von vorn anfangen müssen. Als sie gerade das Holz seufzend wegwirft, läutet es an der Haustür.

Es ist ein ungewohntes Geräusch – in letzter Zeit hat sich niemand mehr an der Polizeisperre oben an der Auffahrt vorbei gewagt. Vielleicht ist es der Postbote mit einem Päckchen oder der Heizöllieferant.

Sie öffnet und sieht sich einem Priester gegenüber. Ein angespannter Zug liegt plötzlich um ihren Mund. »Wie kommt es, dass die Polizei Sie vorbeigelassen hat?«

»Ein Vorteil meines Berufsstandes«, gibt Vater Joseph ungerührt zu. »Wenn Gott eine Tür verschließt, öffnet Er ein Fenster. Oder Er postiert wenigstens einen braven katholischen Beamten in Ihrer Auffahrt.«

»Vater«, sagt Mariah ergeben. »Ich weiß Ihren Besuch zu schätzen. Ich kann Ihre Beweggründe sogar verstehen. Aber ...«

»Ach ja? Ich für meinen Teil bin nicht sicher, was ich eigentlich hier will.« Er lacht. »Die Bänke in der Sankt-Elizabeth-Kirche sind heute Morgen leer geblieben. Offenbar ist Ihre Tochter eine ernstzunehmende Konkurrenz.«

»Nicht mit Absicht. Ich glaube nicht, dass wir bereit sind für eine weitere religiöse Debatte«, fährt Mariah fort. »Freitag waren zwei Rabbis hier und haben über jüdischen Mystizismus doziert ...«

»Sie wissen doch, was man über Mystizismus sagt: Fängt mit Mist an, endet mit muss.«

Mariah muss wider Willen lächeln. »Wir sind noch nicht einmal katholisch.«

»Das habe ich gehört. Episkopalkirche und jüdischen Glaubens, richtig?«

Mariah lehnt sich gegen die Türzarge. »Richtig. Warum also sollten Sie sich für uns interessieren?«

Joseph zuckt die Achseln. »Wissen Sie, als ich noch Kaplan in Vietnam war, bin ich dem Dalai Lama begegnet. Wir waren zu mehreren und überlegten vor dem Besuch lange, was wir ihm zu essen und zu trinken vorsetzen und wie wir ihn anreden sollten. ›Eure Heiligkeit‹, meinte einer von uns, obwohl das eigentlich die Anrede für den Papst war, und glauben Sie mir, wir haben uns in diesem Punkt ganz schön gefetzt. Und wissen Sie was, Mrs. White? Der Dalai Lama ... er war von einer Energie umgeben, wie ich sie noch nie zuvor gespürt hatte. Er ist ganz sicher kein Katholik, und doch möchte ich die Möglichkeit nicht ausschließen, dass er eine Person sehr tiefreichender spiritueller Erleuchtung ist.«

Ein Grübchen erscheint auf Mariahs Wange. »Vorsicht, Vater. Das könnte als Grund für die Exkommunikation ausgelegt werden.«

Er lächelt. »Seine Heiligkeit hat ganz andere Sorgen, als meine Verfehlungen zu ahnden.«

Er hat etwas so *Säkulares* an sich, dass Mariah durch den Kopf geht, dass sie – unter anderen Umständen – diesen Fremden auf einen Kaffee hereinbitten würde. »Vater ...«

»Joseph. Joseph MacReady.« Er grinst. »Immer ready, allzeit bereit.«

Mariah lacht laut auf. »Sie gefallen mir.«

»Sie gefallen mir auch, Mrs. White.«

»Trotzdem denke ich, dass Sie jetzt gehen sollten.« Sie schüttelt ihm die Hand. Ihr ist nicht entgangen, dass er Faith mit keinem Wort erwähnt hat. »Wenn ich Sie brauche, rufe ich die Kirche an. Aber bisher gibt es keine Beweise dafür, dass sich tatsächlich irgendwelche Wunder ereignet haben.«

»Richtig, bisher ist es nur Hörensagen. Andererseits haben auch Matthäus, Markus, Lukas und Johannes nur weiterzählt, was sie gesehen haben.«

Mariah verschränkt die Arme über der Brust. »Glauben Sie wirklich, dass Gott zu einem Kind sprechen würde? Noch dazu zu einem Kind, das zumindest technisch gesehen jüdischen Glaubens ist?«

»Soweit ich informiert bin, Mrs. White, hat Er das schon einmal getan.«

11. Oktober 1999

»Den Filter einen Zentimeter weiter nach rechts«, gibt der Producer Anweisung und blickt dann wieder mit schräggeneigtem Kopf auf die Kameraeinstellung auf dem Monitor. Die Scheinwerfer, die Elektriker und Beleuchter aufgestellt haben, sind so grell, dass Teresa Civernos blinzelt und instinktiv die Augen des kleinen Rafael abschirmt. Er schlägt ihre Hand jedoch fort, und zum hundertsten Mal an diesem Tag staunt sie über seine Kraft und Motorik. Sie drückt ihn fest an sich und küsst ihn auf die glatte, makellose Stirn.

»Wir wären dann soweit, Miss Civernos.« Die Stimme ist weich wie Honig und gehört zu Petra Saganoff, der Starreporterin von *Hollywood Tonight!*

Im Hintergrund blickt der Producer auf. »Können Sie das Kind etwas näher bringen? Ja, so ist es perfekt.« Er gibt mit einer Hand das Okay-Zeichen.

Petra Saganoff wartet, bis die Visagistin ihr Gesicht ein letztes Mal abgepudert hat. »Erinnern Sie sich an das, was ich Sie gleich fragen werde?«

Teresa nickt und blickt nervös auf die zweite Kamera, die auf sie selbst und das Baby gerichtet ist. Sie hält sich noch einmal vor Augen, dass es allein ihre Idee war und nicht die der Reporter. Sie wollte ursprünglich in St. Jude eine neuntägige Andacht halten, über die im Globe berichtet werden sollte, aber dann hatte sie sich gedacht, dass es eine Möglichkeit gab, mehr Menschen zu erreichen. Ihr Vetter Luis arbeitete in L.A. auf dem Gelände von Warner Brothers, wo auch die Studios von *Hollywood Tonight!* untergebracht waren. Er war mit dem Mädchen befreundet, das für Petra Saganoffs Garderobe zuständig war. Teresa hatte ihn gebeten zu fragen, ob sie vielleicht an ihrer Geschichte interessiert wären. Und vierundzwanzig Stunden, nachdem Rafael als gesund aus dem Mass General entlassen worden war, saß Petra Saganoff in Teresas winziger Wohnung in Southie und nahm ein erstes Interview für die spätere Übertragung auf.

»Drei«, sagt der Kameramann. »Zwei ... Eins ... und ...« Er zeigt auf Petra.

»Ihr Baby hat nicht immer so gesund ausgesehen, nicht wahr?«

Teresa fühlt, wie sie errötet. Petra hat gesagt, ich soll nicht rot werden, ermahnt sie sich. »Das stimmt. Noch vor wenigen Tagen war Rafael als Aids-Patient im Massachusetts General Hospital in Behandlung«, antwortet Teresa. »Er wurde über eine Bluttransfusion bei der Geburt infiziert. Letzte Woche war er noch blass und lustlos, litt an Soor, an chronischer Polyarthritis und Oesophagitis. Die Zahl seiner CD-Vier-Zellen lag bei fünfzehn.« Sie drückt das Baby fester an die Brust. »Sein behandelnder Arzt sagte, er hätte maximal noch einen Monat zu leben.«

»Was ist passiert, Mrs. Civernos?«

»Ich hörte von etwas. Von jemandem, meine ich. In New Hampshire gibt es ein Mädchen, von dem man behauptet, es spräche mit Gott. Meine Nachbarin pilgert zu Schreinen und solchen Orten, und sie fragte, ob ich sie nicht begleiten wollte. Ich sagte mir, dass ich nichts zu verlieren hätte.« Teresa streicht Rafael über das Haar. »Rafael hatte Fieber, als wir dort ankamen, darum ging ich mit ihm kurz vor Morgengrauen draußen spazieren. Da kam dieses Mädchen – ihr Name ist Faith – aus dem Haus. Sie hatte einen Puppenwagen bei sich und fragte, ob sie mit meinem Sohn spielen dürfe. Etwa eine Stunde fuhr sie ihn spazieren, lachte mit ihm und tat so, als würde sie ihn füttern.« Teresa blickt auf, Tränen in den Augen. »Sie hat ihn berührt. Sie hat ihn hierhin geküsst, wo er einen Ausschlag hatte. Und dann sind wir nach Boston zurückgefahren.

Gleich am nächsten Tag bin ich mit ihm ins Krankenhaus gegangen, und die dortigen Ärzte erkannten ihn nicht wieder. Sein Ausschlag war über Nacht abgeheilt. Seine Infektionen waren verschwunden. Die Zahl seiner T-Zellen lag bei zweiundzwanzigtausend.« Sie strahlt Petra an. »Man hat mir gesagt, das wäre medizinisch unmöglich. Dann haben sie erklärt, Rafael wäre kein Aids-Patient mehr.«

»Wollen Sie damit sagen, dass Ihr Sohn von Aids geheilt wurde, Mrs. Civernos?«

»*Ich* glaube daran«, antwortet Teresa. »Gott hat dieses kleine Mädchen berührt, diese Faith. Es ist ein Wunder. Und ich kann gar nicht sagen, wie dankbar ich ihr bin.« Sie schmiegt die Wange an Rafaels Kopf.

Der Producer gibt dem Kameramann ein Zeichen abzubrechen. Petra klopft eine Zigarette aus einem silbernen Etui und berät sich mit ihrem Producer. Beide haben Teresa den Rücken zugekehrt. »Stimmt«, sagt er und lacht über etwas, das Petra gesagt hat. »Offenbar fühlen sich Spinner zu dir hingezogen wie Motten vom Licht.«

Teresa hört, was er sagt. »Das ist kein Scherz. Es ist wirklich passiert.«

»Klar.« Petra grinst. »Und ich bin die Jungfrau Maria.«

»Es stimmt. Sie hat ihre eigene verstorbene Großmutter ins Leben zurückgeholt.« Wütend steht Teresa auf und schnappt sich ihre große Lederhandtasche. Sie kramt darin nach der Wegbeschreibung nach New Canaan, die sie mit ihrer Nachbarin mit Hilfe einer Faltkarte von New Hampshire mühsam zusammengestellt hat. Sie wirft sie verächtlich der Reporterin zu. »Fragen Sie sie doch selbst«, sagt sie, macht auf dem Absatz kehrt und schließt sich mit Rafael auf der Toilette ein, bis sie hört, dass Petra Saganoff und ihr Team die Wohnung verlassen.

12. Oktober 1999

Im Flugzeug stellt Ian seine Kopfhörer auf den Nachrichtenkanal ein. Mit einem zufriedenen Seufzen richtet er seine Aufmerksamkeit auf den Monitor an der Decke der Business-Class.

Aber anstatt CNN zu sehen, hat Ian plötzlich Petra Saganoff vor sich, die Moderatorin eines Boulevardmagazins. »Meine Güte, haben Sie denn nichts anderes?«, fragt er, nachdem er eine Flugbegleiterin herbeigewunken hat.

Sie schüttelt den Kopf. »Tut mir leid, Sir. Wir bekommen nur das, was man für uns aufgezeichnet hat.«

Verärgert nimmt Ian den Kopfhörer ab und stopft ihn zurück in die Sitztasche auf der Rückseite des vorderen Sitzes. Er bückt sich nach seiner Aktentasche, um sich wenigstens seine letzten Quoten anzusehen und zu prüfen, in welchem Teil der Nation er am erfolgreichsten war.

Als er sich wieder aufrichtet, fällt sein Blick auf die Frau, die Petra Saganoff interviewt.

Sie kommt ihm irgendwie bekannt vor.

Er kramt in dem Stapel Papiere in seiner Hand und – *das Baby*. Ian blickt wieder auf den kleinen Monitor und beobachtet, wie das Kind in den Armen der Frau strampelt und sich windet. Er greift wieder nach dem Kopfhörer. »... Sein Ausschlag war über Nacht abgeheilt. Seine Infektionen waren verschwunden ...«, hört Ian, und plötzlich fällt ihm wieder ein, wo er die Frau schon einmal gesehen hat. Im Garten des Farmhauses in New Canaan; sie hat zugesehen, wie Faith White ihren Sohn in einem Puppenwagen herumgefahren hat.

Ein Muskel zuckt an Ians Kiefer. Jetzt soll sie also nicht nur eine Tote ins Leben zurückgeholt, sondern *außerdem* noch ein aidskrankes Kind geheilt haben?

»Gott hat dieses kleine Mädchen berührt ...«, hört er die Frau sagen.

»O Scheiße«, murmelt Ian. Er sollte sofort ins nächste Flugzeug steigen und zurückfliegen. Er sollte eine Kampagne starten, seine Anstrengungen verdoppeln. Er sollte Faith Whites lächerliche Folge von Wunderheilungen der Unheilbaren als Betrug entlarven.

Aber er weiß, dass er das nicht tun wird – er wird wie geplant Michael besuchen gehen, bevor er nach New Canaan zurückkehrt.

Er richtet seine Aufmerksamkeit wieder auf die Unterlagen auf seinem Schoß, sieht aber stattdessen zwei Hände vor sich, die unablässig Karten umdrehen: rot, schwarz, rot, schwarz. Auf dem Bildschirm ist wieder das Baby zu sehen, das vor zwei Tagen noch völlig schlapp und teilnahmslos war; es strampelt lachend in den Armen seiner Mutter.

Die Frage schießt ihm nur den Bruchteil einer Sekunde durch den Kopf, ehe er sie entschlossen verdrängt. Und doch klingt sie in seinen Ohren nach, so fröhlich und volltönend wie eine anhaltende Note, die ein Chor plötzlich abgebrochen hat: *Was, wenn ich mich diesmal irre?*

13. Oktober 1999

Mit der ganzen Konzentration einer Siebenjährigen packt Faith die Dinge, die sie zum Weglaufen braucht, in die Leinentasche, die ihre Mutter gewöhnlich zur Bücherei mitnimmt. Zu den unverzichtbaren Dingen gehören ein Teddy, eine Unterhose zum Wechseln und eine Packung Kräcker von Ritz, die sie aus der Vorratskammer geklaut hat. Dann noch ihre Mitgliedsurkunde als Wonder Woman Superfriend und ein leuchtender Plastikring, den sie im Sandkasten im Park gefunden hat und dem sie schon immer eine gewisse Magie zugeschrieben hat. Sie wartet, bis sie hört, wie ihre Mutter im Bad die Dusche aufdreht. Dann schleicht sie sich aus ihrem Zimmer.

Sie zieht eine dunkelgrüne Fleecejacke über rostfarbene Leggings und einen lila Turtleneck-Pullover. Dann noch rote Wollhandschuhe, um ihre Hände zu verstecken.

Faith steigt auf Zehenspitzen die Treppe hinunter. Sie läuft nicht weg, nicht wirklich, da sie ihre Mutter anrufen wird, sobald sie ein Münzetelefon gefunden hat. Sie kennt die Nummer auswendig. Für den Fall, dass jemand das Gespräch mithört, wird sie ihre Stimme verstellen, so wie Inspektor Gadget es manchmal tut, und ihrer Mutter sagen, sie solle zu dem Kino kommen, in dem sie sich Tarzan angeschaut haben, denn wer würde mit so etwas rechnen? Und dann werden sie weggehen, nur sie beide und vielleicht noch Oma, und diese blöden Leute im Vorgarten sich selbst überlassen.

Leise wie eine Libelle stiehlt sie sich durch die Schiebetür.

Wo zum Teufel will sie denn jetzt wieder hin?

Zum ersten Mal erweist sich Ians Schlaflosigkeit als Vorteil. Als er gerade einen Blick aus dem Fenster des Winnebago wirft, sieht er gerade ein Licht in dem Wäldchen auf dem White-Grundstück verschwinden. Leise öffnet er die Tür des Wohnmobils und steigt aus. Als er fast den Waldrand erreicht hat, fängt er an zu laufen und lauscht angestrengt auf Schritte von Kinderfüßen, so leise wie Schneeflocken.

Da. Wieder sieht er das Licht aufblitzen, das vorhin seine Aufmerksamkeit erregt hat. Jetzt erkennt er es als ein Licht, das von etwas reflektiert wird. Ein Dreieck. Das Mondlicht wird von ihrer Jacke oder ihrem Sweatshirt reflektiert, einem Reflektorstreifen. »He!«, ruft er leise, und Faith erstarrt. Sie dreht sich um, sieht ihn und rennt los. Mit einem geschmeidigen Sprung bekommt Ian sie zu fassen und rollt sich gleich darauf ab, sodass sein Körper ihren Fall dämpft. Ihr Gewicht prallt so unsanft auf seine Brust, dass er einen Moment lang keine Luft mehr bekommt. Er packt fester zu, und das Mädchen tritt ihn gegen die Schienbeine. »Hör auf damit!«, schimpft er und schüttelt sie. »Du tust mir weh.«

»Sie tun mir auch weh!«, schreit Faith zurück.

Er lockert seinen Griff. »Wirst du weglaufen, wenn ich dich loslasse?« Als sie daraufhin feierlich den Kopf schüttelt, lässt er ihre Arme los. Sofort rappelt Faith sich auf und sprintet ins Dickicht.

»Gottverdammt!« Ian setzt ihr nach, bekommt einen Ärmel ihrer Fleecejacke zu fassen und holt Faith ein wie einen wütenden, kämpfenden Fisch am Haken. »Du hast gelogen.«

»Nein«, entgegnete Faith, der langsam die Puste ausgeht. »Habe ich nicht.«

Ian geht auf, dass sie jetzt von etwas völlig anderem sprechen. »Ist es nicht etwas spät für dich, um noch draußen zu spielen?«

»Ich laufe weg. Es gefällt mir hier nicht mehr.«

Ian fühlt, wie seine Brust sich zusammenzieht. Der Zweck heiligt die Mittel, ermahnt er sich. »Und deine Mutter ist damit einverstanden, dass du dich bei Nacht und Nebel davonstiehlst?«

Faith lässt den Kopf hängen. »Ich werde es ihr sagen. Ich verspreche es.« Sie blickt sich um. »Wissen Sie, wo das nächste Telefon ist?«

»In meiner Tasche. Warum?«

Sie mustert ihn mit einem Blick, der verrät, für wie dämlich sie ihn hält. »Um meine Mutter anzurufen, wenn ich da bin.«

Ian tastet seine Jackentaschen ab und fühlt die Wölbung seines Handys. Wenigstens hat er jetzt ein Pfand. »Wenn du deine Mutter von dort anrufen willst, wo du hingehst, musst du mein Telefon mitnehmen. Und ohne mich geht mein Telefon nirgendwohin.« Er macht eine kurze Pause, um ihr Zeit zu geben, seiner Logik zu folgen. »Außerdem solltest du wohl nicht allein im Dunkeln herumlaufen.«

Faith senkt den Blick. »Ich darf nicht mit Fremden mitgehen.«

Ian lacht. »Kennst du mich nicht inzwischen lange genug, dass ich kein Fremder mehr bin?«

Sie denkt darüber nach. »Meine Mutter sagt, Sie wären eine Gefahr.«

»Aha, siehst du. Sie hat nicht gesagt, ich wäre ein Fremder.« Er zeigt ihr das Handy und lässt es gleich darauf wieder in die Tasche zurückgleiten. »Abgemacht?«

»Ich denke schon«, brummt Faith unwillig. Sie setzt sich wieder in Bewegung, und Ian schließt sich ihr an. Er denkt an all die Dinge, die fehlen – Tontechniker und Kamerateam vor allem –, aber ein improvisiertes nicht aufgezeichnetes Interview ist sicher besser als gar keins. Wenn er den Knackpunkt dieser Geschichte aufdeckt, kann die Enthüllungsstory am nächsten Tag folgen.

Sie sind noch nicht weit gegangen, als Faith sich ganz außer Atem auf einen verrotteten Baumstamm sinken lässt. Das überrascht ihn; er hätte geglaubt, Kinder hätten mehr Energie. Er versucht, in dem fahlen Mondlicht, das durch die Bäume fällt, ihr Gesicht zu sehen. Sie sieht bleich und gespenstisch aus. »Alles in Ordnung mit dir?«

»Ja«, entgegnet sie leise. »Ich bin nur müde.«

»Du müsstest ja auch längst im Bett sein. Wie bist du überhaupt an deiner Mutter vorbeigekommen?«

»Sie duscht gerade.«

Ian ist beeindruckt. »Ich bin auch einmal von zu Hause weggelaufen. Ich war damals fünf. Ich habe mich drei Stunden unter der Schutzhülle des Grills versteckt, bevor mich jemand gefunden hat.«

»Das ist aber kein richtiges Weglaufen.«

Ihre Stimme klingt so müde, so weise, dass Ian das schlechte Gewissen plagt. »Gefällt es dir denn nicht, wenn ... wenn so viele Leute sich für dich interessieren?«

Faith starrt ihn an, als hätte er den Verstand verloren. »Würde Ihnen das gefallen?«

Um ehrlich zu sein, ja, es würde ihm gefallen ... genau

das ist ja der Antrieb, die Einschaltquoten in die Höhe zu treiben. Aber er muss zugeben, dass das nicht jedermanns Traum ist. Ganz sicher nicht der eines Kindes, das gegen seinen Willen für die Zwecke eines anderen benutzt wird. Ian fragt sich, ob er sich Faith White möglicherweise zur Verbündeten machen kann. »He, kannst du mir bei etwas helfen?« Ian holt ein Kartenspiel aus der Tasche – Solitär hilft ihm manchmal dabei, eine lange Nacht zu überstehen. »Ich übe da einen Trick ein, und ich bin nicht sicher, ob ich es richtig mache.« Er mischt die Karten und fordert sie dann auf, eine beliebige Karte zu ziehen. Faith tut wie geheißen, wobei ihre Handschuhe mehrmals von den Karten abrutschen. »Jetzt merke dir, welche Karte das ist? Okay? Steck sie wieder irgendwo rein.«

Kichernd befolgt Faith seine Anweisung. Ian dankt im Stillen Onkel Beauregard dafür, dass er ihm den einen und einzigen Zaubertrick beigebracht hat, den er je zu lernen gewillt war. Er mischt die Karten auf spektakuläre Weise, indem er sie von einer Hand in die andere fliegen lässt, und fordert dann Faith auf, auf die oberste Karte zu klopfen. »Karosieben«, erklärt er. »Deine Karte.«

Sie hebt die Karte ab und schnappt nach Luft. »Wie haben Sie das gemacht?«

»Ich werde dir das Geheimnis meines Zaubers verraten«, sagt er, »wenn du mir dafür das Geheimnis deines Zaubertricks verrätst.«

Faith macht ein langes Gesicht. »Ich kann keinen Zaubertrick.«

»Oh, da bin ich mir nicht so sicher.« Ian setzt sich neben Faith auf den Baumstamm und verschränkt die Hände zwischen den Knien. »Erstens: Wie hast du deine Großmutter gesund gemacht?«

Er kann fühlen, wie Faith sich versteift. »Ich will Ihren blöden Kartentrick gar nicht lernen.«

»Weißt du, ich habe schon viele andere Leute kennen gelernt, die glauben, sie könnten andere heilen. Manche von ihnen waren einfach Hypnotiseure. Sie haben die Kranken davon überzeugt, dass sie sich besser fühlen, während sie tatsächlich so krank blieben wie zuvor. Einige von ihnen haben Kranken tatsächlich Linderung verschafft, über eine Art Elektrizität, die sie in sich tragen und auf andere übertragen können.«

»Elektrizität?«

»Strom. Ähnlich wie dem leichten Schlag, den man manchmal fühlt, wenn man einen Fernsehschirm anfasst. Bssst. Du weißt schon.«

Faith steht auf und streckt beide Hände aus. »Fassen Sie mich an«, fordert sie ihn auf.

Langsam, ohne den Blick von ihrem Gesicht abzuwenden, greift Ian nach ihren Händen. »Du musst die Handschuhe ausziehen.«

Sofort zuckt Faith zurück und versteckt die Hände hinter dem Rücken. »Das geht nicht.«

Ian zuckt die Achseln. *Ich habe es ja gesagt.*

»Es geht wirklich nicht«, wiederholt Faith flehentlich.

Es ist lange her, dass Ian sieben war. Er versucht, sich zu erinnern, was auf dem Spielplatz funktioniert hat. »Lügnerin.«

Das bin ich nicht!«, beharrt Faith sichtlich bekümmert. »Fragen Sie mich etwas anderes!«

»Okay.« Ian kämpft nicht mit fairen Mittel – er ist dabei, eine Siebenjährige hereinzulegen, um Himmels willen –, aber andererseits hat er sich noch nie durch besondere Fairness hervorgetan. Er hat Faith genau da, wo er sie braucht: zornig zu ihm aufblickend und so sehr darauf erpicht, sich zu beweisen, dass sie gar nicht anders kann, als die List zu verraten.

»Fragen Sie«, bettelt sie noch einmal.

Ian denkt an alles, was er wissen möchte: Wer in der ganzen Sache mit drinsteckt, wer davon profitiert, wie es ihnen gelungen ist, das Krankenhauspersonal hinters Licht zu führen? Aber als er schließlich spricht, überrascht ihn selbst, was er sagt: »Wie sieht Gott aus?«

Faith setzt zu einer Erwiderung an. »Gott ...«, beginnt sie und wird dann ohnmächtig.

Ian reagiert reflexartig und kann das Mädchen auffangen, bevor es sich den Kopf an dem Baumstamm, einem Stein oder an der Baumwurzel anschlägt. »Faith«, sagt er und schüttelt sie sanft. »Komm zu dir!« Er legt sie vorsichtig auf den Boden und fühlt ihren Puls. Er streicht Blätter aus ihrem Gesicht.

Als er sich die Hände an seinem Regenmantel abwischen will, erkennt er, dass er blutverschmiert ist.

Mit klopfendem Herzen untersucht er seine eigene Brust und Taille. Aber er ist unverletzt, und auch eine rasche Untersuchung von Faith' Oberkörper fördert keine Wunde zutage. Sein Blick fällt auf ihre roten Handschuhe, die sich leuchtend von dem bemoosten Erdboden und dem Laub abheben.

Vorsichtig schält er sie von ihrer Hand. »Heilige Scheiße«, entfährt es ihm. Dann hebt er Faith vom Boden auf und trägt sie so schnell er kann zurück zu Mariah Whites Haus.

Es klingelt, als sie sich gerade ein Handtuch um das nasse Haar wickelt. Sie verknotet hastig den Gürtel ihres Morgenmantels und jagt die Treppe hinunter. Es ist halb elf, um Himmels Willen. Und in diesem Haus schläft ein Kind. Wer ist nur so dreist, sie um diese Zeit noch zu stören?

Als sie nach dem Türknauf greift, beginnt die Person draußen gegen die Tür zu hämmern. Mit zusammengebissenen Zähnen reißt Mariah die Tür auf und sieht sich Ian Fletcher gegenüber. Aber ihr Zorn verfliegt schlagartig, als sie die leblose Faith in seinen Armen sieht.

»Oh ...« Mariahs Stimme bebt, und sie tritt zurück, um Ian hereinzulassen.

»Sie ist im Wald gewesen.« Ian sieht zu, wie Maria Faith' Schläfen und ihre Wangen fühlt. »Sie blutet. Wir müssen sie ins Krankenhaus bringen.«

Mariah schlägt eine Hand vor den Mund und unterdrückt ein Schluchzen. Sie zieht Faith' Ärmel hoch, in der Erwartung, einen Schnitt in Höhe der Pulsader zu finden, aber Fletcher zieht stattdessen ihren Handschuh herunter. »Kommen Sie!«, drängt er. »Worauf warten Sie noch?«

»Nichts ...« Mariah läuft nach oben und steigt hastig in Kleider, die sie wieder aus dem Wäschekorb geholt hat. Dann reißt sie die Wagenschlüssel und ihre Handtasche von der Hakenleiste neben der Haustür.

Am anderen Ende des Gartens scharen sich wieder die Schaulustigen. Die meisten gelangweilten Reporter auf ihren Beobachtungsposten haben aufgemerkt, als ausgerechnet Ian Fletcher das Mädchen zum Haus getragen hat. Videokameras fangen an zu surren, Blitzlichter flammen auf wie Feuerwerkskörper, und über alledem liegt der Refrain der Menschen, die die bewusstlose Faith um Hilfe anrufen.

Mariah hält Ian die hintere Wagentür auf, und wortlos steigt er mit Faith ein und bettet sie auf seinen Schoß.

Mariah setzt sich ans Steuer. Ihre Hände zittern auf dem Lenkrad. Sie fährt rückwärts aus der Auffahrt, wobei sie sich bemüht, keinen der Schaulustigen anzufahren, die es sich nicht nehmen lassen, den vorbeifahrenden Wagen zu berühren.

Mariah begegnet im Rückspiegel Ians Blick. »Wie ist das passiert?«

»Ich weiß es nicht.« Ian streicht Faith das Haar aus der Stirn, eine Geste, die Mariah nicht entgeht. »Ich glaube, sie war schon verletzt, als ich sie gefunden habe.«

Mariah folgt in gemäßigtem Tempo einer abschüssigen Kurve. Hat Faith versucht, sich das Leben zu nehmen? Sie fragt Ian Fletcher nicht, was sie am meisten beschäftigt: Wie kommt es, dass Sie bei ihr waren? Warum ist meine eigene Tochter nicht zu mir gekommen?

Sie biegt in die Zufahrt zur Notaufnahme des Connecticut Valley Medical Center ein. Dort hält sie am Straßenrand und eilt Ian voraus ins Gebäude, wo sie geradewegs auf den Empfang zusteuert. Mariah ist entschlossen, wie eine Löwin zu kämpfen, damit Faith vorrangig versorgt wird, aber die Krankenschwester wirft nur einen Blick auf das bewusstlose Kind und das Blut auf Ians Mantel und ruft sofort nach einer Trage und einem Arzt. Mariah kann kaum mit ihnen Schritt halten, als Faith weggebracht wird.

Sie denkt gar nicht daran, Ian aufzufordern mitzukommen, ist aber nicht überrascht, als er sich ganz selbstverständlich anschließt. Und sie nimmt nur am Rande wahr, wie sie schwankt, als der Rest des Handschuhs von Faith' Fingern geschnitten wird, und Ian sie mit einer Hand stützt.

»Vitalfunktionen?«

»Blutdruck hundert zu sechzig, schwacher Puls.«

»Legen wir eine Infusion, und ich will ein Blutbild. Blutgruppe und Kreuzblut, eine toxikologische Untersuchung, eine Elektrolyt-Bestimmung.« Der Arzt wirft einen Blick auf Faith' reglosen Körper. »Wie heißt sie?«

Mariah möchte antworten, aber ihre Stimme gehorcht ihr nicht. »Faith«, antwortet Ian für sie.

»Okay, Faith«, sagt der Arzt, das Gesicht ganz dicht über ihrem. »Wach auf, Schätzchen, tu mir bitte den Gefallen.« Er blickt zu einer Krankenschwester auf. »Besorgen Sie Druckverbände«, befiehlt er und richtet dann den Blick auf Mariah. »Hat sie vielleicht irgendwelche Tabletten geschluckt? Oder etwas aus dem Putzschrank?«

»Nein«, entgegnet Mariah geschockt. »Nichts dergleichen.«

Ian räuspert sich. »Sie hat geblutet, als ich sie gefunden habe. Sie trug Handschuhe, deshalb habe ich es nicht gleich gemerkt. Und dann ist sie ohnmächtig geworden.« Er sieht auf die Uhr. »Das war vor etwa einer halben Stunde.«

Ein Assistenzarzt fährt mit den Händen an Faith' Fuß entlang. »Keine Kernig- oder Brudzinksi-Symptome.«

»Für mich sieht das nicht aus wie Stichwunden«, meint eine Krankenschwester, und der zuständige Arzt baut sich neben ihr auf und fängt an, Faith' Oberarm zu drücken. »Die Blutung lässt nicht nach. Ich möchte einen Gefäßchirurgen konsultieren.« Er blickt zu Ian auf. »Sind Sie der Vater?«

Ian schüttelt den Kopf. »Ein Freund.«

Mariah kommen sie vor wie riesige Geier, die Faith' kleinen Körper umkreisen, um sich auf ihre noch unversehrten Gliedmaßen zu stürzen. Eine Schwester hebt Faith' rechte Hand und drückt in Höhe der Brachialarterie auf den Oberarm. Einen kurzen Moment lang kann

Mariah durch ein stecknadelkopfgroßes Loch hindurch Licht sehen – ein ganz feiner, gerader Tunnel zieht sich geradewegs durch die Handfläche.

Unvermittelt zuckt Faith mit einem Fuß und trifft einen Assistenzarzt am Kinn. »Neiiiin!«, schreit sie und versucht, sich von den Krankenschwestern loszureißen, die sie bei den Armen auf dem Behandlungstisch festhalten. »Nicht! Das tut weh!«

Mariah tritt einen Schritt vor und fühlt gleich darauf Ians Hand auf ihrer Schulter. »Sie wissen, was sie tun«, murmelt er, als der Doktor beruhigend auf Faith einredet.

»Wie hast du dir die Hände verletzt, Faith?«, fragt er.

»Das habe ich nicht. Ich mich nicht ... Au! Aufhören! Mami, sag ihnen, sie sollen aufhören!«

Mairah schüttelt Ians Hand ab, eilt auf die Trage zu und legt ihrer Tochter eine Hand auf den Oberschenkel, bevor sie unsanft von ihr weggezerrt wird. »Schaffen Sie sie hier raus!«, brüllt der Arzt, seine Stimme fast übertönt von Faith' Kreischen. Aber je weiter man sie von Faith fortbringt, desto hysterischer schluchzt diese, und es dauert eine Weile, ehe Mariah in Ians Armen erkennt, dass das, was sie hört, ihr eigenes Weinen ist.

Krankenhäuser strahlen bei Nacht einen ganz speziellen Frieden aus, so als wären die Menschen, die jenseits des Stöhnens, der Seufzer und der gedämpften Pieptöne noch durch die Flure wandern oder an Betten ausharren, in einem gemeinsamen Ziel vereint. Man kann im Fahrstuhl einer Frau begegnen und einfach so ihr Leid erkennen. Man kann am Kaffeeautomaten neben einem Mann stehen und weiß, dass er gerade von dem Hoch runterkommt, das die Euphorie der Geburt seines Kindes ausgelöst hat. Man ertappt sich dabei, wie man sich nach der Geschichte eines Fremden erkundigt; man fühlt eine Verbundenheit mit Menschen, an denen man auf der Straße einfach vorbeigehen würde.

Mariah und Ian stehen wie Wächter am Fußende von Faith' Bett auf der Kinderstation. Sie schläft jetzt ruhig, ihre bandagierten Hände mit den weißen Laken verschmolzen. »Q-Tips«, murmelt Ian.

»Was ist?«

»Ihre Arme sehen aus wie Wattestäbchen«, sagt Ian leise.

Mariah lächelt, eine Bewegung, die so fremd ist nach der Anspannung der vergangenen Stunden, dass sie bei dieser Mimik die Falten auf ihrem Gesicht fühlen kann. Faith dreht sich auf die Seite und schläft dann friedlich weiter. Ian zeigt stumm auf die Tür, die Brauen fragend gewölbt. Mariah folgt ihm nach draußen und geht den Flur hinunter, vorbei am Schwesternzimmer und der Tür zu den Fahrstühlen. »Ich habe mich noch nicht bei Ihnen dafür bedankt, dass Sie sie nach Hause gebracht haben.« Sie verschränkt die Arme; plötzlich ist ihr kalt. »Dafür, dass Sie nicht eine Kamera gezückt und Faith abgelichtet haben, als es passierte.«

Ian sieht ihr in die Augen. »Woher wollen Sie das wissen?«

Ihr Mund und ihre Kehle sind knochentrocken. Sie sieht Ian im Fond sitzen, Faith auf dem Schoß. »Ich weiß es einfach«, sagt sie.

Sie sind vor der Säuglingsstation stehen geblieben, wo die Neugeborenen pastellfarben gekleidet und in Decken gewickelt Seite an Seite liegen wie Waren in einem Supermarktregal. Einer der Säuglinge befreit eine Hand von der Decke und öffnet die Blütenblätter seiner Finger. Mariah kann nicht anders als die winzige, rosige, gesunde Handfläche zu sehen.

»Glauben Sie?«

Ian starrt auf die Neugeborenen, spricht aber zu ihr. Sie sollte diese Frage nicht beantworten; das ist kein Thema, das man mit Ian Fletcher diskutiert, der – trotz all seines ritterlichen Benehmens in dieser Nacht – morgen wieder ihr Feind sein wird. Aber in den vergangenen Stunden wurde ein Band zwischen ihnen geknüpft, so fein, dass es Mariah vorkommt, als hätten Spinnen ihre feinsten Fäden über eine unglaubliche Entfernung hinweg geworfen, sodass Mariah sich fragt, ob sie Ian nicht vielleicht eine Antwort schuldig ist.

»Ja. Ich weiß nicht, was Faith sieht, ich weiß nicht, warum sie es sieht – aber ich glaube, dass sie die Wahrheit sagt.«

Er schüttelt fast unmerklich den Kopf. »Was ich meinte, ist, ob Sie an Gott glauben?«

»Ich weiß es nicht. Ich wünschte, ich könnte ohne Zögern mit ›o ja‹ antworten. Ich wünschte, es wäre so einfach.«

»Aber Sie haben Ihre Zweifel.«

Mariah blickt zu ihm auf. »So wie Sie.«

»Ja. Der Unterschied ist nur, dass Sie, wenn Sie die Wahl hätten, gerne glauben würden. Das ist bei mir anders.« Er drückt eine Hand gegen die Glasscheibe vor ihnen und starrt auf die Babys. »›Männlich und weiblich schuf er sie.‹ Aber man kann unter einem Mikroskop beobachten, wie eine Eizelle befruchtet wird. Man kann mit einer winzigen Kamera filmen, wie Zellen sich teilen oder sich ein Herz formt. Man kann die Entstehung beobachten. Was hat Gott mit diesem biologischen Vorgang zu tun?«

Mariah denkt an Rabbi Solomon in seinem Hippie-Shirt, der für Faith einen Weg zwischen der Bibel und der Urknall-Theorie gesucht hat. »Vielleicht hat er ihn ursprünglich ermöglicht?«

Ian wendet sich ihr zu. »Aber wir sprechen hier von wissenschaftlichen Beweisen.«

Sie überdenkt die Umstände ihrer Einweisung in Greenhaven. »Manchmal sieht man, was direkt vor einem passiert, und zieht trotzdem die falschen Schlüsse.«

Mehrere Sekunden schauen sie sich stumm in die Augen. Mariah blinzelt zuerst. »Wahrscheinlich wollen Sie heim. Schlafen.«

Er massiert sich den Nacken und lächelt schwach. »Und wie«, pflichtet er ihr bei, macht aber keine Anstalten zu gehen.

Mariah ertappt sich dabei, wie sie Ian Fletcher mit den Augen einer anderen Frau sieht: das seidige schwarze Haar, so gerade, dass es über der Stirn stachelig absteht, die langen schlanken Finger auf der Glasscheibe, das Licht hinter seinen hellblauen Augen. »Was waren Sie früher?«, platzt sie heraus.

Er lacht. »Vor meiner Reinkarnation als Arschloch, meinen Sie?«

»Nein.« Mariah errötet. »Bevor Sie zum Atheisten wurden. Ich meine, Sie müssen doch als *irgendetwas* geboren worden sein. Mitglied der Episkopalkirche, Methodist oder Katholik.«

»Baptist. Südstaaten-Baptist.«

»Den richtigen Akzent haben Sie jedenfalls«, bemerkt Mariah, ehe sie die Bemerkung zurückhalten kann.

»Aber nicht die Engstirnigkeit.« Ian lehnt sich mit der Schulter an die Glaswand zum Schwesternzimmer und verschränkt die Arme. »Ich konnte mich mit dem Gedanken an Christus nicht anfreunden.«

»Vielleicht hätten Sie es mit Judaismus oder dem Islam versuchen sollen.«

»Nein, es ist nicht der Messias an sich. Vielmehr die

Vorstellung, dass ein Elternteil, Gott eingeschlossen, sein eigenes Kind willentlich leiden lässt.« Er blickt auf die ordentliche Reihe von Babys. »Ich kann niemanden verehren, der so etwas zulässt.«

Mariah ist so überrascht, dass es ihr die Sprache verschlägt. Wenn man es so betrachtete, konnte sie gar nicht anders, als ihm zustimmen. Sie überlegt immer noch, was sie darauf erwidern soll, als Ian lächelt und sie keinen klaren Gedanken mehr fassen kann. »Ich werde Ihnen sagen, was ich glaube«, sagt er leise. »Ich glaube, dass Faith wieder ganz gesund wird.« Darauf beugt er sich vor und drückt Mariah einen flüchtigen Kuss auf die Wange, ehe er sich abwendet und geht.

KAPITEL 7

Und die Hölle brach los.

John Milton
Paradise Lost

15. Oktober 1999

ZWEI TAGE SPÄTER liegt Faith immer noch im Krankenhaus. Soweit ich weiß, geht es ihr gut, abgesehen von den offenen Wunden an ihren Händen. Aber auch die tun nicht mehr weh, wie sie sagt. Dr. Blumberg, der Handchirurg, hat eine ganze Reihe von Experten hinzugezogen, um sich mit ihnen bezüglich einer Diagnose zu beraten. Er will sich dazu nicht klar äußern, und solange er noch zu keinem Schluss gekommen ist, will er Faith nicht entlassen.

Ich habe versucht, Colin zu erreichen, aber seine Mailbox sagt nur an, dass er verreist ist, ohne zu präzisieren, wohin. Ich habe es alle paar Stunden versucht, aber ohne Erfolg.

Meine Mutter meint, ich solle mich um Faith sorgen und nicht um Colin. Sie war jeden Tag hier bei uns und möchte wissen, warum ich es so eilig habe, nach Hause zu kommen. Im Krankenhaus können wenigstens weder Reporter noch religiöse Fanatiker an Faith heran.

Ich selbst bin natürlich zwischendurch zu Hause gewesen, um zu duschen und mich umzuziehen – die Sekte ist noch da, und der Winnebago ebenfalls, obwohl ich nichts mehr von Ian Fletcher gesehen habe seit jener Nacht. Das überrascht mich nicht. Was mich sehr wohl überrascht, ist, dass er nach Faith' Einweisung ins Krankenhaus eine Live-Sendung gemacht hat, in der er ihre Wunden mit keinem Wort erwähnt hat.

»Ma«, jammert Faith. »Das ist schon das dritte Mal, dass ich dich rufe!«

Ich lächle sie an. »Entschuldige, Schätzchen. Ich habe dich nicht gehört.«

»Nein, du warst zu sehr mit Brüten beschäftigt«, knurrt meine Mutter.

Ich ignoriere sie. »Was möchtest du denn, Faith?«

»So ein Popsicle. Ein rotes.«

»Sicher.« Anstatt eine Schwester zu bemühen, gehe ich es selbst aus dem Kühlschrank am anderen Ende des Flurs holen. Ich öffne die Tür und sehe Ian Fletcher vor mir mit einem Polizisten diskutieren, der wohlweislich dort postiert wurde, um zu verhindern, dass Faith von Medienvertretern bedrängt wird, die sich unangekündigt an den Wachleuten vorbeigemogelt haben.

»Aber ich versichere Ihnen, dass sie mich zu ihr lassen wird, wenn Sie sie fragen«, beschwört Fletcher den Beamten.

»Was soll er sie fragen?«

Er lächelt mich an und deutet auf einen Strauß Rosen ins einer Hand. »Ich hatte gehofft, die kleine Patientin besuchen zu dürfen.«

»Meine Tochter kann jetzt nicht.«

Als wäre das ihr Stichwort gewesen, dringt Faith' Stimme durch die Türöffnung. »He, Mami, wer ist denn da?«

Sie krabbelt ans Fußende des Bettes, sieht Ian Fletcher und errötet. »Ich sollte mich wohl bei Ihnen bedanken dafür, dass Sie mich letztens nachts nach Hause gebracht haben.«

Fletcher schiebt sich an mir vorbei ins Zimmer und hält Faith die Rosen hin. »Das ist nicht nötig. Edle Ritter so wie ich sind immer auf der Suche nach edlen Fräulein in Not.«

Faith kichert, und meine Mutter nimmt ihm die Blumen ab. »Sind die nicht traumhaft?«, ruft sie aus. »Faith, wo sollen wir die reinstellen?«

Mit einem entschuldigenden Achselzucken in Richtung des Polizisten gehe ich zurück ins Zimmer und schließe die Tür hinter mir. »Mir ist noch nie eine Frau begegnet, die keine Schwäche für Blumen gehabt hätte«, sagt Ian.

»Meine Mami muss von Rosen immer niesen«, bemerkt Faith.

»Dann werde ich mir das merken müssen.« Fletcher wendet sich mir zu. »Und wie macht sie sich?«

»Es geht ihr schon viel besser.«

Sein Blick bleibt auf mich gerichtet. »Ja«, sagt er. »Sie sieht großartig aus.«

Wir werden von meiner Mutter unterbrochen, die sich mit dem Wasserkrug voller Rosen zwischen uns hindurchschiebt. Als sie den Strauß auf dem Nachttisch abstellt, lässt Ian sich auf die Bettkante sinken. »Hat dir schon jemand gesagt, wann du wieder nach Hause darfst?«

»Noch nicht«, antworte ich.

»Ich will nach Hause«, mault Faith. »Hier riecht es komisch.«

»Es riecht nach Krankenhaus«, stimmt Ian ihr zu. »Als würde jemand ständig die Toiletten reinigen.«

»Haben Sie schon mal im Krankenhaus gelegen?«

Ein Schatten huscht über sein Gesicht. »Ich selbst nicht.« Er blickt zu mir auf. »Könnte ich Sie eine Sekunde sprechen?«

Er deutet auf den Flur. Ich nickte meiner Mutter wortlos zu und folge ihm hinaus. Gleich lässt er die Bombe platzen, sage ich mir. Gleich wird er mir eröffnen, dass ich trotz seines mustergültigen Benehmens und der gelben Rosen damit rechnen kann, dass ein Kamerateam dabei sein wird, wenn Faith das Krankenhaus verlässt. »Sie wollten mich sprechen?«

Er steht keinen halben Meter vor mir, und unsere Schultern lehnen an den gegenüberliegenden Seiten des Türrahmens. Ian räuspert sich. »Also ...«

»Mrs. White.« Beim Klang von Dr. Blumbergs Stimme zucke ich erschrocken zusammen. »Schön, dass Sie da sind. Ich würde gern mit Ihnen über Faith sprechen. Würden Sie mich bitte in den Aufenthaltsraum am Ende des Flurs begleiten?«

Obwohl ich auf dieses Gespräch gewartet habe, fange ich jetzt, da es soweit ist, an zu zittern. Ich weiß instinktiv, dass der Arzt keine guten Nchrichten für mich hat; Ärzte haben immer schlechte Nachrichten zu verkünden, wenn sie einen auffordern, sich zu setzen. Wäre mit Faith alles in Ordnung, hätte er mir das ohne großes Aufhebens in ihrem Zimmer mitgeteilt. Er wird mir eröffnen, dass Faith Krebs hat, dass sie noch drei Wochen zu leben hat, dass es irgendwie meine Schuld ist. Wenn ich eine kompetentere Mutter gewesen wäre, wäre mir viel früher etwas aufgefallen – ein Knoten hinter dem Ohr, eine schlecht heilende Schnittwunde am Knie.

»Mariah, darf ich mitkommen?«, fragt Ian leise.

Er blickt den Flur hinunter, dem Arzt hinterher, und schaut dann wieder mich an. Er stellt tausend Fragen, erwischt mich in meinem schwächsten Moment, und doch bietet er mir gleichzeitig seinen Arm an, um mich zu stützen, sodass meine Beine sich nicht mehr ganz so wacklig anfühlen. Er sollte bei diesem Gespräch nicht dabei sein – und doch war er bei Faith, als es passierte, er hat bereits alles gesehen, was es zu sehen gibt. Mein Bedürfnis nach einer körperlichen wie moralischen Stütze ist stärker als die Vernunft. »Also gut«, murmele ich benommen, und gemeinsam setzen wir uns in Bewegung.

Ian an meiner Seite hantiert mit etwas herum, aber ich sehe nicht hin. Wenn es ein Kassettenrecorder oder ein Notizblock ist, will ich es nicht wissen. Es kostet mich große Anstrengung, den Blick geradeaus gerichtet zu halten, aber als Dr. Blumberg Ian bittet, ihm seinen Kugelschreiber zu borgen, horche ich auf. Er nimmt ein in Plastikfolie eingewickeltes Päckchen aus seiner Tasche. »Sehen Sie dieses Teilchen?«

Es handelt sich um ein Gebäck mit Käse-Kirschfüllung. Dr. Blumberg nimmt Ians Kugelschreiber und spießt das Teilchen auf, durch die Plastikhülle hindurch, sodass er auf der anderen Seite wieder zum Vorschein kommt. »Das ist ein ziemlich gutes Beispiel für ein Penetrationstrauma. Eine Punktionswunde.«

Er gibt Ian seinen klebrigen, verschmierten Kugelschreiber zurück und deutet auf das Loch in dem Teilchen. »Sehen Sie die Ränder des Lochs? Sehen Sie, wie die Käsefüllung in die Lage Kirschen läuft? Und auch die Kirschfüllung verläuft. Eine Penetrationswunde an einer Hand zerreißt und verformt Gewebe. An den Wundrändern ist die Haut eingerissen und in die Wunde hineingedrückt. Blutgerinnsel und Gewebsfetzen aus den umliegenden beschädigten Partien verstopfen das Loch. In den meisten Fällen stoßen wir auch auf Hämatome und Knochensplitter.« Dr. Blumberg sieht mich an. »Die Wunden ihrer Tochter wiesen keine dieser Charakteristiken auf.«

»Vielleicht war es kein ... Penetrationstrauma«, entgegne ich.

»Nun, ganz zweifellos handelt es sich um Penetrationswunden. Das Loch führt jeweils mitten durch die Hand. Das Ungewöhnliche daran ist, dass die Wundkanäle ›sauber‹ sind. Auf den Röntgenbildern – sie liegen in meinem Büro – sind ganz gleichmäßige schmale kleine Kanäle zu erkennen, die durch Gewebe und Knochen führen ... ohne jede Spur eines Traumas.«

Jetzt verstehe ich gar nichts mehr. »Und ist das gut?«

»Es ist unerklärlich, Mrs. White. Wie Sie wissen, habe ich die vergangenen zwei Tage darauf verwandt, Kollegen zu konsultieren. Wir sind uns alle einig: Es ist unmöglich, dass ein Gegenstand auf einer Handfläche eindringt und auf dem Handrücken wieder austritt, ohne erheblichen Schaden anzurichten oder zumindest geringfügig Gewebe zu zerreißen.«

»Aber sie hat doch geblutet. Sie ist deswegen ohnmächtig geworden.«

»Das weiß ich«, sagt Dr. Blumberg. »Und doch haben ihre Hände nur wenig geblutet. Bei einer gewaltsamen Penetration durch einen Fremdkörper hätte das anders ausgesehen. So wie die Dinge stehen, war der Blutverlust nicht ausreichend, um eine Ohnmacht herbeizuführen. Die Wunden Ihrer Tochter verhalten sich wie Punktionen ... sehen aber nicht so aus.«

»Ich verstehe nicht, was das alles bedeuten soll.«

»Haben Sie schon einmal etwas von Menschen gehört, die nach einer Kopfverletzung plötzlich fließend Japanisch oder Französisch sprechen?«, fragt der Arzt. »Sie schlagen sich den Kopf an einem Telegrafenmast an, und aus einem unerfindlichen Grund verstehen sie plötzlich eine Sprache, die sie vorher nicht beherrschten. Das ist zwar kein alltägliches Phänomen, aber es kommt vor. Medizinisch ist es sehr schwer zu erklären.« Er holt tief Luft. »Nach gründlicher Überlegung haben mehrere Spezialisten einschließlich meiner selbst die Frage erhoben, ob die Wunden an Faith' Händen tatsächlich durch äußere Einwirkung oder von innen heraus entstanden sind.«

Fletcher an meiner Seite pfeift leise durch die Zähne. »Damit bescheinigen Sie in diesem Fall authentische Stigmata.«

»Ich möchte an diesem Punkt noch keine endgültige dahingehend lautende Diagnose stellen«, erwidert der Arzt hitzig, derweil ich frage: »Stigmata?«

Dr. Blumberg zögert, sichtlich verlegen. »Wie Sie wissen, handelt es sich bei Stigmata um ein Auftreten der Kreuzigungswunden Christi bei anderen Personen, Mrs. White, medizinisch unerklärliche Fälle, in denen Menschen ohne ersichtlichen Grund an Händen, Füßen und aus einer Wunde an der Seite bluten. Manchmal gehen sie mit religiöser Ekstase einher. Manchmal tauchen diese Wunden in Abständen auf und verschwinden wieder, manchmal sind sie chronisch. Fast immer werden sie als schmerzhaft empfunden. Es gibt mehrere belegte historische Fälle, bei denen Ärzte eine solche Diagnose gefällt haben.«

»Sie wollen mir erzählen, dass meine Tochter ... Nein!« Faith befindet sich in keiner religiösen Ekstase, was immer das auch sein mag. Und warum sollte sie Kreuzigungswunden haben, wo sie doch noch nicht einmal weiß, was eine Kreuzigung überhaupt ist? Ich ziehe abwehrend die Schultern hoch. »Diese belegten historischen Fälle ... von wann datieren sie?«

»Aus früheren Jahrhunderten«, gibt Dr. Blumberg zu.

»Wir haben neunzehnhundertneunundneunzig. So etwas geschieht heute nicht mehr. Solche Phänomene werden geröntgt, mit modernster Technik untersucht und wissenschaftlich als Betrug entlarvt.« Ich wende mich Ian Fletcher zu. »Ist es nicht so?«

Aber ausnahmsweise einmal schweigt er.

»Ich möchte ihre Hände sehen«, erkläre ich. Dr. Blumberg hat keine Einwände. Er erhebt sich und gemeinsam gehen wir zurück zu Faith' Krankenhauszimmer. »Liebes«, sage ich mit gespielter Unbekümmertheit, als ich ihm durch die Schwingtür folge. »Der Doktor möchte dich untersuchen.«

»Darf ich dann nach Hause?«

»Mal sehen.« Ich bleibe an Dr. Blumbergs Seite, als er die dicken Verbände abnimmt. Sie wurden täglich gewechselt, aber nach Faith' Szene in der Notaufnahme ist das medizinische Personal sehr darauf bedacht, zu vermeiden, dass sie die Wunden zu sehen bekommt. Der Doktor zupft vorsichtig mit einer Zange an den Gazetupfern, knipst die Nachttischlampe an und positioniert sich derart, dass er Faith die Sicht versperrt. Er schält die letzte Lage von Faith' rechter Hand.

Das Loch hat einen Durchmesser von nur wenigen Millimetern, aber es ist da. Die Haut an den Wundrändern ist lila verfärbt, strahlenförmige Linien geronnenen Blutes führen vom Inneren der Wunde nach außen. Faith krümmt die Finger, und ich kann flüchtig ein stecknadelkopfgroßes Pünktchen Knochen durch das Rot schimmern sehen. Aber die Wunde fängt nicht wieder an zu bluten.

Dr. Blumberg drückt vorsichtig auf die Handfläche rund um das Loch. Hier und da zuckt Faith zusammen, und einmal beugt der Doktor sich ungewollt so weit zur Seite, dass Faith einen Blick auf ihre Hand erhascht. Sie hebt sie vor das Gesicht und betrachtet neugierig das winzige Loch, durch das Licht hindurchfällt. Wir Erwachsenen halten die Luft an.

Dann fängt sie an zu schreien.

Dr. Blumberg klingelt nach einer Krankenschwester, und Ian Fletcher und meine Mutter versuchen, die tobende Faith festzuhalten. »Faith«, sage ich beruhigend. »Es ist alles gut. Der Doktor macht dich wieder gesund.«

»Mami, ich habe ein Loch in meiner Hand!«, kreischt sie. Eine Schwester kommt hereingelaufen, in der Hand ein Styroportablett mit einer Spritze. Dr. Blumberg packt entschlossen Faith' Arm und sticht die Nadel in ihren Oberarm. Nach kurzer Zeit hört die Gegenwehr auf, und sie erschlafft.

»Das tut mir sehr leid«, murmelt Dr. Blumberg betroffen. »Ich denke, wir sollten sie noch hierbehalten. Ich würde dazu raten, einen Psychologen hinzuzuziehen.«

»Sie halten sie für verrückt?«, frage ich mit hysterisch erhobener Stimme. »Sie haben ihre Hand gesehen. Sie denkt sich das alles nicht aus.«

»Ich habe nicht behauptet, sie wäre verrückt. Es ist nur so, dass der Geist große Macht über uns besitzt. Er kann einen Menschen ebenso leicht krank machen wie ein Virus. Und ehrlich gesagt ist mir die Vorgehensweise in einer solchen Situation nicht geläufig. Ich weiß auch nicht, ob der Verstand in der Lage ist, blutende Wunden zu verursachen.«

Tränen schießen mir in die Augen. »Sie ist *sieben* Jahre alt. Warum sollte sie so etwas tun?«

Ich setze mich zu Faith auf das Bett und streiche ihr zärtlich das Haar zurück, während ihre Züge sich im Schlaf entspannen. Ihr Mund öffnet sich leicht, und eine Blase bildet sich zwischen ihren Lippen. Hinter mir höre ich, wie der Arzt sich leise mit meiner Mutter unterhält. Zweimal höre ich, wie die Tür auf- und zugeht.

Kleine Mädchen träumen davon, Prinzessinnen zu sein. Von einem eigenen Pony. Von Schmuck und Ballkleidern. Aber doch nicht davon, grundlos zu bluten, nur um wie Jesus zu sein.

Ich höre Ian Fletchers Stimme an meiner Schläfe. »Ich habe einmal eine Nonne interviewt«, sagt er. »Sie war sechsundsiebzig und Karmeliterin. Sie war seit ihrem elften Lebensjahr im Kloster. Die Ehrwürdige Mutter meinte, Schwester Mary Amelia sei mit Stigmata gesegnet worden.« Langsam drehe ich mich um, sodass ich in seine Augen schauen kann. »Jeder hielt es für ein Wunder. Bis ich eine gebogene Klinge zum Auftrennen von Nähten im Saum von Schwester Mary Amelias Gewand eingenäht fand. Wie sich herausstellte, besteht ein sehr schmaler Grad zwischen religiöser Ekstase und religiösem Wahn.«

Du glaubst, sie hätte sich selbst verletzt. Ich brauche es nicht auszusprechen; er weiß, was ich denke. »Ihre Hände – die der Nonne – sahen ganz anders aus als Faith'.«

»Was wollen Sie damit sagen?«

Er zuckt die Achseln. »Dass das hier etwas anderes ist. Das ist alles.«

Alles in allem findet Allen McManus, dass er billig davongekommen ist. Eine Peperoni-Pizza und einen Sixpack für den jungen Henry, der in Teilzeit in der Produktionsabteilung des Globe arbeitet, und im Gegenzug wird der Bursche sich in den Computer einklinken und auch dem Datenschutz unterliegende Informationen über die Familie White ausgraben.

»Wie kommt es, dass es so lange dauert?«, fragt Allen und schiebt mit spitzen Fingern ein verschwitztes Sporttrikot zur Seite, bevor er sich in Henrys Bude auf die Bettkante setzt.

»Ich habe nur ein achtundzwanzigacht Modem«, erklärt Henry. »Bleib cool, Mann.«

Aber das kann Allen nicht. Je mehr er in Erfahrung gebracht hat, desto spannender ist die Geschichte geworden. Allen sind in den letzten Tagen Zitate aus der Offenbarung eingefallen, abscheuliche Geschichten, die Schwester Thalomena im fünften Schuljahr von Sündern erzählt hat, die in die Hölle kamen. Es ist Jahre her, seit er das letzte Mal zur Beichte war oder die Kommunion empfangen hat, und für Allen wird Religion immer verknüpft sein mit der Bestialität der Nonnen, die in seiner Gemeindeschule unterrichteten. Aber Katholizismus treibt tiefe Wurzeln, und dieses Mädchen hat ihn dazu bewogen, seine Entscheidung, sich vom Glauben abzuwenden, noch einmal zu überdenken. Was, wenn er in all diesen Jahren geirrt hat? Wie viele Ave-Marias und Vaterunser wurden einem wohl zur Strafe aufgebrummt, dafür, dass man Gott den Rücken gekehrt hatte?

Plötzlich erscheint auf dem Bildschirm eine Fülle von Daten. »Einkäufe mit Kreditkarte. Das ist die Karte der Frau.«

Allen beugt sich vor. Haufenweise Lebensmittel, dann Kinderbekleidungsgeschäfte, ein paar Bestellungen aus dem L.L. Bean-Katalog. Nichts Besonderes. »Meine Güte, die haben sogar jeden Monat pünktlich den Rechnungsbetrag gelöhnt.«

»*Sie* hat pünktlich gezahlt. Lass uns mal ihren Mann überprüfen.« Henrys Finger fliegen über die Tastatur, und die Zahlungen über eine American Express-Karte werden angezeigt. Henry pfeift durch die Zähne. »Sieht aus, als hätte Mr. White sich auf seinen Geschäftsreisen gerne amüsiert. Sieh mal – Lilys Tanzpalast.«

Allen grunzt. »Er hat also seine Frau betrogen. Was soll's.« Untreue führt nicht zwangsläufig dazu, dass man seine Tochter als falschen Messias vermarktet. So etwas tut man, um besser dazustehen, um Aufmerksamkeit zu erregen. Oder man ist einfach nur bekloppt.

»He, Volltreffer!«, ruft Henry plötzlich. »Ich habe unter juristischen Einträgen etwas gefunden. Die Info stammt aus dem Staatsarchiv von New Hampshire. Die Gerichte müssen alle Anklagen, Verurteilungen und so weiter archivieren – so ziemlich alles, was einem Richter vorgetragen wird. Sieht aus, als hätte Mr. White versucht, seine Lady einsperren zu lassen. Halt, ich korrigiere mich: Sieht aus, als hätte er es geschafft.«

»Lass mal sehen.« Allen setzt sich und rollt die Seiten hinunter. »Heiliges Kanonenrohr! Er hat sie in die Klapse einweisen lassen.« Er liest den Antrag, der zur Zwangseinweisung geführt hat, liest die Protokolle der verschiedenen Anhörungen, die Millie Epstein veranlasst hat, um die Entlassung ihrer Tochter zu erwirken.

Henry lümmelt sich auf dem Bett und pult sich Peperoni aus den Zähnen. »Es gibt viele durchgeknallte Leute auf der Welt, Mann.«

Aber Allen hört ihn gar nicht. Eine psychiatrische Klinik. Jetzt wird ihm alles klar. Siebenjährige fangen nicht aus heiterem Himmel an, mit Gott zu sprechen; jemand bringt sie dazu. Und jemand, der schon einmal die Grenze der Normalität überschritten hat, wird dies höchstwahrscheinlich früher oder später wieder tun.

Allen steht auf, fischt ein Bier aus einer Papiertüte und wirft ihn Henry zu. »Cool«, sagt Henry. »Was feiern wir?«

Langsam erscheint ein Lächeln auf Allens Zügen. »Den Atheismus.«

Irgendwie haben sich im Krankenhaus Gerüchte über Faith verbreitet. Krankenschwestern kommen unter dem Vorwand herein, nach ihr zu sehen, nur um dann an ihrem Bett zu sitzen und sie auszufragen. Eine gibt Faith sogar eine Münze mit der heiligen Judith, die sie einen Moment in den behandschuhten Händen halten soll.

Faith scheint nicht zu wissen, wie sie sich verhalten soll. Wenn sie wach ist, beantwortet sie höflich Fragen über die Schule und ihren Lieblings-Disneyfilm. Wenn sie schläft, berühren diese fremden Menschen ihr Haar oder ihre Wange, so als könnte schon diese leichte Berührung sie vor Unheil schützen.

Meine Mutter ist schon den ganzen Tag auf hundertachtzig. »Das ist bedeutungslos«, erzählt sie jedem, der ihr Gehör schenkt. »Stigmata, schmigmata. Die Juden warten seit fünftausendsiebenhundert Jahren auf einen Messias, da werden wir nicht anfangen, jetzt an Jesus zu glauben.« Als Faith schläft, nimmt sie mich zur Seite. »Beschäftigt dich das nicht? Diese Sache mit Faith?«

»Doch, natürlich«, entgegnete ich hitzig, aber leise. »Glaubst du etwa, mir gefällt es, dass sie das durchmachen muss?«

»Ich meine diese katholische Sache. Katholisch, um

Himmels willen! All diese Leute, die hier ein und aus gehen, so als wäre Faith eine Heilige oder so was.«

»Dass sie an den Händen blutet macht sie noch nicht zur Katholikin.«

Meine Mutter nickt nachdrücklich. »Das will ich auch nicht hoffen.«

Das einzig Gute, das sich ereignet, ist Folgendes: Meine Mutter ist gerade in der Cafeteria auf der Suche nach einem Jell-O für Faith, als Vater MacReady am Nachmittag hereinkommt.

»Charlotte«, sagt er zu der Schwester, die Faith gerade das Haar bürstet – und Haare einsteckt, als sie glaubt, ich würde gerade nicht hinsehen. »Wie geht es Ihnen? Was machen die Kinder?«

»Uns geht es gut, Vater«, antwortet die Schwester. »Sie haben bestimmt gehört, was passiert ist?«

»Einer der ehrenamtlichen Mitarbeiter des Krankenhauses arbeitet in der Kirchenverwaltung.« Der Priester wartet, bis die Krankenschwester das Zimmer verlassen hat, ehe er ihren Platz einnimmt. »Hi. Ich bin Vater MacReady.«

»Warum tragen Sie dieses weiße Ding da um den Hals?«, möchte Faith wissen.

»Das ist ein spezielles Hemd, das bedeutet, dass er in einer Kirche arbeitet«, erkläre ich ihr.

»Ich dachte, er wäre von jemandem der Vater«, entgegnet Faith stirnrunzelnd.

Der Geistliche lächelt. »Das ist tatsächlich das Verwirrendste an der Sache.« Sachte hebt er Faith' bandagierte Hand. »Ich habe gehört, dass du mit Gott sprichst. Das tue ich selbst auch gerne.«

»Hat Sie auch gemacht, dass Ihre Hand wehtut?«

Ich starre Faith verblüfft an. Bis jetzt wusste ich nicht,

dass ihr Gott ihr angekündigt hatte, was passieren würde. Ich hatte gar nicht daran gedacht, sie danach zu fragen.

»Nein, Faith«, antwortet der Priester. »Gott hat nicht gemacht, dass mir die Hände wehtun.«

Ist das vielleicht Bedauern, was ich da aus seiner Stimme heraushöre?

In diesem Augenblick kommt meine Mutter mit einem Tablett voller Zitronen-Jell-Os herein. »Heute gibt es keine roten, Faithele, aber ... Oh.« Ihr Blick gleitet über den Priester. »Es geht also schon los«, sagt sie säuerlich.

»Sie müssen Mrs. Epstein sein«, begrüßt Vater MacReady sie. »Es ist mir eine Freude, Sie kennen zu lernen.«

Meine Mutter schürzt die Lippen. »Ich wünschte, die Freude wäre auch auf meiner Seite.«

»Mutter!«

»Es stimmt doch. Ich lebe jetzt für den Augenblick, weißt du, und ich werde nicht freundlich tun einem Mann gegenüber, der versucht, meine Enkelin zu konvertieren.«

»Seien Sie versichert, dass ich nicht versuchen werde, Ihre Enkelin zu bekehren ...«

»Natürlich nicht! Sie glauben, es wäre schon zur Hälfte geschehen, nachdem ihre Hände angefangen haben zu bluten. Stigmata, Heilige Muttergottes!«

Ich verdrehe die Augen und nehme den Priester beim Ellbogen. »Ma, würdest du bitte bei Faith bleiben und ihr mit den Jell-Os helfen?«

»In Ordnung«, sagt meine Mutter. »Und du sieh zu, dass du *ihn* loswirst.«

Sobald Vater MacReady und ich draußen auf dem Flur sind, entschuldige ich mich für das Benehmen meiner Mutter. »Es tut mir sehr leid, Vater. Meine Mutter nimmt die ganze Sache ziemlich schwer.«

»Und Sie?«

»Ich bin noch vollauf damit beschäftigt, mich mit der Vorstellung anzufreunden, dass Faith tatsächlich mit Gott spricht. Dass es noch weiter gehen soll als das ... Ehrlich gesagt will mir das nicht in den Kopf.«

Vater MacReady lächelt. »Stigmata – sofern es sich tatsächlich darum handelt – sind ein Geschenk.«

»Was soll denn das für ein Geschenk sein, bitte schön. Sie bereiten einem ständig Schmerzen und machen einen zur Kuriosität. Ich weiß, dass Stigmata nicht umsonst von dem Begriff Stigma abgeleitet ist.«

»Millionen von Menschen würden sagen, dass Ihre Tochter gesegnet ist.«

»*Sie* ist aber nicht dieser Meinung.« Ich schäme mich, dass meine Stimme zittert. »Wissen Sie, dass sie sich dunkle Handschuhe angezogen hat, als es anfing? Sie hat sich zu sehr geschämt, um mir zu zeigen, dass sie blutet.«

Das scheint Vater MacReady zu interessieren. »Soweit ich weiß – und leider weiß ich über Stigmata nicht viel –, verstecken die Menschen, bei denen diese Male auftreten, diese vor der Welt.«

Nach kurzem Schweigen unterbreche ich meine ruhelose Wanderung. Wir haben das Ende der Kinderstation erreicht und befinden uns jetzt auf der Säuglingsstation, wo ich schon mit Ian Fletcher gestanden habe. »Ich muss Ihnen etwas beichten.«

»Irgendwie scheine ich dieses Bedürfnis bei den Menschen auszulösen.«

»Ich habe einmal eine Beichte belauscht.«

»Eine Beichte über die Beichte?« Vater MacReady lacht.

»Ich war erst zehn. Ich wollte wissen, was es damit auf sich hat. Ich selbst habe mich nicht getraut, den

Beichtstuhl zu betreten. Ich dachte, es würde eine Art Alarm ausgelöst werden, weil ich ja keine Katholikin war.«

»Aber nicht doch, die Protestanten sind diejenigen, die sich moderner Technologie bedienen.« Lächelnd lehnt er sich an die Wand. »Ehrlich gesagt habe ich immer große Achtung vor den Juden gehabt, weil sie keine Beichte kennen. Das können Sie gern Ihrer Mutter weitererzählen.«

»Vielleicht tue ich das sogar.«

»Sehen Sie, ein katholischer Sünder beichtet, spricht ein paar Gebete und ist von der Schande reingewaschen. Mir scheint, die Juden würden dagegen ihre Schuld wie Kamele ein Leben lang mit sich herumschleppen. Was meinen Sie, welche dieser beiden Traditionen die abschreckendere Wirkung hat?« Ernüchtert dreht Vater MacReady sich um. »Ich weiß nicht, ob Gott zu Faith spricht, Mrs. White. Ich würde es aber gerne glauben. Es interessiert mich nicht, was andere Geistliche sagen; ich habe nie geglaubt, dass der Geist der Religion entspringt. Er kommt tief aus unserem Innersten und führt dazu, dass wir andere Menschen anziehen. Und Ihre Tochter besitzt viel von diesem Geist.

Okay, es ist nicht der Tag des Jüngsten Gerichts. Vor dem Rasen beim Rathaus wartet kein Flammenmeer. Kein Buch des Lebens mit einer Liste von Namen. Sie ist also eine kleine Jüdin mit Wunden, bei denen es sich um Stigmata handeln könnte, und sie sieht einen weiblichen Gott. Ich muss Ihnen sagen, dass ich persönlich – auch wenn meine Vorgesetzten mir diesbezüglich sicher widersprechen würden – daran nichts Schockierendes finde. Vielleicht ist das Gottes Vorstellung eines Hauptgewinns – ein Weg, zu erreichen, dass viele verschiedene

Persönlichkeiten ihn anbeten. Oder überhaupt an ihn glauben.«

»Aber sie wurde nicht gefragt«, gebe ich zu bedenken. »Sie ist niemandes Erlöser und auch niemandes Märtyrer. Sie ist nur ein verängstigtes kleines Mädchen.«

Vater MacReady mustert mich lange schweigend. »Sie ist auch Gottes Kind, Mariah.«

Ich verschränke die Arme, um ihr Zittern zu verbergen. »Sie wissen, dass Sie in diesem Punkt Unrecht haben.«

Vater MacReady verschließt die Tür zwischen Pfarrei und seinen Privaträumen. Langsam geht er in die Küche, setzt sich an den verkratzten Tisch und sieht zu, wie Staub in einem schräg hereinfallenden Sonnenstrahl umhertanzt. Nach kurzer Überlegung steht er auf und holt eine Flasche Sam Adams aus dem Kühlschrank. Er trinkt nicht viel, aber er hat das Bedürfnis, sich das Bier, das er gewöhnlich zum Abendessen trinkt, besser jetzt schon, mitten am Nachmittag, zu genehmigen.

Das Problem ist, dass Vater MacReady Mariah White ehrlich und aufrichtig gern hat.

Aber auch seine Kirche liebt er ehrlich und aufrichtig.

»Ich tue ihnen das nicht an«, murmelt er vor sich hin. »Ich tue es *für* alle anderen.« Darauf leert er die Flasche.

In den zehn Jahren seit seiner Priesterweihe hat er in zwei Fällen Menschen mit Visionen beraten. Das erste Mal in Vietnam; ein Soldat hatte behauptet, die Jungfrau Maria wäre ihm im Dschungel erschienen. Der zweite Fall war viel beunruhigender gewesen: Ein sechzehnjähriges Mädchen aus der Innenstadt hatte behauptet, der Heilige Geist habe sie geschwängert. Damals hatte Vater MacReady die Behörden eingeschaltet, und alle hatten atemlos gewartet, bis das Mädchen schließlich ein ganz normales Baby geboren hatte, dessen DNA zu der des kürzlich eingestellten neuen Chorleiters passte.

Stigmata sind ihm bisher nie untergekommen.

Seufzend nimmt er ein abgewetztes Buch aus einem Regalfach unter dem Telefon und schlägt die Nummer der Kanzlei in Manchester nach.

Auszug aus *The Boston Globe* vom 17. Oktober 1999:

Mutter des Mädchens, das Gott gesehen hat, »geistig labil«

New Canaan, NH – Wenn man sieht, werden sie kommen.

So oder so ähnlich mag das Motto der Siebenjährigen in New Canaan lauten, die angeblich mit Gott in Kontakt steht. Die Frommen und Neugierigen sind in den kleinen Ort in New Hampshire gepilgert, um einen Blick auf das Kind zu erhaschen, das angeblich Wunder vollbringen kann.

Allerdings könnte die Grundlage dieser himmlischen Visionen viel banaler sein, als es den Anschein hat. Aus sicherer Quelle haben wir erfahren, dass die Mutter des Mädchens vor einigen Jahren wegen psychischer Probleme stationär behandelt wurde. Ein Psychiater und ehemaliger Mitarbeiter der privaten psychiatrischen Einrichtung Greenhaven, der anonym bleiben möchte, hat bestätigt, dass Mariah White 1991 vier Monate lang in oben genannter Heilanstalt in Burlington in Vermont behandelt wurde. Die Frage nach der Art ihrer Erkrankung wollte der Psychiater uns allerdings nicht beantworten.

Dr. Josiah Hebert, Vorsitzender der Abteilung Psychiatrie an der Harvard Universität, sagte uns, die meisten psychotischen Halluzinationen bei Erwachsenen hätten einen religiösen Bezug. »Sofern Mrs. White von Gott halluziniert hat, bedeutet das nicht zwangsläufig, dass ihre Tochter das gleiche Krankheitsbild zeigen muss«, sagte Hebert weiter. »Aber in einer normalen Eltern-Kind-Beziehung ist die elterliche Anerkennung ein Schlüsselreiz, und die Verhaltensweisen, mit deren Hilfe das Kind versucht, diese Anerkennung zu erlangen, sind sehr verschiedenartig.« Zu den angeblichen Wundern befragt, die das Mädchen bewirkt haben soll, wollte Dr. Hebert sich nicht weiter äußern und verwies darauf, dass solche Phänomene gegen jede Logik und Wissenschaft verstießen.

Was die Aufregung um die Visionen des Mädchen betrifft, rät Dr. Hebert zur Vorsicht. »Ich denke, man kann nicht ernsthaft den Behauptungen eines Kindes Glauben schenken, ohne die formenden Einflüsse zu untersuchen, die auf dieses Kind gewirkt haben, und die sind im vorliegenden Fall möglicherweise mehr abnormaler als paranormaler Natur.«

Als ich am wenigsten damit rechne, stiehlt sich Rabbi Daniel Solomon durch meine Abwehr.

Wir sind noch nicht lange wieder zu Hause, nachdem Dr. Blumberg Faith am Nachmittag entlassen hat. Ich habe eben Faith ins Bett gebracht und spüle das Geschirr vom Abendessen, als an die Tür geklopft wird. Ich bin derart überrascht, dass es Rabbi Solomon gelungen ist, an allen draußen vorbeizukommen, dass ich ihn hereinlasse, bevor mir so recht bewusst wird, was ich da tue.

Seine Augen sind unruhig, seine Kleidung ist verrutscht, sein langer Pferdeschwanz hat sich teilweise aufgelöst. Und sein *Daschiki* hat sich um die Taille verdreht. Nervös befingert er eine Kette aus Bernsteinperlen, die er um den Hals trägt. »Entschuldigen Sie«, sagt er. »Mir ist klar, dass das kein günstiger Zeitpunkt ist ...«

»Nein, nein«, antworte ich leise und deute auf seine

Kleidung. »Das ist das Mindeste, was ich für jemanden tun kann, der einen Spießrutenlauf hinter sich hat.«

Er blickt an sich hinab und scheint überrascht vom Zustand seines T-Shirts und seiner Jeans. »Man bezeichnet uns ja nicht umsonst als auserwähltes Volk«, bemerkt er und blickt die Treppe hinauf.

Sofort spannen sich meine Züge an. »Sie schläft.«

»Eigentlich bin ich gekommen, um mit Ihnen zu sprechen. Lesen Sie den *Boston Globe*?«

»Die Tageszeitung?«, frage ich überflüssigerweise. Ich frage mich, ob er so dreist war, mit der Presse über Faith zu sprechen. Fast wütend reiße ich ihm die Zeitung aus der Hand. Auf Seite vier springt mir eine Überschrift ins Auge: Mutter des Mädchens, das angeblich Gott gesehen hat, »geistig labil«.

Wenn man etwas zu verbergen hat, verwendet man fortan jede Minute darauf, eine Mauer zu errichten, die das Geheimnis mehr und mehr verbirgt. Man überzeugt sich selbst davon, dass die Mauer solide und dick genug ist, und wenn man eines Tages aufwacht und nicht sofort an diese schreckliche Begebenheit denkt, dann räumt man sich selbst die Freiheit ein, so zu tun, als wäre es endgültig vorbei. Und das macht es umso schmerzlicher, wenn so etwas passiert, wenn man erkennen muss, dass die Betonmauer tatsächlich so durchsichtig ist wie Glas und doppelt so zerbrechlich.

Ich lasse mich auf die Treppe sinken. »Warum haben Sie mir das gebracht?«

»Ich wusste, dass Sie es früher oder später zu sehen bekommen würden. Ich dachte, es wäre eine *Mizwa*, persönlich herzukommen. Ich dachte mir, es wäre für Sie leichter, wenn die schlechte Nachricht von einem Freund überbracht wird.«

Einem Freund? »Ich war in stationärer Behandlung«, höre ich mich zugeben. »Mein Mann hat mich zwangseinweisen lassen, nachdem ich versucht habe, mir das Leben zu nehmen. Aber ich war nicht psychotisch, wie dieser ... Idiot Hebert sagt. Und ich habe auch nie von Gott halluziniert. Und schon gar nicht hat Faith irgendwelche Visionen von mir übernommen.«

»Das habe ich auch keine Sekunde vermutet, Mrs. White.«

»Warum sind Sie sich da so sicher?«, frage ich bitter.

Rabbi Solomon zuckt die Achseln. »Es gibt da eine Theorie, der zufolge sechsunddreißig Menschen in jeder Generation wahrhaft tugendhaft sind. Man nennt sie *Lamed Vavniks – lamed* für ›dreißig‹ und *vav* für ›sechs‹. Für gewöhnlich sind es stille Menschen, sanftmütig und manchmal sogar ungebildet, Ihrer kleinen Tochter nicht unähnlich. Sie streben nicht danach, im Vordergrund zu stehen. Die meisten Menschen nehmen sie gar nicht wahr. Aber sie existieren, Mrs. White. Sie sorgen für den Fortbestand der Welt.«

»Und das wissen Sie genau? Und Sie wissen, dass Faith eine von ihnen ist?«

»Ich weiß, dass es die Welt schon sehr lange gibt. Und, ja, ich würde gerne glauben, dass Faith eine dieser Gerechten ist.« Über uns schlägt die Wanduhr. »Sie nicht auch?«

Monsignore Theodore O'Shaughnessy kommt erst am nächsten Abend dazu, Vater MacReady zurückzurufen. Er war damit beschäftigt, einen verwaltungstechnischen Albtraum in seiner Diözese zu beseitigen – er hat die Steuerabgaben von Gemeindeschulen und katholischen Krankenhäusern überprüft, Versicherungsangebote verglichen und besonders viel Zeit auf einen hässlichen Prozess verwandt, bei dem es um einen Priester aus Manchester geht, der im Sommer 1987 mit einer Gruppe kleiner Jungen in einem Ferienlager war. Der Geistliche nimmt auf seinem Lieblingssessel Platz, einem alten Ohrensessel mit einem Bezug aus inzwischen brüchigem braunen Leder, greift nach dem Zettel mit Vater MacReadys Nachricht und wählt seine Nummer.

»Joseph!«, sagt er jovial, als der Priester sich meldet. »Hier spricht Monsignore O'Shaughnessy. Ist lange her, nicht wahr?« Tatsächlich haben sie sich schon eine kleine Ewigkeit nicht mehr gesprochen. Der Monsignore sieht ein Gesicht vor sich, weiß jedoch nicht, ob es zu Vater MacReady aus New Canaan gehört oder zu Vater MacDougal aus New London. »Sie wollten mit mir über eine Kindermission sprechen?«

»Nein«, entgegnet Vater MacReady. »Es geht um eine *Vision.*«

»Aha. Ich fürchte, Betty wird langsam etwas zu alt für den Sekretärinnenposten. Genau genommen ist sie fast taub, aber ich bringe es nicht übers Herz, ihr zu kündigen. Also ... eine Vision, sagen Sie? Vision wie in Erscheinung?« Eine Kindermission – die Errichtung eines Gebäudes für Habitat for Humanity – ist eine Sache, das könnte sogar die schlechte Presse ein wenig wettmachen, die die Diözese zur Zeit wegen des Missbrauchs-Prozesses bekommt. Aber das ... Nun, das wird ihrem Ansehen nur noch mehr schaden. »Was für eine Art von Vision?«

»Offenbar erscheint Gott einem siebenjährigen Mädchen aus dem Ort.« Nach kurzem Zögern fügt MacReady hinzu: »Rein technisch gesehen ist sie jüdischen Glaubens.«

»Dann geht uns die Sache nichts an«, entgegnet der Monsignore erleichtert.

»Möglicherweise hat sie Stigmata.«

Monsignore O'Shaughnessy sagt sich, dass das auch so schon eine ziemlich harte Woche war. »Wissen Sie, was ich für Sie tun werde? Ich rufe Bischof Andrews an. Das liegt nun wirklich außerhalb meines Erfahrungsbereiches.«

»Aber ...«

»Kein Aber«, sagt der Monsignore in einem Ton, der keinen Widerspruch duldet. »Es war mir ein Vergnügen, mit Ihnen zu plaudern.«

Er legt auf, bevor Vater MacReady ihm eröffnen kann, dass laut Faith White Gott weiblich ist. Joseph atmet seufzend aus, legt den Hörer zurück auf die Gabel und sagt sich, dass es vielleicht gar nicht so falsch war, diese Kleinigkeit unerwähnt zu lassen.

17. Oktober 1999

Was Colin White an Las Vegas am besten gefällt, ist, dass es in dieser Stadt keinen Feierabend gibt. Als Handelsvertreter ist er schon in Washington, Seattle, St. Paul und San Diego gewesen – alles Städte, in denen um Mitternacht die Bordsteine hochgeklappt wurden. Las Vegas hingegen pulsiert rund um die Uhr wie eine Arterie, saugt einen auf, verführt.

Was Colin White an Las Vegas nicht gefällt, ist, dass er in dieser Stadt keinen Schlaf findet. Er weiß nicht, ob es daran liegt, dass die Stadt gleich vor seinem Hotelfenster strahlt, die Neonreklamen der Kasinos so grell, dass es draußen taghell ist. Oder kann er sich nicht daran gewöhnen, dass seine neue Frau sich die ganze Nacht unruhig im Bett herumwälzt? Vielleicht denkt er auch an Faith, daran, wie er sie im Stich gelassen hat und was für einen Vater das aus ihm macht.

Er lässt Jessica im Schlafzimmer zurück und geht hinüber ins angrenzende Wohnzimmer der Suite. Es dauert eine Weile, bis seine Augen sich an die Dunkelheit gewöhnt haben. Auf der Armlehne des Sofas balanciert ein halb aufgegessener Apfel aus dem Begrüßungskorb. Mit einem Seufzer lässt Colin sich in die Kissen sinken, beißt in den Apfel und schaltet mit der Fernbedienung den Fernseher ein.

Es läuft gerade ein Werbespot, der Ferien in New Hampshire anpreist. Colin starrt auf die satten Herbstfarben und das Profil des Mannes in den Bergen, die steilen Skipisten. Von Heimweh gepackt, legt er den Apfel weg und beugt sich vor, die Ellbogen auf den Knien ruhend.

Wenn er nicht sicher wäre, Jessica damit sehr wütend zu machen, würde er die Flitterwochen frühzeitig abbrechen. Er muss noch so viel erledigen, um sein bisheriges Leben abzuschließen, bevor er sich ganz jenem widmen kann, das vor ihm liegt. Er würde sich gerne bei Mariah dafür entschuldigen, für die Tatsache, dass sie einfach nicht füreinander bestimmt waren. Er würde gerne Faith' Gewicht in den Armen fühlen und den Duft ihres Haares riechen, wenn er sich beim Zudecken über sie beugt. Er würde gern das Wort »Familie« aussprechen können, ohne dass seine Eingeweide sich gleich zu Seemannsknoten winden.

Im Fernsehen wird das Mount Washington Hotel aus der Vogelperspektive gezeigt.

Colin nimmt das Telefon ab und hat schon fast seine vollständige frühere Nummer gewählt, als ihm bewußt wird, dass es in New Hampshire halb fünf Uhr morgens ist. Er legt den Hörer zurück auf die Gabel. Faith wird noch schlafen.

Die vertraute Musik von *Hollywood Tonight!* Erklingt in dem kleinen Salon. Es passt, dass sie den Mist mitten in der Nacht senden, denkt Colin. Er streckt sich auf der Couch aus und schließt die Augen, um sie einen schmalen Spalt weit wieder zu öffnen, als er die Stimme von Petra Saganoff hört. Er mag ja müde sein, aber er ist nicht tot.

Ihre rauchige Stimme gleitet über ihn hinweg wie eine wärmende Decke, während ein leuchtendblaues Banner den Bildschirm ausfüllt: DIE JÜNGSTE HEILIGE? »Wie Sie sehen«, sagt Saganoff, »befinden wir uns vor Ort, um eine Geschichte weiterzuverfolgen, über die wir bereits in der vergangenen Woche mit dem kleinen Rafael Civernos berichtet haben, einem aidskranken Säugling, der auf wundersame Weise genesen ist, nachdem er in dem Garten hinter mir mit einem kleinen Mädchen gespielt hat.« Colin kneift die Augen zusammen und überlegt, was ihm an Petra Saganoff plötzlich so bekannt vorkommt. Irgendwas ist anders, aber er kommt einfach nicht drauf, was es ist.

»*Hollywood Tonight!* hat erfahren, dass die siebenjährige Wunderheilerin zwischenzeitlich selbst wegen eines mysteriösen und unerklärlichen Leidens stationär im Krankenhaus behandelt wurde.« Jetzt werden Archivbilder von Buntglasfenstern eingeblendet. »Im Laufe der Jahrhunderte hat sich bei christlichen Heiligen die religiöse Ekstase immer wieder durch Stigmata manifestiert, medizinisch nicht erklärbaren Wunden an Händen, Seite und Füßen, die jene widerspiegeln, die Jesus am Kreuz erlitten hat.« Saganoffs Stimme schläfert Colin langsam ein. »Bei einem kleinen Kind aus New Hampshire sind sie nur das letzte Zeichen in einer langen Kette von Beweisen dafür, dass es irgendwie von Gott berührt wurde.«

Petra Saganoff wird wieder gezeigt; sie steht vor einer Steinmauer, entlang derer in Decken und Schlafsäcke gehüllte Menschen mit Blumen, Rosenkränzen und Kameras Aufstellung genommen haben. »Wie Sie sehen, Jim, wächst die Akzeptanz für die an diesem und durch dieses Mädchen bewirkten Wunder stündlich. Inzwischen haben sich bereits über zweihundert Personen hier eingefunden, die von den Visionen und Wundern des kleinen Mädchens gehört haben und hoffen, irgendwie mit ihr in Kontakt treten zu können.«

Die Kamera fährt zurück, und der Anchorman von *Hollywood Tonight!* wird eingeblendet. »Gibt es schon Neuigkeiten vom aktuellen Gesundheitszustand des Mädchens?«

»Wir wissen, dass sie aus dem Krankenhaus entlassen wurde, Jim. Jetzt bleibt anzuwarten, ob dieser Dreikäsehoch von einem Heiler in der Lage sein wird, sich selbst zu heilen. Petra Saganoff live und vor Ort für *Hollywood Tonight!*«

Colin setzt sich abrupt auf, als ihm plötzlich aufgeht, was ihm die ganze Zeit so vertraut vorgekommen ist: Petra Saganoff steht am östlichen Ende seiner eigenen Auffahrt.

18. Oktober 1999

»Weißt du was?«, fällt Ian dem völlig verblüfften David ins Wort. »Das interessiert mich einen Scheiß. Ich weiß nur, dass es Ihre Aufgabe gewesen wäre, mich über Neuigkeiten aus dem *Boston Globe* auf dem Laufenden zu halten, und ich verstehe nicht, wie Sie diese brisante Information übersehen konnten.« Seine Stimme ist mit jedem Wort lauter geworden, sodass der junge David schließlich bis zur schmalen Tür des Winnebago zurückgewichen ist. Ian reißt dem Medienassistenten die Zeitung aus der zitternden Hand, und ein grimmiger Blick genügt, David in die Flucht zu schlagen.

Ian lässt sich auf die unbequeme Couch fallen und überfliegt den Artikel noch einmal, um ganz sicherzugehen, dass er auch nichts übersehen hat. Eigentlich müsste der Artikel ihn euphorisch stimmen: Der Autor stellt unverhohlen Faith' Glaubwürdigkeit infrage, ohne dass Ian sich die Hände hat schmutzig machen müssen. Allen McManus hat seine Sache besser gemacht, als er erwartet hätte; nicht nur, dass er die Gerichtsakten eingesehen hat, die Mariahs Einweisung in die Psychiatrie belegen, er hat seine Information, derzufolge Mariah tatsächlich in der Nervenheilanstalt war, von einem Psychiater bestätigen lassen. Würde es sich um einen anderen Fall handeln, wäre Ian bereits am Telefon und würde McManus einladen, auf einer kurzfristig einberufenen Pressekonferenz zu sprechen. Er würde noch auf weitere Möglichkeiten aufmerksam machen, die der Reporter benutzen könnte, um die White-Familie ganz allgemein zu diskreditieren.

Stattdessen schließt Ian die Augen, schlägt mit dem Kopf gegen die Wand des Winnebago und versucht, sich zu erinnern, wann er diesen Ball ins Rollen gebracht hat. Ach ja, richtig – nach Millie Epsteins Wiederauferstehung. Beinahe entschuldigt Ian sein Verhalten; das war wirklich starker Tobak. Und um ehrlich zu sein, hat er so etwas in der Vergangenheit schon unzählige Male getan. Er vertritt den Standpunkt, dass man umso mehr Anhänger gewinnt, je mehr Zweifel man sät. Das Problem im vorliegenden Fall ist nicht, dass er den Reporter aktiviert hat, sondern dass er ihn auf Mariah White angesetzt hat.

Teufel noch mal, er *mag* sie. Er weiß, dass er das nicht sollte; er weiß, dass es sein Urteilsvermögen trübt – und doch ist es eine unumstößliche Tatsache. Eine rein körperliche Anziehung könnte er ignorieren, aber es geht darüber hinaus. Mehr als einmal hat er sich gewünscht, sie wäre nicht in diesen Fall verwickelt, damit sie nicht verletzt wird. Und dieses für ihn so neue und fremde Gefühl jagt ihm eine Heidenangst ein.

Ein Klopfen an der Tür unterbricht seine Gedanken. Ian reißt die Tür auf. Er rechnet mit einem reuigen David, der gekommen ist, um ihn anzuflehen, seinen Job behalten zu dürfen, aber vor ihm steht ein Mann, den er noch nie gesehen hat. Er ist mittleren Alters mit einem Bauchansatz und schütterem blondem Haar. Er trägt eine Baseballjacke mit Flecken entlang des Reißverschlusses. »He! Wie ich sehe, sind Sie bereits ein Fan von mir«, sagt der Fremde.

Ian blickt auf seine Hand, in der er immer noch den *Globe* mit dem Artikel über Faith hält.

»Allen McManus«, sagt der Mann und reicht ihm die Hand. »Es ist mir eine Ehre, Sie kennen zu lernen. Ich bin gekommen, um den Fall weiterzuverfolgen, und habe den Winnebago gesehen. Na ja, was soll ich sagen ... Ich schätze, wir sind beide scharf auf dieselbe Story. Große Geister haben die gleichen Gedanken.«

Ian ignoriert die dargereichte Hand des Reporters. »Nur dass Sie nicht dazugehören.«

»Aber Sie ...«

Er drückt McManus' Finger in einer Geste, die für den Uneingeweihten aussehen muss wie ein gewöhnlicher Händedruck, tatsächlich aber äußerst schmerzhaft ist. »Ich arbeite allein«, sagt Ian durch zusammengebissene Zähne. »Und falls Sie jemals andeuten sollten, dass ich irgendetwas mit dem Mist zu tun habe, den Sie verzapfen, werde ich so viele Leichen in Ihrem Keller ausgraben, dass Ihr Boss Sie nicht einmal mehr das Alphabet schreiben lässt, geschweige denn Nachrufe.« Hierauf schlägt er dem verdatterten Journalisten voller Genugtuung die Tür vor der Nase zu.

Im Alter von sieben Jahren nähte Constantine Christopher Andrews Stacheldraht in den Saum seiner Kleider ein, weil er glaubte, dass der einzige Ausweg aus der Nachbarschaft, in die er hineingeboren war und in der er vermutlich auch sterben würde, darin bestand, genug Buße zu tun, um von Gott bemerkt zu werden. Seine Mutter, die sich nie die Mühe gemacht hatte, Englisch zu lernen, seit sie mit dem Boot aus Sizilien eingereist war, war immer davon ausgegangen, dass er einmal Priester werden würde – eine Annahme, die auf einem erdbeerfarbenen Mal in Form eines Kreuzes beruhte, das schon bei seiner Geburt deutlich sichtbar auf seinem Bauch prangte. Constantine hörte in seiner Kindheit so oft von seiner bevorstehenden Priesterweihe, dass er diese Laufbahn irgendwann selbst als seine Bestimmung akzeptierte.

Er liebte den Katholizismus. Er war seine wöchentliche Dosis Farbe, Schuld und Herrlichkeit in einem stinkarmen Immigranten-Ghetto. Seine Hingabe wurde entsprechend gewürdigt, und er stieg immer weiter in den Rängen der katholischen Hierarchie auf. Inzwischen bekleidet er seit nunmehr fünfzehn Jahren das Amt eines Bischofs. Vor fünf Jahren wollte er eigentlich in den Ruhestand treten, aber der Papst wollte ihn nicht gehen lassen. Es ist so lange her, dass er mit einfachen Katholiken vom Lande zu tun hatte – oder dass seine Religion für ihn mehr bedeutet hat, als Spendenkampagnen voranzutreiben –, dass er, als Monsignore O'Shaughnessy anruft und ihm von einem angeblichen Fall von Stigmata berichtet, im ersten Moment ganz durcheinander ist.

»Worum geht es hier genau?«, fragt er, gereizt, weil er wegen dieses Anrufs zu spät zum Frühstück mit einigen der wohlhabendsten katholischen Geschäftsleute Manchesters im italienischen Zentrum kommen wird. »Hände, Füße und Seite?«

»Soweit ich informiert bin, nur an den Händen«, entgegnet der Monsignore. »Und offenbar ist das Kind jüdischen Glaubens.«

»Nun, dann war es das. Sollen die Rabbis sich ihrer annehmen.«

»Das könnten sie natürlich. Nur dass die Presse bereits auf den Fall aufmerksam geworden ist. Vater MacReady zufolge sind schon an die dreihundert praktizierende Katholiken zu ihrem Haus gepilgert.« Er räuspert sich. »Es ist außerdem von einer angeblichen Wiederauferstehung die Rede.«

»Die Presse hat darüber berichtet, sagen Sie?« Bischof Andrews denkt nach. Ein Phänomen, das er als ranghohes Mitglied der katholischen Hierarchie beobachtet, ist, dass Spenden an die Kirche zunehmen, wenn der Glaube durch gute PR in den Mittelpunkt der Aufmerksamkeit rückt. Wenn er bis Dezember sein Spendenziel erreicht hat, kann er sich vielleicht einen kleinen Golfurlaub in Scottsdale gönnen.

Nicht zum ersten Mal wünschte er, er wäre Bischof einer Großstadt wie Boston und nicht einer kleinen, armen Diözese im Süden von New Hampshire. »Ich habe in diesem Jahr drei Kandidaten nach Saint Johns geschickt. Dort müsste man einen Seminarpriester entbehren können, der sich den Fall genauer ansieht.«

»Sehr gut, Eure Exzellenz. Ich werde Vater MacReady hiervon unterrichten.«

Der Bischof legt auf und wählt gleich darauf die Nummer des Rektors des St.-John-Priesterseminars in Boston. Die beiden Männer unterhalten sich eine Weile über das Spiel der Celtics, ehe der Bischof zur Sache kommt, mit demselben berechnenden Charme, den er gewöhnlich seinen Spendenaufrufen vorbehält. Keine zehn Minuten später spuckt der Rektor einen Namen aus, den Andrews auf einem Zettel notiert und an seinen Assistenten weitergibt. Als er sein Büro verlässt, überlegt er, ob er Waffeln oder französischen Toast essen soll, und hat das kleine Mädchen mit den Stigmata bereits völlig vergessen.

Daran, dass ihre Mutter zum Frühstück Bananenpfannkuchen gebacken hat, erkennt Faith, dass das kein guter Tag werden wird. Eigentlich mag sie Pfannkuchen, aber wenn Bananen warm gemacht werden, riechen sie wie eingeschlafene Füße, und während sie sie herunterwürgt, muss sie ständig an verschwitzte Socken denken, was beim Frühstück ausreicht, einem den Magen umzudrehen. Sie hat ihrer Mutter schon Milliarden Male gesagt, dass sie Bananenpfannkuchen nicht mag, aber das registriert ihre Mutter ebenso wenig wie das meiste andere, was Faith sagt, sodass Faith sich manchmal fragt, ob ein Laut über ihre Lippen kommt, wenn sie spricht, oder ob sie die Worte nur in ihrem eigenen Kopf hört.

»Ma«, sagt sie, als sie sich an den Küchentisch setzt. »Ich möchte etwas anderes zum Frühstück.«

Wortlos tritt ihre Mutter an den Tisch und nimmt die Bananenpfannkuchen weg. Faith klappt die Kinnlade herunter. Wenn ihre Mutter zum Frühstück mehr Mühe und

Zeit aufgewendet hat, als nur den Karton mit den Frühstückszerealien auf den Tisch zu stellen, hat Faith gefälligst aufzuessen, was sie vorgesetzt bekommt, vielen Dank. Faith sieht zu, wie ihre Mutter die Pfannkuchen in den Müllzerkleinerer gibt und diesen abwesend einschaltet.

»Und was soll ich essen?«

Ihre Mutter blickt blinzelnd zu ihr herüber. »Oh«, sagt sie, als sie in die Gegenwart zurückkehrt. »Ich weiß nicht. Haferbrei?« Ohne Faith' Zustimmung abzuwarten, reißt sie eine Packung auf, schüttet Haferbrei in eine Schüssel und gibt heißes Wasser aus dem Boiler darüber. Mit einem lauten Knall stellt ihre Mutter die Schüssel vor sie hin. Faith schnuppert. *Banane.*

»Ich wette, Papa würde nicht von mir verlangen, dass ich etwas so Ekelhaftes esse«, murmelte sie unzufrieden.

Ihre Mutter wirbelt herum. »Was hast du gesagt?«

Faith schiebt trotzig das Kinn vor. »Ich wette, dass Papa, wenn ich bei ihm leben würde, nicht von mir verlangen würde, so was zu essen.«

Die Augen ihrer Mutter sind müde und gerötet, und ihre Stimme ist so leise, dass es Faith wehtut, ihr zuzuhören. Plötzlich fühlt sie sich, als hätte man ihr einen Tritt in den Magen versetzt. Sie sieht, wie ihre Mutter schluckt, als säße ein Kloß Bananen-Haferbrei in ihrer Kehle fest. »Möchtest du lieber bei Papa wohnen?«

Faith beißt sich auf die Unterlippe. Sie liebt ihren Vater, das stimmt, aber der Umgang mit ihrer Mutter ist irgendwie anders – lockerer und gleichzeitig enger –, und nach all den Jahren, die sie im Leben ihrer Mutter nur ein Randdasein geführt hat, ist Faith heute nicht gewillt, auch nur eine kostbare Sekunde der neugewonnenen Intimität zu verschenken.

»Ich möchte hierbleiben«, entgegnet sie langsam.

Es hat sich gelohnt, so wie ihre Mutter auf sie zustürzt und sie in die Arme schließt. Noch besser ist, dass ihre Mutter den Ellenbogen in den Bananenbrei steckt. »Verflucht«, schimpft sie und errötet dann. »Ich denke, ich mache dir besser etwas anderes.«

»Das denke ich auch.«

Sie beobachtet, wie ihre Mutter mit einem Schwamm ihren Ärmel säubert. »Ich bin nicht sehr gut in solchen Sachen«, sagt sie und fängt an, den Tisch sauber zu wischen.

Klumpen Haferbrei fallen vom Tisch und landen auf Faith' Schoß und auf dem Fußboden. Sie blickt auf und betrachtet das Gesicht ihrer Mutter, das zur Hälfte von ihrem Haar verdeckt wird, das kleine Grübchen auf ihrer Wange. Als Kleinkind hat Faith immer diese Stelle berührt und darauf gewartet, dass das Grübchen erscheint, sobald ihre Mutter lächelt. Sie liebte es, sich in das Lächeln ihrer Mutter zu vertiefen.

»Du machst das großartig«, sagt Faith, steht schüchtern auf und drückt ihrer Mutter einen Kuss auf die Halsbeuge.

Vater MacReady wirft einen verstohlenen Blick auf den Priester auf dem Beifahrersitz seines alten Chevy und denkt bei sich, dass ein Diplom in pastoraler Psychologie einen noch nicht zum Experten macht. Vater Rourke, frisch vom St.-John-Priesterseminar, ist noch nicht trocken hinter den Ohren. Er ist so jung, dass er vermutlich noch gar nicht geboren war, als Vater MacReady drüben in Vietnam war. Und das Seminar in Boston hat noch zusätzlich verhindert, dass er praktische Erfahrungen sammelt. Er wüsste sicher nicht, wie er ein Gemeindemitglied in der Praxis beraten sollte, wenn ihm eins über den Weg lief.

Aber selbstverständlich spricht Vater MacReady seine Gedanken nicht aus. »Pastorale Psychologie«, sagt er freundlich, als er in Mariah Whites Straße einbiegt. »Was hat Sie bewogen, so etwas zu studieren?«

Vater Rourke schlägt die Beine übereinander, und eine Fleecesocke in Birkenstocksandalen lugt unter seiner schwarzen Hose hervor. »Oh, eine natürliche Begabung im Umgang mit Menschen, denke ich. Ich wäre wohl Psychiater geworden, wenn ich mich nicht zum Priesteramt berufen gefühlt hätte.«

Und dazu, jedem deine große Begabung kundzutun. »Ich weiß nicht, wie viel der Rektor Ihnen über Faith White erzählt hat.«

»Nicht viel«, entgegnete Rourke. »Ich soll nur herkommen, um mir ein Bild von ihrem Geisteszustand zu machen.«

»Ihr Geisteszustand wurde bereits untersucht. Von nichtkirchlichen Psychiatern.«

Rourke wendet sich ihm zu. »Ihnen ist aber doch klar, dass die Wahrscheinlichkeit, dass dieses Kind tatsächlich Gott gesehen hat, gleich null ist?«

Vater MacReady lächelt. »Betrachten Sie ein Glas nie als halb voll?«

»Wenn es um den Verstand geht, ist halb nicht annähernd so gut wie voll.«

Vater MacReady parkt den Wagen auf einem Feld gegenüber der White-Auffahrt, zwischen einem Wohnmobil und einer Gruppe älterer Frauen auf Klappstühlen. Der Priester aus dem Seminar schaut sich verdattert um. »Wow! Sie hat ja schon eine ordentliche Anhängerschaft.«

Sie plaudern eine Weile mit dem Polizisten, der die Zufahrt bewacht, Gott sei Dank ebenfalls ein Mitglied seiner Gemeinde, der sie passieren lässt, als der Vater behauptet, sie wären mit Mrs. White verabredet.

»Sind wir das?«, fragt Rourke, als sie die Auffahrt hinunter auf das Haus zugehen. »Verabredet, meine ich?«

»Nicht direkt.« Vater MacReady nähert sich der Haustür und klopft, woraufhin ein schmales elfenhaftes Gesichtchen durch den schmalen Glaseinsatz neben der Tür schaut. Gleich darauf hören sie das Klirren eines Schlüsselbundes und das Aufgleiten von Riegeln. Dann schwingt die Tür auf. »Sie sind schon fast geheilt«, sagt Faith und hält dem Priester die Hände hin. »Sehen Sie, ich brauche jetzt nur noch Pflaster.«

Vater MacReady pfeift anerkennend. »Und dazu noch Fred-Feuerstein-Pflaster. Wirklich cool.«

Faith blickt auf den zweiten Geistlichen und versteckt die Hände hinter dem Rücken. »Ich darf eigentlich nicht mit Ihnen sprechen«, fällt ihr plötzlich ein.

»Vielleicht können wir ja dann mit deiner Mutter sprechen.«

»Sie ist oben, unter der Dusche.«

Rourke tritt einen Schritt vor. »Vater MacReady hat mir erzählt, wie gern er sich mit dir unterhalten hat, als du im Krankenhaus warst, und ich habe mich schon darauf gefreut, auch mit dir sprechen zu können.«

Vater MacReady registriert, dass Faith schwankt. Vielleicht ist ja doch etwas dran an der pastoralen Psychologie. »Faith, deine Mami kennt mich. Sie hätte bestimmt nichts dagegen.«

»Vielleicht warten Sie besser hier, bis sie runterkommt.«

Rourke wendet sich an Vater MacReady. »Also, ich weiß ja nicht, was ich jetzt mit den ganzen Spielen tun soll, die ich mitgebracht habe.«

Faith poliert mit dem Ärmel den Türknauf. »Spiele?«, fragt sie.

Ich bin oben und habe mir gerade das Haar trocken gerubbelt, als ich im Erdgeschoss Männerstimmen höre. »Faith!« Mein Magen verkrampft sich. Hastig ziehe ich mich an und laufe nach unten.

Sie sitzt mit Vater MacReady und einem zweiten, mir unbekannten Geistlichen, auf dem Fußboden und markiert mit einem grünen Kreis Antworten auf einem Fragebogen, bei dem es sich ganz offensichtlich um einen psychologischen Test handelt. Zähneknirschend mache ich mir eine gedankliche Notiz, den Polizeichef anzurufen, damit er einen protestantischen Beamten an meiner Auffahrt postiert. »Faith, ich habe dir doch gesagt, du sollst niemandem aufmachen.«

»Ich bin schuld«, antwortet Vater MacReady glatt. »Ich habe ihr gesagt, Sie hätten sicher nichts dagegen.« Er zögert und nickt dann in Richtung des zweiten Priesters. »Das ist Vater Rourke vom Saint-John-Seminar in Boston. Er ist den ganzen Weg bis hierher gereist, um Faith kennen zu lernen.

Meine Wangen brennen vor Enttäuschung. »Wie *konnten* Sie das tun! Ich dachte, Sie stehen auf unserer Seite.« Vater MacReady setzt zu einer Entschuldigung an, aber ich lasse ihn nicht zu Wort kommen. »Nein. Bilden Sie sich nicht ein, irgendetwas, was Sie sagen, würde das in Ordnung bringen.«

»Mariah, ich hatte keine andere Wahl. Innerhalb der

katholischen Kirche halten wir uns an eine bestimmte Vorgehensweise und ...«

»Wir sind nicht katholisch!«

Vater Rourke erhebt sich ruhig. »Nein, das sind Sie nicht. Aber Ihre Tochter hat die Aufmerksamkeit zahlreicher Katholiken auf sich gezogen. Und die Kirche möchte sich davon überzeugen, dass diese Menschen nicht in die Irre geführt werden.«

Ich sehe vor meinem geistigen Auge Kreuzigungsszenen und Märtyrer, die auf dem Scheiterhaufen verbrannt werden. »Mariah, wir schießen keine Photos«, erklärt Vater MacReady beschwichtigend. »Wir werden nicht in den Abendnachrichten die Marke von Faith' Frühstückszerealien bekannt geben. Wir möchten uns nur eine Weile mit ihr unterhalten.«

Faith steht auf und nimmt meine Hand. »Es ist in Ordnung, Mami. Wirklich.«

Ich blicke vom Gesicht meiner Tochter auf das des Priesters. »Eine halbe Stunde«, sage ich bestimmt. Dann verschränke ich die Arme über der Brust und setzte mich neben sie, entschlossen, sie nicht mit meinem Kind allein zu lassen.

Vater Rourke könnte ebenso gut seine Diagnosetests und seine Tintenklekse nehmen und mit dem nächsten Amtrak heimfahren. Er braucht keinen Computeranalytiker, der ihm bestätigt, dass Faith White keineswegs den Bezug zur Realität verloren hat und dass nichts darauf hindeutet, dass sie an einer Psychose leidet.

Er blickt auf Vater MacReady, der aus einer Schale M & Ms auf dem Couchtisch die gelben herauspickt und in den Mund steckt. Die Mutter hat in den vergangenen gut zwanzig Minuten mit keiner Wimper gezuckt. Rourke ist ratlos. Das Mädchen ist ganz sicher nicht geisteskrank, aber sie scheint auch vom religiösen Standpunkt aus kein Problemfall zu sein. Es ist nicht so, als würde sie sich groß über das auslassen, was Gott zu ihr gesagt hat, so wie die Frau, die er in Plymouth untersucht hat. Tatsächlich sagt Faith White so gut wie nichts.

Rourke überlegt, wie er weiter vorgehen soll, holt seinen Rosenkranz aus der Tasche und lässt ihn geistesabwesend durch die Finger gleiten. »Oh«, haucht Faith. »Das ist aber hübsch.«

Er blickt auf die polierten Perlen. »Möchtest du ihn dir ansehen?«

Faith nickt und zieht sich den Rosenkranz über den Kopf wie eine Kette. »Trägt man das so?«

»Nein. Man benutzt es, um zu Gott zu beten.« Als er Faith' verständnislosen Blick bemerkt, fügt Rourke hinzu: »Unser Vater, der du bist im Himmel, geheiligt werde dein Name ...« Er wird von Faith' Gelächter unterbrochen.

»Sie sagen das ganz falsch.«

»Was ist denn daran falsch?«

Faith verdreht die Augen. »Gott ist eine Mutter.«

»Wie bitte?«

»Eine Frau. Gott ist eine Frau.«

Rourke errötet. Ein weiblicher Gott? Definitiv nein. Er richtet den Blick auf Mrs. White, die nur die Augenbrauen hochzieht und die Achseln zuckt. »Ach«, sagt MacReady mit Unschuldsmiene. »Habe ich vergessen, das zu erwähnen?«

Kurz nach 22.00 Uhr läutet es an der Tür. Ich hoffe, dass Faith nicht wach geworden ist, laufe so leise wie möglich nach unten und öffne. Vor mir steht Colin.

Er sieht furchtbar aus. Sein Haar ist auf der einen Seite an den Kopf gedrückt, so als hätte er darauf geschlafen, sein Regenmantel ist ganz verknittert, und seine Augen sind vom Schlafmangel blutunterlaufen. Seine Lippen sind missbilligend zu einem schmalen Strich zusammengepresst.

Er blickt über die Schulter auf die Lieferwagen und Autos auf dem Maisfeld auf der anderen Straßenseite. Die unwirklich anmutende Szene wird von einem satten Vollmond erleuchtet. Faith stolpert verschlafen die Treppe herunter und kommt schlitternd neben mir zum Stehen, die Arme um meine Taille geschlungen.

Als Colins Blick auf sie fällt, hockt er sich hin und streckt eine Hand nach ihr aus. Faith zögert, ehe sie sich hinter mir versteckt. »Was in Gottes Namen hast du meiner Tochter angetan?«, fragt er gepresst.

»Wirklich seltsam, dass du es so formulierst«, entgegnet Mariah.

Colin muss seine ganze Willenskraft aufbieten, um sie nicht gewaltsam wegzustoßen, um sich seine Tochter zu schnappen. Bis zu seiner Ankunft wusste er nicht, was er vorfinden würde. Bestimmt hatten diese Boulevard-Magazine die Wahrheit verdreht, so wie der *National Enquirer* angeblich in einer Photomontage Elizabeth Taylors Kopf auf Heather Locklears Körper gesetzt hatte. Colin hatte erwartet, dass Faith sich die Hände an der Herdplatte verbrannt hatte oder so etwas in der Art.

Oder sie war vom Fahrrad gefallen und mit ein paar Stichen genäht worden. Es gab viele mögliche Erklärungen für die qualitativ schlechten Aufnahmen der blutenden Hände eines kleinen Mädchens.

Aber Colin hatte sich auf die Warteliste für den ersten Flug nach Las Vegas setzen lassen, hatte sich einen heftigen Streit mit Jessica geliefert wegen seines Heimfluges, war den ganzen Tag mit dem Flugzeug und anschließend mit dem Mietwagen unterwegs gewesen und hatte daheim festgestellt, dass seine Zufahrt von der Polizei gesperrt worden war, Schaulustige in Zelten vor dem Haus campierten und seltsame Schreine entlang der Straße errichtet hatten.

»Ich komme rein«, sagt er angespannt, und Faith lässt ihre Mutter los und läuft nach oben.

»Das halte ich für keine gute Idee. Das ist jetzt mein Haus.«

Colin braucht eine Minute, um sich zusammenzunehmen. Mariah verwehrt ihm etwas? Er macht einen Schritt nach vorn, aber sie hält ihn auf, indem sie ihm entschlossen eine Hand auf die Brust legt.

»Ich meine es ernst, Colin. Ich rufe die Polizei, wenn es sein muss.«

»Tu dir keinen Zwang an!«, herrscht er sie an. »Sie steht ja praktischerweise gleich am Ende der Auffahrt bereit!«

Er ist müde, gereizt und durcheinander. Als er die Scheidung eingereicht hat, hat er keine Sekunde gezögert, Mariah das Sorgerecht für Faith zu überlassen. Er hätte nie damit gerechnet, dass sie Schwierigkeiten machen könnte, wenn er soweit war, Faith in sein neues Leben einzuführen. Sie war fair, und wenn sie es einmal nicht war, ließ sie sich leicht überreden.

Oder zumindest war das einmal so gewesen. »Hör zu«, sagt er leise. »Würdest du mir bitte sagen, was genau mit Faith' Händen los ist?«

Mariah starrt auf ihre nackten Füße. »Das ist nicht so einfach.«

»*Mach* es einfach.«

Sie zögert, dann stößt sie die Tür weit auf, damit er hereinkommen kann.

Nachdem ich Faith ins Bett zurückgebracht habe, erzähle ich Colin alles – von der eingebildeten Freundin, den Antipsychotika, dem Kommen und Gehen von Priestern und Rabbis, der Wiederauferstehung meiner Mutter. Einen Moment starrt er mich nur sprachlos an, dann lacht er. »Fast hätte ich dir geglaubt.«

»Das ist kein Scherz, Colin.«

»Richtig. Du glaubst also wirklich, dass Faith einen heißen Draht zu Gott hat.« Wieder lacht er. »Sie hatte schon immer eine blühende Phantasie, Rye, das weißt du doch. Kannst du dich erinnern, wie sie dem ganzen Kindergarten weisgemacht hat, dass sie, wenn sie in der nächsten Pause nach draußen gingen, in Disney World sein würden?«

Es fällt mir schwer, mich zu konzentrieren. In mir brodelt unterschwelliger Zorn, Wut, dass Colin offenbar glaubt, er könnte einfach hier hereinspazieren und uns herumkommandieren, nachdem er dies Recht vor Monaten aus eigenem Antrieb verwirkt hat. Aber in den Zorn mischen sich noch andere Gefühle. Allein im selben Raum zu sein wie er, fühlt sich an wie eine Heimkehr, so als würde mein Körper spüren, dass er zu ihm gehört, und die Fühler nach ihm ausstrecken, ehe ich meinen Verstand davon überzeugen kann, dasselbe zu tun. Ein Tornado beginnt tief in meinem Bauch – ein Wirbel der Hoffnung, dass er für immer zurückgekommen ist, eine Windhose, die jede Vernunft in sich aufsaugt und davonträgt.

Ich beobachte die Bewegungen seiner Lippen, höre, wie

er mich bei meinem Spitznamen nennt, und frage mich, wie ich es durchstehen soll, ihm so nahe zu sein in dem Bewusstsein, dass er mich nicht mehr will.

»Was immer geschehen ist, es ist außer Kontrolle geraten. Findest du es normal, dass sie nicht mehr in die Schule gehen kann? Dass unter den Rhododendronbüschen wildfremde Menschen schlafen, die glauben, dass unsere Tochter ...« Er schnippt mit den Fingern vor meiner Nase herum. »He ... hörst du mir überhaupt zu?«

Ich starre auf seine langen Finger. Obwohl die Scheidung längst rechtskräftig ist, trägt Colin einen Ehering.

Dann geht mir auf, dass es nicht der Ring ist, den ich ihm an den Finger gesteckt habe.

»Oh«, sagt Colin und errötet. »Das.« Er verdeckt den Ring mit der anderen Hand. »Ich, äh, habe geheiratet. Jessica.«

Als ich den Kopf schüttle, verändert sich meine Sicht von Colin plötzlich entscheidend. Er ist keine schöne, zärtliche Erinnerung mehr, sondern nur noch jemand, den ich nie verstehen werde. »Du hast Jessica geheiratet«, wiederhole ich langsam.

»Ja.«

»Du hast Jessica geheiratet.«

»Rye, mit uns das hätte nie funktioniert. Das tut mir wirklich sehr, sehr leid.«

Meine Wut kehrt mit aller Macht zurück. »Es hätte nie funktioniert? Wie willst du das wissen, Colin, wo du es gar nicht erst versucht hast.«

»Ja, das stimmt. Ich war nicht bereit dazu.«

Er greift nach meiner Hand, aber ich ziehe sie weg und klemme sie mir zwischen die Knie.«

»O doch, du warst bereit, es zu versuchen, Colin, nur nicht mit mir.«

»Nein, nicht mit dir.« Verlegen wendet er den Blick ab. »Aber das ist doch jetzt nicht wichtig.«

»Ach nein? Gott, was könnte wichtiger sein?«

»Faith. Diesmal geht es nicht um dich. Du drehst immer alles so, dass es *dein* Problem ist, dass sich alles um *dich* dreht.«

»Es ging auch um mich!« Ich weine. »Wie kannst du sagen, Greenhaven wäre nicht mein Problem gewesen?«

»Es geht hier aber nicht um Greenhaven! Herr im Himmel, wir reden hier von unserer Tochter!« Er fährt sich mit einer Hand durch das Haar. »Das ist acht Jahre her, um Himmels willen. Ich habe damals getan, was ich glaubte tun zu müssen. Willst du mir das denn nie verzeihen?«

»Offenbar nicht«, erwidere ich leise.

»Ich weiß«, sagt Colin nach einer Weile. »Es tut mir leid.«

»Mir tut es auch leid.«

Er breitet die Arme aus, und ich trete zwischen sie. Distanziert staune ich, wie man jemandes Körper auch nach einer Trennung so gut kennen kann, wie ein Land, in dem man einmal gewesen ist und in das man Jahre später zurückkehrt, mit einem Blick für das Unbekannte, aber doch auch einer gewissen Trittsicherheit. »Ich wollte dir nie wehtun«, murmelt er, die Lippen an meinem Haar.

Ich will dasselbe zu ihm sagen, aber es kommt falsch über meine Lippen. »Ich wollte dich nie lieben.«

Überrascht rückt Colin von mir ab, ein wehmütiges Lächeln auf dem Gesicht. »Und genau das ist das Problem, habe ich Recht?« Er legt eine Hand an meine Wange. »Du weißt, dass ich Recht habe, Rye. Faith hat das nicht verdient.«

Und plötzlich weiß ich, warum er gekommen ist: nicht um Frieden zu schließen, sondern um mir meine Tochter wegzunehmen.

Und plötzlich erinnere ich mich daran, wie ich ihn vor Jahren manchmal mitten in der Nacht geweckt habe, um ihm eine lächerliche Frage zu stellen: »Was magst du an Cracker Jacks am liebsten: die Erdnüsse oder das Popcorn?« – »Wenn du ein Wochentag wärst, welcher würdest du dann sein wollen?« Und noch weitere in der Art, als würde ich mich auf ein Quiz für Frischverheiratete vorbereiten. Colin zog sich dann immer das Kissen über den Kopf und fragte stöhnend, warum ich das wissen wolle. Jetzt wird mir klar, dass ich die Antworten damals gehortet habe wie ein Eichhörnchen Nüsse. Ich wusste zwar nicht, dass Colin mit einer anderen Frau schlief, aber ich wusste, dass er seine Spiegeleier lieber mochte, wenn das Eigelb beidseitig gebraten war. Dass ihm schwindlig wurde vom Geruch von Tapetenkleister. Dass er, wenn er eine Sprache lernen müsste, Japanisch wählen würde.

Jetzt wird Jessica all das erfahren. Jessica wird meinen Ehemann haben, *meine* Tochter.

Faith hat das nicht verdient, hat Colin gesagt.

Und ich denke: *ich auch nicht.*

Bei dem Gedanken verspüre ich einen Stich in der Herzgegend – was, wenn ich Faith nicht behalten darf?

Plötzlich fühle ich in mir die Kraft, Berge zu versetzen, mit einer Hand all diese Menschen wegzuwischen, die mir meine Privatsphäre gestohlen haben. Faith irgendwo hinzubringen, wo niemand sie im Vorbeigehen anfassen, einen Fussel von ihrem Pullover klauben oder ihren Abfall durchwühlen kann.

Ich bin stark genug, mir zu sagen, dass ich alles in allem vielleicht eine ganz ordentliche Mutter bin. Und ganz sicher bin ich stark genug, mir einzugestehen, dass ich mir zum ersten Male im Leben wünsche, Colin würde weggehen.

»Weißt du«, sage ich, »wenn Faith mir ohne eine Spur von Zweifel sagen würde, dass der Himmel orange ist, würde ich ernsthaft darüber nachdenken. Wenn sie das behauptet, dann hat sie einen Grund dafür, und ich werde ihr zuhören.«

Colin wird plötzlich ganz ruhig. »Du glaubst wirklich, dass sie mit Gott spricht, Tote auferwecken kann und diesen ganzen Müll? Das ist verrückt.«

»Nein, das ist es nicht. Und ich bin es auch nie gewesen.« Ich stehe auf. »Du hast beschlossen, mir das Sorgerecht für Faith zu überlassen. Ihr nächster Besuchstermin bei dir ist an Thanksgiving. Bis dahin möchte ich nichts mehr von dir hören, Colin.«

Ich gehe zur Haustür und halte sie auf, obgleich Colin einige Zeit braucht, den Schock zu verdauen, von mir hinausgeworfen zu werden. Steif geht er zur Tür. »Du wirst nichts von mir hören«, sagt er leise. »Du wirst von meinem Anwalt hören.«

Ungeachtet meiner neuen Selbstsicherheit zittere ich noch Stunden, nachdem Colin gegangen ist, am ganzen Körper. Ich schalte unten sämtliche Lichter an und gehe von einem Zimmer zum nächsten auf der Suche nach einer Stelle, an der ich mich wohl fühle. Schließlich setze ich mich an den Esszimmertisch und spiele vorsichtig mit den Fensterläden des Farmhaus-Modells herum, das ich vor Jahren gebaut habe. Es entspricht nicht mehr dem neuesten Stand. Die Tapete im Badezimmer des Elternschlafzimmers ist eine andere, und Faith hat jetzt ein Bett anstelle einer Wiege. Und – natürlich – ist es jetzt das Heim von zwei Personen anstatt drei.

Ich bin wütend auf Colin wegen dem, was er getan hat,

wegen seiner Drohungen. Mein Zorn jagt mich die Treppe hinauf und über den Flur bis zu Faith' Zimmertür, wo ich zögernd stehen bleibe wie ein Geist. Hat er das ernst gemeint? Wird er wirklich versuchen, mir Faith wegzunehmen?

Er würde gewinnen, das weiß ich. Ich habe nicht die leiseste Chance. Und wenn nicht Colin kommt, um Faith zu holen, dann irgendein anderer Vertreter der katholischen Kirche, ein Reporter einer Fernsehnachrichtensendung, dessen Sendung Colin alarmiert hat, oder Tausende andere, die die Sendung ebenfalls gesehen haben und etwas von ihr wollen.

Ich schleiche auf Zehenspitzen ins Zimmer, lege mich zu Faith auf das schmale Bett und blicke hinab auf die Rundung ihrer Wange und die Spirale ihrer Ohrmuschel. Wie kommt es, dass man erst dann merkt, wie kostbar einem etwas ist, wenn man fürchten muss, es zu verlieren?

Faith bewegt sich, dreht sich um und blinzelt. »Ich rieche Orangen«, sagt sie schlaftrunken.

»Das ist mein Shampoo.« Ich streiche die Bettdecke über ihr glatt. »Schlaf weiter.«

»Ist Papa noch da?«

»Nein.«

»Kommt er morgen wieder?«

Ich sehe Faith an und fasse einen Entschluss. Ich möchte das nicht tun, aber im Grunde habe ich gar keine Wahl. »Das kann er gar nicht«, sage ich. »Weil du und ich nämlich weggehen werden.«

KAPITEL 8

Wenn es je einen Menschen gegeben hat, dem die
Hölle gebührt hätte, dann Ian Fletcher.
Es sei denn, es gelingt ihm, zu beweisen,
dass sie gar nicht existiert,
bevor er dorthin geschickt wird.

The New York Times, 10. August 1999

19. Oktober 1999

NUR DASS DU es weißt«, sagt Millie, »ich bin dagegen.«
»Ich nicht«, sagt Faith, als Mariah den Reißverschluss ihrer Jacke zuzieht. »Ich finde es cool, ein Spion zu sein.«

»Du bist kein Spion. Du bist ein Geheimagent.« Mariah klopft auf den Reißverschlussschlitten. »Bist du bereit?«

Sie weiß, dass Faith bereit ist; das ist sie seit 6.00 Uhr früh, als Mariah sie in ihren Plan eingeweiht hat. Natürlich hat sie das Ganze als ein Abenteuer dargestellt, damit Faith sich eher wie Indiana Jones vorkommt als wie ein Kind auf der Flucht. Und bislang entspricht die Aktion völlig Faith' Erwartungen: Sie haben sich beide nur mit einem Rucksack in den Wagen gestohlen, sind eine Dreiviertelstunde bis zum Einkaufszentrum gefahren und dort in der Menge untergetaucht, um zwei hartnäckige Reporter abzuschütteln. Die Reporter werden zweifellos den Honda im Auge behalten und darauf warten, dass sie wieder auftauchen. Aber wenn Millie zum Parkplatz zurückkehrt, um den Wagen nach Hause zu fahren, werden Mariah und Faith längst die Kleidung gewechselt und an einem anderen Ausgang ein Taxi zum Flughafen genommen haben.

Jetzt bleibt ihr nur noch, sich zu verabschieden.

Mariah sieht auf der Toilette von Filene's in den Spiegel über dem Waschbecken und begegnet dem Blick ihrer Mutter. Millie tritt vor und legt Mariah die Arme um die Taille. »Du brauchst dich von ihnen nicht in die Flucht jagen zu lassen«, sagt sie leise.

»Das tue ich auch nicht, Ma.« Mariah schluckt den Kloß in ihrem Hals hinunter. »Ich verschaffe mir nur einen Vorsprung.« Der Gedanke, ihre Mutter zurückzulassen, ist ihr unerträglich – nicht nur wegen der Herzgeschichte vor kurzem, sondern einfach, weil sie nicht nur Mariahs Mutter, sondern auch ihre beste Freundin ist. Aber sogar Millie sieht ein, dass sie alles in ihrer Macht Stehende tun muss, um Faith zu behalten. Und einfach ausgedrückt kann Mariah einfach nicht zulassen, dass sie – wieder – von Menschen und Ereignissen, die sich ihrer Kontrolle entziehen, überrollt wird.

Sie hat Millie nichts von Colins Drohung erzählt, ihr das Sorgerecht streitig zu machen, und sie hat ihr auch nicht erzählt, wohin sie will. Auf diese Weise wird ihre Mutter, wenn Anwälte ... oder Reporter oder Ian Fletcher sie bedrängen, nicht lügen müssen. Mariah dreht sich um und schlingt ihrer Mutter die Arme um den Hals. »Ich rufe dich an. Sobald ich kann, sobald ich weiß, dass es sicher ist.«

Faith zwängt sich zwischen sie. »Zieh dich um, Oma, sonst verpassen wir noch das Taxi.«

Mariah streicht Faith über das Haar. »Liebes, Oma muss hierbleiben.«

»Hier?«

»Nicht *hier*. Aber in unserem Haus, um auf alles aufzupassen.«

Faith scheint ihre Worte gar nicht aufzunehmen. »Oma muss mitkommen«, beharrt sie.

Mariah hat Faith nichts von diesem Teil des Plans erzählt, und das genau aus diesem Grund; das ist das Einzige, was sie dazu veranlassen kann, sich querzustellen. »Faithele«, sagt Millie und geht vor ihrer Enkelin in die Hocke. »Es gibt nichts, was ich lieber täte, als mit euch im Taxi mitzufahren. Aber das geht nicht.«

»Weil jemand den Wagen nach Hause fahren muss«, sagt sie nach einer Weile. »Aber du kommst doch später nach?«

Millie blickt zu Mariah auf. »Darauf kannst du wetten.« Sie stopft die Kleider, die Faith gewechselt hat, in den Rucksack und streift ihrer Enkelin die Trageriemen über die Schultern. »Sei brav«, sagt sie und drückt Faith einen Kuss auf die Stirn. Mariah nimmt Faith' Hand und führt sie aus der Damentoilette. An der Tür dreht Faith sich noch einmal um und wirft ihr eine Kusshand zu. Als die beiden weg sind, setzt Millie sich in eine der Kabinen und malt sich tausenderlei aus, das schiefgehen kann, jetzt, da Mariah und Faith davongelaufen sind, malt sich tausenderlei aus, das hätte schief gehen können, wenn sie nicht davongelaufen wären.

Malcolm Metz legt beide fähigen Hände auf die polierte Oberfläche seines Schreibtischs. »Lassen Sie mich noch einmal rekapitulieren, Mr. White. Erst vor zehn Wochen haben Sie freiwillig das Sorgerecht für Ihre Tochter Ihrer Frau überlassen. Und jetzt möchten Sie, dass sie zu Ihnen und Ihrer neuen Frau zieht.«

Colin nickt. Er versucht, sich nicht eingeschüchtert zu fühlen von den Büroräumen von »Walloughby, Krieger and Metz«; vor sechs Monaten, als er sie mit beleuchteten Notausgangschildern ausgestattet hat, sind sie ihm viel weniger beeindruckend vorgekommen. Aber damals ging es ja auch nur ums Geschäft. Dieser Besuch ist viel privaterer Natur, und es steht viel auf dem Spiel.

»Das ist richtig.« Er mustert Metz bedächtig, von seinem kurzen salz-und-pfefferfarbenen Haar bis zu den italienischen Schuhen. Metz ist für seinen unerschütterlichen Siegeswillen bekannt und in New Hampshire so etwas wie eine lebende Legende unter Anwälten.

Der Rechtsanwalt tippt die Fingerspitzen gegeneinander. »Und was hat diesen Sinneswandel bewirkt?«

Colin fühlt, wie ihm langsam brennende Röte ins Gesicht steigt. »Meine Ex-Frau ist verrückt geworden. Meine Tochter wird gegen mich aufgehetzt. Ich mache mir Sorgen um sie. Suchen Sie sich etwas aus.«

Metz hört das alles nicht zum ersten Mal. Tatsächlich hat er in weniger als zwei Stunden einen Gerichtstermin als Scheidungsanwalt der Ehefrau einer Mafia-Größe, und er wäre jetzt viel lieber auf der Direktoren-Toilette, um noch einmal seinen Auftritt zu proben, bevor er sich den Kameras stellt, die ganz sicher zugegen sein werden. Ein Sorgerechtsfall wie dieser – nun, den dürfte er im Schlaf gewinnen.

»Was genau hat Ihre Frau getan, das Ihre Tochter gefährdet?«

»Was haben Sie von dem kleinen Mädchen gehört, das Gott gesehen hat?«

Malcolm, der dazu übergegangen ist, mit den Fingern auf die Tischplatte zu trommeln, hält inne. »Das Mädchen, das mit Gott spricht. Das ist Ihre Tochter?«

»Ja. Nein.« Colin seufzt. »O Scheiße. Ich weiß es nicht mehr. Vor der Auffahrt stehen zweihundert Leute, die alle glauben, Faith hätte sich in einen Propheten verwandelt, ihre Hände bluten und ... Heiland.« Er sieht den Anwalt an. »Sie ist nicht mehr das kleine Mädchen, das sie war, als ich ihre Mutter verlassen habe.«

Malcolm nimmt schweigend einen gelben Notizblock aus einer Schublade seines Schreibtischs. Das Potenzial einer Berichterstattung in den Medien in diesem Fall ist außergewöhnlich groß – und zwar weit über die Grenzen von New Hampshire hinaus. Er schraubt den Deckel eines Füllers ab und beschließt, sich der Angelegenheit anzunehmen. »Sie sind also der Ansicht, Sie wären besser in der Lage, die Interessen des Kindes zu wahren. Sie glauben, dass das Zusammenleben mit der Mutter, so wie es sich derzeit gestaltet, Ihrer Tochter nachhaltig schadet.« Colin nickt. »Können Sie mir sagen, warum Sie vor vier Monaten noch nicht dieser Meinung waren?«

»Hören Sie, wenn ich zwanzigtausend Dollar Kaution und fünfhundert Dollar die Stunde Honorar zahlen soll, brauche ich Ihnen überhaupt nichts zu erklären. Ich will meine Tochter. Ich will sie gleich. Ich habe gehört, Sie könnten mir helfen. Punkt.«

Malcolm blickt seinem Mandanten einen Moment fest in die Augen. »Sie wollen das alleinige Sorgerecht?«

»Ja.«

»Um jeden Preis?«

Colin braucht nicht erst zu fragen, was Metz damit meint. Er weiß, dass der sicherste Weg, zu beweisen, dass er der geeignetere Elternteil ist, darin besteht, Mariah in einem möglichst schlechten Licht erscheinen zu lassen. Wenn es vorbei ist, wird Mariah nicht nur Faith verloren haben, sondern auch ihre Selbstachtung.

Er rutscht nervös auf seinem Stuhl hin und her. Er möchte das nicht tun, aber im Grunde hat er keine andere Wahl. So wie damals, als er Mariah hat zwangseinweisen lassen, heiligte auch jetzt der Zweck die Mittel. Heute so wie damals ist er nur besorgt um das Wohlergehen eines geliebten Menschen.

Quälende Bilder aus jener Nacht, in der Mariah versucht hat, sich das Leben zu nehmen, schießen ihm durch den Kopf: das Blut überall, sein Name noch auf ihren Lippen. Er zwingt sich, daran zu denken, wie Faith sich hinter ihrer Mutter versteckt hat, als er gestern dort war. »Ich will meine Tochter zurück«, wiederholt Colin fest, um sich selbst zu überzeugen. »Tun Sie, was nötig ist.«

Vergangenen Dienstag ist Ian Fletcher von Manchester geflogen, ein kleiner Flughafen, der versucht, den Anschein zu erwecken, er wäre um einige Stufen kosmopoliter, als es tatsächlich der Fall ist. Mit anderen Worten: ein Albtraum. Nicht nur hatte sein Flug nach Kansas City Verspätung, es gab außerdem nicht einmal einen Admiral's Club, in dem er sich bis zum Abflug hatte aufhalten können, sodass er sich fast eine Stunde lang auf der Toilette verstecken musste, um nicht erkannt zu werden. Diese Woche fliegt er ab Boston. Das bedeutet zwar eine längere Fahrt in der Limousine bis zum Flughafen, aber auch eine bei weitem angenehmere Reise.

»Sir, mit welcher Fluggesellschaft fliegen Sie?«, fragt der Chauffeur.

Ian beugt sich vor. »American.« Er legt sich seine Aktentasche auf den Schoß, während die Limousine sich in eine Parklücke am Straßenrand schiebt. Er unterschreibt die Kreditkartenquittung und reicht dann das Klemmbrett wortlos dem Fahrer zurück. Mit gesenktem Kopf geht er zügig nach rechts, auf eine Reihe von Fahrstühlen zu, von denen er weiß, dass sie ihn hinauf in die Lounge für Passagiere der Ersten Klasse bringen werden, wo er in aller Abgeschiedenheit warten kann, bis sein Flug aufgerufen wird.

Mariah steht vor der Anzeigetafel der Abflüge und überfliegt die Liste der Zielflughäfen. So viele Orte; wie soll sie sich da entscheiden? Nicht, dass ein Ziel erstrebenswerter wäre als ein anderes – ganz gleich, wo sie auch landen, sie werden noch einmal ganz von vorn anfangen müssen.

»Mami?« Faith zupft an ihrem Arm. »Können wir nach Vegas fliegen?«

Mariah kann sich ein Lächeln nicht verkneifen. »Was weißt du denn von Vegas?«

»Daddy ist einmal dort gewesen. Man drückt auf irgendwelche Knöpfe, und ein Automat spuckt Unmengen Geld aus. Das habe ich im Fernsehen gesehen.«

»Also, ganz so einfach ist das nicht. Dazu muss man sehr, sehr viel Glück haben. Im Übrigen steht Las Vegas nicht auf der Abflugliste.«

»Und wohin fliegen wir *dann*?«

Gute Frage. Mariah streicht mit der Hand über ihre Handtasche und überlegt. Sie hat zweitausend Dollar Bargeld bei sich – Gott, sie kommt sich vor wie eine wandelnde Zielscheibe. Aber sie wollte keine Spuren in Form von Kreditkartenbelegen hinterlassen, und mehr konnte sie so kurzfristig bei der kleinen Bank am Ort nicht bekommen. Wenn sie bescheiden leben, müsste es ihr und Faith gelingen, eine ganze Weile unentdeckt zu bleiben. Und wenn sie nur lange genug untertauchen, verlieren die Medien vielleicht das Interesse an Faith.

Ohne Pass kann sie die Vereinigten Staaten nicht verlassen. Hawaii ... sie wollte schon immer nach Hawaii, aber ganz sicher sind die Flugtickets furchtbar teuer und reißen ein Riesenloch in ihre »Reisekasse«. Mariahs Blick gleitet wieder über die Zielflughäfen. Um zwölf Uhr mittags geht ein Flug nach Los Angeles. Um Viertel nach elf einer nach Kansas City, Missouri.

Sie führt Faith an den Schalter für Standby-Tickets. Sie werden das Flugzeug nehmen, das als nächstes startet.

Als sie an Bord gehen, dankt Mariah im Stillen Gott dafür, dass die Berichterstattung über Faith bisher auf den Staat New Hampshire beschränkt war, sodass die Menschen, mit denen sie in Berührung kommen – Flugbegleiter, der nette Mann, der sich erbietet, ihre Rucksäcke in den Gepäckfächern unterzubringen –, in ihnen nur eine Mutter und ihre Tochter sehen und keine Medienflüchtlinge.

Faith ist erst zweimal in ihrem Leben geflogen, einmal als Kleinkind zur Beerdigung ihres Großvaters, und einmal anlässlich eines Familienurlaubs nach Washington D.C.. Sie lässt sich auf ihren Sitz fallen und reckt den Hals, um einen Blick auf die Erste-Klasse-Kabine direkt vor ihnen zu werfen. »Was ist da drin? Wie kommt es, dass die Sitze eine andere Farbe haben?«

»Da sitzen Geschäftsleute und Leute, die viel Geld haben. Diese Sitzplätze sind teurer.«

»Warum haben wir keinen teureren Sitzplatz?«

»Weil ...« Mariah wirft einen verzweifelten Blick auf ihre Tochter. »Eben darum«, sagt sie, als auch schon eine Stewardess einen blauen Vorhang herunterlässt, der die Erste Klasse von der Economy Class abtrennt.

»Letzter Aufruf für Flug fünfvierfünfsechs nach Kansas City ...«

Ian steuert zügigen Schrittes das Gate an und zeigt seinen Boarding Pass vor. »Mr. Fletcher«, sagt die Angestellte der Fluglinie, die die Bordkarte entgegennimmt. »Ihre Sendung gefällt mir.«

Er nickt knapp und hastet auf das Flugzeug zu. Er reicht einer Stewardess seinen Mantel und macht es sich auf seinem Sitzplatz bequem. »Guten Morgen, Mr. Fletcher. Kann ich Ihnen vor dem Start noch etwas zu trinken bringen?«

»Bourbon ohne alles.«

Es sind noch drei weitere Passagiere in der Ersten Klasse, ärgerlich, aber keine Tragödie. Immerhin ist der Platz neben ihm frei. Die Stewardess kommt mit seinem Drink zurück. Dieser allwöchentliche Flug ist so wie alles andere an seinen Besuchen bei Michael Routine. Er stellt das Glas ab und schließt die Augen, versinkt in einem Traum, in dem Karten umgedreht werden, erst rot, dann schwarz, rot, schwarz, in einer endlosen Folge.

»Ich muss Pipi machen«, verkündet Faith.

Mariah seufzt. Der Getränkewagen ist direkt hinter ihnen und blockiert den Weg zur rückwärtigen Toilette; niemals wird Faith einhalten können, bis die Stewardessen mit dem Ausschenken der Getränke fertig sind. Ihr Blick fällt auf den blauen Vorhang der Ersten Klasse. »Komm.«

Eilig führt sie Faith über den kurzen Flur und hofft, die kleine Toilette zu erreichen, bevor eine Stewardess sie aufhalten kann. »So«, sagt sie und schiebt Faith in die Kabine, »vergiss nicht, die Tür abzuschließen, damit das Licht angeht.« Dann lehnt sie sich gegen die vibrierende

Flugzeugwand und lässt den Blick durch die Erste Klasse schweifen.

Und entdeckt Ian Fletcher.

O Gott. In einem Flugzeug gibt es keinen Notausgang. Mariah wählt den feigen Weg; sie dirigiert Faith zurück zu ihren Sitzplätzen und meidet auf dem ganzen Weg Fletchers Blick. Verärgert schließt sie die Augen. In dieser Stunde sind an die fünfzig Flüge aus Boston gestartet, und sie hat blind ausgerechnet denselben Flug gewählt wie Fletcher, der von allen Menschen auf der Welt wohl das größte Interesse daran hatte, ihren Aufenthaltsort auszuposaunen.

Dann plötzlich geht ihr ein Licht auf: Das war keine Zufallsbegegnung. Irgendwie ist es Ian Fletcher gelungen, ihnen bis zum Flughafen zu folgen. Sie fragt sich, warum er es nicht hinter sich bringt, herkommt und ihr auf den Kopf zusagt, dass sie keine Chance hat, ihm zu entkommen. Vielleicht arrangiert er ja in eben diesem Moment mit Hilfe eines dieser kleinen Air-Phones mit seinem Producer und Kamerateam, dass sie sie bei der Landung in Kansas City erwarten sollen.

Ihre Kehle ist wie zugeschnürt von den aufsteigenden Tränen. Ihr großartiger Plan ist gescheitert, noch bevor er richtig angefangen hat.

Eine ganze Minute, nachdem Mariah White wie ein verschrecktes Kaninchen aus der Ersten Klasse geflüchtet ist, überlegt Ian ernsthaft, ob er James Wilton anrufen und die Meute auf ihre Spur ansetzen soll. Er geht sogar soweit, eine Kreditkarte zu zücken und die Air-Phone-Instruktionen zu lesen, aber dann fällt ihm wieder ein, warum das, was er vorhat, schlicht unmöglich ist. Das Letzte, was er will, ist Medienrummel in einem Umkreis von hundert Meilen um Michael.

Mariah White ahnt zwar nichts davon, aber sie hat ihn ebenso in der Hand wie er sie.

Ian leert seinen Bourbon und bedeutet der Stewardess, ihm einen zweiten zu bringen. Am einfachsten ist es, so zu tun, als verhielte es sich tatsächlich so, wie Mariah glauben muss: Er wird vorgeben, ihr von New Canaan zum Flughafen gefolgt zu sein, damit sie gar nicht erst darauf kommt, sich darüber zu wundern, ihn in einem Flugzeug nach Kansas City angetroffen zu haben. Dass er ihre Geheimnisse kennt, ist eine Sache; keinesfalls aber darf sie sein Geheimnis erfahren. Er wird vollständig umdisponieren müssen.

Ein Gedanke beginnt in Ians Kopf Formen anzunehmen. Was, wenn er ganz aus der Nähe zusehen könnte, wie Faith ihre ganz private Heilungsshow abzieht? Was, wenn er selbst die Person auswählt, an der sie eins ihrer angeblichen Wunder wirken soll, sodass sie gar nicht anders kann, als zu versagen? Die Mutter mit dem aidskranken Kind könnte irgendwie mit ihnen unter einer Decke gesteckt haben. Aber Michael ... Niemand weiß besser als Ian selbst, dass Michael nicht Teil ihres Schmierentheaters ist ... und dass es für ihn keine Heilung gibt.

Er braucht nur an ihr Mitgefühl zu appellieren, damit sie einwilligen, ihm den persönlichen Gefallen zu erweisen, zu versuchen, Michael zu heilen. Und während Faith White ihre Show abzieht, wird er sich sehr genau ansehen, wie sie vorgeht. Sogar Michaels Anonymität wird gewahrt; Mariah White wird nichts ausplaudern, das ihren eigenen Aufenthaltsort preisgeben würde.

Die lächerliche Vorstellung, wie Faith Michael die Hände auflegt im Rahmen ihres von ihrer Mutter choreographierten Auftritts, wird abgelöst von Wunschdenken, Bildern, die er so tief in seinem Inneren vergraben hat, dass es schmerzt, sie hervorzuholen: Michael, der ihm in die Augen sieht, Michael, der aus eigenem Antrieb die Hand nach ihm ausstreckt, Michael, der ihm bei einer Umarmung auf den Rücken klopft.

Ha ... viel wahrscheinlicher war, dass Mariah White erklären wird, der Mond stehe nicht im richtigen Haus oder so etwas, wenn der Versuch ihres Wunderkindes, einen Autisten zu heilen, kläglich scheitert.

Wenn Ian an Vorsehung glauben würde, würde er jetzt denken, das Schicksal hätte die Whites in dieses Flugzeug geführt. Stattdessen betrachtet er diesen Zufall als eine willkommene Gelegenheit, die sich als Story seines Lebens entpuppen könnte. Er braucht nur Faith und ihrer Mutter weiszumachen, dass ein Zyniker wie er nicht unbedingt der Feind ist, dass er sogar seine ganze Hoffnung auf ein Kind mit angeblichen Heilkräften ausrichten kann, um an der Wunderheilung teilzuhaben und hinterher den am Boden Zerstörten zu spielen, wenn Faith versagt.

Aber wäre das wirklich nur Theater seinerseits?

Mariah ist nicht überrascht, dass Fletcher auf sie wartet, als sie das Flugzeug verlassen. Und es überrascht sie auch nicht, dass er sie völlig ignoriert – zugunsten von Faith. »Hallo«, begrüßt er diese mit schleppendem Akzent und hockt sich vor sie hin. »Seid ihr auch mit dieser Maschine hergeflogen?«

Faith' Augen weiten sich. »Mr. Fletcher!«

»Leibhaftig.« Er richtet sich auf und nickt Mariah zu. »Ma'am.«

Mariah drückt Faith die Hand – eine Warnung. »Wir sind zu einer Hochzeit hergeflogen. Meine Kusine heiratet. Heute Abend.« Ihre Stimme ist zu hoch, zu schrill, und in dem Augenblick, da sie damit herausplatzt, könnte sie sich die Zunge abbeißen.

»Ach ja? Ich glaube, ich habe noch nie von einer Trauung gehört, die an einem Dienstagabend vollzogen wurde.«

Mariah hebt trotzig das Kinn. »Das ... gehört zu Ihrer Religion.«

»Und davon scheint es ja in letzter Zeit eine Menge zu geben in Ihrem Leben.« Er lächelt auf Faith hinab. »Was meinst du, sollen wir unsere Zufallsbegegnung nicht mit einem Eis feiern?«

Faith ist sichtlich angetan von diesem Vorschlag und wendet sich fragend Mariah zu. »Wir haben keine Zeit«, sagt diese.

»Aber wir haben doch keine ...«

»Faith!«, fällt Mariah ihr ins Wort und seufzt dann ergeben. »Also gut. Wir können uns ein Eis holen.«

Ian führt sie zu einer Flughafen-Cafeteria. Er bestellt eine Eiswaffel für Faith und für sich und Mariah eine Cola. »Faith, deine Mutter und ich würden uns gern unter vier Augen unterhalten. Was hältst du davon, wenn du dein Eis an dem Tisch da drüben isst?«

Als Faith gleich darauf losläuft, will Mariah sie zurückrufen, aber Ian legt ihr eine Hand auf den Arm. Einen Moment bekommt sie keine Luft, kann sich nicht rühren. Dann nimmt er die Hand wieder weg. »Lassen Sie sie gehen. Sie können sie von hier aus gut sehen, und Sie sind fünfzehnhundert Meilen weg von den Menschen, die hinter ihr her sind.«

Mariah wendet sich ihm kämpferisch zu. »Wir können Sie einfach stehenlassen. Sie können uns nicht aufhalten.«

»Wollen Sie die Polizei rufen? Das bezweifle ich. Erstens würde das eine Spur hinterlassen, und irgendetwas sagt mir, dass Sie genau das nicht möchten.« Er lächelt traurig. »Würden Sie mir glauben, wenn ich Ihnen sage, dass mich etwas anderes hergeführt hat als Sie und Faith? Das habe ich auch nicht erwartet. Das Problem, Miss White, ist, dass ich Sie dafür bewundere. Und ich würde Ihnen gerne einen Rat geben.«

»Sagte der Fuchs zur Gans«, brummt Mariah.

»Wie bitte?«

»Nichts.«

»Aha. Also, ich wollte gerade sagen, dass Sie nicht vorsichtig genug sein können. Haben Sie schon darüber nachgedacht, wo Sie und Faith wohnen werden?«

Mariah hat nicht die Absicht, ihn in ihre weiteren Pläne einzuweihen, und presst die Lippen fest zusammen.

»Ich wette, Sie wollen in einem Motel absteigen«, fährt Ian unbeschwert fort. »Aber früher oder später werden Sie dahinterkommen, dass eine Frau und ein kleines Mädchen in einem schäbigen Motel zwangsläufig Aufmerksamkeit erregen. Auf der anderen Seite wird es sehr belastend für die Kleine, wenn Sie ständig von einem Motel ins andere umziehen. Also sind Sie auf die Hilfe ortsansässiger Freunde angewiesen, und ich würde wetten, dass Sie derer nicht allzu viele haben. Die zweite Möglichkeit wäre die, eine billige Wohnung zu mieten. Das Problem hierbei ist nur, dass jeder halbwegs vernünftige Vermieter Referenzen verlangen wird. Und die sind schwer zu beschaffen, wenn man anonym bleiben und seinen Aufenthaltsort nicht bekannt geben will. Und hinzu kommt die Schwierigkeit, einen Wagen zu mieten, ohne über Führerschein und Kreditkarte eine so breite Spur zu hinterlassen, dass ihr auch ein Blinder folgen könnte.«

Mariah hat genug gehört und macht Anstalten zu gehen. Zur Hölle mit Ian Fletcher. Zur Hölle mit Kansas City. Es gibt allein an diesem Nachmittag Hunderte von Abschlussflügen; sie muss ihm nur irgendwie entkommen. Aber als sie aufsteht, packt er ihr Handgelenk und hält sie fest. »Ich werde Sie finden«, sagt er leise, als hätte er ihre Gedanken gelesen. »Das wissen Sie.«

Ihr Blick huscht trotzdem weiter über den Flur, registriert die Damentoilette und sämtliche Ausgänge. »Sie sagten, Sie wollten mir einen Rat geben.«

»Das ist richtig. Ich denke, Sie sollten in der Stadt bei einem Bekannten unterkommen.«

Mariah lacht verächtlich. »Natürlich, warten Sie, da sind die vielen Freundinnen aus der Studentenverbindung, die hier in Kansas City leben.«

»Ich habe damit mich selbst gemeint«, entgegnet Ian leise. »Ich denke, Sie sollten bei mir wohnen.«

Mariah starrt ihn lange wortlos an. »Sind sie verrückt?«

Seine Augen sind so blau wie zwei Seen und ebenso verlockend. »Mag sein, Miss White«, gibt er zu. »Sonst hätte ich zweifellos letzte Woche meinem Producer von den Händen Ihrer kleinen Tochter erzählt. Ich hätte dafür gesorgt, dass ein Kamerateam Sie hier auf dem Flughafen empfängt, anstatt ganz allein zu kommen. Ich hätte auf dem ganzen Flug nur darüber nachgedacht, wie ich Sie auffliegen lassen kann, anstatt mir zu sagen, dass ich dieses eine Mal das Richtige tun und Sie verstecken könnte.« Er wirft einen Blick auf Faith. »Das ist das ultimative Versteck. Der letzte Ort, an dem Sie irgendjemand vermuten würde ist ... bei mir.«

»Es sei denn, Sie selbst würden uns verraten.« Mariahs Blick bleibt fest. Es ist ihr unmöglich, diesem Mann zu vertrauen, den sie gar nicht erst kennen gelernt hätte, ohne sein Interesse an Faith als Riesenstory. Andererseits muss Sie ihm Recht geben. So unsympathisch und rachsüchtig er im Fernsehen auch auftreten mag, privat hat er sich oft als mitfühlend und verständnisvoll erwiesen. Und doch ... sich vor der Presse ausgerechnet in Fletchers Haus zu flüchten erscheint ihr wie ein Sprung vom Regen in die Traufe.

Er hat ihr Handgelenk noch nicht wieder losgelassen, und sein Daumen streicht sacht über die Haut entlang der Narbe. »Ich gebe Ihnen mein Wort, dass ich Ihren Aufenthaltsort nicht verraten werde. Und Sie sind ganz für sich.« Dann lächelt er. »Was ist schlimmer, Mariah? Das unbekannte Übel ... oder das, das Sie bereits kennen?«

Sie fallen drauf rein. Ian wird fast schwindlig vor Erleichterung, als Mariah zu Faith hinübergeht, um die Planänderung mit ihr zu besprechen. Sie ist noch misstrauisch, aber das ist okay. Soll sie doch denken, er hecke etwas aus. Immerhin stimmt das ja auch. Nur dass es sich um etwas völlig anderes handelt, als Mariah White denkt. Faith dazu zu bringen, ihn freiwillig zu Michael zu begleiten – und ihre Mutter, es zu erlauben –, wird sein ganzes schauspielerisches Talent erfordern.

Als sie mit ihrer Tochter an der Hand zurückkommt, ist Ian wieder einmal beeindruckt von ihren Zügen. Es sind die Widersprüche, die ihn anziehen: die umwerfenden grünen Augen, jetzt gerade verquollen und müde, der weiche Mund, eingefasst von Fältchen, die seelischer Schmerz dort eingegraben hat. »Dann haben Sie also eine Adresse hier«, sagt sie zögernd.

Ian hätte beinahe laut aufgelacht. Er würde nicht in diesem Staat leben, wenn es der letzte Ort auf Erden wäre. »Geben Sie mir eine Stunde, dann habe ich eine.«

Er führt sie zu einer Avis-Autovermietung und mietet ein Auto, für das er mit einer Kreditkarte von Pagan Productions bezahlt. Mariah hält sich derweil im Hintergrund bei den Münzfernsprechern, um nicht von jemandem gesehen zu werden, der sie oder Faith später identifizieren könnte. Als er mit den Wagenschlüsseln zurückkommt, blickt Ian mit grimmigem Gesicht auf die Uhr. In weniger als einer Stunde muss er bei Michael sein.

»Wissen Sie, wo wir hin müssen?« fragt Mariah, als sie auf die Interstate abbiegen.

»Nach Westen. Ich dachte mir, wir sehen uns besser etwas außerhalb um.« Näher bei Lockwood.

»Es sieht aus, als würden Sie sich hier auskennen.«

»Ich habe ziemlich oft hier zu tun«, entgegnet Ian. »In Ozawkie gibt es eine kleine Ferienanlage direkt am Perry Lake. Ich selbst habe zwar nie dort gewohnt, aber ich muss das Schild hundert Mal gesehen haben. Ich dachte, dort könnten wir uns als Erstes umsehen.«

»Können wir schwimmen gehen?«

Ian lächelt Faith im Rückspiegel an. »Ich glaube kaum, dass deine Mami dir erlaubt, bei dieser Kälte im See zu schwimmen. Aber ich denke, gegen etwas Angeln wird sie nicht allzu viel Einwände haben.«

Nach kurzer Fahrt biegen sie von der Interstate ab und durchqueren die Ebenen zwischen Missouri und Kansas. Mariah blickt aus dem Fenster und starrt auf die kürzlich erst abgeernteten Mais-Stoppelfelder. Faith drückt sich an der Fensterscheibe die Nase platt. »Wo sind die Berge?«

»Daheim«, antwortet Mariah leise.

Beim Anblick der schäbigen Hütten von Camp Perry sagt sich Mariah resigniert, dass Bettler eben nicht wählerisch sein können. Sie und Faith hätten sicher eine luxuriösere Unterkunft finden können, aber dort wären sie auch, wie Fletcher ganz richtig bemerkt hatte, leichter aufzuspüren gewesen. Sie beobachtet, wie er zum Büro des Managers geht und anklopft, dann zur Seite tritt und durch das Fenster schaut. »Scheint als ...«

»Kann ich Ihnen helfen?«

Eine untersetzte alte Dame mit erstaunlich jugendlicher Ausstrahlung öffnet die Bürotür. »Aber ja, Ma'am, das können Sie«, antwortet Fletcher mit vor Charme triefender Stimme. »Meine Frau und ich möchten eins Ihrer reizenden Etablissements mieten.«

Meine Frau?

»Wir haben den Winter über geschlossen, bedaure«, sagt die Frau.

Fletcher mustert sie eine Weile schweigend. »Eine gute Christin wie Sie ist doch sicher geneigt, zum Wohle des Herrn eine Ausnahme zu machen.«

Mariah verschluckt sich fast an ihrer Zunge. »Mami, warum redet er plötzlich so komisches Zeug?«, fragt Faith aus dem Fond.

Mariah blickt zurück. »Pssst. Das ist nur Schau. Er spielt Theater.«

»Jesus hat mir gesagt, ich soll zum ersten Oktober den Laden dichtmachen«, erwidert die alte Dame unbeeindruckt.

»Das ist eine Schande, Ma'am«, sagt Ian und schüttelt betrübt den Kopf. »Denn Er hat mich geheißen, hier in Camp Perry Seiner Stimme zu lauschen.« Er tritt vor und reicht ihr die Hand. »Verzeihen Sie, ich habe mich noch nicht vorgestellt. Harry Walters, Prediger aus Lou'ville.

Und das hier sind meine hübsche Frau Maybelle und meine Tochter Frances.«

»Frances ist ein schöner Name«, meint die Frau. »So heißt meine unverheiratete Tante.«

»Ja, wir finden den Namen auch besonders hübsch.«

Die Frau legt den Kopf schief. »Sie sind Prediger, sagten Sie?«

»Das ist richtig. Und dazu noch ein musikalischer. Ich bin Leiter des Greater Kentucky Hymn Sing, und in diesem Jahr hat der Herr mir befohlen, in Seinem Namen neue Melodien zu komponieren.«

»Ich bin selbst schon bei solchen Gesangsveranstaltungen gewesen. Ich war schon immer dafür, den Herrn mit Gesang zu erfreuen.«

»Amen, Ma'am«, sagt Fletcher feierlich.

Die Frau hebt seufzend beide Hände. »Wer bin ich denn, mich Gottes Wünschen zu widersetzen? Ich kann Ihnen nicht versprechen, dass die Hütte täglich gesäubert wird, aber ich denke, wenn ich mich umsehe, finde ich irgendwo noch ein paar saubere Laken.« Sie geht zurück ins Verwalterhaus, vermutlich, um einen Schlüssel zu holen.

Ian Fletcher wendet sich Mariah und Faith zu und verneigt sich andeutungsweise. Mariah kann sich ein Lachen nicht verkneifen. Der Mann hat vielleicht Nerven! Er kommt zum Wagen und öffnet die Beifahrertür. »Maybelle, Schatz«, sagt er mit einem breiten Grinsen, »sieht aus, als hätte ich ein vorübergehendes Heim für uns gefunden.«

»Maybelle? Hätte es nicht Melissa sein können oder Marion oder ...«

»Wir sollten uns als Eheleute duzen, findest *du* nicht? Und ich persönlich finde Maybelle hübsch. Das klingt so ... ländlich, nach glücklicher Kuh.«

Mariah funkelt ihn böse an und dreht sich dann nach Faith um. »Komm, Faith ...«

»Frances«, korrigiert Ian sie sofort.

»Wie auch immer.« Sie hilft Faith, ihren Rucksack aus dem Wagen zu holen, als die alte Dame aus dem Büro kommt.

»Ich gebe Ihnen Bungalow Nummer sieben. Ich gehe um neun schlafen, und auch wenn Sie Jesus persönlich ansingen – sorgen Sie dafür, dass von da an Ruhe ist.« Sie weist ihnen den Weg zu ihrer Hütte und lässt sie allein.

In dem Augenblick, da er über die Schwelle tritt, ist Ian wie ausgewechselt. »Herr im Himmel. Ist hier im vergangenen Sommer jemand *gestorben*?«

Mariah, die sich von der Tür aus umblickt, kann ihm nicht widersprechen. Die Hütte als rustikal zu bezeichnen wäre noch schmeichelhaft. Auf dem Boden liegt ein abgewetzter fleckiger Flickenteppich. Vom mittleren Raum gehen zwei Türen ab, von denen die eine in ein Bad von der Größe eines Gästeklos führt und die andere in das einzige Schlafzimmer. Das Mobiliar besteht aus einem Couchtisch, einem fadenscheinigen karierten Sofa und einem zerschrammten Esstisch, auf dem eine bunte Mischung staubiger Tupperdosen thront.

»Das ist aber hässlich.« Faith macht ein grimmiges Gesicht. »Hier will ich nicht bleiben.«

Mariah zwingt sich zu einem Lächeln. »Das ist doch ein Abenteuer. Wie Camping, nur dass wir ein Bett haben.« Sie wirft einen Blick nach nebenan ins Schlafzimmer. »Na ja, wenigstens einer von uns.«

Ian schnaubt verächtlich. »Sie und Faith können das Bett haben. Ich werde mich der Gefahr stellen, mir auf dem Sofa irgendeine ansteckende Krankheit einzufangen.« Er lässt sich auf die Polster fallen, neigt den Kopf, und seine Schultern beben. Im ersten Moment glaubt die verblüffte Mariah, er würde weinen, aber dann prustet er laut los und legt den Kopf in den Nacken. »Gott, wenn mein Producer mich so sehen könnte«, sagt er und wischt sich die Tränen aus den Augen. »Verglichen hiermit ist der Winnebago ja der reinste Palast.«

Die Erwähnung des Producers macht Mariah etwas bewusst, das sie unterschwellig schon lange irritiert hat. Sie selbst hat panische Angst davor, erkannt zu werden, obwohl sie und Faith nur einigen wenigen bekannt sind. Aber Ian Fletcher ist ein prominenter Name, eine Berühmtheit. Und doch kann er bei Avis einen Wagen mieten, ohne gleich einen Fanansturm auszulösen, und er kann einer alten Dame den Prediger Harry Walters vorspielen, ohne erkannt zu werden. »Wie kommt es eigentlich?« fragt sie ruhig, »dass sie Sie nicht erkannt hat?«

Ian grinst selbstzufrieden. »Das hier ist der berühmte Bible Belt, Schätzchen. Hier gibt es Gesangsveranstaltungen, bei denen Kirchenlieder zum Besten gegeben werden, und alte Damen, die es Jesus recht machen sollen, aber nur sehr wenige Atheisten. Ich kann mich hier einigermaßen unerkannt bewegen, weil meine Sendung bei diesen frommen Menschen sicher keine sehr hohen Einschaltquoten macht.«

Mariah wölbt eine Braue. »Sie konnten doch nicht sicher wissen, dass diese alte Dame noch nie Ihre Sendung gesehen hat.«

»Ich hätte mein letztes Hemd darauf verwettet.«

Verärgert über seine Selbstsicherheit, verschränkt Mariah die Arme vor der Brust. »Weil sie alt ist? Weil sie Ihr Theater nicht durchschaut hat?«

»Nein, Miss White.« Fletcher beugt sich vor und schaltet den alten Fernseher ein. Schnee. »Weil sie kein Kabelfernsehen hat.«

Als Ian schließlich in Lockwood eintrifft, ist er eine Stunde und siebzehn Minuten zu spät. Mariah und Faith hat er allein in der Hütte zurückgelassen unter dem Vorwand, Lebensmittel einkaufen zu gehen. Jetzt hastet er in den Aufenthaltsraum, in dem er für gewöhnlich Michael antrifft. Er wirft einen Blick durch die Tür, und tatsächlich: Michael sitzt in der üblichen Ecke und dreht eine Karte nach der anderen um.

Seine Erleichterung, dass Michael auf ihn gewartet hat, wird gedämpft von der Erkenntnis, dass er ja nirgendwo hätte hingehen können.

»Hallo.« Ian tritt an den Tisch und zieht einen Stuhl zu sich herüber. Schweiß läuft ihm über die Schläfe, aber noch zieht er die Jacke nicht aus. Er kennt die Routine; erst muss Michael ihn wahrnehmen.

Eine rote Karte. Dann eine schwarze. Ian wischt sich mit dem Kragen den Schweiß von der Schläfe.

»Halb vier«, sagt Michael ausdruckslos.

»Ich weiß, Kumpel. Ich bin eine Stunde und ... zwanzig Minuten zu spät.«

»Es ist vier Uhr einundfünfzig und zwanzig Sekunden. Zweiundzwanzig Sekunden. Vierundzwanzig ...«

»Ich weiß, wie spät es ist, Michael.« Gereizt zieht Ian seinen Mantel aus.

»Halb vier. Dienstags um halb vier. Da kommt Ian mich besuchen.« Michael fängt an, sich leicht in seinem Stuhl vor und zurück zu wiegen.

»Pssst, Michael. Es tut mir leid. Es wird nicht wieder

vorkommen.« Er erkennt die Warnzeichen, bewegt sich sehr langsam und hebt beschwichtigend die Hände.

»Halb vier!«, schreit Michael. »Dienstags um halb vier. Nicht Montag. Nicht Mittwoch Donnerstag Freitag Samstag Sonntag! *Dienstag Dienstag Dienstag*!« So plötzlich der Anfall gekommen ist, so plötzlich ist er auch wieder vorbei. Er rückt mit seinem Stuhl von Ian ab, ganz in die Ecke des Raumes, die Schultern hochgezogen und über sein Kartenspiel gebeugt.

»Sie haben sich verspätet.«

Ian blickt auf und sieht einen der Psychiater, die täglich nach Lockwood kommen, vor sich stehen. Er lächelt spöttisch. »Darauf wurde ich bereits aufmerksam gemacht.«

»Michael hat eine besondere Begabung dafür, nicht wahr?« Der Doktor lacht. »Hatte Ihr Flug Verspätung?«

»Nein. Ich wurde auf der Fahrt hierher aufgehalten.«

»In seiner Welt ist kein Platz für Fehler. Nehmen Sie es nicht persönlich.«

Ian ruft den Arzt zurück, als dieser sich zum Gehen abwendet. »Was glauben Sie, was passieren würde, wenn ich morgen wiederkäme? Oder in ein paar Tagen?«

»Sie meinen, zu einem anderen Termin als dienstags um halb vier?« Der Psychiater wirft einen Blick auf Michael in seiner Ecke. »Ich denke, das würde einen weiteren Anfall auslösen.«

Ian nickt und wendet den Blick ab. Das hat er auch angenommen. Das heißt, er hat genau sieben Tage Zeit, um Faith White dazu zu bringen, ihn hierher zu begleiten.

Seufzend rückt er seinen Stuhl hinter Michael. Ian kann auf seinen Scheitel blicken, der inzwischen von grauen Strähnen durchzogen ist. Der Anblick deprimiert ihn. Was hat dieser Mann für ein Leben gehabt?

Ein besseres, als es beinahe geworden wäre. Die innere

Stimme ist eine Absolution. Lockwood ist ein ärztlich betreutes Pflegeheim, fast so etwas wie eine WG und um Längen besser als eine Anstalt. Eines Tages wird Michael vielleicht sogar allein leben können. Bis dahin ist das hier die beste Unterkunft, die man für Geld kaufen kann.

Müde schaut Ian auf die Uhr und bleibt den Rest seiner Besuchsstunde schweigend auf seinem Platz sitzen, denn auch wenn Michael nicht direkt zu ihm spricht, weiß er sehr wohl, wie lange Ian bleibt. Er beobachtet Michael, der sich wiegt wie ein Metronom, und er fragt sich, wie ein Mann wie er selbst, der für eine Bibel keinerlei Verwendung hat, zum Hüter seines Bruders geworden ist, wie es in der Heiligen Schrift steht.

Als Ian zur Hütte zurückkehrt, ist die Sonne untergegangen. Immer noch aufgewühlt von Michaels Ausbruch, folgt er abwesend dem Kiesweg, betritt die Hütte und bleibt wie angewurzelt stehen. Der kleine offene Hauptraum ist von Kerzen erleuchtet, auf dem zerschrammten Tisch liegt eine karierte Tischdecke, und drei saubere Gedecke wurden aufgelegt. Mariah hat ein paar Möbel verrückt, um Wasserflecken auf dem Holzboden sowie verdächtige Flecken an den Wänden zu verdecken. Das Ganze ist zwar noch weit entfernt von dem Komfort, an den er gewöhnt ist, aber der Raum wirkt jetzt fast ... behaglich.

Mariah und Faith auf dem Sofa erstarren wie Rehe im grellen Scheinwerferlicht. Nach einigen Sekunden steht Mariah auf und wischt sich die Handflächen an den Hosenbeinen an. »Ich dachte mir, wenn wir uns länger hier aufhalten ...« Sie spricht den Satz nicht zu Ende.

Ians Blick fällt auf Faith und das alte Yahtzee-Spiel vor ihr auf dem Couchtisch. Das Mädchen zieht die Knie an, verbirgt das Gesicht und schüttelt die Würfel in der geschlossenen Hand. Am liebsten würde Ian die Schuhe ausziehen, es sich neben ihr bequem machen und die bestrumpften Füße neben die Yahtzee-Becher auf den Tisch legen. Natürlich tut er nichts dergleichen.

»... im Wagen?«

Es dauert einen Moment, bis er realisiert, dass Mariah mit ihm gesprochen hat. Was soll im Wagen sein? Er stöhnt auf, als ihm seine Ausrede von vorhin einfällt: die Lebensmitteleinkäufe. »Ich, äh, ich bin noch nicht dazu gekommen«, stammelt er. »Ich fahre gleich los.« Fast fluchtartig verlässt er die Hütte, bevor Mariah ihn fragen kann, wo er die ganze Zeit gesteckt hat, bevor er zusammenbricht und ihr einfach alles erzählt.

Als er losfährt, fängt es an zu regnen. Im Rückspiegel sieht er Mariah in der Tür stehen, eine dunkle Silhouette vor warmem Kerzenschein. Wo hat sie diese Kerzen her? Und dieses Spielbrett? Und das ganze andere Zeug? Ians Hände zittern auf dem Lenkrad, und er versucht, sich zu erinnern, wo der nächste Piggly Wiggly ist. Der Flickenteppich, das alte Spielbrett, die Frau, die auf ihn wartet – das alles kreist unablässig in seinem Kopf. Er zwingt sich, in Gedanken eine Einkaufsliste zu erstellen: Milch und Saft, Eier, Frühstückszerealien, Limonade und Makkaroni, und Artikel für Artikel verdrängt er die Erkenntnis, dass in seinem bisherigen Leben bei allem Luxus ein paar wichtige Dinge gefehlt haben.

Ihre Mutter lässt die besten Stellen aus. Es ist schon schlimm genug, dass Faith keine Gutenachtlektüre hat – entgegen der Meinung ihrer Mutter zählt *Reader's Digest* nicht –, ihre Mutter kann sich nicht einmal mehr an *Rot-*

käppchen erinnern, ohne ständig Fehler zu machen. »Der Korb mit den Lebensmitteln«, unterbricht Faith sie wieder einmal. »Für die Großmutter. Weißt du noch?«

Ihre Mutter sieht immer wieder zur Tür. Faith nimmt an, es liegt daran, dass sie Hunger hat. Ian Fletcher sollte eigentlich etwas zum Abendessen mitbringen, aber er lässt auf sich warten, und so hat Faith nur ein paar TicTacs gegessen, die ihre Mutter in ihrer Handtasche gefunden hat. Wenn sie die Augen schließt und die Stimme ihrer Mutter ausblendet, kann sie ihren Magen gurgeln hören wie den Wasserfall am Staudamm von New Canaan.

»Rotkäppchen geht also zur Tür, klopft an, und der böse Wolf ...«

»Du hast den bösen Wolf bisher noch gar nicht erwähnt«, beschwert sich Faith. »Er muss erst die Großmutter auffressen.«

»Himmelherrgott, Faith, wenn du es so genau weißt, warum erzählst du dir das Märchen dann nicht einfach selbst?«

Als sie ihr Nachthemd angezogen hat, hat Faith ganz beiläufig erwähnt, sie hoffe, dass Gott sie hier draußen in Kansas finden würde. Ihre Mutter ist zusammengezuckt und hat ihr eingeschärft, dass sie unter keinen Umständen vor Ian Fletcher von Gott sprechen dürfe. Und jetzt will sie ihr nicht einmal eine Gutenachtgeschichte erzählen. Faith rollt sich auf die Seite. Wenn sie jetzt weint, soll es niemand sehen. »Gut«, sagt sie.

Sie fühlt die Hand ihrer Mutter auf ihrem Arm. »Entschuldige. Ich hätte dich nicht so anfahren dürfen.«

»Schon gut.«

»Nein, es war nicht richtig. Ich bin müde und hungrig, aber da kannst du ja nichts für.« Ihre Mutter reibt sich mit den Handballen die Augen und seufzt. »Ich bin einfach nicht in Stimmung für eine Gutenachtgeschichte, Faith, okay?«

»Okay«, murmelt sie.

Ihre Mutter lächelt und küsst sie auf das Haar. »Danke.«

Als sie aufsteht, greift Faith nach ihrem Ärmel. »Es gefällt mir hier nicht.« Ihre Stimme klingt erstickt, und das ist ihr peinlich, aber sie kann nichts daran ändern. Und ehe sie reagieren kann, ehe sie sie aufhalten kann, laufen ihr die Tränen über die Wangen. »Es riecht komisch, es gibt keinen Disney-Kanal und auch nichts zu essen.«

»Ich weiß, Liebes. Aber Mr. Fletcher regelt das schon.«

»Wie kommt es eigentlich, dass er überhaupt hier ist? Wie kommt es, dass wir mit ihm zusammen wohnen müssen?«

Mit einem Mal sieht ihre Mutter so böse aus, dass Faith wünscht, sie hätte diese alberne Frage nie gestellt. »Wir machen keine langfristigen Pläne«, sagt ihre Mutter. »Wenn das Zusammenleben mit Mr. Fletcher nicht funktioniert, fliegen wir einfach woanders hin. Nach Las Vegas vielleicht.«

Das beruhigt Faith. Sie fühlt, wie ihre Mutter sich hinter ihr auf der Matratze zusammenrollt. Das erinnert Faith an die Hängematte in ihrem Garten, einer Art Netz aus Bindfaden, von dem sie glaubte, es würde sich auflösen, als sie sich das erste Mal hineinsetzte, das aber dann doch hielt. »Vielleicht haben wir Glück«, antwortet Faith gähnend.

Ihre Mutter legt ganz fest die Arme um sie. »Vielleicht haben wir das ja wirklich.«

Zuerst riecht er den Rauch. Zwei Feuersäulen ragen vor ihm auf, so hoch er sehen kann, sodass schwarze Flecken vor seinen Augen tanzen, aber er weiß, dass er sie durchqueren muss. Seine Eltern, Gott, sie verbrennen. – Er stürzt sich mit dem Kopf voran in das Inferno, den Schmerz ignorierend, der seine Arme und Beine emporschießt und ihm die Haut vom Rücken abschält. Seine Augen schwellen zu von Hitze und Ruß, aber er kann fünf Finger sehen, die Umrisse einer Hand, und er greift danach, Hand gleitet über Hand, und er packt das Handgelenk. Ein Ruck – sie segeln durch die Luft, und er landet im Freien, wo ihm bewusst wird, dass er seinen Bruder festhält. Seinen Bruder, der nicht angefasst werden darf, der es nicht ertragen kann, angefasst zu werden, der auf Ians Hände und Schultern starrt und schreit, so laut, so schrecklich laut ...

»Mr. Fletcher.« Er zuckt zurück. Schweißgebadet, das Bettzeug neben sich auf dem Fußboden. Mariah White kniet neben der grässlichen Couch und berührt seinen Arm. »Sie hatten einen Albtraum.«

»Das war kein Albtraum«, widerspricht Ian, obwohl seine Stimme noch ganz heiser ist vor Angst. Er kann keinen Albtraum gehabt haben, weil das bedeuten würde, er hätte geschlafen, und die Wahrscheinlichkeit, dass er tatsächlich geschlafen haben könnte, ist äußerst gering. Er schüttelt ihre Hand ab und zieht sich ans andere Ende des Sofas zurück. Er wischt sich mit dem Saum seines T-Shirts den Schweiß vom Gesicht.

Er hätte es besser wissen müssen, als zu versuchen, in Kansas City zu bleiben und so zu tun, als würde alles gut werden. Die Stadt hält für ihn nicht mehr bereit als böse Erinnerungen. Auch wenn sein Plan, Faith und Michael zusammenzubringen, funktioniert, kann dabei nichts Gutes herauskommen.

Mariah bietet ihm ein Glas Leitungswasser an. Mit zitternder Hand nimmt er es entgegen und trinkt gierig. Ihr Blick folgt dem ihren zur Anrichte, wo er die haltbaren Lebensmittel deponiert hat. Als er am Vorabend zurückgekommen war, war die Tür zum Schlafzimmer geschlossen gewesen, und auf dem Sofa lag ein Stapel Decken. Er hatte sich gesagt, dass er anstatt Lärm zu machen, mit dem Wegräumen der Einkäufe bis zum Morgen warten würde. Dann hatte er einen Block geholt und sich Notizen für die Sendung der kommenden Woche gemacht. Das war seine letzte Erinnerung, bevor er dann aufgewacht war, Mariah White an seiner Seite.

»Sie haben etwas von einem Feuer erzählt«, sagt sie zögernd.

»Ganz sicher habe ich allerlei wirres Zeug geredet.«

»Keine Ahnung. Ich bin gerade erst gekommen.«

»Ich habe Ihre Tochter doch nicht geweckt, oder?«

Mariah schüttelt den Kopf. »Faith schläft wie ein Stein.«

»Dann bitte ich um Entschuldigung, dass ich Sie geweckt habe.«

»Also, eigentlich haben Sie mich gar nicht direkt geweckt.« Ein Lächeln geistert über ihre Lippen. »Diese Matratze war in einem früheren Leben ein Folterinstrument.«

Ian lacht. »Wahrscheinlich hat man sie dazu benutzt, Gefangenen den Rest zu geben, die dieser Couch standgehalten haben.«

Ihre Blicke treffen sich. »Ich sollte nach Faith sehen«, sagt Mariah leise.

»Natürlich. Tun Sie das. Und ... ich bitte nochmals um Entschuldigung.«

Sie greift nach den zerwühlten Laken auf dem Fußboden, schüttelt sie aus, und sie sinken auf einer Luftwolke ganz sacht auf seinen Schoß. Dann greift sie nach dem mit Satin eingefassten Saum der Wolldecke und breitet auch die über ihn. Eine schlichte, instinktive Geste, eine Routine, die jede Mutter im Schlaf ausführt, und doch hält Ian die Luft an, bis sie vom Sofa zurücktritt, aus Angst, er könne den Bann brechen.

»Gute Nacht, Ian«, sagt sie, und er nickt stumm, da es ihm die Sprache verschlagen hat. Er beobachtet die anmutigen schmalen Wölbungen ihrer nackten Fersen, als sie barfuß nach nebenan zurückgeht, sieht zu, wie sie die Tür hinter sich zuzieht. Dann greift er nach Kugelschreiber und Block und lächelt, als ihm bewusst wird, dass Mariah White ihn zum ersten Mal mit Vornamen angesprochen hat.

New Canaan, New Hampshire

Millie dreht langsam durch. Es wäre doch sicher nicht zu viel verlangt gewesen, dass Mariah sie von einer Telefonzelle aus anruft, um ihr kurz zu sagen, dass alles in Ordnung ist. Sie hat sich an ihren Teil der Abmachung gehalten – sie hat den Wagen nach Hause gefahren und sich um das Haus gekümmert, aber sie weiß, dass es nur eine Frage der Zeit ist, bis ihre List auffliegt. Jeder hat sie allein aus dem Wagen steigen sehen. Früher oder später werden die Leute anfangen Fragen zu stellen, wenn Faith und Mariah nicht wieder auftauchen.

Millie steigt aus dem Bett, zieht den Vorhang zurück und blickt auf die kleinen Lagerfeuer und Scheinwerfer der Kameraleute. Bildet sie sich das nur ein, oder hat sich ihre Zahl inzwischen fast verdoppelt?

Millie weiß, dass *Hollywood Tonight!* noch da ist; im Gegensatz zu anderen Fernsehreportern, die bei einer Übertragung mit drei bis vier Leuten arbeiten, hat Petra Saganoff offenbar acht bis zehn nötig. Sie hat extra Beleuchter und Visagisten und Männer, die Geräte herumschleppen, die zu Gott weiß was gut sind. Millie für ihren Teil könnte gut auf Petra Saganoff verzichten. Wenn schon berichtet werden muss, dann zieht sie diesen Peter Jennings vor, in seiner Weste, die er immer trägt, wenn er live vor Ort berichtet.

Es ist gut, dass Mariah und Faith weg sind. So wie es aussieht, werden sie bald einen zweiten Polizisten an der Auffahrt postieren müssen, um für Ordnung zu sorgen, Mariah war schon beunruhigt wegen einer Handvoll Leute; wie hätte sie erst auf das hier reagiert? Seufzend kehrt Millie zurück ins Bett. Sie knipst das Licht aus, schaltet es gleich darauf wieder ein und nimmt den Hörer des Telefons auf dem Nachttisch ab, um sich davon zu überzeugen, dass die Leitung nicht tot ist. Nur für alle Fälle.

Lake Perry, Kansas – 20. Oktober 1999

Zu Mariahs Überraschung bricht Ian schon kurz nach dem Frühstück auf. »Ich muss etwas für meinen Lebensunterhalt tun«, erklärt er, schnappt sich die Wagenschlüssel und geht mit steifen Schritten, so als könne er es nicht ertragen, auch nur eine Minute mehr in ihrer Gesellschaft zu verbringen. Er hat seinen Albtraum mit keinem Wort erwähnt, und Mariah kommt zu dem Schluss, dass das der Grund ist für seine Flucht – Verlegenheit muss schwer zu ertragen sein für einen Mann wie ihn.

»Wie kommt es eigentlich, dass er rumfahren darf?«,

mault Faith. »Und wir müssen in dieser ekligen Hütte bleiben, wo es nichts zu tun gibt?«

»Vielleicht gehen wir spazieren. Wir suchen ein Telefon und rufen Oma an.«

Das weckt Faith' Interesse. »Kommt sie dann her?«

»Vielleicht bald. Im Moment muss sie noch auf das Haus aufpassen.«

Faith gibt noch ein paar Frühstückszerealien in ihre Schüssel. »Es sind ganz viele Leute da, die auf das Haus aufpassen, da muss sie das doch nicht auch noch tun.«

Mariah steht am Fenster, als Ian davonfährt. Er nimmt den Wagen, das stimmt, aber das würde sie nicht daran hindern, bis in die Stadt zu laufen, ein Taxi zu nehmen und sich zum Flughafen bringen zu lassen, um irgendwo anders hinzufliegen. Als er ihr seinen Schutz angeboten hatte, war sie davon ausgegangen, dass er trotz aller guten Absichten vor allem aus reiner Selbstsucht heraus handelte: Konnte es einen besseren Weg geben, Faith ganz aus der Nähe zu beobachten? Aber sie hatte sich gesagt, dass Ian nur so viel von Faith zu sehen bekommen würde, wie sie zuließ, und darum hatte sie eingewilligt. Sie hatte fest damit gerechnet, dass er an ihr und Faith kleben würde wie eine Klette.

Und jetzt scheint es beinahe so, als würde er ihnen ... vertrauen.

Sie sieht, wie Faith ihre Schüssel an den Mund hebt, um die Milch auszutrinken, und will sie gerade an ihre guten Manieren erinnern, lässt es aber dann sein. Jetzt, da sie auf der Flucht sind und es so viele Regeln zu beachten gibt, kann sie diesen kleinen Ausrutscher wohl durchgehen lassen.

Sie hat darüber nachgedacht, welchen Gefahren Faith beim Zusammenleben mit Ian Fletcher ausgesetzt ist, aber an sich selbst hat sie überhaupt nicht gedacht. Sie hatte außer Acht gelassen, dass es viel einfacher ist, eine Fernsehpersönlichkeit zu hassen als einen ganz normalen Mann. Ians Schuhe unter dem Sofa stehen zu sehen, seine Unterlagen auf dem Couchtisch – ja sogar der Zedern- und Seifengeruch seiner Haut im Bad – das alles macht ihn so ... real. Das erhebt ihn über die zweidimensionale kulturelle Ikone mit dem höllischen Wunsch, Faith zu entlarven, hinaus, macht ihn zu jemandem mit Gefühlen, Zweifeln und sogar Albträumen.

Wenn Ian Fletcher ihnen soweit vertrauen kann, dass er sie allein lässt, kann Mariah ihm dann nicht soweit trauen, dass das Anmieten dieser Hütte kein Eigennutz war, sondern eine nette Geste?

Sie wendet sich wieder Faith zu. »Ziehen wir uns an. Wir gehen.«

Es bricht Ian fast das Herz, Anziehsachen bei Kmart zu kaufen. Einem Mann, der Armani-Anzüge und Schuhe von Bruno Magli gewohnt ist, kauft nicht gerne Jeans und Turnschuhe aus dem Sonderangebotsregal. Aber Ian weiß, dass die Wahrscheinlichkeit, dort von einem gelangweilten Verkäufer wiedererkannt zu werden, geringer ist als in einer exklusiveren Boutique. Er steht an der Kasse hinter einer Mutter mit drei Kindern an, die lautstark nach Süßigkeiten verlangen, und betrachtet ganz versunken die Kleidungsstücke in seinem Einkaufswagen.

»Haben Sie alles gefunden?«, fragt die Verkäuferin.

Es ist wunderbar still geworden, nachdem die Mutter ihre Kinder hinausgeschoben hat, die gierig in M&M-Packungen wühlten. Impulsiv nimmt Ian eine Packung der

Schokolinsen aus dem Regal neben der Kasse und wirft sie auf das Band. Für Faith. »Ich denke schon.«

Beim Klang seiner Stimme blickt die Frau auf. Sie kneift die Augen leicht zusammen und versucht, den Zusammenhang zwischen seinem Südstaatenakzent und seinem Gesicht herzustellen. Einen Moment glaubt Ian schon, er wäre aufgeflogen, aber dann fährt sie fort, seine Waren einzuscannen. Sie muss zu dem Schluss gekommen sein, dass sie einen Doppelgänger vor sich hat. Was sollte der berühmte Ian Fletcher auch in einem Kmart wollen?

»Oh, das gefällt mir«, sagt die Frau und hält eine Kombination aus T-Shirt und Leggings mit einem Tweety-Aufdruck hoch. »Ich habe das Gleiche für meine Tochter gekauft.«

Ian hat es für Faith ausgesucht. Am gestrigen Abend ist ihm aufgegangen, dass sie in ihren Rucksäcken nicht viel zum Anziehen haben können und ebenso dringend neue Sachen brauchen wie er selbst. Unglücklicherweise kennt er sich mit Kindergrößen nicht aus.

Etwas für Mariah zu finden war da schon einfacher. Er brauchte sich nur zu vergegenwärtigen, bis wohin sie ihm reichte, wie breit ihre Hüften waren und wie schlank ihre Taille, und schon konnte er ihre Figur mit der einer seiner zahlreichen Verflossenen vergleichen. Sie hat übrigens eine wirklich sehr gute Figur, aber er hat weite Jeans und Flanellhemden ausgesucht und übergroße Sweatshirts – alles Sachen, in denen sie keine Aufmerksamkeit auf sich ziehen würde.

»Das macht hundertdreiundzwanzig Dollar neunundreißig Cents«, sagt die Verkäuferin.

Ian zückt seine Brieftasche und nimmt mehrere Zwanziger heraus. Er trägt die Tüte zum Mietwagen, steigt ein und ruft dann über Handy seinen Producer an.

»Wilton am Apparat.«

»Verdammt gut, dass wenigstens einer von uns da ist«, scherzt Ian.

»Ian? Himmel, ich bin fast verrückt geworden. Kannst du mir sagen, wo um alles in der Welt du steckst?«

»Tut mir leid, James. Ich weiß, dass ich gestern Abend zurück sein wollte, aber es gab einen ... Notfall in der Familie.«

»Ich dachte, du hättest keine Verwandten mehr.«

»Trotzdem werde ich eine Weile zu tun haben.« Ian trommelt mit den Fingern auf das Lenkrad, wohl wissend, dass James nicht das Geringste tun kann. Ohne Ian keine Show.

»Und wie lang genau ist eine Weile?«, fragt James schließlich.

»Das kann ich noch nicht sagen. Aber die Freitagsendung fällt definitiv aus. Ihr werdet eine Wiederholung bringen müssen.«

Er kann James förmlich kochen sehen. »Na großartig, Ian, wir haben nämlich bereits eine Livesendung angekündigt. Außerdem sind an die neunzig Reporter hier, darunter auch Medienvertreter, die bundesweit berichten und es gar nicht erwarten können, endlich die Story zu bekommen. Vielleicht sollte ich einen von ihnen bitten, für dich einzuspringen.«

Ian lacht. »Du kannst es ja meinetwegen mit Dan Rather versuchen. Er hat mich einmal in *Saturday Night Live* sehr treffend parodiert.«

»Es freut mich, dass du heute so heiter bist. Wenn deine Sendung nämlich den Bach runter geht, wird dir das Lachen im Hals stecken bleiben.«

»He, James, beruhige dich, bevor du noch einen Infarkt kriegst. Faith White ist doch noch nicht einmal vor Ort, oder?«

Hierauf folgt eine kurze Pause. »Woher weißt du das?«

»Ich habe meine Quellen. Und ich tue nur, was ich gesagt habe, das ich tun würde. Ich gehe vor Ort einer Geschichte nach.«

James holt tief Luft. »Soll das heißen, dass sie bei dir ist?«

»Ich sage nur, dass ich alles im Griff habe, auch wenn ich mich nicht in deinem Dunstkreis aufhalte.« Er blickt auf seine Armbanduhr. Himmel, inzwischen könnten Mariah und Faith schon halb Missouri durchquert haben – aber dieses Risiko musste er eingehen. Er hatte schon vor langer Zeit gelernt, dass der beste Weg, einen Schmetterling zu fangen, der ist, ihn nicht zu jagen, sondern sich ganz still zu verhalten, bis er sich aus eigenem Antrieb auf einem niederlässt. »Ich muss los, James. Ich melde mich wieder.«

Ohne seinem Producer die Gelegenheit zu geben, irgendwelche Proteste vorzubringen, schaltet Ian sein Handy aus und steckt es zurück in die Manteltasche. Dann fährt er zurück in Richtung Camp Perry, langsam genug, um nach einer Frau mit einem Kind Ausschau zu halten, die möglicherweise beschlossen haben, sich eine gemütlichere Bleibe zu suchen.

Mariah ist schweißgebadet. Obwohl es draußen ziemlich frisch ist, hat Faith schon nach etwa einer Meile gestreikt, sodass sie ihre Tochter den ganzen Weg bis zur Tankstelle auf dem Rücken tragen musste. Dann hat sie per R-Gespräch daheim angerufen und mit ihrer Mutter gesprochen, während Faith quengelte, dass sie etwas Süßes haben wolle.

»Du bist bei *wem*?«, hatte ihre Mutter fassungslos gefragt.

»Ich weiß, ich weiß. Aber wir werden weggehen.« An diesem Punkt hatte Mariah die Telefonnummer des örtlichen Taxiunternehmens entdeckt, die in die Wand der Telefonzelle geritzt war. »Ich rufe dich wieder an, sobald wir etwas gefunden haben, wo wir bleiben können.«

Als sie das Taxiunternehmen anruft, hat sie plötzlich ein furchtbar schlechtes Gewissen. Ian Fletcher ist ihnen gegenüber sehr freundlich und hilfsbereit gewesen. Wer weiß, vielleicht ist die Skrupellosigkeit seines Fernseh-Egos nur Theater.

Und doch möchte sie lieber nicht abwarten, bis sich diese Einschätzung als richtig oder falsch erweist.

Faith sitzt auf dem Boden und spielt mit toten Käfern herum, als Mariah auflegt. Das Taxi wird in zehn Minuten da sein. »Was machst du denn da? Du machst dich ja ganz schmutzig.«

»Ich möchte etwas Süßes. Ich habe Hunger.«

Mariah kramt in ihrer Hosentasche nach einer Fünfzig-Cents-Münze. »Hol dir dafür etwas.« Sie wischt sich den Schweiß von der Stirn und beobachtet, wie Faith eine Packung Erdnuss-M&Ms auswählt und dem Mann hinter dem Tresen reicht. Er lächelt Mariah zu; sie lächelt zurück.

»Sie sind nicht von hier«, sagt der Mann.

Mariah wird sofort flau im Magen. »Wie kommen Sie darauf?«

Er lacht. »Ich kenne so ziemlich jeden hier im Ort, und Sie gehören nicht dazu. Kommt Ihr Taxi?«

Er musste ihr Telefonat mitgehört haben. Mariahs Gedanken überschlagen sich. »Ja ... mein, äh, mein Mann hatte etwas zu erledigen und sollte uns eigentlich hier abholen. Aber ich glaube, meine Tochter hat Fieber, und ich möchte sie ins Motel zurückbringen ... Darum habe ich ein Taxi gerufen.«

»Ich richte ihm gerne aus, dass Sie vorausgefahren sind, wenn er herkommt.«

»Das wäre sehr nett«, sagt Mariah und bewegt sich langsam auf die Tür zu, um das Gespräch möglichst bald abzubrechen. »Liebes, warum warten wir nicht draußen?«

»Gute Idee«, sagt der Mann, obwohl sie ihn nicht gemeint hat. »Ich könnte auch etwas frische Luft vertragen.«

Resigniert verlässt Mariah die Tankstelle durch die Glastür und stellt sich neben eine Zapfsäule. Dann hält sie schützend eine Hand über die Augen und hält stadteinwärts Ausschau nach etwas, das auch nur im Entferntesten aussieht wie ein Taxi. Aber stattdessen kommt ein Wagen aus der entgegengesetzten Richtung angeschossen und bleibt dicht vor ihr stehen.

Ian steigt auf der Beifahrerseite aus, froh, dass er Mariah und Faith gesehen hat. »Hallo.« Er lächelt Mariah an. »Brauchen Sie vielleicht eine Mitfahrgelegenheit, junge Frau?«

»Ich hoffe, Sie haben Rosen mitgebracht, Bruder«, bemerkt der Tankstellenangestellte. »Man lässt eine Frau nicht warten.«

Ian lächelt verwirrt weiter und muss daran denken, dass Faith ihm einmal gesagt hat, dass ihre Mutter von Rosen niesen muss. Ehe Mariah sie zurückhalten kann, steigt Faith hinten in den Wagen und entdeckt dort den Stapel Einkaufstüten. »Was ist das?«

»Geschenke. Für dich und deine Mami.«

Faith zieht die Leggings mit dem passenden Tweety-T-Shirt aus einer Tüte, eine Packung Haarspangen und ein Sweatshirt mit Herzchen entlang des Halsausschnitts. Als Nächstes fördert sie ein Hemd zutage, das ganz offensichtlich für Mariah bestimmt ist.

Das war es, was er heute morgen zu erledigen hatte? Für sie alle etwas zum Anziehen kaufen?

»Ich schätze, das Taxi brauchen Sie jetzt nicht mehr«, sagt der Tankwart. »Ich rufe die Taxizentrale an.«

»Das wäre ... wirklich sehr nett«, bringt Mariah mühsam hervor.

Ian winkt dem Mann und setzt sich wieder ans Steuer. Mariah nimmt vorne auf dem Beifahrersitz Platz. »Sie waren bestimmt unterwegs zu einem kleinen Stadtbummel«, sagt er neutral. »Ich habe Sie zufällig im Vorbeifahren gesehen.«

»Gut so, ich hatte nämlich keine Lust mehr zu laufen«, lässt Faith aus dem Fond verlauten.

Mariah versucht, einen Vorwurf aus seinen Worten herauszuhören, versucht, ihn als den Mann zu sehen, als den sie ihn zuvor eingeschätzt hat. Er wendet sich ihr zu. »Selbstverständlich kann ich auch nur Faith zurückfahren und auf sie aufpassen, wenn Sie immer noch gerne bummeln gehen möchten.«

»Nein«, sagt sie ebenso zu ihm wie zu sich selbst. »Schon gut.«

New Canaan, New Hampshire, 22. Oktober 1999

Manche gaben die Schuld dem Taxifahrer, der den jungen Vater Rourke zum Bahnhof brachte. Andere meinten, ganz offensichtlich hätte hier ein neugieriger Reporter seine Hände im Spiel. Monate später wusste niemand mehr genau, wie Einzelheiten aus den Priesterakten den Menschen vor dem White-Haus bekannt wurden, aber plötzlich wussten sie alle, dass der Gott, den Faith White sah, weiblich war.

Der drei Spalten umfassende Bericht des Reporters von Associated Press erschien in zahlreichen Zeitungen von L.A. bis New York. Jay Leno hielt einen respektlosen Monolog über einen weiblichen Jesus, der sich Sorgen mache, ob eine Dornenkrone auch in Mode sei. Eine neue Gruppe weiblicher Anhänger traf vor dem White-Haus ein und ließ sich von der Neuigkeit um Faith' Abwesenheit ihren Enthusiasmus nicht weiter dämpfen. Sie waren etwa einhundert und kamen aus katholischen Colleges und Damen-Kirchenvereinen oder unterrichteten sogar an Gemeindeschulen. Einige von ihnen hatten darum gekämpft, zu Priesterinnen geweiht zu werden, aber vergeblich. Bewaffnet mit Bibeln und Texten von Naomi Wolf entrollten sie ein eilig gemaltes Banner der MOTHERGOD SOCIETY und sangen sehr laut im Chor das Vaterunser, wobei sie alle Pronomen entsprechend änderten. Sie hielten Plakate in die Höhe mit retouchierten Photos, die aussahen wie Heiligenbilder, und andere mit der Aufschrift WEITER SO, MÄDCHEN!

Sie waren eine eingeschworene, raue Gemeinschaft, ähnlich wie ein Damen-Eishockeyteam, wenngleich die meisten anderen Gläubigen, die entlang des Grundstücks campierten, sie nicht als gefährlich einstuften.

Aber sie konnten auch nicht wissen, dass die MotherGod Society weitere hundert Mitglieder in die Städte entlang der Ostküste entsandt hatte, die Pamphlete verteilten mit dem umgeschriebenen Vaterunser und dazu Faith Whites Namen und Adresse.

Manchester, NH – 22. Oktober 1999

»Was im Namen des heiligen Franziskus ist denn das?«, fragt Bischof Andrews und zuckt vor dem rosa Flugblatt zurück, als wäre es eine Klapperschlange. »Unsere Mutter, die Du bist im Himmel? Wer ist für diesen Müll verantwortlich?«

»Eine neue katholische Vereinigung, Eure Exzellenz«, beantwortete Vater DeSoto seine Frage. »Sie verehren ein Mädchen aus New Hampshire, das angeblich Gott gesehen hat.«

»Warum kommt mir das bekannt vor?«

»Weil Sie vor einer Woche mit Monsignore O'Shaughnessy über das Mädchen gesprochen haben. Vater Rourke – der Spezialist für pastorale Psychologie am Saint-John-Seminar – hat Ihnen seinen Bericht gefaxt.«

Bischof Andrews hat den Bericht nicht gelesen. Er ist an diesem Morgen in der Willkommensparade der Papst-Pius-XII.-Schule mitgefahren, in einem Ford-Oldtimer direkt vor einer sehr umfangreichen Blaskapelle, die ihm hämmernde Kopfschmerzen beschert hat, die immer noch nicht abgeklungen sind. Vater DeSoto reicht ihm ein Blatt Papier. »›Definitiv keinerlei Anzeichen für psychotisches Verhalten ...‹ Er ist aufgeschlossener als gut für ihn ist«, brummt Andrews, greift dann nach dem Telefon und wählt die Nummer des Priesterseminars in Boston.

Ein weiblicher Gott. Heiland!

Wozu einen Pastoral-Psychologen schicken, wo es sich doch eindeutig um einen Fall für einen Theologen handelt?

Lake Perry, Kansas – 22. Oktober 1999

An diesem Nachmittag spielen Ian und Faith Karten, als Mariah auf dem Sofa einschläft. In der einen Minute spricht sie noch mit ihnen, und in der nächsten schnarcht sie ganz plötzlich. Ian beobachtet, wie ihr Hals wie in Zeitlupe seitlich abknickt, hört die leisen Schnarchlaute, die sie von sich gibt. Gott, wie er sie beneidet. Einfach so einnicken zu können ... am helllichten Tag ...

Faith mischt die Karten und geht dabei so ungestüm vor, dass einige auf dem Fußboden landen. »He, Mr. Fletcher«, ruft sie mit schriller Stimme und lässt sich auf alle viere nieder, um die Karten einzusammeln.

»Pssst!« Ian nickt in Richtung der Couch. »Deine Mami schläft.« Ian ist bewusst, dass es sich vermutlich nur um ein kurzes Nickerchen handelt. »Hättest du Lust, nach draußen zu gehen?«, fragt er leise.

Faith verzieht wenig begeistert das Gesicht. »Ich will nicht wieder im Gras spielen. Das habe ich schon heute morgen getan.«

»Wenn ich mich recht entsinne, habe ich versprochen, mit dir angeln zu gehen.« Ian erinnert sich, eine alte verstaubte Angelrute in dem Schuppen neben dem Büro gesehen zu haben. »Wir könnten unser Glück versuchen.«

Faith blickt von Ian auf Mariah. »Ich glaube nicht, dass es ihr recht wäre, dass ich das Haus verlasse.«

Natürlich nicht, gibt Ian ihr im Stillen Recht. Faith könnte ja, ohne es zu wollen, ihr Geheimnis preisgeben. »Dann machen wir es kurz. Was deine Mama nicht weiß, macht sie nicht heiß.« Er steht auf und streckt sich. »Also, ich werde jedenfalls angeln gehen.«

»Warten Sie! Ich muss mir noch Schuhe anziehen!«

Er zuckt die Achseln und tut so, als wäre es ihm völlig

egal, ob sie ihn begleitet oder nicht. Aber das wird das erste Mal sein, dass er mit Faith White allein ist, abgesehen von jener Nacht, in der sie weggelaufen und später blutend zusammengebrochen ist. Es gibt so verdammt viel, was er über sie wissen möchte, dass er gar nicht weiß, wo er mit dem Fragen anfangen soll.

Draußen ist es klar und kühl, und die Sonne hängt tief am Himmel. Er schlendert pfeifend dahin, die Hände in den Hosentaschen vergraben, und gibt vor, gar nicht zu merken, wie sehr Faith sich anstrengen muss, um mit ihm Schritt zu halten. Ian holt die Angelrute und einen kleinen Spaten aus dem Schuppen und steuert den See an.

Am Ufer kniet er neben wucherndem Schilf nieder und reicht Faith den kleinen Spaten. »Möchtest du graben, oder soll ich?«

»Sie meinen, nach Würmern?«

»Nein, nach einem Schatz. Was dachtest du denn, was wir als Köder benutzen?«

Faith nimmt den Spaten und unternimmt einen halbherzigen Versuch, ein dickes Grasbüschel auszugraben. Ian starrt auf die Pflaster an ihren Händen: je eins auf den Handflächen und Handrücken. Natürlich hat er inzwischen Fälle angeblicher Stigmatisierungen untersucht – in seinem Beruf muss man über die Konkurrenz im Bilde sein. Er erinnert sich, gelesen zu haben, wie schmerzhaft die Wunden sein sollen, auch wenn er keine Sekunde an den Humbug geglaubt hat. Trotzdem nimmt er Faith den Spaten aus der Hand. »Lass mich mal«, brummt er.

Er lockert das Grasbüschel rundum und schält es hinterher vom Untergrund ab. Darunter kommen glänzende lilafarbene Würmer zum Vorschein, die sich im Erdreich winden. Faith rümpft die Nase. »Eklig.«

»Nicht für einen Breitmaulbarsch.« Er sammelt einige

Würmer ein, die er in einen kleinen Plastikbeutel steckt, und zeigt dann auf einen Steg. »Geh schon mal da hin. Und nimm die Angelrute mit.«

Als er nachkommt, sitzt sie auf dem Holzsteg und lässt die Füße ins Wasser baumeln. »Wenn deine Mami das sieht, bekommt sie einen Anfall.«

Faith wirft einen Blick über die Schulter. »Sie wird nur davon erfahren, wenn Sie ihr erzählen, dass Sie mich mit nach draußen genommen haben, und dann wird sie zu wütend auf Sie sein, um noch mit mir zu schimpfen.«

»Dann sind wir wohl so etwas wie Komplizen.« Ian reicht ihr die Hand, um ihr beim Aufstehen zu helfen. »So, weißt du, wie man die Leine auswirft? War dein Papa schon mal mit dir angeln?«

»Nein. Hat Ihrer Sie zum Angeln mitgenommen?«

Einfach so, Faith' Hand noch in der seinen. Sie blickt aus zusammengekniffenen Augen zu ihm auf, ihr Gesicht teilweise im Schatten. »Nein«, entgegnet er. »Ich kann mich nicht erinnern.« Er legt die Arme von hinten um sie und umfasst ihre Hände. Ihre Haut ist warm und unbeschreiblich weich; er kann fühlen, wie ihre Schulterblätter gegen seine Brust stoßen. »So.« Er holt mit der Rute aus und wirft die Leine aus.

»Und was jetzt?«

»Jetzt warten wir.«

Sie setzen sich beide auf den Steg, und Faith fährt mit dem Daumennagel die Rillen in den Planken des Anlegers nach. Sie hebt das Gesicht der untergehenden Sonne entgegen und schließt die Augen. Ian starrt wie gebannt auf den kaum merklichen Puls an ihrem Halsansatz. Zwischen ihnen herrscht eine so friedliche Stille, dass es ihm beinahe widerstrebt, sie zu stören, aber seine Neugier ist stärker. »›Folgt mir‹«, sagt er leise und beobachtet sie dabei sehr genau; »›und ich werde aus euch Menschenfischer machen‹.«

Sie wendet ihm das Gesicht zu. »Wie?«

»Das ist ein Zitat. Ein sehr altes.«

»Es ist dumm. Man kann keine Menschen fischen.«

»Du solltest irgendwann Gott danach fragen«, meint Ian, lehnt sich zurück und legt den Unterarm über die Augen, wobei er darauf achtet, verstohlen darunter hervorsehen zu können.

Faith runzelt die Stirn und will offenbar etwas antworten, überlegt es sich dann aber anders und bohrt stattdessen den Nagel wieder in das Holz des Steges. Ian wartet angespannt auf eine Beichte, aber was immer Faith sagen will, ist vergessen, als sie einen kräftigen Ruck an der Angel spürt. Aufgeregt schreit sie auf. Er zeigt ihr, wie sie ihren Fang einholen muss, ein Prachtexemplar von einem Fisch; mindestens drei Pfund schwer. Dann löst er den Barsch vom Haken und drückt sein Maul auf, damit Faith ihn packen kann.

»Oh«, haucht sie, als sie den Schwanz des Fisches an ihrem Bauch fühlt. *Wie süß sie ist*, denkt Ian lächelnd. Mit ihrem Haar, das die untergehende Sonne vergoldet, und dem Schmutz an ihrer Wange sieht er in ihr ganz ehrlich nicht eine Story, sondern schlicht ein kleines Mädchen.

Der Fisch fängt an, mit dem Schwanz zu schlagen, versucht, sich zu befreien. »Sehen Sie nur, wie ... Oh!« Faith schreit auf und lässt den Barsch fallen – das Letzte, was Ian sieht, bevor sie das Gleichgewicht verliert und vom Steg ins eisige Wasser fällt.

Mariah schreckt aus ihrem schlimmsten Albtraum hoch: Sie hat geträumt, Ian Fletcher wäre mit Faith auf und davon. Sie fährt auf dem Sofa hoch und ruft laut nach ihrer Tochter, obwohl die Stille in der Hütte ihr bereits verraten hat, dass die beiden fort sind. Auf dem Teppich liegen Spielkarten verstreut, so als hätte er sie sich mitten im Spiel geschnappt, als hätte er sie gewaltsam entführt.

Sie wird die Polizei verständigen müssen, aber das scheint ihr ein geringfügiges Opfer zu sein, wenn sie dafür Faith wohlbehalten zurückbekommt. Mit klopfendem Herzen stürzt Mariah aus der Hütte, so aufgeregt, dass sie gar nicht registriert, dass der Mietwagen noch vor dem Haus steht. Sie rennt zum Verwaltungsgebäude, dem nächsten Telefon, und verflucht sich selbst dafür, dass sie Faith Ian Fletcher ausgeliefert hat. Als sie um die Ecke biegt, sieht sie unten am See zwei Silhouetten, die eine groß, die andere klein. Mit grenzenloser Erleichterung bleibt Mariah mit weichen Knien stehen. Sie legt die Hände trichterförmig an den Mund, um sie anzurufen, aber dann stürzt Faith vor ihren Augen ins Wasser.

O Scheiße!, kann Ian gerade noch denken, bevor das Wasser über Faith zusammenschlägt und Mariahs Aufschrei bis zu ihm dringt. Das Wasser muss eisig sein, und er hat keine Ahnung, ob die Kleine schwimmen kann. Das Schlimmste ist aber, dass er nicht einfach hineinspringen und sie packen kann, weil die Gefahr besteht, dass er genau auf ihr landet und sie noch weiter nach unten drückt. Vage nimmt er wahr, wie Mariah schreiend die Böschung hinunterklettert, konzentriert sich aber weiter auf das trübe Wasser, bis er unter der Oberfläche etwas Silbernes ausmacht. Er springt ein Stück weiter links von dort, wo er Faith' Haar gesehen hat, in den See, öffnet die Augen im aufgewühlten Wasser und bekommt ein paar seidige Strähnen zu fassen.

Er kann sie sehen, ihre Augen in Panik weit aufgerissen, ihr Mund offen, ihre Hände, die gegen die Unterseite des Stegs drücken, unter den sie geraten ist. Er zieht sie an ihrem Pferdeschwanz unter dem Steg hervor und an die Oberfläche. Mit seiner Hilfe klettert sie hustend und würgend auf den Steg und spuckt Wasser, eine Wange gegen das Holz gepresst.

Ian zieht sich ebenfalls auf den Anleger, gerade, als Mariah bei ihnen ist, Faith in die Arme schließt, sie an sich drückt und beruhigend auf sie einredet. Erst jetzt gestattet er sich, aufzuatmen, und malt sich aus, was hätte passieren können. Ihm wird bewusst, dass er völlig durchnässt ist und zittert; seine Kleider müssen nass an die fünfzig Pfund wiegen und sind darüber hinaus eiskalt. Nachdem er einen Blick auf Faith geworfen und sich davon überzeugt hat, dass es ihr gut geht, steht er auf und setzt sich langsam in Richtung der Hütte in Bewegung.

»Rühren Sie sich nicht von der Stelle!«

Mariahs zornbebende Stimme lässt ihn innehalten. Ian dreht sich um und räuspert sich. »Sie kommt wieder in Ordnung«, sagt er gepresst. »Sie war nur ein paar Sekunden unter Wasser.«

Aber so leicht lässt Mariah ihn nicht davonkommen. »Wie konnten Sie es wagen, sie ohne meine Erlaubnis an den See mitzunehmen?«

»Also, ich ...«

»Haben Sie darauf gewartet, dass ich einschlafe, um sie mit ... mit irgendwelchen Süßigkeiten aus dem Haus zu locken und mit Fragen zu löchern? Haben Sie Ihre kostbare Aufnahme bekommen? Oder haben Sie vergessen, den

Recorder aus der Tasche zu nehmen, bevor Sie ins Wasser gesprungen sind?«

Ian fühlt, wie er ungewollt die Zähne bleckt. »Zu Ihrer Information: das Einzige, was ich ihre Tochter gefragt habe, ist, ob ihr Papa ihr gezeigt hat, wie man eine Angelleine auswirft. Ich habe kein Wort von unserer Unterhaltung aufgezeichnet. Sie ist durch einen dummen Unfall in den See gefallen und unter den Steg geraten. Ich bin ihr nur hinterhergesprungen.«

»Sie wäre nicht unter den Steg geraten, wenn sie sich nicht vorher darauf befunden hätte! Woher soll ich wissen, ob Sie sie nicht sogar ins Wasser gestoßen haben?«

Ians Augen funkeln vor Zorn. Ist das der Dank dafür, dass er das Mädchen gerettet hat? Schweratmend weicht er einen Schritt zurück. »Woher sollte ich wissen, dass sie nicht über das Wasser laufen kann?«

Lange nachdem Mariah Faith heiße Suppe eingeflößt, sie gebadet und zu Bett gebracht hat, ist Ian immer noch nicht zurückgekehrt. Ruhelos wandert sie durch die Hütte und starrt blind auf den Schnee im Fernsehen. Sie möchte sich bei ihm entschuldigen. Nachdem sie beide Zeit hatten, sich zu beruhigen, muss ihm doch klar sein, dass die pure Angst aus ihr gesprochen hat, aber das würde sie ihm auch gerne persönlich sagen. Immerhin hätte Faith auch allein zum Steg laufen, ins Wasser fallen und ertrinken können.

Sie wartet, bis ihre Tochter tief und fest schläft, und setzt sich dann auf die Bettkante. Mariah streicht ihr sanft mit einer Hand über die Wange, die sich warm und weich anfühlt wie ein reifer Pfirsich. Wie schaffen es andere Mütter, ihre Kinder immer im Auge zu behalten? Wie können sie die Augen schließen und sicher sein, dass nicht in eben diesem Moment etwas passiert? Das eisigkalte Wasser hätte Faith ernsthaft schaden können, aber glücklicherweise scheint sie das unfreiwillige Bad gut überstanden zu haben.

Und ihr Gott hat Faith nicht aus dem Wasser gezogen, das hat Ian ganz allein getan. Und zumindest dafür ist Mariah ihm zu Dank verpflichtet.

Plötzlich gleitet Scheinwerferlicht durch den Raum. Sie verlässt das Schlafzimmer, geht zur Haustür und wartet, dass Ian hereinkommt. Aber eine Minute verstreicht, dann noch eine, und schließlich sind es fünf. Sie wirft einen Blick aus dem Fenster: ja, der Wagen ist da. Dann öffnet sie die Tür.

Ian sitzt vor ihren Füßen. Er lehnt an der Tür. »Es tut mir leid«, sagt Mariah betreten und errötet.

»Schon gut. Ist ja auch ein blöder Ort, um sich hinzusetzen.«

Sie blicken in den Nachthimmel, auf die morsche Veranda, die abblätternde Farbe auf der Tür, überallhin, und vermeiden es dabei tunlichst, einander anzusehen. »Ich meine damit, dass es mir *wirklich* leid tut.«

»Mir auch. Es war ja nicht das erste Mal, dass ich in Bezug auf Faith etwas getan habe, ohne vorher Ihre Erlaubnis einzuholen.« Ian massiert sich mit einer Hand den Nacken. »Aber das Angeln hat ihr Spaß gemacht. Bis zu dem Augenblick, als sie ins Wasser gefallen ist jedenfalls.«

Sie sehen beide wieder Faith mit dem Barsch in den Armen vor sich, und dieses Bild spannt eine Brücke zwischen ihnen. Mariah lässt sich neben Ian zu Boden gleiten und zeichnet geistesabwesend einen Kreis in den Staub auf der Veranda. »Ich bin es nicht gewohnt, sie aus den

Augen zu lassen«, gesteht sie. »Ich tue mich sehr schwer damit.«

»Sie sind eine gute Mutter.«

Mariah schüttelt den Kopf. »Könnte gut sein, dass Sie mit dieser Meinung ziemlich allein dastehen.«

»Das bezweifle ich. Ich wette, da drin ist ein kleines Mädchen, das genauso denkt.« Er lehnt sich gegen die Hüttenwand. »Ich schätze, ich muss mich auch bei Ihnen entschuldigen. Sie haben mich wütend gemacht, sonst hätte ich das mit Faith und dem Auf-dem-Wasser-Laufen nie gesagt.«

Mariah denkt einen Moment über seine Worte nach. »Wissen Sie«, sagt sie schließlich, »ich wollte ebenso wenig wie Sie, dass sie zu einer ... einer Art Messias-Figur wird.«

»Was wollen Sie dann?«

Sie atmet tief durch. »Ich möchte, dass sie in Sicherheit ist. Ich möchte, dass sie nur mir gehört.«

Keiner von beiden spricht den Gedanken aus, der ihnen durch den Sinn geht: dass diese Wünsche sich möglicherweise nicht beide erfüllen werden. »Schläft sie jetzt?«

»Ja.« Mariah blickt auf die Haustür. »Sie ist ohne Widerworte zu Bett gegangen.« Ian winkelt ein Knie an und stützt locker ein Handgelenk darauf. Mariah fragt sich, was sie wohl in diesem Augenblick empfinden würde, wenn sie Ian nicht in einem Krieg um religiöse Überzeugungen kennen gelernt hätte, sondern in einem anderen, alltäglichen Zusammenhang, wenn er beispielsweise im Supermarkt ihre Geldbörse aufgehoben oder ihr im Bus seinen Sitzplatz überlassen hätte. Ihre Gedanken befassen sich mit Dingen, die sie bislang bewusst übersehen hat, wie sein rabenschwarzes Haar und das leuchtende Blau seiner Augen, und sie muss auch wieder daran denken, wie er sie im Krankenhaus auf die Wange geküsst hat.

»Wissen Sie«, sagt er leise, »sogar in den beiden Weltkriegen wurde über Weihnachten eine Waffenruhe vereinbart.«

»Ich verstehe nicht.«

»Ein Waffenstillstand, Mariah«, sagt Ian, und ihr Name kommt ihm weich wie Honig über die Lippen. »Ich meine, wir könnten vielleicht hier und jetzt gewisse Zweifel einräumen hinsichtlich unserer Ansichten über den anderen. Sie wissen schon, im Zweifel für den Angeklagten.« Er lächelt sie an. »Wahrscheinlich bin ich nur halb so schlimm, wie Sie glauben.«

Sie erwidert das Lächeln. »Stellen Sie Ihr Licht nicht unter den Scheffel.«

Hierauf lacht er laut auf, und in dieser Sekunde erkennt Mariah, dass Ian Fletcher schon einschüchternd ist, wenn er ein grimmiges Gesicht macht, er einem aber richtig Angst machen kann, wenn er sich ganz natürlich und unbefangen gibt.

Mitten in der Nacht, als Faith und Mariah längst schlafen, schleicht Ian sich in ihr Zimmer. Mit dem feierlichen Ernst eines Mannes, der an einem Abgrund steht, steht er am Rand des Bettes und blickt auf sie hinab. Mariah hält Faith in den Armen wie Kuchenteig in einem Rührbesen. Ihrer beider Haar hat sich auf dem Kissen vermischt. Von dort, wo er steht, scheint es fast so, als wären es nicht zwei verschiedene Menschen, sondern nur zwei Inkarnationen derselben Person.

Der Abend ist in Anbetracht seines Wutausbruchs am See besser gelaufen als erwartet. Der Waffenstillstand ist ein Zeitgewinn und wird Mariah dazu bewegen, ihm eher zu vertrauen. Und natürlich wird er so tun müssen, als würde er ihr vertrauen – was ihm in gewisser Weise viel zu leicht fällt, verdammt. Manchmal sieht sie aus wie jede andere Mutter, und Faith sieht aus wie ein ganz normales kleines Mädchen. Bis man dieser Mischung Gott hinzufügt.

Lake Perry, Kansas – 23. Oktober 1999

Faith setzt sich beim Frühstück neben Mr. Fletcher und beobachtet ihre Mutter, die sich in der Küche zu schaffen macht. »Heute Morgen haben wir die Wahl zwischen Cheerios, Cheerios und, falls ihr die lieber mögt, Cheerios«, sagt ihre Mutter gutgelaunt.

»Dann nehme ich Cheerios.« Mr. Fletcher lächelt zu ihrer Mutter auf, und Faith erkennt gleich, dass sich etwas verändert hat. So als wäre die Luft leichter einzuatmen.

»Wie fühlst du dich?«, fragt Mr. Fletcher sie.

»Okay.« Aber dann muss sie niesen.

»Würde mich nicht wundern, wenn sie sich erkältet hätte«, sagt ihre Mutter zu Mr. Fletcher, der nickt. Sie stellt eine Schüssel vor Faith hin.

»Geben Sie ihr Vitamin C. Man kann eine Erkältung abwenden, wenn man nur genug davon nimmt.«

»Das ist ein Ammenmärchen. So wie die Weisheit, man solle eine Kette aus Knoblauchzehen um den Hals tragen.«

Faith blickt von einem zum anderen und fragt sich, wie es möglich ist, dass zwischen dem Einschlafen gestern Abend und dem Aufwachen heute Morgen die ganze Welt auf den Kopf gestellt wurde. Das letzte Mal, als sie Mr. Fletcher und ihre Mutter zusammen gesehen hat, haben sie sich derart angebrüllt, dass ihr Kopf von dem Geschrei gedröhnt hat.

Sie reden immer noch von Medikamenten und vom Krankwerden, als wäre Faith gar nicht vorhanden. Schweigend steht sie auf, durchquert die kleine Küche und schleift eine Trittleiter hinter sich her zur Anrichte. Sie greift nach den Schüsseln im mittleren Fach des Küchenschranks und nimmt eine zweite heraus. Sie gibt Cheerios hinein und stellt sie vor einen freien Platz am Tisch.

»Wenigstens hast du Appetit«, bemerkt Mr. Fletcher.

Faith starrt ihn herausfordernd an. »Das ist nicht für mich. Das ist für Gott.«

Der Löffel ihrer Mutter landet klirrend in ihrer eigenen Schüssel. Faith beobachtet, wie die Erwachsenen einen langen Blick tauschen, sich ein regelrechtes Blickgefecht liefern, bei dem es darum geht, wer zuerst den Blick abwendet. Vor allem ihre Mutter scheint völlig verdattert zu sein und darauf zu warten, dass Mr. Fletcher etwas sagt.

Nach einer Weile greift er nach dem Milchkrug und reicht ihn Faith. »Hier«, sagt er und isst dann seelenruhig noch einen Löffel seiner Cheerios. »Nur für den Fall, dass sie sie nicht trocken mag.«

24. Oktober 1999

Am darauffolgenden Abend liegt Ian auf der Couch und schreibt in ein Notizbuch. Mariah sitzt am Küchentisch. Der durchdringende Geruch von Leim weht durch den Raum, und obwohl er ihre Hände nicht sehen kann, weiß er, dass sie damit beschäftigt ist, etwas zu kleben. In dieser verfluchten Hütte fällt auch alles auseinander.

Plötzlich streckt sie sich, und ihre Brüste drücken sich durch eins der formlosen Flanellhemden, die er für sie besorgt hat. Sie blickt zu ihm herüber und lächelt zögernd. »Woran arbeiten Sie?«

»Das sind nur ganz allgemeine Notizen für eine Sendung.«

»Oh. Ich wusste nicht, dass die Reihe noch läuft.« Sie errötet bei ihren eigenen Worten, die unterschwellige Botschaft war dabei allzu laut und deutlich: Ich wusste nicht, dass Sie gleichzeitig nett sein und uns als Story betrachten können.

»Ich muss meine Brötchen verdienen.«

Bei seinen Worten stöhnt Mariah auf. »Ich habe bestimmt alle Kunden verloren.«

Überrascht, dass sie nicht nur Hausfrau und Mutter ist, wölbt Ian fragend die Brauen. »Kunden? Was machen Sie denn beruflich?«

Sie zögert einen Moment, dann zeigt sie auf den Tisch. »So etwas.«

Er geht rüber und bleibt hinter ihrem Stuhl stehen. Auf einer Papierserviette liegt ein Fächer aus aneinandergeklebten Zahnstochern. Daneben sieht er einen kleinen Zylinder, und vor seinen Augen formt Mariah den Fächer zu einem Strohdach, das sie auf den Zylinder setzt. Fertig ist die Hütte, die im Übrigen keineswegs albern aussieht, sondern erstaunlich wirklichkeitsnah. Indem sie die Hölzer hier und da exakt abgebrochen hat, sind ein Fenster und eine Tür entstanden, und das Ganze sieht aus wie eine Eingeborenenhütte. »Erstaunlich«, sagt Ian, überrascht von ihrem Können. »Dann sind Sie Bildhauerin?«

»Nein, ich bastle Puppenhäuser.« Sie dreht eine Leimperle zwischen den Fingern.

»Und was wollen Sie mit dieser Hütte anfangen?«

»Gar nichts.« Mariah lacht. »Ich habe mich gelangweilt.

Die Zahnstocher waren das Erste, was mir in die Finger gekommen ist.«

Ian lächelt. »Erinnern Sie mich daran, dass ich die Holzlöffel vor Ihnen verstecke.«

Sie lehnt sich in ihrem Stuhl zurück und sieht zu ihm auf. »Ihre Sendungen ... wer moderiert sie derzeit?«

»Ich. In Technicolor. Wir senden während meines Aufenthaltes hier Wiederholungen.«

»Und Ihre Notizen?«

»Die sind für die Sendungen nach meiner Rückkehr gedacht«, entgegnet Ian leise. »Wann immer das sein mag.«

»Handeln sie von Faith?«

»Stellenweise.« Noch während er es ausspricht, fragt er sich, warum zum Teufel er ihr ehrlich geantwortet hat. Wäre es nicht einfacher, klüger gewesen, zu behaupten, er hätte Faith ganz von seiner Themenliste gestrichen?

Aber das kann er nicht. Weil nämlich Mariah White irgendwann im Verlauf der vergangenen Woche aufgehört hat, eine Story zu sein, und sich in einen Menschen verwandelt hat, der ihm selbst nicht unähnlich ist. Sicher hat es ein paar bizarre Momente gegeben – Faith, die eine Schüssel Frühstückszerealien für ihre imaginäre Freundin auf den Tisch stellt, und Faith, die allein auf der Veranda sitzt und scheinbar Selbstgespräche führt. Aber Mariah hat sichtlich verlegen versucht, diese Zwischenfälle vor ihm zu verbergen, anstatt sie als Beweis für Faith' Draht zu Gott vorzuzeigen. Er sagt sich, dass sie sich ebenso klug verhält wie er selbst, dass sie sich dumm stellt in der Hoffnung, Ian zu bekehren und als Fürsprecher zu gewinnen wie die anderen bemitleidenswerten Dummköpfe, die sich von Faith haben hinters Licht führen lassen. Er sagt sich das, weil die – undenkbare! – Alternative wäre, dass sein Gefühl ihn bei Mariah getäuscht hätte. Und wenn er sie falsch eingeschätzt hat, womit hat er dann noch Unrecht?

»Wenn ich Sie fragen würde, was Sie über sie bringen wollen, würden Sie mir dann ehrlich antworten?«, will Mariah wissen.

Ian denkt an Michael, an die Story, die er haben wird, wenn das alles vorbei ist. Aber er setzt eine verwirrte Miene auf und wendet den Blick ab. »Wenn ich es könnte, würde ich es Ihnen sagen, Mariah. Aber Fakt ist, dass ich zum gegenwärtigen Zeitpunkt selbst noch nicht weiß, was ich berichten werde.«

New Canaan, New Hampshire

Joan Standish hat die Nachrichten und die zunehmende Berichterstattung über Faith Whites mysteriöses Verschwinden aus New Canaan verfolgt. Petra Saganoff beginnt jede Folge von *Hollywood Tonight!* inzwischen mit einem Countdown: Drei Tage ohne Faith, vier Tage. Der örtliche NBC-Ableger, ein durchaus seriöser Sender, hat sogar eine Livesendung zu diesem Thema gebracht, im Laufe derer ein Anrufer behauptet hat, er hätte Faith vor einem Kino in San José, Kalifornien, anstehen sehen – um dann seine Glaubwürdigkeit zunichte zu machen, indem er sich über den zugegebenermaßen sehr eigenwilligen Tanzstil Howard Sterns ausgelassen hat. Alles in allem hat sie der Angelegenheit keine große Aufmerksamkeit gewidmet, einmal abgesehen davon, dass sie Mitleid empfindet für das kleine Mädchen im Mittelpunkt dieses ganzen Trubels.

Dann aber rief Malcolm Metz' angesehene Anwaltskanzlei aus Manchester an und teilte ihr mit, dass man seit Dienstag vergeblich versuche, ihrer Klientin Unterlagen zuzustellen, genauer einen Sorgerechtsantrag von Colin White. Ihre Klientin? Wer konnte wissen, ob Mariah White überhaupt wünschte, von Joan vertreten zu werden? Sie hatte nicht mehr mit ihr gesprochen, seit das Scheidungsurteil rechtskräftig geworden war.

Aber aus Gründen, die sie selbst nicht ganz versteht und auch nicht näher analysieren möchte, fährt sie in der Mittagspause zum Haus der Whites. Nichts von dem, was sie im Fernsehen gesehen hat, hat sie auf das Schauspiel der langen hügeligen Straße vorbereitet, die auf beiden Seiten gesäumt ist von Fahrzeugen mit heruntergeklappter Hecktür, die als Picknicktisch dient. Überall kleine Menschengruppen – die Medienvertreter und die anderen, jene, die glauben, Faith könnte ihnen helfen. Sie haben sich entlang der Mauer zwischen Grundstück und Straße aufgestellt, Pflegerinnen mit ihren an den Rollstuhl gefesselten Pfleglingen, Blinde mit Blindenhunden im Geschirr, neugierige Christen mit Kamera und übergroßen Kreuzen an viel zu dicken Ketten um den Hals.

Gott, das mussten mindestens zweihundert Personen sein. Als sie an eine Straßensperre am Ende der Zufahrt gelangt, bringt sie ihren Jeep zum Stehen. Die Sperre ist mit zwei örtlichen Polizisten bemannt, die sie als eine der wenigen Anwälte des Ortes wiedererkennen. »Paul«, begrüßt sie den einen der beiden Beamten. »Das ist ja vielleicht was.«

»Sie sind länger nicht hier gewesen, was?«, entgegnet der Polizist. »Sie sollten nach der Mittagspause wiederkommen, wenn die Sekte zu singen anfängt.«

Joan schüttelt den Kopf. »Dann ist Mariah White also wirklich nicht zu Hause?«

»Nein, da haben Sie Pech. Andererseits wären dann noch ein paar hundert Spinner mehr hier versammelt.«

»Ist überhaupt jemand im Haus?«

»Ihre Mutter. Sie hält die Stellung, nehme ich an.« Er macht den Weg frei, damit Joan passieren kann. Sie parkt am Rand der Rasenfläche, steigt die Verandatreppe hinauf und klopft an die Haustür. An der schmalen Scheibe seitlich der Tür erscheint das Gesicht einer älteren Dame, die offenbar überlegt, ob sie öffnen soll oder nicht.

»Ich bin Joan Standish«, ruft sie, »die Anwältin Ihrer Tochter.«

Die Tür schwingt auf. »Millie Epstein. Kommen Sie rein.« Als die Anwältin eintritt, fragt die alte Dame sofort: »Ist ihnen etwas zugestoßen?«

»Wem?«

»Mariah und Faith.« Millie ringt nervös die Hände. »Sie sind nicht hier, wissen Sie.«

»Soweit ich weiß, geht es ihnen gut. Aber ich muss Kontakt zu Ihrer Tochter aufnehmen.« Joan ist ein Profi, wenn es darum geht, in anderer Leute Gesicht zu lesen, und Millie Epstein verheimlicht ganz offensichtlich etwas. »Mrs. Epstein, es ist wirklich ausgesprochen wichtig.«

»Ich weiß nicht, wo sie sind. Ich schwöre es.«

Joan denkt kurz darüber nach. »Aber Sie haben von ihnen gehört«, rät sie.

»Nein.«

»Dann sollten Sie beten, dass Mariah sich bald meldet, ich habe nämlich eine Nachricht für sie. Sagen Sie ihr, dass ihr Ex-Mann das Sorgerecht für ihre gemeinsame Tochter beantragt hat. Und ganz gleich, wie nobel ihre Absichten waren, als sie Faith von hier weggebracht hat, ein Richter wird es so deuten, dass sie versucht hat, sich dem Gesetz zu entziehen, indem sie untergetaucht ist, damit man ihr die Dokumente nicht zustellen kann. Und glauben Sie mir, Mrs. Epstein, so etwas können Richter auf den Tod nicht ausstehen. Je länger sie sich versteckt, desto größer wird die Wahrscheinlichkeit, dass man Colin White das Sorgerecht überträgt.« Das Gesicht der alten Dame ist sehr blass, und sie hat die Lippen zu einem schmalen Strich zusammengepresst. »Sagen Sie ihr, sie soll mich anrufen.«

Millie nickt. »Ich werde es ihr ausrichten.«

Lake Perry, Kansas – 24. Oktober 1999

Mariah findet einfach keinen Schlaf. Sie dreht sich auf die Seite und blickt durch das Fenster in den Nachthimmel. Der Mond geht gerade auf, und die Sterne leuchten dreidimensional, so nah, als könnte sie sie greifen und in der Hand halten. Sie misst die Zeit an Faith' gleichmäßigem Atem, und unzählige Fragen gehen ihr durch den Kopf: *Wie lange können wir noch hierbleiben? Wohin sollen wir als nächstes gehen? Wie kommt meine Mutter zurecht? Wird morgen ein Reporter hier auftauchen, oder übermorgen, oder überübermorgen?*

Sie setzt sich auf und zieht das Sweatshirt herunter, das sie zum Schlafen trägt. Ian hatte für Faith ein Nachthemd gekauft, nicht aber für Mariah. Sie stellt sich vor, wie er sich die bequemen aus Flanell angesehen hat und dann die eleganteren aus Seide, überlegend, welches ihr wohl besser gefallen würde. Als sie fühlt, wie brennende Röte ihre Wangen überzieht, steht sie auf und beginnt, rastlos auf und ab zu gehen. Zwecklos, von Dingen zu träumen, die doch nie passieren werden.

Sie würde liebend gern spazieren gehen, aber dazu müsste sie das Wohnzimmer durchqueren, in dem Ian schläft. Stattdessen geht sie zum Fenster und sieht hinaus. Ian lehnt an der Motorhaube des Mietwagens. Die rote Glut einer Zigarette erhellt sein Profil, das so ruhelos und besorgt wirkt wie ihr eigenes. Sie beobachtet ihn schamlos, fragt sich, was ihn nachts wachhält, und versucht, ihn Kraft ihres Willens dazu zu bringen, herüberzusehen.

Als er es schließlich tut, als ihre Blicke sich treffen, tut Mariahs Herz einen Sprung. Ertappt stützt sie sich mit beiden Händen auf die Fensterbank. Sie rühren sich nicht, sagen kein Wort, lassen es einfach geschehen, dass die Nacht ein enges Band zwischen ihnen knüpft. Dann drückt Ian die Zigarette mit dem Absatz aus, und Mariah legt sich wieder hin, beide mit dem Gedanken, dass der andere auch die Minuten bis zum Morgen zählt.

Atlanta – CNN-Studios

Larry King streicht seine tiefrote Krawatte glatt und sieht seinen Gast an. »Sind Sie soweit?«, fragt er, ohne auf Antwort zu warten, und dann blinkt das kleine Lämpchen an der Kamera auf. »Hier sind wir wieder, mit Rabbi Daniel Solomon, dem spirituellen Führer von Beit Am Hadash, einer Glaubensgemeinschaft vergleichbar mit ALEPH oder Jewish Renewal.«

»Das ist richtig«, bestätigt Rabbi Solomon, der sich auch nach zehn Minuten vor der Kamera noch unsicher fühlt. »Hallo.« Er trägt ein mottenzerfressenes schwarzes Sakko – das einzige in seinem Besitz mit Revers anstelle eines Stehkragens – und das obligatorische Batikhemd, aber er könnte ebenso gut nackt sein. Millionen Menschen hören ihm zu – Millionen! –, und das nach Jahren, in denen er sich vergeblich abgemüht hat, sich Gehör zu verschaffen. Er ruft sich immer wieder ins Gedächtnis, dass er dieses Interview ebenso Faith White verdankt wie seiner eigenen Kongregation. Was macht es schon, dass King ein katholisches Riesenarschloch von einem Professor ins Spiel gebracht hat, der alles widerlegt, was Solomon sagt? Immerhin ist es David mit Gottes Hilfe gelungen, Goliath zu besiegen.

»Rabbi«, fragt King unumwunden, »ist Faith White der Messias?«

»Nun, ganz sicher ist sie nicht der jüdische Messias«, entgegnet Rabbi Solomon und entspannt sich, jetzt, da er sich auf ihm vertrauten theologischen Terrain befindet. »Der Thora zufolge lautet ein Kriterium für einen jüdischen Messias, dass dieser einen jüdischen Staat gründet. Und nichts von dem, was Faith von Gott mitgeteilt bekommen hat, deutet auf ein derartiges Vorhaben hin.« Er schlägt die Beine übereinander. »Das Interessante an einem Messias ist, dass die Anforderungen, die Judaismus und Christentum an ihn stellen, sehr unterschiedlich sind. Unserem jüdischen Glauben nach wird der Messias sich erst blicken lassen, wenn es uns gelungen ist, die Welt von allem Übel zu befreien und für eine göttliche Wesenheit vorzubereiten. Im Christentum steht die Ankunft des Messias meines Wissens nach für das Anbrechen eines Zeitalters der Erlösung. Er bringt sie mit sich, Juden müssen sich das Erscheinen des Messias erst verdienen, während die Christen nur darauf zu warten brauchen.«

»Wenn ich an dieser Stelle widersprechen dürfte?«

Beide Männer wenden sich der Stimme zu, die von einem Fernsehmonitor über ihnen herrührt. »Bitte«, sagt King. »Vater Cullen Mulrooney, Theologieprofessor am Boston College. Was wollten Sie sagen, Vater?«

»Ich halte es für anmaßend, wenn ein Rabbi mir erzählen will, was Christen zu tun oder zu lassen haben.«

»Lassen Sie uns darüber sprechen, Vater«, meint Larry King und tippt mit einem Kugelschreiber auf den Schreibtisch. »Wie kommt es, dass die katholische Kirche sich mit den Behauptungen eines kleinen jüdischen Mädchens befasst?«

Mulrooney lächelt. »Das hängt damit zusammen, dass eine große Zahl von Katholiken sich von ihr angesprochen fühlt.«

»Und dass sie erst sieben Jahre alt ist, spielt dabei keine Rolle?«

»Nein. Die katholische Kirche hat schon Visionen noch jüngerer Kinder für authentisch erklärt. Im Übrigen bezeichnete man das früher als das Alter der Vernunft, von dem an ein Mensch reif genug war, moralisch für sein Handeln verantwortlich gemacht zu werden. Darum wird auch in diesem Alter die erste Beichte abgenommen.«

Larry King schürzt die Lippen. »Der Mutter zufolge hat dieses Mädchen keine religiöse Erziehung jedweder Art genossen. Lassen wir einen Anrufer zu Wort kommen.« Er drückt einen Knopf. »Hallo?«

»Hallo? Ich habe eine Frage an den Rabbi. Wenn sie kein jüdischer Messias ist, was ist sie dann?«

Rabbi Solomon lacht. »Ein außergewöhnlich spirituelles Mädchen, das möglicherweise eher als wir anderen in der Lage ist, sich Gott zu öffnen.«

Die Stimme eines weiteren Anrufers ertönt. »Wenn sie Jüdin ist, warum wurde sie dann mit den Wundmalen Christi gezeichnet?«

»Wenn ich diese Frage beantworten dürfte?«, mischt sich Vater Mulrooney ein. »Ich halte es für wichtig, dass wir uns vor Augen halten, dass der Bischof noch kein offizielles Statement hinsichtlich der angeblichen Stigmata abgegeben hat. Es könnte Jahre ... Jahrzehnte ... dauern, bis die Wunden vom Vatikan als Stigmata anerkannt werden.«

»Aber es ist dennoch eine gute Frage«, bemerkt Larry King. »Wir reden hier nicht von einer Karmeliterin, sondern von einem Kind, und dazu noch von einem, das nicht im christlichen Glauben erzogen wurde.« Er wendet sich wieder Rabbi Solomon zu. »Wie kann ein jüdisches Mädchen die Wundmale eines Erlösers aufweisen, an den sie nicht glaubt?«

»Faith White ist ein unbeschriebenes Blatt«, ergreift Vater Mulrooney wieder das Wort. »Wenn bei einem Mensch ohne religiöse Vorgeschichte, einem Nicht-Christen, die Wundmale Christi auftreten, darf man das wohl als Beweis dafür werten, dass Jesus der einzige wahre Herr über die Menschen ist.«

Rabbi Solomon lächelt. »Das sehe ich ganz anders. Ich denke, Gott hat ein kleines jüdisches Mädchen ausgewählt und Stigmata ins Spiel gebracht, um möglichst viele Menschen verschiedener Glaubensrichtungen anzusprechen. Christen, Juden ... wir alle blicken jetzt auf sie.«

»Aber warum jetzt? Warum Jahrtausende warten und sich dann so plötzlich manifestieren? Hat das etwas mit der Jahrtausendwende zu tun?«

»Absolut«, bekräftigt der Priester. »Seit Jahren gilt die Jahrtausendwende als Datum für die Apokalypse, und die Menschen sehnen sich nach Erlösung.«

Der Rabbi lacht. »Vergessen Sie die Jahrtausendwende. Dem jüdischen Kalender nach sind es noch dreiundvierzig Jahre, bis wir überhaupt erst die *Jahrhundertwende* erreichen.«

»Ein weiterer Anrufer«, kündigt King an und drückt wieder einen Knopf.

»Sie ist Handlangerin des Teufels. Sie ...«

»Danke«, sagt King und unterbricht das Gespräch. »Hallo, Sie sind auf Sendung.«

»Ich sage, bravo Faith White. Auch wenn sie sich das alles nur ausgedacht haben sollte, war es höchste Zeit, dass jemand einmal den Gedanken aufwirft, dass Gott eine Frau sein könnte.«

»Meine Herren? Ist Gott männlich?«

»Nein«, antworten Rabbi und Priester wie aus einem Munde.

»Gott ist keines von beidem und beides zusammen«, erklärt Mulrooney. »Aber eine Vision ist so viel mehr als nur physische Merkmale. Da sind die konkreten, überprüfbaren Beweise, abgesehen von der Vision, die Frömmigkeit und christliche Tugend ...«

»Das hat mich schon immer gestört«, brummt Rabbi Solomon. »Die Behauptung, nur Christen wären tugendhaft.«

»Das wollte ich damit nicht ...«

»Wissen Sie, was Ihr Problem ist?«, greift der Rabbi seinen Kontrahenten an. »Sie behaupten, aufgeschlossen zu sein, aber das gilt nur, solange Ihr Visionär etwas sieht, das Ihnen in den Kram passt. Sie hocken in Ihrer Fakultät und haben das Mädchen noch nicht einmal kennen gelernt, aber sie ist ein Zylinder in einem quadratischen Loch, und darum diskreditieren Sie sie mit Ihrer Theologie.«

»Moment mal«, erwidert Vater Mulrooney zornig. »Ich besitze wenigstens eine Theologie. Was für eine radikale Hippiebewegung bezeichnet sich schon als jüdisch, verwendet aber Gesänge und buddhistische und indianische Elemente?«

»In der jüdischen Theologie ist Raum für einen weiblichen Gott.«

Der Priester schüttelt den Kopf. »Verbessern Sie mich, wenn ich irre, aber richten sich die hebräischen Gebete nicht an ›*adonai eloheinu*‹ – Gott, unseren Herrn?«

»Das ist richtig«, bestätigt Rabbi Solomon. »Aber es gibt viele hebräische Namen für Gott. Beispielsweise *Haschem,* was bedeutet ›der Name‹ – das klingt doch eher geschlechtsneutral, oder? Und dann ist da noch Gottes Präsenz, *Schekhinah,* die gemeinhin als weiblicher Begriff verstanden wird. Ich persönlich gebe dem Wort *Schaddai* als Bezeichnung für Gott den Vorzug. Es wird immer im Maskulinum konjugiert, und jahrelang haben Rabbis das Wort mit ›der Hügel Gott‹ oder ›der Berg Gott‹ übersetzt. Aber *Schaddai* weist eine verblüffende Ähnlichkeit auf mit *Schaddaim* ... und das bedeutet ›Brüste‹.«

»Das ist doch absurde Haarspalterei«, schnaubt Vater Mulrooney verächtlich. »Und aus Höhle ohne ›h‹ und mit zwei ›l‹ wird Hölle.«

»Sie ...« Rabbi Solomon will aufspringen, aber Larry King legt ihm begütigend eine Hand auf den Arm.

»Faith White, Heilerin oder Betrügerin?«, nennt King noch einmal den Titel der laufenden Sendung. »Wir sind gleich wieder bei Ihnen.« Als das Lämpchen an der Kamera ausgeht, hat Vater Mulrooneys Gesicht eine ungesunde scharlachrote Farbe angenommen, und Rabbi Solomons Augen sprühen vor Zorn. »Hören Sie, Sie beide liefern mir wirklich großartiges Material, aber versuchen Sie doch bitte, sich nicht gegenseitig umzubringen, ja? Wir haben noch zwanzig Minuten Sendung vor uns.«

Lake Perry, Kansas – 25. Oktober 1999

Ein Vollmond über Kansas ist ein bemerkenswerter Anblick, leuchtend und so prall, als würde er jeden Moment platzen bei seiner langsamen Wanderung über die Ebenen. Es ist die Art von Mond, der wilde Tiere aus ihrem Versteck hervorlockt, Katzen dazu verführt, auf Zaunpfosten herumzuturnen, und Schleiereulen unheimliche Rufe ausstoßen lässt. Er verändert einen, sei es auch nur für die Zeit, die man ihn anschaut. Man hat das Gefühl, das Blut würde träger durch die Adern fließen, und einem wird ganz schwindlig von einem Lied, gespielt auf kahlen Ästen und Schilfrohr. Es ist ein Mond, der Ian und Mariah am Montagabend, nur Stunden vor seinem Besuch bei Michael, seinen dicken Bauch vorhält.

Sie haben es sich zur Gewohnheit gemacht, sich einen Moment zu gönnen, die Anspannung des Tages abzuschütteln, bevor Mariah sich schlafen legt und Ian sich wieder an die Arbeit setzt. Auf der Veranda sprechen sie von unverfänglichen Themen: Gänsen, die sie nach Süden haben fliegen sehen, der unglaublichen Anzahl der Sterne, dem Geruch des Winters in der Luft. Sie wickeln sich in karierte Wolldecken und sitzen nebeneinander, bis ein rosiger Hauch ihre Wangen überzieht, ihre Nasen laufen und sie vor der Kälte flüchten. An diesem Abend ist Ian ungewöhnlich still. Er weiß, was er zu tun hat – eigentlich läuft es darauf hinaus, dass er die überzeugendste schauspielerische Leistung seines Lebens bringen muss –, aber er zögert es hinaus. Jedes Mal, wenn er tief Luft holt, um davon anzufangen, wirft er einen Blick auf Mariah, und ihm wird wieder bewusst, dass er nicht den Anfang vom Ende einläuten will.

Mariah gähnt. »Ich sollte wohl besser reingehen.« Sie

blickt um sich, um zu sehen, ob Faith vielleicht etwas draußen hat liegen lassen, und greift dann nach einem Paar Schuhe. »Wie kann ein Mensch nur so unordentlich sein«, murmelt sie und hebt noch eine Bibel mit abgenutztem Ledereinband auf. In der Annahme, Faith habe sie in der Hütte gefunden, versucht sie, das Buch unter ihrer Decke verschwinden zu lassen, ohne dass Ian etwas davon mitbekommt.

»Das ist meine.«

»Die Bibel?«

Er zuckt die Achseln. »Ich schöpfe daraus Ansatzpunkte für meine Reden. Ein großartiger Lesestoff. Natürlich betrachte ich ihn als Fiktion und nicht als Realität.« Er schließt die Augen und legt den Kopf in den Nacken. »O verdammt. Ich lüge Sie an, Mariah.«

Er kann fühlen, wie sie sich anspannt und im Geiste einen Schritt zurückweicht. »Wie bitte?«

»Ich habe Sie belogen. Ich habe heute Abend in der Bibel gelesen, weil ... weil ich Lust hatte. Und das war nicht meine einzige Lüge. Ich habe Sie in dem Glauben gelassen, ich säße in diesem Flugzeug, weil ich Ihnen zum Flughafen gefolgt wäre, aber tatsächlich hatte ich den Flug schon gebucht, lange bevor Sie überhaupt beschlossen haben, wegzulaufen. Ich komme nämlich regelmäßig hierher, um jemanden zu besuchen.«

»Jemanden.« Ihr Tonfall ist kühl, und auch wenn Ian nichts anderes erwartet hat, versetzt es ihm einen Stich.

Sie denkt, er spräche von einem Producer, einem Dokumentarfilmer, irgendjemandem aus dem Geschäft, der Faith an den Pranger stellen könnte. »Es handelt sich um einen autistischen Verwandten. Michael lebt hier in einem Heim, weil er in der normalen Welt nicht allein zurechtkommt. Diese Sache ist sehr privat, und darum weiß auch niemand davon – weder mein Producer noch das Team. Als ich Sie und Faith im Flugzeug gesehen habe, war mir klar, dass Sie annehmen würden, ich würde Sie verfolgen. Das war zwar nicht der Fall, aber ich wollte nicht, dass Sie wissen, was ich in Kansas City wollte. Also tat ich das, was Sie ohnehin annahmen: Ich folgte Ihnen.«

Er fährt sich mit beiden Händen durch das Haar. »Allerdings habe ich nicht über die möglichen Konsequenzen nachgedacht.« Ian wendet den Blick von ihr ab. »Faith – ich habe sie jetzt mehrere Tage lang um mich gehabt. Und je mehr Zeit ich mit ihr verbringe, desto mehr frage ich mich, ob an ihrer Geschichte nicht doch etwas dran ist, ob ich mich nicht geirrt habe.« Er schluckt hart. »Tagsüber fahre ich zu Michael, und wenn ich dann zurückkomme, Faith sehe und ... Gott, ich stelle mir die beiden vor, und meine Gedanken wirbeln wild durcheinander: Was, wenn? Was, wenn sie die Wahrheit sagt? Was, wenn sie Michael heilen könnte? Und dann, ebenso schnell, schäme ich mich, dass ich – der große Ungläubige! – so etwas überhaupt in Betracht gezogen habe.« Ian wendet sich wieder Mariah zu, ein verräterisches Glitzern in den Augen und mit brüchiger Stimme. »Ist sie dazu in der Lage? Kann sie Wunder wirken?«

Er kann in Mariahs Augen lesen wie in einem Buch; sie sieht in ihm einen Menschen, der leidet. Sie greift nach seiner Hand. »Natürlich werden wir Ihren Verwandten besuchen gehen«, verspricht sie. »Und wenn Faith etwas für ihn tun kann, wird sie das auch tun. Und wenn nicht, dann ist es eben so, wie Sie die ganze Zeit gesagt haben.«

Wortlos hebt Ian ihre Hand an die Lippen, eine Geste grenzenloser Dankbarkeit, auch wenn das winzige Mikrophon und der Recorder unter seinen Kleidern jedes Wort aufzeichnen.

26. Oktober 1999

Lockwood ist ein hässliches Heim. Flurwände und Fußböden sind pistaziengrün. Auf den Korridoren reihen sich Türen aneinander wie Dominosteine, und an jeder von ihnen ist außen ein kleiner Kasten mit einer Patientenakte befestigt. Mr. Fletcher führt sie bis ans Ende des Flurs, wo sie einen Raum betreten, der um vieles freundlicher ist als alles, was Faith bisher hier gesehen hat. An den Wänden stehen Regale mit Büchern, es gibt einige Tische mit Brettspielen, und es läuft sogar klassische Musik. Der Raum erinnert sie ein wenig an die Bibliothek von New Canaan, abgesehen davon, dass in der Bücherei keine Krankenschwestern in bequemen weißen Turnschuhen herumlaufen.

Ihre Mutter hat ihr nicht viel gesagt, außer dass sie heute einen kranken Verwandten von Mr. Fletcher besuchen werden. Ihr ist das recht; in dieser Hütte ist es aber auch zu langweilig. Außerdem gab es in einigen der Zimmer, an denen sie vorbeigekommen sind, Fernseher. Vielleicht empfängt dieser Verwandte ja den Disney-Kanal, und Faith kann fernsehen, während die Erwachsenen sich unterhalten.

Mr. Fletcher steuert eine Ecke des Raumes an, wo ein Mann mit einem Kartenspiel sitzt. Der Mann gönnt ihnen nicht einmal einen Blick, als sie näherkommen, sondern sagt nur: »Ian ist da. Um halb vier am Dienstag. So wie immer.«

»Fast«, antwortet Mr. Fletcher, und für Faith klingt seine Stimme irgendwie seltsam, hölzern und höher als sonst.

Dann endlich wendet der Mann sich ihnen zu, und Faith' Augen weiten sich. Wenn Mr. Fletcher nicht leibhaftig neben ihr stehen würde, hätte sie geglaubt, er wäre der Mann mit den Karten.

Mariahs Kinnlade klappt herunter. Sein Zwillingsbruder? Jetzt erst versteht sie: warum Ian ein Geheimnis daraus macht, warum er ihn regelmäßig besucht, warum er solches Interesse daran hat, Faith mit Michael zusammenzubringen. Ians Wunsch entsprechend bleibt sie mit Faith in einiger Entfernung stehen, während er langsam auf seinen Bruder zugeht.

»Hallo, Sportsfreund«, sagt Ian.

»Karozehn. Kreuzacht.« Die Karten fallen auf einen unordentlichen Haufen auf dem Tisch.

»Kreuzacht«, wiederholt Ian und setzt sich auf einen Stuhl.

Ian hat ihr erklärt, dass Michael als hochgradig autistisch diagnostiziert wurde. Seine Überlebensstrategie in der realen Welt besteht darin, sich an eine immer gleiche Routine zu halten. Veränderungen dieser Routine machen ihm Angst. Eine Kleinigkeit wie eine andere Anordnung des Bestecks auf seiner Serviette oder auch, dass Ian zwei Minuten länger bleibt als gewöhnlich kann als Auslöser genügen. Und er kann es nicht ertragen, angefasst zu werden.

Ian hat ihr erklärt, dass Michaels Zustand sich nie bessern wird.

Faith zerrt an ihrer Hand. »Lass mich los«, verlangt sie leise.

Michael dreht ein Ass um. »O nein.«

»Ass und Trumpf«, sagen die Brüder im Chor.

Etwas an dieser Szene rührt Mariah zutiefst: Ian, der nur Zentimeter von einem Mann entfernt sitzt, der ihm wie aus dem Gesicht geschnitten ist, und versucht, einen Kontakt zu diesem herzustellen über sinnlose Worte. Sie hebt die Hand, um sich verstohlen die Tränen aus den Augen zu wischen, und erst jetzt wird ihr bewusst, dass sie nicht mehr Faith' Hand hält.

Ihre Tochter nähert sich dem Kartentisch. »Darf ich mitspielen?«

Wie erstarrt wartet Ian Michaels Reaktion ab. Er blickt von Ian auf Faith, dann wieder auf Ian und schreit aus Leibeskräften: »Ian kommt allein! Um halb vier am Dienstag. Nicht Montag Mittwoch Donnerstag Freitag Samstag Sonntag; allein allein allein!« Mit einer zornigen Geste schleudert er die Karten vom Tisch, sodass sie auf seinem Schoß und auf dem Fußboden landen.

»Faith.« Mariah versucht, sie wegzuziehen, als auch schon eine Schwester herbeieilt, um Michael zu beruhigen. Aber Faith kriecht unbeirrt auf allen vieren über den Fußboden und sammelt die Karten ein. Michael wiegt sich vor und zurück, und die beschwichtigenden Worte der Krankenschwester, die wohlweislich darauf verzichtet, ihn anzufassen, scheinen von ihm abzuprallen wie Regentropfen von einer Öljacke. Faith legt das Kartenspiel schüchtern auf den Tisch und blickt neugierig zu dem erwachsenen Mann mit dem Verstand eines Kleinkindes auf. »Vielleicht wäre es besser, wenn Sie und Ihre Bekannte gehen, Mr. Fletcher«, sagt die Krankenschwester freundlich.

»Aber ...«

»Bitte.«

Ian steht ruckartig von seinem Stuhl auf und verlässt den Raum. Mariah ergreift Faith' Hand und folgt ihm. Sie wirft noch einen Blick zurück. Sie sieht, wie Michael nach dem Kartenspiel greift und es beinahe zärtlich an die Brust drückt.

Draußen vor dem Aufenthaltsraum bleibt Ian stehen, schließt die Augen und holt mehrmals tief Luft. Jedes Mal, wenn Michael einen seiner Anfälle hat, zittert er selbst am ganzen Leib. Aber irgendwie ist es diesmal noch schlimmer.

Mariah und Faith kommen heraus und bleiben still neben ihm stehen. Er kann es kaum ertragen, sie anzusehen. »Soll *das* dein Wunder gewesen sein?«

Unbändiger Zorn durchströmt ihn wie ein Gift, das sich in seinem ganzen Organismus ausbreitet. Er weiß weder warum noch woher diese Wut rührt. Immerhin hat er genau diesen Ausgang erwartet.

Und doch hatte er sich einen anderen erhofft.

Der Gedanke trifft ihn unvorbereitet, zieht ihm den Boden unter den Füßen weg. Vor seinen Augen dreht sich alles, und er muss sich haltsuchend an die Wand lehnen. Der ganze Mist, den er Mariah gestern Abend aufgetischt hat, die vielen kleinen Zugeständnisse der vergangenen Woche, um ihnen weiszumachen, er fange an, Faith zu glauben ... sie waren nicht nur gespielt gewesen. Auf professioneller Ebene mag Ian sich gewünscht haben, dass Faith heute versagt, aber auf persönlicher Ebene wollte er, dass es ihr gelingt, etwas zu bewirken.

Autismus ist eine Krankheit, die sich nicht mit einem Blick oder einer Berührung heilen lässt, das hat er die ganze Zeit gewusst. Faith White ist entgegen ihrer Behauptungen eine Betrügerin. Aber diesmal bereitet es ihm keine Genugtuung, wieder einmal Recht gehabt zu haben. Dieses kleine Mädchen, das alle getäuscht hat, hat Ian vor Augen geführt, dass er sich selbst etwas vorgemacht hat.

Mariah legt ihm zögernd eine Hand auf den Arm, aber er schüttelt sie ab. Wie Michael, denkt er, und fragt sich, ob sein Bruder vielleicht deshalb keine Berührung ertragen kann, weil er das unverhohlene ehrliche Mitleid nicht aushält. »Gehen Sie einfach«, knurrt er und lässt sie stehen. Als er den Ausgang erreicht, rennt er beinahe. Er hastet um das Gebäude herum auf die Rückseite von Lockwood, zu dem kleinen Teich mit dem Schwanenpaar. Dann reißt er das Mikrophon unter dem Revers hervor und nimmt den noch laufenden Recorder aus der Tasche. Mit aller Kraft wirft er beides so weit er kann ins Wasser.

Es ist fast halb vier, als Ian schließlich zur Hütte zurückkehrt. Mariah weiß ganz genau, wie spät es ist; sie ist die ganze Nacht wach geblieben und hat sich Sorgen gemacht. Nachdem er davongelaufen war, war Ian in dem Mietwagen weggefahren und hatte Mariah und Faith sich selbst überlassen. Nachdem das Taxi sie abgesetzt und der Wagen nicht vor der Hütte gestanden hatte, hatte Mariah angenommen, Ian würde bis zum Abendessen zurück sein. Es wurde neun. Mitternacht.

Sie hat den Wagen schon im Graben liegen sehen, um einen Baum gewickelt. Er war viel zu erregt gewesen, um Auto zu fahren. Erleichtert, dass ihm nichts passiert ist, geht sie rüber ins Wohnzimmer. Die Alkoholfahne steigt Mariah in die Nase, noch bevor sie Ian auf dem Sofa liegen sieht, das Hemd aufgeknöpft und eine Flasche Canadian Club beim Hals haltend. »Bitte, lassen Sie mich einfach in Ruhe.«

Mariah befeuchtet ihre Lippen. »Es tut mir so leid, Ian. Ich weiß auch nicht, warum Faith meiner Mutter helfen konnte, nicht aber Michael.«

»Ich werde Ihnen sagen, warum«, erwidert er gepresst. »Weil sie eine gottverdammte Betrügerin ist. Sie könnte nicht mal den geringsten Kratzer heilen, Mariah. Hören Sie endlich auf mit dem Theater, ja!«

»Das ist kein Theater.«

»Ist es doch. Das alles ist nur Schau.« Er schwenkt die Flasche und verschüttet dabei Schnaps auf die Sofakissen. »Ich selbst habe Ihnen etwas vorgemacht, seit ich Sie im Flugzeug gesehen habe, und die Vorstellung Ihrer Tochter ist wahrhaft oscarreif. Und was Sie betrifft, Sie ...«

Er lehnt sich so weit zu ihr vor, dass sie den Canadian Club in seinem Atem schmecken kann. Sie zögert kurz, ehe sie sich vorbeugt und ihn küsst.

Es fängt ganz sachte an, ein leichtes Gleiten seiner Lippen über ihre. Sie legt ihm eine Hand auf den Hinterkopf und zieht ihn näher zu sich heran, küsst ihn leidenschaftlich, als wolle sie aus ihm heraussaugen, was ihn so quält.

Ian schluckt mehrmals, ehe seine Stimme ihm wieder gehorcht. »Wofür war denn das?«

»Ich spiele dir nichts vor, Ian.«

Ian umschließt ihr Gesicht mit beiden Händen und lehnt die Stirn gegen ihre. »Du verstehst nicht.«

Mariah blickt auf seine gequälten Züge, sieht aber vor ihrem geistigen Auge Ian neben seinem Zwilling sitzen und sich bemühen, die sonderbaren Regeln des Autisten zu befolgen, weil das besser ist als gar nichts. Ian irrt sich. Sie versteht ihn besser, als er glaubt.

»Ich würde es aber gerne verstehen«, sagt sie.

Ian Fletcher ist zweieinhalb Minuten früher geboren als sein Bruder: größer, kräftiger und aktiver als sein Zwilling, ein Umstand, für den er den Rest seines Lebens bezahlt hat. Ian hat offensichtlich im Mutterleib den Löwenanteil an Nahrung und Platz für sich beansprucht, und auch wenn kein Arzt je so etwas auch nur angedeutet hat, fühlt er sich verantwortlich für die schlechte Gesundheit und Entwicklung seines Bruders, vielleicht sogar für den Autismus, der bei Michael diagnostiziert wurde, als der noch ein Kleinkind war.

Ihre Eltern waren wohlhabende Jetsetter aus Atlanta, die spät geheiratet hatten und denen ihr Learjet, das restaurierte Herrenhaus auf der ehemaligen Plantage und die Ferienwohnung auf Grand Cayman immer wichtiger waren als ihre Zwillingssöhne. Ian und Michael waren ein Fehler gewesen, über den die Eltern nie sprachen, da unübersehbar mit einem der beiden Jungen etwas nicht stimmte. Sie lebten in Saus und Braus, reisten monatelang durch die Weltgeschichte und überließen Ian und Michael derweil der Obhut irgendeiner Erzieherin oder Kinderfrau, die zu diesem Zweck engagiert worden war. Ian wusste, dass er für Michael verantwortlich war, das wurde ihm klar, sobald er die Unterschiede zwischen ihnen begreifen konnte. Von Hauslehrern unterrichtet, wuchs Ian ohne Freunde und Spielkameraden auf. Das Einzige, was er hatte, was er immer gehabt hatte, war sein Bruder.

Als Ian zwölf war, kam der Anwalt seines Vaters eines Nachts mit dem Sheriff zu ihnen nach Hause. Das Flugzeug seiner Eltern war über den Alpen abgestürzt, und es hatte keine Überlebenden gegeben.

Über Nacht wurde alles anders. Ian erfuhr, dass der Lebensstil, den sie gewohnt waren, einen gewaltigen Schuldenberg angehäuft hatte, sodass die Jungen bankrott waren, bevor überhaupt an Erbschaft zu denken war. Ian und Michael wurden in die Obhut ihrer wenig begeisterten Tante mütterlicherseits und ihres bibelfesten Ehemannes gegeben und kamen so nach Kansas. Aber Tante und Onkel versuchten gar nicht, Michaels psychische Probleme zu verstehen, und sie verfügten nicht über die notwendigen Mittel, jemanden einzustellen, der ihnen diese Verantwortung abnahm. Der Staat wäre für eine adäquate Unterbringung Michaels überall in Kansas aufgekommen, aber niemand erkundigte sich nach den staatlichen Fördermitteln, und so wurde Michael in die nächstbeste Psychiatrie geschickt, in der ein Bett frei wurde, ein grässlicher Ort, der nach Fäkalien und Urin stank und an dem Michael der einzige Patient war, der überhaupt sprechen konnte.

Ian besuchte ihn weiter, auch nachdem seine Tante und sein Onkel ihre Besuche längst eingestellt hatten. Er ging in die Bibliothek und brachte in Erfahrung, welche Heime den besten Ruf genossen, aber niemand wollte auf ihn hören. Sechs Jahre lang fragte er sich, welches Grauen Michael durchmachen musste, dass er sich immer weiter zurückentwickelte, sich morgens nicht mehr anziehen wollte, sich immer öfter katatonisch wiegte und entschieden jede Berührung ablehnte.

An seinem und Michaels achtzehnten Geburtstag zog Ian einen Anzug an, den er in einem Secondhand-Shop erstanden hatte, und beantragte vor einem Gericht in Kansas City, dass ihm das Sorgerecht für seinen Bruder übertragen wurde. Er bekam ein Stipendium für die Kansas State und arbeitete rund um die Uhr, um seine Bücher zu bezahlen und Geld anzusparen. Er informierte sich umfassend über Wohngemeinschaften für autistische Erwachsene und sprach mit Ärzten, die ihm erklärten, Michael käme für ein solches Programm noch nicht infrage. Er erfuhr von Pflegeheimen, die sich aus Fördermitteln von Staat und Bund finanzierten und auch mittellose Patienten aufnahmen, wenn auch nur sehr wenige. Ian kam dahinter, dass man jemanden kennen musste, der zur rechten Zeit am rechten Ort war, wenn man keine Absage bekommen wollte. Er erfuhr, dass man, wenn man für eine gewisse Pflegequalität bezahlte, immer weiter bezahlen musste, weil sonst das Bett sofort einem anderen zugeteilt wurde.

Michael war der Motor von Ians beruflichem Ehrgeiz gewesen. Und der ging ganz natürlich mit dem Umstand einher, dass er schon vor langer Zeit den Glauben an Gott verloren hatte. Was für ein Gott hätte ihm die Eltern genommen, ja die ganze Kindheit geraubt? Mehr noch, was für ein Gott hätte seinem Bruder das angetan? Ian war wütend, und zu seiner Überraschung stellte er fest, dass die Leute ihm zuhörten: erst die Englischlehrer an der Grundschule, dann Theologiedozenten, gefolgt von Radiohörern, Fernsehproduzenten und -zuschauern. Je berühmter er wurde, desto leichter fiel es ihm, die Kosten für Michaels Pflegeplatz in Lockwood zu finanzieren. Je aggressiver er wurde, desto schneller eignete er sich wieder den Lebensstil an, den er in früher Kindheit gekannt hatte.

Als Michael zweiundzwanzig war, fing er wieder an, selbstständig zu essen. Mit sechsundzwanzig konnte er sein Hemd alleine zuknöpfen. Mit siebenunddreißig lehnte er immer noch jegliche Berührung ab.

Plötzlich versteht Mariah, wie er so geworden ist. Er hat Jahre darauf verwandt, den hilflosen kleinen Jungen abzuschütteln, der er gewesen ist, um sich in jemanden zu verwandeln, dessen Lebensinhalt sein »Unglaube« ist – und das mit gutem Grund. Wie schmerzlich es gewesen sein muss, auf ein Wunder zu hoffen, dafür zu beten.

Aber ihr ist noch etwas klar geworden: Ian mag ja einen Platz für seinen Bruder in Lockwood bekommen haben, es mag ihm auch gelungen sein, finanziell so erfolgreich zu sein, dass er für die Pflege seines Bruders aufkommen kann, aber ihre Intuition sagt ihm, dass Ian verwehrt geblieben ist, was er am meisten braucht. Sein ganzes Leben hat er sich um Michael gekümmert – aber es ist Jahre her, dass jemand sich um *ihn* gekümmert hat.

Mariah fängt ganz behutsam an, streicht mit der Hand über sein Haar und dreht diese dann um, sodass ihre Fingerknöchel über seinen Hals und seinen Kiefer gleiten. Sie hebt die Hände an seine Wangen, lässt sie über seine Schultern gleiten und beobachtet, wie er genießerisch die Augen schließt wie eine Katze in der Sonne. Dann legt sie fest die Arme um ihn, vergräbt das Gesicht in seiner Halsbeuge und fühlt, wie er erschauert.

Seine Arme schließen sich so fest um sie, dass sie keine Luft mehr bekommt, gar nichts anderes mehr tun kann, als sich von der Welle seiner Bedürfnisse tragen zu lassen. Seine Hände fahren über ihren Rücken und ihre Schultern, und sie fühlt seine Lippen an ihrem Ohr. »Danke«, flüstert er.

Mariah biegt den Kopf zurück und küsst ihn. »Es war mir ein Vergnügen.«

Ian lächelt. »Das wollen wir doch hoffen.« Er küsst sie und lässt dann die Lippen über ihre Haut wandern. Er zieht sie aus, nimmt ein Kondom aus seiner Brieftasche und lässt seine Hände und Zunge ihren Körper erforschen,

Bildet sie sich das nur ein, oder widmet er sich tatsächlich besonders lange ihren Handgelenken mit den Narben, derer sie sich immer noch schämt? Mariah sieht sich selbst schrumpfen, klein und wie Wachs in Ians Händen, bis sie das Gefühl hat, so winzig zu sein, dass sie in eins ihrer Hausmodelle passen würde, über die makellosen Fußböden laufen und in die blanken Spiegel schauen könnte. Sie öffnet die Augen, als Ian sich auf sie legt und in sie eindringt.

Sie sagt sich, dass es Jahre gedauert hat, das herauszufinden, aber so fühlt es sich an, wenn zwei Körper perfekt zusammenpassen.

Ians Stöße werden kraftvoller. Mariah drängt ihm entgegen, ihre Finger krallen sich in seine Schultern, und ihre Zunge kostet das Salz auf seiner Haut. Sie denkt nicht mehr an Ians Vergangenheit, an Faith' Zukunft, an irgendetwas. Und unmittelbar bevor sie sich in Ekstase verliert, hört sie Ians Stimme ganz sacht über ihre Schläfe streichen. »Oh«, stöhnt er, als er sich in ihr verliert. »O Gott!«

»Habe ich nicht«, sagt Ian lachend.

»Hast du wohl.«

»Was meinst du, woran das liegt? Ich meine, es ist etwas ganz Alltägliches, warum also sollte ich Gottes Namen rufen, wenn wir beide miteinander schlafen?«

»Macht der Gewohnheit, würde ich sagen«, entgegnet sie lachend.

»Für dich vielleicht.« Er legt die Arme um sie, immer noch staunend über den Frieden, den er fühlt, alle Wogen geglättet. »Ich denke, es hat mehr mit Göttlichkeit zu tun.«

Mariah dreht sich in seinen Armen. »Hat es das?«, fragt sie und weicht seinem Blick aus. »War es ... okay?«

Ian wölbt die Brauen. »Musst du da noch fragen?«

Sie zuckt die Achseln, und sein Körper spannt sich unwillkürlich an. »Es ist nur ... also, ich habe mich immer gefragt, was aus mir geworden wäre, wenn ich dreißig Pfund leichter wäre, platinblond oder mit mehr Sexappeal ausgestattet. Ich dachte, damit wäre ich vielleicht für Colin interessant geblieben.«

Ian antwortet nicht gleich. »Wenn du dreißig Pfund leichter wärst, würde dich der geringste Windhauch umpusten. Wenn du platinblond wärst, würde ich dich nicht wiedererkennen. Und wenn du noch mehr Sexappeal hättest, würde es mich wahrscheinlich umbringen.« Er küsste sie auf die Stirn. »Ich habe gesehen, wie geschickt du bist. Du hast mir von deinen Hausmodellen erzählt. Du hast eine großartige Tochter. Wie kommst du also auf den Gedanken, dass irgendetwas, das du tust ... einschließlich Sex ... etwas anderes sein könnte als wunderbar?«

Ian umfasst Mariahs Gesicht mit beiden Händen und schiebt sich geschmeidig wieder zwischen ihre Beine. »Du bist nicht perfekt. Du hast da diese eine Sommersprosse.« Er zeigt auf eine Stelle an ihrem Schlüsselbein. »Du kannst auch richtig stur sein. Und deine Hüften sind ...«

»Ich habe ein Kind geboren!«

Ian lacht. »Ich weiß. Ich wollte dir nur vor Augen führen, dass niemand, wenn man pedantisch mit der Perfektion umgeht, den Anforderungen genügen würde. Ich schon gar nicht.« Zärtlich streicht er ihr über das Haar. »Colin ist ein Idiot. Und diesmal meine ich es, wenn ich sage: Gott sei Dank.«

Mariah lächelt und kuschelt sich näher an ihn auf dem Nest aus Decken, das sie sich auf dem Teppich gemacht haben. »Weißt du, welchen Begriff ich am allerschönsten finde?«

»Lass mich nachdenken.« Ian runzelt konzentriert die Stirn. »Harmonie?«

Mariah schüttelt den Kopf. »Treue Ergebenheit«, haucht sie.

Ian kann sich nicht erinnern, jemals im Leben solchen Frieden empfunden zu haben, und das ausgerechnet in diesem Höllenloch von einer Ferienhütte in Kansas. Das ist nur ein vorübergehender Zustand, das weiß er. Seine Waffenruhe. Morgen wird er Mariah eröffnen müssen, dass er die ganze Zeit gelogen hat, dass er ganz gezielt daran gearbeitet hat, ihre Sympathie zu gewinnen, seit sie das Flugzeug verlassen haben, mit dem alleinigen Zweck, Faith ein für allemal als Betrügerin entlarven zu können. Morgen wird er ihr sagen müssen, dass er Faith' katastrophale Begegnung mit Michael auf Band aufgenommen hat, auch wenn er die Kassette nicht mehr besitzt. Morgen wird er entscheiden müssen, wie viel er seinem Producer verraten soll.

Morgen ist noch früh genug, ihren Hass auf sich zu ziehen.

»Einen Groschen für deine Gedanken«, sagt sie gähnend.

»Einen Groschen? Die sind viel mehr wert als das. »Ich denke, wir haben keinen Einfluss darauf, in wen wir uns verlieben«, flüstert Ian. »Wir tun es einfach.«

Aber Mariah atmet bereits tief und gleichmäßig, und Ian erkennt, dass sie eingeschlafen ist. Er genießt das Gewicht ihres Körpers, unter dem sein Arm einschläft und das ihn gleichzeitig wärmt. Und gleich darauf, zum ersten Mal seit Jahren, fällt Ian in tiefen, friedlichen Schlaf.

Es ist erst kurz nach fünf, als Ian sich von Mariah löst. Fürsorglich breitet er die Decke über sie, da er nicht weiß, ob sie für gewöhnlich nackt schläft, und er nicht möchte, dass Faith hereingelaufen kommt und sie so sieht. Eilig zieht er sich an und schreibt eine Nachricht für Mariah, in der steht, wann er zurück sein wird, wohin er geht, nichts Wichtiges.

Er fährt nach Lockwood. Er weiß selbst nicht, weshalb er dorthin zurückkehrt. Wenn sein Bruder sich schon derart aufgeregt hat über Mariahs und Faith' Anwesenheit als krasse Unterbrechung seiner Routine, kann auch dieser unplanmäßige Besuch nur ein Reinfall werden. Es ist nur, dass er so überstürzt gegangen ist. Michael hatte geschrien, und er war davongestürmt. Er möchte nicht eine Woche warten, bis er Michael wiedersieht. Wenn Michael noch schläft, kann Jan einfach nur einen Blick auf ihn werfen, sich davon überzeugen, dass es ihm gut geht, und wieder gehen.

Das Pflegepersonal macht einen großen Bogen um ihn, als er zum Zimmer seines Bruders geht und die Tür öffnet. Michael schnarcht leise mit entspanntem Gesicht, lang auf den Laken ausgestreckt. »Hallo, Sportsfreund«, sagt Ian leise und zögert, bevor er seinem Bruder sanft über das Haar streicht.

Michael schlägt abrupt die Augen auf. »Ian?«

»Stimmt.« Er zieht die Hand zurück und wirft einen Blick auf die Uhr über der Tür, damit rechnend, dass Michael gleich anfangen wird zu schreien. Aber stattdessen gähnt sein Bruder und streckt sich.

»Was machst du so früh am Morgen hier?«, fragt Michael. Ian starrt ihn verdattert an. »Gibt es in deinem Leben keinen schöneren Ort, an dem du dich aufhalten könntest?«

Sein Bruder, der in den vergangenen drei Jahren keinen zusammenhängenden Satz mehr gesprochen hat, zieht ihn auf. Ian kneift die Augen zusammen und registriert die Wachheit, das Bewusstsein in den Augen seines Bruders. »Gott, Ian. Und da sagt man, du wärst der Klügere von uns beiden.« Michael breitet in einer einladenden Geste beide Arme aus.

»Michael«, haucht Ian und schließt seinen Zwilling in die Arme. Als Michael ihm auch noch linkisch auf den Rücken klopft, verschlägt es ihm vollends die Sprache.

Als er sich wieder einigermaßen in der Gewalt hat, rückt er leicht von Michael ab, um mit seinem Bruder zu reden, sich richtig mit ihm zu unterhalten, aber auf Michaels Gesicht liegt wieder ein abwesender Ausdruck. Ian sieht zu, wie er das Kartenspiel vom Nachttisch nimmt. »Karovier. Pikdrei. Karosieben. Ian kommt um halb vier am Dienstag. Nicht Montag Mittwoch Donnerstag ...«

Wie vor den Kopf geschlagen, weicht Ian vom Bett zurück. Er verlässt Michaels Zimmer, bevor die Hölle losbricht, überzeugt, dass er sich diese surreale Begegnung nur eingebildet hat, dass sein Bruder die ganze Zeit nur geschlafen hat. Seufzend fischt Ian seine Wagenschlüssel aus der Brusttasche und findet dabei zu seiner Verblüffung eine Karte, den Herzbuben, den nur drei Minuten zuvor jemand dort hineingesteckt hat, der ihm nah genug war, um ihn zu umarmen.

KAPITEL 9

Geister können frei nach Wunsch
jedes Geschlecht annehmen,
sogar beide gleichzeitig.

John Milton
Paradise Lost

DAS ERSTE MAL, als Colin mich geküsst hat, war ich im ersten Jahr auf dem College, saß in der verlassenen Sporthalle und konjugierte das französische Verb *vouloir*. »Wollen«, hatte ich gesagt, woraufhin ich versuchte, mich auf die harte Tribüne zu konzentrieren, anstatt auf die Lichtreflexe auf Colins Gesicht.

Er war ganz einfach der attraktivste Junge, der mir je begegnet war. Er stammte aus dem Süden und aus einer alteingesessenen Familie. Und ich war ein jüdisches Mädchen aus einem Vorort. Sein Großvater war Professor in der Geschichtsfachschaft gewesen, während mein Studium über ein akademisches Stipendium finanziert wurde. Ich kannte seinen Namen von den Namenslisten der Spieler bei den samstäglichen Footballspielen: COLIN WHITE, Quarterback, 175 cm, 185 Pfund, HEIMATSTADT: VIENNA, VA. Ich trotzte der Kälte und meiner Ignoranz in Sachen Football, um ihn über das

Grün jagen zu sehen wie die Nadel einer Meistersti-ckerin.

Aber er war für mich nur ein Tagtraum; unsere Welten lagen so weit auseinander, dass es schwierig, ja sogar lächerlich gewesen wäre, irgendwelche Gemeinsamkeiten finden zu wollen. Und doch, als der Trainer seines Teams sich an den Tutorendienst des Colleges wandte mit der Bitte um Französisch-Nachhilfe für Colin White, nutzte ich die Gelegenheit. Um dann drei Tage zu brauchen, ehe ich den Mut aufbrachte, ihn anzurufen und einen Termin zu vereinbaren.

Colin erwies sich als wahrer Gentleman, der mir immer den Stuhl zurechtrückte und die Tür aufhielt. Aber er war auch der schlechteste Französisch-Schüler, der mir je untergekommen war. Er verhunzte mit seinem Virginia-Akzent völlig die Sprachmelodie und stolperte schon über die elementarsten Grammatikregeln. Ich konnte ihm auch nur bedingt helfen, aber das störte mich nicht, bedeutete es doch, dass noch viele Stunden gemeinsamen Lernens vor uns lagen.

»Vouloir«, sagte ich an diesem Tag, »ist ein unregelmäßiges Verb.«

Colin schüttelte den Kopf. »Ich kann das nicht. Ich bin eben nicht so begabt wie du.«

Das war das schönste Kompliment, das man mir je gemacht hatte. Auch wenn ich in Colins sportlichem oder gesellschaftlichem Umfeld völlig fehl am Platz gewesen wäre, war ich hier ganz in meinem Element. *»Je veux.«* Ich seufzte. »Ich will.« Ich hielt ihm das Buch hin, um es ihm zu zeigen.

Er legte die Hand über meine, und ich verhielt mich mucksmäuschenstill. Ich wagte es nicht, ihm in die Augen zu sehen, und starrte somit wie gebannt in das Lehrbuch.

Aber ich konnte nicht umhin, die Hitze seines Körpers zu fühlen, als er sich näher zu mir beugte, das schabende Geräusch seiner Jeans zu hören, als er die Beine ausstreckte und mich gefangen nahm. Und dann sah ich nur noch sein Gesicht.

»Je veux«, murmelte er. Seine Lippen waren noch weicher, als ich es mir erträumt hatte. Dann unterbrach er den Kuss und wartete ab, wie ich reagieren würde.

Ich musterte ihn lange genug, um zu erkennen, dass der unbesiegbare Colin White, der Star-Quarterback der College-Mannschaft, nervös war. Mein Herz dröhnte wie eine Kesselpauke, so laut, dass ich im ersten Moment nicht hörte, wie jemand aus der Ferne johlte und klatschte.

Ich stand auf und rannte aus der Halle.

27. Oktober 1999

Nachdem Ian und ich miteinander geschlafen haben, träume ich, dass wir heiraten. Ich trage dasselbe Kleid wie schon bei meiner Hochzeit mit Colin und halte einen Brautstrauß aus Feldblumen. Allein gehe ich den Mittelgang der Kirche hinunter und lächle Ian an, dann wenden wir uns beide demjenigen zu, der die Trauung vollziehen soll. Aus einem unerfindlichen Grund erwarte ich, Rabbi Solomon zu sehen, aber als ich die Augen aufschlage, stehe ich vor Jesus am Kreuz.

Faith hat sich an mich gekuschelt. »Warum bist du nackt?«, will sie wissen. »Und warum hast du hier geschlafen?«

Ich fahre hoch und blicke mich suchend nach Ian um. Als klar ist, dass er nicht da ist, steigen Zweifel in mir auf: Er ist One-night-stands gewöhnt. Er verdient sein Geld damit, dass er Menschen auf die eine oder andere Art verführt. Und ich gehöre aus mehr als einem Grund dazu. Ich erinnere mich noch an unser Gespräch über einen Waffenstillstand; war die vergangene Nacht eine Art, mir zu sagen, dass die Waffenruhe vorbei war?

»Ma-a!«, quengelt Faith und reißt an meinen Haaren,

»He!« Ich reibe mir die schmerzende Stelle am Kopf und versuche, mich auf sie zu konzentrieren. »Mir war zu warm, darum habe ich mein Nachthemd ausgezogen. Außerdem hast du geschnarcht.«

Damit scheint Faith sich zufrieden zu geben. »Ich möchte Frühstück.«

»Zieh dich an, dann mache ich uns etwas zu essen.«

Als ich wieder allein bin, gehen mir tausend Gedanken durch den Kopf, und davon kein einziger mit einem Happyend. Ich bin nicht weltgewandt genug für jemanden wie Ian. Er ist gegangen, weil er mir nicht in die Augen schauen kann. Er ist nach New Hampshire zurückgeflogen und wird der ganzen Welt offenbaren, was er alles über Faith in Erfahrung gebracht hat, von ihrer Schuhgröße bis hin zu ihrer missratenen Begegnung mit Michael. Er kann sich nicht einmal mehr an das erinnern, was in der Nacht geschehen ist. Angewidert schließe ich die Augen wieder. Ich habe so etwas schon mal erlebt. Ich habe mich schon einmal in einen Mann verliebt, den ich derart idealisiert habe, dass ich ihn durch meine rosarote Brille nicht mehr so sehen konnte, wie er wirklich war.

»Ich habe das nicht ernst gemeint«, hat Colin mir vor Jahren nach unserem ersten Kuss gesagt. Er gab zu, dass zwei seiner Teamkollegen zwanzig Dollar gewettet hatten, dass es ihm nicht gelingen würde, mich noch vor Ende der ersten Nachhilfestunde rumzukriegen. Dann schüttelte er den Kopf. »Nein, das nehme ich zurück. Ich wollte dich küssen. Erst wegen des Geldes, aber als es dann passiert ist, ging es mir plötzlich um etwas völlig anderes. Ich würde mich wirklich freuen, wenn du irgendwann einmal mit mir ausgehen würdest.«

Drei Abende später gingen wir zusammen ins Kino. Und dann sahen wir uns noch einen Film an. Wir gingen zum Essen. Und dann, so unwahrscheinlich es auch erscheinen mochte, hatte Colin den Arm um mich gelegt, wenn wir über den Campus gingen. Für jemanden, der klein, dürr und intellektuell veranlagt war, jemanden, der sich nie großer Beliebtheit erfreut hatte, war das ein unglaubliches Gefühl. Ich tat so, als würde ich die spöttischen Bemerkungen der Cheerleader nicht hören, wenn wir an ihnen vorbeigingen, und ich ignorierte auch die hämischen Bemerkungen seiner Mannschaftskameraden, die wissen wollten, seit wann er es mit kleinen Jungs trieb.

Colin sagte, er hätte mich gern, weil ich so nett wäre und mich interessant und überzeugend über so ziemlich jedes Thema unterhalten könne – im Gegensatz zu den meisten Debütantinnen, mit denen man ihn immer hatte verkuppeln wollen. Trotzdem war Colin diesen Mädchenschlag einfach gewöhnt. Und ob nun unbewusst oder absichtlich, begann er, mich nach und nach in eine von ihnen zu verwandeln – er kaufte mir Haarreifen, damit das Haar mir nicht mehr ins Gesicht fiel, machte mich mit Bloody Marys am Sonntagmorgen bekannt, kaufte mir sogar eine billige, falsche Perlenkette, die ich zu allem tragen sollte, von Feinstrick-Polos, die ich von ihm borgte, bis hin zu meinen eigenen Kord-Trägerkleidern. Ich tat alles, was er von mir verlangte, und noch mehr, so eifrig bemüht, eine

WASP zu werden, wie mich auf jedem akademischen Gebiet zu bilden. Mir kam nie der Gedanke, dass Colin wichtiger sein könnte, was sich aus mir machen ließ, als was für ein Menschen ich bereits war. Ich sah damals nur, dass er sich für mich interessierte.

Am Abend der Winterfeiern zog ich ein schlichtes schwarzes Kleid an, legte die Perlenkette um und trug sogar einen speziellen BH, der meine Oberweite künstlich aufpeppte. Wir würden den Abend bei Colins Bruderschaft verbringen, und ich war fest entschlossen, die Feuerprobe zu bestehen. Aber eine Viertelstunde vor der Zeit, zu der Colin mich abholen sollte, rief er an. »Ich bin krank, ich muss mich seit einer Stunde ständig übergeben.«

»Ich komme gleich rüber«, sagte ich.

»Nein, tu das nicht. Ich möchte einfach nur schlafen.« Nach kurzem Zögern fügte er hinzu: »Mariah, es tut mir leid.«

Mir nicht. Ich kannte mich nicht mit Bruderschafts-Partys aus, aber ich wusste, wie man einen Kranken pflegte. Ich stieg wieder in meine ausgebleichten Jeans und lief in die Stadt, wo ich im Supermarkt Hühnersuppe kaufte, frische Schnittblumen und ein Kreuzworträtselheft. Dann ging ich zu Colins Zimmer im Schlaftrakt.

Er war nicht da.

Ich ließ die noch dampfende Hühnersuppe auf der Türschwelle stehen und wanderte ziellos über den Campus. Hatte ich nicht tief im Innersten damit gerechnet? Hatte ich mir nicht selbst gesagt, dass es eines Tages dazu kommen würde? Schnee legte sich auf meine Schultern, als ich in die Fraternity Row einbog. Auf den Partys der Bruderschaften ging es hoch her, und Dampf, Gelächter und Alkoholgeruch drangen durch die offenen Fenster. Ich schlich auf die Rückseite von Colins Bruderschaftshaus, stieg auf eine Milchkiste und sah durch ein Fenster.

Eine Gruppe von Footballspielern und ihre Begleiterinnen waren zu einem gordischen Knoten verschlungen. Schwarze Smokings verwoben mit leuchtenden Flecken bunten Satins auf einem Schoß oder um einen Hals. Colin war mir zugewandt und lachte über einen Witz, den ich nicht gehört hatte. Sein Arm war um die Taille einer bildhübschen Rothaarigen gelegt. Ich starrte so lange auf die Szene, dass ich nicht gleich registrierte, dass Colin zurückstarrte.

Er folgte mir quer über den ganzen Campus bis zu meinem Zimmer. »Mariah! Lass mich erklären!«

Ich riss die Tür auf. »Du warst *krank*«, sagte ich.

»Das stimmt auch! Ich schwöre es!« Seine Stimme klang jetzt tief und weich. »Als ich aufgewacht bin, habe ich versucht, dich anzurufen, aber du warst nicht da. Die Jungs kamen vorbei und überredeten mich, auf einen Sprung mit rüberzukommen. Annette ... sie bedeutet mir nichts. Sie war einfach da.«

War ich auch nichts? War ich auch jemand, der einfach da war?

Colin umfasste mit beiden Händen mein Gesicht. »Aber ich habe sie stehen lassen, um zu dir zu kommen«, sagte er, meine Gedanken lesend. Sein Atem streifte meinen Mund, eine seltsame Mischung aus Pfefferminz und Scotch, und ich erinnerte mich, wie Colin mir beschrieben hatte, wie er die Pferde beruhigte, mit denen er in Virginia arbeitete – indem er ihnen in die Nüstern blies, damit sie sich nicht vor seinem Geruch fürchteten.

»Colin«, sagte ich leise, »warum ich?«

»Weil du anders bist als sie. Du bist klüger, besser und, ich weiß auch nicht, ich denke einfach, dass vielleicht, wenn ich lange genug mit dir zusammen bin, etwas davon auf mich abfärbt, damit ich mich auch von den anderen abhebe.«

Das war eine wirklich verblüffende Vorstellung. Irgendwie hatte Colin eine völlig neue Erklärung gefunden dafür, dass ich nie richtig dazu gehörte: nicht etwa, weil ich nicht gut genug gewesen wäre, sondern weil ich nur abwartete, dass andere sich um mich scharten. Ich lehnte mich vor und küsste ihn.

Später, als wir ausgezogen waren und Colin über mich gebeugt war wie ein großer Vogel, der die Sonne verdeckte, fragte er: »Bist du auch sicher, dass du das willst?«

Ich war nicht nur sicher, ich hatte mein ganzes Leben auf dieses erste Mal mit einem Mann gewartet, der mich besser kannte als ich mich selbst. Ich nickte, streckte die Hände nach ihm aus und erwartete, dass etwas Magisches geschah.

Als Ian die Hütte betritt, erstarren wir im ersten Moment beide. Dann lege ich sehr akribisch meinen Löffel neben meine Schüssel mit den Frühstückszerealien, und er schließt methodisch die Tür hinter sich.

Diesmal, sage ich mir, werde ich es nicht wieder zulassen. Ich verschränke die Hände auf dem Schoß, damit Ian nicht sehen kann, dass sie zittern. Er ist nicht Colin, und ich bin nicht mehr so naiv und hilflos wie damals.

Plötzlich wird mir klar, warum ich Colin vor Jahren nicht verlassen konnte. Und mir wird klar, warum ich mich wieder mit einem Mann eingelassen habe, der mir zwangsläufig wehtun muss. Meiner Erfahrung nach hat Liebe wenig damit zu tun, jemanden haben zu wollen. Für mich ist es viel befriedigender, selbst begehrt zu werden.

Ich bin aufgestanden, und Ian schließt mich wortlos in die Arme. Innerlich dreht sich mir alles. Er küsst mich nicht, streichelt mich nicht, tut nichts, außer mich festzuhalten, bis ich dem Bedürfnis nachgebe, die Augen zu schließen und ihm die Führung zu überlassen.

Ian reicht Mariah sein Handy und blickt ihr nach, als sie nach nebenan ins Schlafzimmer geht, um ungestört ihre Mutter anzurufen. Er kann es ihr nicht verübeln. So wunderbar es auch ist, sie zu berühren, sind sie gewissermaßen immer noch Fremde. Er hat ihr noch nichts von seinem Besuch bei Michael am frühen Morgen erzählt; sie zieht es vor, bei ihrem Gespräch mit Millie allein zu sein.

»Na«, sagt er zu Faith, »was hältst du von einer Partie Gin?«

Sie blickt misstrauisch von ihrem Malbuch auf. Nun, auch das kann er akzeptieren. Das letzte Mal, als sie zusammen waren – in Lockwood –, hat er sie wütend angeknurrt. Er lächelt ein bisschen breiter, entschlossen, besonders nett zu sein, sei es nur Mariah zuliebe.

Plötzlich steht Mariah in der Tür; sie ist kreidebleich im Gesicht. »Wir müssen heim«, sagt sie.

Boston, Massachusetts

Im Vatikan gibt es einen Kirchenbeauftragten, dessen alleinige Aufgabe darin besteht, Fälle zu prüfen, in denen jemand in den Stand der Heiligkeit erhoben werden soll. Er untersucht jede Tat, jedes geschriebene und jedes gesprochene Wort des mutmaßlich Heiligen und sucht nach dem einen Ausrutscher, einem Fluch, einem Abweichen vom Glauben, irgendetwas, das einer Heiligsprechung im Wege stünde. Beispielsweise könnte er den Umstand anführen, dass Mutter Teresa am 9. Juli 1947 die Abendandacht hat ausfallen lassen. Oder dass sie vergeblich den Herrn angerufen hat, als sie mit Fieber darniederlag. Die katholische Kirche hat sogar eine bestimmte Bezeichnung für dieses Amt: Glaubensprüfer oder, etwas respektloser formuliert, des Teufels Advokat.

Vater Paul Rampini ist überzeugt davon, dass er der richtige Mann wäre für diesen Posten.

Allerdings lebt er nicht in Rom. Und er ist kaum bedeutend genug, um für eine so verantwortungsvolle Aufgabe ausgewählt zu werden, da er erst sechzehn Jahre am Bostoner Priesterseminar unterrichtet. Und doch ist Vater Rampini schon manchem falschen Heiligen begegnet. Als einer der angesehensten Theologen im ganzen Nordosten, ist er schon des Öfteren konsultiert worden, wenn irgendwelche Visionäre anfingen, Behauptungen aufzustellen. Von den sechsundvierzig Fällen, die er untersucht hat, hat er dem Bischof gegenüber keinen einzigen positiv bewertet. Und die meisten dieser Scharlatane hatten auch nur das übliche Gerede von sich gegeben: leuchtende Erscheinungen von Maria, ein Kruzifix, das im Nebel über einem Tal erschienen war, Jesus, der den Menschen verkündete, dass der Tag des Jüngsten Gerichts nicht mehr fern war.

Der Gedanke an einen weiblichen Gott gefällt Vater Rampini gar nicht.

Er schaltet den Motor seines Honda an und klappt den Deckel seiner Aktentasche hoch. Das rosa Pamphlet der MotherGod Society liegt obenauf. Vater Rampini kann den Anblick des Flugblattes kaum ertragen. Es ist eine Sache, wenn jemand wie er – ein Priester, der an einem

Seminar unterrichtet, ein Mann, der sein ganzes Leben der Theologie gewidmet hat – darüber befindet, ob ein anderer einen Funken Göttlichkeit in sich birgt. Aber es ist etwas völlig anderes, wenn ein siebenjähriges – und dazu noch jüdisches – Mädchen Gott zur Mutter erklärt.

Es heißt, sie wäre eine Heilerin. Nun, das könnte er noch akzeptieren, entsprechende Beweise vorausgesetzt. Und dass sie Stigmata aufweist – nun, auch davon würde er sich gerne mit eigenen Augen überzeugen. Aber zu behaupten, Gott würde sie in eindeutig weiblicher Gestalt besuchen ... das ist zweifellos gotteslästerlich.

Vater Rampini wirft noch einen prüfenden Blick in den Rückspiegel, bevor er die Wagentür öffnet. Er klemmt sich die Ledertasche unter den Arm, steigt aus, streicht die Knopfleiste seines schwarzen Hemdes glatt und rückt seinen weißen Kragen zurecht.

Die Tür zum Pfarrhaus schwingt auf, und Vater MacReady erscheint auf der Schwelle. Einen flüchtigen Moment lang mustern sich die Männer abschätzig: Gemeindepfarrer und Seminarpriester, Beichtvater und Prüfer, Ire und Italiener. Vater MacReady tritt vor, sodass er die Türöffnung ausfüllt und den Besucher am Eintreten hindert.

Ebenso rasch tritt er wieder zurück. »Vater.« Er nickt. »Ich hoffe, Sie hatten eine gute Fahrt?«

»Bei Brattleboro hat es ein wenig geregnet«, sagt Paul, und die gegenseitige Antipathie weicht sogleich professioneller Höflichkeit.

»Kommen Sie doch herein«, fordert Vater MacReady ihn auf. »Kann ich Ihr Gepäck ausladen?«

»Nicht nötig. Ich glaube nicht, dass ich mich länger hier aufhalten werde.«

Das ist Vater MacReady neu. Auch wenn er nicht scharf darauf ist, sein Zuhause mit einem arroganten Schreibtischhengst und Schreiberling von St. Josephs zu teilen, ist ihm doch klar, dass es ein schlechtes Licht auf ihn werfen wird, wenn er sich mangelnder Gastfreundschaft schuldig macht. »Es macht keine Umstände.«

»Nein, natürlich nicht. Ich denke nur, dass ich diesen Fall in wenigen Stunden abgeschlossen haben werde.«

»Denken Sie, ja?« Vater Jospeh MacReady lacht. »Vielleicht sollten Sie erst einmal hereinkommen.«

Auf dem Heimflug von Kansas City sitzt Ian getrennt von Faith und mir, da wir keine Aufmerksamkeit erregen wollen dadurch, dass wir zusammen gesehen werden. Eine Stunde nach dem Start, als Faith ganz vertieft ist in den Bordfilm, schleiche ich zögern in die abgedunkelte Erste Klasse und setze mich neben ihn. Er greift über die Armstütze zwischen den Sitzen und drückt meine Hand. »Hi.«

»Hi.«

»Wie läuft's da draußen?«

»Gut. Wir hatten Corn Flakes zum Frühstück, und du?«

»Waffeln.«

»Oh«, entgegne ich nur höflich – alles in allem eine lächerliche Unterhaltung für zwei Menschen, die eine so leidenschaftliche Nacht hinter sich haben.

»Hast du über die Anhörung nachgedacht?«

Ich habe Ian alles erzählt, was meine Mutter mir berichtet hat: dass Joan Standish erfahren hat, dass Colin das Sorgerecht für Faith beantragt hat. »Was kann ich tun? Er wird angeben, dass Faith nicht ständig von Hunderten von Menschen umgeben sein sollte, die sich gegenseitig auf die Zehen treten, um sie zu photographieren und mit Fragen zu bombardieren, sobald sie das Haus verlässt. Wer würde dem widersprechen?«

»Du weißt hoffentlich, dass ich alles in meiner Macht Stehende tun werde, um dir zu helfen«, sagt Ian, aber das weiß ich nicht, ganz und gar nicht. Jetzt, da wir wieder auf dem Heimweg sind, treten die Differenzen zwischen uns wieder deutlich zutage, ein Minenfeld, das es mir unmöglich macht, mich an die Traumlandschaft der vergangenen Nacht zu erinnern. Wenn wir das Flugzeug verlassen, werden Ian und ich zwangsweise auf zwei konträren Seiten einer sehr kontroversen Angelegenheit stehen.

Wir sitzen beide in brütendem Schweigen da. Dann greift Ian nach meiner Hand und dreht sie in der seinen, ehe er anfängt zu sprechen. »Ich muss dir etwas sagen, Mariah. Ich wollte, dass Faith versagt. Ich habe gedacht, du würdest von ihr verlangen, dass sie diese ... Prophetenschau abzieht, aus Geltungssucht oder so was. Ich habe es bewusst darauf angelegt, deine Sympathie zu gewinnen, damit du mit ihr Michael besuchst.«

»Das hast du mir schon ...«

»Lass mich bitte ausreden. Ich habe alles Erdenkliche gesagt und getan, um dich dazu zu bringen – sogar als ich behauptet habe, ich würde anfangen, an Faith' Fähigkeiten zu glauben, war das Theater. Das war eine Lüge, nur eine mehr, um ganz sicherzugehen, dass du und Faith mich nach Lockwood begleiten würdet. Ich war an diesem Abend verdrahtet. Und als wir dann in Lockwood waren, habe ich das ganze verdammte Fiasko ebenfalls aufgezeichnet. Ich war entschlossen, der ganzen Welt zu zeigen, dass Faith' angebliche Kräfte nur Betrug sind.«

Ich bin tief verletzt, und es kostet mich große Anstrengung, die Lippen zu bewegen. »Dann hast du ja jetzt die Beweise, die du brauchtest.«

»Nein. Nachdem Michael ausgerastet ist und mir klar wurde, dass Faith nicht in der Lage gewesen war, ein Wunder zu wirken, war ich wütend. Ich hatte meine Story, und es machte keinen großen Unterschied, wenn Michael in seiner Traumwelt blieb. Ich habe dich angelogen, Mariah, aber ich habe auch mich selbst belogen. Ich wollte nicht, dass Faith eine Betrügerin ist, nicht, als es um meinen Bruder ging.« Er sieht mich an. »Ich habe das Band in den Teich im Park von Lockwood geworfen.«

Ich blicke auf meinen Schoß; eine Frage lässt mich nicht los. Ich muss es wissen, ich muss einfach. »Letzte Nacht ... Hast du mich da auch angelogen?«

Ian hebt das Kinn. »Nein. Auch wenn du sonst nichts glaubst, das ich dir gesagt habe, das eine ist die reine Wahrheit gewesen.«

Erst jetzt wird mir bewusst, dass ich die Luft angehalten habe. Ich atme aus und rücke von ihm ab. »Ich möchte dich nur um einen einzigen Gefallen bitten. Würdest du mit deiner Sendung bis nach der Anhörung warten?«

»Ich werde nicht in meiner Sendung erklären, Faith sei nicht in der Lage gewesen, ein Wunder zu bewirken.«

Er spricht sehr leise, und erst jetzt geht mir etwas auf, das ich bisher übersehen habe: Jede Bezugnahme auf Faith würde auch Ians eigenen Bruder ins Licht der Öffentlichkeit rücken. »Du willst nicht, dass jemand von Michael erfährt.«

»Das ist nicht der Grund. Der Grund ist ... Faith *hat* ein Wunder bewirkt.«

Damit habe ich nicht gerechnet. Völlig verdattert lehne ich mich in meinem Sitz zurück. »Das hat sie nicht. Ich war doch dabei. Ich habe selbst gesehen, wie du den Raum verlassen hast.«

»Ich bin heute morgen noch einmal hingefahren. Michael und ich haben uns ganz normal unterhalten. Er hat mich aufgezogen. Und er hat mich umarmt.«

»O Ian.«

»Es dauerte nicht lange, und zuerst dachte ich, ich hätte alles nur geträumt. Aber das habe ich nicht. Es hat diese eine Minute des Verstehens zwischen uns gegeben, Mariah. Eine Minute in fünfundzwanzig Jahren.« Er lächelt traurig. »Und was für eine Minute.« Seine Züge entspannen sich, als er sich mir zuwendet. »Das ist keine typische Eigenart bei Autismus. Der Zustand ist anhaltend und tritt keineswegs nur sporadisch auf, lässt sich nicht an- und ausknipsen. Michael ist auch an guten Tagen immer ... abgekapselt gewesen von seiner Umwelt. Heute Morgen war er der Bruder, den ich mir immer gewünscht habe – und das übersteigt die Möglichkeiten der modernen Wissenschaft. Ich kann dir nicht sagen, dass ich an Gott glaube. Aber, Mariah ... ich glaube *ohne den geringsten Zweifel* an Faith' Heilkräfte.«

Die Rädchen in meinem Kopf drehen sich. Ich stelle mir vor, wie Ian bei uns im Garten vor die versammelte Presse tritt, die förmlich an seinen Lippen klebt. Ich male mir aus, wie die Hölle losbricht, wenn Ian, der größte Zweifler von allen, verkündet, dass Faith ihn überzeugt hat.

Sie werden Faith nie wieder in Frieden lassen.

»Lüge«, sage ich hastig. »Sag allen, Faith habe versagt.«

»Ich lüge nicht. Das ist das Leitmotiv der ganzen Show.«

Jetzt bin ich den Tränen nah. »Du *musst* lügen. Du *musst*.«

Ian nimmt meine Hand, hebt sie an die Lippen und küsst jeden einzelnen Finger. »Pssst. Beruhige dich. Wir werden einen Weg finden.«

»Wir?« entgegne ich kopfschüttelnd. »Ian, es gibt kein ›wir‹. Es gibt dich und deine Show auf der einen Seite, und auf der anderen Seite mich und das Sorgerechtsverfahren. Wenn der eine von uns gewinnt, muss der andere zwangsläufig verlieren.«

Er zieht meinen Kopf an seine Schulter und redet in beschwichtigendem Tonfall auf mich ein. »Schhhht. Lass uns so tun, als wären wir schon sechs Monate weiter. Ich kenne bereits den Namen der Highschool, die du besucht hast, kenne deinen Lieblingszwerg von Disney und weiß, wie du deinen Kaffee trinkst.«

Ich lächle zögernd. »Und an den Samstagabenden sitzen wir daheim vor dem Fernseher und schauen uns Videos an.«

»Und ich frühstücke in meinen Boxershorts. Und ich darf dich ungeschminkt sehen.«

»Das hast du doch schon.«

»Siehst du?« Ian fährt mit den Lippen über meine Stirn und vertreibt die Sorgen. »Die halbe Strecke liegt schon hinter uns.«

Haverhill, New Hampshire

Warren Rothbottam mag seine Showmusik. Er mag sie sogar so sehr, dass er aus eigener Tasche für die Neuausstattung seines Richterzimmers im Grafton County Superior Court mit einem brandneuen Stereosystem aufgekommen ist, mit raffiniert versteckten Bose-Lautsprechern, die den Eindruck erwecken, Carol Channings kräftige Stimme käme aus der ordentlichen Reihe von juristischen Nachschlagewerken, in denen Prozesse aus dem ganzen Staat New Hampshire aufgeführt sind. Allerdings ist der Sound zu gewaltig für den kleinen Raum und dringt oft nach draußen auf den Flur oder durch die Mauern. Den meisten Leuten macht das nichts aus. Eigentlich verleiht es dem Gericht Charakter, etwas, woran es dem gedrungenen, unscheinbaren Gebäude mitten im Nichts ansonsten eher mangelt.

Heute hat Richter Rothbottam *Evita* aufgelegt, bevor er sich an seinen Schreibtisch gesetzt hat. Er schließt die Augen, dirigiert mit ausholenden Gesten und summt so laut mit, dass er bis draußen auf den Flur zu hören ist.

»Euer Ehren.«

Die schüchterne Stimme stört Rothbottams Auftritt als Dirigent, und der Richter runzelt unwillig die Stirn. Er drückt einen Knopf seiner Gegensprechanlage, und die Musik wird leiser. »Was gibt's, McCarthy? Ich hoffe für Sie, dass Sie einen wichtigen Grund haben, mich zu stören.«

Der Gerichtsdiener zittert. Jeder weiß, wenn Richter Rothbottam seine Originalaufnahme auflegt, will er nicht gestört werden. Das hat irgendetwas mit der Heiligkeit der Musik zu tun, wie er sich ausdrückt. Andererseits ist ein Eilantrag nun einmal ein Eilantrag. Und Malcolm Metz ist ein zu berühmter Anwalt, als dass er sich von einem einfachen Gerichtsdiener am County-Gericht hinhalten ließe.

»Ich bedaure es wirklich außerordentlich, Sie stören zu müssen, Euer Ehren. Aber Mr. Metz hat schon dreimal angerufen wegen seines Eilantrags.«

»Wissen Sie, was Sie ihm bestellen können, das er mit seinem Eilantrag machen kann, wenn er wieder anruft?«

McCarthy schluckt. »Ich kann es mir denken, Euer Ehren. Darf ich das als Abweisung der Klage deuten?«

Mit grimmigem Gesicht greift Rothbottam unter seinen Schreibtisch, und die wunderbare Stimme von Patti LuPone verstummt abrupt auf der Höhe eines hohen C. Der Richter ist Malcolm Metz nie begegnet, aber jeder, der irgendwie mit der Jurisprudenz im Staate New Hampshire zu tun hat, müsste blind, taub und blöd sein, um noch nie etwas von dem Anwalt gehört zu haben. Metz ist ein hochbezahltes, überaus erfolgreiches Mitglied einer Kanzlei aus Manchester, dem es gelungen ist, im Laufe seiner Karriere immer wieder gerade die Fälle an Land zu ziehen, die für Wirbel in den Medien sorgten: der Kampf um das Sorgerecht für Baby J, der in einem hässlichen Gerichtsstreit zwischen einer Leihmutter und einer Adoptivfamilie ausgeartet war, der Prozess wegen sexueller Nötigung, den die Sekretärin gegen ihren Boss gewonnen hatte, der immerhin Senator war, das aktuelle Fiasko der Trennung eines Mafia-Paten und seiner Frau. Rothbottam hat nichts übrig für große Auftritte; die überlässt er Theaterschauspielern auf der Bühne. Wenn sein Gerichtssaal schon von einem Arschloch wie Metz heimgesucht werden soll, hat der Anwalt sich gefälligst nach seinen Regeln zu richten.

»Einen Augenblick bitte«, sagt Rothbottam zum Gerichtsdiener. Er blättert den Sorgerechtsantrag durch, den Metz an diesem Morgen eingereicht hat, sowie den anhängigen einseitigen Antrag auf Anberaumung einer Anhörung. Metz zufolge befindet sich das Kind in akuter Gefahr und muss unbedingt unverzüglich der Obhut der Mutter entzogen werden; der einseitige Antrag ist notwendig, damit der Fall anläuft, bevor der Beklagte überhaupt Wind davon bekommt, dass ein Sorgerechtsantrag gestellt wurde.

Genau die Art gequirlte Scheiße, die er von einem Malcolm Metz erwartet hat.

Rothbottam überfliegt das Mandat. *White gegen White*. Er hat erst vor einem Monat die Scheidung verfügt, und damals gab es noch keinen Disput um das Sorgerecht. Was zum Teufel ist da los?

Ihm wird erst bewusst, dass er laut gesprochen hat, als er McCarty über die Gegensprechanlage hört. »Das ist dieses Mädchen, Euer Ehren. Die Kleine, die in den Nachrichten war.«

»Was für ein Mädchen?«

»Der Vater beantragt das Sorgerecht für Faith White.«

Die Siebenjährige, die Tote zum Leben erweckt, mit Gott spricht und Stigmata aufweist. Rothbottam stöhnt. Kein Wunder, dass Metz sich dazu herablässt, persönlich nach New Canaan zu kommen. »Wissen Sie, ich kenne Metz nicht. Und ich will ihn auch nicht kennen lernen, wenngleich mir dieses Glück wohl nicht beschieden sein wird. Aber ich kenne Joan Standish, die die Mutter bei der Scheidung vertreten hat. Rufen Sie Metz an und bestellen ihm, dass er um fünfzehn Uhr hier sein soll. Teilen Sie ihm mit, dass Joan und ihre Klientin ebenfalls anwesend sein werden. Ich werde mir anhören, weshalb das Kind sich seiner Ansicht nach in akuter Gefahr befindet, und dann werden wir ein Datum für die Sorgerechtsverhandlung festlegen.«

»Wird erledigt, Euer Ehren.« Der Gerichtsdiener stellt die Gegensprechanlage ab, nachdem er dem Richter versprochen hat, ihm die letzten Zeitungsberichte über Faith White zu beschaffen. Rothbottam bleibt noch eine Weile an seinem Schreibtisch sitzen, geht dann hinüber zu einem Bücherregal und wählt eine neue Originalaufnahme aus einem der zahlreichen Stapel.

Gleich darauf erfüllt die Musik von *Jesus Christ Superstar* den Raum, und Rothbottam lächelt. Es ist in Ordnung, völlig in Ordnung, sich in die richtige Stimmung zu bringen für den Termin am Nachmittag.

Manchester, New Hampshire

Malcolm Metz bewegt sich so anmutig in seinem ledernen Drehsessel, dass er aussieht wie eine moderne Version eines Zentauren, als er den drei Speichelleckern ihm gegenüber gestenreich einen Witz erzählt. »Petrus öffnet also die Himmelspforte und lässt den Papst und einen Rechtsanwalt ein. ›Kommen Sie herein‹, sagt er. ›Ich zeige Ihnen, wo sie künftig wohnen werden.‹« Metz legt eine Pause ein und schaut in die Runde. Immerhin muss ein geschickter Rechtsverdreher auch ein hervorragender Schauspieler sein.

»Petrus macht vor einem atemberaubenden goldenen Penthaus oben auf einer Wolke Halt. Er führt die beiden Männer hinein und zeigt ihnen die goldenen Wasserhähne in den Bädern, die seidene Bettwäsche und die kostbaren Teppiche auf den Fluren. Dann wendet er sich dem Anwalt zu und sagt: ›Das ist Ihr neues Zuhause.‹ Er geht mit dem Papst und führt diesen in eine winzige Zelle mit einem schmalen Bett und einem einfachen Waschtisch. ›Und hier werden Sie von nun an wohnen.‹«

Metz fährt in italiensich geprägtem Singsang fort. »›Heh, Moment mal!‹, beschwert sich der Papst. ›Ich war fromm und habe der katholischen Kirche vorgestanden – und trotzdem muss ich mich hiermit begnügen, während der Rechtsanwalt ein Penthaus bekommt?‹ Petrus nickt. ›Ja‹, sagt er. ›Sehen Sie, wir haben hier viele Päpste. Aber es ist unser erster Anwalt.‹«

Im Konferenzzimmer brandet Gelächter auf – niemand hat so viel für Rechtsanwälte übrig wie Rechtsanwälte. Aber Metz weiß auch, dass er ebenso gut irgendein langweiliges juristisches Dokument hätte vorlesen können.

Wenn er von seinen Partnern erwartet hätte, den Text komisch zu finden, hätten sie sich im Anschluss auf dem Boden gewälzt vor Lachen. Als seine Gegensprechanlage piept, hebt er eine Hand, und die jüngeren Kollegen verstummen. »Peggy«, sagt Metz zu seiner Sekretärin, »stellen Sie ihn durch.«

Mit erwartungsvollen Gesichtern sehen sie ihn an. »Gut. Ja, ich verstehe.« Metz legt auf und verschränkt die Hände auf der polierten Tischplatte. »Meine Herren und meine Dame«, sagt er, »der Antrag auf Einzelanhörung wurde abgelehnt.«

Er wendet sich Hunstead zu, seinem ersten Partner. »Rufen Sie Colin White an. Sagen Sie ihm, er soll einen ordentlichen Anzug anziehen und sich um halb drei mit mir im Grafton County Courthouse treffen. Lee«, fährt er an den zweiten Mann gewandt fort, »verständigen Sie die Medien. Ich will, dass sie wissen, dass der Vater die Ansicht vertritt, seine Tochter wäre gefährdet.«

Die beiden Kollegen hasten davon, und Metz bleibt allein mit dem – oder genauer der – Dritten im Bunde zurück. »Tut mir leid, Mr. Metz«, sagt Elkland. »Etwas Glück wäre schön gewesen.«

Metz zuckt die Achseln und sammelt Unterlagen und Akten auf seinem Schreibtisch ein. »Ich habe eigentlich gar nicht damit gerechnet, dass der Richter zu meinen Gunsten entscheidet.« Er klopft mehrfach mit den Aktendeckeln auf den Tisch, um sie ordentlich auszurichten. »Ich habe den Antrag nur gestellt, damit der Richter ihn ablehnen und sich so Genugtuung verschaffen kann. Sehen wir den Tatsachen ins Auge – kein Kleinstadtrichter möchte jemanden wie mich in seinem Gerichtssaal haben. Mir ist es lieber, dass Rothbottam diesen unwichtigen Antrag dazu benutzt, mir eins auszuwischen und mir vor Augen zu führen, wer der Boss ist. Es wäre weitaus unangenehmer, wenn er das in einem wichtigeren Punkt täte.«

Seine Kollegin ist verblüfft. »Dann war das nur Strategie? Dann ist die Kleine gar nicht in Gefahr?«

»Wer weiß das so genau? Einen Eilantrag wegen Gefahr in Verzug zu stellen macht den Vater glücklich. Den Antrag abzulehnen macht den Richter glücklich. Und wissen Sie, was mich glücklich macht?«

»Zu wissen, dass Sie gewinnen werden?«

Metz klopft ihr auf die Schulter. »Ich wusste doch, dass ich Sie nicht umsonst eingestellt habe.«

New Canaan, New Hampshire

»Die Mutter wird Sie gar nicht erst in Faith' Nähe lassen«, erklärt Vater MacReady und beobachtet seinen Besucher, der im kleinsten Gästezimmer des Pfarrhauses auf und ab geht. »Und ich kann es ihr nicht verübeln.«

Vater Rampini wirbelt in einer geschmeidigen Bewegung herum. »Und warum, wenn ich fragen darf?«

»Sie ist Jüdin. Wir haben kein Recht, dort zu sein.«

»Sie lästert Gott«, widerspricht Vater Rampini. »Wenn wir schon keine Gewalt haben über die Person, die diese absurden Behauptungen aufstellt, können wir wenigstens Einfluss nehmen auf das, womit sie anständige Katholiken in die Irre führt.« Er greift nach einer Jacke und hängt sie in den Schrank. »Sie widersprechen doch sicher einer weiblichen Erscheinung?«

»Nein. Die Kirche hat zahlreiche Marienerscheinungen als authentisch anerkannt.«

»Sprechen wir hier etwa von Maria? Nein. Gott in einem

Kleid, Gott als Mutter.« Rampini runzelt die Stirn. »Sie haben damit kein Problem?«

Vater MacReady wendet sich ab. Er hat ein Gelübde abgelegt, das ihn verpflichtet, den Rest seines Lebens anderen zu helfen, aber das vermag den gelegentlichen Impuls nicht zu ersticken, einem besonders engstirnigen Kollegen eins auszuwischen. Er setzt sich an den kleinen Tisch und trommelt mit den Fingern auf die Oberfläche, wobei er wie verstohlen den Stapel Bücher studiert, die Rampini dort hingelegt hat, zusammen mit einem religiösen Kalender, der am 7. November aufgeschlagen ist. *Heiliger Albinus,* liest er. Wenn er sich recht erinnert, hat der heilige Albinus einen bösen Menschen getötet, indem er ihm ins Gesicht gepustet hat.

»Vielleicht sieht Gott für eine Siebenjährige einfach anders aus«, sinniert Vater MacReady.

»Sagen Sie das den Kindern in Fatima«, entgegnet Rampini trocken. »Drei Kinder, die – anders als Faith White – alle dieselbe Marienerscheinung gesehen haben. Sie haben nicht behauptet, sie hätte Hosen getragen oder Wasserpfeife geraucht. Sie haben die Heilige Jungfrau so gesehen, wie sie gemeinhin dargestellt wird.«

»Aber nicht jeder hat solch traditionelle Visionen. Die heilige Bernadette hat beispielsweise behauptet, die Heilige Jungfrau habe in französischem *Patois* zu ihr gesprochen.«

»Kulturelle Eigenarten sind nicht ausschlaggebend an einer Erscheinung. Was heißt es schon, dass die Jungfrau auf Französisch zu Bernadette gesprochen hat? Sie war selbst noch zu unwissend, um zu verstehen, was Maria meinte, als sie von der Unbefleckten Empfängnis sprach.« Rampini schloss den Reißverschluss seines Matchbeutels und schob ihn unter das Bett. »Alles, was Sie mir bisher erzählt haben, und alles, was ich über sie gelesen habe, lässt darauf schließen, dass sie eine Betrügerin ist. Es handelt sich um eine Halluzination, die zu einer gewissen Hysterie geführt hat. Wenn Faith White tatsächlich Gott sähe, gibt es keinen Grund, weshalb er ihr in Gestalt einer Frau erscheinen sollte. Entweder handelt es sich bei einer Erscheinung um Jesus Christus oder nicht.« Er zuckt die Achseln. »Ich neige eher dazu, ihre Visionen als satanisch denn als göttlich zu betrachten.«

MacReady fährt mit den Fingern über den Tisch und wirbelt eine kleine Staubwolke auf. »Es gibt ganz konkrete, objektive Beweise.«

»Richtig. Die Wiederauferstehung und die Heilung. Ich werde Ihnen mal ein kleines Berufsgeheimnis verraten: Ich habe von Lourdes, von Guadeloupe und Hunderten anderer gelesen, aber mir ist in meinem ganzen Leben noch niemand begegnet, der wahre Wunder hätte bewirken können.«

Joseph MacReady sieht ihm fest in die Augen. »Für einen guten Katholiken, Vater, haben Sie in dem, was Sie sagen, erstaunliche Ähnlichkeit mit einem Pharisäer.«

Ich liege noch im Halsbchlaf, als ich von dem Sitz neben Faith Ians Stimme höre. »Ich hatte noch keine Gelegenheit, dir zu danken.« Ich befehle meinen Augen, sich nicht weiter als einen Spalt breit zu öffnen, und höre einfach zu.

Faith antwortet nicht. »Du warst es, nicht wahr?«, beharrt Ian. »Du hast Michael diese paar Minuten Klarheit geschenkt.«

»Ich habe gar nichts getan.«

Ian schüttelt den Kopf. »Das glaube ich dir nicht.«

»Sie glauben vieles nicht.«

Er lächelt. »Nenn mich Ian. Und sag ›du‹.«

»Okay.« Sie mustern einander. Faith streicht ihre Bluse über der Brust glatt, und Ian nimmt das übergeschlagene Bein herunter. »Ian? Du darfst die Hand meiner Mutter halten, wenn du möchtest.«

Ian nickt ernst. »Danke.« Er zögert einen Moment. »Darf ich auch deine halten?«

Langsam streckt Faith die Hand mit dem Pflaster aus. Ians Finger schließen sich vorsichtig um ihre. Er wirft nicht einen Blick auf das Pflaster, schenkt dem mutmaßlichen Wundmal keinerlei Beachtung.

Vielleicht, nur vielleicht, hat Faith ja tatsächlich ein Wunder bewirkt.

Millie Epstein öffnet die Haustür. Sie hat Mariah und Faith erwartet, aber stattdessen hat sie wieder einen Mann mit schwarzem Hemd und weißem Stehkragen vor sich. »Was machen die denn drüben in Rom? Klonen die Figuren wie Sie?«

Vater Rampini richtet sich zu seiner vollen Größe von einem Meter fünfundsiebzig auf.

»Ma'am, ich bin hier, um im Auftrag Seiner Exzellenz, Bischof Andrews aus Manchester, mit Faith White zu sprechen.«

»Wer hat ihn darum gebeten, sich einzumischen?«, will Millie wissen. »Ich will ja nicht unhöflich sein, aber ich halte es für höchst unwahrscheinlich, dass meine Tochter oder meine Enkelin Seine Hoheit ...«

»Seine Exzellenz ...«

»Wie auch immer«, fällt Millie ihm ins Wort. »Hören Sie, wir hatten schon mehr Geistliche hier als auf der Saint Patrick's Day-Parade in New York. Ich bin sicher, dass einer von denen Ihnen alle Fragen beantworten kann. Guten Tag.«

Sie beginnt, die Tür zu schließen, aber der Priester hat einen Fuß in den Türspalt geschoben. »Mrs. ...?«

»Epstein.«

»Mrs. Epstein, Sie behindern eine Untersuchung der Römisch Katholischen Kirche.«

Millie mustert ihn einen Moment schweigend. »Und?«

Vater Rampini ist ins Schwitzen geraten. Inzwischen fragt er sich, ob es nicht doch besser gewesen wäre, das Angebot dieses unausstehlichen Vater MacReady anzunehmen, ihn hierher zu begleiten. Vorhin war ihm die Vorstellung, zwanzig Minuten mit diesem lächerlich liberalen Priester auf irgendwelchen Landstraßen zu verbringen, als eine Strafe erschienen, wie sie keinem Mann Gottes auferlegt werden sollte. Aber da hatte er ja noch nichts von diesem Drachen als Türwächter geahnt.

»Also gut«, sagt er. »Warum bringen wir es nicht hinter uns?«

»Wie meinen?«

»Sie mögen mich nicht, Mrs. Epstein. Sie mögen Priester nicht. Tun Sie sich keinen Zwang an, sagen Sie mir ruhig, warum.«

»Sehen Sie? Sie hören meinen Namen, wissen, dass ich Jüdin bin, und gehen sofort davon aus, dass ich voreingenommen bin.«

Vater Rampini knirscht mit den Zähnen. »Ich bitte um Entschuldigung. Ist Faith da?«

»Nein.«

»Warum bloß überrascht mich das nicht«, sagt er trocken.

Millie verschränkt die Arme über der Brust. »Ach, dann schimpfen Sie mich jetzt also auch noch eine Lügnerin? Als nächstes bin ich dann eine Art Kredithai, nehme ich an.«

»Ebenso wenig wie ich ein Bing-Crosby-Doppelgänger bin, der zu viel trinkt und Ministranten verführt«, entgegnet Rampini gepresst. »Ich könnte auch den Polizisten um Hilfe bitten, der Ihre Zufahrt bewacht.«

»Glücklicherweise haben wir schon vor langer Zeit Kirche und Staat getrennt«, sagt Millie kalt. »Meine Enkeltochter ist nicht zu Hause, und zwar wegen Ihnen allen.«

Rampini fühlt einen Muskel unten an seinem Kiefer zucken. Das ist die wiederauferstandene Großmutter? Und was hat sie mit ›Ihnen allen‹ gemeint? Wer hatte das Mädchen vertrieben?

Er blickt in ihr abweisendes, faltiges Gesicht und sieht in einem Aufflackern ihrer Augen die grenzenlose Trauer darüber, dass es so hat kommen müssen. Einen Moment fühlt er sich sogar schuldig. »Mrs. Epstein, wenn Sie ein paar Bedingungen aufstellen würden, könnte ich mich mit dem Bischof besprechen, und wir könnten vielleicht einen Kompromiss finden, Faith zu untersuchen, ohne sie ... oder sonst jemanden aufzuregen.«

Die Frau schnaubt verächtlich. »Glauben Sie, ich wäre von gestern?«

»Nach allem, was ich gehört habe, ist das gar nicht so falsch.«

»Wo ist Ihr Kollege? Dieser nette Priester?« Millie blickt sich suchend nach Vater MacReady um. »Mariah mag ihn.« Dann kneift sie die Augen zusammen. »Ziehen Sie hier eine Guter-Bulle/Böser-Bulle-Schau ab?«

Vater Rampini hat inzwischen Kopfschmerzen. Er ist zu dem Schluss gekommen, dass diese Frau ihnen sehr nützlich hätte sein können ... während der Inquisition. »Wir sind keine Partner, das schwöre ich bei Gott.«

»Ach?«, meint Millie. »Bei welchem? Ihrem oder meinem?«

Wir haben eine zweistündige Fahrt von Boston hinter uns, aber auch die Heizung des Mietwagens hat mich nicht wärmen können. Im Rückspiegel kann ich Ians Mietwagen sehen, einen schwarzen Taurus. Er folgt mir. Wir sind überein gekommen, dass es besser wäre, wenn wir separat eintreffen. Wie sollten wir sonst erklären, warum wir zusammen vorfahren?

»Lügen«, brumme ich. »Immer mehr Lügen.«

»Ma?« Faith' Stimme klingt ganz tief und verschlafen.

»Hast du gut geschlafen?« Unsere Blicke begegnen sich im Rückspiegel, und ich lächle. »Wir müssen über etwas sprechen. Wenn wir zu Hause sind, wirst du bei Oma bleiben müssen, weil ich meine Anwältin aufsuchen muss.«

Faith setzt sich auf. »Hat es wieder mit Papa zu tun?«

»In gewisser Weise. Er möchte, dass du in Zukunft bei ihm lebst, und ich will, dass du bei mir bleibst. Also wird ein netter Richter entscheiden, wo du leben sollst.«

»Wie kommt es eigentlich, dass niemand mich fragt, was ich möchte?«

»Ich frage dich«, entgegne ich.

Aber jetzt, da sie entscheiden soll, zögert Faith. »Muss ich mich für immer für nur einen von euch entscheiden?«

»Ich hoffe nicht, Faith.« Zögernd überlege ich, wie ich den folgenden Satz am besten formulieren soll. »Da viele Leute uns beobachten werden, bis der Richter zu einem Entschluss kommt, wäre es vielleicht besser, wenn du ... Gott ... sagen würdest, dass du eine Weile ein Geheimnis aus ihren Besuchen machen musst.«

»Wie in der Hütte.«

Nicht ganz. Faith war in Kansas nicht sehr gut darin gewesen, sich zu verstellen.

»Gott sagt, es geht niemanden etwas an.«

Aber das stimmt nicht. Es ist ein Riesengeschäft, bei

dem es um Spenden, Erlösung und sogar Atheismus geht. »Tu mir bitte den Gefallen«, sage ich müde. »Bitte.«

Sie ist eine Weile still. Dann fühle ich, wie ihre Hand sich durch den schmalen Spalt unter der Kopfstütze hindurchschiebt, durch mein Haar, um mir leicht die Nackenmuskeln zu massieren.

Ian erreicht das Haus eine halbe Stunde vor Mariah, nachdem er durchgefahren ist, während sie an einem McDonald's Halt gemacht hat, um mit Faith eine Kleinigkeit zu essen. Er biegt in die Straße zum White-Haus ein und staunt darüber, wie groß die Menschenmenge dort geworden ist. Sämtliche Fernsehstationen sind mit Ü-Wagen vertreten, es gibt eine Gruppe mit einer Fahne, und die Sekte hält immer noch die Stellung am Briefkasten. Hinzu kommt ein wahres Meer von eifrigen Gesichtern, die da sind, um geheilt, berührt oder gesegnet zu werden.

Ian mischt sich unauffällig unter seine eigenen Leute, was nur deshalb möglich ist, weil überall ein solches Gedränge herrscht. James ist nirgends zu sehen. Ians Assistenten finden sich ein, aber er verscheucht sie, als er den Winnebago erreicht. »Nicht jetzt. Lasst mich erst einmal Luft holen.«

Aber drinnen geht er nur rastlos auf und ab. Er wartet, bis sich draußen eine Erregung breit macht, die zu ihm dringt wie ein Luftzug. Er verlässt den Winnebago und beobachtet aus der Ferne, wie Faith und Mariah aus dem Wagen steigen.

Er kann ihr trotz der Entfernung ansehen, wie erschüttert sie ist. Sie bringt Faith eilig ins Haus, wobei sie sie so gut es geht vor neugierigen Blicken schützt, aber das Geschrei der Menge, die eine Woche auf das Kind gewartet hat, ist ohrenbetäubend. Mariah übergibt ihre Tochter Millie, dann begleitet sie eine Frau, die er noch nie gesehen hat – die Anwältin? –, über die Auffahrt zu einem Jeep.

Ian bahnt sich einen Weg bis ganz nach vorn. Die Menschen berühren Kotflügel und Türen des Jeeps, als der Wagen am Ende der Auffahrt zum Stehen kommt. Die Polizeibeamten drängen die Leute zurück, und der Wagen schiebt sich vorwärts. Ian starrt auf das Beifahrerfenster und versucht, Mariah kraft seines Willens zu veranlassen, aufzusehen. Als der Jeep die Auffahrt verlässt, geht sein Wunsch in Erfüllung. Er schenkt ihr ein aufmunterndes Lächeln, und sie hält den Blick auf ihn gerichtet, als der Wagen weiterfährt, dreht sich in ihrem Sitz um und legt die Finger an die Glasscheibe, als würde sie ihn berühren.

ZWEITES BUCH

Das Neue Testament

KAPITEL 10

Wenn die Liebe kränkelt und verfällt,
wende ich ein gewisses Zeremoniell an.
Im schlichten Glauben
gibt es keine Tricks.

William Shakespeare
Julius Cäsar

27. Oktober 1999

MARIAH STEHT WIE erstarrt mit Joan mitten im Richterzimmer; sie hat panische Angst, eine falsche Bewegung zu machen. Ihr ist unangenehm bewusst, dass sie Leggings und ein weites Sweatshirt trägt, während Joan in einem olivfarbenen Kostüm erschienen ist und Colin und sein Anwalt Armani tragen. Sie hält sich kerzengerade, so als könnte ihre Körperhaltung die Entscheidung des Richters irgendwie beeinflussen.

»Mariah«, flüstert Colin hinter dem Rücken seines Rechtsanwalts, aber der Mann fordert ihn sofort auf, still zu sein.

Der Richter an seinem Tisch schreibt, seit sie eingetreten sind, an irgendetwas, und obwohl es bereits nach drei Uhr ist, haben weder Joan noch der gegnerische Anwalt bisher Anstalten gemacht, ihn an die Anhörung zu errinnern. Mariah bemerkt erst jetzt, dass der Richter Kopfhörer trägt. Sie sind sehr klein, ähnlich jenen, wie sie Nachrichtensprecher tragen – sie werden über die Ohrmuschel gestreift wie ein Hörgerät. Der Richter greift unter seinen Schreibtisch, betätigt dort irgendeinen Schalter und nimmt die Kopfhörer ab. »Also gut«, sagt er und wendet sich Colins Anwalt zu, den Mariah glaubt, aus den Regionalnachrichten im Fernsehen zu kennen. »Mr. Metz, was haben Sie vorzutragen?«

Der Mann streicht mit einer katzenhaft geschmeidigen Bewegung, die Mariah an ein Frettchen erinnert, seine Krawatte glatt. »Es geht um Leben und Tod, Euer Ehren. Mariah White bringt das Leben der Tochter meines Mandanten in Gefahr.

Mariah fühlt, wie die Blicke aller sich auf sie richten. Brennende Röte steigt an ihrem Hals hinauf.

»Euer Ehren, mein Mandant hat erst kürzlich von dem Affenzirkus erfahren, zu dem das Leben des Kindes geworden ist, sowie von der Gefahr, der es ständig ausgesetzt ist. Er ist in der Lage, ihr die Geborgenheit und Sicherheit zu geben, die das Mädchen braucht, und er hält es für überaus wichtig, dass man seine Tochter der Obhut ihrer Mutter wegnimmt. Darum haben wir auch eine einseitige Anhörung beantragt, und darum sind wir auch sicher, dass Sie meinem Mandanten das alleinige Sorgerecht übertragen werden. Zu Faith' Sicherheit möchten wir, dass sie unverzüglich aus dem Haus ihrer Mutter entfernt wird, bevor sie einen irreparablen Schaden erleiden kann.«

Richter Rothbottam schürzt die Lippen. »Es ist erst sechs Wochen her, dass Ihr Mandant das Sorgerecht seiner Ex-Frau überlassen hat, was mich zu der Annahme veranlasst, dass er das Wohl seines Kindes zum damaligen Zeitpunkt noch nicht als gefährdet ansah. Soweit ich sehe, ist das Einzige, das sich in der Zwischenzeit verändert hat, der kleine Presseauflauf vor dem Haus. Was ist daran lebensbedrohlich?«

»Abgesehen von dem psychischen Stress täglicher Auftritte vor der Presse musste die Tochter meines Mandanten wegen schwerer Traumata an beiden Händen stationär behandelt werden.«

»Traumata?«, schimpft Joan. »Euer Ehren, es gibt keinen medizinischen Beweis dafür, dass Faith' Verletzungen traumatischer Natur sind. Gleich mehrere Ärzte haben das bestätigt, und wie Sie sicher wissen, geht es im vorliegenden Fall um etwas, das Mr. Metz zu ignorieren vorzieht, nämlich, dass das Kind offenbar Wunder vollbringt und zu Gott spricht. Und was die Medien betrifft, so kann man sicher nicht meiner Mandantin zur Last legen, dass sie ihr Haus belagern. Meine Mandantin hat alles Menschenmögliche getan, um ihrer Tochter trotz des Medieninteresses ein weitgehend normales Leben zu ermöglichen. Die von Mr. Metz' angeführte Gefährdung ist nichts anderes als ein durchschaubarer Versuch, einen schwachen Fall in eins dieser medienwirksamen hochdramatischen Spektakel zu verwandeln, für die er offenbar eine Schwäche hat.«

Mariah kann den Blick nicht von Joan Standish losreißen. Sie hat ihre Anwältin noch nie so viele Sätze am Stück sprechen hören, und erst recht nicht mit solcher Vehemenz.

Richter Rothbottam schnaubt. »Also, Ms. Standish, das war aber ebenfalls ziemlich theatralisch, wie ich finde.«

Metz beugt sich auf seinem Stuhl vor wie ein Stier kurz vor dem Angriff. »Euer Ehren, Ms. Standish versucht zu verschleiern, dass hier ein Kind in Gefahr ist. Als mein Mandant seine Frau vor drei Monaten verlassen hat, war seine Tochter ein völlig normales und ausgeglichenes kleines Mädchen. Jetzt leidet sie unter psychotischen Halluzinationen und ernsthaften körperlichen Wunden. Ich möchte Sie eindringlich bitten, in diesem Fall auf Nummer Sicher zu gehen und meinem Mandanten bis zur Verhandlung das vorübergehende Sorgerecht zu erteilen.«

Joan ignoriert Metz völlig. »Euer Ehren, die Scheidung war für Faith schon schwer genug zu verkraften. Das letzte Mal, als sie ihren Vater gesehen hat, war er halb nackt und amüsierte sich mit einer fremden Frau.«

»Das ist ja ein starkes Stück!«, wirft Metz wütend ein.

»Allerdings! Der letzte Ort, an dem man Faith unterbringen sollte, ist bei ihrem Vater. Bitte belassen Sie sie in der Obhut meiner Mandantin.«

Richter Rothbottam greift nach seinen Kopfhörern und beginnt, umständlich Seemannsknoten in die Kabel zu knoten. »Ich denke, ich habe genug für einen Nachmittag. Ich habe nicht den Eindruck, dass das Kind in akuter Gefahr schwebt, Mr. Metz. In fünf Wochen findet die Verhandlung statt, bei der über die Sorgerechtsfrage entschieden wird. Ich darf davon ausgehen, dass dieser Zeitraum ausreichend ist?«

»Je eher, desto besser, Euer Ehren«, entgegnet Metz. »Um Faith' willen.«

Der Richter blickt nicht einmal von seinem Terminkalender auf. »Ich bestelle einen Psychiater, Dr. Orlitz, der auf mein Geheiß hin Ihren Mandanten untersuchen soll, Metz. Ebenso Ihre Mandantin, Standish, sowie die gemeinsame Tochter. Das ist ein richterlicher Erlass, was bedeutet, dass Sie alle kooperieren werden. Selbstverständlich steht es Ihnen frei, sich einen eigenen Psychiater zu nehmen, aber Sie werden auf jeden Fall auch mit Dr. Orlitz sprechen. Außerdem bestelle ich Kenzie van der

Hoven vorübergehend zur Prozesspflegerin, und ich erwarte von Ihnen, dass Sie ihr alle Informationen geben, die sie wünscht. Falls Sie Einwände haben sollten gegen Ms. van der Hoven, bitte ich darum, diese jetzt anzumelden.«

Joan raunt Mariah zu: »Sie ist gut.«

Metz fühlt den Blick seines Mandanten auf sich ruhen und zuckt die Achseln. Er kennt keinen einzigen Prozesspfleger in New Canaan. Manchester ist eine Sache, aber soweit er informiert ist, könnte Kenzie Soundso auch Joan Standishs Schwester sein. »Ich denke, das geht in Ordnung, Euer Ehren«, erklärt Metz mit fester, klarer Stimme.

»Wir stimmen ebenfalls zu«, sagt Joan.

»Wunderbar. Die Sorgerechtsverhandlung beginnt am Freitag, dem dritten Dezember.«

»An diesem Tag bin ich verhindert«, wendet Metz über seinem Kalender brütend ein. »Ich muss eine eidliche Erklärung abgeben im Prozess eines Jungen, der sich von seinen Eltern scheiden lässt.«

»Soll mich das etwa beeindrucken, Mr. Metz?«, fragt Richter Rothbottam. »Das tut es nämlich nicht. Überlassen Sie das jemand anders. Sie legen doch so großen Wert darauf, dass der vorliegende Fall möglichst bald verhandelt wird.«

Metz klappt seinen ledergebundenen Terminkalender wieder zu. »Ich werde da sein.«

»Joan?«

»Kein Problem.«

»Großartig.« Der Richter setzt die Kopfhörer wieder auf. »Ich kann es kaum erwarten.«

Joan bringt den Wagen vor dem Haus zum Stehen und legt Mariah flüchtig eine Hand auf den Arm. »Vergessen Sie nicht, was ich Ihnen gesagt habe. Das ist nicht das Ende der Welt.«

Mariahs Lächeln erreicht nicht ganz ihre Augen. »Danke. Für alles.« Sie faltet die Hände auf dem Schoß. »Sie haben mich beeindruckt.«

»Glauben Sie mir, das war noch gar nichts.« Joan lacht. »Ich hätte in diesem Fall auch auf mein Honorar verzichtet, nur um mich einmal mit Malcolm Metz anlegen zu können. So, und jetzt gehen Sie rein und spielen mit Ihrer Tochter.«

Mariah nickt und steigt aus dem Jeep. Sie zuckt zusammen bei den Fragen, die die Reporter ihr zurufen, und beim Anblick einer großen Gruppe Frauen, die ein Poster hoch halten, das eine Vergrößerung von Faith' Gesicht zeigt. Sie fühlt sich zerbrechlich wie eine Dekoration aus Zuckerfäden, aber als sie die Verandatreppe hinaufsteigt, stählt sie sich innerlich. Sobald sie eingetreten ist, kommen ihre Mutter und Faith ihr entgegengelaufen. Nach einem forschenden Blick auf Mariahs Gesicht, wendet Millie sich ihrer Enkelin zu. »Liebes, ich habe meine Lesebrille auf der Armlehne des Sofas liegen lassen. Würdest du sie mir bitte holen?«

Kaum ist Faith außer Hörweite, fragt Millie: »Und?«

»In fünf Wochen müssen wir vor Gericht.«

»Dieser Hurensohn. Ich wusste, dass ...«

»Ma«, schneidet Mariah ihr das Wort ab. »Nicht jetzt.« Sie lässt sich auf die Treppe sinken und fährt sich mit beiden Händen über das Gesicht. »Es geht nicht um Colin.«

»Und auch nicht um dich, Mariah, aber ich wette, in fünf Wochen wird es sehr wohl darum gehen.«

»Was soll denn das jetzt heißen?«

»Dass deine Achillesferse leider eine Zielscheibe ist so groß wie ein Scheunentor. Und dass Colin und sein Schickimicki-Anwalt ganz sicher auf diesem wunden Punkt herumreiten werden.«

»Bis dahin wird Joan sich etwas ausgedacht haben«, entgegnet Mariah, aber sie weiß, dass sie damit versucht, ebenso sich selbst wie Millie zu überzeugen. Welches Gericht würde schon sie zum geeigneteren Elternteil bestimmen?

Vielleicht hat Colin ja Recht – vielleicht ist es ihre Schuld. Sie hat früher schon falsche Entscheidungen getroffen, was Faith anbelangt, und das hier könnte nur ein weiterer Beweis für ihre Unzulänglichkeit als Mutter sein: eine überhastete Entscheidung, ein egoistischer Zug, ein Gespräch, das in Faith' Phantasie begonnen und sie alle bis hierher geführt hat. Immerhin hat es Zeiten gegeben, da Colin Mariahs Urteilsfähigkeit zu Recht infrage gestellt hat.

»O nein, das wirst du nicht tun«, schimpft Millie und zieht Mariah auf die Füße. »Du gehst nach oben und wäschst dir diesen Ausdruck vom Gesicht.«

»Was ...«

»Nimm eine heiße Dusche. Mach den Kopf frei. Ich habe schon früher erlebt, wie du diesen Prozess durchgemacht hast, wie du dich gefragt hast, ob du auch nur so viel Verstand hast, wie einem Käfer von Gott gegeben wurde, ob du als Mutter kompetent genug bist. Ich weiß nicht, wie Colin das immer wieder schafft, aber dieser Mann ist ein Hypnotiseur, was deinen Verstand anbelangt.« Sie schiebt Mariah die Treppe hinauf, als Faith mit ihrer Brille zurückkommt. »O gut«, sagt Millie. »Lass uns mal sehen, ob wir ein paar Comics finden können.«

Sich Faith' Blick bewusst, lächelt Mariah tapfer weiter, während sie Schritt für Schritt nach oben geht. Ganz gezielt verdrängt sie die Gedanken, die auf sie einstürmen: was Joan vor Gericht sagen wird, was der Richter von Mariahs übereilter Flucht nach Kansas City halten wird, was Ian tun oder sagen wird, jetzt da sie wieder zurück sind. Sie zieht sich aus und dreht die Dusche auf, sodass sich weißer Dampf im Bad ausbreitet. In der Duschkabine prasselt das Wasser hart und heiß auf sie nieder, aber Mariah kann das Zittern immer noch nicht abstellen. Wie der Überlebenden eines schweren Unfalls wird ihr jetzt erst bewusst, wie knapp sie davongekommen ist, und sie ist abwechselnd zu Tode erschrocken und bass erstaunt. Was, wenn man ihr in fünf Wochen ihre Tochter wegnimmt? Was, wenn Colin wieder einmal seinen Willen durchsetzt? Mariah lässt sich auf den gefliesten Boden sinken, schlingt die Arme um ihre Mitte und bricht in Tränen aus.

Nachdem sie Faith gebadet und zu Bett gebracht hat, geht Mariah hinunter ins Wohnzimmer, wo Millie den Vorhang ein wenig zur Seite gezogen hat, um nach draußen zu sehen. »Wie auf Yasgurs Farm«, murmelt sie, als sie Mariah hinter sich eintreten hört. »Sieh dir nur das Feld an. Man sieht überall diese kleinen flackernden Lichter ... Was haben sie eigentlich damals hoch gehalten – Kerzen?«

»Feuerzeuge. Und was weißt *du* schon von Woodstock?«

Millie wendet sich ihr lächelnd zu. »Unterschätz deine Mutter nicht.« Sie greift nach Mariahs Hand und drückt sie. »Fühlst du dich schon etwas besser?«

Bei der fürsorglichen Frage ihrer Mutter verliert Mariah fast wieder die Fassung. Sie folgt ihrer Mutter zur

Couch und bettet den Kopf auf ihren Schoß. Millie streicht ihr zärtlich das Haar aus der Stirn, und sie fühlt, wie die Anspannung langsam nachlässt und einige ihrer Probleme in den Hintergrund rücken. »Ich würde nicht unbedingt sagen, dass ich mich besser fühle. Vielmehr wie betäubt.«

Millie fährt fort, ihr über das Haar zu streichen. »Faith scheint ganz gut klarzukommen.«

»Ich weiß nicht, ob sie versteht, was vor sich geht.« Hierauf folgt ein Augenblick der Stille. »Da ist sie nicht die Einzige.«

Mariah setzt sich errötend auf. »Wie meinst du das?«

»Wann wirst du mir endlich den Rest erzählen?«

»Ich habe dir bereits alles erzählt, was bei der Anhörung passiert ist.«

Millie klemmt Mariah eine Strähne hinter das Ohr. »Weißt du, du machst ein so schuldbewusstes Gesicht wie damals, als du zwei Stunden länger als vereinbart mit Billy Flaherty aus warst.«

»Wir hatten eine Reifenpanne. Das habe ich dir schon vor fast zwanzig Jahren gesagt.«

»Und ich glaube es immer noch nicht. Gott, ich weiß noch, wie ich hellwach im Bett gesessen, die Uhr angestarrt und mir Sorgen gemacht habe. Was um alles in der Welt findet Mariah an ihm mit seiner brütenden launischen Art?«

»Er war erst sechzehn, sein Vater war Alkoholiker, und seine Eltern steckten mitten in der Scheidung. Er brauchte jemanden, mit dem er reden konnte.«

»Und dann«, fährt Millie fort, als hätte Mariah gar nichts gesagt, »habe ich letztens wieder wach im Bett gesessen und mich gefragt, warum um alles in der Welt wohnt Mariah bei Ian Fletcher? Und dann kommst du nach Hause und machst wieder das gleiche Gesicht wie damals.«

Mariah wendet sich ab. »Ich mache gar kein Gesicht.«

»O doch. Und es bedeutet, dass es bereits zu spät ist, als dass ich das Schlimmste noch verhüten könnte.« Sie wartet, bis Mariah sich ihr wieder zuwendet, ganz langsam und reserviert. »Also, sag mir«, fordert Millie sie sanft auf, »wie hart bist du gelandet?«

Eine innere Ruhe überkommt Mariah, als ihr klar wird, dass ihre Mutter nicht mehr erspüren kann als sie selbst. Die vielen Male, die sie mitten in der Nacht aufgewacht ist, einen Sekundenbruchteil bevor Faith anfing zu schreien, die vielen Male, die sie in das Gesicht ihrer Tochter geschaut und mit einem Blick eine Lüge durchschaut hat. Das geht mit dem Muttersein einher: Ob es einem passt oder nicht, man entwickelt einen sechsten Sinn für die eigenen Kinder – spürt körperlich ihre Freude, ihren Frust und den stechenden Schmerz in der Herzgegend, wenn ihnen jemand wehtut.

»Vor allem schnell«, seufzt Mariah. »Und mit offenen Augen.«

Als Millie die Arme ausbreitet, tritt Mariah zwischen sie und genießt mit einem Gefühl der Befreiung die Geborgenheit, die sie an ihre Kindheit erinnert. Sie erzählt ihrer Mutter von Ian, der sie entgegen ihrer Annahme anfangs gar nicht verfolgt hat, der sich als ein völlig anderer Mensch erwiesen hat als der, der er zu sein vorgab. Sie beschreibt ihr, wie sie zusammen auf der Veranda gesessen haben, als Faith schlief, wie sie manchmal geredet und manchmal auch einfach nur dagesessen haben, während es um sie herum Nacht wurde. Sie verschweigt Millie Ians Bruder und was Faith möglicherweise für ihn getan hat. Sie erwähnt auch nicht, was es für ein Gefühl war,

Ians Körper zu spüren, die Hitze, die sie von Kopf bis Fuß durchströmt hat, dass er auch im Schlaf ihre Hand gehalten hat, als könne er es nicht ertragen, sie loszulassen.

Es spricht für Millie, dass sie sich weder Überraschung anmerken lässt noch fragt, ob sie wirklich von ein und demselben Ian Fletcher sprechen. Stattdessen drückt sie Mariah fest an sich und nimmt ihre Erklärungen urteilsfrei zur Kenntnis. »Wenn das alles zwischen euch passiert ist«, sagt sie schließlich vorsichtig, »wie ist dann der Stand der Dinge?«

Mariah blickt durch die Gardinen auf die Lichter, die vorhin die Aufmerksamkeit ihrer Mutter erregt haben. »Er ist da draußen, und ich bin hier drin«, entgegnet sie mit einem traurigen Lächeln. »Wie gehabt.«

Manchmal, mitten in der Nacht, glaubt Faith zu hören, wie sich unter ihrem Bett etwas bewegt, eine Schlange, ein Meeresungeheuer oder das Trippeln winziger krallenbewehrter Rattenfüße. Dann würde sie am liebsten die Bettdecke zurückschlagen und rüber zu ihrer Mutter laufen, aber dafür müsste sie den Boden berühren, und dann wäre die Wahrscheinlichkeit groß, dass das, was dieses unheimliche Geräusch verursacht, sie mit seiner Reihe scharfer Zähne packt und verschlingt, noch bevor sie es auf den Flur geschafft hat.

Heute Nacht, als Faith aufwacht, ist sie überzeugt davon, dass das Ungeheuer gekommen ist, um sie zu holen, und sie schreit.

Ihre Mutter kommt ins Zimmer gelaufen. »Was ist passiert?«

»Sie beißen mich!«, schreit sie. »Die Monster, die unter dem Bett wohnen!« Aber noch während sie spricht, holt die Wirklichkeit sie wieder ein, und seltsame schwarze Schatten verwandeln sich wieder in Lampen, Kommoden und andere ganz gewöhnliche Gegenstände. Sie senkt den Blick auf ihre Hände, die immer noch in die Bettdecke gekrallt sind, Pflaster über den kleinen Löchern unterhalb der Fingerknöchel. Sie tun jetzt überhaupt nicht mehr weh. Und sie bluten auch nicht mehr. Sie kribbeln etwas, so als würde ein Hund seine nasse Nase gegen die Handflächen drücken.

»Alles okay mit dir?«

Faith nickt.

»Dann lege ich mich wieder hin.«

Aber Faith möchte nicht, dass ihre Mutter geht. Sie möchte, dass sie sich zu ihr auf die Bettkante setzt und an nichts anderes denkt als an Faith. »Autsch!«, ruft sie impulsiv aus und umklammert ihre linke Hand.

Sofort dreht ihre Mutter sich wieder zu ihr um. »Was? Was ist?«

»Meine Hand tut weh«, lügt Faith. »Ganz stark. Ein Stechen wie von einer großen Nadel.«

»Hier?«, fragt ihre Mutter und tastet behutsam ihre Hand ab.

Es tut überhaupt nicht weh. Tatsächlich ist es sogar angenehm. »Ja«, wimmert Faith. »Au!«

Ihre Mutter schlüpft zu ihr unter die Bettdecke und schließt Faith in die Arme. »Versuch, wieder einzuschlafen«, sagt sie und schließt die Augen.

Mit einem Lächeln auf den Lippen schläft Faith wieder ein.

28. Oktober 1999

Ihre Mutter muss wahre Fressorgien veranstaltet haben.

Das ist die einzige Erklärung, die Mariah dafür einfällt, dass im ganzen Haus nichts Essbares zu finden ist. Nach einwöchiger Abwesenheit hatte sie wohl damit gerechnet, dass Obst und Milch verdorben sein würden, aber es ist auch kein Brot mehr da, und das Glas Erdnussbutter ist leer. »Himmel, Ma«, sagt sie, als Faith sich eine Schüssel trockener Rice Crispies nimmt. »Hast du eine Party geschmissen?«

Millie schnaubt beleidigt. »Ist das der Dank dafür, dass ich in deiner Abwesenheit das Haus gehütet habe?«

»Ich hätte schon erwartet, dass du ein paar Kleinigkeiten einkaufst. Sei es für dich selbst.«

Millie verdreht die Augen. »Ach ja, und die Aasgeier da draußen hätten mich höflich vorbeigewunken und mir gute Fahrt gewünscht.«

»Wenn sie dich bedrängt hätten, hättest du ihnen eben Bescheid sagen müssen.« Mariah schnappt sich ihre Handtasche und steuert die Tür an. »Ich bin bald zurück.«

Aber den Reportern zu entkommen ist nicht so leicht, wie Mariah erwartet hat. Als sie im Schritttempo aus der Auffahrt rollt, fährt sie beinahe einen Mann an, der den Rollstuhl seiner Tochter vor ihr Auto schiebt. Trotz des Polizeischutzes betatschen Hunderte von Händen Fensterscheiben, Stoßstangen und Kofferraumdeckel. »Mein Gott«, haucht Mariah, überwältigt von der unglaublichen Zahl von Menschen, und gibt einen halben Kilometer hinter ihrer Zufahrt erleichtert Gas.

Sie hatte geglaubt, dass ohne Faith die Wahrscheinlichkeit geringer war, verfolgt zu werden, aber drei Autos fahren bis zum Supermarkt im Nachbarort hinter ihr her. Mariah behält ihre Verfolger im Auge und wählt bewusst Seitenstraßen, in der Hoffnung, sie unterwegs abzuschütteln. Zwei der Verfolger sind nicht mehr zu sehen, als sie New Canaan hinter sich lässt. Der dritte Wagen folgt ihr auf den Parkplatz, fährt aber dann in eine andere Richtung. Beschämt erkennt Mariah, dass es sich wohl nur um einen Nachbarn oder ganz gewöhnlichen Bürger handelt und nicht um einen Reporter.

Im Supermarkt hält sie den Kopf gesenkt und packt Melonen, Salat und englische Muffins in ihren Einkaufswagen, wobei sie es bewusst vermeidet, die anderen Kunden des Ladens anzusehen. Grimmig entschlossen biegt sie um eine Ecke, sie hat sich vorgenommen, es unerkannt bis an die Kasse zu schaffen. Aber sie hat gerade in eine Tiefkühltruhe gegriffen, als eine Hand sich um ihr Handgelenk schließt und sie hinter eine Werbetafel für Eiswaffeln zieht.

»Ian.«

Er trägt Jeans und ein verknittertes Flanellhemd und hat sich eine Baseballmütze tief in die Stirn gezogen. Er ist unrasiert. Mariah berührt seine Wange. »Ist das deine Verkleidung?«

Seine Hand gleitet von ihrem Handgelenk zu ihrer Schulter. »Ich wollte wissen, wie es beim Richter gelaufen ist.«

Ein kleines Licht in ihrem Inneren erlischt. »Ach so.«

»Und ich wollte dich sehen.« Ians Finger gleiten über die samtige Haut auf der Innenseite ihres Arms. »Ich musste einfach.«

Sie blickt zu ihm auf. »Der Sorgerechtsprozess beginnt in fünf Wochen.« Sie kann unter dem Mützenschirm gerade noch seine Augen sehen, eisblau und seltsam stechend nageln sie sie fest, dass sie sich vorkommt wie ein Schmetterling in einem Schaukasten.

Eine Kundin biegt um die Ecke, kleine Zwillinge wie Fender rechts und links von ihrem Einkaufswagen. Sie wirft Mariah und Ian nur einen flüchtigen Blick zu und setzt ihren Weg fort. »Wir können hier nicht bleiben«, sagt Ian. »Früher oder später wird man einen von uns erkennen.« Aber er macht keine Anstalten zu gehen, sondern legt ihr stattdessen die Finger unter das Kinn, woraufhin sie den Hals reckt wie eine zufriedene Katze.

Dann tritt er abrupt zurück. »Ich werde alles in meiner Macht Stehende tun, um dafür zu sorgen, dass Faith bei dir bleibt.«

»Der Richter wird sie mir nur lassen, wenn er der Meinung ist, ich könnte ihr ein ganz normales Leben bieten«, entgegnet sie ruhig. »Es ist also das Beste, wenn du dich nicht einmischst.« Sie gestattet sich noch einen letzten Blick auf ihn, eine letzte Berührung seiner Hand. »Das Beste für Faith, das Schlechteste für mich.« Hierauf legt sie beide Hände auf den Griff ihres Einkaufswagens und schiebt ihn vor sich her den Gang hinunter. Das Herz schlägt ihr bis zum Hals, aber ihr Gesicht ist nach außen hin so ausdruckslos, als wären sie sich nie begegnet.

Das Telefon läutet, als Mariah kurz davor ist, einzuschlafen. Müde und benommen greift sie nach dem Hörer. Sie geht davon aus, dass es Ian ist, und da wird ihr bewusst, dass er auch im wachen Zustand bereits einen Teil ihrer Gedanken für sich beansprucht.

»Es freut mich, dass Sie überhaupt noch ans Telefon gehen.«

»Vater MacReady«, sagt Mariah und setzt sich im Bett auf. »Ist es nicht schon etwas spät?«

Er lacht. »Spät wofür?«

»Für einen Anruf.«

Hierauf folgt eine kurze Pause. »Ich bin mit den Jahren zu dem Schluss gelangt, dass es nie zu spät ist. Manchmal holen die Dinge einen ganz plötzlich ein und reißen einem die Füße unter dem Körper weg.«

Mariah setzt sich auf. »Sie drehen mir wieder die Worte im Mund herum.«

»Ich habe für Sie gebetet. Ich hoffe, es nützt etwas«, gibt Vater MacReady zu. »Ich habe gebetet, dass es Ihnen gelingt, sich mit Faith abzusetzen.«

»Ihr heißer Draht ist offenbar ein wenig rostig.«

»Mag sein. Genau darum wollte ich ja auch mit Ihnen sprechen. Ihre Mutter hatte das Vergnügen, heute einen Kollegen von mir abzuweisen, der sich Faith gerne ansehen würde.«

»Meine Tochter ist kein Versuchskaninchen der katholischen Kirche, Vater«, entgegnet Mariah verbittert. »Sagen Sie Ihrem Kollegen, er soll dorthin zurückgehen, wo er hergekommen ist.«

»Diese Entscheidung liegt nicht bei mir. Es ist sein Job. Wenn Faith Dinge behauptet, die sich nicht mit den zweitausendjährigen Lehren decken, müssen sie sich ein Bild machen.«

Das erinnert Mariah an ein altes Sprichwort: Wenn im Wald ein Baum umstürzt und niemand da ist, der es hört, verursacht er dann überhaupt ein Geräusch? Wenn man keine Religion will, hat man dann nicht das Recht, sie wegzuschicken?

»Ich weiß, dass Sie das nicht hören wollen«, sagt Vater MacReady, »aber ich würde es als ein persönliches Entgegenkommen Ihrerseits werten, wenn Sie Faith erlauben würden, mit Vater Rampini zu sprechen.«

In eben diesem Moment campieren Menschen vor ihrem

Grundstück, die sich dort im Namen der Christenheit versammelt haben. Sie hat sie nicht hergebeten, und es wäre ihr nur recht, wenn sie wieder verschwänden.

Der Richter würde es ihr sicher anrechnen, wenn es ihr gelänge, den Menschenauflauf vor dem Haus aufzulösen.

Und der einfachste Weg, das zu erreichen, besteht darin, direkt von der Kirche zu hören, dass Faith nicht die ist, für die sie sie halten.

Andererseits bedeutet es, Faith in gewisser Weise bloßzustellen, und Mariah ist sich nicht sicher, ob sie das möchte, auch wenn es mittelfristig für sie alle von Vorteil wäre. »Faith und ich sind Ihnen keinen Gefallen schuldig. Wir sind nicht katholisch.«

»Technisch gesehen war Jesus das auch nicht«, entgegnet Vater MacReady.

Mariah lässt sich auf das Kopfkissen zurücksinken und fühlt, wie der Bezug rechts und links ihre Wangen streift. Sie denkt an diese Bäume, die im Wald umstürzen, still und unbeobachtet, bis eines Tages jemand vorbeikommt und erschrocken feststellt, dass es den Wald nicht mehr gibt, kein einziger Baum mehr steht.

29. Oktober 1999

Vater Rampini kennt viele Ursachen für das Weinen einer Statue, und keine einzige hat auch nur das Geringste mit Jesus zu tun. Man kann das Marmorgesicht mit Kalziumchlorid einreiben, was bewirkt, dass Luftfeuchtigkeit zu falschen Tränen kondensiert. Oder man drückt kleine Speckkügelchen in die Augenhöhlen, die bei Zimmertemperatur schmelzen. Man kann sogar zu ganz simplen Mitteln greifen und das Gesicht der Statue mit einem

Schwamm befeuchten, während die Anwesenden gerade abgelenkt sind. Er hat schon erlebt, dass ein Behälter mit Filmblut im Ärmel versteckt wurde, um gewissermaßen per Knopfdruck das Aufbrechen von Stigmata vorzutäuschen. Er hat gesehen, wie Rosenkränze sich von Silber in Gold verwandelt haben, eine wissenschaftlich erklärbare metallurgische Reaktion.

Sein Gefühl beim vorliegenden Fall? Die kleine Faith White redet wirres Zeug.

Anfangs hat er noch geglaubt, es würde einfach werden, das Kind zu diskreditieren. Ein paar diskrete Erkundigungen, ein tränenreiches Geständnis, und noch vor dem Abendessen würde er wieder im Seminar sein. Aber je mehr er über Faith White erfährt, desto schwieriger wird es, sie und ihre Behauptungen einfach abzutun.

Gestern hat er mit zahlreichen Reportern vor dem Haus gesprochen und versucht, eine geheime Absprache bezüglich irgendwelcher Buchrechte aufzudecken oder Gerüchte über ein Exklusivinterview mit einem bestimmten Fernsehsender. Historisch betrachtet haben die wahren Propheten nie und in keiner Weise Kapital daraus geschlagen, dass sie von Gott auserwählt wurden. Hätte er auch nur den geringsten Hinweis auf Selbstverherrlichung entdeckt, er hätte noch am Nachmittag die Heimfahrt angetreten.

Also gut, sie war also nicht darauf aus, reich und berühmt zu werden, indem sie sich als Visionärin ausgab. Aber ebenso wenig gab es Beweise – abgesehen von Faith Whites angeblichen Visionen – wie die Quelle in Lourdes, die Kranke heilt, oder das nicht von Menschenhand erschaffene Bildnis der Heiligen Jungfrau, das dem gesegneten Juan Diego übergeben wurde und nach vierhundert Jahren immer noch in seinem Schrein in Mexico City zu bewundern war. So argumentierte er auch Vater MacReady gegenüber, der zu Rampinis Verärgerung kaum von der Predigt aufblickte, an der er gerade in seinem Arbeitszimmer schrieb. »Sie vergessen, dass sie Heilkräfte besitzt«, wandte Vater MacReady ein.

An diesem Morgen hatte Vater MacReady ihn zum Krankenhaus begleitet. Während der Gemeindepfarrer einige seiner Schäfchen besuchte, die in stationärer Behandlung waren, verbrachte Vater Rampini Stunden damit, die Arztberichte über Millie Epstein zu lesen, die zu keinem eindeutigen Schluss kamen. Die Frau war klinisch tot gewesen, soviel stand fest; und ebenso klar war, dass sie jetzt quicklebendig war. Und doch ging das Gerücht um, dass Faith ihre Großmutter ins Leben zurückgeholt hatte – ein Handauflegen, das Vater Rampini dubios vorkam.

Der einzige Weg, zu beweisen, dass Faith White schlicht eine Lügnerin und Betrügerin war, würde darin bestehen, persönlich mit ihr zu sprechen. Und genau das hat er heute vor. Vater Rampini hat sich eine Drei-Phasen-Taktik zurechtgelegt: Zuerst wird er das mit der weiblichen Erscheinung klarstellen – Maria vielleicht, aber ganz sicher nicht Gott. Zweitens wird er beweisen, dass die Vision überhaupt nur der Phantasie des Kindes entsprungen ist. Und abschließend wird er die angeblichen Stigmata untersuchen und auflisten, warum sie nicht echt sein können.

Vater MacReady bittet ihn, zu schweigen, während er ihn mit Mariah White bekannt macht, und Vater Rampini stimmt aus rein professioneller Höflichkeit zu. »Warten Sie bitte hier«, sagt die Frau. »Ich werde Faith holen.«

Vater MacReady entschuldigt sich und sucht die Toilette auf – kein Wunder, der Berg von Würstchen, die er zum

Frühstück verdrückt hat, würden jeden normalen Verdauungstrakt überfordern. Vater Rampini, der allein zurückbleibt, lässt den Blick um sich schweifen. Für eine alte Farm ist das Haus erstaunlich gut in Schuss; die offenliegenden Deckenbalken sind gerade und sandgestrahlt, die Böden auf Hochglanz poliert, Lack und Tapete überall tipptopp. Es sieht aus wie ein Heim aus *Country Home*, einmal abgesehen von den augenfälligen Hinweisen darauf, dass es bewohnt ist: eine Barbiepuppe steckt zwischen den Bananen einer dekorativen Obstschale, ein Kinderhandschuh ist wie eine Mütze über die Dekoholzkugel am unteren Treppenpfeiler gestülpt. Er sieht keine Palmsonntag-Kreuze hinter Spiegeln stecken, keine Sabbatkerzen auf dem Esszimmertisch, überhaupt nichts Religiöses.

Er hört Schritte auf der Treppe und strafft die Schultern, bereit, die Ketzerin niederzustarren.

Faith White kommt einen Meter vor ihm schlitternd zum Stehen und lächelt. Ihr fehlt ein Schneidezahn. »Hallo«, sagt sie. »Sind Sie Vater Rampenis?«

Mariah White wird hochrot im Gesicht.

»Rampini«, verbessert er sie. »Vater Rampini.«

Der Gemeindepfarrer taucht lachend in der Tür auf. »Vielleicht solltest du ihn besser nur mit ›Vater‹ anreden.«

»Okay.« Faith nimmt Rampinis Hand und zieht ihn in Richtung Treppe. Rampini wird gleich zweierlei bewusst: Er fühlt raue Pflaster an seiner eigenen Handfläche und eine außergewöhnliche Anziehungskraft, wenn ihre Blicke sich treffen. Es erinnert ihn daran, wie er als Kind das erste Mal die geschlossene Schneedecke über der Farm seiner Eltern in Iowa gesehen hat – so funkelnd, so strahlend und rein, dass er den Blick nicht davon losreißen konnte. »Kommen Sie«, sagt sie. »Ich dachte, Sie wollten mit mir spielen.«

MacReady verschränkt die Arme über der Brust. »Ich bleibe hier unten und trinke mit deiner Mami einen Kaffee.«

Rampini sieht der Frau an, dass sie eigentlich davon ausgegangen war, bei dem Gespräch anwesend zu sein. Gut. Ohne sie würde es leichter werden, die Wahrheit ans Licht zu bringen.

Faith führt ihn in ihr Zimmer und setzt sich mitten im Raum auf den Fußboden, zu einer Madeline-Puppe und einer Sammlung von Puppenkleidern. Rampini zückt sein Notizbuch und macht erste Einträge. Wenn er sich recht erinnert, lebte Madeline in einem kirchlich geführten Internat. Möglicherweise weiß dieses angeblich in religiösen Dingen so unbedarfte Kind mehr, als alle glauben.

»Soll ich ihr das Schlittschuhkleidchen anziehen oder ihr Abendkleid?«

Es ist so lange her, dass er mit einem Kind gespielt hat – seit er überhaupt etwas anderes getan hat, als Betrüger und Ketzer unter die Lupe zu nehmen und umfangreiche Dissertationen über seine Untersuchungsergebnisse zu verfassen –, dass er im ersten Moment sprachlos ist. Früher wäre ihm der Umgang mit dem Mädchen leicht gefallen, aber inzwischen ist er längst ein anderer Mensch geworden. »Eigentlich würde ich lieber mit deiner anderen Freundin spielen.«

Faith presst die Lippen zusammen. »Ich möchte nicht über sie reden.«

»Warum nicht?«

»Darum«, sagt sie und stopft Madelines Beine unsanft in eine Strumpfhose.

Interessant, denkt Rampini überrascht. Visionäre, die

wie ein Wasserfall von ihren Visionen erzählen, lügen für gewöhnlich. Wahre Seher müssen hingegen oft erst dazu überredet werden, von ihren Erscheinungen zu erzählen. »Ich wette, sie ist sehr schön«, versucht er, Faith aus der Reserve zu locken.

Faith blickt unter langen Wimpern hervor zu ihm auf. »Kennen Sie sie?«

»Ich arbeite an einem Ort, wo viele Leute studieren und alles über Gott lernen. Darum wollte ich ja auch so gerne mit dir sprechen, damit wir unser Wissen vergleichen können. Hat deine Freundin einen Namen?«

Faith schnaubt verächtlich. »Klar. Gott.«

»Hat deine Freundin dir das gesagt? Hat sie gesagt: ›Ich bin Gott‹?«

»Nein.« Faith zieht der Puppe einen Schuh über. »Sie sagte: ›Ich bin *dein* Gott.‹«

Auch das notiert er sich. »Erscheint sie dir immer dann, wenn du sie brauchst?«

»Ich glaube schon.«

»Könnte sie auch jetzt erscheinen?«

Faith blickt über die Schulter. »Sie will nicht.«

Wider besseren Wissens folgt Rampini ihrem Blick. Nichts. »Trägt sie ein blaues Kleid?« Er überlegt, sucht nach einer Bezeichnung für Marias Umhang, der auch für ein siebenjähriges Kind verständlich ist. »Eins mit einer Kapuze?«

»Wie ein Regenmantel?«

»Genau!«

»Nein. Erst hatte sie ein weißes Nachthemd an, und jetzt trägt sie immer einen braunen Rock mit einem Oberteil von derselben Farbe, aber es ist alles ein Teil und sieht aus wie das, was die Leute von früher im Fernsehen tragen. Sie hat braunes Haar, das ihr bis hierhin reicht.«

Faith fasst sich an die Schultern. »Und sie trägt solche Schuhe, die man am Strand tragen und mit denen man sogar ins Wasser gehen kann und alles, ohne dass man ausgeschimpft wird. Solche mit Klettverschluss.«

Vater Rampini runzelt die Stirn. »Sie trägt Gesundheitssandalen?«

»Ja, nur dass ihre keinen Klettverschluss und die Farbe von Erbrochenem haben.«

»Ich wette, du hast dir eine ganze Weile gewünscht, eine solche Freundin zu haben, bevor sie dir dann tatsächlich erschienen ist.«

Aber Faith antwortet nicht. Sie kramt im Schrank und kommt mit einer Kiste Lego zurück. Vater Rampini verspürt einen schmerzhaften Stich – er erinnert sich, das gleiche Spielzeug seinem eigenen Sohn geschenkt zu haben, lange bevor er zum Priester geweiht wurde. Ob der es noch hatte?

Faith mustert ihn auf eigentümliche Weise. »Sie dürfen die Gelben haben.«

Rampini konzentriert sich wieder auf die Gegenwart. »Und ... hast du dir gewünscht, sie zu sehen?«

»Jeden Abend.«

Vater Rampini hat schon genug angebliche Visionäre gesehen, um Vergleiche ziehen zu können. Die religiösen Frömmler, die Jahre beten, dass Jesus ihnen einmal erscheinen möge und ihn dann tatsächlich sehen, sind in aller Regel Hysteriker, die sich in etwas hineingesteigert haben. Das war sogar traurigerweise bei der liebenswerten älteren Nonne aus Medford der Fall gewesen, die er im vergangenen Winter zu begutachten beauftragt worden war. Etwas völlig anderes als bei den Kindern von Fatima, die einfach Schafe gehütet hatten, als ihnen ganz unerwartet Maria erschien. Oder die heilige Bernadette, die gerade in der Nähe einer Müllkippe Holz sammelte, als die Heilige Jungfrau sich ihr zeigte.

Göttliche Visionen sind von Gott gesandt, aber sie kommen aus dem Nichts. Und doch hatte Faith nach eigener Aussage um eine solche Erscheinung gebeten – oder *gebetet?*

»Ich habe mir ganz fest eine Freundin gewünscht«, fährt Faith fort. »Also habe ich mir jeden Abend bei einem Stern eine gewünscht. Und dann ist sie gekommen.«

Er zögert, bevor er sich eine weitere Notiz macht. Sich nach einer Freundin zu sehnen ist nicht dasselbe wie für eine göttliche Erscheinung zu beten, aber es gibt Fälle von kindlichen Visionären, die gewissermaßen auf der Wiese Gottes gespielt haben. Der heilige Hermann-Joseph hat mit Maria und dem jungen Jesus gespielt, und die heilige Juliana Falconieri hatte Visionen, in denen das Jesuskind Blumengirlanden flocht.

Sein Blick fällt auf Faith' Hände, die die kleinen Steine greifen und auf die genoppten Lego-Platten drücken. »Ich habe gehört, du hättest dir wehgetan.«

Hastig versteckt sie die Fäuste hinter dem Rücken. »Ich will nicht mehr reden.«

»Warum denn nicht? Weil ich mich nach deinen Händen erkundigt habe?«

»Sie werden mich auslachen«, sagt sie leise.

»Ich habe schon andere Leute mit Wunden gesehen wie deine«, entgegnet Vater Rampini sanft.

Das lässt Faith aufhorchen. »Wirklich?«

»Wenn du mich einen Blick auf sie werfen lässt, kann ich dir sagen, ob deine gleich sind oder anders.«

Sie legt eine Hand mit dem Handrücken nach unten zwischen ihnen auf den Boden und öffnet die Finger wie Blütenblätter. Dann zieht sie mit der anderen Hand das

Pflaster ab. In der Mitte der Handfläche ist ein kleines Loch. Das Gewebe um die Wunde herum ist unversehrt, und es sind auch keine Erhebungen zu sehen wie beim heiligen Franziskus von Assisi, so als drückten Nägel von unten gegen die Haut. »Tut es weh?«, fragt Rampini.

»Im Moment nicht.«

»Wenn deine Hände bluten«, fragt er vorsichtig, »denkst du dann manchmal an Jesus?«

Faith runzelt die Stirn. »Ich kenne niemanden, der Jesus heißt.«

»Das ist der Name Gottes«, erklärt der Priester.

»Nein, das stimmt nicht.«

Ein siebenjähriges Kind kann sehr direkt sein. Sagt Faith das, weil Gott ihr ausdrücklich gesagt hat, Er wäre nicht Jesus? Oder weil Er ihr bisher Seinen Namen nicht gesagt hat? Oder bedeutet das vielleicht, dass diese Visionen keineswegs göttlicher Natur sind, sondern vielmehr satanischer?

Rampini möchte sie noch mehr zu Gottes Namen fragen – er will nach Rumpelstilzchen-Manier fragen, bis er die richtige Antwort herausbekommen hat. Es ist nicht Maria und auch nicht Jesus. Aber ist es Belzebub? Jahwe? Allah? Stattdessen hört er sich sagen: »Kannst du mir sagen, was es für ein Gefühl ist, wenn Gott mit dir spricht?«

Faith blickt wortlos auf ihren Schoß. Vater Rampini sieht sie an und denkt an das erste Mal, als er seinen Sohn gesehen hat. Er erinnert sich, wie die winzigen Finger wie Spinnenbeine über Annas Brust gekrochen sind, als sie ihn wiegte. Obgleich er beim theologischen Askesetraining gelernt hat, dass Gefühle unwichtig sind und man beim Zelebrieren der Messe und der Verabreichung der Sakramente Gott am nächsten ist, denkt er jetzt nicht mehr daran. Dieses Gefühl eines überquellenden Herzens, überquellender Göttlichkeit, hat er nur zweimal in seinen dreiundfünfzig Lebensjahren verspürt. Das eine Mal, als er seine Frau nach der Geburt ansah, und dann sechs Jahre später, als der Heilige Geist sich auf ihn herabsenkte wie einer jener frühen Schneestürme im Mittleren Westen, den Schmerz betäubte, der ihn nicht mehr losgelassen hatte seit dem Unfall, der ihm seine Familie geraubt hatte. Der Heilige Geist hatte es ihm ermöglicht, zu vergeben, und ihm damit eine erdrückende Last von den Schultern genommen.

Es dauert eine Weile, bis Vater Rampini registriert, dass Faith einen kleinen Legostein genommen hat, einen roten, und diesen in das Loch in ihrer rechten Hand gesteckt hat. Der Stein steckt bis zur Hälfte in der Wunde, die jedoch nicht wieder aufbricht, und als Faith die Handmuskeln anspannt, fällt er heraus. »Wenn sie spricht, spüre ich es hier«, sagt Faith, ballt die Hand zur Faust und führt diese an sein Herz.

Vater Rampini weiß seit langem, dass er in einer Welt lebt, die Skeptiker als unmöglich betrachten, aber für ihn ist der Katholizismus – und speziell seine Theologie – immer ein Hafen der Logik gewesen. Die Welt ist es, die keinen Sinn macht – was sonst könnte es für einen Sinn haben, dass ein betrunkener Autofahrer ausgerechnet den Kombi seiner Frau rammt anstatt irgendein anderes der dreihundert Autos, an denen er in jener Nacht vorbeigefahren ist? Religion aber, mit ihrem Verständnis von Göttlichkeit, ihrer Ordnung und ihrer Erlösung war buchstäblich Rampinis Rettung gewesen.

Im Bad lässt er kaltes Wasser ins Waschbecken laufen und wäscht sich das Gesicht. Als er sich anschließend abtrocknet, schaut er in den Spiegel des Medizinschränkchens und zögert einen Moment. Was soll er über Faith White berichten? Auf der einen Seite besitzt sie die Demut der wahrhaft Gesegneten, und die ganze Sache bringt ihr nichts ein außer einem Ruhm, der ihr eher lästig zu sein scheint. Auf der anderen Seite gibt sie immer wieder Ketzerisches von sich.

Er fängt an, in Gedanken die Pros und Kontras gegenüberzustellen. Rampini ist bislang noch kein authentischer Fall untergekommen, aber er hält es nicht für ausgeschlossen, dass Faith' Stigmata echt sind.

Aber sie sieht auch Dinge, die bisher noch niemand gesehen hat. Rein technisch gesehen ist Gott kein Mann. Aber das heißt nicht, dass er eine Frau wäre.

Er setzt sich auf den geschlossenen Deckel der Toilette und starrt blind auf die Sammlung nackter Barbiepuppen in der leeren Badewanne. Faith White ist alles in allem ein ganz gewöhnliches, nicht religiös erzogenes Mädchen. Gebete sind nicht Mittelpunkt ihres Lebens; vermutlich könnte sie nicht ein Ave-Maria von einem Treueeid unterscheiden. Für sie spricht, dass auch anerkannte Visionäre wie die Kinder aus Fatima und die heilige Bernadette eher unwahrscheinliche Kandidaten für eine göttliche Vision waren.

Aber wenigstens waren sie Christen.

Rampini seufzt. Vater MacReady hatte Recht – es gibt vieles an Faith, was faszinierend ist. Aber letztlich gehört ihre Vision nicht dazu. Sie sagt Dinge, die schlicht aus dem Rahmen fallen.

Vater Rampini öffnet die Badezimmertür und geht zurück zu Faith' Zimmer. Er hat sich entschieden. Aber bei jedem Schritt muss er an die Heiligen des 16. Jahrhunderts denken, die verachtet und verteufelt wurden für ihre radikalen Überzeugungen. Heilige, bei deren Autopsie Jahre nach ihrer Ermordung seltsame Narben an den Herzwänden festgestellt wurden, die aussahen wie die Buchstaben von Jesus Namen.

Malcolm Metz betrachtet den klapprigen Honda von Lacey Rodriguez, nur eine aus einer ganzen Armee herausragender Privatdetektive, die seine Kanzlei im Laufe der Jahre eingesetzt hat. Er zeigt auf eine kleine Marienstatue, die mit einem Stück doppelseitigem Klebeband am Armaturenbrett befestigt ist. »Nettes Detail.«

»Ich wusste ja nicht, ob jemand den Wagen möglicherweise bemerkt«, sagt Lacey achselzuckend.

»Nach allem, was ich gehört habe, werden Sie vielleicht eine Meile vom Haus entfernt parken müssen. Sie melden sich dann später bei mir?«

»Heute Nachmittag, sobald ich vor Ort bin. Und von da an zweimal täglich.«

Metz lehnt sich gegen die rostige Motorhaube. »Ich brauche Ihnen ja nicht erst zu sagen, wie wichtig es für uns ist, dass Sie Negatives über die Mutter ausgraben.«

Lacey zündet sich eine Zigarette an und bietet auch Metz eine an, der aber kopfschüttelnd ablehnt. »Wie schwer kann das schon sein?«, sagt sie und bläst den Rauch in die Luft. »Die Frau war immerhin in einer Irrenanstalt.«

»Unglücklicherweise ist oft der Jetzt-Zustand vor Gericht entscheidend, und das Kind lebt noch bei seiner Mutter. Ich will wissen, ob sie ihrer Tochter erlaubt, abends zu lange auf zu bleiben, ob sie ihr etwas zu essen gibt, das irgendeinen schädlichen Farbstoff enthält, oder ob sie auf ihrem Handy im Bad telefoniert, während ihre Kleine gerade in der Wanne sitzt. Ich will zum Teufel wissen, was sie den Priestern und Rabbis erzählt, die sich bei ihr die Klinke in die Hand geben.«

»Alles klar.«

»Tun Sie nur nichts, was vor Gericht nicht anerkannt würde. Verkleiden Sie sich nicht als Installateur und überprüfen irgendwelche Rohre, nur um dann mit Beweisen anzukommen, die ungültig sind, weil sie unrechtmäßig beschafft wurden.«

»So etwas habe ich nur ein einziges Mal gemacht«, entgegnet Lacey gereizt. »Wollen Sie mir das bis in alle Ewigkeit vorhalten?«

»Könnte sein.« Metz klopft ihr auf die Schulter. »An die Arbeit.« Er blickt dem Honda nach, der sich in den fließenden Verkehr einfädelt, und geht dann zurück in das Gebäude, in dem die Kanzlei untergebracht ist. Er kann sich einen Blick auf seinen Namen auf dem steinernen Schild draußen an der Fassade nicht verkneifen. Die Türen aus Glas und Chrom schwingen automatisch auf, als hätten sie die ganze Zeit nur auf ihn gewartet.

Mariah flüchtet sich in ihr Atelier unten im Keller. Entschlossen greift sie nach einem Stück Ahornholz, um daraus einen Miniatur-Küchentisch zu fertigen, aber sie ist zu abgelenkt, um konzentriert zu arbeiten. Frustriert hockt sie neben ihrem halbfertigen Hausmodell und stützt den Kopf in die Hände.

Sie kann die winzigen Badezimmerarmaturen sehen, die gemaserten Holzböden in den Schlafzimmern und die Tür des Küchenschranks, die einen Spalt offen steht. Sie kann mühelos in die privatesten Winkel des Hauses schauen.

So muss es sein, wenn man Gott ist, sagt sie sich.

Sie denkt eine Weile hierüber nach, denkt an all die jungen Mädchen, die so selbstverständlich Gott spielen und jeden Schritt ihrer Puppenfamilien in ihrem Puppenhaus bestimmen. Mariah blickt an die Decke und fragt sich, ob Gott dasselbe mit ihr und Faith macht.

Plötzlich fällt ihr wieder ein, warum sie als Kind nie Puppen in ihren Puppenhäusern hatte. Der Hund würde an das Haus pinkeln, und das winzige Kind würde die Treppe hinunterfallen, bevor Mariah es auffangen konnte. Oder die Mutterfigur lag mit dem Gesicht nach unten auf dem Bett, und Mariah stellte sich vor, dass die Puppe sich die ganze Nacht die Augen ausgeweint hatte, während sie selbst schlief. Es hatte ihr ein schlechtes Gewissen vermittelt – sie konnte nicht mit allen Puppen gleichzeitig spielen, konnte nicht ihren sämtlichen Bedürfnissen nachkommen. Es war gar nicht so toll, Gott zu sein, die Macht zu besitzen, zu helfen, zu trösten und zu beruhigen und doch zu wissen, dass sie nicht immer jeden vor Schaden bewahren konnte.

Und so begann sie irgendwann, Häuser ohne Puppen zu bauen, Häuser, in denen die Möbel am Boden festgeklebt waren, Häuser, in denen nichts dem Zufall überlassen blieb. Und doch erkennt Mariah nun, dass es ihr nicht ganz gelungen ist, dem zu entgehen, wovor sie sich hat schützen wollen.

Manipulation, Verantwortung, Wachsamkeit. Im Grunde war es gar kein so großer Unterschied zum Alltag einer Mutter.

Diözese der Katholischen Kirche in Manchester

Manchester, NH, 29. Oktober 1999 – Seine Exzellenz der Bischof von Manchester hat ein Rundschreiben verschickt zu den Untersuchungen durch Priester, Theologen und Laien hinsichtlich der Aktivitäten von Faith White, wohnhaft in New Canaan, NH, die behauptet, göttliche Erscheinungen zu hören und zu sehen.
Von der Diözese wurde eine nüchterne und gründliche Untersuchung der Angelegenheit veranlasst, und es wurde festgestellt, dass Faith Whites Behauptungen falsch sind. Es ist unsere Pflicht, auf einen großen Fehler auf Doktrin-Ebene hinzuweisen: ketzerische Behauptungen sich auf Christus beziehend, der weder Frau noch Mutter ist noch als solche bezeichnet werden darf.
Die MotherGod Society, die weitestgehend verantwortlich ist für die Verbreitung der Botschaft von Faith White über Flugblätter und mündliche Überlieferung, verbreitet Lehren, die nicht dem katholischen Dogma entsprechen und somit zu ignorieren sind.

Als die MotherGod Society am Abend von Bischof Andrews offiziellem Statement erfährt, verteilen die Frauen Äpfel. Sie verteilen mehr als dreihundert Jonagold von einem Obstbauern aus der Nachbarschaft und fordern die Menschen auf, ein Stück aus dem Mythos der rein männlichen Religion herauszubeißen. »Der Garten Eden war nur der Anfang«, rufen sie. »Eva war nicht schuld am Sündenfall.«

Die Frau, die zu ihrer Anführerin geworden ist, Mary Anne Knight, mischt sich unter die Menschen, die sich vor dem White-Haus eingefunden haben, und schüttelt jedem die Hand. Sie weiß, dass diese Bewegung nicht so radikal und neu ist, wie viele glauben werden. Vor zwanzig Jahren hat sie am Boston College studiert, zusammen mit

Mary Daly, die aus der katholischen Kirche austrat, die sie als sexistisch verurteilte. Aber Mary Anne liebte den Katholizismus zu sehr, um ihm den Rücken zu kehren. *Eines Tages*, betete sie, *wird es auch für mich einen Platz in dieser Kirche geben.*

Dann hörte sie von Faith White.

Sie steht auf einer umgedrehten Apfelkiste; ihre Anhängerinnen haben sich um sie geschart und schwenken die halb gegessenen Äpfel. Sie zieht ihre Fleecejacke enger um sich und verdeckt das T-Shirt, das mit dem provokativen Text bedruckt ist MEINE GÖTTIN HAT EUREN GOTT GEBOREN. »Meine Damen«, ruft sie, »wir haben hier den Hirtenbrief von Bischof Andrews.« Sie nimmt ein Feuerzeug aus der Tasche. »Und das ist unsere Antwort darauf.« Mit ausdrucksvoller Geste zündet sie eine Ecke des Schreibens an und lässt es in den Fingern bis zu einem Schnipsel herunterbrennen.

Mary Anne lächelt, als enthusiastischer Jubel seitens der Frauen aufbrandet. Soll die Diözese von Manchester doch ruhig glauben, sie seien nur ein Haufen unbedeutender Feministinnen; soll der verknöcherte alte Bischof schreiben, bis er schwarz wird. Aber Seine Exzellenz hat eins übersehen: die MotherGod Society hat immer noch Faith White. Und zwei ihrer Vertreterinnen sind unterwegs in den Vatikan, um einen formellen Protest anzumelden.

Mariah putzt sich die Zähne und zappt durch das spätabendliche Fernsehprogramm, als sie plötzlich Petra Saganoffs Gesicht auf dem Bildschirm im Bad sieht – und im Hintergrund ihr eigenes Haus. »*Hollywood Tonight!* hat von einer neuen Entwicklung im Fall Faith White erfahren. Unerwartet ist der Vater des kleinen Mädchens, Colin White, nach New Canaan zurückgekehrt und will nun das alleinige Sorgerecht für seine kleine Tochter einklagen.«

Millie kommt in einem Flanellnachthemd und mit einer dicken Cremeschicht im Gesicht hereingelaufen. »Siehst du das auch gerade?«

Im Fernsehen werden Aufnahmen vom Gericht eingeblendet. Colin und sein Anwalt erscheinen und sprechen in mehrere Mikros gleichzeitig, die Schultern hochgezogen, um sich gegen den eisigen Wind zu schützen. »Es ist eine Tragödie«, sagt Colin in die Kamera. »Kein kleines Mädchen sollte so aufwachsen müssen ...« Seine Stimme versagt, und er scheint nicht in der Lage zu sein, sich weiter zu äußern.

»Meine Güte«, sagt Millie verächtlich, »hat er einen Anwalt engagiert oder einen Schauspiellehrer?«

Petra Saganoff ist wieder im Bild. »Malcolm Metz, der Rechtsbeistand von Mr. White, behauptet, Faith sei in der Obhut von Mariah White ebenso physisch wie auch psychisch gefährdet. Selbstverständlich ist nun auch das bevorstehende Sorgerechtsverfahren von öffentlichem Interesse. Wir werden weiter über den Fall berichten. Petra Saganoff von *Hollywood Tonight!*«

Millie tritt vor den Fernseher und schaltet ihn zornig aus. »Das ist doch verrückt. Niemand, der auch nur einen Funken gesunden Menschenverstand besitzt, wird Colin auch nur ein Wort glauben.«

Aber Mariah schüttelt den Kopf und spuckt Zahnpasta ins Waschbecken. »Das stimmt nicht. Sie werden ihn weinen sehen vor Sorge um seine Tochter, und nur daran werden sie sich erinnern.«

»Der einzige Mensch, der zählt, ist der Richter, und

Richter sehen sich keinen Müll an wie diesen.« Mariah spült sich den Mund aus und tut so, als hätte sie nichts gehört. Sie fragt sich, ob Joan die Sendung gesehen hat. Und Ian. Dr. Keller. Ihre Mutter irrt. Man kann viele Menschen erreichen, auch ohne es zu wollen – Faith ist der beste Beweis dafür. Sie lässt das Wasser laufen, bis sie hört, wie Millie den Raum verlässt.

Er weiß, wann der richtige Zeitpunkt ist, um sie anzurufen, weil er den Winnebago so geparkt hat, dass er genau gegenüber von Mariahs Schlafzimmer steht. »Mach das Licht an«, sagt er.

»Ian?«

»Bitte.« Er hört, wie sie sich umdreht, und dann leuchtet das Fenster ihres Zimmers golden auf. Er kann sie nicht sehen, tut aber so, als könnte er es; er stellt sich vor, wie sie sich aufsetzt, den Telefonhörer umfasst und an ihn denkt. »Ich habe auf dich gewartet.«

Mariah setzt sich bequem zurecht – das hört er am Rascheln ihres Bettzeugs. »Wie lange?«

»Zu lange«, entgegnet Ian, und hinter den Worten steckt mehr als nur spielerisches Flirten. Ihr nachzublicken, als sie sich im Supermarkt von ihm entfernte, ohne ihr folgen zu dürfen, hatte ihn seine ganze Willenskraft gekostet. Er stellt sich ihr Haar vor, das wie ein goldenes Vlies über das Kissen gebreitet ist, die Rundung ihres Halses und ihrer Schulter, ein Puzzleteil, exakt geformt, um zu seinen eigenen Körperformen zu passen. Er drückt das Handy fester ans Ohr und sagt leise: »Nun, Miss White, wollen Sie mir nicht eine Gutenachtgeschichte erzählen?«

Er rechnet damit, ein Lächeln aus ihrer Stimme herauszuhören, aber stattdessen klingt diese erstickt von Tränen. »O Ian. Ich fürchte, für mich gibt es keine Happyends mehr.«

»Sag so etwas nicht. Bis zur Verhandlung ist noch viel Zeit.« Er steht auf und versucht, sie durch Gedankenübertragung dazu zu bringen, ans Fenster zu treten. »Weine nicht, Schatz, wenn ich nicht bei dir sein kann.«

»Es tut mir leid. Ich ... O Gott, was musst du nur von mir denken! Es ist nur dieses ganze Durcheinander, Ian. Ein Albtraum nach dem anderen.«

Er holt tief Luft. »Ich werde keine Sendung über Faith machen, Mariah. Möglicherweise werde ich ganz von hier weggehen, damit es aussieht, als wäre ich einer anderen Sache auf der Spur. Zumindest bis nach der Verhandlung.«

»Das wird keinen Unterschied machen. Es sind noch genug andere Leute übrig, die aus Faith so etwas wie eine Märtyrerin machen wollen. Hast du *Hollywood Tonight!* gesehen?«

»Nein ... Warum?«

»Colin wurde gezeigt. Er ist vor laufender Kamera zusammengebrochen und hat unter Tränen gesagt, man könne Faith nicht länger ein solches Leben zumuten.«

»Er benutzt die Medien für seine Zwecke, Mariah. Sein Anwalt ist so raffiniert, das Gesicht seines Mandanten in der Öffentlichkeit zu präsentieren, um Mitgefühl zu wecken.« Er zögert einen Moment. »Eigentlich ist das gar keine so schlechte Idee. Du solltest dich aus eigenem Antrieb bei *Hollywood Tonight!* melden und ihnen anbieten, deine Version zu erzählen. Gib der guten Petra ein Exklusivinterview.«

Mariah wird sehr still. »Das kann ich nicht, Ian.«

»Aber natürlich kannst du. Ich werde dich beraten und hindurchlavieren, so wie der Anwalt es bei deinem Mann gemacht hat.«

»Das ist es nicht.« Ihre Stimme klingt plötzlich ganz dünn und wie aus weiter Ferne. »Ich kann mich nicht den Fragen eines Reporters stellen, weil es in meinem Leben Dinge gibt, von denen ich nicht will, dass sie publik werden. Dinge, die ich nicht einmal dir erzählt habe.«

Ian hat schon vor langer Zeit gelernt, dass es manchmal das Klügste ist, zu schweigen. Er setzt sich im Winnebago auf die Sofakante und wartet, dass Mariah ihm anvertraut, was er schon seit Wochen weiß. »Ich habe vor sieben Jahren versucht mich umzubringen, und Colin hat mich daraufhin in eine Anstalt einweisen lassen.«

»Ich weiß.« Bei dem Gedanken an den *Boston Globe* verkrampfen sich Ians Eingeweide.

»Du ... du weißt?«

»Natürlich«, entgegnet er und schlägt dabei bewusst einen lockeren Tonfall an. »Bevor deine nicht unbeträchtlichen Reize mich völlig umgehauen haben, habe ich an einer Story über dich und deine Tochter gearbeitet, schon vergessen?«

»Aber ... aber du hast es mit keinem Wort erwähnt.«

»Nicht öffentlich, nein. Und auch nicht privat, weil es für mich keinen Unterschied gemacht hat. Mariah, du bist der normalste Mensch, den ich kenne. Und was die Einstellung betrifft, du hättest nichts mehr, wofür es sich zu leben lohnt, tue ich verdammt was ich kann, um dich vom Gegenteil zu überzeugen.«

Und da hört er die Freude, die aus ihr hervorbricht. »Danke. Tausend Dank dafür.«

»Für dich tue ich alles.«

»Pass nur auf, dass ich dich nicht beim Wort nehme«, entgegnet Mariah, und sie lachen beide.

Hierauf entsteht eine entspannte Gesprächspause; nur vereinzelte Eulenrufe und Hundegebell aus der Ferne sind zu hören. »Du solltest es trotzdem tun«, sagt Ian nach einer Weile. »Lass Petra Saganoff rüberkommen. Das ist die beste Möglichkeit, vielen Leuten zu zeigen, dass deine kleine Tochter nur ein kleines Mädchen ist. Sag Petra, sie kann eine B-Rolle filmen und mit Off-Ton versehen, soweit sie es für nötig hält, dass du aber keine Live-Interviews gibst.« Er lächelt am Telefon. »Kämpfe, Mariah. Schlag zurück.«

»Ich denke darüber nach.«

»Braves Mädchen.« Eine Gestalt taucht an ihrem Schlafzimmerfenster auf. »Bist das du am Fenster?«

»Ja. Wo bist du?«

Er sieht, wie sie in der Dunkelheit Ausschau hält nach einem Gesicht, das sie nicht sehen kann. Ian blendet kurz auf. »Hier. Hast du es gesehen?« Sie klemmt sich den Hörer zwischen Kinn und Schulter und legt die Hände gegen das Glas. Ian erinnert sich noch gut daran, wie sie sich auf seiner Brust angefühlt haben, kühl und neugierig. »Ich wünschte, ich wäre jetzt bei dir.«

»Ich weiß.«

»Weißt du auch, was ich tun würde, wenn ich jetzt bei dir wäre?«

»Was?«, fragt Mariah atemlos.

Ian grinst. »Schlafen.«

»Oh. Ich dachte da eigentlich an etwas anderes.«

»Okay, dann vielleicht auch das. Aber es ist eine Ewigkeit her, Jahre, seit ich das letzte Mal so tief und fest geschlafen habe wie in jener Nacht mit dir.«

»Ich glaube ... ich glaube, es würde mir gefallen, mit dir neben mir aufzuwachen«, sagt Mariah schüchtern.

»Das fände ich auch schön«, stimmt Ian ihr zu. »Und jetzt geh von diesem Fenster weg. Ich will nicht, dass die ganzen Aasgeier hier draußen dich sehen.« Er wartet, bis er das Rascheln der Bettdecke hört, als Mariah sich zudeckt. »Gute Nacht.«

»Ian?«

»Hmmm?«

»Wegen dem, was du vorhin gesagt hast ... Du wirst doch jetzt nicht weggehen, oder?«

»Ich bleibe, solange du es möchtest«, entgegnet er und sieht, wie das Licht an ihrem Fenster erlischt.

Mariah hat gerade aufgelegt, als sie registriert, dass ihre Mutter in der einen Spalt breit geöffneten Tür steht. Sie weiß nicht, wie viel Millie gehört hat, wie lange sie schon dort steht.

»Wer hat denn so spät noch angerufen?«, fragt ihre Mutter.

»Niemand. Falsch verbunden.« Das Gewicht von Millies Blick über sie gebreitet wie ein zweiter Quilt, dreht Mariah sich auf die Seite, dem Fenster zugewandt, Ian zugewandt.

Aus für Vater MacReady unerfindlichen Gründen ist Vater Rampini nicht auf direktem Wege nach Boston zurückgekehrt, nachdem er am Nachmittag seine Empfehlung an Bischof Andrews abgeschickt hat. Er hat mehrere Stunden im Gästezimmer des Pfarrhauses verbracht, jedoch nicht gepackt, sondern stattdessen die Telefonleitung blockiert mit Faxen, die er via Laptop versandt hat. Und so ist Vater MacReady einigermaßen überrascht, als er vor dem Zubettgehen noch einmal nach unten geht, um sich ein Glas Milch zu holen, und am Küchentisch seinen Gast mit einer Flasche Wein antrifft.

»Chianti?«, fragt Vater Rampini, wobei er nur den einen Mundwinkel verzieht. »Aber Joseph«, scherzt er, einen irischen Akzent imitierend. »Wo haben Sie den guten Malt-Whisky versteckt?«

Vater MacReady lächelt. »Ich finde es nützlich, hin und wieder kulturelle Barrieren zu durchbrechen.«

»Auch ein Glas?« Rampini schiebt seinem Kollegen ein bis zum Rand gefülltes Glas zu, hebt dann das seine und leert es in einem Zug.

Nun, es ist zwar keine Milch, wird ihm aber ebenso gut beim Einschlafen helfen. Vater MacReady nimmt sein Glas und leert es ebenfalls bis auf den letzten Tropfen.

Rampini lacht. »Sollen wir uns jetzt darin messen, wer am weitesten spucken kann?«

»Nein danke. Mir ist schon schlecht. Aber ich habe gelernt, dass es unerzogen ist, sich von jemandem unter den Tisch trinken zu lassen.«

Der Priester am Tisch lächelt. »Ich werde ein anständiger Gast sein. Ich verspreche, ganz gesittet auf meinem Stuhl wegzutreten.«

MacReady setzt sich und trommelt mit den Fingern auf den Tisch. »Und was schätzen Sie, wie lange Sie mein Gast sein werden?«

»Wenn Sie das Zimmer brauchen ...«

»Nein, nein«, entgegnet MacReady sofort beschwichtigend. »Bleiben Sie, solange Sie möchten.«

Rampini schnaubt. »Sie denken gerade darüber nach, wie Sie mich auf unverfängliche Art fragen sollen, was ich noch hier will.«

»Der Gedanke ist mir tatsächlich gekommen.«

»Hmmm.« Rampini reibt sich mit beiden Händen das Gesicht. »Das habe ich mich selbst auch schon gefragt. Wissen Sie, was ich den ganzen Nachmittag über getan habe?«

»Sie haben eine horrende Telefonrechnung zusammengefaxt?«

»Stimmt, aber dafür wird die Diözese aufkommen. Ich habe das Buch eines Psychiaters gelesen, das von der Vorstellung handelt, die Kinder von Gott haben. Es gibt da eine Theorie, dass die frühesten Wurzeln des Glaubens auf die Erfahrung des Säuglings zurückzuführen sind, der zu seiner Mutter aufschaut und weiß, dass es in Ordnung ist, die Augen zu schließen und sie sich vorzustellen, weil sie noch da sein wird, wenn er die Augen wieder aufmacht.«

Vater MacReady nickt langsam, nicht ganz sicher, worauf sein Gegenüber hinauswill.

»Dann wird das Kind sechs, sieben Jahre alt. Es hört im Fernsehen von Gott und sieht Bilder von Engeln. Es versteht nicht wirklich, wer oder was Gott ist, aber aus dem Kontext heraus begreift es, dass Gott groß und mächtig ist und alles sieht. Das Kind kennt zwei Menschen, die diese Kriterien erfüllen: seine Eltern. Und so benutzt es sie als Rohmaterial. Wenn viel mit dem Kind geschmust wurde, wird es sich einen liebevollen Gott vorstellen. Wurde es sehr streng erzogen, mag seine Vorstellung dieses Wesens eine strengere sein.« Vater Rampini schenkt sich großzügig von dem Chianti nach. »Daraus ergibt sich, dass das Kind möglicherweise jene Attribute auf Gott projiziert, die es sich von einem Elternteil wünscht – bedingungslose Liebe, Schutz, was auch immer.«

Er reibt an einem kleinen Kreis Kondenswasser auf dem Tisch. »Betrachten wir jetzt Faith White, deren Mutter – nach eigener Aussage – nicht immer die beste aller Mütter war. Was geschieht mit einem Kind, das sich immer die Aufmerksamkeit seiner Mutter gewünscht hat? Zumal, als die dramatische Trennung der Eltern hinzukommt und es nur noch die Mutter als Bezugsperson hat? In welcher Gestalt wird es sich Gott wohl am ehesten vorstellen?«

»Als eine liebevolle Mutter«, murmelt Vater MacReady, greift nach dem Chianti und nimmt einen kräftigen Schluck aus der Flasche. Hinterher wischt er sich mit dem Handrücken den Mund ab. »Ich dachte, Sie hätten Ihre Empfehlung an den Bischof bereits verfasst.«

»Das habe ich auch.« Rampini verzieht schmerzlich das Gesicht. »Da ist nur ... eine Kleinigkeit.« Er lehnt sich in seinem Stuhl zurück und lässt den Blick über die Wände der Pfarrhausküche gleiten, die etwas frische Farbe hätten vertragen können. »Wenn ich nur logisch nachvollziehen könnte, warum sie eine Frau sieht. Warum. Dann würde das alles ändern, nicht wahr? Ich meine, der Mist, den ich Ihnen gerade erzählt habe ... das ist Psychologie. Das hat nichts mit Theologie zu tun. Ich lese es zwar, kann es aber im Herzen nicht glauben.«

»Vielleicht ist das ja auch gar nicht das, was sie tatsächlich sieht«, sagt Vater MacReady bedächtig. »Vielleicht interpretiert sie es lediglich so.«

»Inwieweit unterscheidet sich das denn von dem, was ich gerade gesagt habe?«

»O doch, es ist etwas anderes. Haben Sie sich je solche Darstellungen angesehen, die aus einer Perspektive aussehen wie eine Flasche und aus einer anderen wie zwei Menschen, die sich küssen?«

Vater Rampini nimmt ihm die Weinflasche weg. »Ich glaube, es ist höchste Zeit, dass Sie damit aufhören.«

»Ich bin absolut nüchtern und klar. Sie wissen schon ... wie nennt man die Dinger noch gleich ... optische Täuschungen! Es könnte doch sein, dass lediglich Faith' Perspektive die falsche ist, nicht aber ihre Vision an sich.« Angesichts von Vater Rampinis ausdruckslosem Gesicht fährt MacReady fort. »Mal angenommen, Sie wären ein kleines Mädchen, das *nicht das Geringste* von Religion weiß. Von keiner Religion. Sie leben in den neunziger Jahren in einer eher konservativen Stadt, in der die Leute alle ziemlich gleich aussehen. Und dann eines Tages taucht jemand ganz plötzlich aus dem Nichts auf. Die Person ist in etwa so groß wie Ihre Mutter, hat ähnliches langes braunes Haar und trägt ein Kleid und Sandalen wie sie. Was würden Sie wohl glauben, was Sie sehen?«

»Eine Frau«, antwortet Vater Rampini leise. »Aber tatsächlich ist es Christus, vielleicht noch sehr jung, ohne Bart – und in traditioneller Aufmachung.«

»Woher sollte ein kleines Mädchen aus New Canaan wissen, was Männer vor zweitausend Jahren in Galiläa getragen haben.« Vater MacReady grinst so breit, dass es beinahe wehtut. Er fühlt, wie er auf die Füße gezogen wird, als Vater Rampini ihn packt und stürmisch an seine Brust drückt.

»Wissen Sie, was das heißt? Ist Ihnen klar, was das bedeutet?«

»Das Sie noch ein weiteres Ferngespräch von meinem Anschluss aus führen werden«, entgegnet Vater MacReady lachend. »Nur zu. Rufen Sie auf meine Kosten Bischof Andrews an.«

Er folgt Rampini ins Gästezimmer, wo der Priester auf dem überfüllten Schreibtisch nach der Manchester Telefonnummer sucht. »Natürlich«, brummt Rampini vor sich hin, »wird die Bischofskonferenz einwenden, dass Christus sich recht bald als der Herr zu erkennen geben würde, Kleid oder nicht ... Aber wenigstens wird es eine solche Konferenz geben. Ah, da ist sie ja. Würden Sie mir das Telefon rüberreichen?«

Aber Vater MacReady hat ihn gar nicht gehört. Er hält das Handy in der einen Hand und Vater Rampinis Heiligen-Kalender in der anderen. Er hat die heutige Seite abgerissen und starrt auf die morgige. Wortlos reicht er den Kalender seinem Gast.

Die Heilige Elisabeth von Schönau. Gestorben 1146. Der heiligen Elisabeth ist eine junge Frau erschienen, die in der Sonne saß. Da fragte Elisabeth einen Engel, was das zu bedeuten hätte. Der Engel antwortete: »Diese junge Frau ist die geheiligte menschliche Natur unseres Herrn Jesus Christus.«

Vater Rampini wählt die Nummer. »Ich weiß«, sagt er nach einer Weile. »Wecken Sie ihn.«

KAPITEL 11

Mit wem wollt ihr Gott vergleichen,
und was wollt ihr neben ihn stellen?
Jesaja 40,18

ALS ICH IN Faith' Alter war, habe ich erfahren, dass ich in die Hölle kommen würde.

Ursula Padrewski saß in jenem Jahr in der Schule hinter mir. Sie war groß für eine Siebenjährige und hatte lange Zöpfe, die ihre Mutter ihr zusammengerollt wie schlafende Klapperschlangen hochsteckte. Ihr Vater war Hilfspfarrer der Episkopalkirche. Eines Tages nahm sie auf dem Spielplatz allen Mädchen ihre Barbie ab und tauchte sie mit dem Kopf in eine Regenpfütze. Schließlich blieb sie mit in die Seiten gestemmten Fäusten auch vor mir stehen und meinte, Malibu Barbie müsse getauft werden.

»Was ist das ›getauft‹?«, fragte ich.

Sie schnappte nach Luft, als könne sie nicht fassen, dass dieses Wort mir fremd war. »Du weißt schon. Wenn man für Gott unter Wasser getaucht wird.«

»Gott hat mich nicht untergetaucht«, sagte ich.

»Das machen sie in der Kirche, wenn man noch ganz

klein ist«, erklärte sie mir, aber erst, nachdem sie einen Schritt zurückgetreten war. »Wer nicht getauft wird«, verriet sie mir dann, »wird in eine Feuergrube gestoßen und kommt in die Hölle.«

Ich war alt genug, um zu verstehen, dass meine Eltern nicht in die Kirche gingen, was bedeutete, dass ich vermutlich nicht getauft worden war. Ich stellte mir vor, wie der Boden sich unter mir auftat und Flammen bis zu meinem Hals hochschlugen.

Ich fing an, so laut zu schreien, dass mich auch auf der Krankenstation, wohin mich die Spielplatzaufsicht gebracht hatte, niemand so weit beruhigen konnte, um festzustellen, was eigentlich los war. Man verständigte telefonisch meine Mutter, die zehn Minuten später eintraf. Sie stürzte herein, kam schlitternd auf dem abgenutzten Linoleum zum Stehen und tastete mich nach Knochenbrüchen ab. »Mariah, was ist denn los?«

Sie schickte die Krankenschwester weg. »Mami«, fragte ich mit tränenerstickter Stimme, »bin ich getauft worden?«

»Juden werden nicht getauft.«

Ich brach wieder in Tränen aus. »Dann komme ich in die Hölle.«

Meine Mutter legte die Arme um mich und murmelte etwas von Gebeten in Gemeindeschulen und Reverend Louis Padrewski. Dann versuchte sie, mir zu erklären, dass Juden das auserwählte Volk wären und ich überhaupt keinen Grund zur Sorge hätte, dass es keine Feuergrube gäbe.

Aber ich wusste, dass meine Eltern anders waren als die von Joshua Simkis, die auch Juden waren, aber strikt die Regeln ihrer Religion befolgten. Joshua durfte in der dritten Klasse keine Milch trinken, wenn es in der Cafeteria

Hamburger gab. Und er trug eine kleine gehäkelte *Jarmulka* in der Schule, die mit einer Klammer an seinem Haar befestigt war. Meine Familie hingegen ging nicht in die Kirche und ebenso wenig in den Tempel. Ich war nicht getauft worden, aber ich glaubte auch nicht, dass wir auserwählt worden waren.

Irgendwann beruhigte ich mich dann halbwegs und war bereit, nach Hause zu gehen. Aber auf dem Weg zum Wagen achtete ich darauf, über jede Ritze im Bürgersteig zu springen, weil ich fürchtete, sie könnte jeden Moment aufbrechen und darunter würde sich Ursulas Höllenfeuer auftun. Und in der Nacht, als meine Eltern längst schliefen, ließ ich Wasser in die Wanne und taufte Malibu-Barbie. Dann tauchte ich auch meinen Kopf ins Wasser und wiederholte ein Gutenachtgebet, das ich Laura Ingalls in »Unsere kleine Farm« im Fernsehen hatte sprechen hören. Nur für alle Fälle.

30. Oktober 1999

Am Morgen ruft Joan an. »Ich wollte nur sichergehen, dass Sie noch leben«, sagt sie, und obgleich sie nur scherzt, kann keine von uns beiden darüber lachen. »Ich dachte, ich schaue heute Nachmittag mal vorbei, um mit Ihnen über eine Verhandlungsstrategie zu sprechen.«

Allein der Gedanke erinnert mich an das, was Ian am vergangenen Abend darüber gesagt hat, dass ich kämpfen und zurückschlagen soll. Selbstverteidigung – das erfordert persönliches Engagement. »Joan, haben Sie zufällig *Hollywood Tonight!* gesehen?«

»Lieber lasse ich mir mit Heißwachs die Bikinizone enthaaren, als mir diesen Mist anzusehen.«

Nicht zum ersten Mal frage ich mich, wer denn nun die große Zuschauergemeinde dieses Boulevardmagazins ausmacht. »Colin war in der Sendung. Zusammen mit Malcolm Metz. Sie haben gestern vor dem Gericht ein Interview gegeben. Colin hat davon gefaselt, dass Faith in Gefahr wäre, und dann ist er in Tränen ausgebrochen.«

»Sie brauchen sich keine Sorgen darüber zu machen, dass Medienberichte sich vor Gericht negativ auf Sie auswirken. Gott sei Dank entscheidet bei der Verhandlung allein der Richter, und ...«

»Ich denke, ich sollte *Hollywood Tonight!* zu mir einladen und ihnen erlauben, Faith zu filmen.«

»Sie wollen was?« Joan braucht eine Minute, um ihre Überraschung zu überwinden, und ich kann aus ihrer Stimme heraushören, wie sie sich versteift. »Als Ihr Rechtsbeistand rate ich dringend von einer solchen Vorgehensweise ab.«

»Ich weiß, dass es keinen Einfluss auf die Verhandlung haben wird, Joan. Aber der Richter muss Faith als ganz normales Mädchen sehen, das mit Puppen und Lego und dergleichen spielt. Und genauso sollen sie auch die vielen Leute sehen, die sie für eine Art Heilige halten. Ich möchte nicht, dass es aussieht, als hätte ich etwas zu verbergen.«

»Sie sollten nie die Medien und eine Gerichtsverhandlung miteinander verknüpfen, Mariah.«

»Ich denke, ich sollte nicht tatenlos zusehen, wie Colin mir meine Tochter wegnimmt. Ich will nicht, dass er die Leute irgendwelchen Unsinn über mich und Faith glauben macht, wo wir sehr gut in der Lage sind, für uns selbst zu sprechen.« Zögernd füge ich hinzu: »Ich war schon einmal mit Colin an diesem Punkt. Und ich werde nicht zulassen, dass er mir das noch einmal antut.«

Ich kann hören, wie sie mit etwas – einem Finger? Einem Kugelschreiber? – gegen den Rand des Telefons tippt. »Keine Interviews mit Ihnen oder Faith«, sagt sie schließlich und führt eine ganze Liste von Bedingungen an. »Fünfzehn Minuten Filmmaterial, höchstens, und nur in Räumen, über die man sich vorher geeinigt hat. Und Sie unterschreiben nichts, bevor ich es mir nicht angesehen habe.«

»In Ordnung.«

»Sie wissen, dass das heißt, dass ich mir diese verfluchte Sendung ansehen muss.«

»Tut mir leid.«

Joan seufzt ergeben. »Ja. Mir auch.«

Lacey Rodriguez fängt bei der Arbeit gerne ganz am Anfang an. Und soweit sie bisher hat feststellen können, hat die ganze Aufregung um Faith White nach der wundersamen Wiederauferstehung ihrer Großmutter begonnen. Sie nimmt ein kleines Notizbuch aus ihrem Shopper und schenkt Dr. Peter Weaver, dem behandelnden Kardiologen von Millie Epstein, ein einnehmendes Lächeln.

Für einen so attraktiven Mann ist er eine verdammt harte Nuss. Er legt beide Hände flach auf den Tisch und funkelt Lacey böse an. »Ich weiß, dass Sie nur Ihre Arbeit tun, Ms. Rodriguez, aber genau aus diesem Grund müssen Sie auch verstehen, dass ich sämtliche Informationen meine Patientin betreffend streng vertraulich behandeln muss.«

Sie dreht die Wattzahl hinter ihrem Lächeln noch etwas weiter auf. »Ich würde ja auch niemals von Ihnen erwarten, dass Sie gegen die ärztliche Schweigepflicht verstoßen. Der Anwalt, für den ich arbeite, interessiert sich viel mehr für das, was Sie über Faith und Mariah White wissen.«

Dr. Weaver blinzelt. »Ich kenne die beiden überhaupt nicht. Natürlich abgesehen von den Gerüchten, die wir alle über das Kind gehört haben. Aber vom rein medizinischen Standpunkt aus kann ich eine übernatürliche Heilung nicht bestätigen. Für mich hat sich nie die Frage gestellt, *wie* Mrs. Epstein ins Leben zurückgeholt wurde, sondern *dass* es passiert ist.

»Ich verstehe«, sagt Lacey und tut so, als würde sie jedes Wort notieren, obwohl ihr Gegenüber bislang noch nichts gesagt hat, was für sie von Interesse gewesen wäre.

»Ich bin Mrs. White nur ein paar Mal am Krankenbett ihrer Mutter sowie bei den Nachuntersuchungen begegnet.«

»Hat sie auf Sie einen ... angegriffenen Eindruck gemacht? Emotional angegriffen, meine ich?«

»Nicht mehr und nicht weniger als es wohl jeder unter den gegebenen Umständen gewesen wäre. Ich würde sagen, dass ich alles in allem den Eindruck hatte, dass sie sehr besorgt war um ihre Mutter.« Er schüttelt den Kopf und spult seine Erinnerung zurück. »Und ihr war sehr daran gelegen, sie und ihre Tochter zu schützen.«

»Könnten Sie mir anhand eines Beispiels erläutern, was genau Sie damit meinen?«

»Also, es gab da während Mrs. Epsteins Belastungs-EKGs einen Augenblick, da der Kameramann offenbar die Kleine gefilmt hat, und ...«

»Entschuldigung ... Sie haben während des Belastungs-EKGs gefilmt?«

»Nein, nicht ich. Ian Fletcher. Dieser Typ aus dem Fernsehen. Mrs. Epstein und das Krankenhaus hatten es vorab erlaubt. Ich bin sicher, das Material wurde längst gesendet. Aber der Punkt ist, dass Mrs. White auf gar keinen Fall damit einverstanden war, dass ihre Tochter gefilmt wurde, und sie hat alles in ihrer Macht Stehende getan, um das zu verhindern. Sie ist sogar auf den Kameramann losgegangen, hat ihn angeschrien und zurückgestoßen. Eine wahre Löwenmutter.« Er lächelt entschuldigend. »Sie sehen also, ich kann Ihnen nicht helfen.«

Lacey lächelt honigsüß. *Da wäre ich nicht so sicher*, denkt sie.

2. November 1999

Kenzie van der Hoven entstammt einer Familie mit weit zurückreichender juristischer Tradition.

Ihr Urgroßvater war Gründungsmitglied von »Van der Hoven und Weiss«, einer der ersten Anwaltskanzleien in Boston. Ihr Vater, ihre Mutter und ihre fünf älteren Brüder sind allesamt derzeit dort beschäftigt. Bei ihrer Geburt waren ihre Eltern so sicher gewesen, dass auch das Nesthäkchen ein Junge sein würde, dass sie es bei dem Namen beließen, den sie bereits ausgesucht hatten.

Sie war als Kenneth aufgewachsen, was nicht nur ihre Lehrer furchtbar verwirrt hatte, und so hatte sie schon früh versucht, ihren Namen abzukürzen, worauf ihre Eltern sich jedoch nie eingelassen haben. In die tiefen Fußstapfen aller anderen Familienmitglieder tretend, studierte sie in Harvard Jura, wurde Rechtsanwältin und vertrat bei genau fünf Prozessen Mandanten, bevor sie entschied, dass sie lange genug den Erwartungen anderer genügt hatte. Sie ließ ihren Namen offiziell in Kenzie umändern und wurde Prozesspflegerin, eine vom Gericht bestellte Anwältin, die während laufender Sorgerechtsverfahren die Interessen des Kindes vertrat.

Kenzie hat schon früher für Richter Rothbottam gearbeitet und betrachtet ihn als fairen Mann – wenn auch mit einer Schwäche für Broadway Musicals, in denen Shirley Jones aufgetreten ist. Und so hat sie, als der Richter sie am Vortag anrief, spontan zugesagt, den Fall White zu übernehmen.

»Ich muss Sie aber warnen«, hat der Richter gesagt. »Das wird ein Riesenzirkus.«

Und als Kenzie sich jetzt einen Weg durch die Menge bahnt, die sich vor dem White-Haus eingefunden hat, wird ihr klar, was er damit gemeint hat. Bis jetzt hatte sie noch keinen Zusammenhang hergestellt zwischen dem Namen White und der religiösen Hysterie in New Canaan – die meisten Zeitungen, die sie selbst las, hatten Faith nur als »das Kind« bezeichnet, um zumindest etwas von der Intimsphäre der Minderjährigen zu schützen. Aber das ... also, das ist unbeschreiblich. Kleine Gruppen von Menschen kampieren mit Zelten vor dem Grundstück und machen sich auf Campingöfen etwas zu essen warm. Unter den Menschen, die das Haus förmlich belagern, sind auch viele Kranke in Rollstühlen, einige von ihnen von MS deformiert, andere mit Infusionen im Arm und wieder andere, die mit leerem Blick vor sich hin starren. Schwarzgekleidete Nonnen wandern über das Herbstlaub wie eine Herde Pinguine, betend oder den Kranken geistigen Beistand leistend. Dann sind da noch die Reporter, die sich etwas abseits breit gemacht haben, mit Ü-Wagen und Kameraleuten, ihre schicken Anzüge so fehl am Platz wie Blüten auf hartgefrorenem Novemberboden.

Wo um alles in der Welt soll sie anfangen?

Sie kämpft sich unter Zuhilfenahme der Ellenbogen

durch die dichtgedrängte Menge, fest entschlossen, bis zur Haustür vorzudringen, um mit Mariah White zu sprechen. Nachdem sie fünf Minuten über Schlafsäcke und Verlängerungskabel gestolpert ist, gibt sie es auf. Irgendwo hier muss ein Polizist sein; sie hat den Streifenwagen vor der Zufahrt stehen sehen. Es wird nicht das erste Mal sein, dass sie in ihrer Eigenschaft als Prozesspflegerin auf die Hilfe eines Polizeibeamten zurückgreifen muss, aber bisher ist nie eine Menschenansammlung der Grund für diese »Amtshilfe« gewesen.

Kenzie wendet sich einer Frau an ihrer Seite zu und lacht atemlos. »Das ist vielleicht was, nicht wahr? Sie müssen schon ziemlich lange hier sein, um einen so tollen Platz zu ergattern. Warten Sie auf Faith?«

»Die Frau lächelt zögernd. *»No English«*, sagt sie. *»Parlez-vous français?«*

Großartig, denkt Kenzie, *es sind Hunderte von Leuten hier, und ich erwische ausgerechnet den einen, der mich nicht versteht*. Sie schließt einen Moment die Augen und vergegenwärtigt sich den richterlichen Terminplan. Das Sorgerechtsverfahren beginnt in fünf Wochen. In dieser Zeit muss sie mit jedem sprechen, der seit August und möglicherweise auch davor Kontakt zu Faith hatte. Außerdem muss sie der Wiederauferstehung ihrer Großmutter auf den Grund gehen und ganz nebenbei noch Faith für sich gewinnen und sie davon überzeugen, dass sie eine Verbündete ist.

Kurz, was sie braucht, ist ein Wunder.

Als ich gerade Faith' Schuhe in den Schrank stelle, sehe ich, dass jemand durch die Scheibe neben der Haustür Photos schießt. »Entschuldigen Sie«, sage ich, als ich die

Tür aufreiße. »Würden Sie bitte von meiner Veranda verschwinden?«

Der Mann hebt die Leica und macht ein Photo von mir. »Danke«, sagt er und hastet davon.

»O Gott«, stöhne ich, in der offenen Tür stehend. Der Wagen meiner Mutter schiebt sich Zentimeter für Zentimeter die Zufahrt entlang. Als das Gewühl zu dicht wird, gibt sie auf, parkt auf halbem Weg. Sie ist heimgefahren, um ein paar Sachen zu holen, nachdem sie beschlossen hat, für eine Weile bei uns einzuziehen. Das ist einfacher, als die Reporter abzuschütteln, die sich ihr jedes Mal auf der kurzen Fahrt nach Hause an die Fersen heften und sie bedrängen. Der Mann mit der Leica steht schon parat, als sie aus dem Wagen steigt. Groupies rufen Faith' Namen. Aus einem mir unerfindlichen Grund stehen heute alle dichter beim Haus, als sie es eigentlich sollten.

Meine Mutter stolpert mit ihrem Koffer die Verandatreppe herauf und dreht sich dann um. »Gehen Sie«, ruft sie den Menschen zu und wedelt mit den Armen, um sie fortzuscheuchen. »Kschhhhh!« Dann marschiert sie an mir vorbei, schließt die Tür und verriegelt sie. »Was ist nur mit diesen Leuten los? Haben sie nichts Besseres zu tun?«

Ich werfe einen Blick durch die Glasscheibe neben der Tür. »Wie kommt es, dass sie bis an die Veranda stehen?«

»Ein Unfall in der Stadt. Ich bin auf dem Weg hierher daran vorbeigefahren. Ein Holztransporter hat sich auf der Highway-Ausfahrt quergelegt, sodass keine Polizei mehr die Einfahrt versperrt.«

»Großartig«, brumme ich. »Ich schätze, dann kann ich von Glück sagen, dass sie uns nicht die Tür einrennen.«

Meine Mutter schnaubt vernehmlich. »Man soll den Tag nicht vor dem Abend loben.«

Und exakt auf dieses Stichwort hin klingelt es. Auf der Schwelle steht mit noch größerer Dreistigkeit als ich ihr ohnehin zugetraut hätte, Petra Saganoff. Sie hat einen Kameramann bei sich. Ehe ich ihr die Tür vor der Nase zuschlagen kann, schafft sie es, einen roten Pumps in den Türspalt zu schieben. »Mrs. White«, sagt sie, während der Kameramann dreht, »möchten Sie sich zu den Behauptungen Ihres Ex-Mannes äußern, denen zufolge Faith in Gefahr schwebt, solange sie hier bei Ihnen lebt?«

Ich denke über Ians Idee nach, dieses Biest ins Haus zu lassen, denke an meine eigene widerwillige Zustimmung, und glaube zu ersticken. Das ist nicht der richtige Zeitpunkt, sie hereinzulassen – wenn, dann nur zu meinen Bedingungen, das hat Joan unmissverständlich klargemacht. Ich wende mich meiner Mutter zu, auf die immer Verlass ist, wenn es darum geht, jemanden auf seinen Platz zu verweisen, aber sie ist verschwunden. »Sie befinden sich unbefugt auf Privatbesitz.«

»Mrs. White«, wiederholt Saganoff, aber noch ehe sie ausreden kann, kehrt meine Mutter zurück, und zwar mit dem antiken Gewehr aus dem Unabhängigkeitskrieg, das für gewöhnlich im Wohnzimmer über dem Kamin hängt.

»Mariah«, sagt sie und richtet den Lauf lässig auf Petra Saganoff. »Wer ist da?«

Es ist mir eine Genugtuung, zu sehen, wie der Kameramann erbleicht und Saganoff einen Schritt zurückweicht. »Oh«, sagt meine Mutter säuerlich. »Die ist das. Was sagtest du Ms. Saganoff gerade zum Thema unbefugtes Betreten?«

Ich schließe die Tür und verriegle sie. »O Gott, Ma«, stöhne ich. »Warum um alles in der Welt hast du das getan? Wahrscheinlich läuft sie mit dem Band auf direktem Wege zum Richter und erzählt ihm brühwarm, dass Faith' durchgeknallte Mutter sie mit einem Gewehr bedroht hat.«

»Faith' durchgeknallte Mutter hat nichts dergleichen getan, sondern ihre durchgeknallte Großmutter. Und wenn sie damit zum Richter rennt, wird er sicher von ihr wissen wollen, weshalb sie gegen die polizeiliche Anweisung verstoßen hat, die das Betreten des Grundstücks unmissverständlich verbietet.« Sie tätschelt meine Schulter. »Ich wollte der Großstadtschnepfe nur ein wenig Angst machen.«

Ich schneide eine Grimasse. »Das ist ein Vorderlader, der schon mehrere Jahrhunderte nicht mehr abgefeuert wurde.«

»Stimmt, aber sie ist drauf reingefallen.«

Es läutet wieder. Meine Mutter sieht mich an. »Mach nicht auf.«

Aber wer immer es ist, ist hartnäckig und läutet immer wieder. »Mami!«, ruft Faith und kommt in die Diele gelaufen. »Jemand klingelt dauernd an der Tür, und mir hast du immer gesagt, dass man das nicht tut.«

»Herr im Himmel!« Ich sage meiner Mutter, sie soll die Polizei anrufen und verlangen, dass schnellstens wieder ein Polizist an der Einfahrt postiert wird. Faith schicke ich aus der Diele, damit niemand sie sehen kann. Dann reiße ich so schwungvoll die Tür auf, dass diese gegen die Wand knallt.

Die Frau trägt ein konservatives Kostüm und hat einen Notizblock und ein Diktiergerät in der Hand. Ich habe keine Ahnung, von welcher Zeitung oder Zeitschrift sie ist, aber ich habe genug von ihrer Sorte gesehen, um einen Reporter zu erkennen, wenn ich einen vor mir habe. »Menschen Ihres Schlages haben einfach keinen Respekt. Wie würde es Ihnen gefallen, wenn ich ungebeten bei Ihnen auftauchen würde, wenn Sie ... wenn Sie gerade ein Bad nehmen wollten? Oder den Geburtstag Ihrer Tochter feiern? Oder ... Gott, warum rede ich überhaupt mit Ihnen?« Ich schlage die Tür zu.

Es klingelt wieder.

Ich zähle bis zehn. Ich atme dreimal tief durch. Dann öffne ich die Tür gerade einen Spalt weit. »In sechzig Sekunden wird ein Polizist hier sein und Sie wegen unbefugten Betretens verhaften«, bluffe ich.

»Das glaube ich kaum«, entgegnet sie kühl und klemmt sich Rekorder und Notizblock in eine Hand, um mir die andere reichen zu können. »Ich bin Kenzie van der Hoven, die von Richter Rothbottam bestellte Prozesspflegerin.«

Ich schließe die Augen und hoffe, dass das alles nicht passiert ist, wenn ich sie wieder öffne, dass dann nicht Kenzie van der Hoven vor mir steht, verärgert von meinem alles andere als freundlichen Empfang. »Ich würde Sie gerne sprechen, Mrs. White.«

Ich lächle schwach. »Nennen Sie mich doch Mariah?«, entgegne ich so locker ich kann und lasse sie eintreten.

»Faith ist hier«, sage ich und führe die Prozesspflegerin in Richtung Wohnzimmer, wo meine Tochter gerade fernsieht, eine Belohnung dafür, dass sie die Matheaufgaben gelöst hat, die ich ihr gegeben habe. Meine Mutter sitzt neben ihr auf dem Sofa und streicht ihr geistesabwesend über das Haar. »Faith«, sage ich mit gespielter Unbekümmertheit, »das ist Ms. Van der Hoven. Sie wird etwas Zeit mit uns verbringen.« Meine Mutter sieht mich an; unsere Blicke begegnen sich. »Ms. Van der Hoven, das ist meine Mutter, Millie Epstein.«

»Freut mich, Sie kennen zu lernen. Bitte nennen Sie mich doch Kenzie.«

»Und das«, füge ich hinzu, »ist Faith.«

Kenzie Van der Hoven kann bei mir gleich mehrere Pluspunkte für sich verbuchen, als sie neben Faith in die Hocke geht und auf den Fernseher schaut. »Ich liebe *Arthur*. D.W. mag ich am liebsten.«

Faith schiebt vorsorglich ihre Hände mit den Pflastern unter die Oberschenkel. »Ich mag D.W. auch.«

»Hast du die Folge gesehen, in der sie an den Strand fährt?«

»Ja«, antwortet Faith, plötzlich lebhaft. »Und sie glaubt, es wäre ein Hai im Wasser!«

Sie lachen beide, dann richtet Kenzie sich wieder auf. »Ich freue mich so, dich kennen zu lernen, Faith. Vielleicht könnten wir uns später ein bisschen unterhalten.«

»Vielleicht«, entgegnet Faith, wieder misstrauisch.

Ich gehe mit Kenzie in die Küche und biete ihr einen Kaffee an, den sie dankend ablehnt. »Normalerweise sieht Faith kaum fern. Nur höchstens zwei Stunden am Tag. Den Disney-Kanal oder den Kinder-Kanal.«

»Mariah, ich möchte von Anfang an etwas klarstellen: Ich bin nicht der Feind. Ich bin nur hier, um ganz sicherzugehen, dass Faith dort lebt, wo sie am besten aufgehoben ist.«

»Ich weiß. Und normalerweise bin ich auch nicht so ... so schnippisch wie vorhin, als ich Ihnen geöffnet habe. Es ist nur so, dass eigentlich ein Polizist da sein sollte, um die Leute daran zu hindern, das Grundstück zu betreten, und ...«

»Sie waren nur vorsichtig, und das kann ich gut verstehen.« Sie mustert mich einen Moment und hält dann das Diktiergerät hoch. »Darf ich? Ich muss einen Bericht schreiben, und es hilft mir, wenn ich mir die Gespräche, die ich mit den Betroffenen geführt habe, noch einmal anhören kann.«

»Bitte.« Ich nehme ihr gegenüber am Küchentisch Platz.

»Was sollte der Richter Ihrer Meinung nach wissen?«

Ich antworte nicht gleich. Ich muss an damals denken, als ich so viel zu sagen hatte und niemand bereit war, mich anzuhören. »Wird er denn zuhören?«

Kenzie scheint von meiner Frage ein wenig überrascht. »Davon gehe ich aus, Mariah. Ich kenne Richter Rothbottam schon eine ganze Weile, und bisher ist er immer fair gewesen.«

Ich knibbele an einem Häutchen an einem Finger. »Es ist nur, dass ich bisher kein großes Glück hatte mit unseren Gerichten«, entgegne ich vorsichtig. »Es fällt mir schwer, Ihnen das zu sagen, weil Sie Teil des juristischen Systems sind und es vermutlich gewohnt sind, dass jeder überzeugt davon ist, sein Standpunkt sei der einzig richtige. Aber es ist nun einmal so: Colins Wort steht gegen meins. Colin ist blitzgescheit; er ist außerdem sehr überzeugend. Vor sieben Jahren hat er es geschafft, jedem, den er kannte, plausibel zu machen, was in seinen Augen das Beste für mich war. Und jetzt behauptet er, er wüsste, was für Faith das Beste ist.«

»Aber Sie glauben, das besser zu wissen?«

»Nein«, widerspreche ich. »Faith weiß es.«

Kenzie macht sich eine Notiz. »Sie erlauben Faith also, ihre eigenen Entscheidungen zu treffen?«

Ich erkenne sofort, dass ich etwas Falsches gesagt habe. »Ja und nein. Sie ist sieben. Sie bekommt keine M&Ms zum Frühstück, ganz egal, wie sehr sie auch betteln mag, und sie darf auch nicht im Tütü in die Schule, wenn es draußen schneit. Sie ist nicht alt genug, immer zu wissen, was richtig für sie ist, aber sie ist alt genug, manche Entscheidungen aus dem Bauch heraus zu treffen.« Ich blicke auf meinen Schoß. »Ich mache mir Sorgen, dass Colin der Meinung sein könnte, er kenne Faith besser als sie sich selbst, und dass es ihm gelingen könnte, auch sie davon zu überzeugen, dass er Recht hat, ehe ihn jemand aufhalten kann.«

»Darum bin ich hier«, sagt Kenzie knapp.

»Oh ... Ich wollte Ihnen nicht sagen, wie Sie Ihre Arbeit tun sollen ...«

»Entspannen Sie sich, Mariah. Es ist nicht so, als würde alles, was Sie sagen, gegen Sie verwendet werden.«

Wieder senke ich den Blick. Ich nicke, aber im Grunde kann ich ihr nicht so ganz glauben.

»Was möchten Sie denn?«

Nach all diesen Jahren fragt endlich jemand nach meinen Wünschen. Und nach all diesen Jahren ist die Antwort immer noch dieselbe: Was ich will, ist eine zweite Chance. Diesmal allerdings mit Faith.

Aus heiterem Himmel fällt mir wieder etwas ein, das Rabbi Weissman sagte an jenem Tag, als ich mit Faith bei ihm war: Sie mögen eine Agnostikerin sein, eine nichtpraktizierende Jüdin ... aber Sie sind immer noch Jüdin. Ganz so wie man eine unsichere oder selbstsüchtige Mutter sein mag ... aber man ist immer noch eine Mutter.

Ich musterte Kenzie Van der Hoven eindringlich. Ich könnte mich als Mutter des Jahres präsentieren. Ich könnte ihr all das sagen, was sie hören will. Oder ich sage ihr die Wahrheit.

»Ich habe vor sieben Jahren versucht, mir das Leben zu nehmen, nachdem ich meinen Mann mit einer anderen Frau im Bett erwischt hatte. Ich konnte an nichts anderes mehr denken als daran, dass ich als Ehefrau versagt hatte, dass ich nicht schön genug war, einfach nicht ... genug war. Colin erreichte meine Zwangseinweisung in Greenhaven, nachdem er dem Richter glaubhaft gemacht hatte, das wäre der einzige Weg, mich davon abzuhalten, einen weiteren Suizidversuch zu unternehmen.

Aber sehen Sie, er wusste nicht, dass ich schwanger war, als er mich einsperren ließ. Er hatte mir vier Monate meines Lebens genommen, mein Zuhause und mein Selbstvertrauen, aber ich hatte Faith.« Ich hole tief Luft. »Ich bin nicht mehr selbstmordgefährdet. Ich bin nicht mehr Colins Frau. Und ich bin ganz sicher nicht mehr die Frau, die so sehr unter seiner Fuchtel stand, dass sie sich von ihm zwangseinweisen ließ. Ich bin Faith' Mutter. Das bin ich seit sieben Jahren. Aber man kann keine Mutter sein, wenn einem das Kind weggenommen wird, nicht wahr?«

Kenzie hat kein Wort von dem aufgeschrieben, was ich gesagt habe, und ich weiß nicht, ob das gut ist oder schlecht. Sie klappt mit ausdrucksloser Miene ihr Notizbuch zu. »Danke, Mariah. Vielleicht wäre jetzt der richtige Moment, um mit Faith zu sprechen.«

Als die Prozesspflegerin ins Wohnzimmer hinübergeht, kommt meine Mutter zu mir in die Küche. Ich versuche, gegen den Drang anzukämpfen, die beiden durch die offene Tür zu beobachten, auch dann noch, als Kenzie sich zu Faith auf das Sofa setzt und etwas sagt, das sie zum Lachen bringt. »Und?«

Ich zucke die Achseln. »Woher soll ich das wissen?«

»Was hast du ihr denn beispielsweise erzählt? Du musst doch einen Eindruck davon gewonnen haben, was sie von dir hält.«

Natürlich habe ich das, aber ich habe nicht die Absicht,

ihr diesen mitzuteilen. Wenn ich der Prozesspflegerin nichts von Greenhaven erzählt hätte, wäre dieser Punkt spätestens bei der Verhandlung zur Sprache gekommen. Andererseits hätte diese Frau möglicherweise bis dahin etwas an mir gefunden, das sie bewundert und das meine Zwangseinweisung in ihren Augen wieder wettmacht. Die Wahrheit macht nicht immer frei; die Menschen ziehen es in der Regel vor, gefälligere, hübsch verpackte Lügen zu glauben. Kenzie Van der Hoven mag Mitleid für mich empfinden, aber das wird sie noch lange nicht dazu bewegen, mir Faith zu lassen.

»Ich werde sie verlieren, Ma«, sage ich und berge das Gesicht in den Händen. Ich fühle ihre Hand auf meinem Rücken. Dann schließen sich ihre Arme um mich, und ich schmiege das Gesicht an die vertraute Brust, lausche dem Schlag ihres großen Herzens an meinem Ohr. Plötzlich spüre ich ihre Kraft, als ließe sich Zähigkeit von einem auf den anderen übertragen. »Wer sagt das?« murmelt meine Mutter und küsst mich auf den Scheitel.

Kenzie hat für sich in ihrer Eigenschaft als Prozesspflegerin nur eine Regel aufgestellt: sich völlig frei machen von Erwartungen. Auf diese Weise wird sie auch nicht enttäuscht. Es kommt selten vor, dass ein Kind schon bei der ersten Begegnung auftaut; sie hatte schon zahlreiche Fälle, in denen es Tage gedauert hat, ehe das Kind auch nur unwillig »Hallo« gesagt hat. Bevor ein Kind sich nicht von Kenzies guten Absichten überzeugt hat, glaubt es selten daran, dass sie seine Freundin ist.

Andererseits sollte ein Kind, das glaubte, Gott würde es besuchen, in der Lage sein, auch an Kenzies gute Absichten zu glauben.

Kenzie ist so bodenständig zu wissen, dass die Wahrscheinlichkeit, dass Faith tatsächlich die mystischen Kräfte besitzt, die man ihr zuspricht, äußerst gering ist. Kinder in Faith' Alter lieben Dinosaurier und Wale, weil sie so groß und mächtig sind, genau das, was ein siebenjähriges Kind nicht ist. Gott zu spielen, dürfte den gleichen psychologischen Ursprung haben.

Faith sitzt neben ihr wie ein Lamm, das zur Schlachtbank geführt wird, den Kopf gesenkt und die Hände im Schoß verborgen. Offensichtlich ist dieses Kind schon vorher begutachtet, befragt oder beobachtet worden. »Faith, weißt du, weshalb ich hier bin?«

»Hmm. Wissen *Sie* es denn nicht?«

Kenzie lächelt. »Doch, ich weiß es. Jemand hat es mir erklärt.«

Resigniert blickt Faith zu ihr auf. »Ich nehme an, Sie wollen mir Fragen stellen.«

»Weißt du ... ich wette, es gibt ein paar Dinge, die du lieber mich fragen möchtest.«

Faith' Augen weiten sich. »Wirklich?« Kenzie nickt. »Also werde ich hier wohnen bleiben?«

»Möchtest du das denn?«

»Sie haben gesagt, *ich* dürfte die Fragen stellen.«

»Du hast Recht. Entschuldige. Ich kann dir diese Frage nicht beantworten, Faith. Das hängt von vielen verschiedenen Dingen ab, einschließlich dessen, was du möchtest.«

»Ich will meiner Mami nicht wehtun«, entgegnet Faith so leise, dass Kenzie sich weit hinabbeugen muss, um sie zu verstehen. »Und ich will auch meinem Papa nicht wehtun.« Sie wendet sich ab. »Ich will ...«

Kenzie hält die Luft an und wartet gespannt. Aber anstatt etwas zu sagen, ballt Faith die Hände zu Fäusten und klemmt sie unter die Achseln. Kenzie starrt auf die feinknochigen Handgelenke und fragt sich, ob das kleine Mädchen vielleicht Schmerzen in den Händen hat. Vielleicht sollte sie Mariah rufen und ein anderes Mal wiederkommen.

Kenzie weiß nichts über Stigmata, ob nun falsch oder authentisch. Wovon sie aber sehr wohl etwas versteht, ist, was es heißt, ein kleines Mädchen zu sein, das anders ist als alle anderen und sich deshalb vorkommt wie ein Fremdkörper.

»Weißt du was?«, sagt Kenzie beiläufig. »Ich habe gar keine Lust mehr, zu reden.«

Faith springt auf. »Heißt das, ich darf gehen?«

»Ich denke schon. Es sei denn, du möchtest mit rauskommen.«

»Raus ... nach draußen?«, haucht Faith entzückt.

»Draußen ist es wunderbar. Gerade so kalt, dass man ein Kitzeln im Hals fühlt, wenn man tief einatmet.« Sie legt den Kopf schräg. »Ich sage deiner Mami Bescheid. Na, was meinst du?«

Faith mustert Kenzie einige Sekunden lang abschätzig, um zu ergründen, ob es sich vielleicht um einen grausamen Scherz handelt. Dann stürmt sie aus dem Zimmer. »Ich muss meine Turnschuhe holen. Warten Sie auf mich!«

Lächelnd zieht Kenzie ihre Jacke über. Faith' Angst, ihre Eltern zu verletzen, kann alles Mögliche bedeuten, aber diese Aussage lässt zumindest darauf schließen, dass dieses Kind es so empfindet, dass eine große Verantwortung auf seinen Schultern lastet ... und wie auch nicht? Faith' Familie ist auseinandergebrochen, das Haus wird von fremden Menschen belagert, die sie für den Messias halten. Ihre Aufgabe als Anwältin dieses Kindes besteht darin, die Last zu mildern, um es Faith zu ermöglichen, wieder eine ganz gewöhnliche Siebenjährige zu sein.

So wie das meistens bei spontanen Einfällen der Fall ist, ist auch dieser genau richtig. Kenzie wird Gelegenheit bekommen, zu sehen, wie Faith auf die Pressemeute reagiert, die ganz sicher jeden ihrer Schritte beobachten wird. Sie steckt den Kopf durch die Küchentür und setzt Mariah von ihrem Vorhaben in Kenntnis. Anschließend geht sie in die Diele, ohne Mariah Gelegenheit zu geben, Einwände zu erheben. »Fertig?«, fragt sie, als Faith zurückkommt, sperrt die Tür auf und geht hinaus auf die Veranda.

Zögernd folgt Faith ihr hinaus in den Garten. Die Hände in den Taschen ihrer Fleecejacke vergraben, tritt sie mit der Schuhspitze nach einem Blätterhaufen. Dann breitet sie die Arme aus und dreht sich um die eigene Achse, das Gesicht dem Himmel zugewandt.

Es dauert nicht lange, bis die Reporter, die die Polizei inzwischen zusammen mit den anderen Schaulustigen wieder des Grundstückes verwiesen hat, an die Steinmauer drängen. Aber auch aus der Entfernung können sie mit Hilfe ihrer Teleobjektive Bilder von Faith schießen, und sie legen die Hände trichterförmig an den Mund, um ihr zuzurufen. Faith befindet sich auf halbem Weg zu den Schaukeln, als sie die erste der Fragen hört, die auf sie niedergehen wie Softbälle. »Steht der Weltuntergang bevor?« – »Will Gott etwas Bestimmtes von uns?« – »Warum hat Gott dich auserwählt?«

Sie stolpert über einen Maulwurfshügel und wäre gefallen, wenn Kenzie sie nicht am Arm gepackt hätte. Faith zieht die Schultern hoch und fragt leise. »Können wir wieder reingehen?«

»Du brauchst ihnen nicht zu antworten«, entgegnet Kenzie leise.

»Aber ich muss mir anhören, was sie rufen.«

»Beachte sie gar nicht.« Sie nimmt Faith' Hand und führt sie zur Schaukel. »Spiel. Ich passe auf, dass dir niemand etwas tut.«

Bei den Medienvertretern bricht die Hölle los – sie photographieren, filmen und rufen ihre Fragen. »Mach die Augen zu«, ruft Kenzie über den Lärm hinweg. »Leg den Kopf weit zurück.«

Kenzie macht es Faith auf der Nebenschaukel vor. Faith mustert sie eine Weile, dann beginnt sie zögernd zu schaukeln, und ein zaghaftes Lächeln legt sich auf ihre Lippen.

Die Presse veranstaltet weiterhin ein Riesenspektakel, und in der Ferne stimmt eine volle Altstimme »Amazing Grace« an. Aber Faith schaukelt weiter. Und dann schlägt sie plötzlich die Augen wieder auf, während sie vor- und zurückschwingt. »Kenzie!«, ruft sie. »Sehen Sie mal, was ich kann!« Kenzie bleibt fast das Herz stehen, als das kleine Mädchen an ihrer Seite die Ketten loslässt und in die Luft springt.

Das Fragengewitter verstummt; alle halten die Luft an, einschließlich Kenzie. Hundert Kameras halten fest, wie das Mädchen mit ausgebreiteten Armen wie ein Vogel durch die Luft fliegt.

Und dann landet sie ungelenk mit einem dumpfen Aufprall und einem Kichern auf dem Boden, knickt um und fällt.

Ich beobachte sie vom Wohnzimmer aus durch die waagerechten Stäbe der Jalousie. Ich fühle, wie es in mir wächst wie ein Tumor, etwas, das ich nicht mehr empfunden habe, seit ich nach Hause gekommen bin und Colin mit einer anderen überrascht habe.

Ich bin so eifersüchtig auf Kenzie Van der Hoven, dass es mir die Luft abschnürt.

Meine Mutter tritt hinter mich. »Es gibt Leute, die ihre Jalousien mit einem Staubwedel sauber halten.«

Sofort trete ich vom Fenster zurück. »Siehst du, was sie tut? Siehst du das?«

»Ja, und es macht dich wahnsinnig.« Meine Mutter lächelt. »Du wünschst, du wärst drauf gekommen. Und warum bist du das nicht?«

Sie geht, bevor ich mir eine Ausrede ausdenken kann. Warum bin ich nicht mit Faith zum Spielen nach draußen gegangen? Natürlich gibt es dafür einen offensichtlichen Grund, die Horde der Reporter, die wie Barrakudas auf den geringsten Happen lauern. Andererseits, wen kümmert das? Sie haben, auch wenn sie sich nicht im Freien gezeigt hat, über sie berichtet, sogar, als sie weit weg war in Kansas City. Wie sollten harmlose Aufnahmen von einem kleinen Mädchen, das sich benimmt wie jedes andere kleine Mädchen, irgendjemandem schaden?

Minuten später steht Faith in der Schiebetür. Ihre Wangen sind gerötet von der Kälte, und ihre Leggings sind an den Knien schmutzig. Stolz zeigt sie mir den neuen Kratzer am Ellbogen.

»Da ist sie wieder«, sagt Kenzie Van der Hoven. »Ich muss los.«

Es kostet mich all meine Willenskraft, ihr in die Augen zu sehen. »Danke. Faith hat das gebraucht.«

»Kein Problem. Das Gericht ...«

»Sie und ich, wir wissen beide, dass das, was Sie heute getan haben, nichts mit Ihrem Job als Prozesspflegerin zu tun hatte.«

Ich sehe flüchtig ein Flackern in Kenzies Augen; offensichtlich habe ich sie überrascht. Ihre Züge werden weicher. »Gern geschehen.«

Faith zupft an meinem Pullover. »Hast du mich gesehen? Hast du gesehen, wie hoch ich gesprungen bin?«

»Das habe ich. Und ich war ehrlich beeindruckt.«

Sie wendet sich Kenzie zu. »Können Sie nicht noch ein paar Minuten bleiben?«

»Ms. Van der Hoven muss noch anderswohin.« Ich wickle mir Faith' Pferdeschwanz um den Finger. »Andererseits ... ich wette, *ich* kann ebenso hoch schaukeln wie du eben.«

Der verdutzte Ausdruck auf Faith' Gesicht ist beinahe komisch. »Aber ...«

»Willst du mit mir streiten, oder nimmst du die Herausforderung an?«

Ich sehe gerade noch das breite Lächeln auf Kenzie Van der Hovens Gesicht, als ich auch schon von meiner Tochter quer durch den Garten gezogen werde.

Ian steht draußen vor seinem Winnebago, hervorgelockt von dem Aufruhr, als Faith zum Spielen aus dem Haus kommt. Er sieht zu, wie sie immer höher schaukelt, und unterdrückt ein Grinsen – wer immer die Frau bei ihr ist, sie hat Faith einen großen Gefallen getan.

»Ich bin überrascht, dass Sie nicht in der ersten Reihe stehen.«

Ian wendet sich der unbekannten Stimme zu. Eine Frau steht neben ihm. »Und wer sind Sie, wenn ich fragen darf?«

»Lacey Rodriguez.« Sie reicht ihm die Hand. »Nur eine weitere Gläubige, die von weither angereist ist.«

»Sie sind vom Fach«, spekuliert Ian. »Welcher Sender?«

»Wie kommen Sie darauf, dass ich vom Fernsehen bin?«

»Sagen wir, ich habe eine Nase für so was, Miss ... Rodriguez? Andererseits sind die anderen Glaubensfanatiker viel zu sehr damit beschäftigt, Gott zu preisen und Hallelujas zu rufen, um sich hier hinten herumzutreiben. Lassen Sie mich raten ... Sie arbeiten für *Hard Copy*. Oder *Hollywood Tonight!* Die haben beide einen ganzen Haufen Laufburschen hergeschickt.«

»Aber Mr. Fletcher«, entgegnet Lacey und imitiert seinen schleppenden Südstaatenakzent. »Sie werden mir noch den Kopf verdrehen mit Ihrer Schmeichelei.«

Ian muss lachen. »Ich mag Sie, Miss Rodriguez. Eindeutig *Hollywood Tonight!* Sie lassen sich nicht so leicht ins Bockshorn jagen, und eines Tages werden Sie die Saganoff von ihrem Thron stoßen.«

»Ich bin nicht in der Unterhaltungsbranche«, sagt Lacey bedächtig. »Man könnte sagen, ich bin im Informationsgeschäft.«

Er kneift die Augen zusammen, und sie sieht ihm an, dass er sich die verschiedenen Möglichkeiten durch den Kopf gehen lässt: FBI, CIA, Mafia. Dann wölbt er die Brauen. »Metz hat Sie geschickt. Er hätte wissen müssen, dass ich allein arbeite.«

Lacey rückt etwas näher an ihn heran. »Ich rede ja nicht davon, dass Sie irgendeine Fernsehsendung mit Informationen versorgen sollen. Ich rede von den Mühlen der Gerechtigkeit ...«

»Danke, Lois Lane. Ich passe. Wenn ich – sofern überhaupt – Faith White des Betruges überführe, dann zu meinen Bedingungen und dann, wenn ich es für richtig halte.«

»Was könnte Ihnen mehr Glaubwürdigkeit verschaffen, als wenn Ihr Wort vor Gericht gehört wird?«

»Das heißt im Klartext, dass Metz bisher keinen

Schmutz ausgraben konnte und jetzt auf meine Beweise dafür scharf ist, dass sie eine Scharlatanin ist.«

»Sie haben Beweise«, haucht Lacey.

»Wäre ich noch hier, wenn dem nicht so wäre?«

Nach einer Weile fischt er eine Visitenkarte aus seiner Brusttasche und kritzelt eine Nummer auf die Rückseite. »Bestellen Sie Metz, dass ich unter Umständen zu einem Gespräch bereit wäre.«

Kaum ist Lacey Rodriguez gegangen, tritt James Wilton auf Ian zu. »Es gibt einen Grund, warum wir das nicht filmen«, sagt er. »Richtig?«

Sein Blick ist wie der aller anderen auf die Haustür gerichtet, wo Faith mit ihrer Mutter und der fremden Frau steht. Ian kommt ins Schwitzen. Selbstverständlich erwartet sein Producer von ihm, dass er seine Untersuchung im Fall Faith fortsetzt, egal, wie er zu der Sache steht. Und um ehrlich zu sein, ist er nicht gewillt, seine Sendung und seinen Ruf zu opfern. Lächelnd wendet er sich James zu. »Natürlich gibt es dafür einen Grund. Ich warte auf ... das.«

Die fremde Frau steigt in ihren Wagen, und Mariah und Faith kommen die Verandatreppe herunter. »Tony! Bist du bereit?«, ruft Ian dem überraschten Kameramann zu, der niemals erwähnen würde, dass Ian ihn gar nicht angefordert hat. Er hängt sich die Kamera über die Schulter, folgt Ian durch die Menge und nickt zu dessen Anweisungen. Ian wirft noch einen Blick zurück, um sich davon zu überzeugen, dass James sie auch beobachtet. Dann überspringt er zur hörbaren Überraschung der Umstehenden die Polizeisperre und steuert geradewegs Mariah und Faith an.

Er spürt, wie der Polizeibeamte hinter ihm sich einen Weg durch die Menge bahnt, um ihn aufzuhalten. Er hört das anerkennende Raunen der Kollegen angesichts seines Einsatzes. Einige überlegen laut, ob sie es ihm nachmachen sollen. Aber er hält den Blick unverwandt auf Mariah gerichtet, die neben der Schaukel steht und ihm entgegensieht.

Unschlüssig blickt sie von ihm zu der Menge an der Mauer. »Was machst du denn?«

Ian streckt die Hand aus, und seine Finger schließen sich um ihren Arm. Er weiß, dass es für einen Außenstehenden so aussehen muss, als würde er sie daran hindern wegzugehen. Es ist ein wunderbares Gefühl, ihr wieder so nahe zu sein, sie anfassen zu können und die Seife auf ihrer Haut zu riechen. »Aller Blicke sind auf uns gerichtet«, sagt er leise. »Tu so, als würdest du mich wegschicken.«

Der Polizist, ein ganz junger Bursche, bleibt einige Meter entfernt stehen. »Miss White«, keucht er, »möchten Sie, dass ich ihn wegen unbefugten Betretens verhafte?«

»Nein«, antwortet sie mit einer Stimme, die erst unsicher, aber dann lauter und fester klingt. »Ich habe Mr. Fletcher gerade gebeten, mein Grundstück zu verlassen, da meine Tochter und ich nicht gestört werden wollen.«

Der Polizist packt Ian am Arm. »Sie haben gehört, was die Lady gesagt hat.«

Ians Blick brennt sich in ihre Augen. »Ich komme wieder«, sagt er, Worte für die Kamera, die jedoch für Mariah eine völlig andere Bedeutung haben. »Bald.« Unbemerkt streichelt sein Daumen die samtige Unterseite ihres Unterarmes. Mariah erschauert – oder bebt vor Empörung, wie es später in den zahlreichen Medienberichten heißen wird.

Das Läuten des Telefons weckt mich aus tiefem Schlaf, und ich hauche Ians Namen.

»Natürlich bin ich es«, sagt er gereizt. »Oder gibt es sonst noch Männer, die dich mitten in der Nacht anrufen?«

Ich lege den Arm um meine Mitte. »Hunderte«, antworte ich lächelnd. »Tausende.«

»Tatsächlich. Dann werde ich mich ins Zeug legen müssen, um die Konkurrenz auszustechen.«

»Was für Konkurrenz?«, frage ich leise und meine das nur halb im Scherz. Wenn Ian bei mir ist, denke ich an nichts anderes mehr – nicht an die Presse draußen vor dem Haus, nicht an Colin und das Sorgerechtsverfahren, nicht einmal an Faith. In Colin habe ich mich verliebt, weil er mich fasziniert hat. Aber Ian ... er tut für mich, was Kenzie Van der Hoven für Faith getan hat. Er macht mich alles vergessen.

Mein Puls beschleunigt sich, und ich werde unruhig. »Ich bin zu alt, um so zu empfinden.«

»Und wie genau empfindest du?«

Ich schließe die Augen. »Als würde ich gleich aus der Haut fahren.«

Einen Moment ist am anderen Ende der Leitung nichts anderes zu hören als sein Atmen. Als er schließlich wieder spricht, klingt seine Stimme höher, angespannter. »Mariah, wegen heute Nachmittag.«

»Ja. Was denn?«

»Mein Producer. Er erwartet, dass etwas passiert, er will sicher sein, dass ich noch an der Story dran bin.«

Plötzlich ist mir kalt. »Und, bist du das?«, frage ich.

»Ich bin auf deiner Seite«, entgegnet Ian. »Außerdem wusste ich, dass ich, wenn ich die Polizeisperre durchbrechen würde, Gelegenheit bekäme, dich zu berühren.«

Ich drehe mich auf die Seite, in der Hoffnung, Licht im Winnebago zu sehen, und dabei lehne ich mich so weit vor, dass ich fast aus dem Bett falle. Das Telefon rutscht mir aus der Hand. »Tut mir leid«, sage ich gleich darauf. »Du warst weg.«

»Nie«, entgegnet Ian, und in diesem Augenblick der Schwäche glaube ich ihm.

KAPITEL 12

Ich habe lange Zeit geschwiegen;
ich war still und habe an mich gehalten.
Wie eine Frau beim Gebären
will ich nun schreien,
will schnaufen und schnauben zumal.

Jesaja 42,14

8. November 1999

JESSICA WHITE RÜCKT eine blassgrüne Glasvase ein paar Zentimeter nach rechts, dass die lavendelfarbenen Tulpen mit den Köpfen nicken. Colin an ihrer Seite lehnt sich entspannt in die Kissen in verschiedenen Lilaabstufungen zurück. Ich bin irgendwie in einen Katalog geraten und finde nicht wieder hinaus, denkt Kenzie bei sich.

»Ms. Van der Hoven«, sagt Jessica zuvorkommend, »möchten Sie noch ein Glas Wasser?«

»Nein, vielen Dank. Und bitte nennen Sie mich doch Kenzie.« Sie lächelt das frischvermählte Ehepaar an. »Ich habe gehört, Sie beide bekommen ein Baby.« Bildet sie sich das nur ein, oder rückt Colin plötzlich ein ganz klein wenig von seiner Frau ab?

Jessica streicht sich mit einer Hand über den Bauch. »Im Mai ist es soweit.«

»Wir hoffen, das seine große Schwester bis zu diesem Ereignis bei uns ist«, fügt Colin hinzu.

Sie weiß genau, was er ihr zu verklickern versucht. »Ja. Vielleicht könnten Sie mir erklären, woher Ihr plötzliches Interesse am Sorgerecht für Ihre Tochter herrührt, Mr. White.«

»Ich habe das Sorgerecht für Faith immer gewollt«, antwortet er ruhig. »Ich musste nur erst ein paar Dinge regeln und mein Leben neu ordnen. Ich dachte mir, es wäre nicht klug, Faith so bald nach dem Schock der Scheidung aus ihrer gewohnten Umgebung herauszureißen.«

»Dann ging es Ihnen also nur um das Wohl Ihrer Tochter, als Sie bei der Scheidung darauf verzichtet haben, das Sorgerecht zu beantragen?«

Colin schenkt ihr ein charmantes Lächeln, und Kenzie schießt ein Gedanke durch den Kopf: Dieser Mann könnte Sand in der Wüste verkaufen. »Genau!« Er beugt sich vor, wobei er die Hand seiner Frau loslässt und die Hände vor sich faltet. »Hören Sie. Mir ist bewusst, dass es sich um eine unschöne Angelegenheit handelt, bei der ich nicht wie ein Heiliger dastehen werde. Ich habe an jenem Tag nicht damit gerechnet, dass Mariah mit Faith so früh heimkommen würde, und auch wenn das keine Entschuldigung ist, dürfte klar sein, dass es nicht nur ein ... ein flüchtiges Abenteuer war. Ich liebe Jessica; ich habe sie geheiratet. Die Probleme in meiner Beziehung mit Mariah hatten nicht das Geringste mit Faith zu tun. Ich bin ihr Vater, werde immer ihr Vater sein, und ich möchte, dass dieses Kind bekommt, was es verdient.«

Kenzie tippt mit ihrem Bleistift auf ihren Notizblock. »Und was stimmt nicht mit dem Zuhause, in dem sie derzeit lebt?«

Im ersten Moment scheint er verblüfft. »Sie waren doch dort! Ist es etwa normal für ein kleines Mädchen, von der

Presse belagert und verfolgt zu werden, sobald es sich vor die Tür wagt? Ist es normal, dass sie denkt, sie würde mit Gott sprechen?«

»Soweit ich informiert bin, hat Ihre Frau einen Versuch unternommen, Faith von dem ganzen Medienrummel fortzubringen.«

»Hat sie Ihnen das erzählt?«, knurrt Colin. »Sie hat versucht, sich dem Zugriff des Gesetzes zu entziehen. Nur einen Tag, nachdem ich ihr gesagt habe, dass ich das Sorgerecht beantragen würde, ist sie von der Bildfläche verschwunden.«

Kenzie horcht auf. »Sie wusste davon?«

»Ich sagte ›Du hörst von meinem Anwalt‹. Und – Peng – war sie wie vom Erdboden verschluckt.«

Kenzie macht sich eine Notiz. Da sie sebst in einer Juristenfamilie aufgewachsen ist, ist ihr jemand, der versucht, sich dem Zugriff des Gesetzes zu entziehen, per se suspekt. »Aber Mariah ist doch zurückgekommen«, gibt sie zu bedenken.

»Weil ihre Anwältin ihr die Hölle heiß gemacht hat. Können Sie jetzt verstehen, warum ich Faith ihrem Einfluss entziehen möchte? Wenn sich im Laufe des Verfahrens abzeichnet, dass es schlecht für sie ausgehen könnte, wird Mariah ihre Siebensachen packen und wieder mit Faith untertauchen. Mariah ist nicht der Typ, der sich einem Kampf stellt; das ist wider ihre Natur. Tatsächlich war sie genau deswegen jahrelang in Therapie.«

»Sind Sie Befürworter von Psychotherapien?«

»Sicher«, entgegnet er. »Wenn sie notwendig sind.«

»Und doch behauptet Ihre Ex-Frau, dass Sie diese Möglichkeit nach ihrem Selbstmordversuch gar nicht erst in Betracht gezogen haben.«

Colin presst ärgerlich die Lippen zusammen. »Verzeihen Sie, Ms. Van der Hoven, aber Sie scheinen mir nicht objektiv zu sein.«

Kenzie hält seinem Blick stand. »Es ist mein Job, alles zu hinterfragen.«

Jessica unterbricht das Gespräch, indem sie unvermittelt aufsteht und sich räuspert. »Ich hole den Kuchen.«

Sie blicken ihr beide nach, als sie den Raum verlässt und in der Küche verschwindet. »Glauben Sie, es hätte mir nichts ausgemacht, Mariah in Greenhaven einweisen zu lassen? Gott, sie war meine *Frau*. Ich habe sie *geliebt*. Aber sie war ... sie war ... Na ja, praktisch über Nacht hat sie sich in einen Menschen verwandelt, den ich nicht wiedererkannte. Ich wusste nicht, wie ich mit ihr reden oder mich um sie kümmern sollte. Also tat ich, was ich glaubte tun zu müssen, um ihr zu helfen. Und jetzt kommt es mir vor, als würde sich die Vergangenheit wiederholen. Meine kleine Tochter benimmt sich nicht mehr wie mein kleines Mädchen. Und ich kann es nicht ertragen, das mitanzusehen.«

Kenzie hat schon vor langer Zeit gelernt, dass es manchmal das Beste ist, gar nichts zu sagen. Und so lehnt sie sich zurück und wartet, dass Colin White fortfährt.

»Gleich nach Faith' Geburt bin ich nachts mit ihr durch das Haus gewandert, wenn sie schrie. Sie war so winzig und dabei so perfekt, und manchmal hörte sie ganz plötzlich auf zu weinen und sah mich an, als würde sie mich schon ewig kennen.« Colin blickt auf seinen Schoß. »Ich liebe meine Tochter. Was immer geschieht, wie auch immer das Gericht entscheidet, das kann mir keiner nehmen.« Kenzie hat aufgehört, sich Notizen zu machen. »Haben Sie noch nie in Ihrem Leben einen Fehler gemacht, Ms. Van der Hoven?«, fragt er leise.

Sie wendet den Blick ab und bemerkt eine große Kiste,

die hinter dem Esszimmertisch versteckt ist. Anhand des Etiketts sieht sie, dass es sich um eine Plastikstaffelei handelt. Offensichtlich kein Geschenk für das Baby, das unterwegs ist – und doch ebenso offensichtlich neu. Colin folgt ihrem Blick und errötet. »Ich bin eben Optimist«, sagt er mit einem schüchternen Lächeln.

Kenzie erkennt, dass sie – aus Sympathie für Mariah White – ein Monster erwartet hat. Aber dieser Mann hat einen guten Grund, einen Rechtsstreit auszufechten. Und der hat nichts mit Rachsucht oder Boshaftigkeit zu tun: Er hat einfach etwas gesehen, das ihm Angst gemacht hat, und fühlt sich berufen, zu handeln.

Andererseits könnte es auch sein, dass Colin White ein begnadeter Schauspieler ist.

9. November 1999

Vater Rampini steht in einem geschmackvoll eingerichteten Büro der Diözesen-Kanzlei. Er hat die Hände hinter dem Rücken verschränkt, starrt auf ein Bücherregal und fragt sich ganz nebenbei, warum Seine Exzellenz der Bischof von Manchester sechzehn Ausgaben der Biographie der heiligen Theresa, der »Kleinen Blume«, besitzt. Als die Tür aufgeht, dreht er sich abrupt um und wischt sich diskret den Schweiß von den Handflächen, ehe er Bischof Andrews zunickt. »Vater«, brummt der Bischof und lässt sich in einem weinroten Ledersessel nieder.

»Exzellenz.«

»Bitte.« Andrew bedeutet ihm, auf einem schlichteren Sessel Platz zu nehmen, und heftet den Blick auf die baumelnde Kette des Kreuzes, das der Bischof in die Tasche gesteckt hat.

Rampini hat schon früher angebliche Visionen untersucht, um sich davon zu überzeugen, dass ihnen nichts anhaftete, das im Widerstreit zum katholischen Glauben stand. In jedem dieser Fälle, sogar den vielversprechenden, hat er empfohlen, sich in Geduld zu fassen und abzuwarten. Er war stets bemüht, ein voreiliges Urteil zu vermeiden, um sich ja nicht lächerlich zu machen.

Und das ist auch der Grund, warum jetzt seine Hände zittern. Er steht nämlich kurz davor, sich auf unbekanntes Terrain zu begeben, weil er nämlich glaubt, Faith White könnte tatsächlich Gott gesehen haben.

Bischof Andrews nimmt seine Brille ab und putzt die Gläser, ehe er sie wieder aufsetzt. »Dem Rektor von Saint John's zufolge sind Sie der angesehenste Theologe im ganzen Nordosten.«

»Wenn Sie es sagen, Exzellenz.«

»Ich möchte Ihnen im Namen der Diözese danken, dass Sie sich her bemüht haben.«

»Aber das ist doch nicht der Rede wert«, entgegnet Rampini.

Der Bischof nickt weise. »Ich habe nur ein paar Fragen an Sie, Vater.«

»Bei allem Respekt, Exzellenz, aber ich habe meinen Bericht bereits vorgelegt.«

»Ja, genau genommen sogar zwei. Eine erste Empfehlung und – wie haben Sie es noch gleich genannt? – eine aktualisierte Version. Wissen Sie, ehrlich gesagt ist mir nicht so ganz klar, wie ein Theologe – dazu noch der angesehenste Theologe im ganzen Nordosten – innerhalb von nur wenigen Stunden hinsichtlich der von Faith White bewirkten Wunder zwei so konträre Berichte verfassen kann.« Angesichts von Rampinis beleidigtem Schweigen wird Andrews ungeduldig. Er greift in seine Tasche und lässt den Rosenkranz durch die Finger gleiten – ein handliches Bündel Sorgenperlen. »Ich bin sicher, dass ein Mann Ihrer Kompetenz schon öfter mit der Überprüfung religiöser Erscheinungen betraut wurde.«

»Sehr oft.«

»Und doch haben Sie sich meines Wissens bisher nie positiv geäußert.«

Vater Rampini presst die Lippen zu einem schmalen Strich zusammen. »Das ist richtig. Und ja, aus dem aktualisierten Bericht geht hervor, dass ich diesmal geneigt bin, an eine authentische Vision zu glauben.«

Der Bischof beschließt, sich dumm zu stellen. Er kratzt sich am Kopf. »Ich muss gestehen, ich bin ein wenig verwirrt, Vater. Selbstverständlich will ich nicht behaupten, als Theologe auch nur halb so kompetent zu sein wie Sie, aber mir scheint, dass ein jüdisches Kind, das einen weiblichen Gott sieht, dem katholischen Dogma widerspricht.«

Vater Rampini verschränkt die Arme über der Brust. »Ist das eine Aufforderung, meine Erkenntnisse zu rechtfertigen?«

»Nein, nein. Aber zu meiner eigenen ... Erbauung ... wüsste ich gerne mehr über Ihren Gedankengang.«

Rampini räuspert sich. »Es gibt eine Vielzahl von Faktoren, die dafür sprechen, dass es sich um einen authentischen Fall handelt. Der Umstand, dass Faith White nicht katholisch ist, ist zwar unorthodox, Exzellenz, aber noch kein Gegenbeweis. Ich wäre viel misstrauischer, wenn es sich um eine ältere Dame handeln würde, die sechzehn Stunden am Tag betet und plötzlich behauptet, Jesus wäre ihr am Küchentisch erschienen. Faith hat nicht um diese Vision gebeten. Es ist einfach passiert. Außerdem ist sie sehr verschlossen, was ihre Gespräche mit Gott betrifft, und sie versucht, die Wunden an ihren Händen zu verbergen.«

»Die angeblichen Stigmata«, meint der Bischof. »Haben Sie sie gesehen?«

»Ja, das habe ich. Ich bin natürlich kein Spezialist in Sachen Stigmata, aber die Mediziner, die das Mädchen behandeln, sind der einhelligen Meinung, dass sie sich die Wunden nicht selbst beigebracht hat.«

»Sie könnte Hysterikerin sein.«

»Durchaus möglich«, stimmt Vater Rampini ihm zu. »Nur dass es neben den Wunden noch andere Beweise gibt dafür, dass ihr Gott erschienen ist. Sie ist nicht nur eine Seherin, sondern besitzt offenbar auch heilende Kräfte.«

»Sie sind hier der Experte, aber ich muss gestehen, dass es mich schon ein wenig beunruhigen würde, dass sie herumerzählt, Gott wäre eine Frau.«

»Genau genommen tut sie das gar nicht. Die MotherGod Society ist es, die das verbreitet. Faith selbst äußert sich kaum zur Sache. Hinzu kommt, dass sie – wie ich in meinem zweiten Bericht erläutert habe – Gott keineswegs als Frau sieht. Sie sieht unseren Herrn Jesus Christus in seiner traditionellen Kleidung und interpretiert ihn nur als weibliche Gestalt.«

Bischof Andrews wölbt skeptisch eine Braue. »Das klingt für mich ziemlich weit hergeholt, mein Sohn.«

»Sie wollen mir sicher nicht erzählen, wie ich meine Arbeit zu tun habe, Exzellenz«, entgegnet Vater Rampini leise. »Sprechen Sie mit ihr, und dann unterhalten wir uns wieder.«

Die beiden Männer mustern einander eine Weile schweigend. »Sie sind wirklich überzeugt von Ihrem Standpunkt«, stellt der Bischof schließlich fest.

»Das bin ich.«

»Sie sind der Ansicht, ich sollte diesen Fall der Bischofskonferenz der USA vortragen.«

»Ich würde mir niemals anmaßen, Ihnen vorschreiben zu wollen, was Sie zu tun haben.«

Bischof Andrews legt die Fingerspitzen in einem schrägen Winkel aneinander. »Wissen Sie, das hier ist nicht *Akte X*, Vater. Ganz egal, was die Öffentlichkeit sich auch wünschen mag, eine spektakuläre Demonstration ist kaum der richtige Weg, wieder mehr Anhänger für die Kirche zu gewinnen. Auch wenn ich Ihrer Empfehlung folgen würde, würde ich nicht überhastet vorgehen. Das Letzte, was ich will, ist als verrückter Spinner auf der Jagd nach übernatürlichen Phänomenen dazustehen. Können Sie sich vorstellen, welchen Schaden das der Diözese zufügen würde? Dem Katholizismus ganz allgemein? Es gibt gute Gründe dafür, dass solche Dinge Jahre in Anspruch nehmen, Vater. Das ist absichtlich so geregelt, damit für den Fall, dass Faith White sich doch als Betrügerin erweist, Sie und ich längst tot sind und die Folgen unseres Irrtums nicht am eigenen Leib zu spüren bekommen.« Bischof Andrews legt den Kopf auf die Seite. »Ist dieses Kind je in einer katholischen Kirche gewesen?«

»Nicht, dass ich wüsste, Exzellenz.«

»Ist sie im jüdischen Glauben erzogen worden?«

»Nein. Da ihre Mutter selbst keine praktizierende Jüdin ist, war sie der Meinung, das wäre heuchlerisch gewesen. Ich habe mir allerdings von einem Rabbi bestätigen lassen, dass das Kind, wenn die Mutter Jüdin ist, auch jüdisch ist. Ganz automatisch.«

»Und genau das ist der Knackpunkt«, sagte der Bischof. »Wir sind nun einmal nicht zuständig für ein Kind, das nicht katholisch ist.«

An Rampinis Kiefer zuckt ein Muskel. »Warum haben Sie mich dann erst hergebeten?«

Der Bischof geht zu seinem Schreibtisch, und plötzlich geht Rampini ein Licht auf. Andrews wird auf Nummer Sicher gehen. Er wird Rampinis Beurteilung des Falles Faith White zurückhalten – es sei denn, das Blatt wendet sich, und er kann den Bericht zu seinem Vorteil verwenden. Er wird die beiden konträren Berichte aufbewahren, um für alle Eventualitäten gerüstet zu sein; und Vater Rampini wird nichts unternehmen können, ohne sich die Blöße zu geben, als unentschlossen dazustehen. Brennende Hitze steigt dem Priester ins Gesicht. »Sie werden den ersten Bericht vergessen«, befiehlt er. »Ich lege Ihnen offiziell nur und ausschließlich den zweiten Bericht zur Kenntnisnahme vor.«

Ohne den Blick vom Gesicht des jüngeren Mannes abzuwenden, legt Bischof Andrews das Papier in seiner Hand in eine Schublade seines Schreibtisches. »Und welcher war das noch gleich?«

10. November 1999

Als Ian Malcolm Metz' Büro betritt, bleibt der Anwalt demonstrativ sitzen. Stattdessen lehnt er sich in seinem Sessel zurück und sagt: »Welch ein Vergnügen. Ich bin ein großer Fan von Ihnen.«

Ian mustert ihn unverwandt. »Mein Honorar beträgt neunzigtausend Dollar. Das zahlen Werbekunden für einen Spot, der während meiner Sendung läuft. Ihr Verfahren rangiert für mich auf der gleichen Ebene – eine Unterbrechung dessen, was ich hinterher noch sagen werde.«

Eins muss man Metz lassen: Er reagiert souverän und

zuckt nicht mit der Wimper. »Ich denke, das dürfte kein Problem sein.« Tatsächlich hat er keinen Schimmer, ob sein Mandant soviel Geld auftreiben kann, aber er will die Verhandlungen nicht zunichte machen, bevor sie begonnen haben. »Hauptsache, Sie denken daran, dass das keine Fernsehshow ist. Das Leben eines kleinen Mädchens steht auf dem Spiel.«

»Sparen Sie sich den Kitsch für den Gerichtssaal«, entgegnet Ian spöttisch. »Ich weiß, was Sie wollen.«

»Und das wäre?«

»Beweise dafür, dass Faith White eine Betrügerin ist. Und dazu Hinweise darauf, dass ihre Mutter im Hintergrund die Fäden zieht.«

Metz lächelt. »Und selbstverständlich verfügen Sie über entsprechende Informationen.«

»Hätten Sie mich danach gefragt, wenn dem nicht so wäre?«

Metz denkt einen Moment hierüber nach. »Ich weiß nicht. Bei Ihrem Geschick könnten Sie vermutlich einen Richter davon überzeugen, dass die Sonne morgen nicht aufgehen wird.«

Hierauf lacht Ian. »Vielleicht sind Sie ja doch ein echter Fan.«

»Warum sagen Sie mir nicht einfach, was Sie wissen?«

»Einige ordentliche Aufnahmen mit versteckter Kamera von Mariah White, wie sie die Kleine instruiert, bevor sie vor den Menschen draußen vor ihrem Haus katzbuckelt. Die Aussage einer Frau, die im nationalen Fernsehen behauptet hat, Faith hätte ihr aidskrankes Kind geheilt, und jetzt zugibt, dass Mariah White ihr für diese Lüge dreitausend Dollar bezahlt hat. Die Aussagen mehrerer Experten, die eine schriftliche wissenschaftliche Erklärung für Millie Epsteins Rückkehr ins Leben unterzeichnet haben, irgendwas mit elektrischem Strom und menschlichem Gewebe oder so was.«

»Was ist mit ihren Händen?«

»Die angeblichen Stigmata? Eine optische Täuschung.«

»Eine was?«

»Ach, kommen Sie. Bestimmt haben Sie im Zirkus schon Feuerschlucker gesehen oder Zauberer, die scheinbar Gegenstände durch ihre geschlossenen Fäuste drücken.«

»Und wie haben sie es angestellt, die Ärzte zu täuschen?«

»Daran arbeite ich noch. Gar nicht, glaube ich. Ich denke, wenn Mediziner sich die Hände angesehen haben, hat sie sich kurz vorher selbst mit irgendetwas in die Hand gestochen.«

Metz ist skeptisch. »Aber warum? Wozu sollte das gut sein?«

Ian lehnt sich in seinem Stuhl zurück. »Es überrascht mich, dass Sie danach noch fragen müssen, Mr. Metz. Um des Aufsehens willen natürlich.«

Metz kneift die Augen zusammen. »Darf ich fragen, warum Sie bislang nichts von alledem in Ihrer Sendung verwendet haben?«

»Weil es da etwas noch viel Brisanteres gibt, womit ich diesen Riesenschwindel auffliegen lassen werde. Und bevor Sie fragen: nein, diese Info ist nicht verkäuflich.« Ian legt die Fingerspitzen in steilem Winkel aneinander. »So wie ich das sehe, kann Ihr Gerichtssaal ebenso werbewirksam sein wie einer meiner Teaser, um das große Finale einzuläuten. Das Honorar, das ich vorhin genannt habe, umfasst die Informationen und zuvor bereits erwähnten unterschriebenen schriftlichen Erklärungen. Hinzu kommen mein nicht unbeträchtliches Renommee auf diesem

Gebiet sowie meine Fernsehprominenz. Und mehr werden Sie auch verdammt noch mal nicht von mir kriegen.«

Metz nickt bedächtig. »Ich verstehe.«

»Da ist noch eins, das Sie sich klarmachen müssen. Ich bin ein vielbeschäftigter Mann. Ich bin gerne bereit, meine Aussage bezüglich der Informationen, die Sie gerade von mir erhalten haben, mit Ihnen durchzugehen ... aber hier und jetzt.«

»Das kommt nicht infrage. Ich bin nicht vorbereitet. Ich muss ...«

»Sie haben mit mir nur halb so viel Arbeit wie mit einem anderen Zeugen. Ich weiß bereits, wie ich auftreten muss. Sie brauchen mir nur zu sagen, welche Fakten ich anführen soll und in welcher Reihenfolge.«

Einen Moment herrscht Schweigen; plötzlich scheint es, als wäre das Büro zu klein für zwei Männer ihrer überlebensgroßen Präsenz. »Noch eine zweite Probe einen Tag vor Ihrer Aussage vor Gericht«, fordert Metz.

Ian grinst. »Abgemacht.«

Mariah öffnet die Tür einen schmalen Spalt weit; auf der Schwelle steht Kenzie Van der Hoven. »Darf Faith zum Spielen rauskommen?«

Mariah kann sich ein Lächeln nicht verkneifen. »Es ist ein bisschen kalt da draußen. Vielleicht könnten Sie beide im Haus spielen.« Der vereinbarte Besuch der Prozesspflegerin ist Mariah sehr willkommen. Sie hat den ganzen Tag auf Faith herumgehackt, weil diese ihr ständig nur in die Quere gekommen ist, eine Aggression, die ganz natürlich ist in Anbetracht der Tatsache, dass sie sich auch weiterhin kaum aus dem Haus wagen können.

Faith kommt auf Rollerblades hereingeschossen. Mariah sieht die schwarzen Streifen, die die Räder auf den Fliesen hinterlassen, und muss an sich halten, um ihre Tochter nicht zum hundertsten Mal an diesem Tag anzuschreien, etwas, das sie in Gegenwart der Anwältin tunlichst vermeiden möchte. Stattdessen blickt sie mit strengem Blick auf Faith und ihre Rollerblades und zieht missbilligend eine Braue hoch.

»Uuuups«, sagt Faith, lässt sich auf den Allerwertesten fallen und reißt die Klettverschlüsse ihrer Rollschuhe auf. »Kenzie, sind Sie gekommen, um mich zu besuchen?«

»Ja. Ist das okay?«

»Das ist klasse.«

Mariah lächelt. »Ich kümmere mich um das Abendessen ... Wenn Sie mich brauchen, ich bin in der Küche.«

Kenzie blickt ihr nach, bis sie fühlt, wie fünf kleine Finger sich um ihre Hand schließen. »Kommen Sie, ich zeige Ihnen mein Zimmer«, sagt Faith. »Es ist echt cool.«

»Wirklich?« Kenzie lässt sich von dem kleinen Mädchen die Treppe hinaufziehen. »In welcher Farbe ist es denn gestrichen?«

»Gelb.« Faith stößt die Tür auf, und zum Vorschein kommen sonnige Wände und ein weißes Himmelbett. Sie springt auf das Bett und fängt an, mit wehendem Haar darauf herumzuhüpfen wie auf einem Trampolin. Dann lässt sie sich auf den Po fallen und hüpft von der Matratze, um die Gastgeberin zu spielen. »Das sind meine Legosteine. Und mein Bastelkasten, den der Weihnachtsmann mir im letzten Jahr gebracht hat. Und das auf dem Photo bin ich, als ich zwei Tage alt war.«

Kenzie sieht sich höflich die Aufnahme des winzigen Neugeborenen mit dem krebsroten Gesichtchen an. »Verbringst du viel Zeit in deinem Zimmer?«

»Das kommt darauf an. Meine Mami erlaubt mir keinen

eigenen Fernseher, darum kann ich mir keine Videos oder sonst was hier ansehen. Manchmal habe ich auch Lust, unten am Küchentisch zu malen, und gehe mit meinem Malkasten nach unten. Ab und zu male ich aber auch einfach auf dem Fußboden.« Sie hebt die Arme über den Kopf. »Früher habe ich Ballettunterricht genommen.«

Kenzie sieht zu, wie sie sich in einer Pirouette langsam um die eigene Achse dreht. »Und jetzt nicht mehr? Warum nicht?«

»Es ist so viel passiert.« Faith zupft an einer Franse der Tagesdecke und zuckt die Achseln. »Mami ist krank geworden.«

»Und dann?«

»Dann ist Gott gekommen.«

Kenzie erstarrt. »Ich verstehe. Und war das für dich etwas Gutes?«

Faith lässt sich mit ausgebreiteten Armen auf die Tagesdecke zurücksinken und wickelt sich darin ein. »Sehen Sie mal, ich bin ein Kokon.«

»Erzähl mir von Gott«, fordert Kenzie sie auf.

Faith rollt sich auf sie zu. In die Decke gewickelt wie eine Schmetterlingspuppe, schaut nur ihr Gesicht hervor. »Wenn sie da ist, fühle ich mich gut. Mir wird ganz warm, wie wenn ich mich mitten in die Sachen setze, die frisch aus dem Trockner kommen. Aber ich mag es nicht, wenn sie mir wehtut.«

Kenzie horcht auf. »Sie tut dir weh?«

»Sie sagt, sie muss es tun, und ich weiß, dass sie es eigentlich nicht will, weil sie mir hinterher immer sagt, dass es ihr leidtut.«

Kenzie starrt das kleine Mädchen mit den unübersehbaren Malen an den Händen an. Als Prozesspflegerin hat sie schon vieles gesehen, und das meiste war alles andere als erfreulich. »Kommt Gott zu dir, um mit dir zu sprechen, wenn es in deinem Zimmer dunkel ist?«, fragt sie, worauf Faith nickt. »Kannst du sie berühren? Oder ihr Gesicht erkennen?«

»Manchmal. Manchmal weiß ich einfach nur, dass sie da ist.«

»Weil sie dir wehtut?«

»Nein ... weil sie nach Orangen duftet.«

Überrascht lacht Kenzie auf. »Tatsächlich?«

»Hmmm.« Faith nimmt ein kleines Püppchen aus ihrem Puppenhaus. »Möchten Sie mitspielen?« Kenzie betrachtet das Modell des Farmhauses. »Das ist wirklich hübsch«, sagt sie und fährt mit dem Zeigefinger über das schön geschwungene Eichentreppengeländer. »Hat dir das auch der Weihnachtsmann gebracht?«

»Nein. Das hat meine Mami gemacht. Damit verdient sie ihr Geld.«

Kenzie weiß aus jahrelanger Erfahrung, dass die wahrscheinlichste Erklärung für Faith' Wunden entweder die ist, dass sie sie sich selbst zufügt, oder dass jemand anders sie ihr beigebracht hat. Jemand, der ihr eingeredet hat, dass er Faith nur aus Liebe zu ihr wehtun muss. Kenzie betrachtet das wunderbar gearbeitete Puppenhaus und überlegt. Obwohl sie es immer wieder erlebt hat, fällt es ihr bis heute schwer zu glauben, dass Eltern, die ansonsten einen völlig normalen Eindruck machen, sich einem Kind gegenüber wie Monster verhalten konnten. »Liebes«, sagt sie, »hat deine Mami das getan?«

»Was getan?«

Kenzie seufzt. Es ist fast unmöglich, ein missbrauchtes oder misshandeltes Kind dazu zu bringen, den Täter zu verraten. Zum einen fürchtet es Repressalien, zweitens existiert zwischen Täter und Opfer eine Beziehung, die auf verzerrten Werten beruht, sodass das Kind die Misshandlungen als Zeichen von Zuwendung betrachtet.

Andererseits beschuldigen Kinder auch manchmal deshalb niemanden, weil es niemanden zu beschuldigen gibt. Einige wenige holen sich tatsächlich ein blaues Auge davon, dass sie gegen eine Tür rennen, oder eine Gehirnerschütterung nach einem Sturz vom Tisch ... und bei manchen treten vielleicht sogar echte spontane Blutungen auf. Fest steht, dass Mariah ihre Tochter in Anwesenheit Dritter nicht misshandelt, und Faith legt auch keine Scheu ihrer Mutter gegenüber an den Tag. Mag ja sein, dass der Presserummel nicht gut ist für ein kleines Mädchen, und vielleicht würde Faith etwas mehr Kontakt nach außen gut tun, aber das allein erfüllt noch nicht den Tatbestand der Misshandlung.

Plötzlich geht die Tür auf. Mariah steht mit einem Stapel Bettwäsche auf der Schwelle, sichtlich überrascht, Faith und Kenzie zu sehen. »Entschuldigung«, sagt sie verlegen. »Ich dachte, Sie wären im Spielzimmer.«

»Kein Problem. Ich habe gerade Ihr Puppenhaus bewundert. So etwas habe ich noch nie gesehen.«

Mariah nickt errötend. Sie legt die Bettwäsche auf die Kommode und geht wieder zur Tür. »Ich lasse Sie beide wieder allein.«

»Nein, nein, wirklich, es macht gar nichts, wenn Sie ...«

»Nein«, fällt Mariah ihr ins Wort. »Ist schon gut.« Sie geht hinaus und lässt nur schwachen Zitrusduft zurück.

In ihrem letzten Fall hat Kenzie ein neunjähriges Mädchen vertreten, das bei seinen Großeltern lebte, weil es von seiner Mutter im Stich gelassen wurde. Das alte Ehepaar ging jeden Sonntag in die Kirche und sorgte dafür, dass die Kleine in der Schule nett angezogen war und jeden Morgen ein warmes Frühstück bekam. Und etwa einmal die Woche wachte das kleine Mädchen mitten in der Nacht auf, wenn sein Großvater es begrapschte und vergewaltigte. Er hatte ihr gedroht, dass er sie auf die Straße setzen würde, wenn sie irgendjemandem ein Wort davon erzählte.

Das alles geht ihr durch den Kopf, als sie nach ihrem Besuch bei den Whites auf den Highway auffährt. Obwohl nichts darauf hindeutet, dass es Parallelen gibt zwischen dem aktuellen und dem letzten Fall, sind ihr doch gewisse Dissonanzen aufgefallen, die Kenzie beschäftigen.

Irgendwas will man vor ihr verbergen. Es steht Mariah White ins Gesicht geschrieben; darum vermeidet sie es auch, sich länger als fünf Minuten mit Kenzie in einem Raum aufzuhalten. Die Sonne steht schon tief, und seufzend klappt Kenzie die Sonnenblende herunter. Vielleicht ist es nur die Scham, weil sie vor Jahren in einer Anstalt war. Vielleicht liegt es auch nur an dem, was Colin White ihr erzählt hat – dass Mariah deshalb untergetaucht ist, um sich dem Zugriff des Gesetzes zu entziehen. Andererseits: Warum hätte sie dann zurückkommen sollen? Und könnte mehr dahinter stecken als das?

Bei ihren beiden Besuchen im Farmhaus hatte Kenzie das Gefühl, dass das Mädchen lieber bei seiner Mutter bleiben würde. Aber sie kann nicht sagen, ob der Grund hierfür der ist, dass sie Jessica White nicht leiden kann, oder ob ihre Mutter sie vielleicht unter Druck setzt.

Andererseits besteht durchaus die Möglichkeit, dass Mariah White, als sie New Canaan verließ, nichts von Colins Plänen ahnte, das Sorgerecht einzuklagen. Vielleicht hat sie nur im Interesse des Kindes die Flucht ergriffen. Niemand vom medizinischen Personal, das sie befragt hat, hat auch nur angedeutet, dass Mariah White der Katalysator von Faith' körperlichen oder psychischen Problemen sein könnte. Möglicherweise ist Faith einfach nur ein Kind mit blühender Phantasie.

Ein Wagen schneidet sie und drängt sie ab auf die Standspur. Kenzie steigt auf die Bremse und lässt den Wagen ausrollen. Sie atmet tief durch und fährt sich mit einer Hand über die Augen. Konzentriere dich, ermahnt sie sich. Das war knapp.

Vorsichtig fädelt sie sich wieder in den fließenden Verkehr ein und fragt sich, ob Mariahs größtes Verbrechen schlicht darin besteht, blind zu glauben, dass ihre Tochter die Wahrheit sagt.

14. November 1999

Es war ursprünglich James' Idee, die Sendung am Sonntagmorgen auszustrahlen – er war einfach davon ausgegangen, dass es zweifellos bereits für kontroverse Debatten sorgen würde, wenn die Show des erklärten Atheisten ausgerechnet an dem Tag lief, der den Christen heilig war. Und obgleich Ian mindestens sieben Skripts fertig hat, erscheint ihm kein einziges mehr passend. Und so improvisiert er. Er ist eingeschränkt in dem, was er anführen kann, bevor es gegen Faith und Mariah verwendet wird. Auf der anderen Seite kann er keinen allzu neutralen Standpunkt vertreten, ohne den Argwohn seines ausführenden Produzenten zu erregen.

Das Scheinwerferlicht strahlt ihm heiß ins Gesicht, und das weite Maul von Kamera eins schwenkt herum, als er eine Bibel auf das Gras hinter sich wirft. Anders als bei gewöhnlichen Studioaufnahmen, hat er bei der Aufzeichnung vor Ort Zuschauer. Es sind nicht viele, da der Großteil der Leute, die Mariahs Haus belagern, keine Atheisten sind, sondern Gläubige. Genau deshalb hat er auch einen Bibeltext als Aufhänger für seine Schmährede gewählt.

»›Nimm deinen Sohn, deinen einzigen, den du lieb hast, den Isaak, und gehe in das Land Morija und bringe ihn dort ... als Brandopfer dar!‹« Ian lässt den Blick über die Umstehenden schweifen. »Ja, Sie haben richtig gehört. Abraham soll sein Kind töten, nur um zu beweisen, dass er, wenn Gott ihm befiehlt, zu springen, lediglich fragt: ›Wie hoch?‹ Und was geschieht? Abraham gehorcht. Er hält Isaak ein Messer an die Kehle, und in letzter Minute taucht Gott auf und erklärt ihm, das Ganze sei nur ein Scherz gewesen.« Ian schnaubt verächtlich. »Das ist der Gott, den Sie verehren? Ein überlegenes Wesen, das auf seine Untertanen herabblickt wie auf Leibeigene? Wenn Sie einen dieser Geistlichen dort drüben darauf ansprechen, wird er Ihnen erzählen, bei dieser Geschichte ginge es um Glauben, darum, sein Schicksal in Gottes Hände zu legen und es ihm zu überlassen, das Beste daraus zu machen. Aber das ist keineswegs eine Geschichte, die sich um den Glauben dreht. Es ist nicht einmal eine Geschichte über Abraham. Das ist eine Geschichte über Isaak.

Was mich interessiert und die Bibel mir vorenthält, ist, was Isaak gedacht hat, als sein Vater ihn mitten im Nichts auf diesem Altar opfern wollte. Was er fühlte, als sein Vater ihm ein Messer an den Hals hielt. Ob er geweint hat, ob er sich vor Angst in die Hose gemacht hat. In dieser Geschichte wird ein Kind zu egoistischen Zwecken missbraucht. Von Ihnen als gute Christen wird erwartet, Abraham zu respektieren dafür, dass er sich widerspruchslos Gottes Willen gebeugt hat. Aber ich werde Ihnen mal was sagen: Als Mensch kann ich keinerlei Respekt empfinden für diesen Mann. Ich verachte einen Gott, der Kinder dieser Art für seine Zwecke missbraucht. Und ich würde viel eher einem Vater vertrauen, der einem Despoten – auch wenn es sich um einen göttlichen handelt – die Stirn bietet, um sein Kind vor ihm zu schützen.« Er wölbt die Brauen, als die Kamera näher an ihn heranfährt. »Ich kann nur hoffen, dass Miss White – Faith' Mutter – sich dieses vor Augen hält.«

Jemand ruft: »Schnitt!«, und Ian wendet sich ab, nimmt von einem Assistenten ein Handtuch entgegen und wischt sich Schminke und Schweiß vom Gesicht. Von einem zweiten Assistenten lässt er sich seine Notizen geben und geht mit steifen Schritten zurück zum Winnebago, ohne auf das Stimmengemurmel seiner Zuhörer zu achten.

Entweder haben sie es begriffen oder nicht.

Seine Worte können verschiedentlich ausgelegt werden, und das weiß er selbst am besten. Entweder kann man seinen letzten Satz dahingehend interpretieren, dass er Mariah vorwirft, wie Abraham ihr Kind auszubeuten, nur weil Gott und die Medien es so haben wollen. Oder man versteht ihn so, dass er Mariah Anerkennung zollt dafür, dass sie anders als Abraham mit ihrer Tochter – zumindest vorübergehend – vor diesen rücksichtslosen Mächten geflüchtet ist.

Aber im Grunde interessiert es ihn nicht weiter, in welcher Weise seine Fans ihn verstehen. Die einzigen Reaktionen, die ihn interessieren, sind jene Mariahs und James'. Er wünscht sich, dass Mariah ihn auf die eine Weise versteht und James auf die andere.

Die Tür öffnet sich und schließt sich hinter dem ausführenden Produzenten wieder. James setzt sich an den Tisch und legt die Füße hoch. »Netter Auftritt«, sagt er freundlich. »Ich dachte nur, du würdest etwas mehr über das Kind sagen.«

»Isaak?«

»Faith White.« James zuckt die Achseln. »Ich meine nur, weil wir jetzt schon seit Wochen hier vor Ort sind. Ich glaube, die Zuschauer erwarten mehr.«

»Mehr wovon?«

»Mehr ... ich weiß auch nicht. Mehr Herz. Mehr Biss. Mehr Beweise als Theatralik.«

Ian fühlt einen Muskel an seinem Kiefer zucken. »Red nicht um den heißen Brei herum, James.«

Der Producer hebt abwehrend eine Hand. »Heiland, jetzt geh mir nicht gleich an die Gurgel.«

»Ist dir das Gerücht geläufig, ich wäre ein cholerisches Arschloch? Ich würde jetzt gerne diesem Image entsprechen.«

»Ich sage ja nur, dass du mich von irgendwo angerufen hast, um mir zu sagen, du wärst da im Fall White auf etwas gestoßen. Und dann kommst du zurück, machst zwei Live-Sendungen und verlierst kaum ein Wort darüber. Faith White ist hier unser Goldesel, Ian. Die Goldader. Isaak und Abraham? Ja, ja, wirklich nett, aber die kannst du dir für den Zeitpunkt aufsparen, wenn dein Vertrag mit dem Sender verlängert wurde.« Er mustert Ian forschend. »Ich hoffe für dich, dass du ein Ass im Ärmel hast. Dass du etwas auf der Spur bist, das einschlagen wird wie eine Bombe.« Als Ian hierauf schweigt, runzelt James ärgerlich die Stirn. »Hast du mich verstanden?«

Ian dreht langsam den Kopf, bis sein Blick dem des Produzenten begegnet.

»Bumm!«

»Das ist Beteigeuze«, sagt Faith, mit dem Finger gen Himmel zeigend. »Und der rote gehört zum Orion.« Von dort, wo sie auf der zerlumpten Decke liegt, blinzelt Kenzie in den Nachthimmel. Sie zieht ihren Wintermantel enger um sich. »Das ist der Stier«, fügt Faith hinzu. »Und er ist so nah, weil Orion versucht, ihn zu erschießen.«

»Du weißt aber eine ganze Menge über Sterne.«

»Das haben wir in der Schule gelernt, bevor ich zu Hause bleiben musste. Und mein Papa hat mir auch manchmal bestimmte Konstellationen gezeigt.«

Es ist das erste Mal, dass Faith unaufgefordert Colin erwähnt hat. »Hast du dir gerne mit deinem Papa die Sterne angesehen?«

»Ja«, entgegnet Faith leise.

Kenzie winkelt die Knie an und versucht eine andere Taktik. »Mein Vater hat mit mir Hockey gespielt. Eishockey.«

Faith lacht. »Sie haben Eishockey gespielt?«, fragt sie überrascht.

»Ja, ich weiß. Ich war auch ein ziemlicher Versager. Aber ich hatte fünf ältere Brüder, und ich glaube, meinem Vater ist nie aufgefallen, dass ich ein Mädchen bin.« Als sie Faith hierauf kichern hört, ist sie froh, dass sie ihr das erzählt hat, aber Kenzie wird trotzdem schmerzlich daran erinnert, wie ungeliebt sie sich in ihrer Familie gefühlt hat.

»Waren Sie im Tor?«

Kenzie lächelt. »Die meiste Zeit war ich der Puck.«

Faith rollt sich auf die Seite und stützt sich auf einen Ellbogen. »Lebt Ihr Vater noch hier in der Nähe?«

»Er lebt in Boston. Ich sehe ihn nur sehr selten.« Sie zögert nur einen kurzen Moment, ehe sie hinzufügt: »Er fehlt mir.«

»Ich vermisse meinen Papa auch.« Die Worte sind so still wie die Nacht, aufgesogen von den sich wiegenden Baumkronen um sie herum. »Ich will ihn zwar nicht vermissen, aber das hilft auch nichts.«

»Und warum willst du es nicht?«

»Weil er etwas sehr Schlimmes getan hat«, sagt sie leise. »Etwas, das meine Mami zum Weinen gebracht hat.«

»Und was war das?«

Faith antwortet nicht. Es dauert eine Weile, ehe Kenzie merkt, dass sie leise weint. »Faith?«

Das Mädchen wendet sich ab und verbirgt das Gesicht an der eigenen Schulter. »Ich weiß es nicht!«, schluchzt sie. »Ich habe mit ihm geredet, und dann war da diese andere Frau im Badezimmer, und er ist weggegangen. Ich glaube, er ist gegangen, weil ich etwas Falsches gesagt habe.«

»Du hast nichts Falsches gesagt, Liebes. Das war ein Problem zwischen deiner Mami und deinem Papa.«

»Nein, er will nur nicht bei mir wohnen.«

»Dein Vater möchte sogar sehr gerne mit dir zusammen wohnen«, erklärt Kenzie ihr. »Und deine Mutter ebenso. Sie lieben dich beide sehr. Darum müssen der Richter und ich ja auch helfen, zu entscheiden, bei wem du jetzt leben sollst.« Ohne es zu wollen, muss sie an die Geschichte von Salomo denken, die sie in der Sonntagsschule gelernt hat. Als zwei Frauen beide behaupteten, die Mutter eines Babys zu sein, schlug der König vor, das Kind mit dem Schwert in zwei Hälften zu teilen, eine List, mit der er herausfinden wollte, welche der beiden Frauen lieber auf ihr Recht verzichten würde, als mitanzusehen, wie ihrem Kind ein Leid geschah. Resultat: Problem unblutig gelöst. Aber das war nur eine Geschichte. In der realen Welt waren oft beide Elternteile gleich gut oder schlecht. In der Wirklichkeit gab es mildernde Umstände. In der Wirklichkeit waren es oft die Kinder, die den Scherbenhaufen beseitigen mussten, den ihre Eltern zurückgelassen hatten.

15. November 1999

Malcolm Metz betritt den Konferenzraum, in den Lacey Rodriguez geschickt wurde, um auf ihn zu warten. Er setzt sich auf die Tischkante. »Und, haben Sie mir was mitgebracht?«, fragt er.

Sie hält inne, das Truthahn-Krautsalat-Sandwich vor dem Mund. »Nein. Aber Sie bezahlen dieses hier trotzdem.«

Malcolm grunzt. »Was ist schwarz und braun und sieht gut aus an einem Rechtsanwalt?«

»Keine Ahnung. Was?«

»Ein Dobermann.« Er grinst, nimmt ihr das Brot aus der Hand und stopft sich eine Ecke in den Mund. »Sehr gut. Auf den Krautsalat wäre ich nie gekommen.« Er wischt sich die Lippen mit ihrer Serviette ab und gibt ihr das Sandwich zurück. »Also, was gibt's?«

Sie tippt auf einen Stapel Unterlagen vor ihr auf dem Tisch. »Was wissen Sie über Kansas City?«

»Dass dort alles auf dem neuesten Stand ist. Teufel, keine Ahnung. Bezahle ich Sie nicht dafür, *mich* zu informieren?«

Lacey lächelt. »Nicht genug, Malcolm. Mein Informant am Flughafen hat einen Treffer gelandet. Raten Sie mal, wo Mariah White sich in der vergangenen Woche versteckt hat?«

Metz nimmt die Liste entgegen, die sie ihm reicht, und

überfliegt die Namen. »Nichts Besonderes«, meint er. »Alle Welt weiß, dass sie mit dem Mädchen weg war.«

Lacey steht auf und blättert um zu den Passagieren der Ersten Klasse. »Weiß auch die ganze Welt, dass Ian Fletcher in derselben Maschine saß?«

»Fletcher?« Metz denkt an sein Treffen mit dem Mann und an die Behauptung des Fernseh-Atheisten, dass eine brisante Information Faith als Betrügerin entlarven würde. Sie waren seine Aussage durchgegangen, ohne dass er ein Wort hierüber verloren hatte. Offensichtlich hatte dieser Flug etwas mit seinem großen Plan zu tun.

Metz lächelt und speichert diese Trumpfkarte in seinem Gedächtnis. Fletcher mag ja denken, sein Geheimnis sei sicher, aber da hat er die Rechnung ohne den Wirt, respektive das Gesetz, gemacht. Wenn Fletcher erst im Zeugenstand ist, kann Metz ihn fragen, was ihm beliebt. Und wenn Fletcher erst unter Eid steht, hat er gar keine andere Wahl, als ehrlich zu antworten.

Mariah hat sich bemüht, Kenzie bei ihren Besuchen bei Faith weitestmöglich aus dem Weg zu gehen. Wenn Kenzie in der Küche ist, beschäftigt Mariah sich im Wohnzimmer, gehen sie nach oben, begibt Mariah sich in den Keller. Sie ist in Gegenwart der Prozesspflegerin zu nervös, fürchtet ständig, ihr könnte etwas herausrutschen, das sie später bereuen wird.

Heute hat Kenzie versprochen, Faith einen Bauernzopf zu flechten. »Heute spielen wir ›Schönheitssalon‹«, teilt sie Mariah mit. »Sie können uns gerne Gesellschaft leisten.«

»O nein, nicht nötig.«

»Nein ... wirklich. Ich möchte gerne, dass Sie mitspielen. Zu meiner Beurteilung gehört auch Ihr Verhältnis zu Faith.«

Mariah senkt den Blick. Nur für eine kleine Weile. Und ganz sicher macht es einen noch schlechteren Eindruck, wenn sie ablehnt. »Okay«, sagt sie und lächelt dann. »Unter einer Bedingung: Sie verpassen mir keine Dauerwelle.«

Kenzie folgt ihr nach oben in Faith' Zimmer. Sobald sie klopft, schwingt die Tür auf. »Ich bin bereit!«, ruft Faith. »Ich habe mein Haar gewaschen, eine Spülung gemacht und alles.« Kenzie setzt sich auf das Bett und fängt an, Faith über das Haar zu streichen. Es gleitet durch ihre Finger wie Silber. »Möchtest du den Zopf nach innen oder nach außen geflochten haben?«

Faith blickt fragend zu ihrer Mutter auf, und dann zucken sie beide die Achseln. »Über einen gewöhnlichen Pferdeschwanz kommen wir nicht hinaus«, gesteht Mariah. »Damit wäre jede Frisur eine Verbesserung.«

Kenzie teilt Faith' Deckhaar in drei Strähnen. »Als ich in Faith' Alter war, war mein Haar raspelkurz.«

»Ihr Vater wollte, dass sie ein Junge ist«, flüstert Faith Mariah zu.

Kenzie nickt. »Das stimmt. Natürlich war das Erste, was ich tat, sobald ich alt genug war, mir das Haar bis zum Hintern wachsen zu lassen.«

Faith kichert. »Mami, Kenzie hat ›Hintern‹ gesagt.«

»Uuups.« Sie nimmt immer wieder seitlich neue Strähnen auf, die sie in den Zopf einflicht. Mariah schaut ihr aufmerksam zu, so als würde hinterher von ihr verlangt, alle Schritte des Vorgangs zu wiederholen.

»Ich bin in Boston aufgewachsen«, sagt Kenzie unbeschwert. »Bist du schon mal in Boston gewesen, Faith?«

»Nein.« Faith wippt auf den Fersen auf und ab. »Aber in Kansas City.«

Kansas City. Die Worte treffen sie wie ein Schlag ins Gesicht und verschlagen Mariah schier den Atem. Sie ist Kenzie gegenüber nicht unaufrichtig gewesen, aber sie hat auch bisher von sich aus keine Einzelheiten darüber preisgegeben, wo sie in dieser Woche mit Faith gewesen ist. Sie ist sicher, dass all das, was sie Kenzie eigentlich nicht sagen will, ihr ins Gesicht geschrieben steht – ihre Beziehung zu Ian, Ians Bruder, Faith' Wirkung auf Michael. »Du bist in Boston gewesen, als du noch ganz klein warst, Schatz«, sagt sie, bemüht, das Thema zu wechseln. »Du kannst dich nur nicht mehr daran erinnern.«

»Ich erinnere mich aber noch an Kansas City«, sagt Faith.

»Schätzchen ... damit brauchen wir Kenzie nicht zu langweilen.«

»Nicht doch, ich bin nur mit Flechten beschäftigt. Nur zu. Wann warst du denn in Kansas City?«

»Letzte Woche«, entgegnet Faith.

Kenzie hebt den Kopf. »Ich habe sie weggebracht. Von dem ganzen Rummel hier«, erklärt Mariah leise.

»Was hat Sie bewogen, zu diesem Zeitpunkt zu fahren und nicht schon früher?«, möchte Kenzie wissen.

Mariah wendet sich ab. »Es ging einfach schon zu lange. Es war höchste Zeit.«

»Ihre Entscheidung hatte nicht zufällig etwas damit zu tun, dass Ihr Ex-Mann angekündigt hat, das Sorgerecht beantragen zu wollen?«

Mariah überlegt, wie viel sie der Prozesspflegerin sagen kann, ohne dass es so aussieht, als hätte sie sich dem Gesetz entziehen wollen – was natürlich der Fall gewesen war. Sie blickt auf Faith, nach wie vor bemüht, das Thema zu wechseln, bevor ihre Tochter damit herausplatzt, dass sie mit Ian zusammengewohnt haben. »Es war nicht geplant«, sagt sie. »Ich wollte einfach nur den Druck von uns nehmen.«

»Warum Kansas City?«

»Das war die erste Maschine.«

Faith hüpft auf dem Bett auf und ab. »Ja. Und raten Sie mal, wer in der Ersten Klasse war ...«

»Faith.« Der scharfe Tonfall lässt Faith abrupt verstummen. Mariah presst die Lippen zusammen, sich Kenzies fragenden Blickes ebenso bewusst wie Faith' Verwirrung. »Wir sind zurückgekommen, das alleine zählt. Ich bin ins nächste Flugzeug gestiegen, als ich erfahren habe, dass Colin Klage eingereicht hat.«

Kenzie zuckt nicht mit der Wimper. Mariah fühlt, wie ihr unter dem Blusenkragen der Schweiß ausbricht; sie kann so deutlich in den Augen der Anwältin lesen, als stünden die Worte in Leuchtschrift auf ihrer Stirn geschrieben: Diese Frau lügt. Aber wenn sie Kenzie mehr erzählt, gibt sie damit zu, vor Colins Androhung rechtlicher Schritte davongelaufen zu sein. Dann würde sie damit ihre Beziehung zu Ian öffentlich machen, seine Privatsphäre mit Füßen treten. Sie hält Kenzies Blick stand, nicht bereit, diesmal wieder nachzugeben.

Zu ihrer Überraschung hakt Kenzie nicht weiter nach. Sie zückt nicht ihr Notizbuch, stellt weitere Fragen oder hält Mariah einen Vortrag, sondern rückt nur kaum merklich von Mariah ab. Dann konzentriert sie sich wieder auf das Flechten, und leise summend lässt sie Faith' wunderschönes Haar durch die Finger gleiten wie Garn auf einem Webstuhl. Und Mariah kann nur hilflos zusehen, wie Kenzie alle losen Enden miteinander verknüpft.

»Ian, mein Gott. Ich bin ja so froh, dass du anrufst.«

Lächelnd schließt er die Hand fester um den Hörer. »Das ist aber ein netter Empfang, Liebes.«

»Ich glaube, sie weiß etwas. Die Prozesspflegerin. Sie hat heute Fragen gestellt, und Faith ist etwas herausgerutscht über Kansas City und ...«

»Mariah, beruhige dich. Atme tief durch ... So ist es richtig. Und jetzt noch einmal von vorn. Was ist passiert?« Er hört zu und runzelt die Stirn, als sie von der Unterhaltung mit Kenzie Van der Hoven erzählt. »Nun, ich denke, damit kann sie nicht viel anfangen. Sie weiß nur, dass jemand an Bord war, den Faith kannte. Damit hätte sie auch einen von den Backstreet Boys meinen können oder Prince William.«

»Aber sie weiß, an welchem Tag wir geflogen sind und wann Colin den Sorgerechtsantrag gestellt hat.«

»Das hätte sie sowieso herausgefunden«, hält Ian ihr vor Augen. »Was eindeutig und unwiderlegbar für dich spricht, ist, dass du mit Faith zurückgekommen bist.« Er zögert bei dem Gedanken an sein Treffen mit Metz. »Ich habe dir doch gesagt, du sollst dir keine Sorgen machen, Mariah. ich habe doch versprochen, einen Weg zu finden. Vertraust du mir denn nicht?«

Einen furchtbaren Moment lang antwortet sie nicht. Dann kann Ian es fühlen, die Wärme, die ihn plötzlich noch vor ihrer Stimme durch den Hörer erreicht. »Doch, das tue ich, Ian.«

Er möchte etwas darauf erwidern, findet aber nicht die richtigen Worte.

»Es tut mir leid, dass ich dich da mit hineingezogen habe«, fügt Mariah hinzu.

Ian schließt die Augen. »Liebes, es gibt nichts, was ich lieber täte.«

16. November 1999

An dem Tag, als Kenzie und Millie Epstein sich in dem Café im Zentrum von New Canaan treffen, gibt es als Tagesgericht Fisch mit Fritten. »Schlimm«, beklagt sich Millie, über der Speisekarte brütend. »Ich muss auf mein Cholesterin achten, und der Karte ist nicht zu entnehmen, in was für Fett der Fisch gebraten ist.«

Das scheint die perfekte Eröffnung zu sein, und so beugt Kenzie sich vor, die Ellbogen auf die zerschrammte Tischplatte gestützt. »Ich nehme an, Sie achten jetzt verstärkt darauf, was Sie essen.«

Millie blickt auf. »Warum sollte ich? Sollte ich wieder umfallen, rufe ich gleich Faith anstelle des Notarztes.« Als der jüngeren Frau die Kinnlade herunterklappt, lächelt Millie mit blitzenden Augen. »Ich habe nur Spaß gemacht. Natürlich achte ich auf das, was ich esse. Aber das habe ich auch schon vor dem Infarkt getan. Ich habe mich gesund ernährt und pünktlich wie die Uhr meine Medikamente genommen. Lassen Sie mich Ihnen eine Frage stellen: Haben Sie meine Krankenhausakte eingesehen?«

»Das habe ich.«

»Glauben Sie daran, dass ich wiederauferstanden bin?«

Kenzie errötet. »Ich weiß nicht, ob ›wiederauferstanden‹ das richtige Wort dafür ist ...«

»Und was ist dann das richtige Wort? Ein Wunder?«

»Ich dachte da mehr an so etwas wie eine extrem seltene Reaktion des Nervensystems.«

»Aha«, murmelt Millie. »Glauben Sie an Gott, Ms. Van der Hoven?«

»Das tut nichts zur Sache. Und ich denke, ich bin diejenige, die hier die Fragen stellen sollte, Mrs. Epstein.«

Die alte Dame lässt sich jedoch nicht beeindrucken. »Mich macht es auch ein wenig nervös. Ich bin nicht der Gelobt-sei-Jesus-Christus-Typ, vermutlich wäre ich das nicht einmal dann, wenn ich Christin wäre.«

»Bei diesem Sorgerechtsverfahren geht es darum, wo Faith am besten untergebracht ist, Ma'am. Bei allem Respekt, aber das lässt nicht viel Raum für Gott.«

»Sehen Sie, und genau darin bin ich anderer Ansicht.« Millie kaut auf dem Daumennagel herum und schüttelt den Kopf. »Eine religiösere Frau als ich würde sagen, dass immer Raum ist für Gott, aber was heißt das schon. Meiner Meinung nach können Sie Ihre Arbeit nicht tun, ohne sich zu fragen, ob Sie an Gott glauben oder nicht. Tun Sie es nämlich nicht, dann müssen Sie davon ausgehen, dass Faith lügt – und das wird Sie in Ihrer Entscheidung dahingehend beeinflussen, wo sie am besten aufgehoben ist.«

»Mrs. Epstein, Sie sind keine Prozesspflegerin.«

Millie musterte Kenzie unverwandt. »Nein. Und Sie sind nicht ihre Großmutter.«

Ehe Kenzie hierauf etwas erwidern kann, kommt die Bedienung an ihren Tisch. »Wie geht es Ihnen, Millie?«, fragt sie im familiären Tonfall einer Kleinstadt, in der man sich noch persönlich kennt.

»Irene, backen Sie den Fisch und die Fritten in Canola-Öl?«

Die Bedienung lacht. »Das hier ist doch nicht das Vier Jahreszeiten. Soweit ich weiß, kommt es aus Mrs. Pauls Tiefkühler.«

Millie langt über den Tisch und tätschelt Kenzies Hand. »Nehmen Sie die Suppe. Davon wird Ihnen wenigstens nicht hinterher schlecht.«

Aber Kenzie bestellt nur eine Cola. »Was wir hier dringend brauchen ist ein Deliaktessengeschäft«, meint Millie.« Haben Sie eine Ahnung, wie lange es her ist, dass ich wirklich gute Pastrami gegessen habe?«

Kenzies Mundwinkel zuckt. »Ein ganzes Leben?«

Millie lacht. »Touché«, sagt sie und fährt mit dem Finger am Rand einer Packung Equal entlang. »Als Faith drei war, habe ich mit ihr Kaffeeklatsch gehalten. Sie kam zu mir rüber, wir holten das alte Leinen von meiner Großmutter heraus und zogen alte Hausmäntel aus den Vierzigern an, so mit pinkfarbenen Federn an den Ärmeln und am Kragen. Wie nennt man die Dinger noch gleich?«

»Marabu.«

»Genau. Marabu. Ist das eine Art Rentier?«

»Das heißt Karibu.« Kenzie lächelt. »Mrs. Epstein, ich habe Verständnis dafür, dass Sie sich um ihre Enkelin sorgen. Sie können versichert sein, dass ich darum bemüht bin, eine Entscheidung zu ihrem Besten zu treffen.«

»Nun, wenn Sie glauben, dass Faith lügt, dann muss das pathologisch und ansteckend sein. Ihre Mutter glaubt ihr nämlich, ebenso wie fünfhundert Menschen, die vor dem Haus kampieren, ganz zu schweigen von einem ganzen Stab von Medizinern, die wissen, dass mein Herzschlag ausgesetzt hat.«

Kenzie schweigt eine Weile, ehe sie hierauf etwas erwidert. »Erinnern Sie sich an die Radioübertragung vom ›Krieg der Welten‹?«

»Selbstverständlich. Mein Mann und ich hatten ebenso große Angst wie alle anderen.«

»Das ist alles, was ich dazu sage, Mrs. Epstein. Die Leute hören das, was sie hören wollen. Und sie glauben, was sie glauben wollen.«

Millie stellt ihr Wasserglas ab und fährt sich unbewusst mit einer Hand über das Herz. »Und was wollen Sie glauben, Ms. Van der Hoven?«

Kenzie zögert keine Sekunde. »Dass, wie immer meine Empfehlung lautet, sie für Faith die bestmögliche ist. Und Sie, Mrs. Epstein? Was wollen Sie glauben?«

Dass man die Zeit zurückdrehen kann. Dass Albträume aufhören. Dass meine Tochter Colin nie begegnet ist. »Ich will glauben, dass es einen Gott gibt«, sagt Millie klar und deutlich. »Ich weiß nämlich verdammt sicher, dass es den Teufel gibt.«

»Hunstead«, ruft Metz von seinem Thron am Ende des Konferenztisches aus, »Sie und Lee überprüfen das. Ich will eine Kopie ihres Flugtickets nach Kansas City ...«

»Sir?«, fragt einer der Kanzleianwälte. »Sprechen wir hier von Kansas City in Missouri oder von Kansas City in Kansas?«

»Wo zum Teufel sind Sie in der vergangenen Stunde gewesen, Lee?«, knurrt Metz. »Hunstead, setzen Sie Ihren an partieller Amnesie leidenden Kollegen über das in Kenntnis, worüber wir bis jetzt gesprochen haben, während er von Baywatch geträumt hat.«

»Was ist mit den Autoverleihern?«, meint Hunstead. »Wenn Fletcher für einen fahrbaren Untersatz gesorgt hat, müsste der Name auf seinen Namen oder auf den seiner Produktionsgesellschaft gemietet worden sein. Sonst hätte Mariah White ihre Kreditkarte benutzt.«

»Sehr gut«, lobt Metz. »Prüfen Sie das nach. Außerdem will ich Kopien der örtlichen Hotelregister.«

Zwei Mitarbeiter, die zu Metz' Rechter an dem Konferenztisch aus Chrom und Glas sitzen, machen sich eifrig

Notizen seiner Anweisungen. »Lee, ich will über sämtliche Fälle der vergangenen zehn Jahre informiert werden, bei denen das Sorgerecht dem Vater übertragen wurde. Und ich will wissen, warum. Elkland, sehen Sie unsere Liste von psychiatrischen Gutachtern durch. Wir brauchen einen, der gewillt ist, vor Gericht den Standpunkt zu vertreten ›einmal irre, immer irre‹.« Er blickt auf und nimmt einen Apfel in die Hand, der bislang vor ihm auf dem Tisch gelegen hat. »Als was bezeichnet man einen Anwalt, der mit einem Betonklotz an den Füßen unten auf dem Meeresgrund liegt?«

Die jungen Anwälte tauschen einen Blick. Schließlich hebt Lee die Hand. »Als einen guten Anfang?«

»Hervorragend! Damit haben Sie sich die eidliche Aussage des vom Gericht bestellten psychiatrischen Gutachters verdient, der Colin White untersucht hat.«

»Und was tun Sie?«

Metz lacht. »Ich werde verdammt noch mal auf Knien zu Allah beten.« Er bringt flüchtig einige Notizen zu Papier, während die jüngeren Anwälte aufbrechen, um die ihnen zugewiesenen Aufgaben auszuführen. Dann drückt er den Knopf der Gegensprechanlage. »Janie, ich will nicht gestört werden.«

Früher hatte er immer scherzhaft hinzugefügt: »Es sei denn, Gott ist in der Leitung.« Aber das eigentlich Komische daran war, dass die meisten Mitarbeiter der Kanzlei diese Möglichkeit keineswegs ausgeschlossen hatten. Seit er den Fall White angenommen hat, hat Metz diese Phrase jedoch nicht mehr verwendet.

Er mag Colin White nicht, was allerdings an sich nichts Ungewöhnliches ist, da er keinen seiner Mandanten besonders gut leiden kann. Allerdings zollt er White Anerkennung für die Herausforderung, die er darstellt. Metz bietet sich durch ihn eine großartige Gelegenheit, Rechtsprechung *par excellence* zu präsentieren – etwas, das weniger mit Gerechtigkeit zu tun hat als mit Überzeugungskraft.

In ein paar Wochen wird er einen Gerichtssaal betreten und das Leben eines Versagers wie Colin White auf den Kopf stellen. Er wird seinen Mandanten so gekonnt neu erschaffen, dass Richter und Presse und vielleicht sogar der Anwalt der Gegenpartei seiner Version Glauben schenken werden.

Metz lacht in sich hinein. Und da heißt es, Chirurgen halten sich für Gott.

Er ist nicht religiös. Tatsächlich war die letzte Berührung mit organisierter Gottesverehrung, an die er sich erinnern kann, seine eigene *Bar-Mizwa*. Metz erinnert sich noch an das rote Kleid, das seine Mutter an jenem Tag getragen hat, an den ungewohnten neuen Anzug, in dem er selbst steckte, an den überraschenden Klang seiner eigenen Stimme, als diese die Worte aus der Thora sang. Er hatte solche Angst gehabt, dass er sich fast in die Hose gepinkelt hatte, und dann später auf dem Empfang, als seine Tanten sich in betäubenden Parfümwolken über ihn gebeugt hatten, war er fast ohnmächtig geworden. Aber es war diese Qual wert gewesen, denn hinterher hatte sein Vater ihn auf die Herrentoilette begleitet, an seiner Seite uriniert und ohne ihn anzusehen gesagt: »Jetzt bist du ein Mann.«

Es war das erste Mal, dass Metz seine, die Worte seines Vaters, benutzt hatte, um einen Menschen umzumodeln – damals sich selbst.

Er richtet seine Aufmerksamkeit wieder auf die Akte vor ihm. Colin White, Mariah White, Faith White lauten die Namen auf dem juristischen Dokument. Von »Gott« ist nirgends die Rede. Und Malcolm Metz' Interpretation des Gesetzes gemäß ist das auch völlig richtig so.

18. November 1999

Kenzie hat in ihrem ganzen Leben noch nie einen Tempel betreten. Ihr ist bewusst, dass sie neugierig auf die reich verzierte Kuppel starrt, auf die fremdartigen hebräischen Gebetsbücher, die *Bima*. »Es sieht genauso aus wie eine Kirche«, sagt sie und schlägt, kaum dass sie den Gedanken ausgesprochen hat, eine Hand vor den Mund.

Rabbi Weissman lächelt. »Wir haben etwa vor einem Jahr damit aufgehört, nackt um ein Feuer herumzutanzen.«

»Entschuldigen Sie.« Kenzie schaut ihm in die Augen. »Ich bin nicht sehr vertraut mit dem Judaismus.«

»Und doch gelten Sie von Rechts wegen als Expertin.« Er deutet auf eine Bankreihe. »Sie möchten also wissen, ob Faith White tatsächlich mit Gott kommuniziert. Ms. Van der Hoven, ich selbst kommuniziere mit Gott. Und doch steht kein Kamerateam von *Hollywood Tonight!* draußen vor meinem Büro.«

»Sie sagen also ...«

»Ich sage, dass Gott in seiner grenzenlosen Weisheit mir bislang nicht leibhaftig erschienen ist, um eine Partie Schach mit mir zu spielen.« Er nimmt die Brille ab und poliert die Gläser an seinem Hemd. »Wären Sie nicht ein wenig skeptisch, wenn ein kleines Mädchen ohne jegliche juristische Vorbildung plötzlich erklären würde, es könnte und würde als Richterin fungieren?«

»Ist das denn miteinander vergleichbar?«

»Sagen Sie es mir. Sie spricht also mit Gott. Und? Soweit ich weiß, hat Gott ihr nicht gesagt, dass die Israelis die PLO besiegen werden. Und Gott hat ihr auch nicht vorgeschrieben, koscher zu essen. Offenbar hat Gott sie nicht einmal dazu inspiriert, freitagabends zum Gottesdienst zu gehen. Und es fällt mir offen gesagt schwer zu glauben, dass Gott, wenn er sich in seiner menschlichen Gestalt einer Jüdin manifestieren würde, ausgerechnet eine Vertreterin dieses Glaubens aussuchen würde, die bisher nicht nach den jüdischen Regeln gelebt hat.«

»Soweit ich informiert bin, haben nicht nur fromme Menschen göttliche Erscheinungen.«

»Ah, Sie haben mit Priestern gesprochen! Lesen Sie in der Bibel nach. Jene Menschen, die das Glück hatten, mit Gott sprechen zu dürfen, sind entweder extrem religiös, oder aber sie befinden sich in einer Position, die es ihnen ermöglicht, viel Gutes für die Religion zu tun. Ein Beispiel: Moses wurde nicht im jüdischen Glauben erzogen, aber nach seinem Zwiegespräch mit Gott machte er sich seine Religion zu eigen. Im vorliegenden Fall habe ich nichts dergleichen feststellen können.« Er lächelt. »So tröstlich dieser Gedanke für uns sein mag, dass Gott sich mit dem einfachen Menschen anfreunden kann, der weder Kirche noch Tempel besucht und nur darum betet, dass beim Super Bowl die Mannschaft gewinnt, auf die er gewettet hat, ist es doch sehr unrealistisch. Gott ist großherzig, aber er hat auch ein gutes Gedächtnis, und es gibt gute Gründe dafür, dass die Juden in den vergangenen fünftausend Jahren nach ganz bestimmten Regeln gelebt haben.«

Kenzie blickt von ihrem Notizbuch auf. »Aber ich habe selbst mit Faith gesprochen, und ich hatte nicht den Eindruck, dass sie bewusst versucht, die Leute zu verschaukeln.«

»Ich ebenso wenig. Machen Sie kein so überraschtes Gesicht. Ich habe auch mit ihr gesprochen, wissen Sie; sie ist ein liebenswertes Kind. Und das verleitet mich zu der Annahme, das jemand sie zu diesem Theater anstiftet.«

Kenzie denkt zurück an jenen Augenblick in Faith' Zimmer, als Mariah ihre Tochter mit einem eindringlichen Blick zum Schweigen gebracht hat. »Ihre Mutter.«

»Zu diesem Schluss bin ich gekommen, ja.« Er lehnt sich auf der Bank zurück. »Ich weiß, dass Mrs. White keine praktizierende Jüdin ist, aber manche Dinge hat man einfach verinnerlicht. Wenn verdrängte Kindheitstraumata sich noch auf den erwachsenen Menschen auswirken können, warum nicht auch religiöse Praktiken? Vielleicht hat sich das in sehr jungen Jahren in Mrs. White festgesetzt – möglicherweise sogar, als sie der Sprache noch nicht mächtig war –, und das hat sie irgendwie auf ihre Tochter übertragen.«

Kenzie kratzt sich mit dem stumpfen Ende des Bleistifts am Kinn. »Wozu das alles?«

Rabbi Weissman zuckt die Achseln. »Fragen Sie das diesen Ian Fletcher. Die Frage ist nicht, warum, Ms. Van der Hoven, sondern *warum nicht*?«

19. November 1999

»Eine gute Frage«, sagt Vater MacReady. Er geht an Kenzies Seite über den Kirchhof und wirbelt mit den Spitzen seiner Cowboystiefel das trockene Laub auf. »Aber ich wüsste da auch eine. Warum sollte ein Kind – oder seine Mutter, wie Sie meinen – Stigmata vortäuschen wollen?«

»Um Aufmerksamkeit zu erregen?«

»Mag sein. Aber Gott zu sehen erregt heutzutage nicht

halb so viel Aufsehen, wie beispielsweise zu behaupten, mit Elvis in Kontakt zu stehen. Und um beim Katholizismus zu bleiben, möchte ich Sie darauf hinweisen, dass Marienerscheinungen immer für viel größeren Wirbel gesorgt haben als Begegnungen mit Jesus.« Er wendet sich Kenzie zu, und der Wind fährt ihm durch das Haar. »Fälle von Stigmata werden von der katholischen Kirche sehr sorgfältig geprüft. Soweit ich weiß, muss man, wenn man sich mit Elvis unterhält, nur Leuten wie Petra Saganoff Rede und Antwort stehen.«

»Und Ihnen kommt es nicht merkwürdig vor, dass ein kleines jüdisches Mädchen Jesus sieht?«

»Religion ist kein Wettstreit, Ms. Van der Hoven.« Er mustert Kenzie eindringlich. »Was stört Sie eigentlich wirklich an diesem Fall?«

Kenzie fröstelt und verschränkt die Arme über der Brust. »Ich bin überzeugt davon, dass Faith nicht lügt. Und das heißt, dass ich nicht anders kann, als anzunehmen, dass sie möglicherweise manipuliert wird ...«

»Von Mariah.«

»Ja.« Kenzie seufzt. »Die einzige Alternative wäre ... dass sie tatsächlich Gott sieht.«

»Und das bereitet Ihnen Probleme.«

Sie nickt. »Ich bin von Natur aus eher zynisch.«

»Ich auch«, entgegnet Vater MacReady. »Ab und an gibt es auch hier weinende Statuen oder Blinde, die plötzlich wieder sehen können, aber normalerweise passiert einem so etwas nur, wenn David Copperfield in der Nähe ist. Ich bin der Erste, der Ihnen bestätigen wird, dass frommer Glaube einen Menschen verändern kann. Aber Wunder wirken? Niemals. Heilen? Hmmm. Und die Wahrheit ist, dass das einzig Fromme an Faith ihr Vorname ist. Sie ist nicht im Glauben an Gott aufgewachsen. Nicht einmal jetzt interessiert es sie sonderlich, wer Gott überhaupt ist. Für sie ist Gott einfach eine Freundin.«

Vater MacReady steuert die Grenze des Kirchengrundstücks an. Die Wolkendecke ist aufgerissen, und die Sonne scheint in ihren Goldtönen so kitschig auf sie herab wie auf einem dieser Heiligenbildchen. Er kann sich noch erinnern, wie seine Mutter den Wagen an den Straßenrand gefahren und gehalten hat, um die Schönheit solcher Augenblicke zu genießen. »Sieh dir das an, Joseph«, hatte sie gesagt. »Das ist ein Jesus-Himmel.«

»Ms. van der Hoven«, sinniert er, den Blick in die Ferne gerichtet. »Haben Sie je einen Sonnenuntergang in Nepal gesehen?«

Kenzie folgt seinem Blick und betrachtet das beeindruckende Himmelsschauspiel. »Nein.«

»Ich auch nicht«, gibt der Geistliche zu. »Aber das heißt nicht, dass es ihn nicht gibt.«

Vatikan-Stadt, Rom

Der Vorläufer der Kongregation für Glaubensfragen wurde im Jahre 1231 von Papst Gregor IX. ins Leben gerufen und erfüllte seine Mission zuweilen solcher Art, dass er der Ketzerei Verdächtige auf der Streckbank, mit glühenden Kohlen, durch Prügel oder Verbrennen auf dem Scheiterhaufen folterte. Die Inquisition liegt sehr weit zurück, und heute widmet sich diese Stelle mehr der Förderung der korrekten katholischen Doktrin denn der Bestrafung von Häresie. Und doch riecht Kardinal Sciorro, wenn er durch die Flure geht, manchmal Asche, und gelegentlich kommt es auch vor, dass er mitten in der Nacht von Schreien geweckt wird.

Der Kardinal betrachtet sich selbst als einen einfachen Mann, einen heiligen, aber fairen Mann. Seit die Heilige Kongregation für Glaubensfragen als eine Art Appellationsgericht fungiert, weiß er, dass er der Richtige ist für sein Amt. Er trägt Verantwortung so selbstverständlich wie seine *Mozzetta*, und sie lastet ebenso schwer auf seinen Schultern.

Er ist in seinem Büro, nippt an seiner morgendlichen heißen Schokolade und sitzt über Papierkram, der sich angesammelt hat, als er das erste Mal darauf stößt. »Die MotherGod Society«, sagt er langsam und kostet die Worte auf der Zunge; sie hinterlassen einen bitteren Nachgeschmack. Er überfliegt die Mitteilung: Ein Zusammenschluss zahlreicher katholischer Frauen möchte Einspruch erheben gegen die Zensur Seiner Exzellenz des Bischofs von Manchester. Sie behaupten, dass die Worte einer gewissen Faith White, die keine Katholikin ist, nicht ketzerisch seien.

Der Kardinal ruft seinen Sekretär herbei, einen aufmerksamen Monsignore namens Reggie mit traurigem Beagle-Blick. »Eure Eminenz?«

»Was wissen Sie über diese MotherGod Society?«

»Nun«, gestern haben sie auf dem Markusplatz demonstriert«, entgegnet Reggie.

Die militanten katholischen Frauen gewinnen immer mehr an Einfluss. Einen Augenblick verspürt der Kardinal einen Anflug von Wehmut und sehnt sich die Welt zurück, wie sie vor dem Zweiten Vatikanischen Konzil war. »Und was genau hat Bischof Andrews als ketzerisch beurteilt?«

»Soweit ich informiert bin, behauptet die jüdische Visionärin, Gott wäre weiblich.«

»Ich verstehe.« Der Kardinal atmet langsam aus und

denkt an Galileo, Johanna von Orléans und andere angebliche Ketzer. Er fragt sich, was es nützen wird, wenn die MotherGod Society nach dieser Berufung weiter zensiert bleibt. Er kann diese Frauen davon abhalten, ketzerische Lehren und falsche Dogmen zu verbreiten, weil sie dem katholischen Glauben angehören.

Aber Faith White kann er nicht den Mund verbieten, sie kann weiter propagieren, was ihr gefällt.

Lacey Rodriguez kickt ihre Schuhe von den Füßen und schiebt das Band in den Videorekorder. Nicht zum ersten Mal, seit sie als Privatdetektivin arbeitet, wundert sie sich über die Gedankenlosigkeit vieler Arbeitgeber. Ein bisschen Lob ab und an, eine Umsatzbeteiligung – Himmel, vielleicht nur ein freundlicher Gruß ab und an ... das alles hätte Ian Fletchers Kameramann möglicherweise davon abgehalten, ihr eine Kopie der Aufnahmen von Millie Epsteins Belastungs-EKG für läppische zehn Riesen zu verkaufen.

Sie spult mit der Fernbedienung vor, da sie sich weder für den Herzrhythmus der Frau interessiert noch dafür, wie sie sich auf dem Ergometer abstrampelt. Dann beugt sie sich gespannt vor, die Fingerspitzen auf den Lippen, die sich langsam zu einem breiten Lächeln verziehen.

KAPITEL 13

Seid nüchtern und wachet.
Euer Widersacher, der Teufel,
streift umher wie ein brüllender Löwe
und sucht, wen er verschlinge.

1. Petrusbrief 5,8

23. November 1999

DER KERL IST ein Arschloch«, erklärt Joan und legt ihren Aktenkoffer auf den Küchentisch.

Weder meine Mutter noch ich selbst zucken mit der Wimper. Wir haben Joan schon früher in diesem Ton über Malcolm Metz schimpfen hören. Ich setze mich ihr gegenüber, während sie in irgendwelchen Unterlagen kramt. »Die gute Neuigkeit ist die, dass wir Metz in ein paar Wochen aus unserem Leben streichen können«, sage ich mit vorgetäuschter guter Laune.

Joan blickt überrascht auf. »Wer spricht denn hier von Metz?« Sie lehnt sich auf ihrem Stuhl zurück und massiert sich die Schläfen. »Nein, heute hatte ich das zweifelhafte Vergnügen, einer eidlichen Zeugenaussage von Ian Fletcher beizuwohnen. Der Typ ist mit zwanzig Minuten Verspätung erschienen, und dann wollte er nicht mehr sagen als seinen Namen und seine Adresse. Er muss den Satz ›Ich berufe mich auf mein Aussageverweigerungsrecht‹ irgendwann in der Schule gelernt und seitdem darauf gewartet haben, ihn anzubringen.« Kopfschüttelnd reicht sie Mariah eine Liste. »Das Einzige, was mir die heutige Begegnung gebracht hat, ist die Gewissheit, dass das Kreuzverhör so angenehm wird wie Zähneziehen.«

Mariah nimmt das Papier entgegen und versucht, zu begreifen, was Joan da eben gesagt hat. Ian ein Zeuge von Malcolm Metz? Für *Colin?*

»Steht außer Fletcher noch jemand auf der Zeugenliste, über den Sie mir etwas erzählen können?«

Ich will antworten, aber mein Mund ist zu trocken, um mehr herauszubringen als ein überraschtes Pusten. Vage bin ich mir meiner Mutter bewusst, die mich aus zusammengekniffenen Augen mustert, sowie der Buchstaben, die auf dem Papier zu Namen verlaufen: Colin, Dr. Orlitz, Dr. DeSantis. »Mariah«, ruft Joan wie aus weiter Ferne. »Alles in Ordnung mit Ihnen?«

Er hat immer wieder gesagt, er wird mir helfen. Er hat gesagt, er wird alles in seiner Macht Stehende tun, damit ich Faith behalten kann. Und jetzt hat er sich mit Malcolm Metz verbündet und als mieser Lügner entpuppt.

Was ist sonst noch gelogen?

Adrenalin pumpt durch meine Adern, als ich aufstehe und meinen Stuhl vom Tisch zurückschiebe. Joan und meine Mutter blicken mir nach, als ich die Küche verlasse, folgen mir hinaus in die Diele. Als ihnen klar wird, was ich vorhabe, greift Joan ein. »Mariah«, warnt sie eindringlich, »tun Sie jetzt nichts Unüberlegtes.«

Aber ich kann nicht mehr klar denken; ich will gar nicht klar denken. Es ist mir egal, wer mich sieht, als ich getrieben von Wut und Verletztheit beinahe im Laufschritt den Garten durchquere. Ich nehme nicht einmal wahr, dass die Medien wie elektrisiert aufmerken, als ich wildentschlossen den Winnebago ansteuere.

Ich mache mir nicht einmal die Mühe anzuklopfen. Schweratmend stehe ich auf der Schwelle und blicke auf Ian und drei seiner Angestellten, die um einen mit Papieren übersäten Tisch sitzen. Eine Sekunde sprechen Ians Augen zu mir: Überraschung, Freude, Verwirrung und Argwohn lösen sich in ihnen ab. »Miss White«, sagt er in seinem charmanten Südstaatenakzent. »Welch nette Überraschung.« Er wendet sich an die anderen Anwesenden und bittet diese, sie einen Moment allein zu lassen. Sie werfen mir neugierige Blicke zu, als sie nacheinander das Wohnmobil verlassen.

Sobald die Tür sich hinter ihnen geschlossen hat, kommt Ian um den Tisch herum und packt mich bei den Schultern. »Was ist los? Ist Faith etwas passiert?«

»Noch nicht«, entgegne ich knapp.

Angesichts meines Zorns weicht er einen Schritt zurück. »Irgendetwas muss aber passiert sein. Du kannst dir gar nicht vorstellen, was für Geschichten die Reporter, die dich haben herkommen sehen, sich jetzt ausdenken.« Dann werden seine Züge weicher, und ein jungenhaftes Lächeln legt sich auf seine Lippen. »Aber vielleicht hast du es ja keine Minute länger ohne mich ausgehalten.«

Ich schlucke hart. »Warum hast du mir nicht gesagt, dass du für Metz aussagen wirst?«

Ich kann nicht verhindern, dass meine Stimme mitten im Satz bricht. Zuerst zuckt Ian zusammen wie ertappt, aber dann lacht er zu meiner Überraschung unbekümmert. »Joan hat es dir gesagt.« Ich nicke. »Hat sie erwähnt, wie unkooperativ ich gewesen bin?« Ian streckt die Hände nach mir aus. »Mariah, ich sage für *dich* aus.«

Ich atme den Geruch seines Hemdes ein. Sogar jetzt, da ich ihn eigentlich hassen sollte, registriere ich den Duft seiner Haut. Ich stähle mich innerlich und rücke von ihm ab. »Vielleicht ist es dir ja entgangen, aber Malcolm Metz ist nicht mein Anwalt.«

»Das ist richtig. Ich bin zu ihm gegangen und habe ihm unwiderlegbare Beweise dafür versprochen, dass du als Erziehungsberechtigte völlig ungeeignet bist. Wenn es aber dann soweit ist, vor Gericht auszusagen, steht ihm eine unangenehme Überraschung bevor, ich werde nämlich ganz anders auftreten, als er es erwartet.

»Aber Joan ...«

»Ich hatte keine andere Wahl, Mariah. Ich kann mit Metz meine Aussage durchgehen und dann im Zeugenstand plötzlich Suaheli sprechen, ohne dass mir viel passieren kann. Immerhin bin ich sein Zeuge, und man könnte mir lediglich schlechtes oder auch unmoralisches Benehmen vorwerfen. Aber wenn ich Joan Standish bei einer eidlichen Aussage belüge und dann vor Gericht etwas völlig anderes erzähle, ist das Meineid. Ich musste mich heute mehrfach auf mein Aussageverweigerungsrecht berufen, um ihr Ärger zu ersparen sowie natürlich auch mir selbst, vor allem aber, um Metz nicht misstrauisch zu machen.«

Ich möchte ihm glauben. Und wie. »Das würdest du für mich tun?«

Ian neigt den Kopf. »Für dich würde ich alles tun.«

Als er mich diesmal in die Arme nimmt, lasse ich es geschehen. »Warum hast du mir nichts davon erzählt?«

Sanft streicheln seine Hände meinen Rücken. »Je weniger du weißt, desto besser. Dann geschieht dir nichts, falls es einen Mordswirbel gibt.« Er küsst mich auf den Mundwinkel, die Wange, die Stirn. »Du darfst Joan noch nichts sagen. Wenn sie vor dem Prozess von meinem Plan wüsste, könnte sie das in Teufels Küche bringen.«

Anstatt zu antworten, stelle ich mich auf die Zehenspitzen und küsse ihn, zuerst noch etwas schüchtern, aber richtig. Ich schmecke Kaffee und etwas Süßeres wie Karamell. Wenn Ian mich anlügen würde, würde ich es doch merken müssen. Wenn er lügen würde, besäße ich genug gesunden Menschenverstand, um ihn zu durchschauen.

Wie in der Vergangenheit? Ich schließe die Augen und verdränge entschlossen den Gedanken an Colin und seinen Treuebruch. Ich fühle Ians wachsende Erregung, spüre, wie er den Unterleib fest an mich presst.

Nach Luft schnappend, reißt er sich von mir los. »Schatz, da draußen stehen tausend Leute, die neugierig sind, ob du den Winnebago lebend wieder verlassen wirst. Und wenn wir so weitermachen, kann ich für nichts garantieren.« Keusch küsst er mich auf die Stirn und tritt dann entschieden einen Schritt zurück. Der Anflug eines Lächelns umspielt seine sinnlichen Lippen.

»Was ist?«

»Du siehst nicht wirklich so aus, als hätten wir uns gestritten.«

Errötend streiche ich mir mit den Händen über das Haar und fahre dann leicht mit den Fingerspitzen über meine Lippen. Ian lacht. »Mach ein böses Gesicht und geh zügig zurück zum Haus, Sie werden denken, du würdest innerlich immer noch kochen vor Wut.«

Er umschließt mein Gesicht mit beiden Händen, und ich küsse seine Handfläche. »Ian ... Danke.«

»Miss White«, murmelt er, »es war mir ein Vergnügen.«

Joan und meine Mutter warten an der Tür und nehmen mich in ihre Mitte, kaum dass ich das Haus betreten habe. Sie erinnern mich an Akrobaten, die an der Leiter zum Hochseil warten, dass ihr Kollege am Trapez heil wieder herunterkommt. »Großer Gott, Mariah«, schimpft Joan. »was haben Sie sich denn dabei gedacht?«

Meine Mutter sagt kein Wort. Sie blickt nur auf meine vom Küssen geröteten Lippen und wölbt fragend eine Braue.

»Ich habe nicht nachgedacht«, gestehe ich, und das ist nicht einmal gelogen.

»Was haben Sie ihm gesagt?«

»Dass er in Zukunft gefälligst höflich zu meiner Anwältin sein soll«, lüge ich und sehe Joan dabei fest in die Augen, »sonst bekommt er es mit mir zu tun.«

Ein paar Minuten vor dem mit Petra Saganoff und ihrer Filmcrew vereinbarten Termin nehme ich Faith beiseite und ziehe sie zu mir in den kleinen Alkoven neben dem Badezimmer. »Weißt du noch, was wir besprochen haben?«

Faith nickt feierlich. »Ich soll nicht über Gott sprechen. Kein Wort. Und es wird eine große Kamera dabei sein«, sagt sie. »Wie die da draußen.«

»Genau.«

»Und ich darf Petra Saganoff nicht als blöde Zicke bezeichnen.«

»Faith!«

»Du hast sie doch so genannt.«

»Das war falsch.« Ich seufze und sage mir, wenn ich nur diesen Tag überlebe, werde ich mich in meinem ganzen Leben nie wieder beklagen. Über Joan habe ich arrangiert, dass Petra Saganoff eine sogenannte B-Rolle filmen kann – Hintergrundaufnahmen von Faith beim Spielen und von uns im Haus. Dieses Material wird sie hinterher mit eigenem Text vertonen, bevor es in *Hollywood Tonight!* ausgestrahlt wird. Joan hat dafür gesorgt, dass Saganoff eine Auflistung dessen unterschreibt, was sie filmen darf und was nicht. Trotzdem bin ich nervös. Obgleich ich denke, dass Faith in der Lage ist, sich eine halbe Stunde ganz natürlich zu geben, ist mir bewusst, dass die ganze Sache nach hinten losgehen kann ... etwas, worauf Joan mich immer wieder aufmerksam gemacht hat, seit ich diese Exklusivaufnahmen angeregt habe. Unser Leben ist in letzter Zeit schwer vorhersehbar gewesen. Was, wenn Faith plötzlich wieder anfängt zu bluten? Was, wenn sie sich nicht an meine Weisung hält und von Gott erzählt? Was, wenn Petra Saganoff uns alle darstellt wie Idioten?

»Mami«, sagt Faith und berührt meinen Arm. »Es wird schon gutgehen. Gott kümmert sich darum.«

»Großartig«, murmele ich. »Wir werden darauf achten, dass sie einen guten Platz in der ersten Reihe bekommt.«

Es läutet. Auf dem Weg zur Tür komme ich an meiner Mutter vorbei.

»Das gefällt mir immer noch nicht. Kein bisschen.«

»Mir auch nicht«, erwidere ich grimmig. »Aber wenn ich nicht Stellung beziehe, werden die Leute das Schlimmste annehmen.« Ich öffne die Tür und setze ein künstliches Lächeln auf. »Ms. Saganoff, es freut mich ja so, dass Sie gekommen sind.«

Petra Saganoff ist in natura noch attraktiver als im Fernsehen. »Danke für die Einladung«, entgegnet sie. In ihrer Begleitung befinden sich drei Männer, die sie als Kameramann, Tontechniker und Producer vorstellt. Sie sieht mich gar nicht an, sondern blickt sich suchend nach Faith um.

»Sie ist drinnen«, sage ich trocken. »Kommen Sie doch herein.«

Wir sind übereingekommen, ihr den Zutritt zu Faith' Spielzimmer zu gestatten. Was könnte es für einen besseren Weg geben, zu zeigen, dass sie ein ganz normales Kind ist, als sie beim Spielen mit ihren Puppen, Puzzle und Büchern zu beobachten? Aber als Kameramann und Producer endlich entschieden haben, wo Kamera und Scheinwerfer aufgestellt werden sollen, sind schon fast dreißig Minuten vergangen. Faith wird langsam zappelig. Der Kameramann gibt ihr sogar einen Lichtfilter, eine farbige Folie, die mit Wäscheklammern vor den Scheinwerfern angebracht wird. Sie nimmt die Folie und betrachtet die Welt ganz in Gelb, aber ich sehe ihr an, dass sie mit ihrer Geduld am Ende ist. Wenn das so weitergeht, wird Faith die Lust verlieren und das Spielzimmer verlassen wollen, wenn Petra gerade so weit ist, anzufangen.

Ich denke daran, wie Ian Faith beim Belastungs-EKG meiner Mutter gefilmt hat. Wie leicht kann auch innerhalb eines so begrenzten Raumes etwas schiefgehen. Mitten in diesen Gedanken hinein knallt eine Sicherung heraus. »Verflucht«, schimpft der Kameramann. »Der Stromkreis ist überlastet.«

Weitere zehn Minuten vergehen, bis das Problem der Sicherung behoben ist. Faith ist jetzt richtig knatschig.

Der Kameramann wendet sich an den Producer. »Willst du einen anhaltenden Zeitcode oder die Tageszeit?« Dann hält der Tontechniker Faith eine weiße Karte vor das Gesicht. »Gibt mir eine Tonprobe«, fordert der Kameramann gleich darauf. Dann, einen Augenblick später: »Tempo.«

Der Producer blickt zu Petra Saganoff hinüber. »Wann du willst.«

Als das Team anfängt zu filmen, spiele ich mit Faith auf einem Filzteppich. Mich strikt an Joans Anweisungen haltend, spreche ich weder mit Petra, noch sehe ich in die Kamera; ich verhalte mich ganz so, als wären wir allein. Ich versuche, Faith von dem kleinen roten Lämpchen oben an der Kamera abzulenken, das sie offensichtlich fasziniert. Petra sieht uns aus einer Ecke des Raumes zu.

»Ich habe Hunger«, sagt Faith, und erst jetzt wird mir bewusst, dass es längst Essenszeit ist.

»Komm. Gehen wir in die Küche.«

Das sorgt für einige Aufregung. Technisch gesehen, haben wir noch keine dreißig Minuten gedreht, aber der Rest des Hauses ist tabu. Ich schlage vor, die Crew solle eine Pause machen und weiterdrehen, nachdem Faith gegessen hat. Großzügig lade ich Petra ein, uns in der Küche Gesellschaft zu leisten.

»Sie haben ein sehr schönes Haus, Mrs. White«, sagt sie, seit ihrem Eintreffen die ersten Worte, die direkt an mich gerichtet sind.

»Danke.« Ich nehme Erdnussbutter und Gelee aus dem Kühlschrank und stelle beides auf den Tisch – Faith schmiert sich ihre Brote gerne selbst.

»Ich kann mir vorstellen, dass das alles schwer für Sie war«, sagt Petra und lächelt, als sie den Ausdruck auf meinem Gesicht sieht. »Wollen Sie mich filzen, um zu prüfen, ob ich ein Mikrophon unter den Kleidern versteckt habe?«

»Nein, natürlich nicht.« Joans ultimativer Befehl: cool bleiben. Ich wähle meine Worte sehr sorgfältig, sicher dass der Off-Text, mit dem Saganoff die Bilder vertonen wird, sich entscheidend nach dem Gespräch richten wird, das wir hier in der Küche führen werden. »Es ist schwer gewesen«, bestätige ich. »Wie Sie sicher haben feststellen können, ist Faith ungeachtet dessen, was die Menschen da draußen denken, ein ganz normales kleines Mädchen. Und etwas anderes möchte sie auch nicht sein.«

Ich sehe, wie Faith hinter Petras Rücken die Hand hebt. Sie hat sich Gelee um das Pflaster herum geschmiert, sodass es aussieht, als würde ihre Wunde bluten. Sie schwenkt die Hand in der Luft, schneidet Grimassen und tut wortlos so, als würde sie vor Schmerzen stöhnen. Als meine Mutter meinen Blick bemerkt, eilt sie zu Faith hinüber, wischt ihr mit einem Küchentuch die Hand ab und droht ihr mit erhobenem Zeigefinger. Ich richte meine Aufmerksamkeit wieder auf Petra und schenke ihr ein strahlendes Lächeln. »Wo war ich stehengeblieben?«

»Sie sagten gerade, Ihre Tochter wäre nur ein ganz normales kleines Mädchen. Aber es gibt viele Leute, die Ihnen in diesem Punkt widersprechen, Mrs. White.«

Ich zucke die Achseln. »Ich kann anderen nicht vorschreiben, was sie zu denken haben. Aber ich brauche auch nicht das zu glauben, was sie glauben. Faith ist vor allem meine Tochter. Schlicht und ergreifend. Und was da draußen los ist, hat im Grunde nichts mit uns zu tun.« Stolz auf mich, höre ich auf, solange ich noch vorne liege. Nicht einmal Joan könnte an dieser letzten Aussage etwas auszusetzen haben. Fast wünsche ich, die Kamera hätte das mitgeschnitten.

Ich nehme einen Kopfsalat aus dem Kühlschrank. »Möchten Sie mit uns essen, Ms. Saganoff?«

»Wenn es keine Umstände macht, gerne.«

Noch Jahre später wird mir unbegreiflich sein, was mich dazu veranlasst hat, das Folgende zu sagen. Es bricht förmlich aus mir hervor wie ein Rülpser und macht mich ebenso verlegen. »Kein Problem«, scherze ich. »Es gibt nur Brot und Fisch.«

Einen kurzen Augenblick starrt Petra Saganoff mich an, als wäre mir ein zweiter Kopf gewachsen. Dann lacht sie, tritt zu mir an die Arbeitsplatte und bietet mir ihre Hilfe an.

24. November 1999

Am Mittwoch laufen im Fernsehen Teaser von Hollywood Tonight!, die einen Einblick in das Leben der Whites ankündigen: »Daheim bei einem Engel.« Zu meiner eigenen Überraschung macht mich die bevorstehende Ausstrahlung nervös. Immerhin weiß ich nicht, was die Saganoff über uns erzählen wird. Und was es auch ist, Millionen von Menschen werden es hören.

Um sechs Uhr essen wir zu Abend. Um halb sieben bereite ich in der Mikrowelle eine Schüssel Popcorn zu. Um zwanzig vor sieben sitzen meine Mutter, Faith und ich auf dem Sofa und warten darauf, dass Peter Jennings endlich zum Ende kommt und *Hollywood Tonight!* anläuft. »O Mist«, sagt meine Mutter plötzlich, an ihrer Brust herumtastend. »Ich habe meine Brille zu Hause vergessen.«

»Was für eine Brille?«

»Meine Brille eben. Du weißt schon, die, ohne die ich nichts sehe.«

Ich ziehe eine Braue hoch. »Heute Nachmittag hattest du sie noch auf. Wahrscheinlich hast du sie in der Küche liegen lassen.«

»Nein, du irrst dich. Ich kann mich deutlich erinnern, sie zu Hause auf der Anrichte in der Küche liegen gelassen zu haben.« Sie dreht sich mir zu. »Mariah, du weißt doch, wie sehr ich es hasse, im Dunkeln zu fahren. Du musst sie mir holen.«

»Jetzt?«, frage ich ungläubig. »Ich kann nicht fahren, weil die Sendung doch gleich anfängt.«

»O bitte. Bis zu mir nach Hause sind es keine fünf Minuten. Du bist noch vor Ende der Nachrichten wieder da. Und wenn nicht, kannst du immer noch meinen Fernseher einschalten und die Sendung bei mir sehen.«

»Warum setzt du dich nicht einfach dichter an den Fernseher heran?«

»Weil das schlecht für die Augen ist«, meldet sich Faith altklug zu Wort. »Das sagst du mir auch immer.«

Frustriert presse ich die Lippen fest zusammen. »Ich glaube einfach nicht, dass du das von mir verlangst.«

»Wenn du nicht so lange herumreden würdest, wärst du jetzt schon wieder zurück.«

Mit einer resignierten Handgeste gebe ich mich geschlagen, schnappe mir meine Handtasche und rase in solchem Tempo die Zufahrt hinunter, dass die Reporter gar nicht die Zeit haben, in ihre Fahrzeuge zu springen und sich an meine Fersen zu heften. Ich jage durch die Straßen von New Canaan zu dem Haus, in dem meine Mutter lebt.

Sie hat nicht nur ihre Brille vergessen, sondern außerdem in der Küche das Licht brennen lassen. Ich sperre die Tür auf, trete ein und ... sehe Ian.

»Was ... was machst du denn hier?«

Lächelnd greift er nach meinen Händen. »Ein kleines Vögelchen hat mir den Schlüssel gegeben.«

Ich schüttle den Kopf. »Ein Vögelchen etwa von meiner Größe, um die fünfzig und mit einem blonden Bob? Nicht zu fassen.«

Ich gehe durch die Wohnung, ziehe die Vorhänge zu,

schließe die Tür ab und überzeuge mich davon, dass draußen keine Autoscheinwerfer darauf hindeuten, dass irgendwelche Reporter vor dem Haus herumlungern. Ians Wagen ist nirgends zu sehen. »Aber ich muss zurück nach Hause ... die Sendung ...«

»Der Fernseher läuft nebenan bereits. Deine Mutter hat mich gestern im Winnebago aufgesucht und mich gefragt, ob ich nicht Lust hätte, mir die Sendung mit dir zusammen hier in ihrer Wohnung anzusehen. Sie hat sich wohl gedacht, du könntest etwas moralische Unterstützung brauchen.«

»Sie hätte mir doch auch moralische Unterstützung geben können.«

Ian macht ein beleidigtes Gesicht. »Aber mit ihr hätte es doch sicher nicht halb so viel Spaß gemacht.«

Das verschlägt mir für einen Augenblick die Sprache. »Willst du damit sagen, dass meine Mutter ... dass sie erwartet, dass wir ...«

Er streicht mir zärtlich über das Haar. »Sie hat gehört, wie du nachts mit mir telefoniert hast. Und sie meinte, du hättest in der aktuellen Situation etwas Glück verdient.« Er grinst mich an. »Außerdem soll ich dir ausrichten, dass sie Faith zu Bett bringen wird, was für mich so klingt, als würde sie uns nicht nur ihre Wohnung überlassen, sondern außerdem ihren Segen geben.« Er ergreift meine Hand und geht mit mir nach nebenan ins Wohnzimmer, wo gerade *Hollywood Tonight!* anfängt.

Ich nehme nur am Rande wahr, wie Ian es sich an meiner Seite auf dem Sofa bequem macht, als auf dem Bildschirm mein Haus und meine Tochter erscheinen. Petra Saganoffs Stimme klingt irgendwie künstlich vor dem Hintergrund meiner Tochter, die Püppchen auf dem Filzteppich aufstellt. »Seit Wochen hören wir nun schon von den Wundern, die dieses kleine Mädchen, Faith White, vollbracht hat.« Jetzt werden Bilder aus dem Krankenhaus eingeblendet, wo Petra von der Wiederauferstehung meiner Mutter berichtet, und anschließend Aufnahmen des aidskranken Kleinkindes, mit dem Faith in unserem Garten gespielt hat. Dann sieht man wieder Faith auf dem Fußboden ihres Spielzimmers, aber diesmal bin ich bei ihr.

»Du siehst großartig aus im Fernsehen«, sagt Ian leise.

»Psssst.«

Petra fährt fort. »Aber das wohl größte Wunder ist wahrscheinlich, wie Faith' Mutter, Mariah White, es trotz des Rummels gleich vor ihrer Haustür schafft, ruhig Blut zu bewahren und ihrer Tochter ein Zuhause zu erhalten, in dem sie sich geliebt und geborgen fühlt.«

»Oh.« Ich bin überwältigt und lache und weine zugleich. »O Ian, hast du das gehört?«

Er breitet die Arme aus, und ich schmiege mich unsagbar erleichtert an seine breite Brust. Ich höre dem Text im Fernsehen nicht länger zu; ich nehme nichts anderes mehr wahr als Ians starke Hände auf meinem Rücken, die mich noch fester an ihn ziehen. Ich umfasse sein Gesicht mit beiden Händen und küsse ihn zärtlich, bis ich schließlich ebenso atemlos wie er neben ihm auf der Couch liege.

Er knöpft meine Bluse auf und drückt die Lippen auf die nackte Haut an meinem Halsansatz. »Die Wirkung, die diese Sendung auf dich hat, gefällt mir außerordentlich gut.«

Er will mich necken, aber ich habe diesen Punkt längst überschritten. Ich will ihn fühlen, ihn nehmen, mit ihm verschmelzen. Ich zittere am ganzen Leib, als ich die Hände in seinem Nacken verschränke.

Als er die Veränderung an mir spürt, hebt Ian den Kopf

und schaut mir in die Augen. »Ich habe dich so vermisst«, flüstert er und küsst mich. Mit geschickten Fingern facht er das Feuer in mir noch weiter an. *Das ist Liebe,* geht es mir durch den Kopf. Ein Ort, an dem zwei Menschen, die lange allein waren, sich wie Falken aneinander krallen und durch die Luft trudeln können, schwindelig vor Überraschung über die Intensität ihrer Vereinigung. Ein Ort, an den man sich willig und voller Staunen begibt.

Mit fliegenden Fingern entkleide ich ihn, dann dringt er in mich ein, unsere Finger verhaken sich ineinander, sodass wir förmlich aneinander verankert sind. Er gehört mir, mir, mir. Das Haar fällt ihm in die Augen, und als ich das Gesicht seitwärts meiner Schulter zudrehe, wird mir bewusst, dass ich nach ihm rieche, als wäre er bereits ein Teil von mir geworden.

Der Fernseher summt im Hintergrund, und ein Kaleidoskop von Testfarben füllt den Bildschirm aus. Ich lege eine Hand auf Ians Brust, dicht unterhalb des Halsansatzes, dort, wo das Brustbein sich unter der Haut abzeichnet, eine weitere Stelle, die ich schon fast auswendig kenne. »Ian ... denkst du manchmal, du könntest in die Hölle kommen?«

Er rückt ein wenig von mir ab und lächelt fragend. »Wie kommst du denn darauf?«

»Antworte.«

Er fährt sich mit der Hand durch das Haar und lehnt sich gegen das Kopfende des Bettes. »An die Hölle zu glauben bedeutet, an religiöse Vorstellungen zu glauben, also müsste ich das verneinen.«

»Müsstest du«, stimme ich ihm zu, »aber das besagt noch nicht, was du wirklich denkst.«

Er deckt mich mit seinem Körper zu, und ich fühle seinen warmen Atem an meinem Hals. »Was hat dich auf den Gedanken an die Hölle gebracht? Das?« Er fährt mit den Zähnen über meine Schulter. »Oder das?«

Nein, will ich erwidern. Das ist himmlisch. Es muss der Himmel auf Erden sein, weil ich mir niemals hätte vorstellen können, dass jemand wie du mit mir würde zusammensein wollen, so wie wir jetzt zusammen sind. Und diesem Gedanken folgt dichtauf ein anderer: Ein solches Glück hat doch sicher seinen Preis.

Ian legt die Stirn an meine und schließt die Augen. »Ja«, sagt er leise. »Ich denke manchmal daran, dass ich in die Hölle kommen werde.«

Metz starrt mit grimmigem Blick auf den Fernseher und schaltet dann das Band mittendrin ab. »Das ist Müll«, sagt er in den leeren Raum. »Müll!«

Mariah White hat ihm eins ausgewischt dadurch, dass sie *Hollywood Tonight!* einen Einblick in ihr Zuhause gestattet hat, und nach allem, was Colin White ihm über seine Ex-Frau erzählt hat, ist er überrascht. Angeblich ist sie der Typ, der sich beim ersten Anzeichen eines sich anbahnenden Konfliktes tot stellt. Diese Annäherung an die Medien nach wochenlangem Versteckspiel ist ganz offensichtlich Teil einer Strategie – und einer erfolgreichen noch dazu, wie Metz widerwillig zugeben muss. Das Sorgerechtsverfahren findet in einer Woche statt, und aktuell ist Faith White Liebling der Presse, während er einen überaus nervösen Mandanten an der Backe hat. Er wird sich ins Zeug legen müssen.

Ein Klopfen reißt ihn aus seinen Gedanken. »Ja?«

Elkland, eine seiner jungen Partnerinnen, steckt den

Kopf zur Tür herein. »Mr. Metz? Hätten Sie eine Minute Zeit?«

Teufel, ja, er hat eine Minute Zeit. Er hat den ganzen Abend Zeit, da es ihm offenbar bisher nicht gelungen ist, sich im Fall White einen Vorteil zu verschaffen. »Sicher.« Er deutet auf einen Stuhl und reibt sich müde mit einer Hand das Gesicht. »Was gibt's?«

»Also, ich habe mir gestern abend Nova auf PBS angesehen.«

»Gratuliere. Wollen Sie Anwältin sein oder lieber ein Mitglied der Nielsen-Familie?«

»Es ging da um diese Krankheit namens Münchhausen-Syndrom. Grundsätzlich geht es hierbei darum, dass jemand einen anderen körperlich oder geistig krank erscheinen lässt.«

Metz setzt sich neugierig auf. »Bitte sagen Sie mir, dass die Unterlagen in Ihrer Hand das Ergebnis erster Nachforschungen sind«, murmelt er.

Sie nickt. »Es handelt sich um eine klinische Störung. Gewöhnlich tritt sie bei Müttern auf, die insgeheim ihr Kind krank machen. Aus Geltungssucht – diese Frauen machen ironischerweise den Eindruck besonders guter Mütter, weil sie ihr Kind ständig zum Arzt oder Psychiater bringen. Aber das ist natürlich nur Schau, da sie ihr Kind ja überhaupt erst krank gemacht haben.«

Metz runzelt die Stirn. »Wie bringt man jemanden dazu, zu halluzinieren?«

»Das weiß ich nicht«, gibt Elkland zu. »Aber ich habe jemanden gefunden, der Ihnen diese Frage beantworten kann. Ich habe mir die Freiheit genommen, telefonisch einen Experten in Sachen Münchhausen-Syndrom zu befragen. Er möchte sich mit Ihnen über den Fall unterhalten.«

Metz trommelt mit den Fingern auf den Tisch. Die Wahrscheinlichkeit, dass Mariah White am Münchhausen-Syndrom leidet, sind vermutlich verschwindend gering, aber was soll's. Vor Gericht geht es selten um die Wahrheit, sondern vielmehr darum, möglichst viel Rauch zu produzieren, gemäß der Redensart, ›Kein Rauch ohne Feuer‹. Die erfolgversprechendste Strategie für Colin White besteht darin, Faith' Mutter in den Augen des Richters zu diskreditieren, sodass er gar keine andere Möglichkeit sieht, als das Sorgerecht dem Vater zuzusprechen. Metz kann behaupten, Mariah leide an Lepra, Schizophrenie oder auch diesem Münchhausen-Syndrom, Hauptsache, es gibt Rothbottam zu denken.

In gewisser Weise agiert er nur fair, indem er die gleiche Taktik anwendet wie Mariah White, als sie *Hollywood Tonight!* zu sich nach Hause eingeladen hat. Fakt ist, dass in diesem Fall Eindrücke eine entscheidende Rolle spielen. Normalerweise sprechen Richter das Sorgerecht nicht dem Vater zu, es sei denn, die Mutter ist erwiesenermaßen drogensüchtig oder eine Prostituierte. Oder geistesgestört.

»Das gefällt mir«, sagt er, noch verhalten.

Elkland grinst. »Das Beste habe ich Ihnen noch gar nicht gesagt. Diese Mütter, die am Münchhausen-Syndrom leiden, sind pathologische Lügnerinnen, das ist ein typisches Symptom der Krankheit. Wenn man sie fragt, ob sie ihren Kindern wehgetan haben, streiten sie dies vehement ab, reagieren manchmal sogar aufbrausend, in jedem Fall aber extrem feindselig.«

Langsam legt sich ein Lächeln auf Metz' Lippen. »Ganz so, wie Mrs. White aller Wahrscheinlichkeit nach im Kreuzverhör reagieren wird.«

»Genau so«, bestätigt Elkland.

25. November 1999

Meine Mutter beschließt, dass es für sie an der Zeit ist, wieder in ihre Wohnung zu ziehen. Ob diese Entscheidung auf die bevorstehende Verhandlung zurückzuführen ist oder darauf, dass sie es einfach satt hat, in unserem Gästezimmer zu schlafen, weiß ich nicht. Ich helfe ihr, ihre Sachen in einen kleinen Koffer zu packen, den sie schon als junges Mädchen besessen hat.

Auf dem Bett falte ich ihr Nachthemd dreimal in der Breite und dann noch dreimal in der Länge. Sie ist im Bad und sucht ihre Tuben, Tiegel und Puderdosen zusammen, die einen Duft verströmen, den ich immer mit ihr in Verbindung bringen werde. Er erinnert mich auch an die Nacht, die Ian und ich in ihrer Wohnung verbracht haben. Ich hätte erwartet, dass dieser Geruch, der mir aus meiner Kindheit so vertraut ist, mich davon abhalten würde, im Haus meiner Mutter mit Ian zu schlafen, aber das war ein Irrtum. Vielmehr hat der Geruch mir ein Gefühl der Sicherheit und Geborgenheit vermittelt.

»Ich habe mich noch nicht bei dir bedankt«, sage ich, als meine Mutter mit ihrem Kulturbeutel aus dem Bad kommt.

»Wofür?«, fragt sie abwinkend. »Das war doch selbstverständlich.«

»Ich habe nicht gemeint, dass du hier gewohnt hast. Ich meinte damit ... den Abend bei dir.«

Meine Mutter blickt auf. »Aha. Ich habe mich schon gefragt, wann du davon anfangen würdest.«

Ich fühle, wie ich erröte. Nach all den Jahren kann ich immer noch nicht mit meiner Mutter über Jungs sprechen, ohne mich zu fühlen, als wäre ich wieder elf. »Das war eine nette Geste von dir«, sage ich diplomatisch.

»Meine Güte, Mariah, nenn die Dinge doch beim Namen. Es war ein Rendezvous. Ein Stelldichein. Eine Liebes ...«

»Belassen wir es dabei, okay?« Ich lächle. »Immerhin *bist* du meine Mutter.«

Zärtlich umfasst sie mein Gesicht mit beiden Händen. Ich fühle ein Prickeln, als hielte sie meine Kindheit in ihren Händen. »Aber irgendwann unterwegs bin ich auch deine Freundin geworden.«

Es klingt albern, dieserart ausgesprochen, aber es stimmt. Die zwei wichtigsten Frauen in meinem Leben, meine besten Freundinnen, sind meine Mutter und meine Tochter. Vor ein paar Wochen hätte ich fast die eine verloren, und in ein paar Tagen werde ich möglicherweise die andere verlieren.

»Du brauchst mich, keine Frage. Aber ihn brauchst du auch. Und ich dachte mir, das wäre der beste Weg, euch zusammenzubringen.«

Methodisch packt meine Mutter Schuhpaare nebeneinander in den Koffer. Sie ist wunderschön, sanft und doch mit einem stählernem Rückgrat ausgestattet. Wenn ich alt bin, möchte ich sein wie sie. »Du bist die Beste«, sage ich leise.

2. Dezember 1999

Am Abend vor der Verhandlung isst Joan bei uns zu Abend. Hinterher räumen Faith und meine Mutter den Tisch ab, während meine Anwältin und ich uns in mein Atelier im Keller zurückziehen, um ungestört miteinander reden zu können. Wieder einmal gehen wir meine Zeugenaussage durch, bis Joan schließlich sicher ist, dass ich im Zeugenstand meine Sache gut machen werde. Dann klemmt sie die Absätze über die Sprosse unten an ihrem Barhocker und mustert mich eingehend. »Sie wissen, dass das kein Spaziergang für Sie wird.«

Ich lache. »Soviel ist sogar mir klar. Ich wüsste tausend Orte, an denen ich morgen lieber wäre als in diesem Gerichtssaal.«

»Das meine ich nicht, Mariah. Ich meine, was die Leute erzählen werden. Colin wird sich richtig mies benehmen. Und Metz wird eine ganze Latte anderer Zeugen vorführen, die er dahingehend vorbereitet hat, Sie aussehen zu lassen wie einen traurigen Mutterersatz.«

Nicht Ian, denke ich und frage mich gleich darauf, ob ich mir da wirklich so sicher bin.

»Ganz zu schweigen davon, was er im Zeugenstand mit Ihnen anstellen wird. Er wird versuchen, Ihnen Fallen zu stellen und sie zu verwirren, damit Sie aussehen wie die Geistesgestörte, als die seine Zeugen Sie zuvor bereits porträtiert haben.« Sie beugt sich zu mir vor. »Lassen Sie sich von ihm nicht aus der Ruhe bringen. Sagen Sie sich für die Dauer der Verhandlung, wenn Sie abends vom Gericht nach Hause fahren, immer wieder, dass Malcolm Metz Sie gar nicht kennt. Für ihn sind Sie kein Mensch, kein Individuum, sondern nur Mittel zum Zweck.«

Ich blicke zu Joan auf und versuche zu lächeln. »Machen Sie sich um mich keine Sorgen. Ich habe mir in letzter Zeit ein dickeres Fell zugelegt.« Aber trotzdem lege ich die Arme um mich, als würde ich plötzlich frieren, als hätte ich Angst davor, auseinanderzubrechen.

Um halb elf läutet es an der Tür. Als ich, auf ein Blitzlichtgewitter gefasst, öffne, steht Colin vor mir, so verlegen wie ich schockiert bin.

»Können wir reden?«, fragt er nach einem Moment angespannten Schweigens.

Obwohl ich ihn lieber wegschicken oder an meine Anwältin verweisen möchte, nicke ich. Immerhin waren wir jahrelang verheiratet, und irgendwie denke ich immer noch, dass das zählt. »Also gut. Aber Faith schläft schon, sei also leise.«

Als ich durch den Flur vorausgehe, frage ich mich, was er wohl denken mag: *Was hat sie mit diesem Photo von den Anden gemacht? Waren die Fliesen immer schon so dunkel?* Was ist es wohl für ein Gefühl, in sein altes Zuhause zurückzukommen und es nicht wiederzuerkennen?

Er zieht einen Stuhl unter dem Küchentisch hervor, dreht ihn um und setzt sich rittlings hin. Ich kann Joan fast wettern hören, dass ich nicht ohne meinen Anwalt mit ihm reden soll. Aber stattdessen lächle ich halbherzig und ziehe den Kopf ein. »Also dann, rede.«

Colin atmet stoßweise aus, und die Luft entweicht aus seinen Lungen wie ein kräftiger Windstoß. »Das macht mich fertig.«

Was? Der Stuhl? Hier in seinem alten Haus zu sein? Jessica? Ich?

»Weißt du, warum ich mich in dich verliebt habe, Rye?«

Die Arbeitsplatte ist direkt hinter mir. Ich grabe mit aller Kraft die Fingernägel in die Unterseite. »Bist du auf Anraten deines Anwalts hier?«

Der schockierte Ausdruck auf Colins Gesicht ist echt. »Gott, nein. Glaubst du das wirklich?«

Ich starre ihn an. »Ich weiß nicht mehr, was in deinem Kopf vorgeht, Colin.«

Er steht auf, tritt vor das Gewürzregal und fährt mit einem Finger über jedes Glas. Anis, Basilikum, Koriander, Selleriesalz, gemahlener roter Pfeffer, Dill. »Du hast auf der Treppe der Schulbibliothek gesessen«, fährt er fort, »und ich kam mit ein paar Jungs aus dem Team vorbei. Es war ein traumhafter Frühlingstag, aber du hast gelernt. Du hast immer nur gelernt. Ich sagte, wir wollten etwas trinken gehen, ob du mitkommen wolltest?« Er blickt zu Boden und schüttelt den Kopf. »Und du bist mitgekommen. Einfach so. Du hast deine Bücher auf der Treppe liegen lassen, als wäre dir scheißegal, ob sie jemand klaut, und bist mit mir gekommen.«

Ich lächle. Das Wirtschafts-Lehrbuch habe ich nie zurückbekommen, aber ich bekam Colin, und damals dachte ich, das wäre ein mehr als guter Tausch. Ich nehme das kleine Glas Lorbeerblätter in die Hand, das Colin auf die Arbeitsplatte gestellt hat, und stelle es zurück an seinen Platz. »Ich hätte weiterlernen sollen.«

Colin berührt leicht meinen Arm. »Meinst du das im Ernst?«

Ich fürchte mich davor, ihn anzusehen. Und so starre ich auf seine Hand auf meinem Arm, bis er sie wegnimmt. »Du wolltest niemanden, der dir folgt, Colin. Du wolltest jemanden, den du erobern musstest.«

»Ich habe dich geliebt«, entgegnet er heftig.

Ich zucke nicht mit der Wimper. »Wie lange?«

Er weicht einen Schritt zurück. »Du hast dich verändert«, sagt er vorwurfsvoll. »Du bist nicht mehr so wie früher.«

»Weil ich nicht wie ein Häufchen Elend dasitze und mir die Augen ausweine? Tut mir leid, dich enttäuschen zu müssen.«

Mir ist bewusst, dass ich zu weit gegangen bin. »Wie lange wird es diesmal dauern, Rye?«, knurrt Colin. »Wie lange, bis du anfängst, im Medizinschränkchen nach einem Ausweg zu suchen? Oder die sechs Stunden, die Faith in der Schule ist, die Rasierklingen anstarrst? Wie lange, bis du sie im Stich lässt?«

»So wie du?«

»Ich werde sie nicht im Stich lassen«, entgegnet Colin. »Nie mehr. Hör zu, ich habe einen Fehler gemacht, Rye. Aber das war etwas, das nur dich und mich etwas angeht. Ich bin immer hundertprozentig für Faith da gewesen. Was macht es, wenn du Faith jeden Morgen den Kopf tätschelst und ihr sagst, wie lieb du sie hast? Bis zu jenem Tag im August warst nicht du der Fels in ihrem Leben, sondern ich. Glaubst du, sie hat vergessen, wie es war, als sie noch klein war und ihre Mutter ganze Nachmittage mit Kopfschmerzen im Bett lag oder um eine kräftige Dosis Haldol auszuschlafen? Oder dass sie lieber mit ihrem Scheißpsychiater gesprochen hat, als sie in die Vorschule zu bringen?« Er zeigt mit einem zitternden Finger auf mich. »Du bist keinen Deut besser als ich.«

»Der Unterschied zwischen uns ist der, dass ich nie behauptet habe, das zu sein.«

Colin sieht mich mit solcher Wut an, dass ich mich unwillkürlich frage, ob ich in Gefahr bin. »Du wirst sie mir nicht wegnehmen.«

Ich hoffe, er merkt nicht, wie stark ich zittere. »Du wirst sie mir nicht wegnehmen.«

Wir haben uns beide derart in unseren Zorn hineingesteigert, dass wir Faith erst bemerken, als sie einen zittrigen Atemzug macht.

»Liebes. Haben wir dich geweckt?«

»Schätzchen.« Ein Lächeln erhellt Colins eben noch grimmige Züge. »Hallo.«

Etwas in ihrem Blick hält mich zurück, Sekunden bevor ich ihre Schulter berühren will. Faith steht da wie erstarrt, die Augen vor Angst weit aufgerissen, die Hände an den Seiten zu Fäusten geballt und kalkweiß im Gesicht. »Mami?«, sagt sie mit bebender Unterlippe. »Papa?«

Aber noch bevor wir etwas sagen können, um sie zu beruhigen, sehen wir das Blut, das zwischen ihren Fingern hervorquillt.

Sekunden später windet Faith sich auf dem Boden und schreit Worte, die ich nicht verstehe. »Eli! Eli!«, ruft sie, und obwohl ich nicht weiß, wer das ist, versichere ich ihr, dass er unterwegs ist. Ich versuche, zu verdrängen, dass sie diesmal auch an der Seite blutet. Ich drücke ihre Schultern auf den Boden, damit sie sich nicht verletzt, während ihre um sich schlagenden Hände blutige Schlieren auf den Fliesen hinterlassen.

Ich höre, wie Colin mit unnatürlich hoher Stimme panikartig in sein Handy spricht. »Sechsundachtzig Westvale Hill, erste Zufahrt auf der linken Seite.« Nachdem er aufgelegt hat, kniet er sich neben mich auf den Boden. »Der Krankenwagen ist unterwegs.« Er legt die Wange an Faith', was sie tatsächlich einen Moment zu beruhigen scheint. »Papa ist da. Papa kümmert sich um dich.«

Faith erschauert und windet sich dann wieder vor Schmerzen. Ihre Stimme klingt wie ein Fluss, Silben und Grunzlaute, die sich zu lautem Schluchzen steigern.

Colin ist einen Moment wie gelähmt. Dann handelt er, zieht sein Sakko aus und legt es ihr um die Schultern. Er drückt sie an sich und wiegt sie so wie damals, als sie noch ein Baby war. Er singt ihr ein Einschlaflied vor, das ich Jahre nicht mehr gehört habe, und zu meiner Überraschung entspannt und beruhigt sich Faith.

Die Sanitäter treffen ein, und Colin tritt zurück, um sie Faith versorgen zu lassen. Ich sehe zu, wie diese Leute meiner Tochter den Puls fühlen und feststellen, was ich bereits vermutet habe: der Blutdruck ist in Ordnung, die Pupillen reagieren normal, aber die Blutung lässt sich nicht stoppen. Immerhin erlebe ich das nicht zum ersten Mal. Ich fühle, wie Colins Hand sich über meine legt wie ein Handschuh. »Wir können im Krankenwagen mitfahren«, sagt er.

»Colin ...«

»Hör zu«, sagt er in einem Ton, der keinen Widerspruch duldet. »Es ist mir egal, was vor Gericht passiert. Wir sind beide ihre Eltern. Wir werden beide mitfahren.«

Ich möchte allein mit Dr. Blumberg sprechen, aber andererseits möchte ich auch, dass Colin aus seinem Mund das hört, was er mir bereits gesagt hat. Ich möchte Colin meine Hand entziehen und völlig auf mich gestellt sein. Ich sehne mich danach, mit Ian zu sprechen. Aber Colin hat schon immer Macht über mich gehabt, so wie der Mond über die Gezeiten, und so folgen meine Füße ihm aus reiner Gewohnheit in den Krankenwagen, wo ich so dicht neben ihm sitze, dass seine Schulter an meine stößt, während ich auf die gewundenen Infusionsschläuche starre, die an meine Tochter angeschlossen sind.

Colin und ich sitzen nebeneinander auf einer hässlichen Stahlrohrcouch im Wartezimmer der Notaufnahme. Faith' Blutungen wurden inzwischen stabilisiert, und sie wurde zum Röntgen gebracht. Der Notarzt hat nach einem Blick in ihr Patientenblatt Dr. Blumberg verständigt.

Colin war die letzte halbe Stunde beschäftigt. Er hat die Fragen der Sanitäter und Ärzte beantwortet, ist rastlos auf und ab gegangen, hat drei Zigaretten draußen vor der Glastür zur Notaufnahme geraucht, sein Profil vom Mondlicht vergoldet. Schließlich ist er wieder hereingekommen und hat sich neben mich auf das Sofa fallen lassen, auf dem ich zusammengesunken sitze, den Kopf in die Hände gestützt. »Glaubst du ...«, fragt er, ganz leise, als könnte es den Gedanken beflügeln, ihn auch nur auszusprechen, »... dass sie das macht, um Aufmerksamkeit zu erregen?«

»Was macht?«

»Sich verletzen.«

Bei diesen Worten blicke ich auf. »Das glaubst du wirklich von Faith?«

»Ich weiß gar nichts, Mariah. Ich weiß nicht, was ich glauben soll.«

Die Ankunft von Dr. Blumberg verhindert den sich anbahnenden Streit. »Mrs. White. Was ist passiert?«

Colin streckt dem Arzt die Hand entgegen. »Ich bin Colin White. Faith' Vater.«

»Guten Abend.«

»Soweit ich mitbekommen habe, ist das nicht das erste Mal, dass Sie Faith untersuchen«, sagt Colin. »Ich wäre Ihnen sehr verbunden, wenn Sie mich bezüglich ihres Krankheitsbildes auf den neuesten Stand bringen würden.«

Dr. Blumberg wirft mir einen raschen Blick zu. »Ich bin sicher, dass Mrs. White ...«

»Mrs. White und ich sind geschieden«, fällt Colin ihm ins Wort. »Ich möchte es gerne von Ihnen hören.«

»Also gut.« Er setzt sich uns gegenüber und legt die Hände auf die Knie. »Ich habe Faith bereits mehreren Tests unterzogen, ohne eine medizinische Erklärung für ihre spontanen Blutungen finden zu können.«

»Aber es handelt sich eindeutig um Blut?«

»O ja. Das wurde im Labor untersucht.«

»Und bringt sie sich die Wunden selbst bei?«

»Es sieht nicht danach aus«, entgegnet Dr. Blumberg.

»Dann könnte jemand anders sie ihr beigebracht haben?« will Colin wissen.

»Wie meinen?«

»Hat jemand Faith verletzt?«

Blumberg schüttelt den Kopf. »Das glaube ich nicht, Mr. White. Nicht so, wie Sie das meinen.«

»Woher wollen Sie das wissen?«, schreit Colin den Arzt an. Er hat Tränen in den Augen. »Woher zum Teufel wollen Sie das wissen? Hören Sie ... ich habe gesehen, wie sie eine Art Anfall bekam und ohne ersichtlichen Grund anfing zu bluten. Ich bin gut krankenversichert. Erzählen Sie mir nicht, dass es dafür keine medizinische Erklärung gibt. Veranlassen Sie eine Kernspintomographie, alle nur erdenklichen Bluttests oder was auch immer. Sie sind der Arzt. Es ist Ihr Job, herauszufinden, was ihr fehlt, und ich will, dass meine Tochter so lange hierbleibt, bis Sie wissen, was ihr fehlt. Wenn Sie sie nämlich vorher entlassen und sie wieder einen solchen Anfall bekommt, werde ich Sie wegen Ärztepfuschs verklagen.«

Ich muss an eine Untersuchung denken, von der Dr. Blumberg mir erzählt hat – von Ärzten, die um die Jahrhundertwende einen Mann mit Stigmata in ein Krankenhaus aufnahmen und ihm Eisenschuhe über die blutenden Füße stülpten, um auszuschließen, dass er sich die Wunden selbst zufügte. Wie kann Colin es wagen, mir vorzuwerfen, ich würde Faith' Leben ruinieren.

Dr. Blumberg zögert. »Für weitergehende Untersuchungen benötige ich die Einwilligung der Mutter.«

»Sie haben die des Vaters«, entgegnet Colin kalt.

»Ich werde sie hierbehalten«, sagt Dr. Blumberg. »Aber ich rechne nicht mit neuen Erkenntnissen.«

Zufrieden steht Colin auf. »Können wir jetzt zu ihr?«

»Faith wird in ein paar Minuten auf die Kinderstation gebracht. Sie wird noch benommen sein von dem Sedativum, das ich ihr verabreicht habe.« Er blickt von mir auf Colin. »Ich werde morgen früh wieder nach ihr sehen. Das Krankenhaus gestattet es einem von Ihnen, über Nacht bei ihr zu bleiben.« Er nickt uns zum Abschied zu und geht.

Ich straffe die Schultern und wappne mich für einen Streit, aber zu meiner Überraschung erklärt Colin, dass er nach Hause fahren wird. »Faith wird mit dir rechnen. Bleib du bei ihr.«

Schweigend gehen wir mit dem Fahrstuhl hinauf auf die Kinderstation. Die Schwester am Empfang sagt uns Faith' Zimmernummer, obgleich sie noch nicht aus der Radiologie zurück ist. Colin und ich betreten das Zimmer, wo er sich auf den einzigen Stuhl setzt, während ich aus dem Fenster mit Blick auf den Hubschrauberlandeplatz sehe.

Nach einigen Minuten rollt eine Schwester Faith in einem Rollstuhl herein und hilft ihr ins Bett. Ihre Hände sind weiß bandagiert. »Mami?«

»Ich bin hier.« Ich setze mich auf die Bettkante und streichle zärtlich ihre Wange. »Wie fühlst du dich?«

Sie wendet den Kopf ab. »Ich will nach Hause.«

Ich streiche ihr die Haarsträhnen aus dem Gesicht. »Der Doktor möchte, dass du hier übernachtest.«

Colin beugt sich von der anderen Bettseite aus über sie. »Hallo, Schneckchen.«

»Papa.«

Vorsichtig nimmt er ihre bandagierte Hand und streichelt die Haut oberhalb des Verbandes. »Wie ist das passiert, Liebes?«, fragt er. »Du kannst es mir ruhig sagen;

ich werde nicht böse. Hast du dir selbst wehgetan? Oder hat dir jemand anders wehgetan? Oma vielleicht? Oder dieser Priester, der euch besuchen kommt?«

»Herr im Himmel ...«

Colin kneift die Augen zusammen. »Du bist nicht in jeder Minute bei ihr. Man kann nie wissen, Mariah.«

»Als nächstes wirst du noch behaupten, ich würde ihr die Wunden zufügen«, zische ich.

Colin zieht nur schweigend die Brauen hoch.

Nachdem Faith eingeschlafen ist, steht Colin auf. »Es tut mir leid. Es frisst mich nur auf, sie so zu sehen und nicht zu wissen, wie ich ihr helfen kann.«

»Weißt du, Entschuldigungen zählen nicht, wenn man sie vorab einschränkt.«

Colin mustert mich lange. »Müssen wir so miteinander umgehen?«

»Nein«, entgegne ich leise. »Das müssen wir nicht.«

Und dann liege ich in Colins Armen, das Gesicht an seinen Hals geschmiegt. Er legt die Stirn an meine, in einer Geste, die einen ganzen Strom von Erinnerungen freisetzt. Diesen Mann, mit dem ich eigentlich mein ganzes Leben zusammen sein wollte, werde ich morgen in einem Gerichtssaal wiedersehen. »Ich komme morgen früh zurück. Ich bin sicher, der Richter vertagt die Verhandlung.«

»Ganz sicher«, murmele ich an seiner Brust.

»Was auch passiert«, sagt er, so leise, dass ich fast glauben könnte, ich bilde es mir nur ein, »ich weiß, dass du nichts damit zu tun hast.«

Nach dieser Beteuerung verlässt Colin mich wieder einmal.

Kenzie wärmt in der Mikrowelle eine Packung Pizzahappen auf und schenkt sich ein großes Glas Rotwein ein, bevor sie sich hinsetzt, um ihr Empfehlungsschreiben an Richter Rothbottam fertigzustellen. Sie gedenkt, die ganze Packung der Appetithappen zu essen und vielleicht sogar noch eine zweite, um sich dann systematisch durch Kühlschrank und Tiefkühltruhe zu arbeiten und sich vollzustopfen, bis sie sich nicht mehr rühren kann. Keinen Finger mehr rühren kann. Diesen Bericht einer Prozesspflegerin nicht schreiben kann.

Richter Rothbottam will diesen Bericht morgen früh auf seinem Schreibtisch haben, vor Beginn der Sorgerechtsverhandlung. Von Kenzie – der objektiven Beobachterin, dem Auge des Sturms – wird erwartet, ein Fundament zu legen, auf dem er die Argumente der gegnerischen Anwälte abwägen kann.

Kenzie trinkt langsam einen großen Schluck Wein. Der Fall White ist so voller Graustufen, dass Kenzie manchmal an ihrer eigenen Klarsichtigkeit zweifelt.

Auf der einen Seite hat sie Colin und Jessica White, eine neue Familie mit einem Vater, der Faith ganz offensichtlich ehrlich liebt. Aber Kenzie bringt es kaum über sich, einem Mann das Sorgerecht für sein unmündiges Kind zuzusprechen, nachdem er einen so krassen Treuebruch begangen hat. Auf der anderen Seite steht Mariah White, die heute noch die emotionale Last aus der Vergangenheit mit sich herumschleppt – da ist Kenzie sich ganz sicher! – und sich selbst, Faith oder Kenzie etwas vorlügt. Wenn sie Faith in der Obhut ihrer Mutter belässt, muss sie das in Unkenntnis der ganzen Geschichte tun. Und doch ist auch für sie unübersehbar, dass Mariah White, die einstmalige verkörperte Unsicherheit, begonnen hat, sich ehrlich zu ändern. Außerdem ist offenkundig, dass Faith sehr an ihrer Mutter hängt. Aber ist es auch eine gesunde Beziehung, oder fühlt Faith sich berufen, sich um ihre Mutter zu kümmern, die ihrerseits nicht in der Lage ist, sich um sie zu kümmern?

Kenzie stellt ihr Weinglas ab und wartet, bis der Cursor am oberen linken Bildschirmrand erscheint. Sie schaltet den Rechner ab und betet um ein Wunder.

Einige trauernde Verwandte stehen am Bett der zweiundachtzigjährigen Mamie Richardson. Seit einem Schlaganfall in der vergangenen Woche liegt sie im Koma. Die Ärzte haben ihnen das große Ausmaß der Hirnschädigungen erklärt. Die Familie ist zusammengekommen, um gemeinsam die lebenserhaltenden Apparate abzustellen.

Mamies Tochter sitzt auf einer Seite des Bettes auf der Intensivstation, Mamies sechzigjähriger Ehemann auf der anderen. Er streichelt ihre altersfleckige Hand, als würde das Glück bringen, ohne die Tränen zu beachten, die einen kleinen nassen Fleck auf der Decke über Mamies dürren Beinen hinterlassen haben.

Die Tochter blickt auf den Arzt neben der Herz-Lungen-Maschine und dann auf ihren Vater. »Bist du soweit, Daddy?« Der ältere Mann nickt nur stumm.

Sie nickt dem Doktor zu und erstarrt, als sie plötzlich die schrille Stimme ihrer Mutter hört. »Isabelle Louise!«, ruft Mamie und setzt sich in ihrem Bett auf. »Was um alles in der Welt machst du da?«

»Mutter?«, haucht die jüngere der beiden Frauen atemlos.

»Mamie!«, ruft ihr Mann aus. »O Gott. Gott! Mamie!«

Die alte Frau reißt sich den Beatmungsschlauch aus der Nase. »Was ist das für ein Ding, an das du mich hast anschließen lassen, Albert?«

»Leg dich hin, Mutter. Du hattest einen Schlaganfall.« Die Tochter blickt zu dem Arzt auf, der erst schockiert einen Schritt zurückgewichen ist und jetzt ans Bett tritt, um Mamie zu untersuchen.

»Holen Sie eine Schwester«, befiehlt der Arzt dem Ehemann. Aber es dauert eine Weile, ehe dieser reagiert, weil er den Blick nicht losreißen kann von der Frau, die Jahrzehnte seines Lebens mit ihm geteilt hat und mit der auch ein großer Teil seiner selbst gestorben wäre. Dann hastet er mit der Energie eines viel jüngeren Mannes auf den Flur und ruft nach einer Krankenschwester, die zu seiner Frau kommen soll, in das Zimmer, das zufällig direkt über dem von Faith White liegt.

Mitten in der Nacht bewegt Faith einen Arm, der quer über meinem Gesicht landet. Die Kinderstation hält Betten für Eltern bereit, die bei ihren Kindern übernachten, aber ich habe es vorgezogen, mich zu Faith ins Bett zu legen, um sie beschützen zu können, um da zu sein, falls sie wieder Schmerzen hat.

Faith wälzt sich unruhig von einer Seite auf die andere, und ich drücke ihr einen Kuss auf die Stirn. Sofort zucke ich zurück – sie glüht, ist heißer, als ich es je an ihr erlebt habe. Ich greife an die Wand über dem Kopfende des Bettes und drücke den Rufknopf.

»Ja?«

»Meine Tochter hat Fieber.«

»Wir kommen sofort.«

Als die Schwestern kommen und Faith mit Thermometern und alkoholgetränkten Schwämmen traktieren, zeigt sie keinerlei Reaktion. Jede Bewegung der Schwestern wird von einer seltsamen Melodie begleitet; ich brauche einen Moment, um mir darüber klar zu werden, dass es sich um ein rhythmisches leises Stöhnen handelt, das tief aus Faith' Innerem kommt.

»Können Sie nicht Dr. Blumberg anpiepen?«

»Mrs. White«, sagt eine der Schwestern, »lassen Sie uns einfach unsere Arbeit tun, okay?«

Aber ich bin ihre Mutter, will ich antworten. Warum lassen Sie mich nicht die meine tun? »Neununddreißigfünf«, sagt eine der Schwestern leise.

39,5? Ich denke an Blutvergiftung, an spinale Meningitis, Krebs. Aber wenn es etwas Ernstes wäre, hätten das doch die Bluttests am Abend zeigen müssen, oder? Beispielsweise einen besonders hohen Anteil weißer Blutkörperchen? Aber wenn es nichts Ernstes war, was führte dann zu so hohem Fieber?

Ich will ihr nicht von der Seite weichen, aber ich weiß, dass ich eine Pflicht zu erfüllen habe. Ich verlasse das Zimmer und bitte darum, das Telefon der Schwesternstation benutzen zu dürfen. In Faith' Zimmer drängen sich inzwischen zu viele Leute, als dass ich in Ruhe von dem Apparat an ihrem Bett aus anrufen könnte. Ich krame in meiner Handtasche und falte einen kleinen grünen Zettel mit einer Telefonnummer auseinander. »Jessica, hier spricht Mariah White«, sage ich gepresst. »Würden Sie Colin sagen, dass Faith' Zustand sich verschlechtert hat?«

Als Malcolm Metz seine Kanzlei betritt, nachdem ihn Elkland mit tausend Entschuldigungen aus dem Bett geholt hat – sie hatte Bereitschaft, als Colin White wie ein wildgewordener Stier in die Lobby gestürmt ist –, ist sein Haar noch nass von der Dusche, und seine Augen sind blutunterlaufen. Er ist stinksauer deswegen, weil er an Prozesstagen gerne möglichst gut aussieht. So wie die Dinge aber stehen, wird er bei der Verhandlung, die in fünf Stunden beginnt, so aussehen, als hätte er die Nacht durchgefeiert. Beim Anblick seines Mandanten bleibt er wie angewurzelt stehen. Colins Haar steht wild von seinem Kopf ab, und das Sakko sieht aus, als hätte er darin geschlafen ... und ist das Blut da am Ärmel?

»Heiland«, sagt Metz. »Sie sehen ja noch schlimmer aus als ich.«

»Also«, beginnt Colin, ohne seinen Anwalt eines Blickes zu würdigen. »Es geht um Folgendes: Sie hat Schmerzen. Sie liegt in einem gottverdammten Krankenhaus. Und egal, was Sie sagen, die Leute hören sehr wohl auf das, was im Fernsehen gesagt wird, und es wird auch den Standpunkt des Richters beeinflussen. Denken Sie nur an diesen Kindermädchen-Prozess in Boston! Ich bezahle Ihnen einen Riesenberg Kohle, damit Sie den Fall für mich gewinnen. Und ich sage Ihnen, es geschieht mit ihr zu Hause, Malcolm. Ich habe es mit eigenen Augen gesehen. Irgendetwas oder irgendjemand dort macht sie krank.«

»Moment, langsam«, unterbricht Metz. »Wer ist krank? Wer ist im Krankenhaus?«

Colin sieht ihn an, als hätte er den Verstand verloren. »Faith natürlich.«

Metz' Augen weiten sich. »Faith liegt im Krankenhaus?«

»Sie hat gestern Abend angefangen zu bluten. Es ist vor meinen Augen passiert. Sie stand nur da und ganz plötzlich ...« Er schüttelt den Kopf. »Gott, ich kann nur hoffen, dass sie mehr für sie tun können, als sie mit Medikamenten gegen die Schmerzen vollzupumpen. Ich meine ... man blutet doch nicht einfach so, das muss doch einen Grund haben.«

Metz hebt eine Hand. »Ihre Tochter ist im Krankenhaus«, stellt er noch einmal fest.

»Ja.«

»Sie ist unter Beobachtung.«

»Richtig.«

Ein Lächeln erhellt Metz' Züge. »Gott, das ist einfach perfekt.« Als er Colins mörderischen Blick sieht, fährt er eilig fort. »Wir haben uns in Ihrem Fall eine neue Taktik überlegt, Colin, und zufällig passt Faith' Krankenhauseinweisung exakt ins Bild.« Während Elkland Colin das Münchhausen-Syndrom erläutert, denkt Metz an seinen Eilantrag, den der Richter aus Daffke abgelehnt hat, der sich aber spätestens jetzt als Geniestreich erweisen wird. »Stellen Sie sich Folgendes vor: Wir betreten heute Morgen das Gericht und stellen einen Dringlichkeitsantrag, in dem wir Rothbottam eindringlich bitten, Faith aus dem Einflussbereich ihrer Mutter zu entfernen, weil sie in akuter Lebensgefahr schwebt. Als wir diesen Antrag das erste Mal gestellt haben, hat er geglaubt, wir würden bluffen, und sie bei ihrer Mutter gelassen. Aufgrund seiner falschen Entscheidung liegt das Kind jetzt im Krankenhaus. Ich werde ihm darlegen, worum es sich beim Münchhausen-Syndrom handelt, und ihm erklären, dass mein Gutachter die Dringlichkeit unseres Antrages bestätigen wird. Anschließend beantrage ich einen richterlichen Beschluss, wonach Mariah sich von Faith fernzuhalten hat. Der Richter wird sich so schuldig fühlen wegen des ersten abgelehnten Antrags, dass er mir aus der Hand fressen wird.«

Colin funkelt ihn böse an. »Von diesem Münchhausen-Dingsda habe ich noch nie etwas gehört.«

Metz grinst selbstzufrieden. »Hatte ich auch nicht. Aber wenn die Anhörung erst vorbei ist, werden wir beide Experten auf diesem Gebiet sein.«

Er schüttelt den Kopf. »Ich weiß nicht, Malcolm. Mariah ... na ja, sie mag ja manchmal etwas ichbezogen sein, aber sie würde Faith niemals willentlich wehtun.«

Elkland beißt sich auf die Unterlippe. »Mr. White, nach allem, was ich gelesen habe, gehört das zur Symptomatik dieser psychischen Störung: Man erweckt den Anschein eines perfekten, besorgten Elternteils und macht dabei allen etwas vor.«

»Ich habe gestern Abend nur einen halben Meter von Faith entfernt gestanden und gesehen, wie sie spontan zu bluten angefangen hat«, sagt Colin langsam. »Sie hat sich nicht selbst verletzt, sie hat überhaupt nichts angefasst ... und Mariah stand sogar noch weiter von ihr weg als ich. Und doch behaupten Sie, sie hätte ... hätte ...«

Metz schüttelt den Kopf. »Es geht nicht darum, was ich denke, oder was Sie denken, Colin. Viel wichtiger ist, was der Richter denken soll.«

Kenzie ist an ihrem Laptop eingeschlafen und fährt erschrocken aus dem Schlaf hoch, als das Telefon klingelt. »Ms. van der Hoven«, sagt eine samtweiche Stimme, als sie abnimmt.

Sogar in ihrer schlafbedingten Benommenheit erkennt sie sofort die Stimme von Malcolm Metz. »Sie sind aber früh auf.«

»Fünf Uhr – die beste Zeit des Tages.«

»Wenn Sie es sagen.«

Metz lacht in sich hinein. »Ich nehme an, Sie haben Ihren Bericht bereits abgeschickt.«

Entmutigt blickt Kenzie auf den leeren Bildschirm.

»Ich nehme an, Sie haben ihn dem Richter gestern Abend gefaxt, damit er ihn vor der heutigen Verhandlung lesen kann. Aber ich fühle mich verpflichtet, Sie vor Beginn der eigentlichen Verhandlung von etwas in Kenntnis zu setzen.«

»Und das wäre, Mr. Metz?«

»Faith White wurde gestern Abend ins Krankenhaus eingeliefert.«

Kenzie richtet sich abrupt auf. »Was sagen Sie da?«

»Soweit ich von meinem Mandanten erfahren habe, hat sie wieder angefangen zu bluten, und diesmal ist ihr Zustand schlechter als beim letzten Mal.«

»O mein Gott. Wer ist jetzt bei ihr?«

»Ihre Mutter, nehme ich an.« Er zögert kurz, ehe er fortfährt. »Aber ich wollte Sie wissen lassen, dass ich einen Dringlichkeitsantrag stellen werde, um sie mit sofortiger Wirkung von ihrer Mutter zu trennen. Ich werde den Richter um eine Verfügung ersuchen, die Mariah White jeden Kontakt zu ihrer Tochter verbietet. Ich habe Grund zu der Annahme, dass niemand anders als Mariah White Faith' Symptome künstlich herbeiführt.«

»Haben Sie dafür Beweise?«, fragt Kenzie.

»Ich bin zu dem Schluss gekommen, dass Mrs. White an einer bestimmten psychischen Störung leidet. Ich habe den Fall mit einem Experten besprochen, der meine Meinung teilt.«

»Ich verstehe nicht.«

»Das werden sie noch. Ich dachte nur, Sie wären vielleicht gerne vorab informiert«, sagt Metz und legt dann auf.

Kenzie schaltet ihren Computer ein und wartet, dass der Bildschirm zum Leben erwacht. Sie zuckt zusammen, als er anspringt – zu viel Energie auf einmal. Sie beginnt, wie wild zu tippen, in der Hoffnung, Gelegenheit zu haben, Faith noch vor der Verhandlung zu besuchen, in der

Hoffnung, wenn tatsächlich ein himmlisches Wesen über Faith wacht, dass es ihr in einen Krankenwagen, ein Krankenhaus und ein neues, sicheres Zuhause folgen kann.

»Meine Empfehlung lautet dahingehend, das Sorgerecht für Faith White dem leiblichen Vater zu übertragen«, schreibt sie.

KAPITEL 14

Anderen hat er geholfen,
sich selbst kann er nicht helfen.

Matthäus 27,42

3. Dezember 1999 – Morgen

ALS FAITH NOCH ein Baby war und Mariah immer noch staunte, ein Baby an ihrer Seite schlafen oder an ihrer Brust saugen zu sehen, war Mariah manchmal von panischer Angst befallen worden. Jahre erstreckten sich vor ihr wie rote Straßen auf einer Karte, angefüllt mit Gefahren und Irrtümern. Faith' Leben war damals noch ein unbeschriebenes Blatt, heil und ohne Narben. Und an Mariah lag es, diesen Zustand zu erhalten.

Sie erkannte sehr bald, dass sie diese Aufgabe nie ohne ein Gefühl der Unzulänglichkeit würde ausfüllen können. Wie sollte sie sich auch nur im Entferntesten als qualifizierte Mutter betrachten in dem Bewusstsein, dass sie selbst ebenso mit Makeln behaftet war wie ihr Baby perfekt? Von einem Augenblick zum anderen konnte etwas passieren – ein Erdbeben, ein Grippevirus, ein Schnuller, der in den Rinnstein fiel. Sie schaute in das Gesichtchen ihrer Tochter und sah alle erdenklichen Unfälle, die sich ereignen konnten. Aber dann klärte sich ihr Blick, und sie sah nur noch Liebe, einen Quell der Liebe, unergründlich und so furchterregend, dass man unwillkürlich die Luft anhielt, wenn man in ihn hinabschaute.

Faith bewegt sich im Schlaf, und Mariah dreht sich sofort zu ihr herum. Wie von ganz allein tastet sich Faith' bandagierte Hand über die Decke des Krankenhausbettes und schiebt sich unter Mariahs. Bei dieser Berührung beruhigt Faith sich sofort und entspannt.

Plötzlich fragt sich Mariah, ob Augenblicke wie dieser eine gute Mutter ausmachen: die Erkenntnis, dass man, wie sehr man sich auch bemüht, nicht in der Lage sein wird, sein Kind vor Tragödien, Fehltritten oder Albträumen zu bewahren. Vielleicht ist es ja gar nicht die Aufgabe einer Mutter, zu behüten, sondern da zu sein, wenn ein Kind einen harten Sturz erleidet ... um anschließend die Auswirkungen des Falls zu mildern.

Mariah hat die Hände ganz fest auf den Mund gedrückt. Sie muss sie dort belassen, um nicht in unkontrolliertes Schluchzen auszubrechen oder eine der wohlmeinenden Krankenschwestern wütend von ihrer Tochter wegzujagen.

»Ich verstehe das nicht«, sagt Millie ruhig, die neben Mariah ein paar Schritte von Faith' Bett entfernt steht. »Sie ist doch noch nie so krank gewesen. Vielleicht liegt es gar nicht an den Blutungen; vielleicht hat sie sich zusätzlich einen Virus eingefangen.«

»Es ist kein Virus«, sagt Mariah tonlos. »Sie stirbt.«

Millie blickt verdattert zu ihr auf. »Wie um alles in der Welt kommst du denn auf so was?«

»Sieh sie doch an!«

Faith' Gesicht ist so bleich, dass es sich kaum vom Kopfkissen abhebt. Ihre immer noch blutenden Hände stecken noch in denselben dicken Verbänden. Das Fieber ist auf vierzig Grad gestiegen, trotz der kalten Wadenwickel, der Waschungen mit Franzbranntwein und soundsoviel Milligramm Tylenol und Advil, die ihr intravenös verabreicht wurden. Sie anzusehen macht Mariah nervös. Sie starrt wie gebannt auf jede noch so leichte Bewegung von Faith' Nasenflügeln, zählt verstohlen ihre kaum wahrnehmbaren Atemzüge.

Millie schürzt die Lippen und tauscht Faith' Zimmer gegen die vergleichsweise friedliche Ruhe draußen am Empfang. »Hat Colin sich schon gemeldet?«, fragt sie, da die Telefone in Faith' Zimmer abgestellt wurden, damit sie nicht gestört wird.

»Nein, Mrs. Epstein«, antwortet die Schwester. »Ich gebe Bescheid, sobald er angerufen hat.«

Anstatt in Faith' Zimmer zurückzugehen, wandert Millie den Flur hinunter. Schließlich bleibt sie stehen und bedeckt das Gesicht mit den Händen.

»Mrs. Epstein?«

Hastig wischt sie sich die Tränen aus dem Gesicht und sieht Dr. Blumberg vor sich stehen. »Beachten Sie mich gar nicht«, sagt sie schniefend.

Seite an Seite steuern sie langsam die Tür zu Faith' Zimmer an. »Irgendeine Veränderung seit gestern Abend?«

»Nicht, dass ich wüsste«, entgegnet Millie und bleibt auf der Schwelle stehen. »Ich mache mir Sorgen um Mariah. Vielleicht könnten Sie ja mit ihr reden.«

Dr. Blumberg nickt und betritt das Zimmer. Mariah hebt den Blick gerade so weit, um zu sehen, dass die Krankenschwestern eilig das Zimmer verlassen. Der Arzt zieht sich einen Stuhl heran. »Wie geht es Ihnen?«

»Ich würde mich lieber über Faith unterhalten.«

»Nun, ehrlich gesagt weiß ich nicht, was ich im Augenblick für sie tun könnte. Was allerdings Sie betrifft ... Möchten Sie vielleicht etwas haben, das Ihnen hilft, etwas zu schlafen?«

»Ich möchte, dass Faith aufwacht und mit mir nach Hause kommt«, antwortet sie bestimmt und starrt dabei auf Faith' Ohrmuschel. Manchmal, als Faith noch ein Baby war, hatte Mariah durch die durchscheinende Haut das Blut in den Adern des Babys beobachtet und sich eingebildet, sogar die Blutplättchen und Zellen sehen zu können, die Energie, die in diesem winzigen Körper kursierte.

Dr. Blumberg lässt die verschränkten Hände zwischen den Knien herabbaumeln. »Ich weiß nicht, was mit ihr los ist, Mariah. Ich werde heute morgen weitere Laboruntersuchungen durchführen lassen. Ich werde mein Möglichstes tun, damit sie wieder gesund wird, das schwöre ich Ihnen.«

Mariah starrt den Doktor an. »Wollen Sie wissen, was mit ihr los ist? Sie stirbt. Wie kommt es, dass ich das auch ohne Medizindiplom erkennen kann?«

»Sie stirbt nicht. Wenn es so wäre, würde ich es Ihnen sagen.«

Mariah blickt eindringlich auf Faith' Gesicht, auf die blauen Schatten unter ihren Augen, die Rundung ihrer kleinen Nase. Sie beugt sich zu ihr, so nah, dass nur Faith sie hören kann. »Lass mich bloß nicht im Stich«, flüstert sie. »Wag es ja nicht. Das hast du all die Jahre nicht getan, also tu es auch jetzt nicht.«

»Mariah, Liebes, wir müssen zum Gericht.« Millie tippt auf ihre Armbanduhr. »Zehn Uhr.«

»Ich gehe nicht hin.«

»Du hast gar keine andere Wahl.«

Mariah wirbelt so schwungvoll herum, dass ihre Mutter erschrocken einen Schritt zurückweicht. »Ich werde nicht gehen. Ich werde sie nicht allein lassen.« Sie streichelt Faith' Wange. »Ich habe sehr wohl die Wahl.«

Das einzige Zugeständnis von Joan Standishs Seite an die Tatsache, dass sie dem berühmt-berüchtigten Malcolm Metz im Gerichtssaal gegenübertreten muss, sind fünfzehn Minuten zusätzliches Po-Training im Rahmen ihrer täglichen Gymnastik gewesen. Sie macht ihre Übungen zwischen Zähneputzen und Frühstückskaffee, eine anspruchsvolle Folge von Kniebeugen, Sprüngen und Hantelübungen, nach denen sie hellwach und schweißnass ist. Sie stellt sich dabei gerne Metz vor, malt sich aus, wie er auf ihren Po starrt, nachdem sie den Fall gewonnen hat und hüftenschwingend den Flur des Gerichts hinunterstolziert.

Auch am Morgen der Verhandlung macht sie ihre Übungen, duscht anschließend und nimmt ein rotes Wollkostüm aus ihrem Schrank. Es ist konservativ geschnitten, aber die Farbe ist auffällig, und sie ist gewillt, jeden Trumpf auszuspielen, um die Aufmerksamkeit aller Anwesenden von Malcolm Metz abzulenken.

Irgendwann bei einer Schüssel Mini Cinis fällt ihr ein, dass sie noch tanken muss. Joan lobt sich selbst dafür, dass sie alles so gut im Griff hat; vielleicht verspätet Metz sich gerade um zehn Minuten, weil er vergessen hat, den Wagen aufzutanken. Sie wäscht sich die Hände, wobei sie darauf achtet, ihr Kostüm nicht nass zu spritzen, und greift dann nach dem Aktenkoffer, den sie schon am Vorabend gepackt hat.

Zwanzig Minuten vor der Zeit verlässt sie das Haus. Es

kann nie schaden, etwas früher da zu sein. Und so hört sie nicht mehr, wie das Telefon läutet, kurz nachdem die Wohnungstür hinter ihr zugefallen ist.

Joan fühlt, wie die Pyramide der Ruhe und Gelassenheit, die sie um ihr Anwalts-Ich herum errichtet hat, zu bröckeln beginnt, als Millie Epstein ihr sichtlich erregt entgegeneilt. »Sagen Sie mir, dass Mariah nur auf der Toilette ist«, sagt Joan angespannt.

»Im Krankenhaus. Ich habe versucht, Sie anzurufen, aber Sie waren wohl schon weg.«

»Was?«

»Nicht, was Sie denken«, fährt Millie hastig fort. »Es geht um Faith. Sie ist schwer krank, und Mariah hat sich geweigert, sie allein zu lassen.«

»Gottverdammt«, flucht Joan, als Malcolm Metz nebst Colin und einer jungen Kollegin auf den Tisch des Klägers zusteuern.

»Joan«, sagt Metz freundlich. »Einen Witz: Was ist der Unterschied zwischen einem Anwalt und einem Wels?«

»Nicht jetzt.« Joan nimmt am Rande wahr, dass der Zuschauerraum, der normalerweise bei Sorgerechtsverhandlungen leer ist, bis auf den letzten Platz besetzt ist mit Medienvertretern.

»Der eine ist ein hässlicher Schlammfresser und der andere nur ein Fisch«, fährt Metz unbeirrt fort.

»Beziehen Sie das auf sich selbst, Malcolm«, erwidert Joan und nimmt ihre Akten aus der Tasche.

»Erheben Sie sich bitte für den Ehrenwerten Richter A. Warren Rothbottam!«

Joan steht auf und hebt den Blick im allerletzten Moment. Richter Rothbottam blättert flüchtig in der Akte vor ihm auf dem Richtertisch und blickt dann vom Tisch des Klägers zu jenem des Beklagten. »Ms. Standish. Fehlt Ihnen etwas?«

»Meine Mandantin, Euer Ehren. Darf ich vortreten?«

Rothbottam seufzt. »Ich wusste doch, dass dieser Fall nicht ohne Komplikationen abgehen wird. Kommen Sie, treten Sie vor.«

Metz baut sich neben Joan auf, auf dem Gesicht den Ausdruck eines Katers, der eben eine Schale Sahne geschleckt hat. »Euer Ehren«, beginnt Joan. »Es ist ein schrecklicher Notfall eingetreten. Die Tochter meiner Mandantin wurde gestern Abend ins Krankenhaus eingewiesen, und Mrs. White wollte sie unter keinen Umständen alleine lassen. Ich beantrage eine Vertagung, bis das Mädchen aus der Klinik entlassen wird.«

»Im Krankenhaus?« Rothbottam wirft einen Blick auf Metz, der mit einem Nicken den Tatbestand bestätigt. »Liegt sie im Sterben?«

»Das glaube ich nicht«, antwortet Joan. »Soweit ich weiß, leidet Faith an medizinisch unerklärlichen Blutungen.«

»Sogenannten Stigmata«, wirft Metz ein.

»Diese Diagnose haben die Ärzte noch nicht eindeutig gestellt«, entgegnet Joan knapp.

»O ja, richtig. Es könnte ja etwas noch Schlimmeres sein.«

Rothbottam wirft ihm einen bösen Blick zu. »Wenn Erklärungsbedarf meinerseits besteht, werde ich mich vertrauensvoll an Sie wenden, Mr. Metz.« Er richtet das Wort wieder an Joan. »Ich gehe davon aus, dass das Mädchen sich in einem kritischen Zustand befindet?«

»Ich ... ich glaube ja, Euer Ehren.«

»Ich verstehe. Trotzdem hat der Vater des Kindes sich

herbemüht, und das Gleiche erwarte ich auch von der Mutter. Und glauben Sie ja nicht, ich würde nicht durchschauen, wenn Sie mir einen Engel der Barmherzigkeit vorführen wollen. Mein Terminplan platzt bis Weihnachten aus allen Nähten. Ich lehne den Antrag auf Vertagung ab. Sie haben zwanzig Minuten Zeit, Ihre Mandantin herzuschaffen, sonst schicke ich den Sheriff ins Krankenhaus und lasse sie zwangsvorführen. Die Verhandlung wird um halb elf fortgesetzt.«

»Bevor sie geht, um Ihre Mandantin zu holen, Euer Ehren«, meldet Metz sich zu Wort. »Ich brauche einen richterlichen Beschluss.«

»Was Sie nicht sagen«, entgegnet der Richter trocken.

»Euer Ehren, Zeit ist im vorliegenden Fall ein wichtiger Faktor, und ich brauche noch heute Morgen eine Entscheidung in einer Angelegenheit, die über Leben und Tod des Mädchens entscheiden kann.«

»Was zum Teufel soll das?« ereifert sich Joan. »Ein Dringlichkeitsantrag? Jetzt?«

Metz bleckt in einem kalten Lächeln die Zähne. »Darum heißt es ja *Dringlichkeitsantrag*, Joan.«

»Das reicht«, verkündet Rothbottam. »Ich möchte Sie beide in meinem Zimmer sprechen. Jetzt gleich.«

Joan geht zurück an den Tisch der Verteidigung, um ihr Notizbuch zu holen. Als sie sieht, wie der Richter den Saal verlässt, eilt sie nach draußen auf den Flur und winkt Millie, die als Zeugin von der Verhandlung ausgeschlossen ist, sich aber nicht zu weit vom Gerichtssaal entfernen darf. »Tun Sie alles, was in Ihrer Macht steht, um sie herzuholen«, zischt Joan ihr zu. »Sie sollte besser hier sein, wenn ich aus dem Richterzimmer komme, sonst wird sie von der Polizei zwangsvorgeführt.«

Als Joan das Richterzimmer betritt, hat Metz bereits in

dem bequemeren der beiden Besuchersessel Platz genommen. Rothbottam wartet, bis auch Joan sich gesetzt hat. »Malcolm, was soll das? Wir sind hier nicht in Manchester. Und das hier ist auch nicht New York City. In meinem Gerichtssaal werden Sie nicht Ihren üblichen Zirkus veranstalten. Das hier ist New Canaan, mein Junge. Großartige Auftritte werden Ihnen hier nichts bringen.«

»Euer Ehren, es geht hier nicht nur darum, die Gegenpartei auszustechen. Ich brauche einen richterlichen Beschluss, der Mariah White den Kontakt zu ihrer Tochter verbietet.«

Joan lacht. »Machen Sie sich nicht lächerlich, Malcolm.«

»Euer Ehren, ich werde diesen beleidigenden Einwand der gegnerischen Anwältin ignorieren. Ich war schon besorgt genug, als Faith' Verletzungen sich auf ihre Hände beschränkten, aber inzwischen hat die Situation sich zugespitzt: Das Kind liegt in kritischem Zustand im Connecticut Valley Medical Center. Wir waren so frei, einen Experten einzuschalten, der sich in eben diesem Moment auf dem Weg von der Westküste hierher befindet und erklären wird, warum Mariah White die typischen Eigenarten einer Person aufweist, die am Münchhausen-Syndrom leidet – eine psychische Krankheit, die sie dazu veranlasst, ihre eigene Tochter zu verletzen.«

Joans Augen verengen sich; sie spürt, dass hier etwas faul ist. Sie ist schlau genug, um zu wissen, dass Metz eine solche Strategie nicht über Nacht aus dem Hut zaubern würde. Das heißt, er hat sich schon länger damit befasst, jedenfalls lange genug, um einen Gutachter einzuschalten. Dieser Überraschungszeuge ist gar keiner – wenigstens nicht für Metz.

Der aber steht mit Unschuldsmiene da, erfüllt von selbstgerechtem Eifer. »Hierbei handelt es sich um ein sehr komplexes Leiden. Die Mutter macht ihr Kind psychisch oder körperlich krank, um Aufmerksamkeit zu erregen. Verbleibt das Kind in der Obhut der Mutter, weiß Gott allein, wie das enden wird. Lähmung, Koma, möglicherweise sogar Tod. Zweifellos wird dieser Aspekt Einfluss darauf haben, wem letztendlich das Sorgerecht endgültig zugesprochen wird, aber bis zu dieser Entscheidung bitte ich Sie, Euer Ehren, Faith durch einen richterlichen Beschluss zu schützen, der es Mrs. White verbietet, sich ihrer Tochter bis zum Ende des Prozesses zu nähern.«

Joan wartet, bis er ausgeredet hat, um dann laut aufzulachen. »Es kann nicht in Ihrem Sinne sein, dass er damit durchkommt, Euer Ehren!«

Metz gönnt ihr nicht einmal einen Blick. »Urteilen Sie selbst anhand der Beweise, Euer Ehren. In der Psychiatrie wird das Münchhausen-Syndrom in der Regel dadurch diagnostiziert, dass man Mutter und Kind trennt. Hat die Mutter keinen Zugang mehr zu ihrem Kind, ist dieses plötzlich nicht mehr ständig krank.« Er lehnt sich weiter vor. »Was haben Sie zu verlieren, Euer Ehren? Von dieser Entscheidung können nur alle profitieren. Leidet Mariah White nicht am Münchchausen-Syndrom ... nun, Faith ist sowieso im Krankenhaus und in guten Händen. Leidet Mrs. White aber tatsächlich an dieser psychischen Störung, retten Sie dem Kind das Leben. Was kann es schaden, einen vorübergehenden Beschluss zu erlassen, bis Sie die Aussage meines Gutachters gehört und sich selbst ein Bild gemacht haben?«

Richter Rothbottam wendet sich Joan zu. »Haben Sie etwas dazu zu sagen, Standish?«

Sie blickt von Metz zum Richter. »Das ist Quatsch, Euer Ehren. Erstens hat meine Klientin – anders als Mr. Metz' Mandant, der ganz offensichtlich seine eigenen Interessen allem voranstellt – es vorgezogen, dem Gericht fernzubleiben, weil ihre Tochter sie braucht. Das spricht für sie und sollte nicht mit einem Besuchsverbot bestraft werden. Zweitens versucht Mr. Metz mit dieser Taktik nur, von der aufopferungsvollen Liebe meiner Mandantin zu ihrem Kind abzulenken. Ich weiß nicht, worum es sich bei diesem Syndrom handelt; ich weiß nicht einmal, wie man es schreibt. Diese Verhandlung beginnt in weniger als einer halben Stunde, und ich bin bereit, und dann schüttelt Mr. Metz plötzlich diese obskure klinische Diagnose aus dem Ärmel – ich kann mich im Übrigen nicht erinnern, dass er Psychologie studiert hätte –, und ich brauche Zeit, um diesen Punkt zu recherchieren und entsprechend Stellung beziehen zu können.«

»M-Ü-N...«, beginnt Metz langsam zu buchstabieren.

»Sie können mir mal im Mondschein begegnen.«

Mit gespielter Entrüstung hebt er beschwichtigend die Hände. »Ich wollte nur behilflich sein.«

»Ich bin noch nicht fertig, Metz.« Sie wendet sich wieder dem Richter zu. »Er kann nicht aus heiterem Himmel am Tag – nein, falsch – in der Minute, da der Prozess beginnt, einen neuen Zeugen aus dem Hut zaubern. Das ist nicht fair.«

Rothbottam richtet das Wort an Metz. »Wenn Sie auf das ganze Theater verzichten, das Sie zweifellos bei Ihren Zeugenvernehmungen vorgesehen haben, wie lange werden wir dann schätzungsweise brauchen, um Ihre anderen Zeugen zu hören?«

»Ich weiß nicht genau. Möglicherweise bis morgen.«

Der Richter denkt einen Moment darüber nach. »Also gut. Ich werde eine einstweilige Verfügung erlassen. Lassen Sie uns improvisieren. Wir fangen mit dem Prozess an, und Sie, Mr. Metz, rufen Ihren Münchhausen-Gutachter als letzten auf. Hiernach setzen wir uns noch einmal zusammen und besprechen, ob Ms. Standish zusätzliche Zeit benötigt, um ihr Kreuzverhör vorzubereiten.«

»Ich denke, es wäre nützlich, wenn alle die Aussage des Experten vorab hören würden ...«

»Sie können von Glück sagen, dass ich diesen Gutachter überhaupt als Zeugen zulasse. Basta. Wir machen es so, wie ich gesagt habe. Diese Lösung gefällt mir: Das Kind ist sicher, Joan bekommt wenigstens einen Tag, um sich vorzubereiten, und was Sie davon halten, Mr. Metz, interessiert mich offen gestanden nicht die Bohne.« Der Richter lässt die Fingerknöchel knacken und zeigt auf die Tür. »Sollen wir?«

Früh an diesem Morgen betritt Vater MacReady Faith' Zimmer. Er verweilt einen Moment auf der Schwelle beim Anblick von Faith, die an Infusionsschläuche angeschlossen unnatürlich still daliegt, und Mariah, die den Unterarm ihrer Tochter hält und offenbar eingedöst ist. Vielleicht ist das nicht der richtige Zeitpunkt für einen Besuch; er hat gerade erst von einem Kirchgänger erfahren, dass das Mädchen am Vorabend mit dem Krankenwagen eingeliefert wurde, und wollte nach ihr sehen. Leise will er sich zurückziehen, aber das Quietschen seiner Stiefelsohlen auf dem Linoleum lässt Mariah aus dem Schlaf hochschrecken.

»Oh«, sagt sie mit rauer Stimme und räuspert sich. Als sie den Besucher erkennt, reagiert sie ärgerlich. »Was wollen Sie denn hier?«

Vater MacReady zählt zwei und zwei zusammen; offenbar glaubt Mariah aus irgendeinem Grund, er wäre hergekommen, um Faith die letzte Ölung zu verabreichen. Dazu würde es niemals kommen, da Faith gar nicht katholisch war, aber das hatte ihn ja auch nicht davon abgehalten, sich in der Vergangenheit in ihr Leben einzumischen. Er setzt sich neben Mariah auf einen freien Stuhl. »Ich bin als Freund gekommen und nicht als Priester«, erklärt er sanft.

Er blickt auf Faith' kleines spitzes Gesicht – viel zu jung, um eine solche Kontroverse auszulösen. »Wieder ihre Hände?«

Mariah nickt. »Und diesmal hat sie dazu noch Fieber. Und ist dehydriert. Und dann das Schreien und die Anfälle.« Sie fährt sich mit den Händen über das Gesicht. »Es war schlimmer als beim ersten Mal, viel schlimmer.«

»Anfälle?«

Mariah schauert. »Colin und ich ... wir konnten sie zusammen kaum bändigen. Das erste Mal, als es dazu kam, war sie bewusstlos. Aber diesmal ... diesmal hatte sie schreckliche Schmerzen.«

Vater MacReady streicht Faith sanft mit der Handfläche über die Wange. *»Eli, Eli, lema sabachtani ..«*, murmelt er.

Mariah ist wie vom Donner gerührt. »Was haben Sie da gesagt?«

Überrascht wendet der Priester sich ihr zu. »Das ist Hebräisch ...«

Mariah denkt daran zurück, wie Faith am Vorabend nach Eli gerufen hat. Bei den anderen fremd klingenden Silben ist sie sich nicht sicher, aber es könnten die Worte gewesen sein, die Faith außerdem gestöhnt hat. Sie erzählt dem Priester davon.

»Das ist ein Bibelvers«, erklärt dieser ihr. »Matthäus siebenundzwanzig sechsundvierzig.«

»Faith spricht nicht Hebräisch.«

»Aber Jesus hat es gesprochen. Das war seine Muttersprache. Die Worte bedeuten: ›Mein Gott, mein Gott, warum hast du mich verlassen?‹ Der heilige Matthäus erzählt uns, dass Christus seinem Tod nicht mit Frieden im Herzen begegnet ist. Im letzten Moment wollte er wissen, warum Gott ihm diese Bürde auferlegt hat.« Er zögert, ehe er Mariah ansieht. »Die Blutungen, die Schmerzen, dieser Vers ... das klingt ganz danach, als hätte Faith sich in Ekstase befunden.«

»Agonie wäre wohl zutreffender.«

»Ich verwende diesen Begriff nicht so, wie Sie ihn vermutlich verstehen. Die meisten echten Stigmatisierten haben Phasen religiöser Ekstase erlebt. Ohne diese Ekstase wäre es nur eine unerklärliche Blutung an den Händen.« In diesem Moment bewegt Faith sich im Schlaf, die Bettdecke verrutscht, und die Wunde an ihrer Seite wird sichtbar. Vater MacReady holt tief Luft. »Das auch?« Als Mariah nickt, ist ihm bewusst, dass er über das ganze Gesicht strahlt, eine Reaktion, die kaum angebracht ist angesichts des Ernstes der Lage. Aber die Wunde an Faith' rechter Seite befindet sich ziemlich genau an der Stelle, an der Jesus von der Lanze des römischen Soldaten verletzt wurde. Allein bei dem Gedanken wird ihm ganz schwummerig.

Er reißt sich zusammen und besinnt sich auf seine Pflichten als geistlicher Beistand. »Mariah, Faith spürt nicht ihre eigenen Schmerzen. Nach allem, was Sie mir erzählt haben, denke ich, dass sie die Schmerzen nachempfunden hat, die Jesus am Kreuz ertragen musste.«

»Warum sie?«

»Warum er?«, entgegnet Vater MacReady leise. »Wir wissen nicht, warum Gott uns seinen einzigen Sohn geschickt hat, um ihn dann für unsere Sünden sterben zu lassen. Und wir wissen nicht, warum Gott manche Menschen die Passion Christi nachempfinden lässt, während andere diese nicht einmal zu begreifen in der Lage sind.«

»Passion«, zischt Mariah. »Ekstase. Wer sich das als Beschreibung hat einfallen lassen, hat diese Qualen jedenfalls nicht selber durchgemacht.«

»Passion ist abgeleitet vom lateinischen *passio*, was bedeutet ›leiden‹.«

Mariah wendet sich ab von Vater MacReadys ehrlicher Überzeugung. *Passion.* Sie wiederholt das Wort leise für sich und denkt an Ian, Colin, Faith, fragt sich, ob Liebe – ob irdischer oder göttlicher Natur – eigentlich immer mit Leid verbunden sein muss.

Als die Krankenschwestern kommen, um Faith wieder zum Röntgen zu bringen, verabschiedet Mariah sich von dem Priester. Ihr ist ziemlich gleichgültig, was aus Vater MacReady wird. Es ist ihr gleich, ob Faith eigene Schmerzen spürt oder jene von Jesus. Sie will nur, dass sie aufhören.

Faith sitzt in einem Rollstuhl und nickt immer wieder ein. Mariahs Hand liegt auf ihrer Schulter, als die Schwester sie in den Fahrstuhl schiebt. Im dritten Stock verlassen sie den Fahrstuhl wieder und warten auf dem Flur, während die Schwester nachfragt, in welchen Raum sie sich begeben sollen.

Während sie noch auf dem Korridor sind, wird ein Mann auf einer Trage eilig vorbeigeschoben. Die Trage ist von einer Traube von Ärzten umgeben, die auf dem Weg zur Intensivstation ihr Möglichstes tun, um den Patienten am Leben zu halten. Mariah hört die Ärzte nach einem Defibrillator und OP 3 rufen und erschauert bei der Erinnerung an den Herzanfall ihrer Mutter. Die Hand des Mannes hängt kraftlos von der Trage herab und streift Faith' Knie, als er vorbeigerollt wird.

Aber Faith, die leise vor sich hinstöhnt, scheint nichts davon zu merken.

»Mariah.«

Als sie nicht antwortet, packt Millie sie bei den Schultern und schüttelt sie. »Hast du überhaupt ein Wort von dem mitbekommen, was ich gesagt habe?«

»Fahr zurück, Ma. Ich versuche, später nachzukommen.«

»Du verstehst nicht. Wenn du nicht aufstehst und mitkommst, wird die Polizei dich gewaltsam hier wegholen.« Millie beugt sich über sie. »Wenn du nicht zum Prozess kommst, wird man *Colin das Sorgerecht für Faith zusprechen.*«

Dieser eine Satz dringt bis zu ihr durch. »Das darf nicht sein«, sagt sie und steht langsam auf. »Es darf einfach nicht sein.«

Millie seufzt erleichtert auf bei diesem ersten bescheidenen Erfolg ihrer Bemühungen. Mit der selbstverständlichen Geste einer Mutter legt sie Mariah den Mantel über die Schultern. »Dann tu etwas dagegen.«

»Macht Schluss.« Dr. Urquhart seufzt. Im OP 3 streift sich der Herzchirurg die Handschuhe mit der Innenseite nach außen von den Händen, um das Blut aus der Brust seines Patienten in ihnen einzuschließen. Er hört eine Schwester sagen »neun Uhr achtundfünfzig«, gefolgt vom Kratzen einer Mine auf der Krankenakte. Urquharts Finger pochen. Zehn Minuten Herzmassage haben nicht ausgereicht, um den Mann zu retten, aber nachdem er den Brustkorb des Patienten geöffnet hatte, wusste er, dass ihn auch die nächsten paar Streifen Frühstücksspeck umgebracht hätten. Bei einer Verkalkung der Herzarterien von achtzig respektive fünfundsiebzig Prozent grenzt es an ein Wunder, dass Mr. Eversly überhaupt so lange gelebt hat.

Er hört, wie einer der Assistenzärzte sich bereit macht, den Brustkorb des Patienten wieder zu verschließen. Stöhnend denkt Dr. Urquhart daran, dass er das Schlimmste noch vor sich hat. Gibt es etwas Schlimmeres, als Verwandten beibringen zu müssen, dass ein Patient einem unter dem Messer weggestorben ist, und das einen Tag vor Weihnachten.

Er greift nach der Patientenakte, um den Tod mit seiner Unterschrift zu bestätigen, fährt die Mine des Kugelschreibers aus und wird im letzten Moment von der Stimme des AssistenzArztes gestoppt. »Dr. Urquhart. Sehen Sie sich das an.«

Er folgt dem Blick des Kollegen zum Herzmonitor, der keine flache Linie mehr anzeigt. Verblüfft sieht er auf den offenen Brustkorb des Patienten, in dem ein gesundes Herz mit freien Arterien gleichmäßig und kräftig schlägt.

»Erheben Sie sich für den Vorsitzenden, Richter A. Warren Rothbottam!«

Füßescharren begleitet vom Klimpern einzelner Münzen in Hosentaschen, als alle im Saal aufstehen. Der Richter schreitet zu seinem Tisch, ein Auge auf den vollgepackten Zuschauerraum. Rothbottam hat gehört, dass so viele Leute in den Saal wollten, dass die Gerichtsdiener die letzten freien Plätze schließlich verlosen mussten.

Er wirft einen Blick auf den Tisch der Verteidigung und stellt erleichtert fest, dass Mariah White dort ist, wo sie hingehört. Sie hat die Hände gefaltet und den Blick auf sie geheftet, als könnten sie jeden Moment hochzucken und sie verraten.

Rothbottam richtet das Wort an die Zuschauer. »Lassen Sie mich eins von vornherein klarstellen. Ich bin weder dumm noch naiv genug, um anzunehmen, dass der Andrang in diesem Saal etwas mit meinen richterlichen Fähigkeiten zu tun hat oder damit, dass die Medien plötzlich ein gesteigertes Interesse an Sorgerechtsfällen entwickelt hätten. Ich weiß sehr genau, wer Sie alle sind und was Sie hier wollen. Zu Ihrer Information: das hier ist kein Nachrichtensender, sondern mein Gerichtssaal. Und hier in diesem Saal bin ich Gott.« Er legt beide Hände flach auf den Tisch. »Wenn ich einen von Ihnen mit einer Kamera erwische, wenn einer zu laut hustet, applaudiert oder einen Zeugen ausbuht ... beim ersten Anzeichen von Disziplinlosigkeit werfe ich Sie alle hochkant raus. Und diesbezüglich dürfen Sie mich ruhig zitieren.«

Die Reporter sehen sich an und verdrehen die Augen.

»Anwälte«, wendet Rothbottam sich hiernach an die Rechtsbeistände beider Parteien. »Darf ich davon ausgehen, dass Sie sich in der vergangenen halben Stunde keine weiteren Dringlichkeitsanträge haben einfallen lassen?«

»Nein, Euer Ehren«, erwidert Metz, und Joan schüttelt den Kopf.

»Großartig.« Er nickt Metz zu. »Fangen Sie an.«

Malcolm erhebt sich, drückt mit einer Hand Colins Schulter und verschließt den untersten Knopf seiner Anzugweste, bevor er auf das Podium neben dem Gerichtsschreiber zugeht und dieses leicht zur Seite schiebt, sodass die Ecke in Richtung Zuschauer zeigt.

»Mr. Metz«, meldet sich Rothbottam zu Wort. »Darf ich fragen, was Sie da machen?«

»Ich weiß, dass das unüblich ist bei Sorgerechtsverfahren, Euer Ehren, aber ich habe ein kleines Eröffnungsplädoyer vorbereitet.«

»Sehen Sie hier eine Jury, Herr Anwalt? Ich nämlich nicht. Und ich selbst weiß bereits ebenso viel über den vorliegenden Fall wie Sie.«

Metz lässt sich jedoch von seinem strengen Blick nicht einschüchtern. »Ich habe das Recht auf ein Eröffnungsplädoyer, und sollten Sie mir dieses verwehren, werde ich Beschwerde einreichen.«

Dem Richter geht durch den Kopf, was er alles heute tun könnte, wenn er fünf Jahre früher in Rente gegangen wäre, so wie seine Frau es damals wollte: Er könnte zusehen, wie die Brandung sich an einem Strand in Florida bricht, er könnte mit einem Wohnmobil durch einen Nationalpark fahren, sich wieder einmal Betty Buckley am Broadway anhören. Stattdessen sitzt er hier und muss zusehen, wie Malcolm Metz vor Publikum eine Schau abzieht, weil er Metz nämlich keinesfalls Anlass geben will, die Wiederaufnahme des Verfahrens zu beantragen. »Ms. Standish«, sagt der Richter resigniert, »haben Sie Einwände?«

»Nein, Euer Ehren. Tatsächlich bin ich sogar gespannt auf Mr. Metz kleine Ansprache.«

Rothbottam nickt. »Fassen Sie sich kurz, Herr Anwalt.«

Malcolm Metz bleibt einen Moment schweigend hinter dem Podium stehen und gibt vor, sich auf die Worte zu besinnen, die er tatsächlich seit Wochen auswendig weiß. »Wissen Sie«, beginnt er schließlich, »als ich sieben Jahre alt war, ging ich oft mit meinem Vater zum Fischen. Er brachte mir bei, die geeignetsten Würmer aus der umgegrabenen Erde zu klauben ... sie genau richtig auf den Haken zu spießen ... und einen richtig dicken Barsch aus dem Wasser zu holen. Und nach dem Fischen fuhren wir beide zu dem kleinen Lokal ein Stück weiter die Straße hinunter, er kaufte mir eine Limonade, und wir setzten uns hin und zählten die Autos, die auf dem Highway vorbeifuhren.

Dann fuhren mein Dad und ich heim, und meine Mom erwartete uns bereits mit einem ordentlichen Mittagessen. Manchmal gab es Suppe, manchmal ein Schinkenbrot ... Und während sie den Tisch deckte, ging ich nach draußen und ging unter der Veranda auf Spinnenjagd oder legte mich auf dem Rücken ins Gras und starrte in die Wolken. Wissen Sie, was Faith White im Alter von sieben Jahren tut? Sie liegt mit Infusionsschläuchen am Arm in einem Krankenhausbett und bekommt ein Dutzend Mal am Tag Blut abgenommen. Sie hat starke Schmerzen körperlicher und psychischer Natur. Ein ganzer Stab von Krankenschwestern und Ärzten beobachtet sie rund um die Uhr, und Menschen versammeln sich draußen vor dem Eingang des Krankenhauses, um zu hören, wie es ihr geht. Ich frage Sie: Was ist das für eine Kindheit?« Er schüttelt traurig den Kopf. »Jedenfalls keine glückliche, wie ich meine. Genau genommen hat dieses Kind schon längere Zeit kein Kind mehr sein dürfen. Und darum hat der Vater des Mädchens – mein Mandant – ein richtiges Zuhause für sie eingerichtet, um sie mit offenen Armen aufzunehmen und sie vor den kranken Einflüssen zu schützen, die sie überhaupt erst dorthin gebracht haben, wo sie heute ist. Einflüssen, die ihr Leben bedrohen.«

»Genug«, fährt Rothbottam dazwischen. »Treten Sie vor.«

Metz und Joan treten an den Richtertisch. Der Richter legt eine Hand über sein Mikrophon. »Mr. Metz, lassen Sie mich Ihnen einen Rat geben: Meine Entscheidung wird nicht beeinflusst werden von dem, was Sie heute den Medien erzählen. Ich möchte dringend anraten, dass Sie zum Ende kommen, ich habe nämlich bereits die Nase gestrichen voll von Ihrem Auftritt.«

Metz kehrt zurück zum Podium und räuspert sich. »Wir werden zweifelsfrei beweisen, dass das Sorgerecht keinem anderen als Colin White gebührt. Ich danke Ihnen.« Er nickt und kehrt zurück an seinen Platz hinter Colin.

»Ms. Standish, möchten Sie ebenfalls ein Eröffnungsplädoyer halten?«, erkundigt sich der Richter bei Mariahs Anwältin.

Joan erhebt sich und fächelt sich mit einer Hand Luft zu. »Würden Sie mir eine Minute geben, Euer Ehren? Ich bin noch ganz aufgewühlt von dieser Ansprache ... der Geschichte mit dem Fischen und all das.« Sie atmet tief durch und schenkt dann dem Richter ein einnehmendes Lächeln. »Ah. Jetzt ist es besser. Nun. Ich denke, im Augenblick habe ich nichts zu sagen, das die Ausführungen meines Kollegen übertrumpfen könnte. Aber ich verrate Ihnen etwas: Wenn ich das Bedürfnis verspüre, mich doch noch dogmatisch auszulassen, darf ich das vielleicht zu Beginn meiner Zeugenvernehmung tun?«

»Gut. Mr. Metz, rufen Sie Ihren ersten Zeugen auf.«

Nach einem ermutigenden Blick in Richtung seines Mandanten ruft Metz Colin White in den Zeugenstand. Colin steht auf und schafft es, gleichzeitig schüchtern und selbstsicher auszusehen. Er betritt den Zeugenstand und wendet sich dem Gerichtsdiener zu, der ihm eine Bibel hinhält. »Schwören Sie, die Wahrheit zu sagen, die ganze Wahrheit und nichts als die Wahrheit?«

»Ich schwöre.«

Malcolm nähert sich dem Zeugenstand, während Colin noch für das Protokoll Namen und Adresse angibt. »Mr. White«, beginnt er, »in welcher Beziehung stehen Sie zu Faith?«

»Ich bin ihr Vater.«

»Nur der Information halber ... Können Sie uns über die Ereignisse des vergangenen Sommers aufklären?«

»In meiner Ehe kriselte es«, gibt Colin zu, »und ich wusste nicht, mit wem ich darüber sprechen sollte.«

Metz runzelt die Stirn. »Warum nicht mit Ihrer Frau?«

»Nun, sie hat sich in der Vergangenheit als emotional labil erwiesen, und ich hatte ein wenig Angst davor, wie sie reagieren würde, wenn sie merkte, dass unsere Ehe in Gefahr war.«

»Was meinen Sie damit?«

»Sie wurde vor sieben Jahren nach einem Selbstmordversuch mit Depressionen in eine psychiatrische Einrichtung eingewiesen.«

»Wenn Sie die Probleme nicht angesprochen haben, wie ist es dann zum Bruch und zur Scheidung gekommen?«

Colin errötet. »Ich habe Trost bei einer anderen Frau gesucht.«

Joan hört Mariah an ihrer Seite leise murmeln: »Herr im Himmel ...« Sie fühlt, wie sie auf ihrem Stuhl schwerer wird. Sie wagt kaum, Luft zu holen oder auch nur einen Muskel zu bewegen, weil sie bei Colins verlegenem Geständnis am liebsten im Erdboden versinken würde.

»Und was geschah dann?«, hakt Metz vorsichtig nach.

»Eines Tages war diese besagte Frau bei mir zu Hause, und meine Frau erfuhr von unserem Verhältnis.«

»Das muss sehr unangenehm für Sie gewesen sein, Colin.«

»Das war es«, gibt er zu. »Gott, ich habe mich hundeelend gefühlt deswegen.«

»Und welche Konsequenzen haben Sie damals aus dieser Situation gezogen?«

»Ich war selbstsüchtig. Aber ich wusste einfach, dass ich mein Leben neu ordnen musste. Ich nahm an, dass es Faith bei Mariah gut gehen würde, während ich damit beschäftigt war. Aber ich wusste von Anfang an, dass ich irgendwann meine Tochter zu mir holen wollte.«

»Haben Sie sie aufgefordert, mit Ihnen zu kommen?«

»Damals nicht«, entgegnet Colin und verzieht schmerzlich das Gesicht. »Ich hielt es für falsch, sie aus ihrer gewohnten Umgebung herauszureißen, nachdem gerade erst ihre Familie zerbrochen war.«

»Und was taten Sie dann?«

»Ich reichte die Scheidung ein. Ich versuchte, Faith zu besuchen, wann immer es mir möglich war. Und ich machte meiner Ex-Frau unmissverständlich klar – oder zumindest dachte ich, ich hätte unmissverständlich klar gemacht –, dass ich mir wünschte, dass Faith weiterhin Teil meines Lebens bliebe. Nachdem ich ... gegangen war, versuchte ich, sie zu sehen. Einmal wurde ich praktisch hinausgeworfen. Aber Faith wollte mich sehen; ich weiß es.«

»Colin, vielleicht könnten Sie uns von einigen ganz besonderen Augenblicken erzählen, die Sie mit Faith zusammen verbracht haben.«

»Oh, wir haben uns sehr nahegestanden. Es gibt viele Kleinigkeiten, die sich mir ins Gedächtnis eingebrannt haben ... beispielsweise wie ich ihr nach dem Baden das Haar gebürstet oder sie zugedeckt habe, wenn sie schlief. Wie sie meine Füße im Sand vergraben hat.«

»Wie ist ihr gegenwärtiger Familienstand?«

Colin lächelt in Richtung des Zuschauerraumes, von wo aus Jessica ihm diskret zuwinkt. »Ich bin seit zwei Monaten glücklich verheiratet, und wir bekommen ein Baby. Faith wird es ganz sicher gefallen, ein kleines Brüderchen oder Schwesterchen zu haben.«

»Meinen Sie nicht, dass sich manch einer darüber wundern könnte, dass Sie innerhalb von nur zwei kurzen Monaten Ihre Meinung bezüglich des Sorgerechts für Ihre Tochter so radikal geändert haben?«

Colin nickt. »Ich behaupte ja gar nicht, mich in allem richtig verhalten zu haben. Das habe ich nicht. Ich habe Fehler gemacht, die ich mir wünschte, ungeschehen machen zu können. Aber ich habe meine Meinung Faith betreffend nie geändert. Ich wollte sie nur nicht aus der ihr vertrauten Umgebung herausreißen, nachdem gerade erst ihr Familienleben aus den Fugen geraten war.« Er blickt zu Jessica hinüber. »Ich liebe meine neue Frau, und ich liebe das Leben, das wir dabei sind, uns aufzubauen. Ich kann dem neuen Baby kein Vater sein, ohne auch Faith einer zu sein. Ich brauche sie. Und so wie ich das sehe, braucht sie mich ebenso sehr.«

Metz geht vor dem Richter her. »Colin, warum sind Sie jetzt hier?«

Er schluckt hart. »Also, vor einiger Zeit habe ich eines Abends die Nachrichten eingeschaltet, als gerade über meine Tochter berichtet wurde. Sie lag im Krankenhaus, und es kursierte diese absurde Geschichte, dass sie eine religiöse Visionärin sei und an den Händen bluten würde. Ich konnte an nichts anderes denken als daran, dass Mariah sich schon einmal die Pulsadern aufgeschnitten hatte, und jetzt, da sie allein war mit meiner Tochter, blutete Faith plötzlich aus scheinbar unerklärlichen Wunden. Ich habe immer gewusst, dass meine Frau nicht ganz bei Trost ist, aber ...«

»Einspruch!«

Der Richter runzelt die Stirn. »Ich werde das, was Sie gerade gesagt haben, nicht berücksichtigen, Mr. White. Bitte beschränken Sie sich darauf, die Ihnen gestellten Fragen zu beantworten.«

Metz wendet sich wieder an seinen Mandanten. »Warum haben Sie beschlossen, das Sorgerecht zu beantragen?«

»Vor ein paar Wochen ist mir klargeworden, dass Faith in der Obhut ihrer Mutter nicht annähernd so sicher ist, wie ich es glaubte.«

»Hatten Sie früher schon einmal Grund zu der Annahme, Mariah wäre als Mutter nicht zuverlässig?«

»Nicht in den letzten Jahren. In der ersten Zeit nach ihrer Entlassung aus Greenhaven war sie ziemlich labil und hatte genug damit zu tun, sich um sich selbst zu kümmern, sodass sie mit einem Säugling hoffnungslos überfordert war. Aber später wurde es dann besser, viel besser ... dachte ich zumindest.«

»Sind Sie der Meinung, dass Sie in der Lage sind, Faith größere Sicherheit zu bieten?«

»Gott, ja. Wir leben in einem wunderbaren Viertel mit einem großen Garten zum Spielen ... und ich würde die Presse von ihr fernhalten. Ich würde die ganze Sache im Keim ersticken, damit sie wieder ein unbeschwertes Kind sein kann.«

»Wie stehen Sie als Vater zu Faith' Situation?«

Colins Blick begegnet Mariahs. Seine Augen sind weit geöffnet, glänzen und schauen aufrichtig drein. »Ich bin besorgt um sie. Ich glaube, ihr Leben ist in Gefahr. Und ich glaube, dass ihre Mutter hierfür die Ursache ist.«

Mariah zupft an Joans Ärmel, bevor diese zum Kreuzverhör aufsteht. »Sie glauben, ich hätte Faith wehgetan?«, raunt sie ihrer Anwältin ungläubig zu. »Sie glauben, ich würde ihr das antun?«

Joan drückt die Hand ihrer Mandantin. Sie hat Mariah darauf geeicht, mit dem Schlimmsten zu rechnen, aber – wie Mariah – hatte sie erwartet, dass es um Seitenhiebe wegen ihres Aufenthaltes in der Psychiatrie gehen würde. Damit, dass man ihr Kindesmisshandlung vorwerfen würde, hat sie nicht gerechnet. Wegen Mariahs verspäteten Eintreffens vor Gericht hat Joan sie nicht mehr hinsichtlich Metz' Strategie warnen können, und sie gedenkt nicht, ihrer Klientin jetzt inmitten der Zeugenbefragung zu eröffnen, dass der Richter ihr für die Dauer des Prozesses jeden Kontakt zu Faith untersagt hat. »Entspannen Sie sich. Lassen Sie mich nur meine Arbeit tun.« Joan steht auf und mustert Colin lange eindringlich, um ihm unmissverständlich klarzumachen, für wie verachtungswürdig sie ihn hält.

»Mr. White«, beginnt sie kalt, »Sie sagten, in Ihrer Ehe hätte es gekriselt.«

»Das ist richtig.«

»Und doch haben Sie nicht mit Ihrer Frau über diese Probleme gesprochen, weil diese emotional so labil war.«

»Exakt.«

»Könnten Sie mir erläutern, was Sie unter ›emotional labil‹ verstehen?«

»Einspruch«, meldet sich Metz zu Wort. »Mein Mandant ist kein Experte in Psychologie.«

»Dann hätte er diese Bezeichnung gar nicht erst benutzen dürfen«, kontert Joan.

»Ich lasse die Frage zu«, entscheidet Richter Rothbottam.

Colin rutscht unbehaglich auf seinem Stuhl herum. »Sie war vor sieben Jahren in einer psychiatrischen Anstalt, weil sie als suizidgefährdet galt.«

»Ach ja, richtig. Sie erwähnten, sie hätte versucht, sich das Leben zu nehmen.«

Colin wirft einen Blick auf Mariah. »Ja.«

»Sie wollte sich umbringen – einfach so, aus heiterem Himmel?«

»Nein. Sie litt damals an starken Depressionen.«

»Ich verstehe. Gab es einen besonderen Grund für diese Depressionen?«

Colin nickt knapp.

»Entschuldigen Sie, Mr. White, aber Sie müssen für das Protokoll antworten.«

»Ja.«

Joan tritt an Mariahs Seite, sodass der Richter – und der gierige Haufen Aasgeier auf den Zuschauerrängen – ihre Mandantin ebenfalls ansehen muss. »Vielleicht könnten Sie uns auf die Sprünge helfen, indem Sie uns den Grund für die Depressionen Ihrer Frau nennen.« Als Colin hierauf trotzig die Lippen zusammenpresst, verschränkt Joan die Arme vor der Brust. »Ich kann Sie fragen, Mr. White, oder aber Sie erzählen es mir von sich aus.«

»Ich hatte eine Affäre, und sie war dahintergekommen.«

»Sie hatten vor sieben Jahren eine Affäre, die bei Ihrer Frau Depressionen auslöste. Und dann, vor vier Monaten, als Sie wieder eine Affäre hatten, fürchteten sie, sie könnte wieder in Depressionen verfallen, wenn sie davon erfuhr?«

»Richtig.«

»Waren diese Beziehungen zu anderen Frauen Ihre einzigen Fehler in Ihrer Ehe.«

»Ich denke schon.«

»Könnte man sagen, dass diese beiden Zwischenfälle – vor vier Monaten und vor sieben Jahren – die einzigen Zeitpunkte waren, zu denen Sie das Bedürfnis hatten ... wie haben Sie sich noch gleich ausgedrückt? ... bei einer anderen Frau Trost zu suchen?«

»Ja.«

»Dann klingelt es also nicht bei den Namen Cynthia Snow-Harding und Helen Xavier?«

Mariah gräbt die Fingernägel in die Oberschenkel, als Colin alle Farbe aus dem Gesicht weicht. Joan hat sie vorgewarnt, und doch würde sie am liebsten aus dem Saal laufen – oder zum Zeugenstand, um ihm die Augen auszukratzen. Wie ist es möglich, dass Joan in so kurzer Zeit etwas herausgefunden hat, wovon Mariah selbst Jahre nichts geahnt hat?

Weil sie es wissen wollte, denkt Mariah. Und ich wollte es nicht.

»Stimmt es nicht, Mr. White, dass Sie auch mit Cynthia Snow-Harding und Helen Xavier eine Affäre hatten?«

Colin blickt hilfesuchend auf Metz, dem anzusehen ist, dass er innerlich kocht. »Ich würde es nicht als Affäre bezeichnen«, antwortet er eilig. »Das waren nur flüchtige ... Bekanntschaften.«

Joan schnaubt verächtlich. »Überspringen wir das. Als Ihre Ehefrau vor sieben Jahren in schwere Depressionen verfiel, nachdem sie von Ihrer Affäre mit einer anderen Frau erfahren hatte, wurde sie in eine psychiatrische Anstalt eingewiesen, haben Sie gesagt.«

»Ja. Sie kam nach Greenhaven.«

»Ist denn Greenhaven einfach von sich aus auf Sie zugekommen und hat angeboten, sie aufzunehmen?«

»Nein«, entgegnet Colin. »Ich habe ihre Einweisung veranlasst.«

»Tatsächlich?« Joan gibt sich schockiert. »Haben Sie nicht erst versucht, Mariah ambulant von einem Psychologen oder Psychiater helfen zu lassen?«

»Für kurze Zeit, aber es schien nichts zu bringen.«

»Haben Sie den Psychiater gebeten, Mariah medikamentös zu behandeln?«

»Ich habe mir größere Sorgen darüber gemacht, was sie ...«

»Beantworten Sie bitte nur meine Frage. Mr. White«, schneidet Joan ihm das Wort ab.

»Nein, ich habe den Psychiater nicht darum gebeten.«

»Haben Sie versucht, sie in dieser schweren Zeit zu unterstützen?«

»Ich habe sie in dieser Zeit unterstützt«, erwidert Colin gepresst. »Ich weiß, dass es leicht ist, mich wie ein Schwein aussehen zu lassen, das seine Frau hat wegsperren lassen, um in aller Ruhe seine Affäre ausleben zu können. Aber ich habe nur getan, was meiner Meinung nach für Mariah das Beste war. Ich habe meine Frau geliebt, aber sie war ... sie war nicht mehr dieselbe, ein völlig anderer Mensch, und ich konnte die alte Mariah nicht zurückholen. Wenn Sie noch nie mit jemandem zusammengelebt haben, der selbstmordgefährdet ist, haben Sie ja keine Ahnung. Man macht sich Vorwürfe, dass man es nicht hat kommen sehen, man gibt sich die Schuld an dieser wirklich schlimmen Zeit, man hat panische Angst davor, der Partner könnte es noch einmal versuchen, diesmal erfolgreich. Ich konnte mir selbst kaum verzeihen, jedes Mal, wenn ich sie angesehen habe, weil ich sie irgendwie zu dem gemacht hatte, was aus ihr geworden war. Ich hätte es nicht verkraftet, wenn sie ein zweites Mal versucht hätte, sich umzubringen.« Er blickt auf seinen Schoß. »Ich war schon für die ganze Misere verantwortlich. Ich wollte zur Abwechslung mal das Richtige tun.«

Mariah fühlt, wie in ihrer Brust etwas loslässt. Zum ersten Mal zieht sie ernsthaft in Betracht, dass ihre Einweisung in Greenhaven nicht nur ihr selbst, sondern auch Colin wehgetan haben könnte.

»Haben Sie Urlaub genommen, um bei Mariah sein und über sie wachen zu können?«, will Joan wissen.

»Für kurze Zeit ... aber es hat mir eine Heidenangst gemacht. Ich hatte Angst, sie würde durchdrehen, sobald ich ihr nur eine Sekunde den Rücken kehre.«

»Haben Sie Ihre Schwiegermutter, die damals in Arizona lebte, gebeten, zu kommen, um sich um Mariah zu kümmern?«

»Nein«, gibt Colin zu. »Ich wusste, dass Millie gleich das Schlimmste annehmen würde. Ich wollte nicht, dass sie glaubte, Mariahs Zustand würde sich nicht bessern.«

»Und da haben Sie stattdessen eine richterliche Verfügung erwirkt und Mariah gegen ihren Willen in die Psychiatrie einweisen lassen?«

»Sie wusste damals nicht, was sie wollte. Sie brachte ja nicht einmal die Energie auf, sich ins Bad zu schleppen, wie sollte sie mir da sagen, wie ich ihr helfen sollte. Was ich getan habe, habe ich allein im Interesse ihrer eigenen Sicherheit getan. Ich habe auf die Ärzte gehört, die meinten, eine Überwachung rund um die Uhr sei dringend angeraten.« Sein gequälter Blick begegnet Mariahs. »Man kann mir vieles vorwerfen, darunter auch Dummheit und Naivität. Aber keine Böswilligkeit.« Er schüttelt den Kopf. »Ich wusste einfach nicht, was ich sonst tun sollte.«

»Hmmm. Kehren wir zurück in die Gegenwart. Sieben Jahre sind vergangen, und Ihre Frau erwischt sie wieder in flagranti.«

»Einspruch!«

»Stattgegeben.«

»Nachdem Mariah von Ihrer Affäre erfahren hatte«, fährt Joan unbewegt fort, »fürchteten Sie, sie könnte wieder in Depressionen verfallen. Und da sind Sie einfach weggelaufen, anstatt sich die Zeit zu nehmen, alles mit ihr durchzusprechen?«

»So war das nicht. Ich bin nicht stolz auf das, was ich getan habe, aber ich musste wirklich erst zu mir selbst finden, bevor ich die Verantwortung für jemand anders übernehmen konnte.«

»Haben Sie sich keine Sorgen gemacht, dass Mariah überreagieren könnte, nachdem sie Sie genau wie vor sieben Jahren mit einer anderen Frau im Bett erwischt hatte?«

»Doch, natürlich.«

»Haben Sie versucht, Mariah seelischen Beistand zu verschaffen?«

»Nein.«

»Obwohl sie das letzte Mal in der gleichen Situation schwer depressiv geworden ist?«

»Ich sagte doch bereits, dass ich an diesem Punkt nur an mich gedacht habe.«

»Und doch haben Sie Ihre Tochter in Mariahs Obhut gelassen«, meint Joan.

»Ich hätte nie geglaubt, dass Mariah ihr etwas antun könnte. Ich meine, Herrgott, sie ist ihre Mutter. Ich bin davon ausgegangen, dass es ihr gut gehen würde.«

»Sie sind also davon ausgegangen, dass Mariah sich trotz Ihres Seitensprungs in der Gewalt haben würde.«

»Ja.«

»Und Sie sind ebenfalls davon ausgegangen, dass Faith bei ihr gut aufgehoben sein würde.«

»Ja.«

»Sie haben niemanden gebeten, zu Hause nachzusehen, um ganz sicherzugehen; Sie haben weder einen Arzt verständigt noch die Fürsorge, nicht einmal einen Nachbarn.«

»Nein. Das war ein Fehler, den ich zutiefst bedaure, und ich bin bereit, die Verantwortung für meine Fehler zu tragen.«

Joan geht brüsk am Zeugenstand vorbei. »Ich bin sicher, wir alle sind froh, dass Sie jetzt endlich soweit sind. Lassen Sie mich zusammenfassen. Wie Sie selbst gesagt haben, sind Sie der *Annahme* gewesen, Faith wäre bei Ihrer Ex-Frau besser aufgehoben als bei Ihnen. So wie Sie fälschlich *angenommen* haben, Sie müssten erst zu sich finden, bevor Sie überhaupt einen Gedanken an das Wohlergehen Ihrer Tochter verschwenden konnten. So wie Sie fälschlich *angenommen* haben, dass Ihre Frau in einer psychiatrischen Anstalt besser aufgehoben sein würde als bei einem Psychiater, der sie ambulant wegen ihrer Depressionen behandelt. So wie Sie heute fälschlich *annehmen*, Sie wären hier der geeignetere Elternteil.«

Ehe Colin hierauf etwas erwidern kann, kehrt Joan ihm den Rücken zu. »Keine weiteren Fragen.«

Dr. Newton Orlitz liebt den Zeugenstand. Etwas an dem glatten Holz unter seinen Händen und dem Geruch nach Möbelpolitur, der einem Gerichtssaal immer anhaftet, erfüllt ihn mit seliger Zufriedenheit in seinem langjährigen Job als Gerichtspsychiater. Er weiß, dass seiner Meinung als vom Gericht bestellter Arzt in den meisten Fällen von einem privaten Psychiater widersprochen wird, der für einen Haufen Geld das genaue Gegenteil behauptet, aber das schmälert sein Vergnügen nicht. Er glaubt nicht nur an das Rechtssystem, er ist auch voll des Stolzes, Teil dieses Systems zu sein.

Auch spielt er gern im Zeugenstand Spielchen mit sich selbst. Manchmal beobachtet er die Anwälte und erstellt in Gedanken eine Diagnose. Als er Malcolm Metz auf sich zukommen sieht, denkt er: *Ganz offensichtlich größenwahnsinnig. Vielleicht sogar ein Gott-Komplex.* Er stellt sich Metz in einer weißen Robe mit langem weißen Bart vor und lacht in sich hinein.

»Wie schön, dass es Ihnen solch offenkundiges Vergnügen bereitet, hier zu sein, Dr. Orlitz«, beginnt Metz. »Haben Sie mit Colin White gesprochen?«

»Ja«, antwortet Orlitz und schaut in seinem kleinen salz-und-pfefferfarbenen Notizbuch nach, in dem er seine Beobachtungen zum vorliegenden Fall aufgeschrieben hat. »Meiner Einschätzung nach ist er emotional stabil und absolut in der Lage, einem Kind ein gutes und solides Zuhause zu bieten.«

Metz lächelt breit, und dazu hat er auch allen Grund. Orlitz weiß, dass längst nicht alle Anwälte das zu hören bekommen, was sie gerne hören wollen, wenn der Gerichtspsychiater seine Beurteilung kundtut. »Hatten Sie auch Gelegenheit, mit Mariah White zu sprechen?«

»Hatte ich.«

»Könnten Sie uns etwas über ihre psychiatrische Vorgeschichte erzählen?«

Orlitz blättert in seinen Notizen. »Sie wurde wegen suizidaler Depression vier Monate lang stationär in Greenhaven behandelt. Während ihres dortigen Aufenthaltes wurde sie mittels Psychotherapie und Antidepressiva behandelt. Wie Sie zweifellos wissen, Mr. Metz, handelte es sich bei ihrem Zustand um eine Reaktion auf eine extreme

Stresssituation. Ihr Verstand hat sich in die Depression geflüchtet, um mit diesem Trauma fertig zu werden. Sie glaubte, sie hätte ihren Mann verloren, und ihre Ehe wäre am Ende.«

»Glauben Sie als Experte, dass Mariah White noch einmal eine solches psychisches Tief durchmachen könnte, Doktor?«

Orlitz zuckt die Achseln. »Möglich wäre es. Sie hat eine gewisse Neigung zu Reaktionen dieser Art.«

»Ich verstehe. Nimmt Mariah derzeit Medikamente, Doktor?«

Orlitz fährt mit dem Finger die Seite hinab. »Ja«, sagt er schließlich, als er den entsprechenden Eintrag findet. »Sie nimmt seit vier Monaten täglich zwanzig Milligramm Prozac.«

Metz wölbt die Brauen. »Wann wurde dieses Medikament verschrieben?«

»Am elften August. Von einem Dr. Johansen.«

»Am elften August. Wissen Sie zufällig, an welchem Tag Colin White seine Frau verlassen hat?«

»Soweit ich informiert bin, war das am zehnten August.«

»Hat Mariah White Ihrer Ansicht nach dieses Medikament verschrieben bekommen, weil sie der Stresssituation ohne nicht gewachsen gewesen wäre?«

»Höchstwahrscheinlich, aber das sollten Sie besser ihren behandelnden Psychiater fragen.«

Metz betrachtet ihn mit einem hinterhältigen Blick. »Doktor, hatten Sie auch Gelegenheit, sich mit Faith zu unterhalten?«

»Ja.«

»Hat sie auf Sie den Eindruck eines normalen kleinen Mädchens gemacht?«

»Normal ist ein sehr relativer Begriff«, entgegnet der Arzt lachend. »Vor allem, wenn es um ein Kind geht, das eine traumatisierende Scheidung hinter sich hat.«

»Hat es den Anschein, als würde Faith sich besonders um die Anerkennung ihrer Mutter bemühen?«

»Ja, aber das ist eine weitverbreitete Reaktion nach einer Scheidung. Das Kind hat solche Angst davor, es könnte auch vom zweiten Elternteil verlassen werden, dass es alles tun wird, um diesen an sich zu binden.«

»Könnte das so weit gehen, dass es das Verhalten dieses Elternteils imitiert?«

»Absolut«, bestätigt Orlitz. »Es kann sein, dass dieser Elternteil dieses Verhalten bewusst oder unbewusst fördert und das Kind gegen den anderen Elternteil einnimmt, indem es dieses zu bestimmten Verhaltensweisen ermutigt – das Kind wird somit gewissermaßen zu einem Pfand. Manche Spezialisten bezeichnen dieses auf eine Scheidung folgende Verhaltensmuster als Entfremdungssyndrom.«

»Das Kind zu bestimmten Verhaltensweisen ermutigen«, wiederholt Metz. »Interessant. Keine weiteren Fragen.«

Joan steht auf und knöpft ihre Kostümjacke zu. Sie kennt Metz gut genug, um zu wissen, dass er das Fundament für einen späteren Zeugen gelegt hat. »Fangen wir doch mit der Ermutigung zu bestimmten Verhaltensweisen an«, sagt sie. »Hatten Sie bei Ihrem Gespräch mit Faith den Eindruck, dass sie von ihrer Mutter zu dem – sagen wir – nicht ganz alltäglichen Verhalten ermutigt wurde, das sie in letzter Zeit an den Tag gelegt hat?«

»Nein.«

»Danke. Nun, Doktor, Sie hatten Gelegenheit, beide Elternteile von Faith zu begutachten. Sie sagten bereits, dass Colin White Ihrer Meinung nach emotional stabil ist und in der Lage, einem Kind ein gutes Zuhause zu bieten. Hatten Sie von Mariah White auch den Eindruck, sie sei emotional stabil?«

»Ja, sie kommt zur Zeit gut zurecht.«

»Würden Sie sie als gute Mutter bezeichnen?«

»Ja. Faith hängt sehr an ihr.«

»Etwas anderes, Doktor. Wie viele Menschen in Amerika nehmen Ihrer Meinung nach verschreibungspflichtige Antidepressiva?«

»Fast siebzehn Millionen, soweit ich weiß«, antwortet Dr. Orlitz.

»Und in wie viel Prozent dieser Fälle wirken die Medikamente?«

»Nun, wenn die Patienten sie über einen gewissen Zeitraum regelmäßig einnehmen und sich parallel hierzu therapieren lassen, liegt die Wirksamkeit bei annähernd achtzig Prozent.«

»Beeinträchtigt Prozac die ›Alltagstauglichkeit‹ der Patienten?«

»Nein.«

»Würde es sie in ihrer Tauglichkeit als Eltern beeinträchtigen?«

»Nein.«

»Dr. Orlitz, haben Sie mit Faith über den Nachmittag gesprochen, an dem ihr Vater die Familie verlassen hat?«

»Ja, das habe ich.«

»Hatte dieses Ereignis irgendwelche Auswirkungen auf sie?«

»Sie hat die Dynamik der Erwachsenenbeziehung nicht verstanden – was ein Segen ist, wenn Sie mich fragen –, aber darum quält sie sich damit, dass sie schuld sein könnte am Weggehen ihres Vaters. Sie braucht diesbezüglich eine Therapie.«

»Wie bedauerlich. Dann würden Sie also sagen, dass Colin White, auch wenn Sie ihn heute als fähigen Elternteil einstufen, in der Vergangenheit etwas getan hat, das Faith verletzt hat.«

»Ja.«

»Haben Sie Hinweise dafür gefunden, dass Mariah je etwas getan hat, was Faith in ähnlicher Weise verletzt hätte?«

»Nein. Sie ist Faith in dieser Krisensituation ein Fels in der Brandung gewesen.«

»Danke«, sagt Joan, wendet sich ab und nimmt wieder an der Seite ihrer Mandantin Platz.

Richter Rothbottam kündigt eine kurze Unterbrechung an, und die Reporter stürzen aus dem Saal, um ihre Redaktionen anzurufen und den neuesten Stand durchzugeben. Metz führt Colin hinaus, und die beiden Männer verschwinden im Gedränge. Mariah rührt sich nicht von ihrem Platz weg, sondern stützt nur den Kopf auf die Hände.

Joan legt ihr eine Hand auf die Schulter. »Man bezeichnet uns als Verteidigung, weil wir anfangen zu kämpfen, wenn die anderen fertig sind«, erklärt sie tröstend. »Es spielt keine Rolle, was sie sagen, Mariah, wirklich. Wir werden es ihnen um ein Vielfaches heimzahlen.«

»Ich weiß«, sagt Mariah und massiert sich müde die Schläfen. »Wie viel Zeit haben wir?«

Joan lächelt freundlich. »Etwa lange genug für einen Besuch auf der Toilette.«

Mariah springt auf; sie hat es plötzlich sehr eilig, den Saal zu verlassen. Draußen auf dem Flur blickt sie in ein Meer von Gesichtern. Ihr Blick gleitet zu Ian hinüber, der in der Lobby darauf wartet, als Zeuge aufgerufen zu werden. Er tut so, als würde er sie nicht kennen.

Das muss sein, sie haben darüber gesprochen. Aber jetzt, wo Millie bei Faith wacht, hätte sie einen starken Verbündeten brauchen können.

Sie zwingt sich, den Blick über Ian hinweggleiten zu lassen. Es erfordert ihre ganze Willenskraft, an ihm vorbeizugehen, ohne zurückzuschauen, nur um zu sehen, ob er ihr nachblickt.

Dr. DeSantis ist eine kleine stämmige Frau mit einer Wolke von schwarzen Haaren, die beim Sprechen auf und ab wippen. Sie listet ihren beeindruckenden Werdegang auf und lächelt dann Malcolm Metz an. »Dr. DeSantis«, sagt dieser, »hatten Sie Gelegenheit, mit Colin White zu sprechen?«

»Gewiss. Mr. White ist ein wundervoller, fürsorglicher und emotional stabiler Mann, der sich nichts sehnlicher wünscht, als seine Tochter bei sich zu haben.«

»Haben Sie mit Mariah White gesprochen?«

»Nein«, entgegnet die Psychiaterin. »Sie hat ein Gespräch abgelehnt.«

»Ich verstehe. Hatten Sie Gelegenheit, sich mit Dr. Johansens Beurteilung von Mariah White zu befassen?«

»Ja.«

»Was können Sie uns über ihre psychische Gesundheit sagen?«

»Diese Frau hat in der Vergangenheit an schweren Depressionen gelitten. Diese Vorbelastung bedeutet eine hohe Wahrscheinlichkeit weiterer Episoden starker Labilität, und niemand kann vorhersagen, was den nächsten Schub auslösen wird.«

»Danke, Doktor.« Metz nickt Joan zu. »Ihre Zeugin.«

Joan erhebt sich, bleibt aber an ihrem Platz stehen. »Dr. DeSantis, sind Sie Colin Whites Therapeutin?«

Das Gesicht der Psychiaterin unter dem toupierten schwarzen Haar färbt sich tiefrosa vor Empörung. »Ich wurde in diesem Fall beratend konsultiert.«

»Stimmt es nicht, Dr. DeSantis, dass Sie am neunundzwanzigsten Oktober, nur zwei Tage nach der ersten Anhörung, wegen des Sorgerechtsantrags zum ersten und einzigen Mal mit Colin White gesprochen haben?«

»Wenn Sie es sagen.«

»Aha. Und darf ich fragen, Doktor, bei wie vielen Prozessen Sie bisher als Zeugin aufgetreten sind?«

»In über fünfzig«, entgegnet die Psychiaterin stolz.

»Und in wie vielen dieser Prozesse wurden Sie von Mr. Metz als Gutachterin hinzugezogen?«

»Siebenundzwanzig.«

Joan nickt nachdenklich. »Haben Sie in einem dieser siebenundzwanzig Prozesse einen seiner Mandanten als psychisch labil eingestuft?«

»Nein.«

»Lassen Sie mich rekapitulieren: Mr. Metz hat Sie wieder einmal beauftragt, und – verbessern Sie mich, wenn ich etwas Falsches sage, Dr. DeSantis – Sie haben in Ihrer Eigenschaft als Expertin seinen Mandanten für belastbar und stabil befunden und meine Klienten als hysterisch.«

»Ich würde es nicht so krass formulieren ...«

»Ja oder nein, Doktor?«

»Ich habe Mr. Metz' Mandanten als emotional stabiler befunden als Ihre Klientin, ja.«

»Was für eine Überraschung«, entgegnet Joan hierauf zynisch.

Die Krankenhauskapelle ist ein trauriger kleiner Raum, der früher einmal als Besenkammer gedient hat. Es gibt sechs Bänke, drei auf jeder Seite eines kleinen Podiums, über dem ein Kruzifix hängt. Die Kapelle ist offiziell keiner speziellen Religion zugedacht, aber irgendwie muss dieses Symbol des Christentums bei der Einrichtung der Gebetsstätte übersehen worden sein. Vater MacReady kniet auf dem Boden, und während er stumm ein Vaterunser rezitiert, sinkt ihm das Herz immer tiefer und tiefer.

Er versucht, das Geräusch der sich öffnenden Tür zu ignorieren, aber das Knarren ist unglaublich laut, und als Geistlicher fühlt er sich verpflichtet, einer trauernden Seele bei Bedarf beizustehen. Er steht auf, klopft sich den Staub von den Knien seiner Jeans und dreht sich um.

Zu seiner Überraschung sieht er Rabbi Solomon, der das Kreuz anstarrt, als handle es sich um eine Klapperschlange kurz vor dem Zubeißen. »Konfessionslos, von wegen.«

»Rabbi«, sagt Vater MacReady.

Sie mustern einander abschätzig; zwar sind sie sich nie begegnet, wissen aber anhand der Gerüchteküche, dass sie beide sich für Faith White einsetzen.

Rabbi Solomon nickt ihm zu.

»Haben Sie etwas gehört?«

»Ich war oben auf der Kinderstation. Sie wollten mich nicht ins Zimmer lassen. Es geht etwas vor.«

»Etwas Gutes?«

Der Rabbi schüttelt den Kopf. »Ich fürchte, nein.«

Die beiden Männer stehen eine Weile in nachdenklichem Schweigen da. »Brauchen Juden nicht eine Mindestanzahl von Personen zum Beten?«, fragt MacReady nach einer Weile.

Solomon lächelt. »Eigentlich geht es nicht um eine Mindestanzahl. Nicht Minimum, sondern *Minjan,* zehn Männer. Das ist die kleinstnotwendige Gruppe zum Aufsagen bestimmter Gebete.«

»Einigkeit macht stark, was?«

»Genau«, entgegnet der Rabbi. Und ohne ein weiteres Wort setzen Priester und Rabbi sich nebeneinander auf eine Bank und fangen an, still miteinander zu beten.

»Das ist der Stand der Dinge«, erklärt ein glattrasierter junger Arzt Millie. »Sie leidet an Nierenversagen. Ohne Dialyse wird ihr ganzer Blutkreislauf vergiftet.«

Millie starrt ihr Gegenüber einen Moment verständnislos an. Wie kann dieses Bürschchen, das sogar noch jünger ist als Mariah, ihr erzählen, was sie zu tun hat? In der letzten halben Stunde hat es in Faith' Zimmer gewimmelt von Krankenschwestern, Ärzten und Pflegern, die glitzernde fremdartige Instrumente hereingekarrt und ihre Enkeltochter mit Haken, Schläuchen und einer Gesichtsmaske versehen haben, bis sie schließlich aussah wie ein Astronaut kurz vor seiner Reise in unbekannte Welten.

Nicht zum ersten Mal wünscht Millie, ihr Verstand und nicht ihr Herz wäre wiederbelebt und verjüngt worden. Sie starrt unverwandt auf Faith, als könnte sie ihre Enkeltochter kraft ihres Willens dazu bringen, die Augen aufzuschlagen, zu lächeln und ihnen zu versichern, es wäre alles nicht so schlimm, wie sie glaubten. *Wo ist dein Gott jetzt?*, fragt sie sich verzweifelt.

Erst vor einer Stunde hat Mariah vom Gericht aus angerufen, und Millie konnte ihr versichern, dass die Lage hier im Krankenhaus unverändert ist. Wie war es möglich, dass Faith' Zustand sich in so kurzer Zeit so drastisch verschlechtert hatte? »Ich kann das nicht entscheiden«, windet sich Millie. »Ihre Mutter ...«

»Ist nicht hier. Wenn Sie die Einwilligungserklärung nicht unterschreiben, wird die Kleine sterben.«

Millie fährt sich mit der Hand über die Augen, nimmt dann den Kugelschreiber, den der Arzt ihr hinhält wie eine Friedenspfeife, und gibt ihre Einwilligung.

Ian betritt den Zeugenstand, und es kommt zu einem kleinen Tumult, als der Gerichtsdiener mit der üblichen Bibel vor ihn tritt. Er lacht und blickt dann lächelnd an die Decke. »Okay, ihr alle. Macht euch bereit für den bevorstehenden Blitzschlag.«

Metz tritt mit wiegendem Gang auf seinen Zeugen zu. »Bitte nennen Sie für das Protokoll Namen und Adresse.«

»Ian Fletcher, Brentwood, Kalifornien.«

»Womit verdienen Sie Ihren Lebensunterhalt, Mr. Fletcher?«

»Wie hoffentlich alle wissen, bin ich von Beruf Atheist. Zurzeit bin ich Koproduzent und Moderator einer Fernsehshow, in der ich meine Ansichten kundtue. Darüber hinaus bin ich Autor von drei Sachbüchern, die auf der Bestsellerliste der *New York Times* stehen. Ach ja, und einmal habe ich auch als Komparse in einem Film mitgewirkt.«

»Würden Sie dem Gericht erklären, um was für eine Art von Fernsehsendung es sich handelt, nur für den Fall, dass jemand hier sie nicht kennt?«

»Also, meine Sendung wurde schon als die Antithese zu Billy Graham bezeichnet. Ich nutze das Medium Fernsehen, um mit Hilfe theoretischer und wissenschaftlicher Untersuchungen zu beweisen, dass es keinen Gott gibt.«

»Glauben Sie an Gott, Mr. Fletcher?«

»Das ist etwas schwierig, wenn man Atheist ist.« Im Zuschauerraum wird hier und da leise gelacht.

»Welche angeblichen religiösen Wunder haben Sie in den vergangenen zwei Monaten untersucht?«

Ian schlägt die Beine übereinander. »Eine blutende Statue drüben in Massachusetts, einen Baum in Maine und dann in der letzten Zeit Faith White.«

»Warum interessieren Sie sich für diesen speziellen Fall?«

Ian zuckt die Achseln. »Sie hat angeblich Gott gesehen, wirkt Wunder und weist Stigmata auf. Ich wollte beweisen, dass sie eine Betrügerin ist.«

Metz holt zum entscheidenden Schlag aus. »Mr. Fletcher, können Sie uns verraten, was Sie im Laufe Ihrer Recherchen herausgefunden haben?«

Ian betrachtet den Anwalt eine Weile schweigend und geht in Gedanken noch einmal die Aussage durch, die er gestern noch mit dem Anwalt geprobt hat. Ein breites Lächeln erhellt seine Züge. »Um die Wahrheit zu sagen, Mr. Metz, nicht allzu viel.«

Metz, der schon seine nächste Frage abschießen wollte wie einen Dartpfeil, stutzt. »Wie bitte?«

Ian beugt sich weiter zum Mikrophon vor. »Ich sagte ›Nicht allzu viel‹.« Er nickt dem Gerichtsschreiber zu. »Haben Sie das?«

Die Zuschauer, denen nicht entgangen ist, dass sich zwischen dem Anwalt und seinem berühmten Zeugen etwas anbahnt, werden unruhig. »Sie meinen, Sie haben nicht viele dieser angeblichen Wunder gesehen«, paraphrasiert Metz.

»Einspruch«, ruft Joan. »Er beeinflusst den Zeugen.«

»Stattgegeben.«

»Was ich meine, Mr. Metz«, ergreift Ian wieder das Wort, »ist, dass ich nichts finden konnte, was die These gestützt hätte, dass Faith White eine Betrügerin ist.«

Metz fängt an zu zittern; panisch fragt er sich, ob der Richter oder Joan Standish es bemerkt haben. Er denkt zurück an sein erstes Gespräch mit Fletcher, bei dem Fletcher explizit erklärt hatte, es gäbe da etwas über Faith White zu berichten, das er zu diesem Zeitpunkt noch nicht enthüllen wolle. Er denkt an Fletchers Zeugenvernehmung, daran, wie er sich bei fast jeder Frage auf sein Aussageverweigerungsrecht berufen hat. Damals hatte Metz das noch amüsant gefunden, da es Joan Standish sichtlich geärgert hatte. Jetzt aber wird ihm schlagartig klar, dass Ian deshalb nichts gesagt hat, um vor Gericht seiner eidlichen Aussage nicht zu widersprechen. Was er Metz unter vier Augen auszusagen versprochen hat, war alles gelogen ... und Metz kann nichts dagegen tun. Fletcher kann aufstehen und die Nationalhymne singen, wenn ihm danach ist, solange seine eidliche Aussage korrekt ist, wird ihn das in keinem schlechten Licht erscheinen lassen, sondern nur Metz, der seinen eigenen Zeugen unterschätzt hat.

Obwohl ihm nicht ganz wohl dabei war, hat Metz Fletcher nachgegeben und ihn sein Geheimnis über Faith White für sich behalten lassen, wenn er dafür nur einige geringfügigere vor Gericht enthüllt. Aber diese schlichte Verweigerung jeglicher Zusammenarbeit, das ergibt einfach keinen Sinn. »Sie haben doch sicher irgendetwas herausgefunden.«

»Herr Anwalt, Sie wollen mich doch nicht zum Lügen verleiten, oder?«

Metz fühlt die Ader an seiner Schläfe pochen. Er versucht es mit einer anderen Annäherung, mit Fragen, die sie einstudiert haben, um zu sehen, ob Fletcher doch wieder auf Kurs geht. »Haben Sie Faith White je ein Wunder wirken sehen?«

Ian zögert den Bruchteil einer Sekunde, ehe er antwortet. »Nicht direkt«, sagt er.

»Wo waren Sie am Abend des dreizehnten Oktober?«

»Ich befand mich mit meinem Wohnmobil auf dem Grundstück der Whites.«

»Was geschah an jenem Abend gegen zweiundzwanzig Uhr?«

»Ich lief Faith über den Weg. Buchstäblich. Sie lief im Dunkeln durch den Wald.«

»Wusste ihre Mutter, dass sie draußen war?«

»Nein«, gibt Ian zu.

»Was ist passiert?«

»Sie hat geblutet. Sie ... ist ohnmächtig geworden, und ich habe sie nach Hause getragen. Zu ihrer Mutter.«

»Lassen Sie mich das noch einmal zusammenfassen. Das Kind irrte ohne Wissen der Mutter im Dunkeln blutend und fast ohnmächtig durch den Wald?«

Ian runzelt die Stirn. »Als ich Faith zu Mrs. White brachte, reagierte sie sofort. Sie brachte Faith ins Krankenhaus, damit sie sofort medizinisch versorgt wurde.«

»Wäre es denkbar, dass Faith White weggelaufen war, weil ihre eigene Mutter ihr wehgetan hatte?«

»Einspruch!«

»Abgelehnt«, entschied Richter Rothbottam.

Ian zuckt die Achseln. »Ich habe ihre Mutter nichts dergleichen tun sehen.«

»Aber wäre es möglich?«

»Ich habe auch nicht gesehen, wie Sie Faith in jener Nacht etwas getan haben, Mr. Metz, aber ich denke, es läge durchaus im Bereich des Möglichen.«

Metz zögert. Er kommt einfach nicht dahinter, was für ein Spiel Fletcher spielt. Sie stehen auf derselben Seite – sie beide sind daran interessiert, das Kind als Betrügerin zu entlarven, wenn auch aus unterschiedlichen Motivationen heraus. »Können Sie uns noch weitere Beispiele für Mrs. Whites mangelnde Eignung als verantwortungsbewusster Elternteil nennen?«

Ian legt die Stirn in Falten, als würde er angestrengt nachdenken. Dann entspannen sich seine Züge wieder und er lächelt. »Nein. Tatsächlich habe ich nur Beweise des Gegenteils gesehen. In der ganzen Zeit, in der ich versucht habe, Faith zu diskreditieren, hatte ich den Eindruck, als wäre Miss White eine verdammt gute Mutter.«

Ian lässt den Blick über die Gesichter im Zuschauerraum schweifen und dann auf Mariah ruhen. *Siehst du?* Dann richtet er seine Aufmerksamkeit wieder auf Metz und das nachdenkliche Glitzern in den Augen des Anwalts.

»Sie sagen, Sie haben den Fall Faith zwei Monate lang untersucht.«

»Das ist richtig.«

»Können Sie uns etwas mehr über diese Untersuchungen erzählen?«

Ian legt die Fingerspitzen aneinander. »Im Augenblick fällt mir nichts Spezielles ein.«

»Wie interessant«, bemerkt Metz zynisch, »zumal Sie beide vor etwa einem Monat mit demselben Flug nach Kansas City geflogen sind.« Er legt ein Blatt Papier als

Beweisstück vor; ganz oben ist das Logo einer Fluggesellschaft zu erkennen.

Ian versucht, sich nichts anmerken zu lassen; es hat immer die sehr reale Möglichkeit bestanden, dass Metz' Detektive darauf stießen. Aber zu wissen, dass ein Flug stattgefunden hat, bedeutet noch lange nicht, auch zu wissen, warum. Die eigentliche Frage war, wie viel Metz herausgefunden hatte.

»Vielleicht können Sie uns sagen, was Sie auf dieser Reise über Faith und Mariah White in Erfahrung gebracht haben?«

Metz starrt Ian eindringlich an. Er will, dass sein Zeuge endlich zugibt, dass er Mutter und Tochter nach Kansas gefolgt ist, um mehr über sie zu erfahren. Und er soll endlich damit herausrücken, was er dabei aufgedeckt hat.

»Ach«, sagt Ian, Überraschung vortäuschend. »Ich wusste gar nicht, dass sie an Bord waren. Ich flog Erster Klasse ... ich bin gar nicht nach hinten in die Economy Class gegangen.« Er lächelt Metz unschuldig an. »Was für ein Zufall.«

»Wenn Sie nicht an Bord dieser Maschine waren, um im Fall White zu recherchieren – und Sie haben selbst erklärt, dass Sie in dieser Zeit damit beschäftigt waren, ihren angeblichen Wundern auf den Grund zu gehen –, was hatten Sie dann an Bord dieser Maschine zu suchen, Mr. Fletcher?«

Ians Gesicht ist eine einstudierte blanke Maske. »Ich habe Freunde besucht.«

Metz steht jetzt so dicht vor ihm, dass seine Worte auf Ian niedergehen wie Regentropfen. »Was für Freunde?«

»Einspruch, Euer Ehren«, sagt Joan. »Ich weiß zwar nicht, warum, aber Mr. Metz setzt seinen eigenen Zeugen unnötig unter Druck.«

»Ich stimme dem zu, Mr. Metz«, pflichtet der Richter ihr bei. »Mr. Fletcher hat Ihre Frage zufriedenstellend beantwortet.«

Metz wagt es nicht, Fletcher noch einmal anzusehen; er ist sich nicht sicher, ob er sich selbst davon abhalten kann, den Hurensohn zu erwürgen. »Keine weiteren Fragen«, sagt er zähneknirschend und nimmt wieder neben Colin White Platz.

»Was zum Teufel war denn *das*?«, fragt Colin irritiert.

Metz sieht, wie Joan eindringlich auf ihre Klientin einredet. »Das«, sagt er, »war ein Reinfall. Der Kerl hat mich reingelegt.«

»Was zum Teufel war denn *das*?«, fragt Joan leise.

Mariah antwortet nicht, sondern faltet und entfaltet mit größter Konzentration den Stoff ihres Rockes. Im ersten Moment, als Ian durch den Saal zum Zeugenstand gegangen ist, hat sie kaum noch Luft bekommen vor Anspannung. Sie hat sich gefragt, ob Ian sie nicht doch, trotz all seiner Versicherungen der vergangenen Wochen, belogen hat und sie bloßstellen wird.

»Sie haben es gewusst«, sagt ihre Anwältin fassungslos. »Unglaublich.«

»Er will mir helfen«, entgegnet Mariah leise. »Er war der Meinung, es wäre besser, wenn Sie nicht eingeweiht wären.«

Joan starrt sie einen Moment sprachlos an. »Dann verraten Sie mir eins: Wie weit ist er bereit zu gehen?«

Als Ian Joan ansieht, springt der Funke über, und es entsteht ein Band zwischen ihnen, geknüpft aus einem gemeinsamen Ziel. »Sie haben einige Zeit darauf verwandt, Mariah zu beobachten und ihre Vergangenheit zu durchleuchten.«

»Ja.«

»Sie haben feststellen können, dass Mariah eine gute Mutter ist.«

»Ja.«

»Können Sie mir mehr dazu sagen?«

Ian lehnt sich im Zeugenstand vor. »Mir ist noch nie eine Frau mit einem so ausgeprägten Beschützerinstinkt gegenüber ihrem Kind begegnet, Ma'am. Miss White hat ihr Bestes versucht, um Faith gegen die Medien abzuschirmen, gegen die religiösen Eiferer auf ihrem Grundstück und sogar gegen mich. Wie Mr. Metz vorhin bereits erwähnt hat, hat sie versucht, ihre Tochter von dem ganzen Wirbel wegzubringen und ist mit ihr nach Kansas City geflogen. Als ich sie mit ihrer Tochter ins Krankenhaus begleitet habe in der Nacht, in der Faith' Hände anfingen zu bluten, wich sie dem Mädchen keine Sekunde von der Seite. Ich muss gestehen, dass ich bei meiner Ankunft in New Canaan mit genau dem rechnete, was Mr. Metz Mrs. White eben unterstellt hat: eine Frau, die sich wichtig machen will, indem sie ihr eigenes Kind als religiöse Wunderwirkerin vermarktet. Aber die Fakten ergaben ein völlig anderes Bild. Miss White ist eine anständige Frau und gute Mutter.«

»Einspruch!«, ruft Metz.

»Mit welcher Begründung?«, möchte der Richter wissen.

»Nun ... er ist mein Zeuge!«

»Abgelehnt.« Rothbottam nickt Ian zu. »Fahren Sie bitte fort, Mr. Fletcher.«

»Ich wollte eben hinzufügen, dass mir in meiner Kindheit in Georgia eingeschärft wurde, mich niemals zwischen eine Bärenmutter und ihr Junges zu stellen, weil die Mutter alles niederwalzen würde, um zu ihrem Jungen zu kommen – alles. Natürlich habe ich das damals für eine maßlose Übertreibung gehalten. Als ich etwa acht Jahre alt war, geriet ich prompt zwischen eine Bärenmutter und ihr Junges, und ich habe drei Stunden oben auf einem Baum gesessen, bis sie endlich das Interesse an mir verlor. Aber nie habe ich den Ausdruck in den Augen dieses wilden Tieres vergessen – da war etwas, das mir bewusst machte, dass ich verrückt gewesen war, mich mit ihr anzulegen. Und dreißig Jahre später habe ich denselben Ausdruck auf Mariah Whites Gesicht gesehen.«

Joan versucht, sich ein Lächeln zu verkneifen. Ian Fletcher ist nun einmal in erster Linie Schauspieler. Er versteht es, seinen Text überzeugend rüberzubringen. »Danke, Mr. Fletcher.« Lächelnd blickt sie zur Gegenseite hinüber. »Und danke auch Ihnen, Mr. Metz. Keine weiteren Fragen.«

Um halb zwei öffnet Faith zum ersten Mal seit zwölf Stunden die Augen. Die Krankenschwester kehrt ihr gerade den Rücken zu, sodass sie nicht gleich bemerkt, dass die kleine Patientin bei Bewusstsein ist. »Kämpf nicht dagegen an, Liebes«, sagt sie, als Faith anfängt, nach Luft zu schnappen. »Du hast einen Schlauch im Hals.« Sie verständigt über den Pieper Dr. Blumberg und den diensthabenden Kinderchirurgen. »Atme ganz normal«, fordert sie Faith auf.

Aber Faith fährt fort, lautlos den Mund zu öffnen und zu schließen wie ein Fisch auf dem Trockenen, nur dass sie nicht nach Luft schnappt, sondern stumm das Wort »Mami« formt.

»Mr. Metz«, fährt der Richter fort. »Ihr nächster Zeuge.«

Metz hebt den Kopf. »Euer Ehren, darf ich vortreten?« Joan begleitet ihn zum Richtertisch und wappnet sich für das Gefecht, das ihr bevorsteht – den Kampf wegen des Gutachters, den Metz am Morgen erwähnt hat. »Ich muss einen Zeugen aufrufen, der nicht auf der Liste steht.«

»Ich habe bereits erklärt, dass ich diesen Zeugen ablehne, Euer Ehren«, sagt Joan sofort. »Ich hatte keine Kenntnis von Mr. Metz' angeblichem Experten, und ich brauche Zeit, um mich über dieses lächerliche psychologische Syndrom zu informieren, das er irgendwo in der *Encyclopaedia Britannica* ausgegraben hat.«

»Ich meine nicht den Münchhausen-Experten«, entgegnet Metz ungeduldig. »Es handelt sich um jemand anders. Und zufällig ist er hier im Saal.«

Joan klappt die Kinnlade herunter. »Warum haben Sie sich überhaupt die Mühe gemacht, eine Zeugenliste zu erstellen?«

»Ian Fletcher hat sich als unerwartet feindseliger Zeuge erwiesen, sodass ich bei seiner Befragung einige Dinge nicht ansprechen konnte.«

Der Richter wendet sich an Joan. »Wie stehen Sie dazu?«

»Kommt nicht infrage, Euer Ehren.«

Metz lächelt und formt lautlos das Wort »Wiederaufnahmeverfahren.«

Joan beißt die Zähne zusammen und zuckt die Achseln. »Also gut. Bitte.«

Triumphierend kehrt Metz zurück an den Tisch des Klägers. Sein nächster Zeuge wird Fletcher als Lügner entlarven und damit seine ganze Aussage und seine unerklärliche Fürsprache für Mariah infrage stellen. Zumindest wird Metz mit seiner Hilfe den Schaden wettmachen können, den Fletcher seinem Fall zugefügt hat.

»Der Kläger ruft Allen McManus in den Zeugenstand.«

Im Zuschauerraum entsteht einige Unruhe, als einige der Reporter aufstehen, um ihren Kollegen nach vorn zu lassen. Sichtlich überrascht steuert McManus den Gerichtsdiener an, der ihn den Eid auf die Bibel schwören lässt.

Im Stillen sendet Metz ein Dankesgebet an Lacey Rodriguez, die wieder einmal mehr Informationen geliefert hat, als er zu verwenden plante – Informationen, von deren Existenz die meisten Menschen nichts ahnen, wie beispielsweise eine Dienstleistung der Telefongesellschaft, bei der die Telefonnummern sämtlicher ein- und ausgehender Ferngespräche angezeigt werden.

»Nennen Sie bitte für das Protokoll Namen und Adresse.«

»Allen McManus«, antwortet der Zeuge. »Zweiviersiebenacht Massachusetts Avenue, Boston.«

»Wo arbeiten Sie, Mr. McManus?«

»Ich schreibe Nachrufe für den *Globe*.«

Metz verschränkt die Hände hinter dem Rücken. »Wie und wo haben sie das erste Mal von Faith White gehört?«

»Ich, also, ich wurde beauftragt, über einen Psychiaterkongress in Boston zu berichten. Dort sprach eine Rednerin von einer Patientin, einem kleinen Mädchen, das mit Gott spräche. Damals wusste ich allerdings noch nicht, dass es sich um Faith White handelte.«

»Und wie sind Sie dahintergekommen?«

»Ich war im Büro, und mir wurde ein Artikel gefaxt, der von einer Toten handelte, die von ihrer Enkelin ins Leben zurückgeholt wurde. Wie sich herausstellte, hatte sich dieses ›Wunder‹ in derselben Kleinstadt ereignet, in der auch diese Psychiaterin praktizierte. Dann klingelte das Telefon, und ein anonymer Anrufer sagte, ich solle einmal darüber nachdenken, wer am meisten davon profitieren würde, das Kind zur Wunderheilerin hochzustilisieren.«

»Was haben Sie getan, nachdem Sie diesen Anruf erhalten haben?«

McManus hebt stolz das Kinn. »Ich habe viele Jahre investigativen Journalismus hinter mir, also beschloss ich, der Sache nachzugehen. Ich stellte Recherchen über die Mutter an.« Er lächelt zufrieden. »Ich war es, der als Erster von ihrem viermonatigen Aufenthalt in der Nervenheilanstalt berichtet hat.«

»Bekommen Sie öfter anonyme Anrufe?«

Allen fährt sich mit einem Finger innen am Hemdkragen entlang. »Da ich die Nachrufe schreibe, eher selten. Beim Globe werden sämtliche Telefonnummern eingehender Anrufe angezeigt. Ich notierte mir die Nummer, nur für den Fall, dass ich später zurückrufen wollte.«

»Wie lautete diese Nummer, Mr. McManus?«

»Ich kann meine Quellen nicht preisgeben, Sir.«

Der Richter legt streng die Stirn in Falten, während im Zuschauerraum anerkennendes Stimmengemurmel laut wird. »Sie können und werden, Mr. McManus, oder Sie müssen sich wegen Missachtung des Gerichts verantworten.«

Allen schweigt eine Weile nachdenklich. Dann kramt er ein kleines Notizbüchlein aus der Tasche und blättert darin. »Drei-eins-null-zwei-acht-acht-drei-drei-sechs-sechs.«

»Haben Sie den Anschluss überprüfen lassen?«

»Ja.«

Malcolm Metz schlendert vor den Tisch der Verteidigung und baut sich vor Mariah auf. »Mr. McManus, sagen Sie uns doch bitte, wessen Nummer das ist?«

Der Richter räuspert sich warnend, aber das ist überflüssig, McManus blickt bereits unverwandt auf einen Mann, die Augen zusammengekniffen in Erinnerung daran, wie dieser ihn vor einigen Wochen abgekanzelt hatte. »Es handelt sich um eine Handynummer«, sagt er. »Registriert auf den Namen Ian Fletcher.«

Von der Sekunde an, da der Name Allen McManus fällt, fühlt Ian sich wie auf seinem Stuhl festgewachsen. Er ist unfähig, sich zu rühren, obgleich er ahnt, dass zu bleiben das Falscheste ist, was er tun kann. Wie hat er Metz nur so unterschätzen können? Ian sitzt zwei Reihen hinter Mariah und sieht, wie sie die Schultern anspannt, als sie erfährt, dass niemand anders als Ian verantwortlich war für die Enthüllungsstory über sie. *Ich hätte es ihr beichten sollen,* denkt er. *Wenn ich es ihr selbst gesagt hätte, hätte sie mir verziehen.*

Er wünschte, sie würde sich zu ihm umdrehen. Er wünschte, er könnte ihr Gesicht sehen.

Erst wenige Minuten zuvor, als er den Zeugenstand verlassen hat, hat er ihr im Vorbeigehen zugezwinkert. Sie hat über das ganze Gesicht gestrahlt wie ein Honigkuchenpferd. Er kann sich ihr blasses Gesicht und den gequälten Ausdruck in ihren Augen vorstellen.

Er starrt sie an, wie man nicht anders kann, als hinzusehen, wenn ein Gebäude einstürzt und ein Raub der Flammen wird, überwältigt von der Tragödie. Er zuckt nicht mit der Wimper, als sie die Hände vor das Gesicht schlägt und in Tränen ausbricht.

Joan verwendet dreißig Sekunden darauf, zu versuchen, ihre Mandantin zu trösten, etwas, das noch nie ihre Stärke gewesen ist. Dann erhebt sie sich bebend vor Zorn. Wenn das hier ein Geschworenenprozess wäre, wäre alles anders. Dann könnte sie McManus ins Kreuzverhör nehmen und irgendwie Zweifel daran aufkommen lassen, dass Ian den Anruf von seinem Handy aus selbst getätigt hatte. Ein Mitarbeiter hätte ohne sein Wissen von seinem Telefon aus anrufen können, sein Handy hätte gestohlen worden sein können, weiß Gott was sonst noch alles. Aber der Richter würde sich bereits ein Urteil gebildet haben, ob Ian Fletcher der Anrufer gewesen war oder nicht. Und er würde – so wie alle Anwesenden – zu dem Schluss gekommen sein, dass Ian bereits mehrfach andere hereingelegt hat.

»Sie arbeiten beim *Globe*?«, fragt sie barsch.

»Ja.«

»Wie lange schon?«

»Seit sechs Jahren.«

»Welche Ausbildung haben Sie genossen?«

»Ich habe an der Columbia School of Journalism studiert und war anschließend beim *Miami Herald,* bevor ich zum *Globe* gewechselt bin.«

»Wer hat Sie mit dieser speziellen Story betraut?«

»Der Redakteur der Abteilung ›Besondere Vorkommnisse‹, Uwe Terenbaum. Er bittet mich manchmal, über Symposien und Kongresse zu berichten, wenn ich mit den Nachrufen nicht zu beschäftigt bin.«

Joan marschiert vor ihm auf und ab wie ein Webstuhlschiffchen. McManus wird ganz schwindelig davon. Sie hat keinen Schimmer, was sie aus diesem Wurm herauspressen kann, aber sie hat so eine Ahnung, dass sein Ego seine Achillesferse ist. Und je lächerlicher sie ihn macht, desto besser. »Halten Sie sich für einen guten Reporter, Mr. McManus?«

Allen richtet sich zu seiner vollen Größe auf. »Ich denke schon.«

»Genießen Sie unter Kollegen einen guten Ruf?«

»Sicher.«

»Wurden Sie mit der Berichterstattung in diesem Fall betraut, weil Sie zu den besten Reportern des *Globe* gehören?«

»Vermutlich«, erwidert er und wirft sich in die Brust.

»Es muss ein Erfolgserlebnis gewesen sein, als Sie diese Telefonnummer zu Ian Fletcher zurückverfolgt haben.«

»Ja, das stimmt«, gibt Allen zu. »Ich meine, er ist ja kein Unbekannter.«

Joan trommelt mit den Fingern auf das Geländer des Zeugenstandes. »Haben Sie noch einmal mit Mr. Fletcher gesprochen, nachdem Sie herausgefunden hatten, dass das seine Nummer war?«

»Ich habe es versucht, aber ...«

»Ja oder nein?«

»Nein.«

»Sie haben sich also auf seinen Tipp verlassen und das Beste daraus gemacht.«

»Ja.«

»Sind Sie in Greenhaven gewesen?«

»Ja«, antwortet Allen.

»Wo man Ihnen Einblick in Mariah Whites Patientenakte gewährt hat?«

»Nein. Ein Arzt bestätigte mir, dass sie dort stationär behandelt worden ist.«

»Ich verstehe. War er seinerzeit Mariahs behandelnder Arzt?«

»Nein.«

»Hatte er Mariah während ihres Aufenthaltes dort zu irgendeinem Zeitpunkt behandelt?«

»Nein.«

»War er mit Einzelheiten ihres Falles vertraut?«

»Er kannte den Fall in seinen Grundzügen.«

»Danach habe ich nicht gefragt, Mr. McManus«, entgegnet Joan stirnrunzelnd. »Haben Sie im Laufe Ihrer gründlichen Nachforschungen herausgefunden, dass Mariah gegen ihren Willen von ihrem Mann in Greenhaven eingewiesen wurde?«

»Äh ... nein ...«

»Haben Sie recherchiert, dass ihr keine Gelegenheit gegeben wurde, zu versuchen, ihrer Depressionen mit alternativen Behandlungsmethoden Herr zu werden, bevor sie zwangseingewiesen wurde?«

»Nein.«

»Haben Sie in Erfahrung gebracht, dass Mariah White einen Nervenzusammenbruch erlitten hat, weil ihr Mann sie am laufenden Band betrogen hat?«

»Nein«, entgegnet der Reporter leise.

»Haben Sie herausgefunden, dass das der Grund war für ihre Selbstmordabsichten?« Joan mustert McManus verächtlich. »Sie haben keinerlei grundsätzliche Fakten dieses Falles recherchiert, Mr. McManus. Sie haben geschlampt. Wie kommen Sie eigentlich auf den Gedanken, Sie wären ein guter investigativer Reporter?«

»Einspruch!«

»Ich ziehe die Frage zurück«, sagt Joan, aber da spielt es ohnehin schon keine Rolle mehr.

Als offensichtlich wird, dass Mariah sich so bald nicht beruhigen wird, regt der Richter eine einstündige Unterbrechung an. Noch bevor die Medienvertreter aufgestanden sind, hat Joan Mariah aus dem Saal geführt und steuert mit ihr die Damentoilette an. Dann hält Joan von innen die Tür zu, damit sie ungestört sind. »Mariah, Fletchers Zeugenaussage war gar nicht so schlimm, nicht einmal das mit dem Zeitungsartikel. Wenn wir an der Reihe sind, unsere eigenen Zeugen aufzurufen, wird sich schon niemand mehr daran erinnern.« Als Mariah hierauf nicht antwortet, geht Joan plötzlich ein Licht auf. »Es ist nicht das, was er gesagt hat«, stellt sie fest. »Es ist, dass er es überhaupt gesagt hat. Darum wussten Sie, dass er Metz im Zeugenstand in den Rücken fallen würde. Heiland, Sie lieben ihn.«

»So einfach ist das nicht ...«

»Das ist es doch nie!«

Mariah winkt sie fort. »Ich wäre gerne einen Moment allein.«

Die Anwältin mustert sie forschend. »Ich weiß nicht, ob das eine so gute Idee ist?«

»Haben Sie Angst, ich könnte eine Rasierklinge im Ärmel versteckt haben?«, fragt Mariah bitter. »Lassen Sie sich auch schon von den Zeugenaussagen dieses Tages beeinflussen?«

»So habe ich das nicht gemeint. Ich ...«

»Es ist gut, Joan. Bitte.«

Die Anwältin nickt und geht hinaus. Mariah tritt vor das Waschbecken und betrachtet sich im Spiegel. Ihre Augen sind verquollen und gerötet; ihre Nase läuft. Neben ihr spiegelt sich ihr Bild im Handtuchspender, sodass ihr verweintes Gesicht vielfach zurückgeworfen wird.

Sie hätte es wissen müssen. Vielleicht hat Metz ja Recht, vielleicht ist es wirklich so, dass der Schmerz, wenn man ihn erst einmal erfahren hat, weiß, wo er einen finden kann. Er schleicht sich im Dunkeln an, lauert einem auf, wenn man am wenigsten damit rechnet, und springt einen an, ohne einem Zeit zu lassen, sich für den Kampf zu wappnen.

Ian muss sich königlich über sie amüsiert haben, so naiv wie sie gewesen ist. Wie hat sie nur glauben können, dass sein Interesse an ihr mehr wäre als eine List, um an Faith heranzukommen?

Diese unvergesslichen Nächte mit ihm, diese Worte, die sie verzaubert und in jemanden verwandelt haben, der sie schon immer sein wollte – für Ian waren es nur Worte, nur Nächte. Alles nur Pflichtprogramm.

Unter Aufbietung ihrer ganzen Willenskraft zwingt sie sich, wieder in den Spiegel zu sehen. Sie wird sich zusammenreißen und in diesen Gerichtssaal zurückkehren. Sie wird all das sagen, was sie und Joan geprobt haben. Sie darf sich das Sorgerecht für ihre Tochter einfach nicht wegnehmen lassen.

Ihr ist sonst nichts mehr geblieben.

Als sie die Damentoilette schließlich verlässt, rechnet sie damit, von einer Schar Reporter und Photographen in Empfang genommen zu werden, die nur auf ein Zeichen von Schwäche warten in einem Teil des Gerichtsgebäudes, in dem ihnen das Filmen erlaubt ist. Aber der einzige Mensch draußen vor der Tür ist Ian.

»Mariah«, sagt er und kommt auf sie zu.

Sie lässt ihn einfach stehen. Als ihre Schulter im Vorbeigehen seinen Arm berührt, bricht sie fast wieder in Tränen aus.

»Damals hatte ich doch keine Ahnung. Ich wusste noch nicht, was du für ein Mensch bist.«

Mariah bleibt stehen, dreht sich um und blickt ihm ins Gesicht. »Dann sind wir ja schon zwei«, sagt sie eisig.

Joan will gerade in den Gerichtssaal zurückgehen, als sie eine Hand auf der Schulter spürt, die sie beiseite zieht. »Kein Wort«, warnt Ian, als sie zum Sprechen ansetzt.

»Ah, wenn das nicht James Bond persönlich ist. Wenn Sie mir gesagt hätten, dass Sie den Doppelagenten spielen wollen, hätten wir diesen Mist mit McManus möglicherweise verhindern können.«

»Ich bitte vielmals um Entschuldigung.«

Joan verschränkt die Arme über der Brust. »Ich bin nicht diejenige, die sich die Augen ausweint.«

»Ich habe versucht, ihr klarzumachen, dass das mit der *Globe-Story* war, bevor wir ... na ja, eben davor. Sie hört mir nicht zu.«

»Das kann ich ihr nicht verübeln.« Sie blickt in Richtung des Gerichtssaals, der sich langsam füllt. »Hören Sie, ich werde später mit Mariah sprechen. Im Augenblick kann ich nichts für Sie tun ...«

»Sehen Sie, und genau da irren Sie sich ...«

Joan und Metz treten an den Richtertisch. »Euer Ehren«, sagt er, »ich habe alle meine Zeugen aufgerufen bis auf den Psychiater, den ich heute Morgen bei der Anhörung erwähnt habe.«

»Euer Ehren«, fügt Joan hinzu, »wie bereits erwähnt, kann ich ein Münchhausen-Syndrom nicht von einem Tennisarm unterscheiden. Ich brauche Zeit, um mich darauf vorzubereiten, Mr. Metz' lächerliche Theorie über meine Mandantin zu widerlegen. Hinzu kommt, dass es sich schon um den zweiten Zeugen handelt, den mein Kollege aus dem Hut gezaubert hat, da auch Allen McManus meines Wissens nicht auf der Liste stand.« Sie wirft einen Blick auf den gegnerischen Anwalt. »Wenn Mr. Metz seinen Psychiater aufrufen will, fordere ich, Ian Fletcher noch einmal aufrufen zu dürfen.«

»Kommt nicht infrage. Der Aufruf Allen McManus' in den Zeugenstand war dazu bestimmt, Ian Fletcher der Lüge während meiner Befragung zu überführen, Euer Ehren. Ihn erneut von der Verteidigung befragen zu lassen, würde nur für Verwirrung sorgen«, wandte Metz ein.

»Ich denke, meine Verwirrung wird sich in Grenzen halten«, entgegnet der Richter trocken. Er wendet sich an den Zuschauerraum. »Mr. Fletcher, würde es Ihnen etwas ausmachen, noch einmal im Zeugenstand Platz zu nehmen?«

Ian kehrt schweigend in den Zeugenstand zurück. Joan mustert ihn aufmerksam; sie hofft, dass alles so laufen wird, wie Ian es sich überlegt hat. Die Befragung dient eigentlich nicht dem Fall an sich, sondern ist vielmehr ein Geschenk an ihre Mandantin. Und wie Ian ganz richtig bemerkt hat, ist es nur im Interesse des Falles, wenn sie sich versöhnen, da Mariah ja bislang noch nicht ausgesagt hat.

Joan geht zu Mariah hinüber und drückt ihren Arm. »Sperren Sie die Ohren weit auf«, raunt sie ihr zu, bevor sie zum Zeugenstand zurückkehrt. »Mr. Fletcher, wann haben Sie Mr. McManus angerufen?«

»Anfang Oktober.«

»Und warum?«, fragt sie knapp. Für den Außenstehenden muss es so aussehen, als wäre sie wütend auf Ian ... und das zu Recht.

»Ich wollte Faith Whites Behauptungen widerlegen. Das hätte die Einschaltquoten meiner Sendung in die Höhe getrieben. Ich kannte zu diesem Zeitpunkt weder Faith noch ihre Mutter.« Er breitet die Hände aus. »Ich habe schon früher mit anonymen Hinweisen nachgeholfen. Es sieht einfach besser aus, wenn die Kontroverse von einem anderen gestartet wird. Ich komme dann erst später ins Spiel, arbeite mich Schicht für Schicht durch und entlarve schließlich den Betrug als solchen. McManus schien mir ein halbwegs ordentlicher Reporter zu sein, und ich dachte mir, er könnte hilfreich sein.«

»Das klingt sehr hinterlistig.«

»Das gehört zum Geschäft«, entgegnet Ian. »Manchmal bekomme ich anonyme Hinweise, und manchmal gebe ich welche. Das ist nichts Ungewöhnliches unter Reportern.« Er wirft einen Blick auf McManus. »Manchmal dienen wir sogar als jene Quellen, die andere Journalisten sich zu nennen weigern. Ich wollte Miss White nichts Böses, da mein Augenmerk damals noch gar nicht ihr galt. Mir ging es darum, ihre Tochter als Betrügerin zu entlarven, ganz egal, wie.«

»Und was hat sich daran geändert?«, fragt Joan.

»Heute kenne ich sie«, antwortet Ian leise.

Joan blickt von ihrer Mandantin zu Ian und hält die Luft an. »Keine weiteren Fragen.«

Metz ist bereits aufgestanden. »Sie konnten nichts finden? Nicht das geringste Negative über Faith White?«

»Ich habe meine Untersuchung abgebrochen«, erwidert Ian mit stählernem Blick.

»Wollen Sie behaupten, Faith Whites Visionen wären authentisch?«

Ian denkt gründlich nach, bevor er antwortet. »Ich will sagen, dass Faith White ein außergewöhnliches kleines Mädchen ist, das meiner Meinung nach nicht gezielt Lügen erzählt.«

»Aber Mr. Fletcher, Sie haben sich selbst mehrfach als Atheist bezeichnet. Soll das heißen, dass Sie plötzlich doch an Gott glauben?«

Ian erstarrt. Er realisiert, was Metz ihm angetan hat: Er kann nur dann eine Versöhnung mit Mariah erreichen, wenn er seine eigene Karriere dafür opfert. Wenn er Faith als Wunderheilerin bestätigt, wird der Anwalt Beweise verlangen, und Ian möchte keinesfalls seinen Bruder und seine klaren Momente ins Spiel bringen. Er wirft einen Blick auf Mariah, die ihn eindringlich mustert und auf seine Antwort wartet.

Es tut mir leid, denkt er.

»Mr. Fletcher? Glauben Sie an Gott?«

Ian wölbt die Brauen und setzt die charmante Maske des Fernsehmoderators auf. »Darüber hat die Jury noch nicht befunden«, antwortet er und spielt damit seinem Publikum in die Hände, schaut in die grinsenden Gesichter der Kollegen anstatt auf jenes, das wirklich zählt.

Joan bittet um eine kurze Unterbrechung. Mariah ist bemerkenswert gefasst, wenn auch unnatürlich still, und das beunruhigt Joan noch mehr, als wenn ihre Mandantin einen Tobsuchtsanfall bekäme. »Ich kann eine Vertagung beantragen. Ich kann dem Richter sagen, Sie wären krank.«

»Ich möchte nur eine Stunde. Ich muss zu Faith«, erklärt sie. »Ich war den ganzen Tag nicht bei ihr.«

Joan war die richterliche Verfügung dieses Morgens völlig entfallen. Aufgrund der Verwirrung, die die Zeugenaussagen gestiftet haben, hatte sie noch keine Gelegenheit, Mariah hiervon in Kenntnis zu setzen. »Das geht nicht.«

»Aber wenn Sie den Richter bitten ...«

»Sie können weder jetzt noch später zu Faith. Richter Rothbottam hat eine Verfügung erlassen, die Ihnen für die

Dauer der Verhandlung jeden Kontakt zu Faith untersagt.«

Es beginnt wie eine Lawine in Zeitlupe; ganz allmählich verliert Mariah die Fassung. »Warum?«

»Wenn Faith' Zustand sich bessert, wenn Sie keinen Kontakt zu ihr haben, will Metz das als Beweis verwenden.«

»Weil ich nicht bei ihr bin? Weil ich sie allein gelassen habe, als sie mich am meisten brauchte?«

»Nein, Mariah. Er wird einen Gutachter als Zeugen aufrufen, der behaupten wird, dass Sie aufgrund der erzwungenen Trennung keine Gelegenheit mehr haben, bei Faith Halluzinationen und Blutungen auszulösen.«

Sie schlägt eine Hand vor den Mund und wendet sich ab. »Was denken sie nur von mir?«

Joan runzelt die Stirn. Die Richtung ihrer eigenen Gedanken gefällt ihr nicht. Mariah hat bezüglich Fletchers Aussage für Metz geschwiegen; was verbirgt sie sonst noch? »Sie denken, Sie würden Ihre Tochter über kurz oder lang töten.«

KAPITEL 15

Kinder sind die Anker,
die eine Mutter am Leben halten.

Sophokles
Phaedra

ES DAUERT EIN paar Sekunden, bis ich die Bedeutung von Joans Worten begreife. »Machen Sie *Witze*?«, bringe ich schließlich mühsam hervor. Das ist lachhaft, aber mir ist eher nach Weinen zumute. »Sie denken, ich würde meine eigene Tochter umbringen?«

»Malcolm Metz will sie als emotional labile Frau in einer tiefen Krise darstellen. Angeblich hat er einen Experten gefunden, der sich zu anderen Müttern äußern wird, die das getan haben. Diese psychische Störung hat auch einen Namen: Münchhausen-Syndrom.«

Eine Krise. Wie viel muss ich noch ertragen? Meine Tochter liegt im Krankenhaus, der Mann, in den ich mich verliebt habe, hat mich belogen, und der Mann, den ich einmal geliebt habe, traut mir zu, dass ich fähig wäre, unser Kind zu töten.

»Das ist doch Unsinn«, entgegne ich bestimmt. »Können Sie ihnen das denn nicht klarmachen?«

»Ich werde es versuchen. Aber Metz darf behaupten, was er will. Wenn es ihm gefällt, kann er sogar anführen, Sie würden Faith' Verhalten mit Hilfe von Voodoopuppen lenken. Ob das der Wahrheit entspricht oder nicht ist unwichtig. Was zählt ist, dass wir hinterher dem Richter klarmachen können, dass Metz ihm einen Haufen Unsinn aufgetischt hat.« Sie seufzt. »Hören Sie. Sie haben einen schwachen Punkt. Sie sind in einer Nervenheilanstalt gewesen. Wenn ich an Metz' Stelle wäre, würde ich vermutlich auch darauf herumreiten.«

»Joan«, sage ich mit bebender Stimme, »ich muss meine Tochter sehen.«

Das Mitleid in ihren Augen lässt mich fast endgültig die Fassung verlieren.

»Ich werde das Krankenhaus anrufen und mich erkundigen, wie es ihr geht.«

Ich weiß, dass sie versucht, mir Hoffnung zu machen, aber ihre Worte rinnen durch meine Hände wie Sand.

»Wir werden dafür sorgen, dass Faith wieder zu Ihnen nach Hause darf.«

Ihr zuliebe nicke ich und zwinge mich sogar zu einem Lächeln. Aber ich spreche nicht aus, was ich wirklich denke: dass ein Sorgerechtsprozess keine Bedeutung mehr hat, wenn das Kind, um das es geht, nicht mehr lebt.

Als Joan in den Gerichtssaal zurückgeht, fühlt sie sich, als hätte sie eben den Mount Washington erklommen. Es gibt nichts Erbaulicheres, als seinen Mandanten emotional fertigzumachen, unmittelbar bevor er im Zeugenstand sein Bestes geben muss. Mit all den furchtbaren Gedanken, die ihr durch den Kopf gehen, funkelt sie Metz wütend an und betet um eine kurze telepathische Verbindung. Er beugt sich gerade über das Geländer zum Zuschauerraum und spricht mit einem kleineren, schlankeren Abziehbildchen seiner Selbst, bei dem es sich nur um einen weiteren Arschkriecher aus seiner Kanzlei handeln kann.

Er wendet sich um, als der Richter eintritt und die Anwälte nach vorne ruft. »Also, Mr. Metz, wenn ich mich recht erinnere, haben wir vereinbart, uns an diesem Punkt noch einmal zu besprechen. Darf ich davon ausgehen, dass Sie so weit sind, Ihren Gutachter aufzurufen?«

Ehe er antworten kann, mischt Joan sich ein. »Ich bitte um Verzeihung, Euer Ehren, aber ich muss wieder Einspruch erheben. Meine Mandantin hat gerade erst erfahren, dass sie ihre Tochter für die Dauer des Prozesses nicht sehen darf, und offen gestanden ist sie mit den Nerven am Ende. Es ist fünfzehn Uhr, und da ich nicht über das Heer von Mitarbeitern verfüge, das Mr. Metz aus seiner Großstadtkanzlei zur Verfügung steht, hatte ich immer noch keine Gelegenheit, mich über das Münchhausen-Syndrom zu informieren. Ich kenne weder diesen Gutachter noch seine Referenzen, und ich habe keinen Schimmer von dieser esoterischen Störung. Wenn Sie Mr. Metz erlauben, diesen Zeugen aufzurufen, denke ich, sollten Sie mir mindestens das Wochenende zur Verfügung stellen, um das Kreuzverhör vorbereiten zu können.«

Metz nickt. »Keine Einwände. Ich würde auch empfehlen, die Verhandlung für heute abzubrechen, Euer Ehren, damit Ms. Standish den Rest des Nachmittags nutzen kann, um mit ihren Recherchen zu beginnen.«

»Ach was?«, sagt Joan überrascht.

Richter Rothbottam runzelt die Stirn. »Augenblick. Sie waren heute Morgen zu erpicht auf den Auftritt Ihres

Zeugen, um jetzt eine Kehrtwende zu machen. Was ist los?«

»Mein Zeuge hat offenbar im Laufe des Tages wiederholt versucht, mit Faith White zu sprechen, was selbstverständlich ein wichtiger Bestandteil seiner Aussage ist, aber sie war offenbar nicht in der Verfassung, befragt zu werden.« Er schenkt Joan ein versöhnliches Lächeln. »Und so hat sich ergeben, dass ich selbst ebenfalls etwas mehr Zeit brauche.«

»Was für ein Pech aber auch«, bemerkt der Richter ätzend. »Sie haben sich die Suppe eingebrockt, also werden Sie sie auch auslöffeln. Wie Sie bereits ganz richtig bemerkt haben, ist es fünfzehn Uhr. Ich denke, es dürfte Ihnen keine Mühe bereiten, Ihren Zeugen eine Stunde im Zeugenstand damit zu beschäftigen, seine Referenzen aufzuzählen. Wir werden sehen, wie weit wir kommen, und machen am Montag weiter.« Er wendet sich an Joan. »Bis dahin dürften Sie wohl auf das Kreuzverhör vorbereitet sein.«

»Ja, Euer Ehren.«

»Großartig.« Er richtet den Blick wieder auf Metz. »Rufen Sie Ihren Zeugen auf.«

Metz' Experte, Dr. Celestine Birch, hat unübersehbar Ähnlichkeit mit seinem Namensvetter (Birch bedeutet im Englischen »Birke«, Anm. d. Übers.). Groß, klapperdürr und blass wie eine Silberbirke sitzt er steif im Zeugenstand, mit dem unerschütterlichen Selbstbewusstsein einer Person, die weiß, dass sie auf ihrem Gebiet herausragend ist.

»Wo haben Sie studiert, Doktor?«

»An der Harvard University und anschließend an der

Yale Medical School. Mein Praktikum habe ich am UCLA Medical Center absolviert und hiernach zehn Jahre am Mount Sinai in New York City praktiziert, bevor ich mich mit einer eigenen Praxis in Kalifornien niedergelassen habe. Dort praktiziere ich jetzt seit elf Jahren.«

»Was ist Ihr Spezialgebiet?«

»Ich habe vorwiegend mit Kindern zu tun.«

Metz nickt. »Sind Sie mit einer psychischen Störung namens Münchhausen-Syndrom oder -Neurose vertraut?«

»Ja. Tatsächlich gelte ich auf diesem Gebiet als einer der drei führenden Spezialisten.«

»Könnten Sie uns erläutern, worum es sich bei dieser Krankheit handelt?«

»Natürlich. Das Münchhausen-Syndrom, so genannt nach dem Baron aus dem achtzehnten Jahrhundert, der berühmt wurde durch seine absurden Lügengeschichten, bezieht sich auf eine Person, die bei einer anderen, sich in ihrer Obhut befindlichen Person bewusst körperliche oder psychische Symptome hervorruft.« Der Psychiater kommt jetzt richtig in Fahrt. »Knapp formuliert handelt es sich um eine Person, die eine andere krank macht oder dieser einredet, krank zu sein.

Die Mehrzahl der Opfer des Münchhausen-Syndroms sind Kinder. In den meisten Fällen erzeugt die Mutter künstlich irgendwelche Symptome bei ihrem Kind oder verstärkt bereits bestehende Krankheitserscheinungen, um dann das Kind in ärztliche Obhut zu geben und jede Kenntnis von der Ursache des Problems zu leugnen. Fachärzte gehen davon aus, dass diese Frauen im Grunde ihrem Kind gar nicht wehtun wollen, sondern indirekt in die Rolle des Kranken schlüpfen – um des Mitgefühls willen, mit dem die behandelnden Ärzte der Mutter des kranken Kindes begegnen.«

»Wow«, bemerkt Metz. »Lassen Sie uns noch einmal rekapitulieren: Sie sagen also, dass die Mutter ihr eigenes Kind krank macht, nur um Aufmerksamkeit zu erregen?«

»Darauf läuft es hinaus, Mr. Metz. Ein krankes Kind ist für eine Mutter der einfachste Weg, Mitgefühl zu erregen. Manche Mütter kontaminieren darüber hinaus Urinproben mit Blut, beschädigen Infusionsschläuche oder provozieren bei Neugeborenen Erstickungsanfälle. Das Münchhausen-Syndrom wird als Kindesmissbrauch behandelt. Die Todesrate liegt bei neun Prozent.«

»Diese Mütter töten ihre Kinder?«

»Manchmal«, bestätigt Birch. »Wenn man sie nicht aufhält.«

»Könnten Sie uns einige Krankheiten nennen, die diese Mütter bei ihren Kindern hervorrufen?«

»In vierundvierzig Prozent der Fälle treten Blutungen auf. Bei weiteren zweiundvierzig Prozent Anfälle. Gefolgt von Störungen des zentralen Nervensystems, Atemstillstand und Magen-Darm-Erkrankungen. Ganz zu schweigen von den psychischen Symptomen.«

»Und was kann dieses Syndrom bei einer Mutter auslösen?«

Der Doktor setzt sich bequemer hin. »Vergessen Sie nicht, dass neunundneunzig Prozent aller Mütter nicht gefährdet sind. Man erkrankt nicht wie beispielsweise an einem Grippevirus. Diese Frauen sind geistig gestört. Oft sind die Auslöser Stressfaktoren wie eine Ehekrise oder Scheidung. Es kommt auch vor, dass ehemalige Opfer zu Tätern werden, und in vielen Fällen besteht auch ein Bezug zu Ärztekreisen, sodass entsprechende Kenntnisse vorhanden sind. Sie brauchen ... nein sie haben ein *Bedürfnis* nach Unterstützung und Aufmerksamkeit. Für sie ist krank zu sein ein Vehikel, um geliebt und umsorgt zu werden.«

»Sie sagten, man könnte bei Kindern auch psychische Symptome auslösen. Könnten Sie das näher erläutern?«

»Mit Symptomen meine ich Halluzinationen oder Sinnestäuschungen, Gedächtnisverlust oder Amnesie. Mitunter sogar Konversionen wie Pseudoblindheit. Es ist schwer nachvollziehbar, wie eine Mutter diese Symptome bei ihrem Kind ›vortäuschen‹ kann, aber in der Regel geht es wohl so vor sich, dass die Mutter negatives Verhalten selektiv bestärkt. Beispielsweise kann sie übertrieben liebevoll reagieren, wenn ein Kind von einem Albtraum erzählt, und das Kind andererseits ignorieren oder ihm wehtun, wenn es sich völlig normal verhält. Irgendwann lernt das Kind dann, sich so zu verhalten, wie die Mutter es von ihm erwartet.«

»Spielt es eine Rolle, ob das Kind bei einem alleinerziehenden Elternteil lebt?«

»Absolut«, entgegnet Birch. »Dadurch ist es ja einer einseitigen, gleichbleibenden Beeinflussung ausgesetzt.«

»Eine angebliche Vision könnte also auch durch das Syndrom bestärkt werden?«

»Ja, obgleich Sinnestäuschungen und Halluzinationen bei einem Kind wahrscheinlicher sind, wenn die Mutter selbst zu irgendeinem Zeitpunkt mit solchen Sinnestäuschungen oder Halluzinationen in Berührung gekommen ist.«

»Beispielsweise, wenn sie einige Zeit in einer Nervenheilanstalt verbracht hat?«

Dr. Birch nickt. »Das würde dem Schema entsprechen.«

»Doktor, was passiert, wenn man die Mutter mit ihrem Verhalten konfrontiert?«

»Nun, sie wird lügen und alles abstreiten. In einigen

seltenen Fällen kann es sogar sein, dass die Mutter sich ihres Verhaltens nicht bewusst ist, weil sie ihrem Kind in einer dissoziativen Phase infolge eines vorangegangenen Traumas wehtut.«

»Heißt das, man kann diese Frauen ganz direkt fragen, ob sie ihren Kindern wehtun, und sie verneinen?«

»Sie werden alle dies abstreiten«, sagt Birch. »Das gehört zur Symptomatik dieser psychischen Störung.«

»Eine Frau, die schockiert, verwirrt oder sogar mit Empörung und Zorn reagiert, wenn man sie mit diesem Verhalten konfrontiert – eine Frau, die sich nicht erinnern kann, ihrem Kind wehgetan zu haben –, könnte also trotz allem schuldig sein?«

»Das ist richtig.«

»Ich verstehe«, sagt Metz langsam. »Und wie diagnostiziert man das Münchhausen-Syndrom, Doktor?«

Dr. Birch seufzt. »Sehr zurückhaltend, Mr. Metz, und nicht oft genug. Vergessen Sie nicht, dass es um Kinder geht – und die werden Ihnen nicht sagen, was man ihnen antut, weil die Mutter ihre Leiden mit Liebe belohnt. Eltern sind die wichtigsten Informanten für Ärzte, die einfach davon ausgehen, dass deren Schilderungen der Erkrankung ihres Kindes zutreffend sind. Aber die meisten Ärzte kommen gar nicht darauf, die Diagnose beim Kind anhand einer Diagnose der Eltern zu erstellen.

»Hinzu kommt, dass diese Mütter nicht von normalen Müttern zu unterscheiden sind. Sie streiten ab, ihrem Kind wehzutun, und ironischerweise wirken sie auf Außenstehende sogar besonders fürsorglich. Ein Hinweis auf das Münchhausen-Syndrom kann eine lange komplizierte Krankengeschichte sein. Oder eine Symptombeschreibung, die fast so klingt wie aus dem Lehrbuch. Oder bei psychischen Problemen die Feststellung, dass verabreichte Medikamente nicht anschlagen ... da diese Kinder natürlich nicht wirklich psychotisch sind.« Birch lehnt sich auf seinem Stuhl zurück. »Aber der einzige sichere Weg, dieses Syndrom zu diagnostizieren, ist der, die Mutter in flagranti zu erwischen – mit Hilfe von versteckten Kameras im Krankenhauszimmer. Oder man trennt Mutter und Kind. Wenn es sich tatsächlich um einen Fall von Münchhausen-Syndrom handelt, wird der Zustand des Kindes sich hierauf rasch bessern.«

»Doktor, haben Sie mit Faith White gesprochen?«

»Nein, aber das lag nicht an mir. Ich habe heute dreimal im Krankenhaus nachgefragt, aber mir wurde jedes Mal erklärt, sie sei zu krank, um mit mir zu sprechen.«

»Haben Sie mit Mariah White gesprochen?«

»Nein, aber ich habe Unterlagen über ihren Aufenthalt in der Psychiatrie und ihre derzeitige geistige Verfassung gelesen.«

»Entspricht Mariah White dem Profil einer Frau, die am Münchhausen-Syndrom leidet?«

»In vieler Hinsicht. Das abnorme Verhalten ihres Kindes trat nach einer Phase großen emotionalen Stresses auf. Mrs. White hat den Eindruck einer besorgten Mutter gemacht, indem sie ihre Tochter in psychiatrische Behandlung gegeben hat – an dieser Stelle möchte ich anmerken, dass sie nicht auf die Medikation angesprochen hat – sowie zu einem späteren Zeitpunkt ins Krankenhaus gebracht hat. Aber am verräterischsten in diesem Fall ist womöglich, dass ausgerechnet Stigmata als Krankheit angeführt wurden. Blutungen sind verhältnismäßig leicht herbeizuführen, aber Stigmata sind ein geradezu brillanter Einfall. Wenn Symptome in keinem Lehrbuch nachzulesen sind, kann auch keine Diagnose erfolgen. Welcher Arzt kann schon ausschließen, dass es sich um Stigmata handelt, wenn er noch nie im Leben echte Stigmata gesehen hat?«

»Ist das alles, Doktor?«

»Nein. Mrs. White hat außerdem eine Vorgeschichte psychischer Probleme. Sie hat infolge ehelicher Streitigkeiten versucht, sich das Leben zu nehmen – und plötzlich waren hundert Ärzte und Schwestern da, die sich um sie kümmerten. Auf irgendeiner Ebene setzt sie geliebt und umsorgt zu werden auf eine Stufe. Und das könnte erklären, warum sie, als es erneut zur Ehekrise kam, begann, ihr Kind krank zu machen. Jedesmal, wenn sie Faith zur Behandlung ins Krankenhaus bringt, lässt man Mrs. White die Fürsorge angedeihen, die ihr vor sieben Jahren Ärzte und Psychiater zuteil werden ließen.«

»Wäre es möglich, dass sie ihrer Tochter wehtut, ohne sich dessen bewusst zu sein?«, will Metz wissen.

Der Arzt zuckt die Achseln. »Das ist schwer zu sagen, da ich sie ja nicht untersucht habe. Aber möglich wäre es. Mrs. White hat schon früher an schweren Depressionen gelitten, und der Schock darüber, ihren Mann erneut beim Ehebruch zu überraschen, hätte ausreichen können, um eine Dissoziation hervorzurufen. Anstatt sich wie damals dem Schmerz zu stellen, schaltet sie mental einfach ab. In diesen Phasen fühlt sie sich am meisten vernachlässigt, und darum fügt sie auch in diesen Phasen ihrer Tochter Leid zu.«

»Was glauben Sie, würde passieren, wenn Sie Mrs. White mit diesem Verhalten konfrontieren würden?«

»Sie würde alles abstreiten. Sie wäre empört darüber, dass ich ihr etwas so Abscheuliches unterstelle. Sie würde mir sagen, dass sie ihre Tochter liebt und ihr nichts so sehr am Herzen liegt wie ihre Gesundheit.«

Metz bleibt vor dem Tisch der Verteidigung stehen. »Dr. Birch, wie Sie wissen, liegt Faith im Krankenhaus. Was würde Ihrer Meinung nach geschehen, wenn man ihrer Mutter für eine gewisse Zeit jeglichen Kontakt zu ihr verwehren würde?«

Der Psychiater seufzt. »Es würde mich nicht überraschen, wenn Faith Whites Zustand sich schlagartig bessern würde.«

3. Dezember 1999 – später Nachmittag

Nachdem der Gerichtssaal sich geleert hat, bleiben Joan und ich allein zurück. »Was wollen Sie jetzt tun?«, fragt sie.

»Ich werde nicht ins Krankenhaus fahren, falls Sie das meinen.«

»Das habe ich nicht gemeint. Ich ... ich wusste nur nicht, ob Sie andere Pläne haben.«

Ich lächle sie an. »Ich wollte eigentlich nach Hause fahren, ein heißes Bad nehmen und dann den Gashahn aufdrehen.«

»Das ist nicht komisch.« Sie legt mir eine Hand auf den Arm. »Möchten Sie, dass ich Dr. Johansen für Sie anrufe? Ich bin sicher, dass er unter den gegebenen Umständen einen Gesprächstermin für sie einschieben kann.«

»Nein. Danke.«

»Dann lassen Sie uns etwas trinken gehen.«

»Joan«, sage ich. »Ich weiß Ihre Bemühungen zu schätzen, aber ich bin im Moment nicht in Stimmung für Gesellschaft.«

»Okay. Dann fahre ich ins Krankenhaus und erkundige mich nach Faith. Ich werde Ihre Mutter von dem Gerichtsbeschluss in Kenntnis setzen und sie bitten, Sie daheim anzurufen.«

Ich bedanke mich bei Joan und sage ihr, dass ich noch eine Weile sitzen bleiben möchte. Wenig später lausche ich dem Klappern ihrer Absätze, als sie den Mittelgang hinuntergeht und den Saal verlässt. Ich lasse den Kopf auf den Tisch sinken und schließe die Augen. Ich konzentriere mich darauf, Faith' Gesicht heraufzubeschwören. Vielleicht spürt sie ja, dass ich bei ihr bin, zumindest in Gedanken.

Als der Raumpfleger hereinkommt, um den Fußboden zu bohnern, gehe ich, überrascht von der regen Aktivität auf den Fluren und in der Eingangshalle des Gerichts. Nur weil meine Verhandlung für diesen Tag zu Ende ist, ist noch lange nicht für alle anderen Schluss. An einer Wand lehnt eine weinende Frau; ein älterer Mann hat tröstend einen Arm um ihre Schultern gelegt. Drei Kleinkinder laufen zwischen einer Reihe Plastikstühle umher. Ein Teenager ist krumm wie ein Fragezeichen über den Hörer des Münzfernsprechers gebeugt und flüstert eindringlich.

Obwohl ich Ian nicht sehen will, bin ich enttäuscht, dass er nicht auf mich gewartet hat.

Es hat angefangen zu schneien – der erste Schnee dieses Winters. Die Schneeflocken sind dick und rund; sie schmelzen auf dem Gehweg, als würde ich sie mir nur einbilden. Ich bin so vertieft in die Betrachtung dieses Naturschauspiels, dass ich Ian erst wahrnehme, als ich nur noch wenige Schritte von meinem Wagen entfernt bin.

»Ich muss dich sprechen«, sagt er.

»Nein, musst du nicht.«

Er nimmt meinen Arm. »Willst du denn nicht mit mir reden?«

»Willst du das denn wirklich, Ian? Soll ich dir dafür danken, dass du diesen bescheuerten Reporter vom Globe angerufen und auf mich angesetzt hast, damit er meinen Aufenthalt in der Klapsmühle an die Öffentlichkeit zerrt und Malcolm Metz mir irgendeine perverse psychische Störung andichten kann, der zufolge ich mein eigenes Kind verstümmele?«

»Wenn McManus die Sache nicht publik gemacht hätte, wäre Metz von alleine drauf gekommen.«

»Wage es nicht, dein Verhalten zu entschuldigen«, entgegne ich gefährlich leise.

Ich steige in den Wagen und versuche, die Tür hinter mir zuzuschlagen, aber Ian hält sie fest. »Ich glaube, ich liebe dich«, sagt er.

»Ach ja? Und warum? Weil ich das Glück hatte, ein außergewöhnliches Kind zur Welt zu bringen, mit dessen Hilfe du deine Einschaltquoten pushen kannst?«

»Was hätte ich denn an deiner Stelle sagen sollen? Ich habe dich nicht gekannt, als ich McManus angerufen habe. Und hinterher wollte ich dir nichts davon erzählen, weil ich dachte, du würdest mich dafür hassen. Und was das betrifft, was ich über Faith gesagt habe ... Gott, ich musste mich vage ausdrücken. Ich dachte, das Letzte, was du wollen würdest, wäre, dass ich hinausposaune, dass ich an Faith' Heilkräfte glaube.«

»Weißt du, Ian, irgendwie fällt es mir schwer zu glauben, dass du im Zeugenstand Faith' Wohl vor Augen hattest. Es fällt mir schwer zu glauben, dass du an etwas anderes gedacht hast als an deinen Ruf im Showbiz.«

Ein Muskel zuckt an Ians Kiefer. »Okay, vielleicht habe ich das. Aber ich habe auch an Faith gedacht. Und an dich. Was muss ich tun, um dich zu überzeugen? Ich zahle das Geld, das Metz mir für meine Aussage bezahlt hat, in einen College-Fond für Faith ein ... oder spende es den verdammten Jesuiten. Ich werde in aller Öffentlichkeit alles sagen, was du verlangst. Ich habe einen Fehler gemacht, und es tut mir leid. Warum kannst du mir nicht einfach glauben?«

Wegen Faith, liegt es mir auf der Zunge zu erwidern. Sie hat geglaubt, und sieh dir an, wohin sie das gebracht hat.

»Mariah«, fleht Ian heiser, »lass mich mit zu dir kommen.«

Mit einem kräftigen Ruck gelingt es mir, ihm die Wagentür aus der Hand zu reißen. »Man kann nicht immer das bekommen, was man will«, sage ich. »Nicht einmal du.«

Lassen Sie mich Ihnen sagen, was man fühlt, wenn man weiß, dass man bald sterben wird.

Man schläft viel, und wenn man wach wird, ist der erste Gedanke, dass man weiterschlafen möchte.

Man isst den ganzen Tag nichts, weil Nahrung einen am Leben hält.

Man spult sein Leben zurück wie eine Videokassette und sieht Dinge, die einen zum Weinen bringen, Dinge, die einen nachdenklich stimmen, aber nichts, was den Wunsch wecken würde, sich das Band vorlaufen zu lassen.

Man vergisst, sich das Haar zu bürsten, zu duschen, sich anzuziehen.

Und dann, eines Tages, wenn man zu dem Schluss kommt, dass man gerade noch genug Energie hat, die eine letzte monumentale Tat zu begehen, empfindet man Frieden. Plötzlich zählt man Augenblicke wie seit Monaten nicht mehr. Plötzlich hat man ein Geheimnis, das einem ein Lächeln auf die Lippen zaubert, das die Leute dazu veranlasst festzustellen, man sähe großartig aus, obwohl man sich selbst vorkommt wie eine zerbrechliche leere Hülle, die jeden Moment in tausend Teile zerspringen kann.

Ich freute mich auf das Sterben. Ich erinnere mich, wie ich die Rasierklinge gehalten und gehofft habe, einen sauberen, tiefen Schnitt auszuführen. Ich erinnere mich, wie ich mir ausgerechnet habe, wie lange es noch dauern würde, bis ich die Stimmen der Engel hörte. Ich wollte mich nur noch selbst loswerden, diesen Körper und diese Person, der nichts geblieben war als Schmerz.

Kurz, ich war dort. Ich sollte besser als jeder andere wissen, wie es ist, wenn man aufgeben will, weil die Qual unerträglich geworden ist. Aber stattdessen kämpfe ich wie eine Löwin und greife nach den letzten Strohhalmen, um Faith davon abzuhalten, dort Erfolg zu haben, wo ich einst gescheitert bin.

»Ihre Temperatur lieht bei vierzig Grad. Irgendetwas muss doch aber anschlagen.«

Wie von den Worten des Arztes ausgelöst, versteift Faith' Körper sich plötzlich, und sie fängt an, wild um sich zu schlagen. »Ein Anfall«, ruft der Arzt. Eine Krankenschwester zieht Millie sanft vom Bett fort. »Ma'am, ich muss hier dran.«

Der Arzt hält eins von Faith' Handgelenken fest, die Schwester das andere. Faith' Körper bäumt sich weiter auf, ruckartig wie auf einer Karussellfahrt. »Die Blutung hat wieder eingesetzt«, sagt die Schwester leise.

»Messen Sie Blutdruck und Blutdrucksteigerung«, ruft der Arzt, und das Bett hebt sich auf einen Knopfdruck hin, während zwei Schwestern fest gegen ihre Handflächen drücken.

Plötzlich ertönt ein schrilles Piepen, und Millie wendet ruckartig den Kopf und blickt auf den Monitor hinter Faith' Bett. »Sie kollabiert. Holen Sie den Defibrillator!« Der Arzt tritt an die Bettseite und beginnt mit einer Herzmassage.«

Minuten später drängen sich Schwestern und Ärzte im Raum. »Ressler, intubieren und beatmen Sie. Brustkompression fünfzehn pro Minute.« Der Arzt überprüft den Rhythmus von Faith' Herzschlag und fährt fort, Anweisungen zu rufen. »Wyatt, leg einen Zugang und verabreiche ihr so schnell wie möglich einen Liter Ringerlösung. Und Abby, ich will ein vollständiges Blutbild, einschließlich Blutplättchen, und eine Probe soll im Labor auf Typ und Kreuzblut untersucht werden.«

»Ma'am, warum kommen Sie nicht mit mir, damit wir ihr helfen können?« Die Schwester führt Millie hinaus auf den Flur, wo sie sofort das Gesicht an die Glasscheibe der Kinderintensivstation drückt. Millie sieht, wie jemand Faith' Krankenhausnachthemd aufreißt und die Defibrillatorpads an ihrer schmalen Brust anlegt. Ihr ist gar nicht bewusst, dass ihre eigene Hand sich über ihr eigenes starkes Herz gelegt hat.

Eine halbe Stunde später

Joan sitzt neben Millie im Besucherzimmer. Sie hat nie viel für Krankenhäuser übrig gehabt; dieses hier ist anders ... und doch ist da etwas Undefinierbares, das sie noch nervöser macht als sonst. Sie lächelt Mariahs Mutter freundlich zu und ermuntert sie fortzufahren.

»Der Doktor«, erzählt Millie mit tränenerstickter Stimme, »er hat gesagt, dass die Prognose sehr gut ist, weil der Herzstillstand weniger als eine Minute gedauert hat. Ihre Luftröhre ist frei, und der Herzrhythmus ist gleichmäßig.«

Joan wirft einen Blick auf das reglose Mädchen in dem Krankenhausbett. »Sie sieht nicht gut aus.«

»Aber sie haben ihr Herz unter Kontrolle, und das Fieber ist gefallen. Das Einzige, was sie irgendwie nicht schaffen, ist, die Blutung zu stoppen.« Millie atmet tief durch. »Wie lange dauert es noch, bis Mariah kommt?«

»Diesbezüglich muss ich mit Ihnen sprechen. Mariah kann nicht herkommen.«

»Ist ihr etwas passiert?«

»Es geht ihr gut. Es wurde nur ein Gerichtsbeschluss erlassen, der ihr den Kontakt zu ihrer Tochter untersagt. Das haben wir Richter Rothbottam und Malcolm Metz zu verdanken. Sie glauben, sie würde ihre Symptome hervorrufen.«

»Das ... das ist doch lächerlich!«, stammelt Millie.

»Sie und ich wissen das, aber einen Gerichtsbeschluss ignoriert man nicht so einfach. Ich brauche Ihre Hilfe. Sie müssen bei Faith bleiben und Mariah auf dem Laufenden halten.«

»Sie darf nicht einmal *anrufen*?«

Joan schüttelt den Kopf.

»Das muss unerträglich für sie sein.« Millie massiert sich die Schläfen, sichtlich hin und her gerissen; wie soll sie gleichzeitig über Faith wachen und ihrer eigenen Tochter Trost spenden?

Joan blickt den Flur hinunter. Und plötzlich weiß sie, was sie vorhin so irritiert hat: Das Komische an dieser Kinderintensivstation ist, dass Faith der einzige Patient ist. Abgesehen von den Ärzten und Krankenschwestern, die sich um sie kümmern, ist niemand hier. »Wenn Sie anrufen ...«

»Ich werde ein wenig beschönigen«, entgegnet Millie. »Ich bin ja nicht blöd.«

Colin betritt das abgedunkelte Krankenhauszimmer und bleibt am Fußende des Bettes seiner Tochter stehen.

Sie hat die Arme ausgebreitet, die lose am Bettgestell festgezurrt sind, damit die Wunden an ihren Händen nicht wieder aufbrechen. Ihre Füße werden von der Bettdecke an Ort und Stelle gehalten. Sein Blick fällt auf die Drähte, die mit Elektroden an ihrer Brust befestigt sind, auf den Schlauch in ihrem Hals und die Gazetupfer an ihren Händen.

Er weiß nicht, was er denken soll. Er hört den Ärzten zu, als sie mit ihm sprechen. Er hat diesen Psychiater gehört, diesen Birch. Und er hat Mariah zugehört, die geschworen hat, dass sie Faith nie etwas antun würde. Vorsichtig setzt Colin sich auf die Bettkante.

»Guten Abend, gute Nacht, mit Rosen bedacht ...« Er drückt die nasse Wange an ihre und hört das gleichmäßige Piepen des Monitors, an den sie angeschlossen ist. »... mit Näglein bedeckt, schlupf unter die Deck'.«

Der Arzt hat ihm gesagt, dass Faith einen Herzstillstand erlitten hat. Dass es aufgrund der Belastung durch die anderen versagenden Organe einfach aufgehört hat zu schlagen.

Er weiß, wie sich das anfühlt. Er würde das Sorgerechtsverfahren sofort abbrechen, wenn Faith dafür so heil und gesund wie eine normale Siebenjährige das Krankenhaus verlassen könnte.

Er beugt sich hinab und schließt sie linkisch in die Arme. »Umarme du mich auch«, flüstert er und dann, etwas eindringlicher, »los, komm schon.« Nur ein ganz leichtes Zucken, und er wäre vollauf zufrieden. Er schüttelt sie ganz leicht, will sie aus ihrer Bewusstlosigkeit aufrütteln, aber dann steht plötzlich eine Krankenschwester neben ihm und zieht ihn vom Bett weg. »Sie braucht Ruhe, Mr. White.«

»Ich möchte, dass sie mich umarmt. Ich möchte, dass sie mir nur diesen einen Gefallen tut.«

»Das kann sie nicht«, erwidert die Krankenschwester. »Ihre Hände sind fixiert.« Und während Colin noch hierüber nachdenkt, schiebt sie ihn vor sich her aus dem Zimmer.

»Sagst du mir auch alles?«, frage ich und umklammere das Handy mit solcher Kraft, dass meine Fingernägel Abdrücke im Kunststoffgehäuse hinterlassen müssen.

»Würde ich dich anlügen?«, entgegnet meine Mutter. »Sie schläft jetzt friedlich.«

»Ihr Zustand hat sich also weder gebessert noch verschlechtert.« Damit, dass ihr Zustand stabil ist, kann ich leben. Nichts tun zu können, wenn es Faith so schlecht geht, macht mich noch wahnsinnig.

»Kenzie Van der Hoven ist hier«, sagt meine Mutter. »Sie ist seit einer Stunde im Krankenhaus.«

»Ist dieser Vollidiot von einem Psychiater aufgetaucht?«

»Der, der den Tag über immer wieder hier war? Nein.«

Sie zögert; ich kann es ihrer Stimme anhören. »Was ist, Ma?«

»Nichts.«

»Doch, du hast doch was«, hake ich nach. »Was?«

»Nichts. Nur ... Colin war auch hier.«

»Oh. Ist Faith aufgewacht?«, frage ich leise.

»Nein. Sie hat gar nicht mitbekommen, dass er hiergewesen ist.«

Ich bin sicher, dass meine Mutter das sagt, damit ich mich besser fühle, aber es funktioniert nicht. Ich lege auf, und mir wird erst später bewusst, dass ich gar nicht auf Wiedersehen gesagt habe.

Ian ist die letzten drei Stunden durch die Straßen von New Canaan gelaufen. Die Stadt ist klein und dunkel, und sämtliche Geschäfte sind geschlossen, abgesehen vom Donut King, und da kann er nicht wieder reingehen, ohne sich lächerlich zu machen. Das Problem ist, dass er sonst nirgendwohin kann.

Er setzt sich auf den Bordstein. Er will nicht zurück zum Winnebago, will seine Mitarbeiter nicht sehen, Menschen, die verwirrt sein werden von seiner heutigen Aussage. Vom Krankenhaus hält er sich bewusst fern, weil er dort ganz sicher von der Presse belästigt würde.

Er will bei Mariah sein, aber sie lässt ihn nicht.

Ian weiß selbst nicht genau, wann genau er dazu übergegangen ist, Mariah nicht mehr als die »ach so liebe Mami« zu betrachten, die ihr Kind aus Geltungssucht skrupellos missbraucht, sondern vielmehr als das Opfer dieses ganzen Schlamassels. Wahrscheinlich in Kansas City. Er hat sich so sehr angestrengt, vorzutäuschen, er wolle ihr helfen, dass dieses Anliegen irgendwann Realität geworden ist.

Aber nur – vielleicht ist Mariah ja gar nicht diejenige, die Hilfe braucht. Vielleicht ist er es.

Er hat sich nie ernsthaft gefragt, warum er Atheist ist, dabei liegt die Antwort auf der Hand. Als Kind vom

Schicksal gebeutelt, konnte er einfach nicht an das Konzept eines liebevollen Gottes glauben, punktum, und so hat er sich in jemanden verwandelt, der das auch nicht braucht. Und wie der Zauberer von Oz hat er gelernt, dass die Leute aufhören zu hinterfragen, wer man eigentlich ist, wenn man sich nur lange genug hinter einer Fassade aus Bluff und Prinzipien versteckt.

Vielleicht ist ein Mensch ja mehr als nur Körper und Verstand. Vielleicht gehört noch etwas anderes hinzu – nicht direkt eine Seele, aber ein Geist, der darauf hindeutet, dass man eines Tages besser und stärker sein könnte, als man es gerade ist. Ein Versprechen; ein Potenzial.

Mariah war am Ende, aber sie hat sich wieder gefasst. Mag sein, dass sie sich dem Wind beugt, aber sie zerbricht nicht, trotz ihrer Narben und allem. Und anders als Ian hat sie sich demselben Blitz gestellt, der sie schon einmal niedergestreckt hat, bereit, das Risiko einzugehen, wieder zu unterliegen. Auch sie müsste eigentlich trotz aller guten Absichten und Wünsche vor der Liebe zurückschrecken. Aber sie tut es nicht, und das weiß niemand besser als er, Ian, selbst.

Mariah mag einmal versucht haben, sich das Leben zu nehmen, sie mag diejenige sein, deren Glaubwürdigkeit und mentale Stabilität vor einem Gericht debattiert werden, aber in Ians Augen gehört sie zu den stärksten Menschen, denen er je begegnet ist.

Ian steht auf, klopft sich den Schmutz vom Hosenboden und geht die Straße hinunter.

Der letzte Mensch, den ich zu sehen erwarte, als ich öffne, ist Colin. »Darf ich ...?«, fragt er und zeigt auf den Hausflur. Ich nicke und trete zurück, um ihn in das Haus zu lassen, das ihm einmal gehört hat.

Ich schließe die Tür hinter ihm und hebe eine Hand an die Kehle, als müsste ich mich körperlich zwingen, die furchtbaren Sachen zurückzuhalten, die an die Oberfläche drängen. »Du solltest nicht hier sein. Keiner unserer Anwälte wäre damit einverstanden.«

»Im Augenblick interessiert es mich einen Dreck, was Metz denkt.« Colin geht zur Treppe und setzt sich auf eine Stufe. Er vergräbt das Gesicht in den Händen. »Ich war eben bei Faith.«

»Ich weiß. Meine Mutter hat es mir erzählt.«

Colin blickt auf. »Sie ist ... Gott, Rye, sie ist so krank.«

Nach dem ersten Schock der Angst, der meinen Körper durchströmt, zwinge ich mich, zu entspannen. Immerhin war Colin nicht dabei, als ihre Hände das erste Mal geblutet haben. Er kann also nicht wissen, wie das ist.

»Die Ärzte sagen, ihr Herz hat keinen Schaden genommen ...«

»Ihr Herz?«, frage ich gepresst, meine Stimme rau wie ein Reibeisen. »Was ist mit ihrem Herzen?«

Colin scheint ehrlich überrascht zu sein, dass ich nicht Bescheid weiß. »Sie hatte heute Nachmittag einen Herzstillstand.«

»Einen Herzstillstand? Sie hatte einen Herzstillstand, und niemand hat mir etwas gesagt? Ich fahre sofort hin.«

Colin erhebt sich mit einer geschmeidigen Bewegung und nimmt meinen Arm. »Das darfst du nicht. Du darfst es nicht, und das tut mir unendlich leid.«

Ich starre auf seine Hand auf meinem Arm, seine Haut auf meiner Haut, und dann plötzlich hält er mich in den Armen, und ich weine an seiner Brust. »Colin, erzähl mir alles.«

»Sie wurde intubiert, um ihr das Atmen zu erleichtern. Und sie haben einen Defibrillator eingesetzt, du weißt schon, diese Elektroplatten, um ihren Herzschlag zu stabilisieren. Nach einem Anfall fingen ihre Hände wieder an zu bluten.« Ich höre seiner Stimme an, dass er den Tränen nah ist, und streichle seinen Rücken. »Haben wir ihr das angetan?«

Ich sehe ihn an und frage mich, ob er mich beschuldigt. Aber dafür scheint er mir zu aufgewühlt zu sein; ich denke, er ist einfach erschüttert. »Ich weiß es nicht.«

Plötzlich muss ich an die Nacht denken, in der Faith geboren wurde. Das war nur einen Monat nach meiner Entlassung aus Greenhaven, und noch unter Einwirkung der Medikamente, die man mir verabreicht hatte, kam mir alles unwirklich vor. Colin, das Haus, mein Leben. Erst als der Wehenschmerz mich förmlich zerriss, wurde mir wirklich bewusst, dass ich zurück war.

Ich erinnere mich noch an die Lampen am Fuß des Geburtsbettes – wie in einem Hollywoodfilm. Ich erinnere mich an den Plastikmundschutz der Ärztin und an den Latexgeruch, als sie die Handschuhe überstreifte. Ich kann mich sogar noch an das dumpfe Geräusch erinnern, als Colin ohnmächtig wurde und sich am Nachttisch den Kopf angeschlagen hat. Und ich weiß noch, dass sich alle um ihn gekümmert haben, während ich die Hände auf den dicken Bauch legte und wartete, dass ich dran war. Ich weiß noch, wie ich an mein Herz dachte unmittelbar über den Füßen das Babys, wie der Ball auf der Nase eines dressierten Seehundes. Und dann die Entschlossenheit, die in mir aufstieg, als mir klar wurde, dass es nur einen Weg gab, den Schmerzen ein Ende zu machen, und zwar, indem ich das Baby aus meinem Bauch rausbeförderte, indem ich presste und presste, bis ich sicher war, mein

Innerstes nach außen zu stülpen. Und dann fühlte ich, wie ihr Köpfchen mich dehnte und veränderte, fühlte die Rundungen ihrer Nase, ihres Kinns und ihrer Schultern, die nacheinander aus mir hinausgedrückt wurden, um dann in einem zitternden Schwall Luft, Blut und Schönheit zwischen meine Schenkel zu gleiten.

Aber am deutlichsten erinnere ich mich daran, wie die Krankenschwester Faith hochhielt, bevor die Nabelschnur durchtrennt worden war. »Was für eine wunderhübsche kleine Tochter!« Sie hielt sie dichter vor mich, damit ich das verschrumpelte Gesichtchen und die strampelnden Beinchen besser sehen konnte. Und da trat das Baby zufällig gegen die Nabelschnur. Ich fühlte es bis in mich hinein, ein seltsames Ziehen, ein Zittern, das sich bis zum Bauch meiner Tochter fortsetzte, woraufhin auch sie verwundert die Augen aufschlug. Und zum ersten Mal dachte ich: *Zwischen uns besteht ein Band.*

Colin drückt das Gesicht an mein Haar und schluchzt unterdrückt. »Es ist alles gut«, sage ich, obwohl es das nicht ist, bei weitem nicht. Ich drehe mich in seinen Armen um, und mir wird bewusst, dass ich froh bin, dass er hier ist, dass wir das füreinander tun können. »Schhhhhhhht«, sage ich beruhigend, so wie ich vielleicht Faith beruhigt hätte, hätte ich bei ihr sein können.

4. Dezember 1999

Als erstes am Samstagmorgen trinkt Joan eine Tasse sehr starken und sehr schwarzen Kaffee im Donut King und gönnt sich dazu eine Portion Geleeröllchen, die den Rest des Tages vorhalten dürfte. Derart gestärkt begibt sie sich in ihre Kanzlei fünfzig Meter die Straße hinunter. Als sie den Schlüssel ins Schloss steckt, stellt sie fest, dass bereits aufgesperrt ist. Mit dem Gedanken an Vandalen, Diebe und sogar Malcolm Metz stößt sie die Tür an, die lautlos aufschwingt.

Ian Fletcher ist über den Computer ihrer Sekretärin gebeugt. Er wirft ihr über die Schulter hinweg einen Blick zu. »Das wird aber auch Zeit. Ich habe alles ausgedruckt, was ich im Internet über das Münchhausen-Syndrom finden konnte. Ich denke, die erfolgversprechendste Strategie wäre, die Seltenheit dieser Krankheit hervorzuheben. Im vergangenen Jahr wurden bundesweit nur zweihundert Fälle registriert. Wie groß ist wohl die Wahrscheinlichkeit, dass Mariah dazugehört? Außerdem spricht ihre Vorgeschichte dagegen. Sie wurde als Kind nicht missbraucht, und wenn Millie im Zeugenstand ...«

»Moment. Was machen Sie hier?«

Ian zuckt die Achseln. »Wonach sieht es denn aus? Ich bin ihr Rechtsgehilfe.«

»Von wegen! Mariah wäre es inzwischen lieber, Sie würden sich nicht mal im selben Staat aufhalten wie sie, geschweige denn sich in ihren Rechtsstreit einmischen. Was weiß ich, ob Sie nicht wieder als Doppelagent unterwegs sind und versuchen, uns Knüppel zwischen die Beine zu werfen, noch bevor wir Gelegenheit haben, unseren Standpunkt zu vertreten.«

»Bitte«, sagt Ian ernst. »Mit so etwas verdiene ich meine Brötchen. Recherchieren ist mein Job, davon verstehe ich etwas. Ich decke auf. Ich widerlege. Wenn Mariah nicht will, dass ich ihr helfe, lassen Sie mich wenigstens *Ihnen* helfen.«

Realistisch betrachtet stehen Joans Chancen, genug Informationen zusammenzutragen, um Dr. Birch Kontra bieten zu können, denkbar schlecht – zumindest, wenn sie allein daran arbeitet. Sie verfügt weder über die notwendige Zeit noch über die Unterstützung einer großen Kanzlei, so wie Metz. Sie weiß nicht einmal, wo sie anfangen soll.

Als Ian spürt, dass ihre Abwehr bröckelt, hält er einen Stapel Blätter hoch. »Sie brauchen eine Verteidigung gegen ein angebliches Münchhausen-Syndrom. Ich habe also online mit einem Doktor an der UCLA gechattet, der Spezialist ist auf dem Gebiet psychosomatischer Krankheiten, die bei Scheidungskindern auftreten.« Er zieht eine Braue hoch. »Dr. Fitzgerald sagt, es hätte sogar Fälle gegeben, bei denen es zu psychisch bedingten Blutungen gekommen ist.«

Joan hält ihm die Packung Geleerollen hin. »Sie sind engagiert.«

Als meine Mutter ganz früh am Morgen anruft, sage ich ihr unverblümt die Meinung. Ich schreie sie so lange und laut an, weil sie mich über Faith' Zustand belogen hat, dass sie schließlich in Tränen ausbricht. Sie legt auf, und sofort plagt mich das schlechte Gewissen. Und ich kann nicht einmal zurückrufen, um mich bei ihr zu entschuldigen.

Colin ist bis vier Uhr morgens geblieben. Mir ist durch den Kopf gegangen, dass seine neue Frau sich vermutlich gefragt hat, wo er steckt. Oder auch nicht. Vielleicht hat er sie deshalb geheiratet.

Bevor er gegangen ist, hat er mir einen Gutenachtkuss gegeben. Nicht mit Leidenschaft, aber mit einer Entschuldigung, die zwischen meinen Lippen hindurchglitt wie Süßholz und einen ebenso bitteren Geschmack hinterließ.

Im Haus ist es völlig still. Ich sitze in Faith' Schlafzimmer, starre auf ihr Puppenhaus, ihren Bastelkasten und ihre Barbies und versuche, den Mut aufzubringen, sie anzufassen. Ich sitze so verkrampft da, dass meine Kiefer von der Anspannung schmerzen.

Ich sollte jetzt bei ihr sein, so wie meine Mutter immer bei mir war, wenn ich krank war, mir ein Glas mit Orangensaft an die Lippen hielt, meine Brust mit Wick VapoRub einschmierte und einfach da war, wenn ich wach wurde, so als hätte sie sich die ganze Nacht nicht weggerührt.

Mütter tun so was. Sie wachen über ihre Kinder; sie stellen ihre Kinder an allererste Stelle.

Und genau das habe ich nicht getan.

Meine erste mütterliche Handlung bestand darin, meinem ungeborenen Kind die Schuld zu geben an der Untreue seines Vaters. Meine zweite mütterliche Handlung bestand darin, die verschiedensten Tabletten zu schlucken, obwohl die Ärzte nicht sagen konnten, welche Auswirkungen sie auf das Baby haben würden. Sie redeten mir ein, es wäre wichtiger, meine Depressionen zu heilen, als sich den Kopf zu zerbrechen wegen der Risiken für das Ungeborene. Und ich blöde Kuh habe ihnen geglaubt.

Ich habe Monate gebetet und gehofft, dass Faith gesund auf die Welt kommen würde, damit mein Gewissen endlich wieder zur Ruhe kam. Und als mein Wunsch sich dann erfüllt hatte, konnte ich mein Glück nicht fassen und lebte in der ständigen Angst, dass das Schicksal uns doch noch einholen würde. Muttersein ist keine Prüfung, sondern eine Religion: eine Verpflichtung, die man eingegangen ist, ein Versprechen, das man einlösen muss. Es gibt nur eine Allgemeingröße für alle, und es gibt nichts Wirkungsvolleres, um persönliche Fehler und Mängel zu überdecken. Wie ist es möglich, dass es erst so weit kommen musste, damit ich erkenne, dass Faith das Einzige in meinem Leben ist, das ich beim ersten Anlauf perfekt hingekriegt habe?

Ich blicke auf meine Hände hinunter. Ohne mir dessen bewusst zu sein, bin ich ins Bad gegangen, habe den Rasierer genommen, mit dem ich mir sonst die Beine rasiere, habe den Plastikkopf aufgebrochen und halte jetzt die nackte Klinge in der Hand.

Ganz vorsichtig werfe ich sie in den Abfalleimer.

»Was soll das heißen, wir können nicht mit ihr sprechen?«, beschwert sich Malcolm Metz aufgebracht. »Haben Sie eine Vorstellung davon, was wir anstellen mussten, um überhaupt bis hierher zu gelangen? Da unten ist die Hölle los.«

Eine Krankenschwester wendet sich Dr. Blumberg zu. »Was gibt's?«

»Es geht um einige Aids-Patienten. Die Zahl ihrer T-Zellen ist plötzlich wieder normal.«

»Im Ernst?«, fragt die Schwester sichtlich überrascht.

»Und wenn die Toten aus der gottverdammten Leichenhalle sich zum Mittagessen in der Cafeteria eingefunden haben«, knurrt Metz. »Ich verlange, dass man Dr. Birch erlaubt, mit Faith White zu sprechen.«

»Sicher, ich erlaube es«, entgegnet Dr. Blumberg achselzuckend. »Erhoffen Sie sich nur nicht zu viel davon.«

Beim Klang der erregten Stimmen kommt Kenzie aus Faith' Zimmer. Sie hat ihr die vergangenen drei Stunden vorgelesen, obwohl Faith nicht bei Bewusstsein ist. »Was ist denn hier los?«

»Das ist jetzt schon das fünfte Mal, dass Dr. Birch den Versuch unternimmt, Faith zu befragen«, klagt Metz. »Es wird meinem Fall erheblich schaden, wenn ich am

Montag ohne diese Informationen vor Gericht erscheinen muss.«

»Ich bedaure, dass Faith so unkooperativ ist, Ihre Pläne zu durchkreuzen«, entgegnet Kenzie sarkastisch. »Sie liegt im Koma.«

»Im Koma?«, wiederholt Metz verdutzt. »Ich dachte, Standish würde übertreiben, um Sympathien für ihre Mandantin zu gewinnen. Gott, das tut mir leid.« Er wendet sich Birch zu. »Vielleicht könnten Sie mit ihren behandelnden Ärzten sprechen.«

»Ich stehe Ihnen gerne zur Verfügung«, sagt Blumberg.

Aber ehe er und Dr. Birch gehen können, wankt Millie plötzlich. Malcolm Metz kann gerade noch stützend ihren Arm fassen, bevor sie zusammensackt.

»Millie?«, fragt Kenzie besorgt. »Wann haben Sie sich das letzte Mal ausgeruht?«

»Ich weiß nicht. Ich schätze, das ist eine Weile her.«

»Gehen Sie und schlafen sich aus. Es gibt hier genug freie Betten. Ich werde in der Zwischenzeit auf Faith aufpassen.«

»Ich weiß. Ich möchte nur nicht den Moment verpassen, wenn sie wieder zu sich kommt. Vielleicht, wenn ich nur zehn Minuten die Augen zumache ...«

»Lassen Sie sich Zeit«, entgegnet Kenzie, spricht jedoch nicht aus, was ihr durch den Kopf geht: Möglicherweise wird Faith nie wieder zu sich kommen.

In dieser Nacht träume ich, dass ich mit Faith' Gott spreche.

Sie ist ganz zweifellos eine Sie. Sie setzt sich ans Fußende meines Bettes, und ich starre auf den leuchtenden Rand ihres Haares, an das Glühen entlang ihrer Finger, wie bei einem Kind, das eine Hand vor eine eingeschaltete Taschenlampe hält. Ihre Mundwinkel zeigen nach unten, als würde auch sie Faith vermissen.

Friede senkt sich auf das Bett herab wie eine zusätzliche Decke, aber ich fühle, wie ich mich unruhig bewege und schwitze. »Du«, sage ich und fühle, wie Zorn mit scharfen Krallen in meiner Brust aufsteigt.

»Sie hat keine Schmerzen.«

»Glaubst du, damit wäre alles in Ordnung?«, fahre ich sie an.

»Glaube an das, was ich tue.«

Ich traue meiner Stimme nicht, und so antworte ich nicht gleich. Ich denke an Ian und an das, was er über Gott gesagt hat. »Wie soll ich an dich glauben«, sage ich schließlich leise, »wenn du einem kleinen Mädchen so etwas antust?«

»Ich tue es ihr nicht an; ich tue es für sie.«

»Haarspalterei ist kaum angebracht, wenn man den Tod vor Augen hat.«

Eine Weile sitzt Gott nur da und streicht mit der Hand über die Bettdecke, wobei sie eine schimmernde Spur hinterlässt, als würde sie den Stoff mit Blattgold überziehen. *»Ist dir je der Gedanke gekommen, dass ich weiß, was es heißt, ein Kind zu verlieren?«*, fragt sie schließlich leise.

5. Dezember 1999 – 02:00 Uhr

Eine Stunde später erleidet Faith einen weiteren Herzstillstand. Diesmal steht Kenzie zusammen mit Millie draußen vor der Scheibe und beobachtet angespannt, wie die Ärzte um das Leben des kleinen Mädchens kämpfen.

Nach mehreren Minuten hektischer Betriebsamkeit und brutal anmutender Maßnahmen an Faith' schmächtigem Körper tritt Dr. Blumberg zu den beiden Frauen. Er ist über den Gerichtsbeschluss im Bilde und missbilligt ihn. Er fordert Millie auf, ein paar Schritte mit ihm zu gehen, um sich unter vier Augen mit ihr zu unterhalten, aber sie winkt ab und sagt, er solle frei vor Kenzie sprechen.

»Sie kämpft, aber ihr Herz hat einige Zeit ausgesetzt, sodass sie mit Sauerstoff unterversorgt war. Wir werden erst wissen, ob das Gehirn Schaden genommen hat, wenn sie aufwacht.«

»Was ...« Kenzie bleibt die Frage im Halse stecken.

»Ich kann es nicht mit Sicherheit sagen. Kinder stecken mehr weg als Erwachsene. Aber bei Faith geschehen Dinge, die jeder Logik widersprechen.« Der Arzt zögert. »Es gibt keinen ersichtlichen medizinischen Grund für Faith' Herzprobleme, aber ihr Körper wird immer schwächer. Sie liegt im Koma. Wir halten sie nur mit Hilfe von Maschinen am Leben. Und ich weiß nicht, wie lange wir das noch können.«

Millie versucht, in gefasstem Tonfall zu sprechen.

Blumberg nickt. »Ich denke, dass Freunde und Verwandte daran denken sollten, Abschied zu nehmen«, bestätigt er sanft. Dann wendet er sich an Kenzie. »Und Sie sollten einmal darüber nachdenken, ob ein von einem Richter unterschriebenes Stück Papier wirklich so schrecklich wichtig ist.«

Als der Doktor sich entfernt, steht Kenzie da wie angewurzelt. Es ist früh am Sonntagmorgen. In etwas mehr als vierundzwanzig Stunden werden sie alle in den Gerichtssaal zurückkehren. Sofern es dann überhaupt noch nötig ist.

Als sie unterdrücktes Schluchzen hört, wendet sie sich

um. Millies Gesicht ist wie versteinert; sogar jetzt versucht sie noch, stark zu sein.

Kenzie schließt sie in die Arme. Sie wissen beide, was zu tun ist. »Rufen Sie nicht Colin an«, bricht es aus Millie hervor. »Er ist schuld, dass Mariah nicht hier sein kann. Er hat es nicht verdient, hier zu sein.«

Die Prozesspflegerin erkennt, dass die ältere Frau sich an den Zorn klammert wie an eine Rettungsleine. »Millie«, sagt sie leise, »ich bin gleich zurück.« Darauf wendet Kenzie sich ab und zum nächsten Münzfernsprecher. Sie kramt einen Zettel aus ihrer Tasche und wählt die Nummer, die sie darauf notiert hat.

Mitten in der Nacht klingelt das Telefon. »Mariah«, sagt Kenzie van der Hoven, »ich möchte, dass Sie mir jetzt gut zuhören.«

Ich komme mir albern vor, als ich knapp zwanzig Minuten später das Krankenhaus betrete, mit der Ersatzlesebrille meiner Mutter auf der Nase und einer alten Perücke, mit der Faith sich immer gerne verkleidet hat. Ich gehe zügig, als wüsste ich ganz genau, wohin ich wollte, und tatsächlich wartet Kenzie bei den Fahrstühlen auf mich. Nachdem die Fahrstuhltür sich hinter uns geschlossen hat, lege ich dankbar die Arme um Kenzie. Sie hat mir am Telefon gesagt, dass es Faith nicht besser geht. Dass ihr Herz wieder ausgesetzt hat. Dass sie möglicherweise sterben wird. »An diesem Punkt ist es mir gleich, was der Richter sagt«, hat Kenzie erklärt. »Sie gehören hierher.«

Sie hat das Offensichtliche nicht ausgesprochen – dass es nichts gebracht hat, mich von Faith fernzuhalten, dass ihr Zustand sich sogar rapide verschlechtert hat, seit man mir den Kontakt zu ihr untersagt hat.

Ich folge Kenzie schweigend durch die Flure; ich habe entsetzliche Angst davor, dass jeden Moment jemand von irgendwo hervorspringen und mit dem Finger auf mich zeigen könnte, um mir dann Handschellen anzulegen und mich abzuführen. Stattdessen konzentriere ich mich darauf, in meiner Brust einen Kern der Ruhe zu bewahren, um nicht zusammenzubrechen, wenn ich Faith sehe, ganz egal, wie schlimm sie aussieht.

Plötzlich fällt mir etwas Merkwürdiges auf. Es scheint fast niemand im Krankenhaus zu sein. Auch um zwei Uhr morgens müssten übernächtigte Ärzte hier sein, erschöpfte Angehörige, schwangere Frauen. Als hätte sie meine Gedanken gelesen, dreht Kenzie sich zu mir um. »Es geht das Gerücht um, dass Faith einen ganzen Haufen von Patienten geheilt hätte«, sagt sie. »Allein durch ihre Anwesenheit.«

Einen kurzen Moment frage ich mich, ob das stimmt. Dann denke ich: Um welchen Preis? Nachdem sie meine Mutter ins Leben zurückgeholt hat, war Faith völlig erschöpft und ausgelaugt. Mit wie vielen Patienten ist sie in den vergangenen zwei Tagen in Berührung gekommen? Und plötzlich weiß ich, warum Faith diesmal soviel kränker ist.

Das Heilen anderer bringt sie um.

Als wir in die Kinderstation einbiegen, spreche ich aus, was mir nicht aus dem Sinn geht, seit Kenzie mich verständigt hat. »Sie müssen Colin anrufen.«

»Das habe ich bereits. Er hat mir gesagt, ich solle Sie anrufen.«

»Aber ...«

»Er schert sich ebenso wenig um die Verfügung. Er sagte, Sie sollten auch hier sein.«

Wir erreichen Faith' Zimmer – sie ist verlegt worden,

seit ich das letzte Mal hier war. An der Glasscheibe mache ich Halt. Meine Mutter sitzt auf einem Stuhl an Faith' Bett, und ich bin geschockt davon, wie sehr sie in den letzten Stunden gealtert ist. Faith ... meine Tochter hätte ich gar nicht wiedererkannt. Vor lauter Schläuchen, Elektroden und Drähten sieht sie furchtbar klein und zerbrechlich aus in ihrem schmalen Bett.

Eine Krankenschwester geistert umher wie ein Schatten, als ich eintrete. Meine Mutter steht auf und umarmt mich. Wortlos nehme ich ihren Platz ein.

Jetzt verstehe ich, wie Mütter in der Lage sind, Autos anzuheben, unter denen ihr Kind eingeklemmt ist, oder die sich schützend vor ihr Kind werfen, um ein tödliches Geschoss abzufangen. Ich würde alles darum geben, wenn ich das in dem Bett wäre, wenn ich mit ihr tauschen könnte.

Ich beuge mich über sie, und meine Worte fallen sanft auf ihr Gesicht hinab. »Ich habe dir nie gesagt, dass es mir leid tut«, flüstere ich. »Ich war lange Zeit so sehr mit mir selbst beschäftigt, dass für dich keine Zeit war. Aber ich wusste, du würdest auf mich warten, bis ich soweit wäre.« Ich lege eine Hand an ihre Wange. »Jetzt bist du dran. Lass dir Zeit. Wenn du zurückblickst – in ein paar Tagen oder auch Monaten – also, ich werde da sein.« Ich schließe die Augen und lausche dem leisen gelegentlichen Sirren der Maschinen, die Faith am Leben halten. Einer der Apparate fängt an, schneller und gleichmäßiger zu piepen. Die Krankenschwester blickt stirnrunzelnd auf. »Da geht etwas vor«, sagt sie nach einem Blick auf das EKG. »Ich werde vorsichtshalber Dr. Blumberg anpiepen.«

Kaum hat sie den Raum verlassen, schlägt Faith abrupt die Augen auf. Zuerst fällt ihr Blick auf Kenzie, dann auf meine Mutter, und schließlich auf mich. Faith öffnet und schließt den Mund, versucht zu sprechen.

Der Arzt stürzt ins Zimmer und reißt sich das Stethoskop vom Hals. Er überprüft Faith' Vitalfunktionen und redet beruhigend auf sie ein, während seine Hände über ihren Körper fahren. »Noch nicht sprechen, Kleines.« Er nickt einer Krankenschwester zu, die Faith an den Schultern festhält, während er vorsichtig den Beatmungsschlauch herauszieht. Faith hustet und würgt, dann erklingt ihre Stimme, rau wie Sandpapier. »Mami«, krächzt sie lächelnd und umschließt mit den bandagierten Händen mein Gesicht.

KAPITEL 16

So einsam war es, dass gar
Gott selbst verlassen zu sein schien.

Samuel Taylor Coleridge
»The Rhyme of the Ancient Mariner«

6. Dezember 1999

ES IST SO bitter kalt, dass der Schnee nicht auf der Straße haftet. Er wirbelt unter Mariahs Wagen, sammelt sich vor ihr und weht dann fort, außer Reichweite der Reifen.

Mariah hält den Blick auf die Straße gerichtet. Sie konzentriert sich auf ihr Ziel, darauf, wann sie dort sein wird.

»Dr. Birch«, sagt Malcolm Metz, »haben Sie an diesem Wochenende mit Faith White gesprochen?«

»Ich bin im Krankenhaus gewesen und habe sie auch gesehen, sie aber nicht gesprochen.«

»Und warum nicht, Doktor?«

»Sie war nicht in der Lage, sich zu unterhalten. Sie lag im Koma.«

»Hatten Sie Gelegenheit, mit jemandem zu sprechen, der mit ihrem Fall befasst ist?«

»Ja. Ich habe mit einem ihrer behandelnden Ärzte gesprochen, der mir die Symptome und Testergebnisse mitgeteilt hat.«

»Würden Sie uns sagen, was Sie erfahren haben?«

»Sie wurde zur Beobachtung aufgenommen, wegen unerklärlicher Blutungen an den Händen. Im Krankenhaus bekam sie dann hohes Fieber und Krampfanfälle, es kam zu Nierenversagen und zum Herzstillstand. Die Ursache war keine Lungendefizienz, und offenbar war es auch kein Myokardialinfarkt. Ebenso wenig eine Myokarditis oder eine Kardiomyopathie. Kurz, die Ärzte behandeln die Symptome, ohne ihre Ursache zu kennen.«

»Könnte eines dieser Symptome von der Mutter hervorgerufen worden sein?«

»Ich denke schon, unter Umständen«, antwortet Birch. »Allerdings muss ich sagen, dass Blutungen und Fieber die am ehesten künstlich herbeizuführenden Symptome gewesen wären, und hierauf kann sie in der Klinik keinen Einfluss genommen haben, da sie seit Freitag nicht mehr bei ihrer Tochter im Krankenhaus gewesen ist. Ein abschließendes Urteil muss ich mir vorbehalten, bis ich mit Faith gesprochen habe.«

Metz bleibt vor dem Zeugenstand stehen. »Wie würden Sie als Experte den Fall Faith White zusammenfassend beschreiben?«

»Ich kann mich auch hier nur auf eine hypothetische Aussage beschränken, da ich keine Gelegenheit hatte, mit dem Kind selbst zu sprechen. Aber wenn dieses Gespräch sich mit meinem Gefühl decken würde, würde ich behaupten, sie ist Opfer des Münchhausen-Syndroms. Dem Kind geht es sehr schlecht, und ich würde dringend eine sofortige Trennung von der Mutter befürworten, um ihre geistige und körperliche Gesundheit wiederherzustellen beziehungsweise langfristig zu erhalten. Der Vater ist die offensichtliche Alternative – er ist in der Lage, dem Mädchen ein sicheres, fürsorgliches und stabiles Umfeld zu bieten. Selbstverständlich hängt das davon ab, ob es den Ärzten gelingt, den bereits angerichteten Schaden wiedergutzumachen. Aber wenn Faith ein Opfer des Münchhausen-Syndroms ist, denke ich, die Prognose ist sehr gut, wenn sie aus dem Koma erwacht, von ihrer Mutter ferngehalten und einer konstruktiven Psychotherapie unterzogen wird.«

»Danke, Doktor.« Metz wirft einen Blick auf Joan. »Ihr Zeuge.«

Joan bleibt am Tisch der Verteidigung sitzen und verschränkt die Hände. Sie trägt ihr pinkfarbenes Power-Kostüm, wie sie es nennt, und beginnt das Kreuzverhör mit großer Zuversicht. »Dr. Birch, sind Sie auf Bitte von Mr. Metz hier?«

»Ja.«

»Hat er Sie dafür bezahlt, dass Sie vor diesem Gericht als Zeuge aussagen?«

»Einspruch«, meldet Metz sich zu Wort. »Das wurde bereits gefragt und beantwortet.«

»Ich ziehe die Frage zurück. Wie lange praktizieren Sie schon?«

»Dreiundzwanzig Jahre.«

»Wie viele Patienten haben Sie in diesen dreiundzwanzig Jahren behandelt?«

»Du meine Güte ... fünfhundert? Sechshundert?«

Joan nickt. »Verstehe. Und bei wie vielen von diesen fünfhundert oder sechshundert Patienten haben Sie persönlich das Münchhausen-Syndrom diagnostiziert?«

»Bei achtundsechzig.«

»Haben Sie in jedem dieser achtundsechzig Fälle die Mutter psychiatrisch begutachtet?«

»Ja.«

»Und haben Sie in diesen achtundsechzig Fällen das Kind psychiatrisch begutachtet?«

»Ja.«

»Haben Sie mit Mariah White gesprochen?«

»Nein.«

»Haben Sie mit Faith White gesprochen?«

»Nein, Sie liegt im Koma, um Himmels willen.«

»Ihre Diagnose dieser – extrem seltenen Krankheit – basiert also in diesem konkreten Fall auf Zeitungsartikeln, Arztberichten und sieben Jahre alten Patientenakten einer Nervenheilanstalt ... sowie vielleicht noch auf Hörensagen?«

»Nein ...«

»Sie können keine eindeutige Diagnose stellen, ohne mit Faith und Mariah zu sprechen, richtig?«

Die Wangen des Psychiaters laufen rot an. »Ich kann eine wahrscheinliche Diagnose erstellen. Ich stehe kurz davor.«

Joan wölbt skeptisch eine Braue. »Ich verstehe. Sie haben also festgestellt, dass Mariah White ... wahrscheinlich am Münchhausen-Syndrom leidet. Wären im vorliegenden Fall noch andere Diagnosen möglich?«

»Nun, so etwas ist immer möglich, Ms. Standish. Aber nachdem ich mich seit Jahren mit diesem Syndrom befasse, würde ich diese Diagnose für die wahrscheinlichste halten.«

Joan blickt auf ihre Notizen. »Haben Sie je von einer psychischen Störung namens ›Somatisierung‹ gehört?«

»Oft.«

»Dann kommt es viel häufiger vor als das Münchhausen-Syndrom?«

»Das ist richtig.«

»Stimmt es nicht, dass Menschen, die an einer psychosomatischen Störung leiden, oft große Ähnlichkeit mit Münchhausen-Opfern aufweisen?«

»Ja. In beiden Fällen sind die Symptome nicht organischen Ursprungs – beim Münchhausen-Syndrom, weil sie vorgetäuscht oder künstlich herbeigeführt werden, und bei der Somatisierung, weil sie psychisch bedingt sind.«

»Ich verstehe. Und wie geht man vor, um eine psychosomatische Störung zu diagnostizieren, Doktor?«

»Man unterhält sich mit den Eltern und dem Kind. Und man veranlasst zahlreiche medizinische Tests.«

»Also die gleiche Strategie, die Sie bei Verdacht auf Münchhausen-Syndrom anwenden würden, richtig?«

»Ja. Wobei beim Münchhausen-Syndrom die Beschwerden abklingen, wenn das Kind von dem Elternteil getrennt wird, der ihn krank macht. Leidet ein Kind hingegen an einer psychosomatischer Störung, bessert sich sein Zustand nicht.«

Joan lächelt. »Darf ich bitte vortreten?« Richter Rothbottam winkt die beiden Anwälte heran. »Euer Ehren, würden Sie mir an dieser Stelle etwas Freiraum gewähren? Ich würde gerne ein lebendes Beweisstück vorführen.«

Metz mustert sie stirnrunzelnd. »Was haben Sie denn angeschleppt? Ein Huhn?«

»Das werden Sie gleich sehen. Euer Ehren, es gibt wirklich keinen anderen Weg, meine Argumente wirklich glaubhaft zu machen.«

»Mr. Metz?«, fragt der Richter.

»Warum nicht? Ich bin heute großzügig.«

Nachdem Rothbottam sein Einverständnis gegeben hat, nickt Joan Kenzie van der Hoven zu, die darauf die Türen am rückwärtigen Ende des Saales ansteuert. Sie ruft einen Gerichtsdiener, der mit Faith an der Hand eintritt.

Faith trägt ein rosafarbenes Kleid, das einen Ton heller ist als Joans Kostüm. Ihr Haar glänzt silbern, und auf ihrem Gesicht liegt ein ansteckendes Lächeln. Als sie näher kommt, winkt sie Mariah zu und scheint die Reporter, die sie mit offenem Mund anstarren, gar nicht zu bemerken. Abgesehen von ihrer Blässe und den Pflastern an Hals und Handrücken deutet nichts darauf hin, dass das Mädchen noch vor wenigen Stunden mit dem Tod gerungen hat.

Malcolm Metz traut seinen Augen kaum. Er wendet sich Colin zu, der plötzlich großes Interesse an seinem Schoß bekundet. »Wussten Sie davon? Haben Sie davon gewusst?«

Aber noch bevor Colin antworten kann, ergreift Joan wieder das Wort. »Dr. Birch, kennen Sie dieses Kind?«

»Ich denke ... ich gehe davon aus ... dass es sich um Faith White handelt«, antwortet der Zeuge.

»Wann haben Sie sie das letzte Mal gesehen?«

»Am späten Samstagabend. Es sah aus, als würde sie das Wochenende nicht überleben.« Er betrachtet Faith mit sichtlichem Staunen.

»Was für einen Eindruck haben Sie jetzt von ihr?«

Birch lächelt triumphierend. »Es scheint ihr sehr gut zu gehen.«

»Wie erklären Sie sich das?«

Der Psychiater blickt stolz von Malcolm Metz auf Joan. »Offensichtlich lag ich mit meiner Vermutung richtig. Mariah White leidet am Münchhausen-Syndrom. Durch die vom Gericht veranlasste Trennung von der Mutter hat sich Faith' Zustand drastisch gebessert.« Er deutet auf Faith, die brav neben der Prozesspflegerin sitzt. »Ich kann nur hoffen, dass das Gericht die Mutter auch weiterhin von ihrem Kind fernhalten wird.«

Joan strahlt über das ganze Gesicht. »Doktor«, sagt sie, »ich kann Ihnen gar nicht genug danken.«

Irritiert erklärt Malcolm Metz die Zeugenbefragung der Anklage für abgeschlossen. Er traut Joan Standish nicht über den Weg, aber ganz sicher wird er ihr nicht widersprechen, wenn sie beschließt, ihm in die Hände zu spielen. Als der Richter eine kurze Unterbrechung anordnet, legt er seinem Mandanten eine Hand auf die Schulter. »Gehen wir einen Kaffee trinken«, sagt er. »Es sieht gut aus für uns, meinen Sie nicht?«

»Joan«, sagt Mariah, als sie allein sind in einem kleinen Raum von der Größe einer Hausmeisterloge. »Was haben Sie sich nur dabei gedacht?«

»Vertrauen Sie mir«, entgegnet ihre Anwältin lächelnd.

»Jetzt hat es den Anschein, als hätte ich ihr wehgetan! Warum haben Sie Birch nicht gesagt, dass ich Sonntag bei ihr war?«

»Zum einen, weil man Sie dann sofort einsperren würde.«

Mariah mustert sie aus zusammengekniffenen Augen. »Faith macht sich aber auch nicht selbst krank, wissen Sie.«

Joan seufzt. »Ihre Verteidigung basiert auf drei Punkten: Wir beweisen, dass Sie eine gute Mutter sind und dass Faith nicht psychotisch ist. Und dann führen wir dem Richter vor Augen, dass es noch andere mögliche Erklärungen für Faith' Symptome gibt. Wir brauchen nur eine Alternative zu der von der Anklage vorgebrachten Theorie zu präsentieren. Und wenn unsere Geschichte überzeugender ist als die ihre, haben wir gewonnen. So einfach ist das.« Sie schaut Mariah fest in die Augen. »Ich versuche nicht, die Verantwortung von Ihnen auf Faith abzuwälzen. Ich versuche nur, es so zu drehen, dass Sie Ihre Tochter behalten dürfen.«

Mariah blickt auf. »Also gut«, sagt sie resigniert. »Tun Sie, was Sie tun müssen.«

Richter Rothbottam mustert Joan über den Rand seiner Lesebrille hinweg. »Ms. Standish«, sagt er, »meines Wissens haben Sie das Recht auf ein Eröffnungsplädoyer, wenn Sie dies wünschen.«

»Wissen Sie, Euer Ehren, ich wollte eigentlich darauf verzichten ...«

»Ah«, bemerkt der Richter, »vielleicht hat Gott in diesem Fall ja doch seine Hand im Spiel.«

»... aber nach allem, was vorgefallen ist, möchte ich doch das eine oder andere vorweg sagen.« Sie steht auf und tritt vor den Tisch der Verteidigung. »Dies ist ein verwirrender Fall«, sagt sie emotionslos. »Verwirrend deshalb, weil es sich um einen Sorgerechtsfall handelt, der jedoch den Rahmen eines normalen solchen Rechtsstreites sprengt. Wir alle wissen, dass es einen Grund gibt, weshalb dieses kleine Mädchen hier Schlagzeilen gemacht hat. Wenn man sich die vielen Medienberichte anschaut ... hat Faith White Gott gesehen. Ziemlich verrückt, finden Sie nicht?« Lächelnd schüttelt Joan den Kopf. »Mr. Metz gibt ihrer Mutter an alledem die Schuld. Er behauptet, dass Mariah White es irgendwie geschafft hat, dass ihre Tochter halluziniert und Gott sieht, und dass sie ihr darüber hinaus noch körperlichen Schaden zugefügt hat. Und ehrlich gesagt, finde ich diese Unterstellung ebenfalls ziemlich verrückt.«

Joan wendet sich dem Fenster zu. Draußen schneit es heftig. »Wissen Sie, ich habe letztens erst gelesen, dass Eskimos zwanzig verschiedene Bezeichnungen für Schnee haben. Es gibt harschen Schnee, matschigen Schnee, Pulverschnee. Ich schaue aus diesem Fenster und sehe etwas Wunderschönes. Mr. Metz denkt bei demselben Anblick vielleicht an das Verkehrschaos, das das Schneetreiben verursachen wird. Und Sie, Richter, träumen, wenn Sie da raussehen, möglicherweise von einem Tag auf der Skipiste.

Es gibt viele verschiedene Möglichkeiten, ein und dasselbe zu sehen. Sie haben Mr. Metz Vortrag gehört. Ich werde Ihnen dieselben Fakten präsentieren, aber aus einem völlig anderen Blickwinkel. Zum einen bin ich im Gegensatz zu Mr. Metz keineswegs der Ansicht, dass es in diesem Fall um Mariah White geht. Ich denke, es geht um Faith. Also werde ich zuallererst beweisen, dass Faith ein glückliches kleines Mädchen ist. Sie ist nicht krank, sie ist nicht psychotisch, und sie liegt ganz sicher nicht im Koma. Ich werde mich nicht darüber auslassen, ob sie nun tatsächlich Gott sieht oder nicht, denn das ist nicht meine Aufgabe. Meine Aufgabe ist es, Ihnen zu beweisen, dass sie psychisch glücklich ist und körperlich gesund und dass sie sich so verhalten wird, wie sie es tut, egal bei welchem Elternteil sie lebt. Die Frage ist: Welcher Elternteil soll das sein?«

Joan holt tief Luft. »Die Antwort lautet: Mariah White. Und das ist der zweite Punkt, den ich beweisen werde. Unabhängig davon, was vor sieben Jahren geschehen ist – heute ist Faith bei ihrer Mutter am besten aufgehoben.« Sie fährt mit dem Finger am Tischrand entlang. »Mr. Metz hat Ihnen seine Interpretation der Ereignisse um Faith White geschildert. Er hat Ihnen vorgeführt, was er gerne sehen will. Verlassen Sie sich nicht auf seine Augen, sondern bilden Sie sich ein eigenes Urteil.«

Dr. Mary Margaret Keller scheint nervös zu sein im Zeugenstand. Ihr Blick huscht durch den Saal, als würde er einer Maus folgen, die sonst niemand sehen kann. Sie schlägt unablässig abwechselnd das rechte und das linke Bein über das andere, und als Joan sie auffordert, ihre Referenzen zu nennen, zittert ihre Stimme.

»Wie lange sind Sie schon Kinderpsychologin, Dr. Keller?«

»Sieben Jahre.«

»Was ist Ihr Spezialgebiet, Doktor?«

»Ich arbeite viel mit jüngeren Kindern, die ein familiäres Trauma erlitten haben.«

»Warum wurden Sie ausgewählt, um Faith zu therapieren?«

»Ich wurde Mrs. White von ihrem eigenen Psychiater, Dr. Johansen, empfohlen. Er rief mich an und bat mich, ihm den persönlichen Gefallen zu tun, mich dieses Falles anzunehmen.«

»Wie oft war Faith bei Ihnen?«

Dr. Keller faltet die Hände auf dem Schoß. »Vierzehn Mal.«

»Wie sind Sie vorgegangen?«

»Die meiste Zeit habe ich ihr beim Spielen zugesehen. Das ist eine sehr wirkungsvolle Methode, um auffälliges Verhalten auszumachen.«

»Was für Verhaltensweisen haben Sie bei Faith beobachtet?«

»Nun, sie hatte einen sehr ausgeprägten Schutzmechanismus entwickelt – eine imaginäre Freundin, die sie beschützte. Faith bezeichnete sie als ihre Beschützerin. Das war nichts Ungewöhnliches: Ein kleines Mädchen, das ein paar harte Schläge hatte einstecken müssen, suchte sich jemanden, der es beschützte. Vom psychologischen Standpunkt aus völlig einleuchtend. Ich hielt dieses Verhalten sogar für positiv und gesund.«

»Was geschah dann?«

»Mrs. White begann, sich Sorgen zu machen, weil Faith plötzlich Verhaltensweisen an den Tag legte, die nicht zu ihrer bisherigen Erziehung passten. Sie zitierte Bibelverse, obwohl sie in ihrem ganzen Leben noch keine Bibel zu Gesicht bekommen hatte. Und es gab Episoden, bei denen Faith mit kranken Personen in Berührung kam und positiv Einfluss nehmen konnte auf deren Gesundheitszustand.«

»Zu welcher Überzeugung hat Sie das geführt, Doktor?«

Dr. Keller lächelt verlegen. »Zuerst zog ich hieraus noch keinerlei Schlüsse. Aber ich fing an aufzumerken, als Faith ihrer imaginären Freundin einen Namen gab: Gott.« Sie nimmt ihre Brille ab und putzt sie an ihrem Rock. »Gott zu sehen ist für gewöhnlich ein Hinweis auf eine Psychose«, erklärt sie. »Das schien mir nicht ins Bild zu passen, da Faith sich abgesehen von den Halluzinationen in jedem anderen Aspekt ihres Lebens absolut normal verhielt. Trotzdem empfahl ich Mrs. White, Faith versuchsweise mit Risperdal zu therapieren.«

»Was geschah, als sie anfing, dieses Medikament zu nehmen?«

»Sie wurde davon müde und benommen, aber die Visionen blieben. Wir versuchten es mit einem anderen Medikament, das bei Psychosen angewendet wird, aber ihr Verhalten blieb unverändert.«

»Und wozu entschlossen Sie sich abschließend?«

»Ich konsultierte einen Kollegen, einen Spezialisten für Kinderpsychosen. Er beobachtete Faith und stimmte mir darin zu, dass sie keinen psychotischen Eindruck mache. Ich fühlte mich bestätigt. Es gibt auf dieser Welt vieles, das ich nicht verstehe, aber ich weiß, wie ein psychotisches Kind aussieht, und auf Faith trifft diese Diagnose nicht zu.«

Metz erhebt sich zum Kreuzverhör und nähert sich der Psychiaterin. »Dr. Keller«, sagt er, »ist Ihnen klar, was Sie hier andeuten?«

Sie errötet. »Ja.«

»Stimmt es nicht, dass Sie zwölf Jahre die katholische Schule besucht haben?«

»Das ist richtig.«

»Und sind Sie nicht sehr katholisch erzogen worden?«

»Doch.«

»Sind Sie bei einem Symposium nicht sogar soweit gegangen, zu gestehen, dass Sie selbst beim Beten schon Gottes Präsenz an Ihrer Seite gespürt haben?«

Dr. Keller blickt auf ihren Schoß. »Ich war damals noch ein Kind, aber ich habe diesen Zwischenfall nie vergessen.«

»Denken Sie nicht auch, dass Sie vorbelastet sein können dahingehend, zu glauben, dass Faith tatsächlich Gott sieht?«

Hierauf blickt die Psychiaterin mit kühlem Professionalismus auf. »Ich habe völlig unabhängig von meinen persönlichen Überzeugungen eine Reihe klinischer Tests durchgeführt ...«

»Ja oder nein, Dr. Keller?«

»Nein«, antwortet sie feindselig.

Metz verdreht die Augen. »Kommen Sie, Doktor. Glauben Sie nicht an Gott?«

»Doch.«

»Gehen Sie nicht jede Woche in die Kirche?«

»Das tue ich.«

»Und Sie sind zu dem Schluss gekommen, dass Faith Gott sieht. Denken Sie, Ihre Schlussfolgerung könnte sich möglicherweise von der eines ... Atheisten unterscheiden?« Metz dreht sich um, und sein Blick gleitet über Ian, der im Zuschauerraum sitzt.

»Ich wäre auch als Atheistin eine nicht minder gründliche Psychiaterin. Und auch dann würde meine Diagnose lauten, dass dieses Kind nicht psychotisch ist.«

Metz' Augen verengen sich. Das läuft anders als geplant. Diese halbe Portion von einer Frau hätte eigentlich schon fünf Fragen zuvor jeden Widerstand aufgeben müssen. »Dr. Keller, haben Sie nicht Faith' Fall auf einem Fachsymposium vorgestellt?«

»Das habe ich.«

Metz baut sich direkt vor dem Zeugenstand auf. »Stimmt es nicht, dass Sie diesen Fall auf dem Symposium angesprochen haben, um sich interessant zu machen, Doktor?«

»Nein. Tatsächlich habe ich damit sogar meinen guten Ruf aufs Spiel gesetzt.« Sie lächelt traurig. »Wie viele Psychiater möchten schon öffentlich bekennen, dass sie glauben, ein Kind sähe Gott?«

»Aber der Fall hat Ihnen Publicity gebracht, zulasten Ihrer Schweigepflicht. War das nicht etwas unethisch?«

Dr. Keller überrascht ihn erneut, indem sie ein zusammengefaltetes Blatt Papier aus ihrem Notizbuch hervorholt. »Ich habe hier eine von Mariah White unterschriebene Autorisierung, den Fall auf dem Symposium vorzutragen, unter der Bedingung, ihren Namen nicht zu nennen.«

»Tatsächlich!«, ruft Metz aus. »Damit hätten wir also den Beweis dafür, dass Mrs. White versucht hat, ihre Tochter zu verkaufen, um sich ein Publikum zu verschaffen.«

»Mrs. White und ich haben uns sehr lange darüber unterhalten«, widerspricht Dr. Keller kalt. »Wir haben gehofft, wir könnten damit den Kontakt zu einem Spezialisten herstellen, der mehr Erfahrung besitzt als ich und der uns helfen könnte, Faith' Visionen auf den Grund zu gehen. Wie Sie sicher wissen, sind zwanzig Spezialisten, die an einem Fall arbeiten, bei weitem besser als ein einziger. Uns ging es nicht um Publikum, Mr. Metz, sondern um fachliche Hilfe.«

»Haben Sie Mrs. White je als Therapeutin befragt?«, will Metz wissen.

»Nein, ich war die Psychiaterin ihrer Tochter.«

»Können Sie dann mit absoluter Gewissheit sagen, dass es dieser Mutter nicht doch darum gegangen ist, ihre Tochter zur Schau zu stellen?«

Dr. Keller blickt von Mariah am Tisch der Verteidigung auf Faith, die ein paar Reihen hinter ihr sitzt. »Nein«, sagt sie leise, womit sie Metz unfreiwillig dazu verhilft, doch noch einen Punkt für sich zu verbuchen.

»Sie wurde mit blutenden Handflächen in die Notaufnahme gebracht«, antwortet Dr. Blumberg auf Joans Frage. »Es gelang nicht, die Blutungen mit den traditionellen Methoden zu stoppen, und darum wurde ich hinzugezogen.«

»Und was haben Sie getan, Doktor?«

Er lehnt sich in seinem Stuhl zurück. »Ich habe die Hände geröntgt.«

»Und was haben Sie festgestellt?«

»Keinerlei Hinweise auf ein Trauma. Ein sehr feiner sauberer Kanal durchzog beide Handflächen. Kein zerrissenes Gewebe, keine Knochensplitterung, nichts, was auf eine Punktierung hingedeutet hätte, und das, obwohl zweifellos eine Wunde vorhanden war, die darüber hinaus anhaltend blutete.«

»Hatten Sie so etwas schon einmal gesehen, Dr. Blumberg?«

»Definitiv nein. Ich war verblüfft. Ich zog Spezialisten und Kollegen zurate, Fachärzte aus den Bereichen Pädiatrie, Chirurgie und Orthopädie, und gemeinsam schlossen wir systematisch sämtliche medizinischen Ursachen aus. Letztendlich behandelte ich lediglich die Symptome und schickte das Mädchen heim. Anschließend las ich in Fachzeitschriften nach.«

»Und was haben Sie dabei festgestellt?«

»Dass es so etwas, wie viele Leute wissen, früher schon gegeben hat. Und ich meine damit, vor sehr langer Zeit. Ich scheute selbst davor zurück, es zu glauben, aber offenbar sind bei mehreren katholischen Heiligen Stigmata aufgetreten, das heißt, medizinisch nicht erklärbare, wohl aber belegte spontane Blutungen an Händen, Seite und/oder Füßen. Und es gibt für diese Wunden keinerlei physische Ursache.«

»Wann wurde der letzte solche Fall dokumentiert?«, fragt Joan.

»Einspruch – Dr. Blumberg ist meines Wissens kein Geistlicher.«

»Ich werde die Frage zulassen«, entscheidet der Richter. »Doktor?«

»Es gab da einen Mann namens Vater Pio, der neunzehnhundertachtundsechzig gestorben ist. Aber der wohl berühmteste Stigmatiker dürfte der heilige Franz von Assisi sein, der im zwölften Jahrhundert gelebt hat. Den Berichten zufolge, die ich gelesen habe, sind die Wunden sehr real und ziemlich schmerzhaft.«

»Welche Haupteigenschaften wurden in den Fachzeitschriften zu diesem Phänomen genannt?«

»Sie lassen sich nicht mit den Methoden heilen, die traditionell angewandt werden, um Blutungen zu stoppen oder die Gerinnung herbeizuführen. Sie bestehen Monate oder sogar Jahre am Stück, jedoch ohne sich zu entzünden, wie es bei einer gewöhnlichen offenen Wunde der Fall wäre.«

»Und inwieweit deckt sich das mit Faith' Wunden?«

»Fast einhundertprozentig«, entgegnet der Arzt.

»Haben Sie Faith' Wunden offiziell als Stigmata diagnostiziert?«

Blumberg schneidet eine Grimasse. »Nein. Ich war zu skeptisch. In die Krankenakte habe ich nach Ausschluss aller anderen medizinischen Erklärungen eingetragen, dass ich zu dem Schluss gelangt wäre, bei Faith' Wunden handle es sich möglicherweise um Stigmata. Aber offen gestanden fühle ich mich bis heute nicht wohl bei dieser Diagnose.«

»Wie ging es Faith am vergangenen Wochenende?«

»Sie war in einem kritischen Zustand. Sie musste wegen Nierenversagens dialysiert werden und hatte zweimal einen Herzstillstand. Ihre Hände und ihre Seite bluteten wieder, und sie war ins Koma gefallen. Ich war mir in meiner Eigenschaft als Arzt sicher, dass sie sich nicht wieder erholen würde.«

»Und wie geht es Faith heute?«

Blumberg grinst. »Sie ist nahezu unverschämt gesund. Kinder neigen dazu, sich schnell zu erholen, aber die Genesung im vorliegenden Fall ist wahrlich bemerkenswert. Fast alle Körperfunktionen sind wieder hundertprozentig in Ordnung oder auf dem besten Wege dorthin.«

»Wurden Faith' Nierenversagen und der wiederholte Herzstillstand Ihrer Meinung nach von einer dritten Person künstlich herbeigeführt, Doktor?«

»Nein. Dafür war ständig zuviel Pflegepersonal um sie herum. Ganz zu schweigen davon, dass in Faith' Blut keinerlei Spuren von Medikamenten gefunden wurden, die beispielsweise einen Herzstillstand hätten auslösen können.«

»Wurden ihr die Wunden an Händen und an der Seite von jemandem beigebracht?«

Er schüttelt den Kopf. »Wie ich schon sagte, gab es keinerlei Hinweis auf ein Trauma. Nur einen winzigen Kanal ... mitten durch Haut, Muskeln, Knochen und Sehnen.« Er hebt eine Hand. »In der Hand ist die Zahl der Knochen höher als in jedem anderen Körperteil, Ms. Standish. Es ist praktisch unmöglich, sie zu punktieren, ohne ein Trauma zu verursachen. Und doch habe ich genau das gesehen. Faith hat ... einfach geblutet.«

»Doktor, verlangt das Gesetz von Ihnen, potenzielle Kindesmisshandlung anzuzeigen?«

»Ja, dazu ist jeder Mediziner verpflichtet.«

»Und haben Sie einen entsprechenden Bericht verfasst, nachdem Sie Faith White vor sechs Wochen untersucht haben?«

»Nein.«

»Und haben Sie einen solchen Bericht verfasst, nachdem Faith White am Donnerstagabend erneut in die Klinik eingewiesen wurde?«

»Nein.«

»Gab es einen Grund, der Sie dazu hätte veranlassen können, eine solche Meldung weiterzuleiten?«

»Nicht den geringsten.«

»Danke«, sagt Joan. »Keine weiteren Fragen.«

»Dr. Blumberg«, beginnt Metz. »Wie viele Fälle von Stigmata haben Sie bisher behandelt?«

Der Arzt lächelt. »Nur diesen einen.«

»Und doch fühlen Sie sich qualifiziert, hier eine Expertenmeinung abzugeben? Ist es nicht so, dass Sie für Faith' Wunden keine Diagnose gefunden haben und deshalb eine auf Ihrer Erfahrung basierende Vermutung anstellen?«

»Lassen Sie mich zuerst aufzählen, was ich alles ausgeschlossen habe, Mr. Metz. Ich habe ein direktes und indirektes Trauma ausgeschlossen. Ich habe die Möglichkeit untersucht, dass Haut oder dicht unter der Haut befindliche Nerven eine Substanz absondern könnten, aber das Sekret wurde im Labor untersucht und eindeutig als Blut identifiziert. Die Diagnose Stigmata war die einzige, die auch nur annähernd zu meinen klinischen Beobachtungen passte.«

»Können Sie ohne den leisesten Zweifel behaupten, dass es sich hier um Stigmata handelt?«

»Selbstverständlich nicht, das gehört auch nicht in meinen Zuständigkeitsbereich. Eine solche Feststellung obliegt wohl eher dem Papst, nehme ich an. Ich kann nur bestätigen, dass Faith White Blutungen hatte, für die es keine medizinische Erklärung gab.«

»Dann gibt es für dieses Phänomen vielleicht eine psychische Erklärung?«

Blumberg zuckt die Achseln. »Ich habe in den Fachzeitschriften gelesen, dass man versucht hat, unter Hypnose bei Patienten Stigmata hervorzurufen. In einigen sehr seltenen Fällen ist es Psychiatern gelungen, die Absonderung einer Art farbigen Schweißes herbeizuführen. Aber kein Blut. Es gibt keinen wissenschaftlichen Beweis dafür, dass das Unterbewusstsein unabhängig von religiöser Hysterie Stigmata erzeugen kann.«

»Könnte sie sich die Wunden möglicherweise beim Schlafwandeln zugezogen haben?«

»Das bezweifle ich. Wie ich schon sagte, haben sie nichts mit Punktionswunden gemein.«

»Können Sie definitiv ausschließen, das Faith' Wunden von ihr selbst oder einer anderen Person verursacht wurden?«

»Ich habe nichts bemerkt, was darauf hingedeutet hätte«, antwortet Blumberg vorsichtig. »Garantien kann ich sicher nicht übernehmen, aber ganz sicher handelt es sich hier nicht um einen Fall von Kindesmisshandlung. Mrs. White hat sich geweigert, ihre Tochter allein zu lassen, sie war überaus besorgt hinsichtlich der Prognosen und war sichtlich erschüttert, als ich als Diagnose Stigmata in Erwägung zog.«

»Sind Ihnen in der Vergangenheit schon Fälle von Kindesmisshandlung untergekommen, Dr. Blumberg?«

»Leider, ja.«

»Hat in einem dieser Fälle ein Elternteil dem Kind vor Ihren Augen etwas getan?«

»Nein.«

»Schienen die Eltern in diesen Fällen besorgt hinsichtlich der Prognose?«

»Ja«, muss der Arzt zugeben.

»Hat in irgendeinem dieser Fälle der misshandelnde Elternteil das Kind persönlich zur Behandlung ins Krankenhaus gebracht?«

Blumberg räuspert sich. »Ja.«

Metz wendet sich ab. »Keine weiteren Fragen.«

Faith lehnt sich nach rechts zu Kenzie hinüber. »Kenzie«, sagt sie leise, »ich muss mal.«

»Jetzt?«, fragt die Prozesspflegerin.

»Ja. *Dringend.*« Kenzie nimmt ihre Hand und führt sie Entschuldigungen murmelnd an den Leuten in ihrer Sitzreihe vorbei. Draußen vor dem Gerichtssaal wendet sie sich nach links in Richtung der Toiletten. Sie wartet, bis Faith aus der Kabine kommt, um sich die Hände zu waschen. Dann streicht sie dem Mädchen über das Haar. »Wie fühlst du dich?«

»Es ist so langweilig hier«, jammert Faith. »Können wir eine Cola trinken gehen?«

»Es ist wichtig, dass wir im Saal bleiben. Es dauert nicht mehr allzu lange.«

»Nur eine Cola. Fünf Minuten.«

Kenzie richtet sich gerade auf. »Also gut. Fünf Minuten.« Sie geht mit Faith zum Getränkeautomaten in der Eingangshalle des Gerichtsgebäudes. Dort herrscht rege Betriebsamkeit: Zeugen warten auf ihren großen Auftritt, Anwälte telefonieren über Handy, uniformierte Beamte legen neue Fußmatten aus. Kenzie wirft fünfundsiebzig Cents ein und lässt Faith den Knopf drücken, woraufhin eine Dose polternd aus dem Schacht schießt.

»Mmmm. Gut«, sagt Faith, nachdem sie einen Schluck getrunken hat. Sie dreht sich um die eigene Achse, um nach dem vielen Sitzen die Beine zu bewegen, und hält abrupt inne, als sie durch die Glastüren des Gerichts nach draußen sieht. Auf den Stufen und dem schneebedeckten Rasen drängen sich Hunderte von Menschen. Manche von ihnen halten Schilder mit einem Photo von Faith hoch, andere schwenken Rosenkränze. Ihre begeisterten Zurufe branden auf wie eine Tsunami, als sie sie entdecken. Vorhin hatte sie sie nicht gesehen, weil Kenzie mit ihr durch den Hintereingang gekommen war, um dem Trubel zu entgehen. »Halten Sie bitte meine Cola«, sagt Faith und drückt Kenzie die Dose in die Hand.

»Faith, nicht ...«, ruft sie, aber es ist bereits zu spät. Faith hat die Tür aufgestoßen und steht auf dem oberen Absatz der Außentreppe. Auf das Jubelgeschrei ihrer Anhänger hin hebt sie die Hände, und das Geschrei wird noch lauter. Kenzie steht da wie vom Donner gerührt. »Hallo«, sagt Faith und winkt. Sie lächelt, als ihre Gebete auf sie niedergehen, nimmt sie huldvoll entgegen wie eine Königin.

»Mariah White ist seit sieben Jahren meine Patientin«, sagt Dr. Johansen. »Seit ihrer Entlassung aus Greenhaven.«

»Wie stehen Sie zu ihrer damaligen Einweisung?«

»Dazu hätte es nie kommen dürfen«, entgegnet der Doktor. »Es hätte eine ganze Reihe ebenso effektiver alternativer Behandlungsmöglichkeiten ihrer Depressionen gegeben.«

»Hätte Mariah die Einweisung in irgendeiner Weise verhindern können?«

»Nein. Ihr Mann hielt es für die beste Lösung. Und ihre Mutter lebte damals noch in Arizona und wusste nichts von dem, was hier vorging. Mariah selbst stand unter so starkem Medikamenteneinfluss, dass sie den Bezug zur Realität weitgehend verloren hatte und nicht selbst für sich eintreten konnte.«

»Was hatten Sie für einen Eindruck von Mariah Whites Geisteszustand bei ihrer Entlassung aus Greenhaven?«

Dr. Johansen runzelt die Stirn. »Sie war emotional noch

sehr labil, aber sehr kooperativ beim Erlernen gewisser Mechanismen, die ihr helfen sollten, ihren Alltag wieder zu meistern. Außerdem war sie natürlich sehr mit ihrer Schwangerschaft beschäftigt.«

»Hat sie irgendwelche Anzeichen einer Psychose gezeigt?«

»Nein.«

»Keine Sinnestäuschungen, keine Halluzinationen?«

»Nie. Der einzige Grund für Mariahs Einweisung waren Depressionen.«

»Dr. Johansen, wie würden Sie Mariahs mentale Verfassung heute einschätzen?«

Der Psychiater mustert sie, als würde er Joans Gedanken lesen können. »Ich denke, sie wird immer stärker«, erklärt er feierlich. »Als Beweis hierfür braucht man sich nur vor Augen zu halten, dass sie mich von meiner ärztlichen Schweigepflicht entbunden hat im Rahmen ihrer Bestrebungen, das Sorgerecht für ihre Tochter zu behalten. Und sehen Sie sich die Ereignisse im vergangenen August an: Als sie mit der gleichen Situation konfrontiert wurde, die damals bei ihr so schwere Depressionen ausgelöst hat, dass sie sich das Leben nehmen wollte, hat sie diesmal viel gelassener reagiert. Sie hat sich zusammengerissen, hat sich um ihre Tochter gekümmert und ihr Leben neu geordnet.«

»Doktor, halten Sie es für möglich, dass diese Frau ihrer Tochter etwas antun könnte?«

»Nein.«

»Hat es im Rahmen ihrer Therapie über die vergangenen sieben Jahre jemals von Mariahs Seite ein Eingeständnis oder Hinweise auf die Neigung oder Absicht Mariahs gegeben, ihrer Tochter etwas anzutun?«

»Absolut nicht.«

»Hat Mariah mit Ihnen über die aktuellen Ereignisse um Faith gesprochen?«

»Sie meinen die Visionen und den Medienrummel? Ja.«

»Glaubt Mariah daran, dass ihre Tochter tatsächlich eine Visionärin ist?«

Dr. Johansen schweigt so lange, dass Joan bereits dazu ansetzt, die Frage zu wiederholen. »Mariah glaubt, dass ihre Tochter die Wahrheit sagt«, entgegnet der Psychiater schließlich. »Was immer das heißen mag.«

»Wie stellt man es an, jemanden gegen seinen Willen in eine Nervenheilanstalt einweisen zu lassen?«, fragt Metz zu Beginn seines Kreuzverhörs.

»Hierfür ist eine richterliche Verfügung nötig«, erklärt Johansen. »Ein Psychiater begutachtet die betreffende Person, und ein Richter entscheidet aufgrund der Akten.«

»Diese Entscheidung trifft also nicht eine Person allein.«

»Nein.«

»Funktioniert das System?«

»Meistens«, entgegnet der Psychiater. »In Fällen, in denen man dem Urteil des Betroffenen nicht trauen kann.« Er blickt Metz fest in die Augen. »Aber in diesem speziellen Fall hat das System versagt. Mariah White litt an schweren Depressionen, sie wurde mit viel zu vielen und zu starken Medikamenten vollgepumpt, und ihre eigenen Wünsche wurden nicht berücksichtigt.«

»Hätte der Richter die Einweisung verfügt, wenn er sie nicht für notwendig erachtet hätte?«

»Nein.«

»Hätte der Psychiater die Einweisung befürwortet, wenn er sie nicht für notwendig erachtet hätte?«

»Nein.«

»Wenn Colin White, der Ehemann der Betroffenen, nicht davon überzeugt gewesen wäre, dass die Einweisung von Mrs. White notwendig war, hätte er sie dann beantragt?«

»Vermutlich nicht.«

»Ich verstehe. Dann sind Sie also der Meinung, dass alle diese Personen Ihre eigenen Beobachtungen hätten zurückstellen sollen zugunsten der Wünsche einer Frau, die sich erst eine Woche zuvor die Pulsadern aufgeschnitten hatte?«

»Das ist nicht ...«

»Ja oder nein, Doktor?«

Der Psychiater nickt nachdrücklich. »Ja, genau das ist meine Meinung.«

»Fahren wir fort. Was haben Sie Mariah White verschrieben nach ihrer Entlassung aus Greenhaven?«

Dr. Johansen sieht in seinen Notizen nach. »Prozac.«

»War das eine dauerhafte Medikation?«

»Für eine Weile. Aber nach einem Jahr hat sie die Tabletten abgesetzt und kam auch ohne wunderbar zurecht.«

»Sie betrachteten sie als emotional stabil?«

»Daran bestand für mich nicht der leiseste Zweifel«, bekräftigt Johansen.

»Hat Mariah White darum gebeten, dass Sie ihr ein neues Rezept ausstellen?«

»Ja.«

»Und wann war das?«

»Vor drei Monaten«, antwortet der Psychiater. »Im August.«

»Unmittelbar nachdem ihr Mann sie verlassen hatte? Dann war sie also emotional doch nicht so gefestigt, wie Sie angenommen hatten, richtig, Doktor?«

Dr. Johansen strafft die Schultern. »Die Situation, die sie damals aus der Bahn geworfen hat, hat sich wiederholt, Mr. Metz. Aber diesmal hat sie, anstatt einen Selbstmordversuch zu unternehmen, ihren Psychiater angerufen und gesagt ›Ich brauche Ihre Hilfe‹. Jeder Psychiater in diesem Land wird das als einen eindeutigen Hinweis auf mentale Stabilität werten.«

»Hat Prozac Nebenwirkungen?«

»Gelegentlich.«

»Was zum Beispiel?«

»Manchmal verursacht der Wirkstoff Fluoxetin Kopfschmerzen, Schüttelfrost, Nervosität, Schlafstörungen, Schläfrigkeit, Beklemmungen, Schwindel. Außerdem können Bluthochdruck, Nesselsucht, Übelkeit, Durchfall, Gewichtsverlust, Brustschmerzen und Tinnitus auftreten.«

»Was ist mit Halluzinationen?«

»Ja«, gibt Dr. Johansen zu. »Aber das kommt nur äußerst selten vor.«

»Und Selbstmordgedanken?«

»Gelegentlich. Aber Sie müssen bedenken, dass ich diese spezielle Patientin ein Jahr lang beobachtet habe, als sie täglich eine Dosis von zwanzig Milligramm dieses speziellen Medikaments eingenommen hat. Ich weiß, wie ihr Körper darauf reagiert. Würde sie dieses Medikament zum ersten Mal einnehmen, wären Ihre Bedenken durchaus gerechtfertigt, Mr. Metz. Aber bei Mrs. White sind keinerlei Nebenwirkungen aufgetreten.«

»Hat sie die Einnahme dieses Medikaments nicht mehrere Jahre unterbrochen?«

»Das ist richtig.«

»Kommt es nicht manchmal bei Absetzen des Medikaments zu heftigen Reaktionen?«

»Das kommt vor.«

»Gehören dazu nicht Selbstmordversuche, Psychosen, Sinnestäuschungen und Halluzinationen?«

»Ich möchte noch einmal darauf hinweisen, dass Sie von einer verschwindend geringen Anzahl von Patienten sprechen, bei denen solcherlei Nebenwirkungen bei der Einnahme oder beim Absetzen dieses Medikaments auftreten«, entgegnet Johansen zurückhaltend.

»Aber wäre es nicht möglich, dass nach jahrelanger Einnahmepause heute doch auch bei ihr gewisse Nebenwirkungen auftreten?«

»Sie hat mir gegenüber keine erwähnt, Mr. Metz.«

Der Rechtsanwalt kehrt dem Zeugen den Rücken zu. »Dr. Johansen, wie groß ist die Wahrscheinlichkeit, dass jemand, der erfolgreich wegen Depressionen therapiert wird, einen Rückfall erleidet?«

»Ich bin nicht mit der Statistik vertraut.«

»Aber es kommt doch recht häufig vor, oder?«

»Ja. Aber für gewöhnlich haben die Patienten, bei denen die Therapie angeschlagen hat, gelernt, sich in einem solchen Fall hilfesuchend an einen Facharzt zu wenden.«

»Verstehe. Einfach ausgedrückt heißt das also, dass bei jemandem, der einmal verrückt war, die Wahrscheinlichkeit groß ist, dass er wieder verrückt wird?«

»Einspruch!«

»Ich ziehe die Frage zurück«, sagt Metz aalglatt. »Keine weiteren Fragen, Doktor.«

Joan ist aufgesprungen, noch bevor er zu Ende gesprochen hat. »Ich möchte noch etwas klarstellen«, sagt sie knapp. »Ich würde gerne Klarheit schaffen bezüglich der Begriffe ›Geistesgestörtheit‹ und ›Depressionen‹. Haben sie die gleiche Bedeutung?«

»Selbstverständlich nicht.«

»Wie lautete die Diagnose bei Mariah White?«

»Suizidale Depression«, entgegnet Johansen.

»Haben Sie schon einmal vom Münchhausen-Syndrom gehört?«

»Ja.«

»Ist zu erwarten, dass eine Person, die wegen suizidaler Depression behandelt wird, sieben Jahre später am Münchhausen-Syndrom erkrankt? Ich meine, besteht da ein direkter Zusammenhang?«

Dr. Johansen bricht in schallendes Gelächter aus. »Einen solchen Zusammenhang herzustellen wäre das Gleiche, als würde man daraus, dass jemand morgens frühstückt, schließen, dass er Unterwäsche trägt.«

»Danke, Doktor«, schließt Joan die Befragung ab. »Das war dann alles.«

Als Millie auf den Zeugenstand zumarschiert, sagt sie sich, dass sie lange genug den Mund gehalten hat. Wenn Joan sie schon als Leumundszeugin für Mariah haben will, soll sie auch auf ihre Kosten kommen. Sie nimmt Platz und bedeutet der Anwältin mit einem Nicken, dass sie bereit ist.

»Mrs. Epstein, wie oft sehen Sie Faith?«

»Mindestens jeden zweiten Tag.«

»Wie oft sehen Sie Faith und Mariah im Umgang miteinander?«

»Ebenso häufig.«

»Ist Mariah Ihrer Meinung nach eine gute Mutter?«

Ganz stolze Mutter, strahlt Millie über das ganze Gesicht. »Sie ist eine wundervolle Mutter. Und sie strengt sich mehr an als andere Mütter, weil sie es besonders gut machen will.«

»Wie ist Mariah mit dem Medienrummel um Faith in der letzten Zeit umgegangen?«

»Wie würden Sie damit umgehen?«, kontert Millie. »Sie hat Faith aus der Schule genommen und hält sie vor den Kameras versteckt. Sie tut, was sie nur kann, um ihr ein möglichst normales Leben zu ermöglichen.« So. Das war ihr Pflichtprogramm, das, was sie mit Joan geprobt hat, bis es ihr an den Ohren herauskam. Aber jetzt spricht sie weiter, sodass Joan verblüfft innehält und aufblickt angesichts dieses ihr unbekannten Textes. »Sie alle glauben offenbar, dass Mariah diejenige ist, die immer wieder ihre Zulänglichkeit beweisen muss. Aber wer trägt denn tatsächlich die Schuld an der ganzen Misere?« Mit zitterndem Finger zeigt sie auf Colin. »Er hat meiner Tochter das alles schon einmal angetan. Er hat sie einsperren lassen. Ich denke, man sollte vielmehr ihn einsperren, weil er ganz offensichtlich nicht in der Lage ist, seine Triebe unter Kontrolle zu halten ...«

»Mrs. Epstein«, unterbricht Joan sie mit fester Stimme. »Wenn Sie bitte nur die Fragen beantworten würden?« Sie räuspert sich und wirft Millie einen durchdringenden Blick zu.

»Nein. Jetzt wo ich hier bin, möchte ich auch aussprechen, was ich zu sagen habe. Welche Frau würde nicht in Depressionen verfallen, wenn ihr Mann sie am laufenden Band betrügt? Ich verstehe nicht, warum ...«

»Ma'am«, meldet sich Richter Rothbottam mit warnendem Tonfall zu Wort. »Ich muss Sie bitten, sich zu mäßigen.«

Joan tritt derweil mit einem starren Lächeln direkt vor den Zeugenstand. »Halten Sie den Mund«, knurrt sie zähneknirschend. »Mrs. Epstein, es gibt verschiedene Gründe, um jemandem auf juristischem Wege das Sorgerecht für sein Kind abzuerkennen. Hat Mariah ihres Wissens Faith zu irgendeinem Zeitpunkt sexuell missbraucht?«

»Um Himmels willen, nein.«

»Hat sie ihre Tochter je geschlagen?«

»Sie gibt Faith nicht einmal einen Klaps auf den Po, wenn sie frech ist.«

»Hat Mariah Faith jemals seelisch gequält?«

»Niemals!«, ereifert sich Millie. »Sie unterstützt sie in allem.«

»Arbeitet Mariah außer Hause, oder ist sie aus sonst einem Grund die meiste Zeit von ihrer Tochter getrennt?«

»Sie ist in jeder Minute bei ihr.« Millie wirft einen säuerlichen Blick auf den Richter. »Wenn man es ihr nicht verbietet.«

»Danke«, sagt Joan und setzt sich wieder, ohne Millie Gelegenheit zu geben, noch etwas zu sagen.

Metz mustert Millie Epstein abschätzig. Er weiß verdammt gut, warum Joan ihre Befragung so kurz gehalten hat – die alte Schachtel ist unberechenbar. Wie Joan will auch er Fragen zu ihrer Wiederauferstehung vermeiden, Fragen, die ihn nur zum Gespött seiner Kollegen machen würden. Er lächelt, womit er Millie etwas aus dem Konzept bringt. Nach allem, was Joan ihr erzählt hat, hat sie ihn sich sicher als Monster vorgestellt. »Mrs. Epstein, Sie lieben Mariah wirklich sehr, nicht wahr?«

Millies Züge entspannen sich und werden weicher. »O ja.«

»Ich wette, Sie beide haben sich immer sehr nahegestanden.«

»Ja.«

Metz lehnt sich an den Zeugenstand. »Sie waren bei der Diplomübergabe an ihrer Highschool dabei?«

»Sie war Klassenbeste«, sagt Millie stolz.

»Und das College? Magna cum laude?«

»Summa.«

»Erstaunlich. Ich habe in Englisch nur mit Ach und Krach bestanden«, scherzt Metz. »Und selbstverständlich waren Sie auch bei der Hochzeit dabei.«

Millie verzieht geringschätzig den Mund. »Ja.«

»Ich wette, Sie haben ihr alles beigebracht, was eine gute Mutter ausmacht.«

»Nun ja«, entgegnet Millie und errötet bescheiden, »ich habe mein Bestes getan.«

»Ich wette, Sie haben ihr auch gesagt, wie sie Faith über diese schwere Zeit hinweghelfen kann, habe ich Recht?«

Millie schiebt das Kinn vor. »Ich habe ihr immer wieder gesagt: Als Mutter setzt man sich für sein Kind ein, immer und in jeder Situation.«

»Und hat Mariah das für Faith getan? Sich für sie eingesetzt?«

»Ja!«

Metz nagelt sie mit seinem Blick fest. »Und tun Sie jetzt dasselbe für Mariah?«

Millie blickt zum Richter auf. »Und? War es das?«

Richter Rothbottam trommelt mit den Fingern auf seinen Tisch. »Wissen Sie, Mrs. Epstein, um ehrlich zu sein, hätte ich noch ein paar Fragen an Sie.« Er blickt abwechselnd auf die beiden Anwälte. »Offenbar sind unsere Damen und Herren Anwälte in diesem Punkt etwas schüchtern.«

Millie wirft sich unter seinem Blick richtig in Pose. »Fragen Sie nur, Euer Ehren.«

»Ich habe, äh, in einigen Zeitungen gelesen, Sie wären ... wiederauferstanden?«

»O ja.« Millie kramt in ihrer großen Handtasche. »Ich habe meine Sterbeurkunde sogar dabei.«

»Sie brauchen sie mir nicht erst zu zeigen«, sagt er lächelnd. »Aber könnten Sie mir vielleicht mehr darüber erzählen?«

»Über die Sterbeurkunde?«

»Nein. Die Wiederauferstehung. Wie lange waren Sie klinisch tot?«

Millie zuckt die Achseln. »Etwa eine Stunde. Und darauf kann ich Ihnen gewissermaßen Brief und Siegel geben.«

»Was ist passiert?«

»Ich habe mir ein hitziges Wortgefecht mit Ian Fletcher geliefert. Dann plötzlich lag ich auf dem Boden und bekam keine Luft mehr. Danach weiß ich nichts mehr.« Sie legt eine Pause ein und lehnt sich dann zum Richtertisch vor. »Als ich wieder zu mir komme, liege ich im Krankenhaus, und Faith ist über mich gebeugt.«

Der Richter schüttelt verwundert den Kopf. »Gibt es hierfür eine medizinische Erklärung?«

»Soweit ich weiß, Euer Ehren, können die Ärzte sich nicht erklären, wie und warum das passiert ist.«

»Und was glauben Sie, was passiert ist, Mrs. Epstein?«

Millie sieht ihm ernst in die Augen. »Ich glaube, dass meine Enkelin mich ins Leben zurückgeholt hat.«

»Was halten Sie von Faith' Visionen?«

»Ich glaube ihr. Meine Güte, wenn ich ihr noch immer nicht glauben würde, wäre ich wirklich dämlich, nicht wahr?« Sie lächelt wieder. »Oder schlimmer ... dann wäre ich tot.«

»Danke, Mrs. Epstein. Mr. Metz, haben Sie noch Fragen

an die Zeugin?« Der Anwalt schüttelt den Kopf. »Nun, ich glaube, jetzt brauche ich eine kleine Pause.«

Mariah beobachtet, wie ihre Tochter mit Kenzie den Saal verlässt. Sie darf sich Faith immer noch nicht nähern, und zu ihrer eigenen Überraschung, fällt es ihr jetzt, da Faith weitgehend wiederhergestellt ist, noch schwerer. Sie reckt den Hals und sieht Faith durch die Tür verschwinden.

Sie hofft, dass Kenzie gut auf sie aufpasst.

Aus den Augenwinkeln sieht sie Ian und wendet sich sofort wieder ab.

»Mariah.« Joan reißt sie aus ihren Gedanken. »Sie sind nach Dr. Fitzgerald dran.«

»So bald?«

»Ja. Schaffen Sie das?«

Sie drückt eine Faust auf ihren Bauch. »Ich weiß nicht. Nicht Ihre Befragung macht mich nervös, sondern Metz' Kreuzverhör.«

»Hören Sie mir zu«, entgegnet Joan. »Wenn Sie im Zeugenstand sind, schauen Sie hierhin, ganz egal, was er auch sagt.« Sie zeigt hinter sich auf die Reihe, in der Faith bis eben noch gesessen hat. »Sie wird Ihnen helfen, es durchzustehen.«

Dr. Alvin Fitzgerald hat eben erst im Zeugenstand Platz genommen, als Metz sich auch schon erhebt. »Ich bitte, vortreten zu dürfen!« Die Anwälte treten an den Richtertisch. »Ich möchte wissen, ob der Kerl mit Faith gesprochen hat.«

Joan gönnt ihm kaum einen Blick. »Nein, weil ich wusste, dass Sie dann einen Aufstand machen würden. Sollte sich ein solches Gespräch als notwendig erweisen, können unsere Experten dies zu einem späteren Zeitpunkt nachholen. Ich denke aber, ich kann mit Dr. Fitzgeralds Hilfe meinen Standpunkt klarmachen, auch ohne dass er sich mit Faith unterhält.«

Das nimmt Metz einigen Wind aus den Segeln. »Also gut«, sagt er gepresst.

»Dr. Fitzgerald«, beginnt Joan ihre Befragung, »würden Sie bitte für das Protokoll Ihren beruflichen Werdegang umreißen?«

»Ich habe meinen Abschluss an der University of Chicago gemacht, habe meine Assistenzzeit am UCSF geleistet, wo ich hiernach noch einige Zeit angestellt war. Ich war Hauptermittler bei einer großangelegten Studie über CFS und psychosomatische Störungen.«

»Wir haben hier schrecklich viel über das Münchhausen-Syndrom gehört. Können Sie uns sagen, ob der vorliegende Fall in dieses Schema passt?«

Der Psychiater zuckt die Achseln. »Nun, vieles deckt sich mit den Kriterien, die in Band vier des DSM aufgeführt sind.«

Joan sieht, wie Metz vor Überraschung die Kinnlade herunterklappt, als ihr Gutachter die Höhepunkte von Dr. Birchs Aussage bestätigt. Dann fragt sie: »Und gibt es irgendwelche Kriterien, die gegen das Münchhausen-Syndrom im vorliegenden Fall sprechen?«

»Ja. Zum einen sind Faith' Symptome sehr real und bizarr. Es ist um vieles leichter, Übelkeit künstlich hervorzurufen als Stigmata. Und was die Halluzinationen anbelangt, muss ich Dr. Birch widersprechen. Nur weil Mariah White zusammen mit Psychotikern in einer Nervenheilanstalt war, bedeutet noch lange nicht, dass sie Faith dazu bringen könnte, überzeugend Halluzinationen vorzutäuschen – das wäre dasselbe, als würde man behaupten, im Teambus der Bulls mitzufahren würde genügen, um sich in ein Ass wie Michael Jordan zu verwandeln.« Er lächelt. »Eine weitere Diskrepanz ist die, dass das Münchhausen-Syndrom eine chronische Erkrankung ist. Diese Eltern laufen von einer Notaufnahme zur nächsten, damit die Ärzte ihnen nicht auf die Schliche kommen. Mrs. White hingegen hat Faith mehrfach zum selben Arzt gebracht, namentlich Dr. Blumberg. Sie hat sogar ausdrücklich verlangt, dass er Faith verschiedentlich untersucht.«

»Ist das alles, Doktor?«

»Oh, ich werde gerade erst warm. Menschen, die am Münchhausen-Syndrom leiden, haben allesamt eine schwierige Kindheit gehabt, was bei Mariah nicht der Fall ist. Aber was mich persönlich am meisten an dieser Münchhausen-Diagnose stört, ist einfach, dass es diverse andere Diagnosen gibt, die auf den vorliegenden Fall ebenso anwendbar wären.«

Joan heuchelt Überraschung. »Tatsächlich? Welche denn zum Beispiel?«

»Zuerst einmal eine psychosomatische Störung. Darunter versteht man, vereinfacht ausgedrückt, wenn sich bei einem Patienten emotionaler Stress körperlich äußert. Nehmen Sie beispielsweise ein Kind, das vor jeder Klausur schwere Magenkrämpfe bekommt vor Angst. Die Schmerzen sind real, aber es gibt keine physische Ursache für die Symptome. Denken Sie an Freuds Hysteriker. Sie sind die Urgroßmütter der heutigen Patienten mit psychosomatischen Störungen.«

Er hebt die Hände und demonstriert eine Art Tabelle. »Es ist hilfreich, wenn man sich diese Störungen anhand einer Art Tabelle vorstellt«, erklärt der Psychiater. »Am einen Ende steht die Vortäuschung einer Krankheit, etwas, das wir alle schon das eine oder andere Mal getan haben; man behauptet, die Grippe zu haben, um beispielsweise nicht als Geschworener verpflichtet zu werden – man schützt irgendwelche Symptome vor, um damit etwas ganz Bestimmtes zu erreichen. Am anderen Ende der Kurve stehen Patienten mit psychosomatischen Beschwerden. Diese Patienten erzeugen unwillentlich Symptome, die so aussehen und sich anfühlen wie eine echte Erkrankung – ohne dass der Patient weiß, dass er selbst die Beschwerden erzeugt, geschweige denn, warum. Irgendwo dazwischen liegt das Münchhausen-Syndrom, bei dem Symptome bewusst vorgetäuscht werden können ... aber ohne spezifischen Grund.«

»Der Unterschied liegt also in der Absicht, Doktor.«

»Genau. Ansonsten ähneln diese beiden Störungen sich nach außen hin stark. Wie beim Münchhausen-Syndrom wird der Arzt auch bei einer psychosomatischen Erkrankung vergeblich nach einer organischen Ursache für die Symptome suchen. Weder Kernspin noch Ultraschall oder sonstige umfassende Tests bringen irgendein Ergebnis, weil das vorhandene Problem einfach nicht mit der Physiologie übereinstimmt. Der Unterschied besteht darin, dass im Falle einer psychosomatischen Störung die Symptome durch Stressfaktoren ausgelöst werden. Beim Münchhausen-Syndrom hingegen ist Mami der Auslöser. Bei einer psychosomatischen Erkrankung sind die Symptome real, während sie beim Münchhausen-Syndrom vorgetäuscht sind. Oft muss man, um eine Diagnose zu stellen, die Hintergründe der Erkrankung näher beleuchten, sich die beteiligten Personen ansehen und was ihnen das Ganze bringt.«

»Dann ist es Teil der Diagnose, zu bestimmen, wem daran gelegen ist, Aufmerksamkeit zu erregen – Mutter oder Kind.«

»Genau.«

»Inwieweit passen Faith' Symptome zu einer psychosomatischen Störung, Doktor?«

»Zum einen ist ihr Problem nicht organischer Natur. Sie blutet an den Händen, aber es deutet nichts auf ein Trauma hin, keine inneren Gewebeschäden – ziemlich schwer, eine solche Wunde vorzutäuschen beziehungsweise künstlich herbeizuführen. Sie hat möglicherweise Halluzinationen, aber sie ist nicht psychotisch. Und es wäre nachvollziehbar, dass die Krankheit aus einer Stresssituation heraus entstanden ist, weil sie im Unterbewusstsein glaubt, dass sie durch Kranksein den Stressfaktor beseitigen kann.«

»Käme als Stressfaktor eine Scheidung infrage?«

Fitzgerald lächelt. »Sie haben eine rasche Auffassungsgabe, Ms. Standish. Für ein Kind wäre es nicht ungewöhnlich zu denken: ›Wenn ich krank werde, bleiben meine Eltern zusammen und kümmern sich um mich.‹ Und macht das Kind sich selber krank, macht es auf sich aufmerksam, ohne sich dessen bewusst zu sein. Da ich Faith bisher nicht gesprochen habe, ist die Annahme, ihr Geist würde ihren Körper krank machen, in der Hoffnung, ihre kaputte Familie wiederherzustellen, nur hypothetisch. Aber sehen Sie selbst: Es funktioniert. Ihre Eltern sind heute beide hier, oder?«

»Wenn dem so wäre, hätte Mrs. White dann irgendetwas mit den Krankheitssymptomen ihrer Tochter zu tun?«

»O nein. Das alles geschieht auf psychogener Ebene, wird allein von Faith' Unterbewusstsein gesteuert.«

Joan legt eine kurze Pause ein, um diese Worte auf alle Anwesenden wirken zu lassen. Dann fragt sie: »Wie würden Sie vorgehen, um festzustellen, ob Faith' Beschwerden von ihrer Mutter hervorgerufen wurden oder von Faith' Unterbewusstsein?«

»Durch Trennung der beiden. Ich würde Mrs. White von ihrem Kind trennen und abwarten, ob die Symptome nachlassen.«

»Was würden Sie davon halten, wenn ich Ihnen sagte, dass ein Kind, das nach Herz- und Nierenversagen im Koma lag, sich innerhalb von nur einer Stunde fast vollständig erholt hat, als die Mutter nach längerer Trennung wieder bei ihm war?«

»Das würde das Münchhausen-Syndrom auf jeden Fall ausschließen.«

»Sie sind sich nicht hundert Prozent sicher, nicht wahr?«, fragt Metz. »Ob Faith an einer psychosomatischen Störung leidet, meine ich ... oder ihre Mutter am Münchhausen-Syndrom.«

»Nun ...«

»Treten nach hässlichen Scheidungen immer psychosomatische Störungen bei den Kindern auf?«

»Nein«, entgegnet Dr. Fitzgerald. »Es könnten auch ›nur‹ Verhaltensstörungen auftreten.«

»Könnten Sie uns einige Beispiele hierfür nennen, Doktor?«

»Manchmal werden Kinder sehr aggressiv oder sexuell auffällig. Die Schulleistungen lassen nach. Der Appetit nimmt drastisch zu oder ab. Die Liste ist ellenlang, Mr. Metz.«

»Ich verstehe. Wird nur ein geringer Prozentsatz von Münchhausen-Fällen erkannt?«

»Das ist anzunehmen.«

»Dann könnte man sagen, dass die Krankheit zwar selten ist, aber doch häufiger auftritt, als man gemeinhin annehmen würde?«

»Das ist richtig.«

»Stimmt es nicht, dass die meisten Patienten, bei denen das Münchhausen-Syndrom festgestellt wird, weiblich sind und im Durchschnitt dreiunddreißig Jahre alt?«

»Ja.«

»Wie alt ist Mariah White, und welchem Geschlecht hört sie an?«

»Sie ist weiblich und dreiunddreißig Jahre alt.«

»Ist Mariah Faith Whites Mutter?«

»Ja.«

»Haben die meisten Menschen, die am Münchhausen-Syndrom leiden, ein extrem stressiges Ereignis hinter sich wie beispielsweise eine Scheidung?«

»Ja.«

»Wurde Mariah White kürzlich erst geschieden?«

»Ja.«

»Die meisten Münchhausen-Kranken besitzen einige Erfahrungen auf medizinischem Gebiet, entweder als Patienten oder aus beruflichen Gründen, richtig?«

»Ja.«

»Hat Mariah White mehrere Monate in einer Nervenheilanstalt verbracht?«

»Ja.«

»Stimmt es nicht, dass beim Münchhausen-Syndrom die Eltern großes Interesse an der Behandlung des Kindes bekunden?«

»Ja«, entgegnet Dr. Fitzgerald trocken. »Aber die meisten Eltern eines kranken Kindes – ob sie nun am Münchhausen-Syndrom leiden oder nicht – interessieren sich für Einzelheiten der medizinischen Behandlung ihres Kindes.«

Metz ignoriert diese Anmerkung. »Hat Mariah White großes Interesse an der Behandlung ihrer Tochter gezeigt?«

»Soweit ich weiß, ja.«

»Stimmt es nicht, dass die meisten Symptome, die in einem Fall von Münchhausen-Syndrom auftreten, nicht auf herkömmliche Behandlungsmethoden ansprechen?«

»Ja.«

»Haben die Wunden an Faith Whites Händen bislang allen herkömmlichen Behandlungsmethoden wie der Verabreichung eines gerinnungsfördernden Mittels getrotzt?«

»Ja.«

»Hat Faith White trotz Einnahme von Antipsychotika weiterhin Halluzinationen gehabt?«

»Ja.«

»Stimmt es nicht, dass Menschen, die am Münchhausen-Syndrom leiden, sich unbewusst danach sehnen, dass man ihnen mehr Aufmerksamkeit widmet?«

»Ja.«

»Und erregt der Fall Faith White ein großes Maß an Aufsehen?«

»Ja«, entgegnet der Arzt seufzend.

»Stimmt es nicht, dass Menschen, die am Münchhausen-Syndrom leiden, abstreiten, was sie tun, entweder, weil sie pathologische Lügner sind, oder weil ihnen ihr eigenes Verhalten nicht bewusst ist?«

»Ja.«

»Hat Mariah White zugegeben, Faith die Wunden beigebracht zu haben?«

»Nicht, dass ich wüsste.«

»Passt das ins Profil einer Erkrankung am Münchhausen-Syndrom?«

»Ja.« Fitzgerald wölbt eine Braue. »Aber selbstverständlich entspricht das ebenso dem Profil einer Mutter, die ihrem Kind kein Haar gekrümmt hat.«

»Und doch haben Sie mir gerade zehn konkrete Gründe

genannt, Doktor, die dafür sprechen, dass wir es hier mit einem Fall von Münchhausen-Syndrom zu tun haben. Wenn es aussieht wie ein Stinktier, riecht wie ein Stinktier und sich verhält wie ein Stinktier ... Nun, Sie können doch nicht guten Gewissens behaupten, dass es sich hier eindeutig und zweifelsfrei um eine psychosomatische Störung handelt, oder?«

Dr. Fitzgerald presst die Lippen zu einem feinen Strich zusammen. »Das ist eine völlig verquaste Logik.«

Metz schüttelt den Kopf. »Ja oder nein.«

»Nein.«

»Und was heißt das?«

Der Psychiater blickt dem Anwalt fest in die Augen. »Wenn es sich nicht um eine psychosomatische Störung handelt«, entgegnet er und lächelt, »käme immer noch in Betracht, dass die siebenjährige Patientin tatsächlich Gott sieht.«

KAPITEL 17

Frauen sind ein Widerspruch in sich.

Alexander Pope

6. Dezember 1999

»DAS WAR UNGLAUBLICH!«, sage ich begeistert. Ich fühle mich, als würden in meinem Inneren kleine Bläschen aufsteigen, ein Prickeln, das zum Lachen reizt. Ich umarme Joan ganz fest. »Wo haben Sie denn diesen Dr. Fitzgerald aufgetan?«

»Im Internet«, entgegnet sie und mustert mich aufmerksam.

Meinetwegen hätte sie ihn auch in einer Felsspalte finden können, das ist mir gleich. Der Psychiater hat nicht nur das Fundament für eine alternative Erklärung für Faith' Symptome gelegt, sondern er hat außerdem Malcolm Metz die Stirn geboten und gewonnen. »Danke. Sie haben am Freitag solches Aufhebens davon gemacht, dass Metz diesen Überraschungszeugen eingebracht hat, dass ich bezweifelt habe, dass es Ihnen gelingen würde, so kurzfristig eine anständige Verteidigungsstrategie auf die Beine zu stellen.«

»Ich war das nicht, also danken Sie nicht mir.«

Ich lächle zögernd. »Was meinen Sie damit?«

»Ich verfüge nicht über Metz' personellen oder finanziellen Hintergrund, Mariah. Auf mich allein gestellt, hätte ich es wohl nicht geschafft. Dann hätte ich heute das Handtuch werfen müssen. Aber Ian Fletcher hat das ganze Wochenende in meiner Kanzlei verbracht, hat Dr. Fitzgerald aufgespürt, mit ihm online kommuniziert und diese spezielle Verteidigung aus dem Hut gezaubert.«

»Ian?«

»Er hat das für Sie getan«, erwidert Joan sachlich. »Er würde alles für Sie tun.«

Ein Zeugenstand ist ein ziemlich unangenehmer Ort. Man ist von allen Seiten von einem Gitter eingeschlossen. Die Stimme wird durch ein Mikrophon verstärkt. Man sitzt auf einem Stuhl, der so unbequem ist, dass man gar nicht anders kann, als sich kerzengerade zu halten und ins Publikum zu sehen. Mein Herz schlägt so panisch, wie ein in einem Glas gefangener Leuchtkäfer gegen die Wände seines Gefängnisses anfliegt.

Joans Absätze klappern laut auf dem Holzboden. »Würden Sie bitte für das Protokoll Ihren Namen nennen?«

Ich ziehe den biegsamen Fuß des Mikrophons näher zu mir hin. »Mariah White.«

»In welcher Beziehung stehen Sie zu Faith White?«

»Ich bin ihre Mutter.« Das Wort ist wie Balsam, der von meinen Lippen über meine Kehle bis in meinen Bauch rinnt.

»Können Sie uns sagen, wie Sie sich heute fühlen, Mariah?«

Ich lächle. »Gut, sogar blendend.«

»Wie kommt das?«

»Meine Tochter durfte das Krankenhaus verlassen.«

»Soweit ich weiß, war ihr Zustand an diesem Wochenende sehr kritisch?«, fragt Joan.

Natürlich weiß Joan das sehr genau; sie war mehrmals bei Faith im Krankenhaus. Diese Förmlichkeit, dieses ganze Theater, erscheint mir lächerlich. Wozu diese ganzen Theorien und Hypothesen, anstatt mir gleich zu erlauben, zum Zuschauerraum zu gehen, Faith in die Arme zu schließen und mitzunehmen.

»Ja«, antworte ich stattdessen. »Sie hatte zweimal einen Herzstillstand und fiel ins Koma.«

»Und trotzdem konnte sie das Krankenhaus bereits wieder verlassen?«

»Sie wurde am Sonntagnachmittag entlassen, und es geht ihr sehr gut.« Ich werfe einen Blick auf Faith und zwinkere ihr zu, obwohl es gegen die Regeln verstößt.

»Mr. Metz behauptet, Sie würden am Münchhausen-Syndrom leiden. Wissen Sie, was darunter zu verstehen ist?«

Ich schlucke hart. »Das würde bedeuten, dass ich ihr wehtue. Dass ich sie krank mache.«

»Sie haben gehört, wie inzwischen zwei Experten vor diesem Gericht erklärt haben, dass der beste Weg, das Münchhausen-Syndrom zu diagnostizieren, der ist, Mutter und Kind zu trennen und zu sehen, ob der Zustand des Kindes sich bessert.«

»Ja.«

»Haben Sie Faith an diesem Wochenende sehen können?«

»Nein«, gebe ich zu. »Ein Gerichtsbeschluss verbot mir, sie zu besuchen. Jeglicher Kontakt zu ihr war mir untersagt.«

»Was ist zwischen Donnerstag und Sonntag mit Faith passiert?«

»Ihr Zustand hat sich immer mehr verschlechtert. Gegen Mitternacht am Samstag glaubten die Ärzte, sie würde die Nacht nicht überleben.«

Joan runzelt die Stirn. »Woher wissen Sie das, wenn Sie doch nicht dort waren?«

»Ich wurde angerufen. Von meiner Mutter. Von Kenzie van der Hoven. Beide waren über längere Zeit bei Faith.«

»Also hat sich Faith' Zustand von Donnerstagabend bis Sonntagmorgen konstant verschlechtert, bis sie schließlich ins Koma fiel und die Ärzte um ihr Leben fürchten mussten. Und doch ist sie heute offenbar gesund hier bei uns. Mariah, wo waren Sie von zwei bis vier Uhr früh am Sonntagmorgen?«

Ich sehe Joan an und antworte so, wie wir es geübt haben: »Ich war bei Faith im Krankenhaus.«

»Einspruch!« Metz erhebt sich und zeigt mit dem Finger auf mich. »Das ist Missachtung des Gerichts.«

»Anwälte, treten Sie vor.«

Eigentlich sollte ich ihre Unterhaltung nicht mithören, aber sie sind so erregt, dass sie sich fast anschreien. »Sie hat einen Gerichtsbeschluss missachtet!«, sagt Metz. »Ich verlange diesbezüglich noch heute eine Anhörung!«

»Himmel, Malcolm. Ihr Kind lag im Sterben.« Joan wendet sich wieder an den Richter. »Aber dann ist Mariah gekommen, und sie ist nicht gestorben. Im Gegenteil. Euer Ehren, diese Aussage beweist meine Theorie.«

Der Richter mustert mich eindringlich. »Ich will das hören«, sagt er ruhig. »Ms. Standish, Sie dürfen fortfahren. Um die Missachtung des Gerichtsbeschlusses kümmern wir uns später.«

Joan fährt mit ihrer Befragung fort. »Was passierte, als Sie ins Krankenhaus kamen?«

Ich denke zurück an den Moment, da ich Faith das erste Mal mit den vielen Schläuchen und Drähten gesehen habe. »Ich setzte mich zu ihr und fing an, mit ihr zu sprechen. Die Maschine, die ihren Herzschlag wiedergab, fing an laut zu piepen, und eine Schwester sagte, sie müsse den Doktor rufen. Als sie das Zimmer verließ, schlug Faith die Augen auf.« Ich sehe wieder vor mir, wie ihre Wangen sich gerötet haben, als der Beatmungsschlauch aus ihrem Hals gezogen wurde, höre wieder ihre krächzende Stimme, als sie nach mir rief. »Die Ärzte haben allerlei Tests durchgeführt. Alles – Herz, Nieren und sogar ihre Hände – war wieder in Ordnung. Es war ... nun ja, verblüffend.«

»Gab es hierfür eine klinische Erklärung?«

»Einspruch«, meldet sich Metz wieder zu Wort. »Seit wann ist Mrs. White studierte Medizinerin?«

»Abgelehnt.«

»Die Ärzte meinten, dass manchmal die Gegenwart eines Angehörigen bei Komapatienten wie ein Katalysator wirkt«, antworte ich. »Aber sie sagten außerdem, sie hätten bisher erst ein einziges Mal eine so drastische Genesung erlebt.«

»Und wann war das?«

»Als meine Mutter ins Leben zurückgekehrt ist.«

Joan lächelt. »Das muss in der Familie liegen. War noch jemand Zeuge dieser bemerkenswerten Genesung?«

»Ja. Zwei Ärzte und sechs Krankenschwestern. Außerdem meine Mutter und die Prozesspflegerin.«

»Die allesamt auf meiner Zeugenliste stehen, Euer Ehren, falls Mr. Metz sie hierzu befragen möchte.« Aber Joan hat mir erklärt, warum er das nicht tun wird. Es würde seinem Mandanten nicht zugute kommen, wenn acht Personen erklären würden, sie wären Zeugen eines Wunders gewesen.

»Mariah, in diesem Gerichtssaal ist viel über Sie gesagt worden, und über einige Dinge möchte der Richter vielleicht Näheres erfahren. Fangen wir mit Ihrer Zwangseinweisung vor sieben Jahren an. Können Sie uns etwas dazu erzählen?«

Joan hat mich gründlich vorbereitet. Wir haben diese Fragen bis Sonnenaufgang geprobt. Ich weiß, was ich zu sagen habe, was sie dem Richter vermitteln will. Kurz, ich bin gewappnet für alles ... nur habe ich nicht damit gerechnet, was es für ein Gefühl ist, meine sehr private Geschichte vor so vielen Leuten auszubreiten.

»Ich habe meinen Mann sehr geliebt«, fange ich an, ganz so wie wir es geprobt haben. »Und ich habe ihn mit einer anderen Frau im Bett erwischt. Es brach mir das Herz, aber Colin meinte, nicht mein Herz, sondern mein Verstand müsse behandelt werden.«

Ich wende mich Colin zu. »Es war offensichtlich, dass Colin mich nicht mehr haben wollte. Ich bekam schwere Depressionen und glaubte, ich könnte ohne ihn nicht leben. Glaubte, ich wolle ohne ihn nicht leben.« Ich hole tief Luft. »Wenn man Depressionen hat, schenkt man seiner Umwelt keine große Beachtung. Man will niemanden sehen. Man will bestimmte Dinge sagen – wichtige Dinge, ehrliche Dinge –, aber sie sind so tief im Inneren vergraben, dass es große Anstrengung kostet, sie hervorzuholen.« Meine Züge werden weicher. »Ich glaube nicht, dass Colin ein Monster ist, weil er mich hat einweisen lassen. Wahrscheinlich hatte er furchtbare Angst. Ich wünschte nur, er hätte vorher mit mir gesprochen. Vielleicht hätte ich ihm auch da nicht sagen können, was ich wollte, aber es wäre schön gewesen, wenn er zumindest versucht hätte, meine Wünsche zu ergründen.

Dann war ich plötzlich in Greenhaven. Ich war schwanger. Ich hatte Colin noch nichts davon gesagt, und es wurde mein Geheimnis.« Ich sehe den Richter an. »Sie können nicht wissen, wie es ist, an einem Ort zu sein, an dem man mit Haut und Haaren anderen ausgeliefert ist. Man schreibt einem vor, was man zu essen und zu trinken hat, wann man aufstehen und schlafen gehen soll, man setzt einem Spritzen und zwingt einen zu Therapiesitzungen. Ich war ihnen ausgeliefert – aber für eine kurze Zeit hatte ich dieses Baby ganz für mich allein. Natürlich wurde die Schwangerschaft nach einiger Zeit bei Bluttests entdeckt, aber die Ärzte sagten, ich müsse die Medikamente trotzdem weiternehmen. Sie sagten, das Baby hätte auch nichts davon, wenn ich mich noch vor seiner Geburt umbrächte. Also ließ ich zu, dass man mich weiter mit Drogen vollpumpte, bis mir die Risiken für das Ungeborene schließlich egal waren. Bis mir alles egal war.

Nach meiner Entlassung aus Greenhaven bekam ich Angst wegen dem, was ich meinem Baby angetan hatte, nur um mich selbst zu retten. Ich schloss mit mir selbst einen Handel ab: Es war okay, wenn ich keine perfekte Ehefrau war, vorausgesetzt, ich wurde eine perfekte Mutter.«

Joan sieht mir in die Augen. »Und, sind Sie eine perfekte Mutter gewesen?«

Ich weiß, was sie von mir erwartet. Ich soll antworten ›Ja, nach Kräften.‹ Wir haben noch gelacht, weil es wie ein alter Army-Slogan klang, aber weder mir noch Joan ist etwas Besseres eingefallen. Aber jetzt, da ich hier sitze, bringe ich die Worte nicht über die Lippen. Vielmehr drängt sich mir die Wahrheit auf.

»Nein«, antworte ich leise.

»Wie bitte?«

Ich versuche, nicht in Joans zorniges Gesicht zu blicken. »Ich sagte nein. Nach Faith' Geburt ging ich oft auf den Spielplatz, um andere Mütter zu beobachten. Irgendwie hatten sie Fläschchen, Kinderwagen und Baby scheinbar mühelos im Griff. Ich hingegen vergaß ihre Pausenbrote, als sie in den Kindergarten kam. Oder ich warf ein vollgekritzeltes Blatt Papier weg, das eine Valentinskarte sein sollte. Das passierte zwar wahrscheinlich auch anderen Müttern, aber mir vermittelte es immer ein Gefühl der Unzulänglichkeit.«

Joan unterbricht mich mit einer Frage. »Warum ist es Ihnen so wichtig, perfekt zu sein?«

Es heißt, es gäbe Momente, die das Leben aufbrechen wie mit einem Nussknacker, die den eigenen Standpunkt so nachhaltig verändern, dass man die Dinge nie wieder so sieht wie vorher. Als die Antwort in mir aufsteigt, wird mir klar, dass ich es immer gewusst habe, jedoch ohne es mir bewusst zu machen. »Weil ich weiß, was es heißt, nicht gut genug zu sein«, antworte ich leise. »Weil das der Grund ist, weshalb ich Colin verloren habe, und ich so etwas nie wieder durchmachen möchte.« Ich verschränke die Hände im Schoß. »Sehen Sie, wenn ich die beste Mutter von allen bin, wird Faith sich keine andere als mich wünschen.«

Joan spürt, dass wir uns auf dünnem Eis bewegen, und sie wirft mir eine Rettungsleine zu. »Können Sie uns erzählen, was sich am Nachmittag des zehnten August ereignet hat?«

»Ich war mit Faith bei meiner Mutter«, antworte ich, dankbar für den Themenwechsel. »Anschließend fuhren wir zum Ballettunterricht, aber unterwegs fiel Faith ein, dass sie ihr Trikot nicht dabei hatte. Also fuhren wir heim, um ihre Sachen zu holen, und sahen Colins Wagen vor dem Haus stehen. Er war auf Geschäftsreise gewesen, und ich hatte ihn erst später zurückerwartet. Faith lief mir voran nach oben, aber ich holte sie ein. Oben lief Wasser, und ich nahm an, dass Colin eben erst gekommen war und duschen wollte. Ich betrat das Schlafzimmer zuerst. Colin hatte ein Handtuch um die Hüften geschlungen, und so ließ ich Faith herein. Dann ging die Badezimmertür auf, und ... Jessica kam heraus, nur in ein Handtuch gewickelt.«

»Was hat Colin gesagt?«

»Er lief Faith nach. Später erzählte er mir dann, dass er sich schon seit mehreren Monaten mit Jessica träfe.«

»Und was geschah dann?«

»Er ging. Ich rief meine Mutter an. Ich fühlte mich hundeelend, verfiel wieder in Depressionen, aber diesmal war ich nicht allein. Ich wusste, dass sie sich um Faith kümmern würde, während ich damit beschäftigt war, mich zu fangen.«

»Dann waren Sie also auch in dieser Krisensituation in der Lage, zu organisieren, dass Faith bestens versorgt wurde?«

»Ja.« Ich lächle flüchtig.

»Was haben Sie dann getan, nachdem Colin Sie verlassen hatte?«

»Ich sprach mit Dr. Johansen. Ich bat ihn, mir wieder Prozac zu verschreiben.«

»Ich verstehe«, sagt Joan. »Haben die Medikamente Ihnen geholfen, sich emotional zu stabilisieren?«

»Ja, absolut. Dank ihnen bin ich verhältnismäßig gut mit der Situation fertig geworden.«

»Und wie ist Faith mit alledem klargekommen?«

»Sie kapselte sich ab. Sie sprach nicht mehr. Und dann,

ganz plötzlich, dachte sie sich eine imaginäre Freundin aus. Ich ging mit ihr zu Dr. Keller.«

»Waren Sie besorgt wegen dieser imaginären Freundin?«

»Ja. Es war nicht nur eine Spielkameradin. Faith sagte plötzlich Dinge, die keinen Sinn machten. Sie zitierte Bibelverse. Sie erwähnte ein Geheimnis aus meiner Kindheit, von dem niemand wusste außer mir selbst. Und dann – so verrückt das klingen mag – holte sie ihre Großmutter ins Leben zurück.«

Malcolm Metz hüstelt.

»Und dann?«

»In einigen Lokalzeitungen tauchten erste Artikel auf«, fahre ich fort. »Ian Fletcher tauchte auf, ebenso wie Vertreter einer Sekte und Reporter von einem Dutzend verschiedener Sender. Nachdem Faith ein aidskrankes Kleinkind geheilt hatte, nahm der Medienrummel zu, und immer mehr Menschen wollten Faith berühren oder mit ihr beten.«

»Wie standen Sie dazu?«

»Ich fand es furchtbar«, antworte ich, ohne zu zögern. »Faith ist sieben. Sie konnte nicht mehr zum Spielen nach draußen gehen, ohne belästigt zu werden. In der Schule wurde sie gehänselt, sodass ich sie zu Hause behielt und daheim unterrichtete.«

»Mariah, haben Sie in irgendeiner Weise Faith zu ihren Halluzinationen ermutigt?«

»Ich? Colin und ich sind gewissermaßen eine Mischehe eingegangen. Ich habe noch nie in einer Bibel gelesen. Ich hätte ihr so etwas gar nicht einreden können; mir selbst war das meiste von dem, was sie erzählte, völlig fremd.«

»Haben Sie Ihrer Tochter jemals wehgetan, um die Blutungen an ihren Händen und ihrer Seite herbeizuführen?«

»Nein. Zu so etwas wäre ich niemals fähig.«

»Was glauben Sie, würde aus Faith werden, wenn sie bei Colin lebte?«

»Nun«, antworte ich bedächtig, »er liebt sie. Er hat ihre Interessen zwar nicht immer allem anderen vorangestellt, aber er liebt sie. Es ist nicht Colin, um den ich mir Sorgen mache ... sondern Faith. Sie müsste lernen, mit einem neuen Geschwisterchen umzugehen und mit einer Stiefmutter, und ich denke, es wäre nicht fair, von ihr zu verlangen, sich schon wieder auf ein neues Umfeld einzustellen.« Stirnrunzelnd blicke ich auf Colin. »Faith wirkt Wunder. Sie mir wegzunehmen wird hieran nichts ändern. Und es wird auch nichts daran ändern, dass Menschen ihr folgen oder etwas von ihr wollen, wo sie auch hingeht.«

Ich kann den Blick meiner Tochter spüren, wie die Sonne, die man auf dem Gesicht fühlt, wenn man nach draußen geht. »Ich kann Ihnen nicht sagen, warum Faith so ist«, sage ich leise, »aber es ist nun einmal so. Ich kann Ihnen nicht sagen, warum ich es verdient habe, sie bei mir zu haben, aber sie gehört zu mir.«

Metz bezeichnet es gern als »Schlange-im-Urwald«-Taktik. Bei einer Zeugin wie Mariah White hat er zwei Möglichkeiten: Er kann sie in Grund und Boden reden und restlos verwirren, oder er kann Freundlichkeit mimen, seine Fragen schonend formulieren, um dann, wenn sie es am wenigsten erwartet, zum Todesstoß anzusetzen. Das Wichtigste ist es, in Mariah Selbstzweifel zu wecken. Das ist, wie sie selbst zugegeben hat, ihre Achillesferse. »Sie müssen es gründlich satt haben, von Ihren Depressionen von vor sieben Jahren zu sprechen.«

Mariah lächelt höflich, aber zurückhaltend.

»War das das erste Mal in Ihrem Leben, dass Sie so krank waren?«

»Ja.«

Seine Stimme trieft förmlich von Mitleid. »Die Depressionen haben sich seit damals immer mal wieder zurückgemeldet, nicht wahr?«

»Nein.«

»Aber Sie haben doch Medikamente genommen«, widerspricht Metz in mahnendem Tonfall, als hätte sie falsch geantwortet.

Sie macht ein verwirrtes Gesicht, und Metz lächelt in sich hinein. »Ja, das stimmt, aber das hat das Wiederaufflackern der Depressionen ja gerade verhindert.«

»Was für Medikamente nehmen Sie derzeit?«

»Prozac.«

»Wurde Ihnen dieses Medikament speziell verschrieben, um drastische Stimmungsschwankungen zu vermeiden?«

»Ich habe und hatte nie drastische Stimmungsschwankungen ... Ich leide an Depressionen.«

»Erinnern Sie sich noch an die schreckliche Nacht, in der Sie versucht haben, sich das Leben zu nehmen, Mrs. White?«

»Nur sehr verschwommen. In Greenhaven hat man mir gesagt, ich hätte sie wohl verdrängt.«

»Haben Sie zurzeit Depressionen?«

»Nein.«

»Aber Sie wären vermutlich schwer depressiv, wenn Sie keine Medikamente einnehmen würden.«

»Das weiß ich nicht«, sagt Mariah ausweichend.

»Wissen Sie, ich habe von Fällen gelesen, in denen Patienten, die Prozac eingenommen haben, völlig ausgerastet sind. Sie sind durchgedreht und haben versucht, sich umzubringen. Haben Sie keine Angst, dass so etwas auch Ihnen passieren könnte?«

»Nein«, antwortet Mariah und blickt ein wenig nervös auf Joan.

»Können Sie sich erinnern, unter Prozac-Einwirkung schon einmal durchgedreht zu sein?«

»Nein.«

»Und haben Sie während der Einnahme von Prozac schon einmal jemanden verletzt?«

»Nein.«

»Hatten Sie dann vielleicht heftige Reaktionen?«

»Nein.«

Metz wölbte die Brauen. »Nein? Dann betrachten Sie sich also als einen emotional stabilen Menschen?«

Mariah nickt entschieden. »Ja.«

Metz geht zum Tisch der Anklage und nimmt eine kleine Videokassette auf. »Ich würde gerne dieses Band als Beweisstück einbringen.«

Joan springt auf und tritt an den Richtertisch. »Das dürfen Sie nicht zulassen, Euer Ehren. Er reicht Beweise über meinen Kopf hinweg ein. Ich habe ein Recht darauf, vorab über Beweismittel informiert zu werden.«

»Euer Ehren«, kontert Metz, »Ms. Standish war es, die bei ihren Befragungen immer wieder darauf hingewiesen hat, wie ausgeglichen Mrs. White unter Einnahme von Prozac ist.«

Richter Rothbottam nimmt Metz das Band aus der Hand. »Ich werde mir das Band in meinem Richterzimmer ansehen und mich hinterher entscheiden. Ich ordne eine kurze Pause an.«

Die Anwälte kehren zurück an ihren Platz. Nicht sicher, was jetzt geschieht, bleibt Mariah wie erstarrt im Zeugenstand sitzen, bis Joan ihre missliche Lage erkennt, und zu ihr hinübergeht und sie erlöst.

»Was ist auf diesem Band, Mariah?«, fragt Joan, sobald sie wieder beide am Tisch der Verteidigung sitzen.

»Ich habe wirklich keine Ahnung. Ehrlich.« Obwohl es im Saal eher kalt ist, fühle ich, wie Schweiß mir zwischen den Brüsten und den Rücken hinunterrinnt.

Der Richter kehrt durch eine Seitentür zurück, nimmt Platz und fordert mich auf, in den Zeugenstand zurückzukehren. Aus den Augenwinkeln sehe ich, wie ein Gerichtsdiener einen Fernseher mit angeschlossenem Videorekorder hereinrollt. »Scheiße«, flucht Joan leise.

»Ich werde das Band als Beweismittel zulassen«, erklärt Rothbottam. Metz fährt mit seiner Befragung fort. »Mrs. White, ich werde Ihnen jetzt dieses Band vorspielen.«

Als er die Play-Taste drückt, beiße ich mir auf die Lippen. Auf dem kleinen Bildschirm ist zu sehen, wie ich auf die Kamera zustürze, sodass meine Gesichtszüge verzerrt wirken und verschwimmen. Ich schreie so laut, dass die Worte nicht zu verstehen sind, und dann sieht man, wie ich die Hand hebe, eindeutig in der Absicht, den Filmenden zu schlagen.

Die Kamera schwenkt wild herum und erfasst flüchtig Faith in einer Ecke des Raumes, meine Mutter in einem Krankenhausnachthemd und Ian und seinen Producer.

Die Aufnahme von dem Belastungs-EKG; die Aufnahmen, die Ian versprochen hatte, nicht zu verwenden.

Er hat mich wieder belogen. Ich sehe in Richtung Zuschauerraum und lasse den Blick über die Gesichter schweifen, bis ich ihn entdecke – er sitzt da wie erstarrt und ist kreidebleich im Gesicht. Das Band kann nur über Ian in Metz' Besitz gelangt sein. Und doch könnte man meinen, er wäre ebenso überrascht wie ich, es hier zu sehen.

Ich komme allerdings nicht dazu, länger darüber nachzudenken. »Mrs. Metz, erinnern Sie sich an diesen Zwischenfall?«

»Ja.«

»Können Sie uns mehr über die näheren Umstände dieser Aufnahmen erzählen?«

»Meine Mutter hat sich nach ihrer ›Wiederauferstehung‹ einem Belastungs-EKG unterzogen. Mr. Fletcher war gestattet worden, dabei zu filmen.«

»Und was ist dann passiert?«

»Er hatte versprochen, keinesfalls meine Tochter zu filmen. Und als die Kamera dann doch auf sie schwenkte, habe ich ... es war ein Reflex.«

»Ein ... Reflex. Hmmm. Reagieren Sie häufiger ›reflexartig‹?«

»Ich wollte nur Faith beschützen und ...«

»Ein schlichtes Ja oder Nein wird genügen, Mrs. White.«

»Nein.« Ich schlucke hart. »In der Regel denke ich gründlich nach, bevor ich handle.«

Metz durchquert den Saal. »Würden Sie sagen, dass dieses Band Sie als emotional stabile Person zeigt?«

Ich zögere und wähle meine Worte mit Bedacht. »Es war nicht der glanzvollste Augenblick in meinem Leben, Mr. Metz, aber alles in allem bin ich sehr wohl emotional stabil, ja.«

»Alles in allem? Was ist mit diesen anderen Gelegenheiten, bei denen Sie ausgerastet sind? Sind das die Situationen, in denen Sie Ihrer Tochter wehtun?«

»Ich tue Faith nicht weh. Ich habe ihr noch nie wehgetan.«

»Mrs. White, Sie haben selbst gesagt, Sie wären eine emotional stabile Frau, und doch widerlegt dieses Band diese Behauptung ganz zweifelsfrei. Sie haben uns also unter Eid belogen, habe ich Recht?«

»Nein ...«

»Ach kommen Sie, Mrs. White ...«

»Einspruch!«, ruft Joan dazwischen,

»Stattgegeben. Sie haben Ihren Standpunkt ausreichend klargemacht, Herr Anwalt.«

Metz lächelt mich an. »Sie sagen, Sie haben Ihrer Tochter nie körperlich wehgetan?«

»Nie.«

»Und Sie würden ihr auch nie seelisch wehtun?«

»Richtig.«

»Sie sind eine intelligente Frau. Sie haben die Zeugenaussagen hier im Saal verfolgt.«

»Ja, das habe ich.«

»Wenn Sie am Münchhausen-Syndrom leiden würden und ich Sie bezichtigen würde, Ihrer Tochter wehzutun, was würden Sie dann aller Wahrscheinlichkeit nach sagen?«

Ich starre ihn an; brennender Magensaft steigt in meiner Kehle auf. »Ich würde es abstreiten.«

»Und das wäre gelogen – genauso wie Sie bezüglich Ihrer emotionalen Stabilität gelogen haben. Ganz so wie Sie gelogen haben, als Sie sagten, Sie würden Faith beschützen.«

»Ich lüge nicht, Mr. Metz«, sage ich mühsam beherrscht. »Ich bin keine Lügnerin. Und ich habe Faith sehr wohl beschützt. Genau das haben Sie mich auf diesem Band tun sehen – vielleicht auf etwas primitive Art und Weise, ja, aber es ging allein darum, mein Kind zu schützen. Darum habe ich sie auch aus der Schule genommen, als die anderen Kinder anfingen, sie zu hänseln. Darum bin ich auch heimlich mit ihr verreist, bevor ich Kenntnis von dieser Verhandlung hatte.«

»Ach ja. Sie sind untergetaucht. Unterhalten wir uns doch ein wenig darüber. Sie sind verschwunden, einen Tag nachdem Ihr Ehemann Ihnen mitgeteilt hatte, dass er das Sorgerecht beantragen würde, nicht wahr?«

»Ja, aber ...«

»Dann mussten Sie allerdings feststellen, dass Ihre Flucht nicht so geheim geblieben war, wie Sie es gerne gehabt hätten. Ian Fletcher ist es gelungen, Ihnen zu folgen. Wir haben bereits bewiesen, dass Mr. Fletcher es im Zeugenstand mit der Wahrheit nicht so genau genommen hat, und jetzt konnten wir uns auch von Ihrer Unaufrichtigkeit überzeugen. Vielleicht sind Sie ja so nett, uns – zur Abwechslung einmal ehrlich – zu erzählen, was nun wirklich in Kansas City passiert ist?«

Was ist in Kansas City passiert?

Ian weiß, dass das der Augenblick ist, da sich Mariah die Gelegenheit bietet, Rache zu nehmen. Erst der Zwischenfall mit McManus, jetzt das Videoband – auch wenn er persönlich nichts mit der Aushändigung der Kopie an Metz zu tun hatte, dürfte das Mariah ihm gegenüber nicht milder stimmen. Hinzu kommt, dass für sie der einfachste Weg, ihre Glaubwürdigkeit zurückzugewinnen, darin besteht, einen Beweis dafür zu erbringen, dass Faith tatsächlich Heilkräfte besitzt. Und dieser Beweis betrifft auch Ian oder genauer seinen Bruder.

Auge um Auge. Bei diesem Gedanken muss Ian beinahe wider Willen lachen. Welche Ironie, dass ausgerechnet ihn biblische Gerechtigkeit zu Fall bringt. Aber ganz so wie er Mariahs Privatsphäre missachtet hat, hat sie jetzt die Chance, die seine an die Öffentlichkeit zu zerren.

Ian krallt die Hände in die vordere Kante seines Stuhls und wappnet sich für das Jüngste Gericht.

Was ist in Kansas City passiert?

Malcolm Metz steht direkt vor ihr. Ich weiß, dass Joan zu seiner Rechten verzweifelt versucht, meinen Blick auf sich zu ziehen, um zu verhindern, dass ich etwas Dummes sage. Aber der einzige Mensch, den ich sehe, ist Ian mitten im Zuschauersaal.

Ich denke an Dr. Fitzgerald und seine Aussage. Daran, wie Joan Ian in ihrem Büro angetroffen hat, wie dieser ihr zugearbeitet hat. Ich denke an den Ausdruck auf Ians Gesicht, als Allen McManus im Zeugenstand Platz genommen hat und als dieses grässliche Videoband angelaufen ist.

Er ist nicht perfekt. Aber das bin ich auch nicht.

Ich mustere Ian und überlege, ob ich wohl aussprechen kann, was ich denke. Dann richte ich den Blick wieder auf Malcolm Metz. »Gar nichts«, sage ich.

Das Miststück lügt. Es steht ihr ins Gesicht geschrieben. Metz würde sein Leben darauf verwetten, dass irgendwie Fletchers Flug nach Kansas City den direkten Beweis dafür erbracht hat, dass das ganze Brimborium um Faith nur Lug und Trug ist, woraus sich ergibt, dass die wundersamen Halluzinationen und körperlichen Traumata ihr von Mariah beigebracht wurden. Fletcher hat geschwiegen, weil er seinen Knüller nicht preisgeben wollte; Mariah schweigt, weil sie ihre Glaubwürdigkeit nicht vollends zunichte machen will. Und doch kann er nicht viel mehr tun als sie zu beschuldigen, im Zeugenstand die Unwahrheit zu sagen.

Er nimmt sich einen Moment Zeit, um sich zu sammeln. »Sie lieben Ihre Tochter, nicht wahr?«

»Ja.«

»Sie würden alles für sie tun?«

»Ja.«

»Würden Sie Ihr Leben für sie geben?«

Er kann sehen, dass sie sich Faith halbtot in ihrem Krankenhausbett vorstellt. »Ja, das würde ich.«

»Würden Sie auf das Sorgerecht für sie verzichten?«

Mariah zögert. »Ich verstehe nicht.«

»Was ich meine, Mrs. White, ist: Wenn Experten Ihnen beweisen würden, dass Colin der bessere Erziehungsberechtigte für Faith wäre, würden Sie sie dann gehen lassen?«

Mariah sieht stirnrunzelnd zu Colin hinüber. Dann richtet sie den Blick wieder auf den Anwalt. »Ja.«

»Keine weiteren Fragen.«

Wütend fordert Joan eine weitere Vernehmung der Zeugin. »Mariah«, sagt sie, »zuerst möchte ich noch einmal auf das Videoband zu sprechen kommen. Können Sie uns sagen, was Ihren Wutausbruch provoziert hat?«

»Ian Fletcher hatte geschworen, dass er Faith nicht filmen würde. Nur darum hatte ich ihm erlaubt, das Belastungs-EKG meiner Mutter zu filmen. Als ich dann nur eine Minute unachtsam war, wies er seinen Kameramann an, zu Faith hinüberzuschwenken, und da habe ich mich zwischen sie und die Linse gestellt.«

»Was ist Ihnen in diesem Moment durch den Sinn gegangen?«

»Dass er Faith auf keinen Fall filmen durfte. Das Letzte, was ich wollte, war noch größeres Medieninteresse an ihr. Sie ist nur ein kleines Mädchen; sie sollte ein Leben führen können, das ihrem Alter entspricht.«

»Würden Sie sagen, dass Sie in diesem Moment emotional instabil waren?«

»Nein. Ich war so normal wie jeder andere. Ich wollte nur Faith beschützen.«

»Danke«, sagt Joan. »Und jetzt möchte ich, dass Sie noch einmal über Mr. Metz' letzte Frage nachdenken. Wenn es nach ihm ginge, würde Faith in eine fremde Umgebung verpflanzt. Sie würde unter einem Dach leben mit der Frau, die sie in einer kompromittierenden Situation mit ihrem Vater gesehen hat. Sie bekommt ein neues Geschwisterchen. Das neue Zuhause ist ihr fremd. Ganz zu schweigen davon, dass ihre Anhänger ihr vermutlich nachfolgen und ihr neues Zuhause belagern werden. Klingt das für Sie nach einer realistischen Beschreibung der Situation?«

»Ja.«

»Gut. Und hat Colin Sie im Laufe dieses Verfahrens davon überzeugen können, dass er geeigneter wäre als sie, sich um Faith zu kümmern?«

»Nein«, antwortet Mariah verwirrt.

»Hat Dr. Orlitz, der vom Staat bestellte Psychiater, Sie davon überzeugt, dass Faith bei Colin besser aufgehoben wäre?«

»Nein«, sagt sie noch einmal, diesmal mit festerer Stimme.

»Hat Dr. DeSantis, die von der Anklage als Gutachterin bestellte Psychiaterin, Sie davon überzeugen können, dass Faith bei ihrem Vater besser aufgehoben wäre?«

»Nein.«

»Allen McManus?«

»Nein.«

»Mr. Fletcher?«

»Nein.«

»Und Dr. Birch? Hat er Sie davon überzeugen können, dass Colin besser als Sie in der Lage wäre, sich um Faith zu kümmern?«

Mariah lächelt und zieht das Mikrophon ein wenig näher heran. Mit fester Stimme sagt sie: »Nein, das hat er nicht.«

Nachdem die Verteidigung mit Mariah ihren letzten Zeugen aufgerufen hat, beruft der Richter eine Pause ein. Ich gehe in das kleine Besprechungszimmer, in das Joan und ich uns bereits wiederholt während der Verhandlungspausen zurückgezogen haben, und nach einigen Minuten geht die Tür auf, und Ian kommt herein. »Joan sagte, dass ich dich hier finde«, sagt er.

»Ich habe sie darum gebeten.«

Er weiß offensichtlich nicht, wie er sich verhalten soll.

»Danke, dass du Dr. Fitzgerald gefunden und hergeholt hast.«

Ian zuckt die Achseln. »Das war ich dir schuldig.«

»Du warst mir überhaupt nichts schuldig.«

Ich stehe auf und gehe zu ihm. Er hat die Hände tief in den Hosentaschen vergraben, als hätte er Angst davor, mich anzufassen. »Vielleicht sollte ich dir ebenfalls danken«, murmelt er. »Für das, was du nicht gesagt hast.«

Ich schüttle den Kopf. Manchmal gibt es keine Worte. Die Stille zwischen uns ist weit wie der Ozean, aber es gelingt mir, darüber hinwegzureichen und die Arme um ihn zu legen.

Ich fühle seine Hände auf meinem Rücken, und sein Atem streicht über die Härchen in meinem Nacken. Er ist bei mir. Und im Augenblick ist mir das genug. »Mariah«, sagt er leise, »möglicherweise bist du meine Religion.«

Der Richter ruft die Prozesspflegerin in den Zeugenstand. »Die Anwälte und ich haben Ihren Bericht gelesen. Möchten Sie dem noch etwas hinzufügen?«

Kenzie nickt knapp. »Das möchte ich. Ich denke, das Gericht sollte wissen, dass ich es war, die Mariah White Sonntagnacht um zwei Uhr ins Medical Center gerufen hat.«

Metz klappt die Kinnlade herunter; Joan blickt auf ihren Schoß. Der Richter fordert Kenzie auf, ihr Verhalten zu erläutern.

»Euer Ehren, ich weiß, dass Sie mich wegen Missachtung des Gerichts einsperren lassen können, aber bevor Sie das tun, möchte ich, dass Sie mich anhören, weil ich das Kind, um das es hier geht, nämlich ins Herz geschlossen habe und einen schwerwiegenden Fehler vermeiden möchte.«

Der Richter mustert sie streng. »Fahren Sie fort.«

»Wie Sie wissen, habe ich einen Bericht verfasst. Ich habe mit vielen Leuten gesprochen und bin ursprünglich zu dem Schluss gekommen, wenn auch nur die geringste Möglichkeit besteht, dass das Leben des Kindes in Gefahr ist, es das Beste wäre, Faith aus der Gefahrenzone zu entfernen. Darum habe ich in meinem Bericht auch empfohlen, das Sorgerecht dem Vater zu übertragen.«

Metz klopft seinem Mandanten grinsend auf die Schulter.

»Allerdings habe ich diese Entscheidung am späten Samstagabend gefällt, nachdem ein Arzt Mrs. Epstein gesagt hatte, dass Faith die Nacht möglicherweise nicht überleben würde. Ich war der Ansicht, dass das Rechtssystem der Vereinigten Staaten nicht das Recht hat, eine Mutter davon abzuhalten, von ihrem sterbenden Kind Abschied zu nehmen. Ich hielt das nur für eine nette Geste, Euer Ehren ... und ich hätte nicht erwartet, dass es sich in irgendeiner Weise auf meinen Bericht auswirken könnte.

Aber dann geschah etwas.« Kenzie schüttelt den Kopf. »Ich wünschte, ich könnte es erklären, wirklich. Ich weiß nur, was ich mit eigenen Augen gesehen habe, und zwar ein Kind, dessen Leben am seidenen Faden hängt und das beim Eintreffen seiner Mutter völlig unerwartet aus dem Koma erwacht.« Sie zögert. »Ein Gerichtssaal ist kaum der richtige Ort für persönliche Anekdoten, Euer Ehren, aber ich möchte Ihnen trotzdem eine Geschichte erzählen, die mich in dieser Sache stark beeinflusst hat. Meine Urgroßmutter und mein Urgroßvater waren zweiundsechzig Jahre verheiratet. Als mein Urgroßvater an einem Schlaganfall verstarb, folgte meine Urgroßmutter, die sich bester Gesundheit erfreute, ihm zwei Tage später nach. In meiner Familie hat es immer geheißen, Nana sei an gebrochenem Herzen gestorben. Das mag zwar medizinisch nicht korrekt sein ... aber Ärzte befassen sich ja auch mit den Körpern und nicht mit den Emotionen ihrer Patienten. Und wenn es möglich ist, vor Trauer zu sterben, Richter Rothbottam, warum um alles in der Welt sollte es dann nicht möglich sein, vor Glück zu genesen?«

Kenzie lehnt sich auf ihrem Stuhl vor. »Euer Ehren, ich habe vor zehn Jahren den Anwaltsberuf an den Nagel gehängt und bin Prozesspflegerin geworden. Ich bin in einer Juristenfamilie großgeworden und achte das Gesetz. Außerdem bin ich ein rational denkender Mensch, aber dieser Fall entzieht sich nun einmal jeder rationalen und logischen Annäherung. Verschiedene Leute haben mir von Visionen, weinenden Statuen und der Passion Christi erzählt. Andere sprachen von religiösem Betrug. Ich habe von Menschen gehört, die krank waren und urplötzlich genesen sind, nachdem sie Faith im Fahrstuhl oder auf dem Flur berührt haben.

Ich habe in letzter Zeit viel Unerklärliches erlebt, aber nichts davon deutet auch nur im Entferntesten darauf hin, dass Mariah White Faith in irgendeiner Weise schaden würde. Tatsächlich glaube ich vielmehr, dass sie ihr das Leben gerettet hat. Und wir tun dem kleinen Mädchen sicher keinen Gefallen, wenn wir es dem Einflussbereich seiner Mutter entziehen.« Sie räuspert sich. »Ich bitte um Entschuldigung, Euer Ehren, aber ich möchte meine vorausgegangene Empfehlung revidieren.«

Im Gerichtssaal bricht Unruhe aus. Malcolm Metz flüstert hitzig Colin zu. Der Richter fährt sich mit einer Hand über das Gesicht.

»Euer Ehren«, sagt Metz und erhebt sich. »Ich möchte ein Schlussplädoyer halten.«

»Wissen Sie, Mr. Metz, das habe ich mir fast gedacht.« Rothbottam seufzt. »Aber Sie sind nicht derjenige, den ich mir anhören möchte. Ich habe Sie, Ms. Standish und Ms. van der Hoven angehört, und ich weiß nicht mehr, was ich glauben soll. Ich brauche jetzt eine kleine Mittagspause – und die würde ich gern in Gesellschaft von Faith verbringen.«

Mariah wendet sich ihrer Tochter zu. Faith' Augen sind geweitet, und sie schaut verwirrt.

»Was meinst du dazu?«, fragt Richter Rothbottam. Er kommt hinter seinem Tisch hervor und geht auf den Zuschauerraum zu. »Möchtest du mit mir zusammen Mittag essen, Faith?«

Faith blickt zu ihrer Mutter hinüber, die kaum merklich nickt. Der Richter hält ihr die Hand hin. Faith ergreift sie und verlässt an seiner Seite den Saal.

Sein Stuhl gefällt ihr. Er dreht sich, und das noch schneller als der im Büro ihres Vaters. Und ihr gefällt die Musik, die er spielt. Faith blickt auf die CD-Sammlung auf einem Regal. »Haben Sie auch etwas von Disney?«

Richter Rothbottam wählt eine CD aus, legt sie auf, und die Klänge der Broadway-Aufnahme von *Der König der Löwen* erfüllt den Raum. Als er seine Robe ablegt, schnappt Faith nach Luft.

»Was ist denn?«, fragt der Richter.

Sie senkt den Blick und fühlt ein Brennen in den Wangen, wie wenn sie dabei erwischt wird, wie sie vor dem Abendessen Schokoladenkekse stibitzt. »Ich wusste nicht, dass Sie drunter etwas anhaben.«

Der Richter lacht. »Das letzte Mal, als ich nachgesehen habe, war es noch so.« Er nimmt ihr gegenüber Platz. »Es freut mich, dass es dir wieder besser geht.«

Sie nickt über das Truthahnsandwich hinweg, das er auf dem massiven Schreibtisch vor sie gelegt hat. »Ich auch.«

Er rückt seinen Stuhl näher an den Schreibtisch heran. »Faith, bei wem möchtest du wohnen?«

»Am liebsten mit beiden zusammen«, sagt sie. »Aber das geht nicht, oder?«

»Nein.« Richter Rothbottam mustert sie aufmerksam. »Spricht Gott mit dir, Faith?«

»Hm-hm.«

»Weißt du, dass sich deswegen viele Leute für dich interessieren?«

»Ja.«

Der Richter zögert. »Woher soll ich wissen, ob du die Wahrheit sagst?«

Faith hebt ihm das Gesicht entgegen. »Wenn Sie im Gericht sind, wie wissen Sie da, ob jemand die Wahrheit sagt?«

»Die Menschen schwören, die Wahrheit zu sagen. Auf eine Bibel.«

»Wenn ich *nicht* die Wahrheit sage ... würden Sie dann nicht auf irgendein beliebiges Buch schwören?«

Er grinst. So viel dazu, dass Gott in einem Gerichtssaal nichts zu suchen hat; er ist schon da.

Aber den Medien zufolge ist Faith' Gott eine Sie. »Die Menschen stellen sich Gott seit vielen, vielen Jahren als einen Mann vor«, sagt er.

»Meine Lehrerin in der ersten Klasse hat gesagt, dass die Menschen früher viel Falsches geglaubt haben, weil sie es nicht besser wussten. Beispielsweise, dass man nicht baden sollte, weil man davon krank würde. Dann hat jemand Krankheitserreger unter dem Mikroskop gesehen und angefangen, anders zu denken. Man kann ganz fest an etwas glauben«, sagt sie, »und es ist trotzdem falsch.«

Rothbottam starrt Faith verdattert an und fragt sich, ob dieses kleine Mädchen nicht tatsächlich eine Prophetin ist.

Richter Rothbottam lässt seine Lesebrille auf der Nase tiefer rutschen und blickt nacheinander auf den Kläger, die Beklagte und den vollgepackten Zuschauerraum. »Vor ein paar Tagen habe ich Ihnen erklärt, dass es bei einem Prozess nur einen einzigen Gott gäbe, und zwar den Richter. Eine sehr kluge junge Dame hat mich daran erinnert, dass das nicht unbedingt der Fall sein muss.« Er hält die Bibel hoch. »Wie Mr. Fletcher bei seinem Schwur so eloquent festgestellt hat, stützen wir uns bei Gericht auf Konventionen, ungeachtet der religiösen Einstellung desjenigen, der auf die Bibel schwört.

Ich bin nicht hier, um mit Ihnen religiöse Fragen zu erörtern, sondern um über Faith White zu sprechen. Beide Themen sind miteinander verknüpft und müssen doch gesondert betrachtet werden. So wie ich das sehe, wurden hier zwei Hauptfragen erhoben: Spricht Gott mit Faith White? Und fügt Mariah White ihrer Tochter irgendein Leid zu?«

Er lehnt sich in seinem Stuhl zurück und faltet die Hände über den Bauch. »Ich werde mit der zweiten Frage anfangen. Ich kann die Sorge ihres Vaters verstehen. Ich würde mir auch Sorgen machen. Ich habe von Mr. Metz und seinen Experten ebenso erstaunliche Dinge gehört wie von Ms. Standish und ihren Fachleuten, ja sogar von der mit diesem Fall betrauten Prozesspflegerin. Ich kann nicht glauben, dass Mariah White fähig wäre, ihrer Tochter willentlich oder unwillentlich etwas anzutun.«

Ein Raunen geht durch die Zuschauerreihen, und der Richter räuspert sich. »Und jetzt zur ersten Frage. Alle – einschließlich meiner selbst – haben sich zu Anfang dieser Verhandlung gefragt, ob dieses Kind tatsächlich eine Art Wunderheilerin ist. Aber es ist nicht Aufgabe des Gerichts, zu entscheiden, ob Faith' Visionen und Wunden göttlichen Ursprungs sind. Wir sollten nicht danach fragen, ob sie Jüdin, Christin oder Muslime ist, ob der Messias oder der Antichrist. Wir sollten nicht fragen, ob Gott einem siebenjährigen Mädchen etwas Wichtiges mitzuteilen hat. Dieses Gericht muss sich folgende Frage stellen und beantworten: Wer hat zugehört, als dieses siebenjährige Mädchen etwas Wichtiges zu sagen hatte?«

Richter Rothbottam schlägt den Aktendeckel vor ihm zu. »Aufgrund der Zeugenaussagen, die ich hier gehört habe, bin ich zu dem Schluss gekommen, dass Mariah Whites Ohren weit geöffnet sind.«

KAPITEL 18

Denn wo dein Schatz ist,
da wird auch dein Herz sein.

Matthäus 6, 21

6. Dezember 1999, früher Abend

WER BIN ICH denn«, sagt Ian, »Ihnen zu sagen, was Sie denken sollen oder nicht?«

Seine Stimme ist bis unter das Gebälk der Stadthalle zu hören und lässt das Vogelnest unter dem Dach erzittern, das dort oben ist, so lange man denken kann. Vor dem improvisierten Podium filmen zwei Kameraleute das Geschehen. Eine Reihe Scheinwerfer und Reflektoren säumen die Bühne, dort, wo im November immer die Wahlurnen aufgestellt werden. Und davor drängen sich die Vertreter von über zweihundert Sendern und Zeitungen.

Der große Saal der Stadthalle ist der einzige Raum in ganz New Canaan, der groß genug ist für Ians öffentliche Pressekonferenz. Sie wurde mit zwei Stunden Vorlauf in der Eingangshalle des Gerichts angekündigt, und alle sind gekommen. Die Medien wollen hören, was Ian Fletcher zu sagen hat, jetzt, da Mariah White das Sorgerecht für ihre Tochter behält.

Ian lächelt. »Warum sind Sie alle eigentlich gekommen? Was spielt es für eine Rolle, was ich zu sagen habe?«

Ein Reporter aus einer der hinteren Reihen ruft: »Weil es kostenlosen Kaffee gibt?«

Gelächter brandet auf, und Ian stimmt ein. »Vielleicht.« Er lässt den Blick über die Menge schweifen. »Ich habe mir in den letzten Jahren einen Namen damit gemacht, dass ich Gott und jene, die an ihn glauben, verdammt habe. Damit, dass ich versucht habe, Anhänger zu gewinnen. Ich weiß, dass Sie alle hören wollen, was ich über Faith White zu sagen habe, aber Sie werden enttäuscht sein. Ich habe im Zeugenstand die Wahrheit gesagt: In Kansas City ist nichts passiert. Ich werde nicht darüber urteilen, ob dieses kleine Mädchen einen Draht zu Gott hat. Ich werde mich damit begnügen, zu sagen, dass es weder mich noch Sie etwas angeht.«

Er wippt auf den Zehenspitzen. »Ein ziemlicher Hammer, was? Nachdem ich ein wahres Imperium auf dem Atheismus aufgebaut habe, erkläre ich jetzt, dass religiöse Überzeugungen Privatsache sind? Ich kann es sehen, Sie schütteln die Köpfe und meinen, dass Reporter sich verdammt noch mal in alles einmischen dürfen – aber das ist falsch. Es besteht ein Unterschied zwischen Fakt und Meinung, und das weiß jeder von Ihnen. Und in der Religion, auch wenn dieses Thema besonders provokant sein mag, geht es nicht nur darum, woran die Menschen glauben, sondern auch schlicht darum, dass sie überhaupt glauben. Ganz so wie es mein gutes Recht ist, hier rauszuspazieren und zu verkünden, Gott sei eine Farce, hat Faith White das Recht, von ihrem Schlafzimmerfenster aus zu verkünden, dass Gott lebt und es ihm gut geht. Meine Meinung steht gegen ihre. Aber nirgends in diesem Durcheinander gibt es reine, unumstößliche Fakten.

Wer hat also Recht? Die Antwort lautet: Ich weiß es nicht. Und es sollte mir auch egal sein. Meine Mama hat immer gesagt, man kann keinen Einfluss darauf nehmen, wie jemand von Gott oder Politik denkt, auch wenn ich es auf beiden Ebenen versucht habe. Aber wissen Sie, vielleicht lebe ich irgendwann Tür an Tür mit dem Papst. Oder in derselben Straße wie Faith. Oder in dem Hotelzimmer neben jenem des Dalai Lamas. Und von Tür zu Tür zu laufen, um zu versuchen, sie davon zu überzeugen, dass ich Recht habe, wäre reine Zeitverschwendung. Nein, halt: Es ist reine Zeitverschwendung gewesen. Wir müssen die Überzeugungen unserer Mitmenschen nicht akzeptieren ... aber wir müssen das Recht eines jeden von uns auf diese Überzeugungen akzeptieren.«

Er nickt in Richtung der Zuschauer. »Also, ich habe erklärt, ich würde Ihnen Rede und Antwort stehen, und ich halte mein Wort. Irgendwelche Fragen?«

»Ja, Ian«, ruft ein Reporter der *Times*. »Das war ja eine nette politisch korrekte Ansprache, aber was für Beweise haben Sie bezüglich der Wunder zusammengetragen, die dieses Mädchen angeblich gewirkt haben soll?«

Ian verschränkt die Arme über der Brust. »Sie wollen wissen, ob Faith Heilkräfte besitzt, Stuart?« Der Reporter nickt. »Nun, ich habe Dinge gesehen, die ich noch nie gesehen habe und vermutlich nie wieder sehen werde. Aber dasselbe kann auch jemand von sich sagen, der einen Weltkrieg erlebt hat, das Nordlicht gesehen hat oder bei der Geburt siamesischer Zwillinge anwesend war. Und nichts von alledem kann man als Wunder bezeichnen.«

»Sieht sie nun Gott oder nicht?«

Ian schüttelt den Kopf. »Ich schätze, das werden Sie für sich selbst entscheiden müssen. Manche sind überzeugt davon, dass Faith von göttlicher Kraft erfüllt ist. Andere bezweifeln das.« Er beendet seinen Kommentar mit einem Achselzucken.

»Für mich klingt das, als würden Sie den Schwanz einziehen«, ruft eine Reporterin aus der ersten Reihe.

Ian blickt auf sie hinab. »Wie schade. Ich stehe hier und sage meine Meinung. Wenn sie Ihnen nicht gefällt, ist das Ihr Problem.«

»Werden Sie Pagan Productions auflösen?«, fragt ein anderer.

»Das will ich doch nicht hoffen«, entgegnet Ian. »Auch wenn wir uns möglicherweise umorientieren müssen.«

»Sind Sie mit Mariah White liiert?«

»Aber Ellen«, entgegnet Ian der Reporterin von der *Washington Post* kopfschüttelnd. »Ich habe doch eben erklärt, dass es niemanden etwas angeht, ob jemand an Gott glaubt oder nicht ... Was glauben Sie da, wie meine Meinung zu privaten Beziehungen lautet?« Er blickt über die Menge und zeigt schließlich auf einen Mann mit einer Baseballmütze, auf der das CBS-Logo prangt. »Ja?«

»Mr. Fletcher, wenn Sie den Leuten künftig nicht mehr erzählen wollen, das Gott ein Irrglaube ist, was wollen Sie dann tun?«

Ian lächelt. »Ehrlich gesagt, das weiß ich noch nicht. Vielleicht bewerbe ich mich ja bei Ihrem Sender.«

»Ich möchte Sie zum Abendessen einladen«, sage ich impulsiv, aber Joan schüttelt den Kopf.

»Ich denke, Sie sollten unter sich feiern.«

Und so begleite ich sie nur zu ihrem Wagen, während meine Mutter mit Faith zur Toilette geht. »Sie haben es verdient, mitzufeiern.«

Joan lächelt. »Meine Vorstellung von einer Feier ist ein heißes Bad mit viel Schaum und ein großes Glas Rotwein.«

»Ich schicke Ihnen eine große Packung Badeperlen.«

Joan lacht. »Tun Sie das.«

Wir sind bei ihrem Wagen angelangt. Joan legt ihre Aktentasche auf den Rücksitz und wendet sich mir dann mit verschränkten Armen zu. »Es ist noch nicht vorbei, wissen Sie. Noch lange nicht.«

»Glauben Sie, Colin geht in Berufung?«

Sie schüttelt den Kopf. Sie denkt an die vielen tausend Menschen, die von Faith gehört haben und etwas von ihr wollen. »Ich spreche nicht von Colin.«

In der Vatikan-Stadt hat Kardinal Sciorro den Vormittag an seinem Schreibtisch in den Räumen der Kongregation für Glaubensfragen verbracht. Er setzt Dekrete auf, leitet Infobriefe weiter, stapelt und sortiert. Unterlagen zu manchen Fällen wirft er in den Papierkorb.

Faith Whites Akte legt er auf den Stapel »unerledigt«, zu einem großen Stapel anderer Angelegenheiten, die teils seit Jahren einer näheren Betrachtung harren.

Ich habe gerade das Gerichtsgebäude betreten, um Faith und meine Mutter zu suchen, als ich Colin über den Weg laufe. »Rye!« Er legt mir die Hände auf die Schultern, bevor ich ihn in meiner Eile über den Haufen rennen kann. »Hi.«

Sofort steigt eine Welle des Triumphes in mir auf, dicht gefolgt von Schuldgefühlen. »Colin«, sage ich ausdruckslos.

»Ich, äh, wollte mich von Faith verabschieden. Wenn du nichts dagegen hast.«

Er starrt auf seine Schuhspitzen, und ich kann mir vorstellen, wie schwer ihm das alles fällt. Ich frage mich, wo Jessica steckt. Dann frage ich mich unversöhnlich, ob er gleich nach Hause fährt, um den Bauch seiner neuen Frau zu streicheln und daran zu denken, Faith zu ersetzen. »Kein Problem. Ich muss sie nur erst finden.«

Aber noch ehe ich mich abwenden kann, kommt sie angelaufen, der Rock ihres Kleidchens ist am Saum umgeschlagen. Ich streiche den Rock glatt und stecke lächelnd ihr Haar hinter dem Ohr fest. »Daddy möchte auf Wiedersehen sagen.«

Sie macht ein ganz trauriges Gesicht. »Für immer?«

»Nein«, antwortet Colin und kniet sich vor sie. »Du hast doch gehört, was der Richter gesagt hat. Wir sehen uns an jedem zweiten Wochenende.«

»Also nicht das nächste, sondern übernächstes.«

Er lehnt die Stirn gegen ihre. »Genau.«

Das hätte auch ich sein können. Wäre es anders gelaufen, würde jetzt Colin mit Faith nach Hause fahren, und ich würde um eine Minute ihrer Aufmerksamkeit betteln. Dann würde ich vor ihr knien und mit den aufsteigenden Tränen kämpfen.

Ich habe nie verstanden, woher Kinder besser wissen als man selbst, wie sie einen berühren müssen, wenn man es am dringendsten braucht, oder wie sie es schaffen, einen abzulenken, wenn man gerade an alles denken will, nur nicht an seine Probleme. Faith streichelt ihrem Vater die Wange. »Ich bin trotzdem bei dir«, sagt sie und schiebt eine Hand in die Brusttasche seines Hemdes. »Hier.«

Dann beugt sie sich vor, schließt die Augen und drückt ihm ein Versprechen in Form eines Kusses auf den Mund.

Malcolm Metz sitzt in seinem Wagen auf dem Parkplatz seiner Kanzlei in Manchester und überlegt, ob er nicht einfach nach Hause fahren soll. Er weiß, dass sich die Neuigkeit inzwischen herumgesprochen haben wird. Vielleicht hat man ihn bereits im Stillen degradiert, und er muss sich künftig mit Immobilienangelegenheiten oder banalen Kontroversen begnügen. »Scheiße«, sagt er zu seinem Spiegelbild im Rückspiegel. »Früher oder später muss ich ja doch rein.«

Er steigt die seltsam verlassene Treppe hinauf und betritt die menschenleere Lobby. Normalerweise, verdammt, *immer,* wenn er nach einem Prozess zurückkommt, wird er von einer Schar Reporter erwartet, die auf einen geistreichen Kommentar von ihm warten darüber, wie leicht der Sieg war. Heute grüßt ihn nicht einmal der Wachmann neben dem Fahrstuhl, und er deutet das als Vorbote dessen, was ihn oben erwartet.

»Mr. Metz«, sagt die Empfangsdame, als er durch die Doppel-Glastüren tritt. »*Newsweek,* die *New York Times* und Barbara Walters haben Nachrichten für Sie hinterlassen.« Metz stutzt. Ist es üblich, dass sie auch mit den Verlierern sprechen?

»Danke.« Er nickt seinen Partnern zu und bemüht sich dabei, den Eindruck zu erwecken, er sei ganz in Gedanken vertieft. Seine eigene Sekretärin ignoriert er völlig und zieht sich in sein Eckbüro zurück wie ein verwundeter Löwe, um seine Wunden zu lecken. Er schließt die Tür hinter sich ab, etwas, das er sonst nie tut. Dann setzt er sich an seinen Schreibtisch und lässt den Kopf auf die Arme sinken.

Ma nisch-tah-naw ha-lie-law ha-zeh me-call ha-lay-los.

Warum ist diese Nacht anders als alle anderen Nächte des Jahres?

Metz blinzelt. Das sind Worte aus dem *Seder*, Worte, die er gesprochen hat, als er in Faith' Alter war, der jüngste jüdische Junge in seiner Familie. Worte, die er bis zu diesem Moment völlig vergessen hatte.

Meiner Mutter fällt es als Erstes auf. »Warum habe ich nur gedacht, sie würden alle verschwunden sein?«

Ich bringe den Wagen vor unserer Zufahrt zum Stehen. Faith ist zurück, sie ist gesund, und das ist ein neuer Anfang. Aber die Fans, die Presse und die Sektenmitglieder sind noch da, ja ihre Zahl ist sogar gewachsen. Polizei ist weit und breit keine zu sehen, sodass niemand da ist, der uns hilft, den Weg bis zum Haus freizumachen. Während ich mit Schrittgeschwindigkeit über den Kiesweg fahre, strecken die Umstehenden die Hände nach dem Wagen aus, lassen die Finger über das Blech gleiten und klopfen leicht an Faith' Scheibe.

»Halt an«, sagt Faith ruhig aus dem Fond.

»Was? Ist etwas passiert?«

Als der Wagen zum Stehen kommt, springen Menschen auf die Motorhaube. Sie klopfen an die Windschutzscheibe. Sie kratzen am Lack in ihrem Bemühen, zu ihr vorzudringen. »Ich gehe zu Fuß«, sagt Faith.

Meine Mutter greift ein. »Das wirst du nicht, junge Dame. Diese *Meschuggenahs* werden dich niedertrampeln, ehe sie wissen, was sie tun.« Aber bevor meine Mutter oder ich sie aufhalten können, öffnet Faith die Tür und taucht in der Menge unter.

Ich gerate sofort in Panik. Mit fliegender Hast löse ich meinen Gurt, springe aus dem Wagen und bahne mir gewaltsam einen Weg durch die Menge, um Faith zu retten. Ich mache mir jetzt größere Sorgen um sie als am Wochenende im Krankenhaus, weil diese Menschen hier sich nicht für ihr Wohlergehen interessieren. Sie wollen sie nur benutzen.

»Faith!«, rufe ich mit erstickter Stimme. »Faith!«

Dann plötzlich teilt sich die Menschenmenge rechts und links und bildet eine schmale Gasse bis zu unserer Haustür. Faith hat bereits die halbe Strecke zurückgelegt. »Siehst du?«, ruft sie winkend.

Sein Körper wird vom fahlen Mondlicht angestrahlt, und die Sterne funkeln um ihn herum. »Wow«, entfährt es mir, als Ian das Haus betritt. »Du hast sogar den Vordereingang benutzt.«

»Ich bin sogar die Vordertreppe heraufgestiegen. Und ich habe sogar ein Dutzend Leute beiseite geschoben.« Er legt die Arme um meine Taille, sodass wir uns an Schenkeln und Stirn berühren. »Du musst glücklich sein.«

»Sehr.«

»Schläft sie?«

»Ja.«

Ich hake ihn unter und ziehe ihn zur Treppe. »Ich habe deine Pressekonferenz in den Nachrichten gesehen. Du warst sehr ausweichend.«

Ian lacht. »Gott. Manchen Leuten kann man es wirklich nie recht machen.«

Ich nehme seine Hand. »Du ... hast angedeutet, dass zwischen uns etwas läuft.«

»Ist doch auch so, oder? Sonst hättest du mich bestimmt nicht reingelassen.«

»Ernsthaft, Ian«, sage ich leise. »Was willst du tun?«

Er beugt sich herüber, und ich rieche die Nacht auf seiner Haut. Er küsst mich auf die Wange. »Mit dir zusammen sein.«

Ich fühle, wie ich erröte. »Das habe ich nicht gemeint.«

Ians Lippen fahren über meinen Hals, meine Ohrmuschel. Dann richtet er sich auf und sieht mich an, bis wir beide ganz still dastehen. »Ach nein?«, fragt er lächelnd.

Ihre Mutter glaubt, sie würde schlafen. Sie weiß das, weil sie hören kann, wie das Haus sich zur Ruhe begibt wie eine dicke Lady, die ihre Röcke sortiert, wie es um sie herum ächzt und knarrt und seufzt. Faith setzt sich im Bett auf und schaltet die kleine Lampe auf ihrem Nachttisch an. Sie zieht ihr Schlafanzugoberteil hoch und betrachtet prüfend die vorstehenden Rippen und die schillernden Blutergüsse, dort, wo man ihr Spritzen gesetzt hat. Dann hält sie eine Hand unter die Lampe und tastet nach dem kleinen Häutchen, da, wo das Loch war. Es ist weg, und sie sieht nichts als ihre glatte rosige Handfläche.

»Gott«, flüstert sie laut.

Nichts.

Sie blickt von der Fensterbank zum Nachtlicht und zur Kommode. »Gott?«

Faith schlägt die Bettdecke zurück und kniet sich hin. Sie sieht unter dem Bett nach, nimmt dann ihren ganzen Mut zusammen und reißt die Türen des furchtbar dunklen Kleiderschrankes auf. Sie hört nur den Rhythmus ihres eigenen Atems und das Surren der Belüftung im Bad weiter unten auf dem Flur. Die ruhigen Klänge von Mariah und Ian, die sich unten unterhalten. Sie versucht es noch mal. »Gott?«

Aber mit derselben Gewissheit, dass die Sonne in einigen Stunden aufgehen wird, weiß Faith, dass sie allein ist in den vier Wänden ihres Zimmers.

Plötzlich ist ihr sehr kalt, und sie hat ein wenig Angst. Sie springt ins Bett, so schwungvoll, dass die Sprungfedern den Boden berühren und ihre Mutter heraufkommt, um nach ihr zu sehen. Sie hört ihre Schritte auf der Treppe, das Knarren der siebten Stufe. Das gedämpfte Geräusch ihrer Schuhe auf dem Teppich. Sie schätzt ab, wie lange ihre Mutter braucht, um ihr Zimmer zu erreichen.

»Sie haben einen Haufen Fragen gestellt«, sagt Faith gerade so laut, dass man sie durch die Tür hören kann, den Blick auf den schmalen Lichtstreif gerichtet, der durch den Türspalt fällt. »Aber sie haben Dich ja auch nie gesehen.« Sie hält die Luft an. Aus den Augenwinkeln sieht sie das müde Lächeln ihrer Mutter.

Mit klopfendem Herzen und die Hände in die Bettdecke gekrallt, fährt Faith fort, sich mit sich selbst zu unterhalten, bis sie unten wieder die Stimme ihrer Mutter hört, bis sie sicher ist, dass ihr niemand mehr zuhört.